KB170007

瑣尾錄

쇄미록

쇄미록 4

권4 ― 을미일록 · 병신일록

오희문吳希文

일러두기

1. 이 책은 《쇄미록(瑣尾錄)》(보물 제1096호)을 저본(底本)으로 삼아 번역하고 교감·표점한 것이다. 한글 번역: 1~6권, 한문 표점본: 7~8권

2. 각 권의 앞부분에 관련 사진 자료와 오희문의 이동 경로, 관련 인물 설명 등을 편집했다. 각 권의 뒷부분에는 주요 인물들의 '인명록'을 두었다.

3. 이 책의 번역은 원문에 충실하게 함을 원칙으로 하되, 난해한 부분은 독자의 이해를 위해 의역했다.

4. 맞춤법과 띄어쓰기는 한글 맞춤법과 표준어 규정을 따르는 것을 원칙으로 했다.

5. 짧은 주석(10자 이내)의 경우에는 괄호 안에 넣었고, 긴 주석의 경우에는 각주로 두었다.

6. 한자는 필요한 경우에 병기했으며, 운문(韻文)의 경우에는 원문을 병기했다.

7. 원문이 누락된 부분은 '-원문 빠짐-'으로 표기했다.

8. 물명(物名)과 노비 이름은 한글 번역을 원칙으로 하되, 불분명한 경우에는 억지로 번역하지 않고 한자를 병기했다.

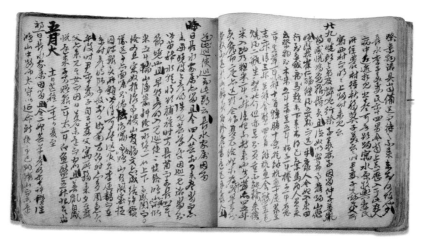

쇄미록 瑣尾錄

《쇄미록》은 오희문이 1591년(선조 24) 11월 27일부터 시작하여 1601년(선조 34) 2월 27일까지 쓴 일기이다. 모두 9년 3개월간의 일기가 7책 815장에 담겨 있다. 국사편찬위원회에서 1962년에 한국사료총서 제14집으로 간행하면서 널리 알려지게 되었고, 1991년에 보물 제1096호로 지정되었다. 해주 오씨 추탄공파 종중 소유로 현재 국립진주박물관에서 대여하여 전시하고 있다.

   《쇄미록》은 종래 정사(正史) 종류의 사료에서는 볼 수 없는 생생한 생활기록이 담겨 있는 자료라는 측면에서, 특히 전란 중의 일기라는 점에서 더욱 주목을 받아 왔다. 그 결과 이미 많은 학자들에 의해서 연구가 진행되었다. 사회경제사, 생활사 등 각 부문별 연구 성과는 물론이고, 주제별로도 봉제사(奉祭祀)·접빈객(接賓客)의 일상생활, 상업행위, 의약(醫藥) 생활, 음식 문화, 처가 부양, 사노비, 일본 인식, 꿈의 의미 등에 대한 연구가 이어지고 있다.

을미·병신년 오희문의 주요 이동 경로

《쇄미록》권4

을미일록

* 주요 거주지: 충청도 임천군(林川郡)

병신일록

* 주요 거주지 : 충청도 임천군(林川郡)

◎ — 병신년 9월 18일: 오희철이 어머니를 모시고 먼저 임천에서 한양으로 출발.

◎ — 12월 20일: 부인과 단아 등 식솔을 거느리고 임천에서 한양으로 출발.

◎ — 12월 21일: 청양현의 두응토리 집에 도착.

◎ — 12월 22일: 대흥현의 사가(私家)에 도착.

◎ — 12월 23일: 예산현의 사가에 도착.

◎ — 12월 24일: 신창현의 사가에 도착.

◎ — 12월 25일: 아산현의 이시열 집에 도착.

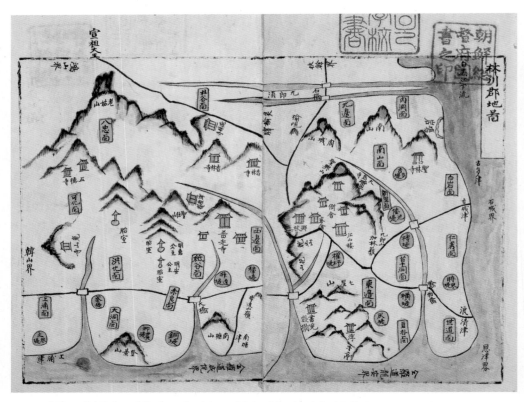

충청도 임천군의 그림식 지도 (서울대학교 규장각한국학연구원 소장《호서읍지》권4)

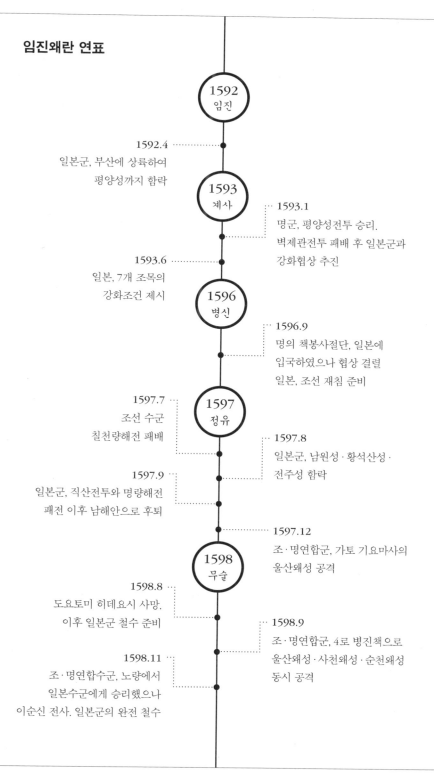

임진왜란 연표

1592
임진

1592.4
일본군, 부산에 상륙하여
평양성까지 함락

1593
계사

1593.1
명군, 평양성전투 승리.
벽제관전투 패배 후 일본군과
강화협상 추진

1593.6
일본, 7개 조목의
강화조건 제시

1596
병신

1596.9
명의 책봉사절단, 일본에
입국하였으나 협상 결렬
일본, 조선 재침 준비

1597.7
조선 수군
칠천량해전 패배

1597
정유

1597.8
일본군, 남원성 · 황석산성 ·
전주성 함락

1597.9
일본군, 직산전투와 명량해전
패전 이후 남해안으로 후퇴

1597.12
조 · 명연합군, 가토 기요마사의
울산왜성 공격

1598
무술

1598.8
도요토미 히데요시 사망.
이후 일본군 철수 준비

1598.9
조 · 명연합군, 4로 병진책으로
울산왜성 · 사천왜성 · 순천왜성
동시 공격

1598.11
조 · 명연합수군, 노량에서
일본수군에게 승리했으나
이순신 전사. 일본군의 완전 철수

오희문의 가계도와 주요 등장인물

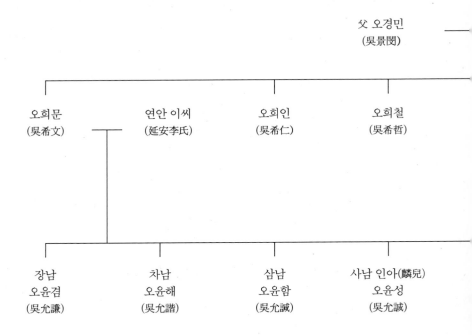

父 오경민
(吳景閔)

오희문
(吳希文)

연안 이씨
(延安李氏)

오희인
(吳希仁)

오희철
(吳希哲)

장남
오윤겸
(吳允謙)

차남
오윤해
(吳允諧)

삼남
오윤함
(吳允諴)

사남 인아(麟兒)
오윤성
(吳允誠)

오희문(吳希文)　일록의 서술자. 왜란 이전까지 한양의 처가에 거주하였다. 노비의 신공(身貢)을 걷으러 장흥(長興)과 성주(星州)로 가는 길에 장수(長水)에서 왜란 소식을 들었으며, 이후 가족과 상봉하여 부여의 임천(林川)과 강원도 평강 등지에서 함께 피난 생활을 하였다.

오희문의 어머니 고성 남씨(固城南氏)　남인(南寅)의 딸. 왜란 당시 한양에 거주하다가 일가족과 함께 남쪽으로 피난하였다.

오희문의 아내 연안 이씨(延安李氏)　이정수(李廷秀)의 딸이다.

오윤겸(吳允謙)　오희문의 장남. 왜란 당시 광릉 참봉(光陵參奉)에 재직 중이었으며, 왜란이 일어나자 일가족과 함께 남행하여 오희문과 함께 피난 생활을 하였다. 왜란 중 평강 현감(平康縣監)에 임명되었고 정유년(1597) 3월 별시문과에 급제하였다.

오윤해(吳允諧)　오희문의 차남. 오희문의 아우 오희인(吳希仁)의 후사가 되었다. 왜란 당시 경기도 율전(栗田)에 거주하다가 피난하여 오희문과 합류하였다.

오윤함(吳允諴)　오희문의 삼남. 왜란 당시 황해도 해주(海州)에 거주하고 있었다.

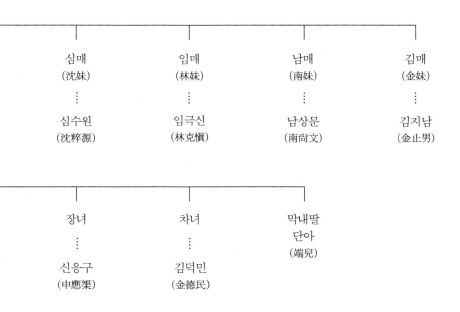

母 고성 남씨
(固城南氏)

심매 (沈妹)	임매 (林妹)	남매 (南妹)	김매 (金妹)
⋮	⋮	⋮	⋮
심수원 (沈粹源)	임극신 (林克愼)	남상문 (南尙文)	김지남 (金止男)

장녀	차녀	막내딸 단아 (端兒)
⋮	⋮	
신응구 (申應榘)	김덕민 (金德民)	

인아(麟兒)   오윤성(吳允誠). 오희문의 사남. 병신년(1596) 5월에 김경(金璥)의 딸과 혼인하였다.

충아(忠兒)   오윤해의 장남 오달승(吳達升)으로 추정된다.

큰딸   일가와 함께 피난 생활을 하다, 갑오년(1594) 8월에 신응구(申應榘)와 혼인하였다.

둘째 딸   일가와 함께 피난 생활을 하였으며, 왜란 이후 경자년(1600) 3월에 김덕민(金德民)과 혼인하였다.

단아(端兒)   오희문의 막내딸. 피난 기간 동안 내내 학질 등에 시달리다 정유년(1597) 2월에 병으로 사망하였다.

오희인(吳希仁)   오희문의 첫째 아우. 왜란 이전에 사망한 터라 거의 언급되지 않는다.

오희철(吳希哲)   오희문의 둘째 아우. 오희문과 함께 어머니를 모시고 피난 생활을 하였다.

심매(沈妹)   오희문의 첫째 여동생으로, 심수원(沈粹源)의 아내. 왜란 이전에 사망한 터라 거의 언급되지 않는다.

임매(林妹) 오희문의 둘째 여동생. 임극신(林克愼)의 아내. 왜란 당시 영암(靈巖) 구림촌(鳩林村)에 거주하고 있었다. 기해년(1599) 4월경에 병으로 사망하였다.

남매(南妹) 오희문의 셋째 여동생. 남상문(南尙文)의 아내. 왜란 당시 남편과 함께 강원도에 거주하고 있었으며, 주로 강원도와 황해도에서 피난 생활을 하였다.

김매(金妹) 오희문의 넷째 여동생. 김지남(金止男)의 아내. 왜란 당시 예산(禮山) 유제촌(柳堤村)에 거주하고 있었다. 갑오년(1594) 4월경에 돌림병에 걸려 사망하였다.

임극신(林克愼) 오희문의 둘째 매부. 기묘년(1579) 진사시에 입격한 바 있으나 그대로 영암에 거주하던 중 왜란을 겪었으며, 정유년(1597) 겨울을 전후하여 전라도로 침입한 왜군에게 피살된 것으로 추정된다.

남상문(南尙文) 오희문의 셋째 매부. 왜란 당시 고성 군수(高城郡守)에 재직 중이었다.

김지남(金止男) 오희문의 넷째 매부. 왜란 당시 예문관 검열에 재직 중이었다. 왜란이 일어나자 의병에 가담하여 활동하였으며, 환도 이후 갑오년(1594) 1월 한림(翰林)에 임명되었다.

신응구(申應榘) 오희문의 큰사위. 왜란 당시 함열 현감(咸悅縣監)에 재직 중이었다. 오희문의 피난 생활에 물심양면으로 많은 도움을 주었다.

김덕민(金德民) 오희문의 둘째 사위. 왜란 당시 충청도 보은(報恩)에 거주하였으나, 정유년에 피난 중 왜군에게 가족을 모두 잃고 홀로 살아남았다. 이후 오희문의 차녀와 혼인하였다.

이빈(李贇) 오희문의 처남이며, 왜란 당시 장수 현감(長水縣監)에 재직 중이었다. 왜란 이전부터 오희문과 친교가 깊었으나 임진년(1592) 11월에 사망하였다.

이귀(李貴) 오희문의 처사촌. 계사년(1593) 5월 장성 현감(長城縣監)에 임명되었으며, 오희문과 왕래하며 일가를 경제적으로 지원하였다.

김가기(金可幾) 오희문의 벗이며, 김덕민의 아버지, 즉 오희문의 사돈이다. 왜란 당시 금정 찰방(金井察訪)에 재직 중이었다. 갑오년(1594)에 이산 현감(尼山縣監)으로 옮겼으나, 정유재란 때 가족들과 함께 왜군에게 피살되었다.

임면(任免) 오희문의 동서로 이정수의 막내사위. 참봉을 지냈으며, 갑오년(1594) 1월에 병으로 사망하였다.

이지(李贄) 오희문의 처남으로 이빈의 아우. 갑오년(1594) 4월에 병으로 사망하였다.

심열(沈說) 오희문의 매부 심수원의 아들. 오희문 일가와 자주 왕래하였다.

소지(蘇騭) 임천에서 오희문의 거처를 마련해 주고 집안일을 거들어 준 인물이다.

허찬(許鑽) 오희문의 서얼 사촌누이가 낳은 조카. 피난 중에 아내에게 버림받아 떠돌다 오희문에게 도움을 받았으며, 이후 오희문의 집안일을 거들며 지냈다.

신벌(申橃) 신응구의 아버지. 왜란 당시 온양 군수에 재직 중이었다.

이분(李蕡) 오희문의 처사촌이다.

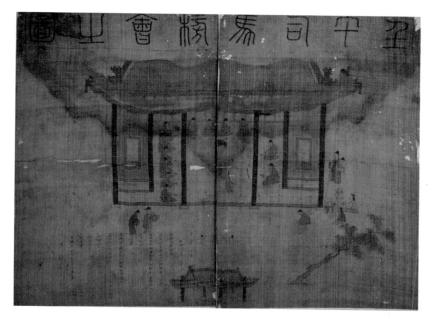

임오사마방회도(고려대학교박물관 소장)

인조 8년(1630)에 삼척부사로 떠나는 창석 이준을 위한 송별회 모임을 기념해서 그린 그림이다. 여기에 참석한 이들은 임오년(1582, 선조 15년) 과거(생원진사 시험)에 입격한 동기생이다. 이 모임 당시 오윤겸은 영의정의 자리에 있었다.

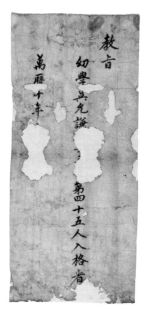

오윤겸 백패

(한국학중앙연구원 보관)

오윤겸이 1582년 받은 과거시 험 합격증서인 백패이다. 오윤겸 은 1582년 사마시에 입격했고, 1597년 별시 문과에 급제했다.

일본왕환일기 日本往還日記 (서울대학교 규장각한국학연구원 소장)

1596년 황신(黃愼)이 일본에 사신으로 다녀온 내용을 담은 기록이다. 이 기록에 의하면, 통신사 일행은 1596년 8월 4일 부산을 출발하여 윤8월 18일 일본 사카이(堺)에 도착하였고 29일간 머물다가 12월 23일 부산에 돌아왔다.

황신 초상 黃愼 肖像 (국립민속박물관 소장)

황신(黃愼, 1562~1617)을 그린 초상이다. 황신은 1596년 명의 책봉사절단을 따라간 조선 측 사신단의 정사(正使)로서 일본에 갔다. 강화 협상이 결렬된 후 전라도 관찰사 등을 지냈다.

을미일록 乙未日錄

1595년 1월 1일 ~ 12월 29일

◎

1월 큰달

◎ ― 1월 1일

　새벽에 일어나서 어머니를 뵙고, 누각에 올라 아버지의 신주(神主) 앞에 절하고 이어서 차례를 지냈다. 만두를 넣은 떡국과 적(炙) 1그릇, 탕(湯) 1그릇, 술 한 잔을 올렸을 뿐이다. 가난해서 음식을 준비할 수 없으니, 탄식한들 어찌하겠는가. 이 고을에 임시로 머문 지 이미 3년이 지났는데* 달리 갈 곳이 없고 궁박함도 날로 심하니, 앞으로 무슨 일이 있을지 모르겠다. 지금 새해를 맞았는데, 아우와 두 아들과 한집에서 지내지 못하고 보내려니 더욱 슬프다. 또 생원[生員, 오윤해(吳允諧)*]이 선영(先塋)*에 성묘했는지 알 수 없으니, 더욱 마음에 걸린다.

....
* 　이 고을에……지났는데: 당시 오희문(吳希文)은 충청도 임천에 머물렀다.
* 　오윤해(吳允諧): 1562~1629. 오희문의 둘째 아들. 숙부 오희인(吳希仁, 1541~1568)의 양아들로 들어갔다.
* 　선영(先塋): 원문의 송추(松楸)는 소나무와 가래나무로, 옛날 선산(先山)에 이 나무들을 많이 심었기 때문에 선영을 가리키는 말로 쓰인다.

알고 지내는 이웃의 아랫사람들 중에 새해 인사를 하러 오는 자가 많은데, 대접할 것이 없어서 볶은 콩 1움큼에 신 술 한 잔을 내주었을 뿐이다. 간혹 마시지 않고 돌아가는 자도 있으니 안타깝다.

변응익(邊應翼)이 찾아왔기에 신 술 두 잔을 마시게 하고 보냈다. 그를 통해 들으니, 신임 군수에 변호겸(邊好謙)이 제수되었다고 한다. 그가 진잠 현감(鎭岑縣監)으로 옮겼을 때 백성을 잘 다스렸기 때문에 순서를 뛰어넘어 제수되었다고 한다. 그러나 사실인지는 모르겠다.

저녁에 함열(咸悅) 사람이 한양에 가는 길에 이곳에 들러 묵었다. 딸의 편지와 날전복 24개를 주었다. 내일 구워서 천신(薦神)*하고 어머니께 드리려고 한다.

◎ — 1월 2일

어제 날씨가 봄처럼 따뜻하여 얼음과 눈이 녹았는데 -원문 빠짐- 내일 -원문 빠짐- 쉽게 건널 수 없는 형편이라고 한다. 다시 며칠을 기다렸다가 다 녹은 뒤에 떠날 생각이다. 낮에 좌수(座首) 조광철(趙光哲), 집주인 최인복(崔仁福)과 전문(田文)이 왔기에 신 술을 대접했다. 안줏거리가 없어서 소반에 볶은 콩 1움큼과 조기 반 마리밖에 내놓지 못했다. 그러나 최인복과 전문 두 사람이 각자 큰 그릇으로 술 넉 잔을 마시고 흩어졌다.

저녁에 함열에 사는 딸이 사람을 보내 안부를 물었다. 그편에 제사

....
* 천신(薦神): 때에 따라 새로 나온 음식물 등을 먼저 신주나 신에게 올려 제사 지내는 것을 말한다.

지내고 남은 절편과 산적을 한 상자에 같이 넣어 보내왔다. 즉시 아내와 자식들과 함께 먹었다.

여기서 멀지 않은 곳에서 명화적(明火賊)*이 한 모자(母子)를 베어 죽이고 그 집의 재산을 다 약탈해 갔다고 한다. 또 세동(細洞)*에도 적이 많이 모여 있는데, 밤이면 모였다가 낮에는 흩어진다고 한다. 두렵고 걱정스럽기 그지없다. 또 사람을 죽인 도적을 어제 붙잡아서 신문했더니, 낱낱이 다 불었다고 한다. 통쾌하다.

◎ ─ 1월 3일

종일 집에 있으려니 무료하기 짝이 없다. 딸이 《언해초한연의(諺解楚漢演義)》를 청하기에 둘째 딸에게 베껴 쓰게 했다.

◎ ─ 1월 4일

아침을 먹은 뒤에 류선각(柳先覺)에게 가서 보았고, 동송동(冬松洞)으로 가서 먼저 조문화(趙文化)*를 방문했다. 마침 여기에 사는 좌수 조응립(趙應立)이 와서 함께 이야기를 나누다 보니 날이 저무는 줄도 몰랐다. 돌아올 때 조한림(趙翰林)*의 집에 가서 잠시 이야기하다가 돌아

....

* 명화적(明火賊): 무리를 지어 돌아다니는 강도이다. 보통 한밤중에 횃불을 밝히고 강도질을 하므로 명화적이라고 했다. 줄여서 화적(火賊)이라고도 했다.

* 세동(細洞): 세동리(細洞里)는 임천군의 남쪽 동변면(東邊面)에 있던 마을이다. 관아에서 7리 떨어진 곳에 있었다. 《국역 여지도서(輿地圖書)》 제8권 〈충청도 임천군 방리(坊里)〉.

* 조문화(趙文化): 조희철(趙希轍, ?~?). 자는 백순(伯循)이다. 고산 현감을 지냈다. 조희보(趙希輔)의 큰형이다.

* 조한림(趙翰林): 조희보(趙希輔, 1553~1662). 자는 백익(伯益)이다. 예문관 검열이 되었다가 대교와 봉교를 거쳤다. 1597년 충청도 도사로서 관찰사 류근(柳根)을 도와 임진왜란의 뒷바

오니 날이 이미 어두워졌다. 고개를 넘을 때 오가는 사람이 없어 속으로 몹시 두려웠다. 간신히 집에 돌아오니 밤이 깊었다.

별좌[別坐, 오윤겸(吳允謙)*]의 사내종 세만(世萬)이 왔다. 별좌(오윤겸)가 찹쌀 1말 2되 -원문 빠짐- 5되, 팥 7되, 날꿩 1마리, 굴 3사발을 보내왔다. 내일이 제 어미의 생일이기 때문이다. 함열 관아의 사내종도 왔는데, 흰쌀 1말, 거친 쌀[粗米] 1말을 지고 왔다. 딸이 또 요미(料米, 관원에게 급료로 주는 쌀) 1말을 보내서 내일 떡을 만들어 제 어미에게 올리게 했다.

지금 별좌(오윤겸)의 편지를 보니, 습창(濕瘡)*이 크게 생겨서 몸을 움직일 수가 없다고 한다. 매우 걱정스럽다. 별좌(오윤겸)가 돌아올 적에 들어가서 청양 현감(靑陽縣監)*을 만났는데, 그가 하는 말이 올 때 윤함(允諴)*을 만났는데 머지않아 찾아뵙겠다고 했단다. 그러나 청양 현감이 체직(遞職)되어* 필시 기약한 날짜에 여기에 오지 못할 것이고, 소식도 듣지 못할 것이다. 탄식한들 어찌하겠는가. 청양 현감의 부인을 모시고 올 사람과 말을 근래 보낸다고 들었기 때문에 이번에는 분명 함

....

라지에 힘썼다.
* 오윤겸(吳允謙): 1559~1636. 오희문의 큰아들이다.
* 습창(濕瘡): 다리에 나는 부스럼이나 습진이다. 습독창(濕毒瘡)이라고도 한다.
* 청양 현감(靑陽縣監): 박여룡(朴汝龍, 1541~1611). 오희문의 셋째 아들인 오윤함(吳允諴)의 부인 진주 강씨(晉州姜氏)의 숙부이다. 1594년 12월부터 1595년 8월에 파직될 때까지 청양 현감으로 재직했다.
* 윤함(允諴): 1570~1635. 오희문의 셋째 아들이다.
* 청양 현감이 체직(遞職)되어: 박여룡의 연보에 따르면, 1595년 1월에 체직되었다가 복직하라는 명에 따라 그대로 청양 현감을 맡았다고 한다. 체직은 벼슬이 갈리는 것을 말한다.《송애집(松崖集)》권3〈연보(年譜)〉.

께 올 거라고 생각했는데, 이제 그럴 수 없게 되었다. 더욱 한탄스럽기 그지없다.

◎ ― 1월 5일

좌수 조희윤(趙希尹)과 가까운 이웃 조응개(趙應凱)가 찾아왔는데, 집에 술과 안주가 없어서 대접도 못하고 보냈다. 한탄한들 어찌하겠는 가. 예산(禮山)의 김한림(金翰林)*에게 어머니께서 지은 옷을 보내려고 한다. 그래서 세만을 머물게 하고 편지를 써서 전했다. 결성(結城)에서 하루면 가는 거리라기에 별좌(오윤겸)에게 전해서 보내도록 한 것이다. 이곳에는 사내종이 하나라 여유가 없어서 어쩔 수 없이 그렇게 했다.

◎ ― 1월 6일

이른 아침을 먹은 뒤에 먼저 세만을 결성으로 보냈다. 조금 늦게 출발하여 배로 남당진(南塘津)*을 건넌 뒤 말을 타고 달려 함열에 도착 하니 아직 해가 기울지 않았다. 들어가 딸을 보니 기쁘고 위로되기 -원문 빠짐-. 딸이 내가 왔다는 말을 듣고 -원문 빠짐- 만두를 즉시 익혀, -원문 빠짐- 나머지, 한 그릇을 다 먹고 종일 이야기를 나누었다. 밤이 깊어 밖으로 나와서 잤다.

....

* 김한림(金翰林): 김지남(金止男, 1559~1631). 자는 자정(子定)이다. 오희문의 매부이다. 1593년 정자(正字)가 되었고, 황주 판관, 강원도 도사, 형조참의, 경상 감사 등을 지냈다.
* 남당진(南塘津): 임천과 함열 사이에 있는 나루이다. 용연포(龍淵浦)라고도 한다. 임천군 남 쪽 14리에 위치하는데, 고다진(古多津)의 아래쪽에 있다. 《국역 신증동국여지승람(新增東國 輿地勝覽)》제17권 〈충청도 임천군〉.

◎ — 1월 7일

딸과 종일 이야기를 나누었다. 오후에 익산(益山)에서 소지(蘇隲)가 왔기에 같이 잤다. 임계(任誡)도 따라왔다.

◎ — 1월 8일

일찍 아침을 먹은 뒤에 소지와 함께 떠났다. 마침 날이 몹시 추운데다가 서풍이 불어서 발이 얼고 손도 시리고 두 뺨이 얼어붙어 거의 견딜 수 없을 정도였다. 걷다가 말을 타다가 하면서 남당진에 이르러 데리고 온 함열 사람들을 돌려보냈다. 배를 타고 건넌 뒤에 이불보를 막정(莫丁)에게 짊어지게 하고 집에 오니 아직 한낮이었다.

으레 보내오는 중미(中米)* 2말과 거친 쌀 2말을 가지고 왔다. 소지가 돌아가려고 했는데 억지로 붙잡아 저녁밥을 대접했다. 그대로 머물러 잤다.

◎ — 1월 9일

날이 밝기 전에 소지가 집으로 돌아갔다. 다만 지난밤에 한기가 몹시 심했는데, 구들장이 차고 이불이 얇아서 밤새 편히 잘 수 없었다. 젊은 사람이야 그래도 괜찮지만, 늙으신 어머니께는 매우 망극한 일이다.

어제 집에 와서 들으니, 생원(오윤해)이 타고 간 말의 안장을 돌아가는 함열 사람에게 부쳐 전해 왔다고 한다. 그편에 생원(오윤해)의 편지를 받아 보니, 돌아갈 적에 평택(平澤)에 도착하여 함열 현감*과 헤어

....

*   중미(中米): 품질이 중간쯤 되는 쌀이다.

져 진위(振威)의 집으로 갔다고 한다. 다만 마침 날이 추운데 행장(行裝)이 너무 소략해서 간신히 집에 도착했다고 했다. 매우 가련하다.

황해도 안악(安岳)에 사는 계집종 복시(福是)의 셋째 자식인 사내종 하수(河水)가 중이 되어 도총섭(都摠攝)* 의엄(義嚴)*을 따라 지금 홍산(鴻山) 무량사(無量寺)*에 왔다가 오늘 낮에 노비를 찾아내는 일로 와서 아뢰니 매우 불쌍하다. 저녁밥을 먹여 보냈다. 복시는 본래 외할머니께서 자신의 몫으로 상속받은 계집종 흔대(欣代)의 딸인데, 이상[二相, 이산보(李山甫)]댁 계집종 애덕(愛德)의 딸로 잘못 불렸다. 우봉(牛峯)*댁이 피난하여 안악에 들어갔을 때 복시의 재산을 모두 빼앗고 또 그 아들들을 매질하여 아들 하나는 매를 맞다 죽는 등 여러 가지로 침해당하여 그 괴로움을 견딜 수 없었기에, 이제 찾아와 본래 주인에게 노비의 소유권을 돌려주려는 것이란다. 하수의 법명은 의균(義均)이다. 그가 종이 2뭇[束]을 바쳤다.

저녁에 송노(宋奴)가 왔다. 생원(오윤해)의 편지를 가져와 바쳤는

....
* 함열 현감: 신응구(申應榘, 1553~1623). 오희문의 큰사위이다. 1594년 8월에 오희문의 큰딸과 혼인했다. 1593년 5월에 함열 현감으로 부임하여 1596년 윤4월에 체직될 때까지 재직했다.
* 도총섭(都摠攝): 조선시대의 승직(僧職) 가운데 최고 직위이다. 주로 비상시에 주어진 승직이었지만, 그 뒤에는 평상시에도 존재했다.
* 의엄(義嚴): ?~?. 속명은 곽수언(郭秀彦)이다. 휴정(休靜)의 제자이다. 임진왜란이 일어났을 때 스승 휴정을 도와 황해도에서 5백 명의 승병을 모집하여 왜군과 싸웠다. 1596년에 첨지에 제수되었고 여주에 파사성을 쌓았다.
* 무량사(無量寺): 현재 충청남도 부여군 외산면에 있는 절이다. 세조(世祖) 때 김시습(金時習)이 세상을 피해 은둔생활을 하다가 죽은 곳으로 유명하다. 임진왜란 때 병화에 의해 전소된 뒤 인조(仁祖) 때 중건되었다.
* 우봉(牛峯): 신홍점(申鴻漸, 1551~?). 호는 우봉이다. 1588년 식년시에 입격했다.

데, 온 집안이 별 탈이 없다고 하니 기쁘다. 그편에 이정시(李挺時)*가 별좌에 제수되었는데 논척(論斥)을 당했다는 소식을 들었다. 유감스럽다.

◎ ─ 1월 10일

아침을 먹자마자 마침 함열 현감이 도착했다. 한양에서 내려올 때 먼저 남포(藍浦)*로 가서 자신의 누이를 본 뒤 어제 홍산에 와서 자고 아침이 되기 전에 여기로 온 것이다. 서로 이야기를 나누다가 아침밥을 대접해서 관아로 보냈다.

순찰사 군관(巡察使軍官) 이시호(李時豪)*가 마침 함열 현감이 여기에 왔다는 말을 듣고 와서 보았다. 그는 바로 함열 현감의 육촌 친척이다. 소지도 와서 보고 돌아갔다.

◎ ─ 1월 11일

지난밤 진눈깨비가 내리더니 종일 날이 흐리고 바람이 불었다. 막정이 세목(細木, 올이 가느다란 무명) 1필(疋)을 토담집 안에 두었는데, 어제 마침 함열 현감이 와서 종들이 모두 나간 사이에 도둑맞았다고 한다. 분명 향춘(香春)의 남편 문경례(文景禮)가 한 짓일 것이다. 문경례가 종일 그 안에 들어가 있었고 달리 의심할 만한 사람이 없어서 위아래 사람들이 모두 그를 지목했다. 괘씸하고 얄밉다. 하지만 아직 잡히지

....

*   이정시(李挺時): 1556~?. 1603년 진사시에 입격했다.
*   남포(藍浦): 충청도 남포현. 동쪽으로 홍산현과의 경계까지의 거리가 49리였다고 한다.《국역 신증동국여지승람》제20권 〈충청도 남포현〉.
*   이시호(李時豪): 1562~?. 1603년 정시 무과에 급제했다.

않아서 또한 누가 한 짓인지 모르겠다.

양식을 구해 오는 일로 송노를 함열에 보냈다. 또 함열 관아의 사내종이 신공(身貢)*을 징수하는 일로 영암(靈巖)으로 내려간다는 말을 들었기 때문에 임매(林妹)*에게 편지를 써서 부쳤다.

◎ ─ 1월 12일

아침부터 날이 흐리더니 오후에 비가 내렸다. 저녁에 송노가 왔다. 으레 보내오는 흰쌀 2 ─원문 빠짐─, 거친 쌀 2말을 짊어지고 왔다. 또 막정이 서쪽에서 돌아오는 길에 양식 2말 5되와 말먹이 콩 3말도 함께 가지고 왔다. 그러나 각각 쌀 2되와 콩 5되가 줄었으니, 필시 송노가 훔쳐 쓴 게다. 매우 괘씸하고 얄밉다. 감장(甘醬) 3되도 가지고 왔다. 딸이 은어(銀魚) 3두름도 보냈다.

저녁밥을 지을 양식이 이미 떨어졌는데 구할 방도가 없어 답답하던 차에 쌀을 얻었다. 즉시 위아래 식솔 모두가 밥을 지어 먹고 나니 날이 이미 어두워졌다. 한집안의 생계를 온전히 여기에 의지하고 있어 조금만 더디면 번번이 굶주리게 되니, 어머니를 모시는 도리에 있어 더욱 답답하다.

◎ ─ 1월 13일

아침을 먹은 뒤에 인아(麟兒)*가 제 누이를 보기 위해 막정을 데리

....
* 신공(身貢): 노비가 신역(身役) 대신에 바치던 공물(貢物)이다. 공사노비를 막론하고 실역(實役)하지 않을 경우에 공노비는 각 사(司)에, 사노비는 본주(本主)에게 바쳤다.
* 임매(林妹): 오희문의 여동생. 임극신(林克愼)의 부인이다.

고 함열에 갔다. 다만 날이 차고 바람이 부는데 귀덮개를 쓰지 않고 갔으니, 매우 걱정스럽다. 마침 임참봉댁(任參奉宅)*의 사내종이 와서 함열에서 제수(祭需)를 얻으려고 한다기에 편지를 가지고 그와 함께 간 것이다. 오는 16일이 면부(免夫)*의 소상(小祥)*이라고 하니, 매우 가련하다.

◎ ─ 1월 14일

집주인 최인복이 보러 왔다. 저녁에 이경여(李敬興)*의 사내종 명윤(命允)이 수원(水原)에서 와서 경여 부인의 편지를 전했는데, 지금 무탈하다고 한다.

◎ ─ 1월 15일

약밥을 쪄서 신주 앞에 올렸다. 다만 반찬거리가 없어서 그저 말린 은어 5마리로 안주를 만들어 올렸다. 매우 개탄스럽다.

분개(粉介)가 전날 잃은 무명이 -원문 빠짐- 집 뒤에 놓여 있었다고 한다. 아침을 먹기 전에 마침 방아를 찧으려고 갔다가 찾았다는 것이다. 필시 몰래 훔친 자가 남에게 발각될 것이 두려워서 도로 거기에 버린 듯하다. 사람들은 모두 계집종 향춘의 남편 문경례를 의심했다.

명윤이 그 상전의 편지를 가지고 함열에 가서 양식을 구했다. 어제 임참봉의 집에서도 빌렸는데 오늘 또 경여의 부인이 사내종을 함열에

....
* 인아(麟兒): 오희문의 넷째 아들 오윤성(吳允誠, 1576~1652)이다.
* 임참봉댁(任參奉宅): 임참봉은 임면(任免, 1554~1594)이다. 자는 면부(免夫)이다. 오희문의 동서로, 오희문의 장인인 이정수(李廷秀)의 막내 사위이다.
* 소상(小祥): 죽은 지 1년 만에 지내는 제사이다.
* 이경여(李敬興): 이지(李贄, ?~1594). 오희문의 처남이여, 이빈(李贇)의 동생이다.

보냈으니, 분명 싫어할 것이다. 딸이 몹시 민망했을 텐데, 어떻게 대했을지 매우 걱정스럽다. 명윤이 왔는데 마침 양식이 떨어져서 죽을 쑤어 주었다. 한탄한들 어찌하겠는가.

막정이 어제 남당진에 도착했는데 마침 날이 저물고 배가 없어서 건너지 못했다고 한다. 나룻가에 사는 사람의 집에서 자고 오늘 아침에 돌아왔다. 딸이 만든 콩떡 1상자, 청주 1병과 강에서 잡은 물고기 4마리를 보내왔다. 함열 현감이 한양에서 내려온 뒤 집사람의 생일이 이미 지났다는 말을 듣고 딸에게 떡과 술과 안주를 만들어 보내게 한 것이다. 즉시 물고기로 탕을 끓이고 굽기도 해서 술과 떡과 함께 신주 앞에 올린 뒤에 모두 나누어 먹었다.

막정이 또 함열 관아의 사내종에게서 얻은 쌀 10말을 실어 왔다. 전날 들으니, 함열 관아의 사내종이 장사하는 일로 쌀을 싣고 영암으로 내려갔는데 짐이 무거워서 가져오기 어려워 어머니께 바꿔 쓰시라고 했단다. 그래서 5말은 어머니께서 쓰시고 임매에게 편지를 보내 수효대로 갚게 했다. 또 5말은 우리 집에서 쓰고 장성 현감(長城縣監)*에게 편지를 보내 갚아 주게 했다. 또 저녁에 함열 사람이 왔는데, 딸이 보낸 약밥 1상자를 가져왔다.

낮에 집주인 최인복을 불러서 약밥과 어탕(魚湯)에 막걸리를 큰 잔으로 넉 잔을 먹여서 돌려보냈다. 마침 이웃에 사는 전상좌(田上佐)가 왔기에 함께 자리했다. 저물녘에 이광춘(李光春)이 왔기에 청주를 큰 잔

....

* 　장성 현감(長城縣監): 이귀(李貴, 1557~1633). 자는 옥여(玉汝)이다. 오희문의 처사촌이다.
　　1593년에 장성 현감에 제수되었다. 군기시관관, 김제 군수를 지냈다.

으로 한 잔 대접했다.

지금 생원(오윤해)의 편지를 보니, 말이 없어 한양에 가지 못하고 율전(栗田)까지 걸어가서 설날 아침에 음식을 차려 놓고 망제(望祭)*를 지냈다고 한다. 형편이 그런 걸 어찌하겠는가. 매우 마음이 아프다. 난리 이후 지금까지 3년 동안 타향을 떠돌고 있고 가는 길도 먼데다가 갔다 오는 데 필요한 양식과 말도 없어서 한 번도 선영에 직접 제사를 지내지 못했다. 비록 형편 때문이라고는 하지만 지극히 슬픈 감회를 견딜 수 없다.

◎ ─ 1월 16일
밤새 무료했다. 인아는 함열 현감이 만류하여 오지 않았다.

◎ ─ 1월 17일
이곳으로 피난 와 있는 사인(士人) 한백복(韓百福)이 찾아왔다. 함열에 사는 횡노(橫奴, 방자한 사내종)를 잡아서 다스리고자 한다고 하기에, 즉시 편지를 써서 주었다. 전에 알던 사이는 아니었지만, 인정에 구애되어 어쩔 수 없이 써 주었다.

저녁에 안악에 사는 계집종 복시가 족질(族姪, 한 일가의 조카뻘 되는 사람)인 중 성호(性浩)에게 내게 편지를 전하게 하며 말하기를, "우봉댁의 침해 때문에 살 수가 없어 유리(遊離)하게 생겼으니 직접 와서 구해 주세요."라고 했다고 한다. 그러나 길이 멀어서 갈 수가 없다. 형편이

....
* 망제(望祭): 멀리 떨어진 곳에서 조상의 무덤이 있는 쪽을 향하여 지내는 제사이다.

26 ● 쇄미록

그런 걸 어찌하겠는가. 그가 연목(鍊木) 반 필을 바쳤다.

그가 올 때 해주(海州)에 있는 윤함에게서 편지를 받아 가지고 왔다. 펼쳐 보니, 지난 12월 12일에 써서 보낸 편지였다. 당시는 온 집안에 아무 일이 없다고 했는데, 그 뒤의 소식은 묘연하여 듣지 못했다. 매우 걱정스럽다.

내일 사내종 막정을 양덕(陽德)으로 보내면서* 지나는 길에 마전(麻田)*에 들러 내 편지와 어머니의 편지를 전해서 다시는 복시에게 침해하지 못하게 하려고 한다. 그러나 우봉댁의 성질이 사나워서 평소 동복지간이라도 반목하는 일이 많았으니, 필시 들어주지 않을 것이다. 또 신홍점(申鴻漸)을 설득하고 달랜들 이룰 수 있겠는가. 안타깝지만 어찌하겠는가.

◎ ─ 1월 18일

지난밤에 진눈깨비가 내리더니 아침에도 여전히 날이 개지 않았다. 막정이 이제 막 떠나서 양덕으로 향했다. 결성의 별좌(오윤겸)에게 들러서 그의 사내종과 같이 갈 것이다. 생원(오윤해)도 가고 싶어 했기 때문에 먼저 진위에 가서 데리고 가게 했다. 또 남고성(南高城) 누이*에

....

* 양덕(陽德)으로 보내면서: 오희문의 생질인 심열(沈說, ?~?)이 당시 양덕 현감으로 재직 중이어서 막정을 양덕에 보낸 것으로 보인다. 심열은 오희문의 매부인 심수원(沈粹源)의 아들이다.

* 마전(麻田): 경기도 마전군이다. 동쪽으로 연천현 경계까지 19리, 남쪽으로 적성현 경계까지 7리, 서쪽으로 장단부 경계까지 17리, 북쪽으로 삭녕군 경계까지 21리, 한양과의 거리는 179리였다고 한다. 《국역 신증동국여지승람》 제13권 〈경기도 마전군〉.

* 남고성(南高城) 누이: 오희문의 여동생. 남고성은 오희문의 매부인 남상문(南尙文, 1520~1602)을 말한다. 남상문이 고성 군수를 지냈기 때문에 이와 같이 말한 것이다. 당시 영유(永

게 편지를 써서 양덕에서 누이가 우거하고 있는 영유(永柔)에 전하게
했다. 정목(正木, 품질이 매우 좋은 무명베) 1필 반을 양덕에 전해서 좋은
명주로 바꿔 보내도록 했다. 오늘 진눈깨비가 내려서 막정이 가려고 하
지 않았는데 억지로 가게 했다. 한식(寒食) 전에 돌아오게 하려면 하루
가 급하기 때문이다.

지금 안악에 사는 계집종 복시의 편지를 보니, 작년 신공인 9새[卉]
무명 2필을 막정이 오는 편에 마련해 보냈다고 했다. 막정에게 물었더
니 모르는 일이라고 한다. 분명 제가 쓰고서 숨기는 것이리라. 매우 괘
씸하고 얄밉다. 그러나 다른 날 대질한 뒤에 징계할 생각이다.

덕노(德奴)가 장사하면서 옮겨 다닐 때 도처에서 상전의 물건을 훔
치고 황해도에 사는 사내종들의 신공을 받아서 사사로이 제멋대로 쓰
고는 이로 인해 도망가서 모습을 보이지 않은 뒤로, 다른 사내종들도
훔치기를 즐기는 마음을 품어 윗사람의 명령을 듣지 않는 지경에 이르
렀다. 막정이 또한 그 짓을 많이 본받았다. 더욱 몹시 밉다.

◎ ─ 1월 19일

안악의 중 성호에게 패자(牌字)*를 주어 돌아가게 했다. 아침저녁으
로 밥을 내주었고 또 양식으로 쓸 쌀 3되를 주었다. 또 윤함에게 답장
을 써서 이 중에게 전하게 했다. 어제 눈이 내린 뒤부터 날이 몹시 춥
다. 매우 걱정스럽다.

....

柔)에 살고 있었다.
* 패자(牌字): 지위가 높은 기관이나 사람이 자신의 권위를 근거로 상대에게 어떤 사항에 대한
  이행을 지시하거나 통보하는 성격의 문서이다.

◎ ― 1월 20일

인아를 데려오기 위해 송노가 말을 끌고 함열로 갔다. 또한 양식과 찬거리가 부족하여 구원 물자를 구해 오기 위해서이기도 하다. 집 뒤에 있는 방죽에 붕어가 많다는 말을 듣고 즉시 그물을 가져다가 넓게 쳐서 12마리를 잡았다. 강비(江婢)의 남편 한복(漢卜)이 손으로 더듬어서 중간 크기의 붕어 2마리와 비늘 없는 큰 물고기 2마리를 잡았다. 곧바로 찌게 해서 저녁을 먹을 때 어머니께 드리고, 나머지는 처자식들과 함께 나누어 먹었다.

저녁에 생원(오윤해)의 처갓집 계집종 끗복[唜卜]의 아들 의수(義守)가 제 어미를 찾겠다고 공주(公州) 땅에서 왔다. 어미의 생사를 알지 못한 지 오래인데, 지난해에 어미가 이곳에 와서 살고 있다는 말을 듣고 이제야 비로소 찾아왔단다. 매우 가련하다. 아침밥과 저녁밥을 먹여 보냈다.

◎ ― 1월 21일

아침에 진눈깨비가 내렸다. 임참봉네 계집종의 남편 함석(咸石)이 왔기에 즉시 편지를 써 주었다. 함열에서 거친 쌀 3말, 묵은 콩 2말, 찹쌀[粘米] 1말, 밀가루 1말을 보냈다고 한다. 저녁에 송노가 함열에서 으레 보내오는 백미(白米) 4말과 뱅어젓 3되를 짊어지고 왔고, 또 따로 보낸 콩 1섬, 거친 벼 1섬과 누룩 3덩어리를 실어 왔다. 콩을 다시 되어 보니 14말이다. 또 벼를 다시 되어 보니 13말인데 키로 까부르니 6말이다. 본래 묵은 벼여서 거칠고 잘 영글지 않았기 때문이다. 안타깝다. 콩으로는 메주[末醬]를 빚으려고 한다.

생원(오윤해)의 처갓집 사내종 임실(任實)이 와서 경유(景綏)*의 편지를 전하기에 즉시 답장을 써서 보냈다.

◎ ─ 1월 22일

이른 아침에 들으니, 한산 군수(韓山郡守)*가 그저께 저녁에 고을에 도착해서 어제 환자[還上]*를 나누어 주었다고 했다. 그래서 식전에 들어가 만나서 이야기를 나누고 돌아왔다. 그러나 듣고 안 것이 너무 늦어서 환자를 받지 못했다. 안타깝다.

오늘 조보(朝報)*를 보니, 왜적이 천조[天朝, 명(明)나라]와 강화(講和)했기 때문에 가까운 시일에 마땅히 제 나라로 돌아갈 것이라고 한다. 또 명나라 사신이 3월쯤에 올 터인데, 하나는 왜국(倭國)을 봉해 주기 위해서이고 다른 하나는 왕세자를 책봉하기 위해서라고 한다. 정승 이산해(李山海)를 풀어 주고 직함을 도로 주라는 유지(有旨)가 있었다.* 정

....

* 경유(景綏): 조응록(趙應祿, 1538~1623). 자는 경유이다. 사관(史官)을 거쳐 전적(典籍)이 되었다. 1592년 임진왜란 때 함경도로 피난 가는 세자를 호종하고 난이 끝난 뒤 통정대부에 올랐다.
* 한산 군수(韓山郡守): 신경행(辛景行, 1547~1623). 1592년 한산 군수에 임명되었다. 충청도 병마절도사 등을 지냈다.
* 환자[還上]: 환곡(還穀). 조선시대의 구휼제도 가운데 하나로, 흉년 또는 춘궁기에 곡식을 빌려 주고 풍년 때나 추수기에 되받던 일 또는 그 곡식을 말한다.
* 조보(朝報): 승정원에서 재결사항을 기록하고 서사(書寫)하여 반포하던 관보(官報)이다. 왕명, 장주(章奏), 조정의 결정사항, 관리 임면, 지방관의 교체 등이 모두 포함되었다.
* 정승 이산해(李山海)를……있었다: 1592년 5월 3일에 사헌부와 사간원에서 합계(合啓)하여 이산해가 가장 먼저 파천(播遷)을 주장한 죄를 논박하자, 선조(宣祖)가 삭직(削職)하라는 명을 내렸다. 이후 양사와 홍문관에서 계속해서 이산해를 법률에 따라 정죄(定罪)하기를 청하자, 평해에 중도부처(中途付處)했다. 1595년 1월 1일에 의정부 좌찬성 정탁(鄭琢)이 이산해의 사면을 청하자, 선조가 석방을 명하고 직첩을 돌려주었다. 《국역 선조실록(宣祖實錄)》 25

승 유홍(兪泓)이 논박을 당한 지 얼마 안 된 지난 12월에 세상을 떠났다.* 왜적을 쳐서 멸망시켜 불공대천(不共戴天)의 원수를 갚지는 못했지만, 만약 정말 소굴로 돌아간다면 백성이 거의 휴식할 수 있는 길*이 될 것이다. 얼마나 다행스러운 일인가.

◎ ─ 1월 23일

날이 흐리고 바람이 세차게 불어 한기가 갑절은 매섭다. 이웃 사람의 소와 말을 빌려서 송노와 한복을 시켜 성민복(成敏復)*네 묘소에 가서 죽은 소나무를 베어 오게 했다. 메주콩[末醬太]을 삶는 데 쓰기 위해서이다. 성공(成公)에게서 받은 패자를 보냈으니, 소나무를 베는 일을 막지 못하게 하기 위해서이다. 안 그러면 낫과 도끼를 묘지기 등에게 빼앗길 게다.

....

년 5월 3일·12일·13일,《국역 선조수정실록(宣祖修正實錄)》28년 1월 1일.

* 정승 유홍(兪泓)이……떠났다: 1594년 12월 14일에 사헌부에서 좌의정에 임명된 유홍에 대해, 관서(關西, 평안도)로 임금을 호종했을 때나 지금도 황해도에서 자기 재산을 증식시키는 데에만 급급했다고 하면서, 나라가 위급한 상황에 이처럼 백성과 국가를 생각하지 않는 이를 정승 자리에 두어서는 안 된다고 아뢰었다. 선조가 이를 허락하지 않자, 이후 사헌부와 사간원에서 계속해서 유홍을 체직시킬 것을 청했다. 1595년 1월 3일에 선조가 유홍의 죽음을 언급하면서 "별도의 치부(致賻)를 전례에 의해 시행하도록 하라."라는 명을 내렸다.《국역 선조실록》27년 12월 14일·16일·17일·18일·20일·23일·26일, 28년 1월 3일.

* 휴식할……길: 원문의 식견(息肩)은 짐을 내려놓고 어깨를 쉰다는 말로, 휴식할 수 있음을 뜻한다. 정(鄭)나라 성공(成公)이 병을 앓자 자사(子駟)가 진(晉)나라에 복종하여 초(楚)나라의 부담에서 벗어나기를 청한 데서 유래한 말이다. 초나라의 부담이란 초나라가 부과하는 노역을 뜻한다.《춘추좌씨전(春秋左氏傳)》〈양공2년(襄公二年)〉.

* 성민복(成敏復): ?~?. 성민복의 증조부인 성몽기(成夢箕)가 임천의 구산(龜山) 아래로 옮겨와 살았는데, 이후로 이 지역에서 계속 살았던 것으로 보인다.《국역 한수재집(寒水齋集)》제31권 〈구산처사성공묘표(龜山處士成公墓表)〉.

◎ ─ 1월 24일

한복에게 구들장을 고치고 솥도 다시 걸게 했다. 또 메주콩 6말을 삶았다. 상판관(尙判官)*이 찾아왔다가 돌아갈 때 성민복의 집에 들렀다. 나와 이광춘이 따라 걸어가서 성공과 조용히 이야기를 나누었다. 주인집에서 우리에게 물만밥을 대접했다. 상판관이 먼저 일어나기에 나도 따라 일어나서 돌아왔다.

들으니, 그저께 고을 뒷고개에서 밤중에 횃불을 들자 멀고 가까운 세 곳에서도 횃불을 들어 서로 호응했다고 한다. 필시 적의 무리가 멀지 않은 곳에 모여 있는 것이다. 두렵고 걱정스럽다. 송노가 그물로 물고기를 잡았다. 붕어 3마리를 잡았는데, 그중 1마리가 매우 컸다.

◎ ─ 1월 25일

방수간(方秀幹)*이 와서 보았다. 함열 관아의 사내종 춘복(春福)이 일이 있어서 온양(溫陽)으로 가다가 이곳에 들러 딸의 안부를 전했다. 그런데 편지를 보지 못해 안타깝다.

◎ ─ 1월 26일

송노를 함열에 보내 인아를 데려오게 했다. 그런데 말이 지쳐 끌고 갈 수가 없어서 그곳에서 말을 빌려 타고 오게 했다.

....

* 상판관(尙判官): 상시손(尙蓍孫, 1537~1599). 군기시 판관을 지냈고, 사복시 정에 추증되었다.
* 방수간(方秀幹): 1551~?. 1588년 생원시에 입격했다. 《사마방목(司馬榜目)》 만력(萬曆) 16년 무자 2월 24일에는 '방수간(房秀幹)'으로 되어 있는데, 효자 정려의 현판과 《국역 여지도서》에 의거해 볼 때 '방수간(方秀幹)'이 옳을 듯하다.

◎ — 1월 27일

인아가 함열에서 말을 빌려 타고 왔다. 다만 요새 날이 추워 한겨울보다 갑절이나 매섭고 오늘은 또 어제보다도 더 추운데, 인아가 귀덮개도 없이 추위를 참고 간신히 도착했다. 얼굴이 언 배와 같으니 감기에 걸릴까 심히 걱정스럽다.

함열에서 으레 보내오는 중미 4말을 송노가 짊어지고 왔다. 또 뱅어젓 3되, 밀가루 5되를 얻었다. 다만 쌀이 4되 반이나 부족하니, 필시 됫박을 줄여서 보낸 것일 게다. 오늘은 인아가 데리고 왔으니 중간에서 훔치지는 못했을 것이다. 그게 아니라면 어찌 이런 지경에까지 이르렀는가. 매우 괴이하다.

◎ — 1월 28일

추위가 너무 매서워서 종일 문밖에 나가지 못하고 방 안에만 움츠리고 앉아 있으려니 무료하기 짝이 없다. 단아(端兒)*가 학질을 앓고 있는데 전날보다 심하다. 걱정스럽다. 연전에 온 집안에 학질을 앓은 사람이 많았지만 모두 병을 떨쳐 냈다. 그런데 단아와 계집종 눌은개(訥隱介)만이 아직까지 떨쳐 내지 못해서 예전처럼 앓고 있다. 매우 안쓰럽다.

요새 먹을거리가 떨어져서 다만 뱅어젓을 아침저녁으로 끓여 어머니께 드릴 뿐 다른 맛있는 음식을 드리지 못하고 있다. 답답함을 이루

....

* 　단아(端兒): 오희문의 막내딸 숙단(淑端)이다. 피난 기간 내내 학질 등에 시달리다 1597년 2월 1일에 세상을 떠났다.

다 말할 수 없다.

◎ — 1월 29일

새벽부터 진눈깨비가 내렸는데 아침까지도 여전히 그치지 않았다.
생원(오윤해)이 서쪽으로 갔는데, 일정을 따져 보면 지금쯤 이미 한양
을 지나 마전에 당도했을 것이다. 그러나 출발했는지의 여부는 지금 알
수가 없다. 다만 눈과 추위가 이와 같은데 행장이 몹시 소략하여 길을
가는 데 분명 어려움이 많을 것이다. 매우 염려스럽다. 별좌(오윤겸)의
소식도 오랫동안 듣지 못하고 있다. 더욱 근심스럽다. 가까운 곳도 오
히려 이와 같으니, 윤함의 소식을 듣는 것은 더욱 어려운 일이다.

아우 희철(希哲)*은 영암으로 내려간 뒤에 여태껏 그곳에 체류하면
서 돌아오지 않는 것인가. 소식이 또 끊겨 늙으신 어머께서 항상 걱
정하신다. 답답하다. 만일 태인(泰仁)으로 돌아왔다면 반드시 사람을
시켜 안부를 물었을 게다. 각자 살길을 찾느라 부자와 형제가 사방으로
흩어져 한곳에 모이지도 못한다. 형편이 그런 걸 어찌하겠는가. 천운
(天運)을 원망할 뿐이다.

종일 눈이 내린다. 만일 녹지 않는다면 거의 한 자[尺]가 쌓일 것이
다. 겨울이 되고부터 많은 눈이 내렸지만, 오늘처럼 심한 적은 없었다.
저녁에 향비(香婢)가 함열에서 왔다. 딸이 생닭고기 1마리, 대구 1마리,
방어(魴魚) 1조(條)를 얻어서 보내왔다. 또 지평댁(砥平宅)*의 계집종 천

....

* 아우 희철(希哲): 오희철(吳希哲, 1556~1642). 자는 언명(彦明)이다. 오희문의 남동생이다.
* 지평댁(砥平宅): 지평은 남궁개(南宮愷, 1517~1594)이다. 지평 현감을 지내서 지평공(砥平公)으로 불렸다.

옥(天玉)이 마침 왔기에 말린 은어 2두름을 구해 보냈다. 그녀는 예전에 나와 한마을에 같이 살았는데, 지금 함열 땅에 임시로 머물고 있다.

◎ ─ 1월 30일

아침에 들으니, 한산 군수가 고을에 도착했다고 한다. 사람을 시켜 사정을 물었더니, 명나라 군사를 대접하는 일 때문에 이산(尼山)으로 가다가 이곳에 들러 묵는다고 했다.

걸식하는 무녀(巫女)가 자신을 태자(太子)라고 하면서 문밖에 와 섰는데, 휘파람 소리가 청량하여 분명하게 알 수 있었다. 집사람이 무녀를 불러들여 길흉(吉凶)을 물으니, 지난 일 중에 간혹 우연히 맞는 것도 있었다. 나는 방 안에 있으면서 무료한 나머지 홀로 바둑을 두고 추자놀이*를 하고 있었다. 집사람이 태자에게 "대주(大主)께서 안에서 무슨 일을 하고 계신가? 만약 실제를 말한다면 영험하다고 하겠네."라고 하자, 태자가 휘파람을 불어 소리 내며 말하기를 "대주가 홀로 앉아 추자놀이를 하니 우습구나 우스워."라고 했다. 이어서 웃음 섞인 말로 두세 번 말하니, 아이들이 몹시 놀라며 영험하다고 했다. 이는 곧 천지간의 사악한 기운이 사람에 의지해서 괴이한 술수를 부리는 것이니, 혹 길흉을 이야기하여 먹고사는 방도로 삼기도 한다. 이 같은 무리가 곳곳에 있어서 어리석은 풍속을 현혹시킨다. 매우 안타깝다.

....

* 추자놀이: 바둑이나 장기와 같이 판을 차리고 하는 놀이이다. 추자아(楸子兒) 또는 추자희(楸子戲)라고도 한다.

2월 큰달

◎ ― 2월 1일

떡과 탕과 적을 만들어 신위(神位) 앞에 술잔을 올렸다. 송노를 함열에 보내서 양식을 얻어 오게 했다. 저녁에 대순(大順)이 태인에 있는 아우의 집에서 왔다. 아우는 지난해 12월 15일에 영암에 있는 임매의 집에 가서 한 달 넘게 머물다가 지난 20일 뒤에 우거하는 집으로 돌아왔는데, 사람을 보내 어머니께 문안한 것이다. 다만 대순이 오면서 가지고 있던 물건을 적에게 빼앗겨서 빈손으로 왔다. 아우가 떡 1상자를 만들어 어머니께 보냈는데 빼앗겼다고 하니, 거짓인지 사실인지 모르겠다. 대순은 눌은개의 오라비이다. 아우에게 사내종이 없어서 잠시 부리려고 불렀는데, 게으르고 미련해서 부릴 수가 없다고 한다.

아우는 무사히 돌아왔지만 처자식들이 굶주림에 시달리고 있고 아우 또한 하나의 물건도 얻지 못한 채 왔다고 하니, 말로 형언할 수가 없다. 우리 집의 많은 식구들도 죽조차 잇지 못하는 상황이라 조금도 구제해 줄 수 없는 형편이다. 한탄한들 어찌하겠는가.

◎ ─ 2월 2일

아침에 사내종 덕년(德年)이 비로소 와서 인사하고 말린 은어 3두름과 생숭어 1마리를 가져다 바쳤다. 이 사내종은 지난해 봄부터 해주에 있는 윤함의 처가에 있었는데, 속이고 빼돌리는 일이 매우 많았다. 이로 인해 그곳에 발을 붙일 수 없어서 제 어미를 찾아 여기에 온 지 오래이다. 함열현 안에 있는 지평댁의 계집종 세련개(世憐介)의 집에 머물고 있으면서도 한 번도 와서 인사하지 않았기에 항상 미워하는 마음이 많았다. 그 무례함을 한번 혼내려다가 지체되어 못했는데 지금 마침내 보잘것없는 물품을 가지고 왔으니, 참고 우선은 내버려두기로 했다.

진사 이중영(李重榮)*이 찾아와서 조용히 이야기를 나누고 돌아갔다. 다만 집에 아무것도 없어서 시장기도 못 달래서 보냈다. 가난 때문이니 한탄한들 어찌하겠는가. 저녁에 송노가 돌아왔다. 으레 보내 주는 백미 4말을 지고 왔다. 딸이 날꿩 2마리와 두 가지 젓갈이 담긴 작은 항아리 하나를 또 구해서 보냈다.

이 고을의 신임 군수가 관아로 가면서 도중에 이곳을 지나갔다. 내가 마침 나가서 보니 앞뒤로 호위하며 지나가는데, 이곳 백성이 바라보면서 모두 말하기를, "이번 군수는 백성이 편안하게 생활할 수 있도록 해 줄런가?"라고 했다. 백성의 즐거움과 슬픔은 수령이 어진지 아닌지에 달려 있다. 평상시에도 오히려 이와 같은데, 하물며 난리를 당한 이

....
* 이중영(李重榮): 1553~?. 1589년 진사시에 입격했다.

때에 세금과 부역을 많고 무겁게 하면 백성이 살 수 없으니 더욱 잘 가리지 않으면 안 된다. 앞서 이곳에 부임한 군수들은 모두 어리석고 졸렬하여 정사(政事)를 간사한 아전들에게 맡겨서 큰 고을의 재정을 탕진했다. 그러므로 이번 군수는 일찍이 선정을 베푼 사람을 선택해서 제수했으니, 백성의 바람이 어찌 여기에 있지 않겠는가.

강비의 남편 한복이 그물을 가지고 연못에 가서 물고기를 잡았다. 붕어 17마리를 잡아 왔기에 저녁 지을 쌀을 주어 갚았다. 다음날 또 잡으면 한식 제사 때 쓸 식해를 담그려고 한다.

◎ ― 2월 3일
따로 기록할 만한 일이 없다. 성민복이 와서 보고 갔다.

◎ ― 2월 4일
아침밥을 먹은 뒤에 동신동(東神洞)*의 문화 조백순[趙伯循, 조희철(趙希轍)]의 집에 가서 그 아우 김포(金浦) 조백공(趙伯恭)*을 불러 같이 이야기를 나누었다. 주인집에서 내게 물만밥을 대접했다.

돌아올 때 좌수 조군빙[趙君聘, 조희윤(趙希尹)]의 집을 방문했다. 한림 조백익[趙伯益, 조희보(趙希輔)]이 마침 왔기에 또 이야기를 나누었다.

....

* 동신동(東神洞): 1월 4일 일기에 따르면, 원문 동신동(東神洞)은 동송동(冬松洞) 또는 동송동(東松洞)으로 보인다.
* 조백공(趙伯恭): 조희식(趙希軾, ?~?). 자는 백공이다. 조희철의 동생이자 조희보의 둘째 형이다. 1591년에 작성된 류우(柳裀)의 《공신록(功臣錄)》에 '김포 현령 조희식'이라고 기록된 것으로 보아 이즈음에 김포 현령에 임명된 것으로 보인다. 《고문서집성(古文書集成)》 책15 〈하회풍산류씨편류우광국원종공신록(河回豊山柳氏編柳裀光國原從功臣錄)〉.

주인집에서 또 내게 저녁밥을 대접했다. 날이 저물어서 돌아왔다.

별좌(오윤겸)의 서얼 처남 이백(李伯)*이 전라도에서 와서 여기에 들러서 묵었다. 그편에 들으니, 별좌(오윤겸)는 잘 지내고 사내종 막정이 하루 머물렀다가 별좌(오윤겸)의 사내종 자근쇠[者斤金]와 같이 돌아갔다고 했다. 아침밥과 저녁밥을 먹여 보냈다.

◎ ─ 2월 5일

어제 조백공을 만났을 때 그가 내게 내일 사람을 보내서 벼 몇 말을 가져가라고 했다. 그러므로 이른 아침에 사내종을 보냈더니 좋은 벼 9말을 보내 주었다. 조군빙이 마초(馬草) 29뭇을 보내왔다. 요 며칠은 사람이나 말이나 걱정이 없겠다. 매우 감사하다.

◎ ─ 2월 6일

송노가 말미를 얻어 홍산의 장에 가서 봄보리를 사서 완산[完山, 전주(全州)] 근처에서 무명으로 바꿔 오겠다고 했다. 소지가 왔기에 술 두 잔을 대접했다. 관아에 들어가서 함열 현감의 편지를 바쳤더니 군수가 불러서 보고 좋은 말을 하더라며 몹시 기뻐했다. 우습다.

들자니, 새 군수가 부임한 지 오래되지 않았는데 명령을 내리고 시행하는 모든 것이 자못 볼 만하여 간사한 아전들이 두려워서 속이고 감추지 못한다고 한다. 이전에는 한 고을에 감관(監官)*이 매우 많고 또

....
* 이백(李伯):《쇄미록》〈정유일록〉4월 17일과 5월 10일 일기에는 이백(李栢)으로 나온다.
* 감관(監官): 각 관아나 궁방(宮房)에서 금전, 곡식의 출납을 맡아 보거나 중앙 정부를 대신하여 특정 업무의 진행을 감독하고 관리하던 벼슬아치이다.

순찰사가 군관 3명을 정해 보내서 염초(焰硝)*를 관리하거나 작미(作米)*를 감독하다 보니 허비하는 비용이 너무 많아서, 이로 인해 관아에 쌓아 놓은 곡물이 탕진되었다. 이뿐만 아니라 명령이 내려왔을 때 조금이라도 뜻에 안 맞으면 하리(下吏)들을 매질했고, 심지어 향임(鄕任)*도 형장(刑杖)*을 받는 모욕을 당하기까지 했다. 이는 모두 군수가 어리석고 졸렬하며 사람됨이 경박해서, 상하가 편안히 보존하지 못하여 모두 회피할 생각만 하고 향소(鄕所)*를 맡은 자도 모두 어리석고 무식해서이다. 매번 일이 생기는 것이 다만 이 때문이다.

지금 군수가 부임해서 즉시 명령하여 군관을 돌려보내고 또 감관을 폐지하여 모두 직접 처리하며 향임을 바꾸어 정하니, 온 고을 사람들이 우러러본다. 번거로운 비용을 모두 없애서 민생이 거의 휴식할 수 있어 모두 삶을 즐거워하는 마음이 생기도록 했으니, 사람의 현명함과 어리석음이 어찌 이처럼 현격한가. 수령을 가려서 쓰지 않으면 안 된다는 것을 여기에서도 알 수가 있다.

나 또한 이곳에 와서 우거한 지 이제 3년이다. 그동안 군수가 다섯 번 바뀌었는데, 이곳에 사는 백성이 역대 군수를 품평한 말을 익히 들었다. 윤견철(尹堅鐵)은 조금 낫지만 탐욕스럽고, 임극(任克)은 그다음이며, 가장 용렬한 자는 이구순(李久洵)이고, 깊이 복종할 만한 것은 임

....

* 염초(焰硝): 박초(朴硝)를 개어서 만든, 화약을 만드는 재료이다.
* 작미(作米): 전세(田稅)나 공물로 징수하는 곡식을 쌀로 환산하여 정하는 일을 말한다.
* 향임(鄕任): 향소(鄕所)의 일을 맡아 보던 사람이다.
* 형장(刑杖): 죄인을 심문할 때 쓰던 몽둥이이다.
* 향소(鄕所): 유향소(留鄕所)와 같은 말이다. 조선 초기에 악질 향리(鄕吏)를 규찰하고 향풍을 바로잡기 위해 지방의 품관(品官)들이 조직한 자치기구이다.

극의 맑고 간략한 지조라고 했다. 신임 군수는 정말 오랜 가뭄 끝에 내리는 단비 같은데, 다만 끝맺음이 어떠할지 모르겠다고 했다.

저녁에 송노가 돌아왔다. 봄보리가 몹시 귀한 탓에 드물어서 사 오지 못했다고 한다. 향비는 함열로 돌아갔다.

◎ ─ 2월 7일

오후에 파흥수(坡興守)[*]가 와서 조용히 이야기를 나누고 돌아갔다. 아무것도 없어 대접도 못하고 보냈다. 가난해서이니 어찌하겠는가. 아내도 나와서 파흥수를 보았다. 암탉이 알을 품고 있는데 날짜를 따져 보니 스무날째이다. 이제 껍질을 까기 시작했으니, 다시 며칠 기다렸다가 다 깐 뒤에 둥지에서 내릴 작정이다.

◎ ─ 2월 8일

소지가 와서 술을 대접해 보냈다. 저녁에 함열에서 사람이 왔다. 으레 보내 주는 중미 4말을 지고 왔다. 생뱅어 1사발도 보내왔는데, 뱅어가 이제 잡히기 시작하는 모양이다.

낮에 연못에 붕어가 있다는 말을 듣고 한복을 시켜 그물을 가지고 가서 잡게 했다. 비늘이 없는 물고기 큰놈 1마리와 작은놈 1마리, 붕어 5마리를 잡아 왔다. 붕어가 많아서 저녁을 먹을 때 구워서 어머니께 드리고, 비늘이 없는 물고기는 탕을 끓여 처자식들과 함께 먹었다. 나머

<hr>

*   파흥수(坡興守): 이응순(李應順, ?~?). 왕실의 종친이다. 성종(成宗)의 왕자 익양군(益陽君) 이회(李懷)의 증손자이다.

지는 소지에게 주었다. 맛이 매우 좋은데, 다만 수심이 깊어서 많이 잡을 수가 없었다. 안타깝다.

◎ — 2월 9일

아침에 암탉을 둥지에서 내렸다. 알을 까고 나온 병아리가 7마리이고, 그 나머지는 모두 썩었다. 매우 꺼림칙하다. 영동(永同)에 사는 외사촌 남경중(南景中)*이 관아 일로 이 고을에 왔다가 찾아와서 어머니를 뵈었다. 생각하지 못한 일이라 그 기쁨을 가누지 못하겠다. 그의 형 첨사(僉使) 일가가 적의 손에 죽임을 당한 일*을 이야기해 주었는데, 너무 참혹해서 차마 들을 수가 없었다.

남경신(南景信)이 내게 편지를 부치고 말린 밤 2되를 보내왔다. 한식 제사에 쓰려고 한다. 다만 들건대 변서방댁(邊書房宅)이 병으로 죽고, 남첨정(南僉正) 형의 첩도 병으로 죽었다고 한다. 매우 불쌍하다. 변서방댁은 내 사촌 누이이자 경중의 친누이이다. 남경중이 여기에 묵었다.

저녁에 북쪽에서 남쪽까지 지진이 났다. 소리가 천둥 같았고 집이 흔들리다가 잠시 후에 그쳤다. 하늘의 변고가 이와 같으니 앞으로 어떤

....
* 영동(永同)에……남경중(南景中): 오희문의 어머니는 고성 남씨(固城南氏)로, 남인(南寅)의 딸이다. 오희문에게는 큰외삼촌 남지언(南知言)과 둘째 외삼촌 남지명(南知命), 셋째 외삼촌 남지원(南知遠)이 있다. 남경중은 남지명의 아들이다. 남지명은 남경인(南景仁), 남경의(南景義), 남경례(南景禮), 남경충(南景忠), 남경신(南景信), 남경덕(南景德), 남경중, 남경성(南景誠) 형제를 두었다.
* 첨사(僉使)……일: 첨사는 남경례이며, 남경중의 형이다. 거주지는 영동이다. 임진왜란이 일어나자 가족들을 고당강(高塘江) 변에 있는 석굴에 피신시키고 활을 잘 쏘는 노복 10여 명과 함께 종일 활을 쏘아 많은 왜적을 죽였다. 그러나 화살이 떨어지고 힘이 다하여 왜적에게 죽임을 당하자, 그의 처와 첩이 강물에 몸을 던져 목숨을 끊었다.

재앙이 있을는지 모르겠다. 흉적이 우리나라의 경계에 들어온 뒤로 수많은 백성을 죽인 지 이제 4년이 되었는데, 아직도 남쪽 지방을 점령하여 그 사나운 마음을 거두지 않고 있다. 그런데 하늘이 재앙을 내린 것을 후회하지 않아 온갖 이상한 재변이 발생하니, 겨우 살아남은 백성까지도 반드시 다 죽이고 나서야 그치려는 것인가.

이제 또 들으니, 진유격(陳遊擊)*이 강화를 요구했는데 성사되지 않아 벌써 위로 돌아갔다고 한다. 그동안의 곡절은 자세히 알 수 없다. 하지만 만일 응하기 어려운 일을 요구하여 이루려고 했다면 형세상 성사시킬 수 없었을 것이고, 적은 반드시 다시 전라도와 충청도에 화를 입히려고 할 것이다. 원근(遠近)의 인심이 동요하여 모두 피난할 생각을 하고 있는데, 우리 집은 연로하신 어머니를 모시고 있고 사내종과 말도 없으며 또 갈 곳도 없다. 게다가 양식을 얻을 방법도 없으니, 머지않아 죽어 구렁을 메우게 될 것이다. 아무리 탄식한들 어찌하겠는가. 앉아서 하늘의 명을 기다릴 뿐이다.

◎ ─ 2월 10일

남경중이 계속 머물렀다. 밥을 먹은 뒤에 가서 진사 이중영을 만났다. 앉은 지 얼마 안 되어 한복이 쫓아와서 하는 말이, 조문화가 대조사(大鳥寺)*에 와 있는데 사람을 보내서 오기를 청한다고 하더란다. 잠시

─────────
* 진유격(陳遊擊): 진운홍(陳雲鴻, ?~?). 명(明)나라의 장수이다. 흠차 선유 유격장군(欽差宣諭遊擊將軍)으로 갑오년(1594년) 10월 조선에 왔으며 을미년(1595) 책봉사를 따라 일본군 진영에 들어갔다. 책봉 정사 양방형(楊方亨)을 따라 중국으로 돌아갔다.

* 대조사(大鳥寺): 현재 충남 부여군 임천면에 있는 절이다. 한 노승이 바위 밑에서 수도하다가 어느 날 큰 새가 바위 위에 앉는 것을 보고 깜박 잠이 들었는데 깨어나 보니 바위가 미륵

이중영과 이야기를 나누고 돌아와서 바로 대조사로 갔다. 조백순, 조백익 형제와 조군빙이 모두 모여서 두부를 만들어 놓고 나를 부른 것이다.

주서(注書) 홍준(洪遵)* 씨도 왔다. 선방(禪房)에 모여 앉아 종일 이야기를 나누면서 연포(軟泡)*를 놓고 저녁밥을 먹었다. 나는 27곶[串]을 먹었다. 식사를 마치고 조금 있다가 또 술을 내어 각각 몇 잔씩 마시고 파했다. 홍주서(洪注書)는 먼저 돌아가고, 나는 조씨 형제와 가마를 타고 산에서 내려와 각자 헤어져 집에 도착했다. 흠씬 취하고 배가 불렀다. 다만 두부가 몹시 부드럽고 좋아서 어머니께 드리고 싶었지만 그럴 수 없었다. 만일 앞으로 콩을 얻으면 모두 두부로 만들어서 드리려고 한다. 집에 와서 들으니, 소지가 찾아왔다가 헛걸음하고 돌아갔단다.

◎ ― 2월 11일

이른 아침에 남경중이 제집으로 돌아갔다. 양식과 찬거리가 떨어져서 겨우 쌀 1되와 소금 반 되를 주었고, 어머니께서도 쌀 1되를 주셨다. 가는 동안 먹을 양식이 이미 떨어졌다고 들었는데, 우리 집도 군색하여 넉넉히 줄 수 없었다. 한탄한들 어찌하겠는가. 그러나 그가 이틀 동안 묵으면서 그 사내종과 함께 7되 남짓을 먹은 탓에 빌려 온 양식이 벌써 떨어져서 겨우 내일 아침까지만 먹을 수 있을 것 같다. 어쩔 수 없이 나도 사내종과 말을 거느리고 함열에 가려고 했는데, 오늘은 날이

....
보살상으로 변해 있었다. 그래서 그 절을 대조사라고 부르게 되었다고 한다.《국역 여지도서》 제8권 〈충청도 임천군 사찰〉 조에 "관아의 동쪽 2리에 있다. 큰 석불(石佛)이 있는데, 관촉사(灌燭寺) 미륵과 서로 대등하다고 한다."라고 했다.
* 홍준(洪遵): 1557~1616. 1590년 증광시 문과에 급제했다.
* 연포(軟泡): 얇게 썬 두부 꼬치를 기름에 지진 다음 닭국에 넣어 끓인 음식을 말한다.

흐리고 비가 올 듯해서 아마도 못 갈 것 같다.

느지막이 해가 나오고서야 비로소 출발해서 남당진에 도착했다. 진사 이중영이 따라와서 같이 배를 타고 건너 함열에 도착했다. 마침 현감이 송인수(宋仁叟)*를 만나기 위해 전주에 가서 함열에 없었다. 이 진사(李進士)는 사내종의 집으로 돌아가고, 나는 관아에 가서 딸을 만나 이야기를 나누었다. 얼마 뒤 대흥(大興)*이 그의 아들 신응규(申應榘), 임계(任誠)와 함께 왔다. 즉시 나가서 만나 이야기를 나누고 각자 헤어졌다. 나는 도로 관아에 들어왔다. 저녁밥을 먹은 뒤에 딸과 함께 이야기를 나누었고, 밤이 깊어 신방(新房, 새로 꾸민 방)으로 물러나와 잤다. 임계도 와서 같이 잤다. 장인(匠人)을 불러 일기책을 엮었다.

◎ ― 2월 12일

으레 보내 주는 쌀 4말을 얻어 한복을 시켜 먼저 임천의 집으로 보냈다. 아침을 먹은 뒤에 상동헌(上東軒)으로 나가서 신대흥[申大興, 신괄(申栝)]과 임계, 신응규와 함께 이야기를 나누었다. 대흥은 임공(任公)과 정도(政圖)*를 던지며 놀았다.

오후에 현감이 돌아왔다. 나는 즉시 관아로 들어가서 이야기를 나

*　송인수(宋仁叟): 송영구(宋英耈, 1556~1620). 자는 인수이다. 임진왜란이 일어나자 도체찰사 정철(鄭澈)의 종사관으로 발탁되었고, 1593년에 군사 1천여 명을 모집하여 행재소로 향했다. 정유재란 때에는 충청도 관찰사의 종사관이 되었다.
*　대흥(大興): 신괄(申栝, 1529~1606). 오희문의 사위인 함열 현감 신응구의 막내 숙부이다. 대흥 현감을 지냈다.
*　정도(政圖): 종정도(從政圖), 승경도(陞卿圖), 종경도(從卿圖)라고도 한다. 옛날 실내오락의 일종이다. 넓은 종이에 벼슬 이름을 품계와 종별에 따라 써 놓고 5개의 모가 난 주사위를 굴려서 나온 끗수에 따라 관등을 올리고 내린다.

누었다. 현감은 사창(司倉)에서 전세(田稅)를 받는 일 때문에 나갔다. 나는 딸과 함께 저녁내 이야기를 나누었다. 이어 마주앉아 저녁을 먹고 상동헌으로 나와서 묵었다. 임계도 따라왔다.

◎ ― 2월 13일

대흥이 일찍이 전 영광 군수(靈光郡守) 남궁견(南宮涀)*과 냇가에 모여 쑥탕을 먹자고 약속했는데, 마침 바람이 어지럽게 불어서 다시 민주부(閔主簿)*의 집 정원에 모여 나를 불러 자리를 함께했다. 저물녘에 대흥이 먼저 떠나기에 나도 따라왔다. 종일 이야기를 나누었는데 현감도 뒤따라 들어왔다. 참석한 사람은 대흥 현감, 남궁견, 남궁영(南宮泳) 형제, 김경(金璥),* 이신성(李愼誠),* 신응규, 민성장(閔成章), 현감과 나였다. 관아에서 주반(晝飯, 낮에 먹는 밥)과 쑥탕과 술과 안주를 차려 내왔고 남궁 형제가 또 과일과 술을 많이 준비해서, 각자 취하도록 술을 마시고 음식을 배부르게 먹었다. 밤이 깊어서야 각자 헤어졌다.

내가 돌아올 때에 진사 이중영이 우거하는 곳에 들어가 보았다. 그런 뒤에 관아로 들어가 딸을 보고 상동헌으로 물러나서 잤다. 다만 술이 조금 신 것이 하나의 흠이었다.

....

*　　남궁견(南宮涀): 1538~?. 1591년 9월 3일에 영광 군수로 부임하여 1593년에 파직되었다.
*　　민주부(閔主簿): 민우경(閔宇慶, 1573~?). 1616년 증광시에 입격했다.
*　　김경(金璥): 1550~?. 자는 백온(伯薀)이다. 1579년 생원시에 입격했다.
*　　이신성(李愼誠): 1552~1596. 정릉 참봉을 거쳐 사옹원 봉사를 지냈다. 어머니가 별세한 뒤
　　　함열의 강성촌에 은거했다.

이른 아침에 들어가 딸을 만났다. 나와서 대흥 및 현감 전처의 조카인 권곤(權鵾),* 임계와 함께 이야기를 나누는데 이중영도 따라 들어왔다. 처음에는 이른 아침을 일찍 먹은 뒤에 돌아오려고 했는데, 마침 순찰사의 종사관이 고을에 와서 현감이 나가 접대했기 때문에 간다고 말하지 못했다. 종사관이 가기를 기다렸다가 현감이 관아에 돌아온 뒤에 만났다. 오후에 출발해서 남당진을 건너 말을 타고 달려 집에 도착하니 날이 이미 저물었다. 아내가 한창 학질을 앓고 있는데 이전보다 갑절이나 심했다. 원기가 몹시 약해진 뒤에 지금 또 걸린 것인데, 벌써 4직(直)*이 지났으니 매우 걱정스럽다.

허찬(許鑽)이 어제 와서 묵으면서 내가 오기를 기다렸기에 만났다. 생각지 못한 일이라 매우 기쁘고 위로가 되었다. 그러나 어머니와 형제들이 몇 해 전에 모두 광주(廣州)의 묘산(墓山) 아래 옛터에서 병들어 죽었고, 아버지도 진주성(晉州城)이 함락될 때 죽었으며, 둘째 아우 영필(永弼)은 우수영(右水營) 막하(幕下)에 있었는데 죽었는지 살았는지 모른다는 말을 들으니, 슬픔을 가눌 수 없다. 부모와 형제들이 모두 죽어 혈혈단신 의지할 곳 없이 여기저기에서 밥을 빌어먹는데다 그의 아내는 연전에 홍주(洪州) 성 밖에 있는 자신의 친척 집에서 지내더니 호장(戶長) 이풍행(李豊行)과 몰래 간통하여 허찬을 몹시 야박하게 대우해서 오

---

*   권곤(權鵾): 신응구의 두 번째 부인 안동 권씨(安東權氏)의 조카이다. 《만퇴헌유고(晚退軒遺稿)》〈부록·행장(行狀)〉.

*   4직(直): 학질에 걸리면 일정 시간 간격을 두고 추워서 떨다가 높은 열이 나고 땀을 흘리는 증상이 나타난다. 보통 하루는 열이 나고 하루는 열이 전혀 없다가 다시 그다음날 열이 난다. 이 한 주기를 직이라고 한다. 4직은 여드레를 뜻한다.

래 머물지 못하게 했는데, 일이 탄로 나서 사람들이 모두 그 일을 말한다고 했다. 매우 분통이 터진다. 살해당할까 두려워 그곳에 있을 수가 없어서 여러 곳을 떠돌며 구걸하여 살았고, 이제는 또 여기에서 연산(連山) 땅의 친척 집에 갔다가 그대로 고부군(古阜郡)에 있는 딸에게 가려고 한다고 한다. 듣고 보니 애처롭고 가련함을 더욱 가눌 수가 없다. 저번에 그의 적사촌(嫡四寸) 허현(許鉉) 씨가 고부 군수(古阜郡守)가 되었을 적에 그도 따라갔다가 관아의 계집종과 혼인하여 딸아이를 낳았는데 나이가 벌써 열여덟 살이라고 한다. 허찬의 어머니는 나의 서얼 사촌 누이인데, 평소 서로 우애가 매우 돈독했다. 지금 그 집안 식구가 모두 죽었다는 말을 들으니, 애통한 마음을 더욱 참을 수가 없다.

◎ ─ 2월 15일

이른 아침을 먹은 뒤에 허찬이 연산 땅으로 갔다. 돌아올 때도 들르라고 말해 주었다. 모습이 초췌하고 의복이 남루해서 차마 볼 수가 없다. 내 집도 군색해서 굳이 며칠 더 묵게 하지 못하고 보냈다. 탄식한들 어찌하겠는가.

이광춘이 왔기에, 지팡이를 짚고 함께 성민복의 집을 찾았다. 그런데 다른 곳에 나가고 집에 없어서 만나지 못하고 그냥 돌아왔다. 잠시후 소지가 왔다. 큰 그릇으로 술 한 잔을 대접했는데, 온 김에 들어가서 군수를 뵙겠다고 했다. 토담집을 헐고 밭을 평평하게 만들었다. 집주인이 내일 삼을 심으려 한다고 했기 때문이다.

들으니, 그제 이 고을 군수가 사람을 시켜 나를 불렀다고 한다. 그런데 내가 마침 집에 없었기 때문에 만나지 못했다. 군수와 일찍부터 알고 지낸 사이는 아니었다. 다만 윤겸과 함열 현감과는 아는 사이이기 때문에, 필시 내가 여기에서 지낸다는 말을 듣고 부른 듯했다.

또 허찬에게 들으니, 광주의 묘산은 이전과 같다고 한다. 다만 참나무를 모두 베어 숯을 구워 팔았다고 한다. 탄식한들 어찌하겠는가. 묘지기들이 모두 도로 마을에 들어가 살고 계집종 자근개(者斤介) 모자만 아직 들어가 살지 않는데, 이번 봄에는 꼭 돌아가려고 한단다. 우리 집 계집종 옥지(玉只)가 죽었다고 한다. 노비 수도 적은데 모두 죽어서 남은 자가 없으니, 매우 안타깝다.

◎ ― 2월 16일

송노를 함열에 보내서 말먹이 콩을 얻어 오게 했다. 이른 아침에 판관 상시손(尙蓍孫)이 찾아왔는데, 집에 술과 안주가 없어서 대접도 못해서 보냈다. 매우 안타깝지만 어찌하겠는가. 파흥수가 내일 처자식을 데리고 한양에 간다고 하기에 오후에 그 집에 가서 만났다. 내게 술과 떡을 대접했다. 또 그의 아내에게 나와서 나를 보게 했다. 바로 내 아내의 오촌 조카이기 때문이다.

돌아올 때 상판관에게 들렀다. 그 집에서도 술을 내어 나를 대접했다. 그 참에 생원 권학(權鶴)*을 찾아가 조용히 이야기를 나누었다. 권학이 내게 곶감을 대접했는데, 어머니께 드리고 싶어서 소매 속에 넣어 돌아왔다. 권학이 또 곶감 1곶과 호두를 주어 곧장 어머니께 드렸다.

....

* 권학(權鶴): ?~?. 《쇄미록》〈갑오일록〉 12월 12일 일기에 따르면, 권학은 오희문의 둘째 아들 오윤해 양모(養母)의 사촌 동생이다.

아내가 학질을 앓았다.

◎ ― 2월 17일

꼭두새벽부터 부슬비가 내리더니 오후에야 그쳤다. 저녁에 송노가 돌아왔다. 으레 보내 주는 백미 4말을 얻어 왔고, 함열 현감이 별도로 말먹이 콩 3말과 피목(皮木, 도정하지 않은 메밀) 5되를 보내 주었다.

저녁에 함열 관아의 사내종들이 한양에 가는 길에 여기에 들러서 묵었다. 함열 현감의 아버지가 연로하여 태거(汰去)되었는데,* 이제 이 곳으로 내려오려고 하기에 인마(人馬)와 먹을거리를 보내서 모셔 오려고 하는 것이다.

◎ ― 2월 18일

이른 아침에 성민복이 와서 보았다. 한산 군수가 이 고을에 번고차원(反庫差員)*으로 왔다고 한다. 사내종을 보내 안부를 물었다.

....

* 함열 현감의……되었는데: 함열 현감 신응구의 아버지는 신벌(申橃, 1523~1616)이다. 안산 군수, 세자익위사 사어 등을 지냈다. 태거(汰去)는 죄과가 있거나 필요하지 않은 관원 또는 벼슬아치 등을 가려내 쫓아내는 일을 말한다. 실록이나 묘갈명에 신벌이 태거되었다는 내용은 보이지 않는다. 다만 묘갈명에, 신벌이 "나이가 이미 70세가 넘었는데도 근력은 여전히 직사(職事)를 감당할 만했다. 그러나 스스로 나이가 많아 벼슬에서 물러날 때가 되었다는 이유로 다시는 벼슬길에 나갈 생각을 하지 않았다."라는 내용이 보인다.《국역 청음집(淸陰集)》제31권 〈동지중추부사신공벌묘갈명(同知中樞府事申公橃墓碣銘)〉.
* 번고차원(反庫差員): 번고는 창고에 보관된 물품을 일일이 장부와 대조하여 검사하는 것을 말한다. 차원은 차사원(差使員), 즉 중요한 임무를 맡겨서 임시로 파견하는 관원이다.

◎ ― 2월 19일

이른 아침에 관아에 들어가 한산 군수를 만나려고 했는데, 그가 어제저녁에 부득이한 일로 한산의 관아로 돌아갔다고 한다. 그러므로 사사로운 자리에서 석성 현감(石城縣監)만 보았다. 마침 권학이 자리에 있어서 서로 이야기를 나누다가 돌아왔다. 생원 홍사고(洪思古)*의 집에 들렀다. 홍사고가 술을 내주어 마셨다.

집에 도착해서 한복과 송노를 시켜 채소밭을 갈게 했다. 또 석성 현감에게 둔답(屯畓)*의 경작을 허락하는 일을 이곳 군수에게 고하게 했더니, 행하(行下)*를 받아 벌써 권농색리(勸農色吏)*에게 주었다. 저녁에 소지가 와서 보았다.

부장(部將) 이홍제(李弘濟)*가 지난밤에 세상을 떠났다고 한다. 슬픔을 가눌 수가 없다. 그의 어머니가 살아 계신데, 두 형이 먼저 죽어서 그가 홀로 모시고 있었다. 그런데 평소 그 몸을 삼가지 않고 주색에 빠져서 하루도 취하지 않은 날이 없었다. 지난번에 관아에서 만났을 때 얼굴빛이 파리하고 검기에 오래지 않아 병이 날 것이라고 생각했는데, 지금 부음을 들으니 매우 불쌍하다.

밤에 군수가 사람을 시켜 안부를 전하면서, 지금 정목(政目)*을 보

....

* 홍사고(洪思古): 1560~?. 홍사효(洪思斅)의 동생이다. 1579년 사마시에 입격했다. 원문에는 홍사고(洪師古)로 나오나 바로잡았다.
* 둔답(屯畓): 군량을 보충하고 관청의 비용을 충당하기 위해 국가가 지급한 토지 중의 논이다.
* 행하(行下): 윗사람이 아랫사람에게 내리는 지시, 명령이다.
* 권농색리(勸農色吏): 방(坊)이나 면(面)에 딸려서 농사를 장려하는 관리이다.
* 이홍제(李弘濟): ?~1595. 용양위 부장을 지냈고, 의정부 좌참찬에 추증되었다.
* 정목(政目): 벼슬아치의 임명과 해임을 적어 놓은 문서이다.

니 별좌(오윤겸)가 시직(侍直)에 제수되었다*고 한다. 비록 기쁘지만, 사내종이나 말이 갖추어지지 않았고 옷차림도 변변치 않으며 또 한양에 갈 여비를 마련하기도 어려워서 갈 수 없는 형편이다. 게다가 부모와 처자식이 모두 시골에 있어서 만약 버리고 나아가 벼슬한다면 잠시도 사는 걸 보장할 수 없을 것이니, 이 또한 염려하지 않을 수 없다. 그렇지만 윤겸의 생각이 어떠한지 알 수 없다. 즉시 사내종을 보내서 알리고 싶은데 사내종이 하나라 여유가 없으니, 또한 답답한 일이다.

◎ ─ 2월 20일

아침을 먹은 뒤 별좌 이덕후(李德厚)를 찾아가서 조용히 이야기를 나누었다. 마침 이시윤(李時尹)*의 장인 이언우(李彦祐)도 왔다. 그 집에서 우리에게 저녁 식사를 대접했다. 또 생뱅어 1사발과 노루고기 1조각을 주기에 늙으신 어머께 드렸다. 매우 고맙다.

이별좌(李別坐)는 전에는 모르는 사이였는데, 이곳에 와서 알게 되었다. 바로 내 아내의 일가라서 후의를 보인 것이다. 그는 근처 고을에서 으뜸가는 큰 부자이다. 살고 있는 화려한 집은 큰 강가에 있어서 강을 굽어보고 대숲을 뒤에 둘렀으며 고깃배와 장삿배가 문 앞을 오가니, 진실로 경관이 좋다. 날이 저물어 돌아오는데 말이 지쳐 나아가지 못해 간신히 집에 도착했다. 날이 이미 어두워졌다.

....

* 별좌가……제수되었다: 오윤겸의 문집인《추탄집(楸灘集)》연보에 1595년 2월에 세자익위사 시직에 임명되었다는 기록이 있다.《추탄집》〈추탄선생연보(楸灘先生年譜)〉.
* 이시윤(李時尹): 1561~?. 오희문의 처조카이다. 오희문의 처남인 이빈의 아들이다. 동몽교관을 지냈다.

또 함열에서 으레 보내 주는 백미 4말과 생뱅어 2사발을 보내왔다. 영암에 사는 임매의 편지가 또 왔다. 경흠(景欽)*이 내게 편지를 보내면서 참먹 2정(丁)을 구해 보냈다. 온 집안 식구들이 아무 일 없다고 하니 매우 기쁘다. 먹은 이전에 구해 달라고 했기 때문에 보내 준 것이다. 누이가 또 김 5첩(貼)과 감태(甘苔) 10주지(注之), 말린 포 10조(條)를 보냈다. 어머니께도 이와 같이 보냈다. 이것을 제수로 쓰려고 한다. 또한 기쁘다. 함열 관아의 사내종이 일이 있어 영암에 갔다가 돌아왔기 때문에 가져온 것이다. 다만 어머니께서 바꾼 쌀을 2말만 주고 나머지 3말은 주지 않았다고 한다. 매우 답답한 일이다.

◎ ― 2월 21일

아침에 군수가 공주 목사(公州牧使)로 옮겨 제수되었다고 하기에, 만나고 싶어서 관아에 들어갔는데 나오지 않았다. 이름을 알리기가 어려워서 즉시 도로 나왔다. 밥을 먹은 뒤에 송노를 이별좌의 집에 보냈다. 어제 면전에서 사람을 시켜 양식과 올벼 종자를 가져가라고 말했기 때문이다. 송노가 돌아왔다. 이별좌가 황조(荒租)* 5말과 올벼 종자 1말 5되, 율무 종자 5되를 보내왔다. 원종식(元宗植)이 지나는 길에 들렀다. 그는 장성 현감 이옥여(李玉汝)의 매부 원호무(元虎武)의 큰아들인데,* 내 아내에게는 오촌이 된다.

....

* 　경흠(景欽): 임극신(1550~?). 자는 경흠이다. 오희문의 매부이다. 임극신 부부는 당시 영암군의 구림촌에 거주하고 있었다.
* 　황조(荒租): 까끄라기가 그대로 있는 거친 벼이다.

저녁에 군수가 내가 관아에 들어왔다가 못 보고 돌아갔다는 말을 듣고 사람을 시켜 안부를 전했다. 송노에게 여러 가지 채소 씨를 뿌리고 재를 넓게 뿌리도록 했다. 밤에 군수가 나를 부르기에 즉시 관아로 들어가 아헌(衙軒)*에서 만났다. 마침 봉사 이신성이 오고 주부 민우경(閔宇慶), 감찰(監察) 한즙(韓楫),* 생원 홍사고가 뒤따라와서 서로 이야기를 나누다가 밤이 깊어 먼저 돌아왔다.

◎ ― 2월 22일

이른 아침에 사내종을 보내 이봉사(李奉事)에게 편지를 부쳐 환자를 받을 수 있도록 군수에게 말해 달라고 했다. 이봉사가 "군수께서 저를 통해 단자(單字)*를 바치면 환자를 지급하겠다고 했습니다."라고 답장했다. 그러므로 밥을 먹은 뒤에 송노에게 단자를 가지고 가서 바치게 하니, 거친 벼 2섬을 준다고 제급(題給)*했다. 받아서 되어 보니 줄지 않았다.

저녁에 소지가 왔기에 흰죽을 대접해 보냈다. 아내의 학질 증세가

....

* 이옥여(李玉汝)의……큰아들인데: 옥여는 이귀의 자이다. 이귀의 아버지 이정화(李廷華)와 부인 안동 권씨는 4남 3녀를 두었다. 이 중 큰딸이 시직 원호무(元虎武)와 혼인하여 원종식(元宗植)을 낳았다.《국역 월사집(月沙集)》제44권 〈증영의정연성부원군이공신도비명(贈領議政延城府院君李公神道碑銘)〉.

* 아헌(衙軒): 지방 수령이 공무를 처리하는 곳이다. 동헌(東軒)이라고도 한다.

* 한즙(韓楫): 원문의 한즙(韓楫)은《쇄미록》〈갑오일록〉 10월 28일 일기에는 한즙(韓濈)으로 나온다.

* 단자(單字): 필요한 사항을 간단하게 벌여 적은 문서이다. 물품의 이름과 수량, 사람 이름 등을 적거나 사람을 천거할 때 쓰기도 했다.

* 제급(題給): 제출한 소장(訴狀)이나 청원서 등에 대해 주관 관청에서 판결 또는 지령(指令)을 써 주는 것을 말한다.

그저께부터 많이 나아졌다. 조금 편치 않는 기운이 있다가 그치니, 이로부터 학질을 뗄 수 있을 것이다. 다만 단아는 여전히 아프니, 걱정을 이루 말할 수가 없다.

◎ ─ 2월 23일

인아가 함열에 갔다. 꼭두새벽에 지진이 났는데 소리가 천둥 같았고 창문이 흔들리다가 잠시 뒤에 그쳤다. 근래 지진의 변괴가 달마다 일어났다. 하늘이 경계를 보이는 데에는 분명 이유가 있을 것이니, 앞으로 무슨 일이 생길지 모르겠다.

타향을 떠돌면서 굶주림이 날로 닥치는데, 만약 다시 환란을 당한다면 우리 집은 늙으신 어머니를 모시고 갈 곳이 없다. 분명 남보다 먼저 골짝을 메울 것이다. 근심하고 탄식한들 어찌하겠는가.

어젯밤 꿈에 언명(彦明, 오희철)을 보았다. 이는 무슨 조짐인가. 전에 언명의 편지를 보았을 때에 한식 전에 와서 뵙겠다고 했다. 근래 분명 출발했을 터이니, 그래서 먼저 꿈속에 보인 것인가. 사내종과 말이 없으니, 만일 구하지 못했다면 필시 걸어올 것이다. 몹시 염려된다.

◎ ─ 2월 24일

송노가 돌아왔다. 으레 보내 주는 쌀 2말, 제사에 쓸 백미 1말, 찹쌀 5되, 메밀[木米] 3되, 조기 1뭇, 뱅어젓 2되, 생뱅어 1사발을 짊어지고 왔다.

저녁에 들으니, 군수가 전임(前任)의 일 때문에 논척당해 파직되었다고 한다. 안타깝기 그지없다. 비록 그의 인물됨이 어진지 아닌지는 알 수 없지만, 부임한 지 얼마 안 되어 정사를 잘 처리한다는 명성이 자못 있었고 재용(財用)이 고갈되어 가는 고을을 거의 살려 냈다. 뜻하지 않게 공주 목사로 승진하자 백성이 모두 아쉬워했는데 지금 또 다른 일로 거듭 사헌부(司憲府)의 논박을 당했으니, 더욱 탄식할 만하다. 병아리와 어미 닭이 연기를 들이마시고 일시에 죽어 가는데 살려 내지 못했다.

◎ ― 2월 25일

관아에 들어가서 군수의 행차를 보려고 했는데 사내종과 말에 문제가 생겼다. 저녁이 되어 이웃 사람에게 가서 말을 빌려서 막 가려고 하는데, 권학 씨가 와서 하는 말이 군수가 이른 아침에 떠났다고 한다. 얼굴을 보고 작별하지 못해 안타깝다. 백성이 모두 말하기를 "이 고을은 예전부터 어진 군수를 얻으면 오래가지 못한다."라고 했는데, 비록 믿을 수는 없지만 이번 군수가 부임한 지 한 달도 안 되어 떠나니 사람들의 말이 나온 것이 어찌 이 때문이 아니겠는가.

◎ ― 2월 26일

밤에 꿈을 꾸었는데 생원(오윤해)이 들어오는 모습이 눈에 완연했다. 양덕에서 출발한 것인가. 세 아들이 모두 곁에 없는데, 윤해와 윤함은 멀리 있어서 보기를 바랄 수 없지만 윤겸은 멀지 않은 곳에 사는데도 오지 않을 뿐만 아니라 소식조차 끊긴 지 오래이다. 사내종과 말을 갖추지 못하는 형편이라 그런 것이겠지만, 그리워하는 마음은 날이 갈수록 더해진다.

저녁에 장수(長水) 이자미(李子美)*의 사내종 한손(漢孫)이 장수에서 부터 이곳을 지나가다가 찾아왔다. 그에게 들으니, 이자미(이빈)의 처자식들이 이달 보름 뒤에 진안(鎭安)에 있는 친척집으로 옮겨 갔고 이시윤의 처자식들은 장수 천잠리(天蠶里)에 있는 처남 집에 있다가 곤궁함이 날로 심해져 서로 보존할 수 없어 각자 살길을 찾아 흩어졌다고 한다. 매우 불쌍하다. 한손은 이 길로 양성(陽城)으로 올라간다고 했다. 그러므로 진위를 지날 때 생원(오윤해)의 집에 편지를 전해 달라고 했다.

◎ ― 2월 27일 -한식 -

이른 아침에 음식을 차려 멀리서 선조의 제사를 지내고, 다음으로 아버지의 제사를 지내고, 또 죽전(竹前) 숙부의 제사를 지냈다. 난리 후 지금까지 4년 동안 한 번도 직접 산소에 가서 제사를 지내지 못했다. 슬픔을 가눌 수 없다. 이곳저곳 떠돌아다니느라 곤궁한 가운데 물품을 준비하기가 몹시 어려워서 아주 간단히 차려 지냈으니, 형편이 그런 걸 어찌하겠는가. 그저 정성을 다할 뿐이다. 아이들이 온종일 함열의 하인을 기다렸는데 오지 않았다. 우스운 일이다.

◎ ― 2월 28일

한복과 송노에게 이웃 사람의 삼태기를 빌려서 세 곳의 둔답을 모두 정리하게 했다. 내일 또 밭을 갈려고 한다. 다만 오랫동안 가물고 비

----

* 이자미(李子美): 이빈(李贇, 1537~1592). 자는 자미이다. 오희문의 처남이다. 임진왜란 당시 장수 현감을 지냈으나 1592년 11월에 사망했다.

가 내리지 않아서 보리와 밀이 타 죽었고, 내와 못이 말랐으며, 논도 말랐다. 만일 비가 오기를 기다려서 씨를 뿌린다면 절기상 너무 늦어질 것이다. 몹시 걱정스럽다.

저녁에 함열 관아의 사내종 춘억(春億)이 한양에 갔다가 내려오는 길에 여기에 들렀다. 그편에 들으니, 함열 현감의 아버지가 선공감 판관(繕工監判官)에 제수되었기 때문에 한양에 머물러 내려오지 않는다고 한다. 또 함열에서 사람이 와서 생뱅어 4사발을 전해 주었다. 내일 제사에 쓰려고 한다. 매우 기쁘다. 숭어 1마리와 웅어 5마리는 함열 현감의 아버지를 중간에서 마중하려고 가지고 온 것인데, 내려오지 않는다는 말을 듣고 우리 집에 주고 갔다.

◎ ─ 2월 29일

오늘은 외할머니의 제삿날이다. 새벽에 잠깐 밥과 떡을 차리고 잔을 올렸다. 제수 거리가 없어서 어적(魚炙) 두 가지와 어탕(魚湯) 두 가지로 제사를 지냈다. 외가의 종손인 경효(景孝) 형이 지난 12월에 세상을 떠났고[*] 난리 뒤에 집안이 망해서 그 자손들이 모두 끼니를 잇기 어려워 살아갈 수가 없다고 하니, 필시 제사를 지내지 못할 것이다. 어머니께서 제사를 지내지 못할까 몹시 걱정하셨기 때문에 간단하게라도 갖추어 지낸 것이다.

....

* 경효(景孝) 형이……떠났고: 남경효(南景孝, ?~1594)는 오희문의 외사촌 형이다. 오희문이 어릴 적에 외조부 밑에서 같이 자랐기에 정분이 가장 두터웠다고 한다. 원문에는 남경효가 1594년 12월에 세상을 떠났다고 했는데, 《쇄미록》〈갑오일록〉12월 9일 일기에는 10월에 세상을 떠났다고 기록되어 있다.

송노와 한복에게 또 품팔이꾼을 빌려서 쟁기를 가지고 둔답을 갈게 했는데, 끝내지 못했다. 저녁에 윤겸이 결성에서 왔다. 오래 그리워하던 차에 뜻밖에 만나니, 온 집안사람들이 기뻐했다. 장차 행장을 꾸려 한양으로 갈 계획이라고 한다. 윤함의 편지도 가지고 왔는데, 모두 아무 일이 없다고 하니 기쁘다.

◎ — 2월 30일

송노를 정산(定山)에 보내 갯지(㖙知)를 불러오게 했다. 아울러 정산 현감(定山縣監)에게 편지를 보냈다. 양식을 구하기 위해서이다. 시직(오윤겸)이 한양에 갈 때 갯지를 데리고 가고자 했다. 저녁에 송노가 갯지와 함께 왔다. 정산 현감에게 보낸 편지는 숫지(㖙知)로 하여금 내일 올리게 했다고 한다.

영암 임진사(林進士, 임극신)의 집 사내종 가파리(加破里)와 근이(斤伊) 등이 해주의 박참판댁(朴參判宅)이 사는 곳으로 가는 길에 양덕현의 심열(沈說)에게 간다고 한다. 그러므로 지나는 길에 이곳에 들러서 잤다. 누이가 어머니와 내게 편지를 보냈는데, 온 집안이 아무 일도 없다고 한다. 밤에 등불을 밝히고 윤함과 양덕에 전할 편지를 썼다. 또 예산 김한림의 집에 들러 임진사가 보낸 의복을 전해 준 뒤에 올라간다고 들었다. 그러므로 김자정[金子定, 김지남(金止男)]에게 보낼 편지도 썼다.

심열의 집 계집종 만화(萬花)가 난리가 나기 전에 낙안(樂安)에 있는 제 어미의 집에 갔는데, 부모가 모두 죽어서 살아갈 방도가 없었단다. 상전이 한양에서 벼슬한다는 말을 듣고 남편과 함께 찾아가기 위해 한양에 가다가 도중에 우리 집이 여기에 있다는 말을 듣고 들어왔다.

뜻밖에 만나게 되니 매우 기쁘다. 이 계집종은 바로 심매(沈妹)*가 젊었을 적에 아주 가까이 두고 부렸다. 우리 집에서 자랐는데, 누이가 자기가 낳은 자식처럼 사랑했다. 누이가 세상을 떠난 뒤에 심수원(沈粹源)이 첩으로 삼아 데리고 살면서 두 아이까지 낳았다. 심수원도 죽자, 그 뒤에 낙안으로 내려가 다시 다른 남편을 얻어 살았다. 집에 종이가 한 조각도 없어서 시직(오윤겸)을 시켜 홍주서(홍준)에게 구해 오게 했다. 5장을 얻어다가 세 곳에 편지를 썼다.

....
* 심매(沈妹): 오희문의 여동생. 심수원의 부인이다. 임진왜란 이전에 사망했다.

3월 <small>작은달</small>

◎ — 3월 1일

시직(오윤겸)이 함열에 갔다. 송노도 따라갔다. 양식을 구해 오기 위해서이다. 처음에는 짐 싣는 말을 끌려 보내려고 했는데, 말이 노쇠해서 걷지 못하기 때문에 보내지 않았다. 매우 안타깝다.

밥을 먹은 뒤에 무료해서 지팡이를 짚고 성민복의 집에 갔다. 매화를 보고 싶어서이다. 마침 성공이 들에 나가고 없어서, 그길로 이복령(李福齡)*의 집에 가서 이야기를 나누고 바둑을 두다가 날이 저물어 돌아왔다.

함열에서 보낸 심부름꾼이 마침 도착했다. 으레 보내 주는 쌀 3말, 소고기 1덩어리, 생뱅어 2사발을 짊어지고 왔다. 삼월 삼짇날이 가까워졌으니, 이것으로 신주에 제사를 지낼 수 있겠다. 몹시 기쁘다. 딸이

....
* 이복령(李福齡): ?~?. 1567년 음양과에 입격했다.

또 웅어젓 10개, 조기 1뭇, 조기젓 10마리, 천엽 1편(片)을 보내왔다.

◎ — 3월 2일

한복에게 이통진(李通津)*이 준 밭을 쟁기로 갈아서 율무 5되를 파종하고 나머지 두둑 하나에는 겉수수[皮唐] 7홉을 파종하게 했다. 밭이 큰길가에 있으니, 콩이나 팥을 심었다가는 반드시 지나가는 사람들이 몰래 베어 갈 것이다. 그래서 이 두 가지 작물을 심었다.

우판관(禹判官)이 찾아왔고 백광염(白光焰)이 뒤따라 들어와서 오랫동안 이야기를 나누다가 각자 헤어졌다. 고(故) 죽산(竹山) 남대임(南大任) 씨의 막내아들 일룡(一龍)이 함열에서 찾아왔다. 함열에서 환자를 얻기 위해 함열 현감에게 보내는 편지를 구해서 갔다. 전병(煎餅) 1상자를 가지고 왔기에 물만밥을 대접해서 보냈다.

오후에 좌수 임백(林柏)이 와서 황양목(黃楊木) 1괴(塊)를 주었다. 여자들의 도서(圖署, 시집갈 즈음에 만드는 인장)를 만들고자 하는데 임백이 쌓아 둔 게 있다는 말을 듣고 예전에 만나서 부탁한 적이 있기 때문에 와서 주고 간 것이다.

들건대, 충청 수군절도사가 수군을 거느리고 경상도의 적과의 경계로 갔는데, 잠깐 바다로 나갔을 때 배 안의 부엌 쪽에서 불이 나 화약을 보관한 곳으로 불길이 번져 화약이 크게 터지는 바람에 배 안에 있던 사람이 모두 죽었다고 한다. 간혹 물에 뛰어든 자도 있었지만 목숨을 건진 자는 거의 없고 수군절도사 또한 물에 뛰어들었다가 아들과

....
* 이통진(李通津): 이수준(李壽俊, 1559~1607). 통진 현감을 지냈다.

함께 빠져 죽었다고 한다.* 매우 불쌍하다.

저녁에 시직(오윤겸)이 함열에서 돌아왔다. 정미(正米) 2말과 콩 2말을 얻어 왔으니, 노자로 쓰기 위해서이다.

◎ ─ 3월 3일

시직(오윤겸)이 날이 밝기 전에 밥을 먹고 도로 결성에 갔다. 부임할 날이 임박하여 늦어져서는 안 되기 때문에 하루 더 머물지 못하고 돌아간 것이다. 어지러운 나라에 살지 말라는 것은 옛사람이 경계한 바이니,* 벼슬살이하기가 몹시 어려운 상황이다. 하지만 집이 가난하고 부모가 늙어서 또한 녹봉을 받기 위한 벼슬살이를 하도록 억지로 권해서 보내는 것이다. 다만 슬하에 시중들 아이가 하나도 없으니, 만약 우환이 생겨도 멀어서 형편상 쉽게 가지 못할 것이다. 한편으로는 몹시 걱정스럽지만 어찌하겠는가. 의복이 보잘것없어서 걱정했는데, 함열에서 옷 2벌을 보내 주고 우리 집에서도 명주 바지와 무명 중치막*을 지어서 보냈다. 이것으로 3년은 입을 수 있을 것이다.

....

* 충청 수군절도사가……한다:《국역 선조실록》28년 3월 5일 기사에 비변사에서 아뢴 내용이 실려 있다. "충청도에서는 수군 및 군량, 전선(戰船), 군기(軍器)가 모두 탕갈되어 수습하기가 어렵고 온 도의 인력마저 이미 기진해 있다고 합니다. 출발하자마자 불행하게도 바닷속으로 휩쓸려 들었는데, 전해 듣기로는 온 배의 사람들이 거의 모두 죽었다고 하니 참혹하기 그지없습니다." 다만 이 당시 충청 수군절도사가 누구였는지는 명확하게 알 수 없다.
* 어지러운……바이니:《논어(論語)》〈태백(泰伯)〉에 "위태로운 나라에는 들어가지 말고, 어지러운 나라에는 거주하지 말아야 한다. 천하에 도가 있으면 자기를 드러내고, 천하에 도가 없으면 숨어야 한다[危邦不入 亂邦不居 天下有道則見 無道則隱]."라고 했다.
* 중치막: 벼슬하지 아니한 선비가 소창옷 위에 덧입던 웃옷이다. 넓은 소매에 길이는 길고 앞은 두 자락, 뒤는 한 자락이며 옆은 무(웃옷의 양쪽 겨드랑이 아래에 대는 딴 폭)가 없이 터져 있다.

이웃에 사는 이광춘이 병에 걸려 고통스러워 한다고 한다. 멀지 않는 곳이기에 매우 걱정스럽다.

◎ ― 3월 4일

소지가 왔기에 술 한 잔을 대접하고 또 아침밥을 대접해서 돌려보냈다. 왜적이 진영을 합쳐 육지에 내려서 백기(白旗)를 세우고 장차 북쪽으로 향하려 한다고 들었다. 우리 집처럼 식구가 많은데 양식은 없고 말도 없는 집은 형세상 분명 구렁에 나뒹굴게 될 것이다. 탄식한들 어찌하겠는가. 충청도와 전라도의 인심이 동요되어 모두 피난할 생각을 하고 있다. 하지만 진실인지 거짓인지 알 수가 없다.

또 지난달 2일 영천 군수(永川郡守)가 전달한 통문(通文)을 보니, 흉악한 적들이 무수히 나왔다고 한다. 그러나 그 뒤로 다시 보고하는 글이 별도로 없었다. 오늘 김포 조희식(趙希軾)을 만났는데, "우리 집 사내종이 군량을 지고 영천군에 갔었는데, 지난달 24일에 영천 군수가 적들이 나왔다는 말을 듣고 군사를 거느리고 달려갔다가 며칠 뒤에 돌아와서 '적군이 모두 육지로 나와서 호랑이 사냥을 했는데, 호랑이 2마리를 잡아서 그들의 소굴로 돌아갔다.'라고 말했답니다. 그러므로 군수가 돌아오기를 기다리느라 사나흘 가량 머물러 군량을 바친 뒤 28일에 출발해서 어제 돌아왔는데, 경상도에는 별다른 적의 소식이 없다고 합니다."라고 말했다. 이 말이 필시 헛말은 아닐 것이니, 거의 위안이 되었다.

밥을 먹고 소지와 함께 문화 조백순이 방죽을 쌓고 있는 수다해(水多海)*로 가서 하루 종일 냇가에서 이야기를 나누고 이어 점심을 나누어 먹었다. 또 류선각에게 갔다가 돌아올 때 김포 조백공을 방문했다. 그길로 좌수 조군빙의 집에 갔다. 마침 한림 조백익도 와서 같이 이야기를 나누다가 저녁때 돌아왔다. 군빙의 집에서 내게 저녁을 대접했다.

이른 아침에 송노에게 시직(오윤겸)의 편지를 지니게 해서 석성(石城)으로 보내 양식을 구해 오게 했다. 그런데 마침 석성 현감이 없어서 헛걸음하고 돌아왔다. 안타깝다. 집에 돌아와서 들으니, 진사 이중영이 찾아왔다가 내가 마침 집에 없어서 만나지 못하고 돌아갔다고 한다. 또한 안타깝다. 그가 직접 올벼 종자 1말을 가져다주었다. 전날 약속했기 때문이다. 이복령이 마초 7뭇을 보냈다.

◎ — 3월 5일

송노를 함열에 보내서 양식을 구해 오게 했다. 아침을 먹은 뒤에 이진사에게 갔다. 전날 찾아왔다가 만나지 못한 것에 사례하고 조용히 이야기를 나누었다. 마침 바람이 불고 빗방울이 쏟아져 급히 돌아왔다. 잠시 후 비가 오더니 저녁 내내 내렸다. 비록 많이 내리지는 않았지만 오랜 가뭄 뒤에 이처럼 한 번 적실 만한 비가 내렸으니, 보리와 밀이 거의 되살아날 수 있는 가망이 보이는 게다. 매우 기쁘다. 밤새 그치지 않고 내일도 그치지 않으면 삼농(三農)*의 농사를 또한 마칠 수 있을 텐데, 밤에 곧바로 비가 그쳤다. 안타깝다.

....

* 수다해(水多海): 수다해리(水多海里)는 관아에서 10리 떨어진 곳에 있던 마을이다. 《국역 여지도서》 제8권 〈충청도 임천군 방리〉.

* 삼농(三農): 평야(平野)와 산간(山間), 택지(澤地)의 농민을 말하는데, 일반적으로 농민을 가리킨다. 《주례(周禮)》 〈태재(太宰)〉에 "삼농이 아홉 가지 곡식을 생산한다[三農生九穀]."라고 했는데, 정현(鄭玄)의 주에 "삼농은 평지와 산간과 택지의 농민이다."라고 했다.

이광춘의 장모가 병을 피해 북쪽 창밖 너머 이웃집에 와 있다고 들었다. 사람을 시켜 여러 번 먼 곳으로 피해 가도록 권했는데 끝내 듣지 않았다. 매우 괘씸하다. 지금 다시 들으니, 그녀도 점점 머리가 아픈 증세를 보이고 미음을 먹지 못한다고 한다. 더욱 걱정스럽다.

◎ ─ 3월 6일

아침에 들으니, 이광춘의 장모가 자기 집으로 돌아갔다고 한다. 아침 해가 쨍쨍 내리쬐어 비가 내릴 조짐이 전혀 없고, 어제 비가 내려 적셔 준 땅도 곧바로 바짝 말랐다. 매우 안타깝다. 아침을 먹은 뒤에 무료하여 지팡이를 짚고 걸어서 이복령의 집에 갔다. 어머니와 나와 처자식의 길흉을 점치고 머물면서 바둑을 두었다. 이복령은 스스로 바둑을 잘 둔다고 하더니, 내리 일곱 판을 지고 나서야 비로소 자신이 잘 두지 못한다는 것을 알고 한참 동안 한숨을 쉬며 탄식했다. 우습다. 날이 저물어서야 돌아왔다.

한림 김자정의 사내종이 들렀다. 자정의 편지를 펼쳐 보니, 자신에게는 별일이 없는데 아들 무적(無赤)의 병세에 오랫동안 차도가 없다고 한다. 슬프고 안타깝기 그지없다. 공주에 사는 이금이(李金伊)가 찾아왔다. 내가 마침 집에 없었기 때문에 만나지 못하고 돌아갔다. 안타깝다.

저녁에 송노가 함열에서 돌아왔다. 으레 보내 주는 쌀 2말을 얻어 왔고, 함열 현감이 또 보낸 올벼 1섬과 생숭어 1마리를 짊어지고 왔다. 그런데 짐이 무거워서 올벼 6말은 산이(山伊)*의 집에 맡겨 두고 왔단다.

꼭두새벽에 비가 쏟아졌는데 아침에는 완전히 날이 개었다. 안타까운 일이다. 어제 함열 현감의 편지를 보니, 오늘 웅포(熊浦)*에서 물고기 잡는 모습을 구경하려는데 나와 같이 보고 싶다며 배를 보내 남당진 나룻가에서 맞이하겠다고 했다. 그래서 이른 아침을 먹고 출발해서 나루에 이르니, 뱃사공이 배를 띄울 준비를 하고 기다리고 있었다. 즉시 배에 오르자 뱃사공이 키를 움직이고 송노는 노를 저었다. 북쪽 물가를 따라 밀려 나가는 조수를 타고 내려갔다. 별좌 이덕후의 정자 아래를 지나가는데 마침 서풍이 크게 불어 물결이 크게 일렁거렸다. 작은 배가 흔들려 물결 사이를 넘나드니 넘실대는 물이 배 안으로 들어와 옷이 젖었다. 두 사람이 배를 제어하지 못하여 어쩔 수 없이 옛 사창 가로 배를 돌려 정박했다.

묻에 내려 말을 타고 남쪽 언덕을 따라 내려가서 웅포에 도착하니, 현감이 이미 다른 사람들과 함께 바다로 나가 닻을 내리고 배를 고정시킨 뒤였다. 비록 발을 돋우어 바라보았지만 역풍이 너무 세차서 불러도 소리가 들리지 않아 언덕 위에 올라가 앉아 있으려니 몹시 무료했다. 마침 감관과 품관(品官)*이 바람을 피해 언덕 아래에 배를 대고 있기

....

* 산이(山伊):《쇄미록》〈계사일록〉 9월 8일 일기에 따르면, 산이는 지평 현감을 지낸 남궁동장(南宮洞長)의 사내종으로 당시 함열현에 살고 있었다.

* 웅포(熊浦): 전북 익산시 웅포면에 있던 포구이다. 황해에서 금강으로 거슬러 올라오는 뱃길 가운데 가장 번창했던 곳으로, 곰개라고도 불렀다. 본래 10개 군현의 세곡을 실어 내던 곳으로, 세곡 창고인 덕성창(德成倉)이 있었다.

* 품관(品官): 향직(鄕職)의 품계를 받은 벼슬아치이다. 주현(州縣)에 유향소(留鄕所)를 설치하고 고을에 사는 유력한 자를 좌수, 별감, 유사에 임명하여 수령을 보좌하며 풍속을 바로잡고 향리를 규찰하고 정령(政令)을 전달하며 민정(民情)을 대표하게 하던 유향품관(留鄕品官)을

에, 오라고 하여 앉아서 이야기를 나누었다. 다시 감관과 함께 작은 배를 타고 밧줄로 끌어 언덕을 따라 가려고 했는데, 거센 바람에 파도가 일어서 배가 안전하게 가지 못했다. 배가 멀리 가지 못하고 뒤집힐 뻔한 것도 여러 번이었다. 배 안의 사람들이 모두 바다에 배를 띄운다면 분명 뒤집힐 염려가 있다며 굳이 그만두기를 청했다. 곧장 도로 배에서 내려서 감관과 이야기를 나누다 보니 날이 이미 저물었다.

날이 밝기 전에 밥을 먹었더니 배가 너무 고파서 어찌할 수가 없었다. 감관이 내게 "보잘것없는 밥이 있어 나누어 먹을 수는 있는데, 그대의 뜻이 어떠한지 모르겠습니다."라고 물었다. 나는 "배가 몹시 고프니 뭘 굳이 따지겠소."라고 말했다. 즉시 뱅어를 삶게 해서 함께 나누어 먹었다. 감관이 또 술을 마련하여 각자 두 잔씩 마셨더니, 시장기는 거의 달랠 수 있었다.

처음에는 현감을 기다려 보고 가려고 했는데, 저녁이 되자 바람의 세기가 더욱 심해져서 하는 수 없이 먼저 돌아왔다. 관아에 들어가서 딸을 만나 한참 이야기를 나누었다. 인아가 먼저 오고 현감이 뒤따라서 횃불을 밝히고 돌아왔다. 서로 보고 잠시 이야기를 나누다가 상동헌으로 나가서 생원 한효중(韓孝仲),* 생원 안수인(安守仁)과 함께 잤다. 인아도 따라왔다.

안수인과 한효중 두 공은 현감의 친구로, 함께 웅포에 가서 물고기 잡는 모습을 보고 돌아왔다. 한효중은 내 팔촌 친척으로, 한마을에 살

....

말한다.

* 한효중(韓孝仲): 1559~1628. 1590년 증광시에 생원으로 입격했고, 1605년 증광시 문과에 급제했다.

아서 서로 돈독한 사이이다. 객지에서 우연히 만나니, 자못 위로가 되었다. 오늘 바람이 어지럽게 불어서 뱅어를 많이 잡지 못했으니, 이전 해에 비하면 10분의 1 정도라고 한다. 나도 장관을 구경하려고 했는데 결국 일이 어긋나고 말았다. 호사다마(好事多魔)라고 할 만하니, 한편으로는 매우 우습다.

향비가 병 때문에 자리에 누웠는데 여러 날 동안 차도가 없다. 전염될까 걱정되어 어쩔 수 없이 밖으로 내보냈다. 매우 걱정스럽다.

◎ — 3월 8일

호조 정랑(戶曹正郎) 최동망(崔東望)*이 고을에 와서, 현감이 이른 아침에 나가 대접했다. 나는 관아로 들어가 딸을 만나 앉아서 이야기를 나누고 함께 아침을 먹었다. 마침 참군(參軍) 이뢰(李賚)*가 최호부(崔戶部, 최동망)와 같이 왔다가 내가 관아에 왔다는 말을 듣고 사람을 보내 안부를 물었다. 나도 그들을 신방으로 맞아 만나 보았다. 생각하지 못한 일이라 매우 기쁘고 위로가 되었다. 인사를 나눈 지 얼마 안 되어 갈 길이 바쁘다며 다시 급히 작별하고 떠났다. 매우 안타깝다.

서상방(西上房)으로 나가 대흥을 만났다. 한효중과 안수인 두 공 및 임계와 홍요보(洪堯輔)도 와서 서로 이야기를 나누었다. 현감도 와서 잠시 이야기를 나누다가 먼저 들어가기에 나도 뒤따라 들어갔다. 김봉사(金奉事, 김경)와 민주부가 마침 신방에 모여 있었기에 함께 이야기를

....

* 최동망(崔東望): 1557~?. 호조 정랑, 합천 군수 등을 지냈다.
* 이뢰(李賚): 1549~1602. 오희문의 처사촌이다. 오희문의 장인 이정수의 동생 이정호(李廷虎)의 큰아들이다. 한성부 참군을 지냈다.

나누었다. 또 관아로 들어가 딸을 보았는데, 딸이 내게 물만밥을 주었다. 곧이어 서로 작별하고 나왔다.

현감 및 여러 사람과 작별하고 떠나려고 하는데, 내 말이 몹시 노쇠해서 현감의 말을 빌려 타고 남당진에 이르러 그 말을 돌려보냈다. 배가 건너편에 있었기에 오랫동안 나룻가 언덕에 앉아 배가 돌아오기를 기다리니, 이미 저녁이 되었다. 어렵사리 건너서 집에 도착하니, 날이 벌써 어두워졌다. 올 때 현감이 내게 뱅어 5사발과 웅어 2두름을 주었다. 즉시 삶아서 어머니께 드리고 나누어 먹었다.

이 고을의 신임 군수가 어제 관아를 나와 오늘 알성(謁聖)했다고 들었다. 군수의 성명은 서집(徐諿)이다. 홍산 현감(鴻山縣監)을 지냈을 적에 백성을 잘 다스려서 순서를 뛰어넘어 이 고을 군수로 승진했다. 그의 부인은 내 아내의 육촌 친척인데, 한양에 있을 때 각자 멀리 살았기 때문에 서로 안부를 물으며 왕래하지는 못했다. 그러나 촌내(寸內)의 친척이니, 반드시 다른 사람과 똑같이 대우하지는 않을 것이다. 시직(오윤겸) 또한 교유했기 때문에 편지를 써 놓고 갔으니, 내일 응당 보낼 것이다.

◎ ― 3월 9일

아침에 군수가 환자를 나누어 준다고 들었다. 송노로 하여금 시직(오윤겸)의 편지를 가져가서 바치게 했는데, 군수가 보고 나서 답을 하지 않았다고 한다. 또 한복에게 단자를 올리게 하여 환자를 받으려고 했는데, 겨우 1섬을 주었다. 다시 되어 보니, 14말이었다. 아주 많이 받기를 바랐는데 너무 조금밖에 얻지 못해서 하고자 했던 일을 모두 그만두게 되었다. 탄식한들 어찌하겠는가.

소지가 와서 보고 돌아갔다. 어제 사람을 보내 조백순에게서 올벼를 구했더니 4말을 보내 주었다. 백공도 2말을 보내 주었다. 저녁에 사내종 덕년이 들어왔다. 내일 예산 김한림의 집에 보내기 위해 부른 것이다.

◎ ― 3월 10일

편지를 써서 사내종 덕노에게 주어 예산에 보냈다. 청양(靑陽)에 들를 때 청양 현감에게 편지를 올리게 하고, 그편에 편지를 윤함에게 전하게 했다. 또 돌아올 때 결성에 있는 시직(오윤겸)의 집에 들러서 그가 한양에 갔는지의 여부를 물어보게 했다. 그 참에 어머니께서 주신 무명 1단을 보내서 겹옷을 만들어 시직(오윤겸)에게 보내 주게 했다.

모레가 바로 김매(金妹)의 소상이다.* 이 때문에 사내종을 보내 안부를 묻고 백미 1말도 보냈다. 처음에는 떡을 만들어 제수로 보내려고 했는데, 날이 따뜻하고 길이 멀어서 떡이 상할까 걱정되어 쌀을 보냈다.

이광춘의 병에 차도는 있지만 양식이 떨어져서 굶고 있다고 들었다. 매우 불쌍하다. 즉시 밥을 짓고 국을 끓이게 해서 밖에 나와 있는 계집종을 시켜 들여보냈다. 향비의 남편인 관아의 사내종 상근(尙斤)이 와서 대구(大口) 2마리와 잣 2되를 바쳤다. 영천군에 군량을 바친 뒤에 어제 돌아왔기 때문에 오늘 얻은 것을 바친 것이다. 집에 술과 안주가

....

* 모레가……소상이다: 김매(金妹)는 오희문의 여동생으로, 김지남의 부인이다. 《쇄미록》〈갑오일록〉 4월 5일 일기에 김매가 한양에 갔다가 역병에 걸려 죽었다는 내용이 보인다.

없어서 먹여 보내지 못했으니, 매우 안타깝다.

◎ ─ 3월 11일

송노와 한복에게 쟁기를 가지고 가서 이통진(李通津)의 논을 갈게 했다. 밥을 먹은 뒤에 지팡이를 짚고 가서 열심히 일하고 있는지 살폈다. 길가에 앉아 있는데 마침 별좌 이정시가 지나가다가 들렀다. 그와 함께 성민복의 집 앞 언덕 위에 앉아 성공을 불러서 오랫동안 이야기를 나누었다. 유위(有爲, 이정시)가 먼저 일어나서 돌아갔다.

상례(相禮) 원사용(元士容)*이 향교(鄕校)에 와 있다고 들었다. 성공과 함께 가서 만나 보고 옛이야기를 나누었다. 훈도(訓導) 조의(趙毅)도 자리에 있었다. 원상례는 당시의 폐단을 아뢰는 상소의 일곱 가지 조목을 초안하고 성공에게 잘못 쓴 글자를 고치게 한 뒤에 바르게 써서 올리려 한다고 했다. 원사용과는 젊었을 적에 서로 알고 지냈는데, 오랫동안 못 만나다가 지금 비로소 만나게 되었다. 그도 떠돌다가 이 군에 머물러 살았는데, 난리가 난 뒤에 실명하여 벼슬에서 물러났다고 한다. 매우 불쌍하다.

동남풍이 종일 불고 날이 흐려서 비가 내릴 조짐이 있었다. 반드시 밤새 비가 내릴 것이라고 생각했는데 내리지 않으니 안타깝다.

....

* 　원사용(元士容): ?~?. 영천 군수를 지내던 중인 1591년에 행정과 군사적인 목적으로 영천읍성을 신축했다.

◎ ― 3월 12일

자미(이빈)의 사내종 한손이 장수로 돌아가기에 편지를 써서 부쳤다. 송노를 함열에 보내서 양식을 구해 오게 했다. 내일은 죽은 누이의 소상이다. 처음에는 직접 가서 제사를 지내려고 했다. 그런데 말이 없을 뿐만 아니라 노자 또한 마련하기 어려워서 사내종만 보내고 가지 못했다. 평생 한으로 남겠지만 어찌하겠는가. 그저 슬피 울 뿐이다.

들으니, 적장 가등청정(加藤淸正, 가토 기요마사)에게 좋은 말 1마리가 있어서 애지중지 길렀는데 뜻밖에 호랑이에게 물려 죽자 이에 대노하여 군사를 일으켜 호랑이 2마리를 사냥하여 진중(陣中)으로 돌아갔다고 한다. 예전에 공연히 놀랐던 것도 반드시 이 때문일 것이다.

아침부터 비가 내리다가 오후에 비로소 그쳤는데, 많이 내리지는 않고 흩뿌리는 정도였다. 그러나 오랜 가뭄 뒤에 이처럼 한 보지락의 비*가 내렸으니, 보리와 밀이 살아날 수 있겠다. 다만 바람이 세게 불고 날이 따뜻하니, 분명 이 정도에 그치지는 않으리라.

송노가 나루에 도착했다가 바람이 세게 불어서 건너지 못하고 도로 돌아왔다. 양식이 떨어져서 보냈는데 이제 되돌아왔으니, 내일과 모레는 끼니를 잇기가 몹시 어렵겠다. 매우 걱정스럽다. 한복을 류선각에게 보내 올벼 2말을 얻어 왔다. 전날 만나서 약속했기 때문이다. 감사하기 그지없다. 저녁에 또 비가 내렸는데 충분하지 않았다. 어제 장 5말을 담갔다.

....

* 한 보지락의 비: 원문의 일리지우(一犁之雨)는 쟁기질하기에 알맞게 내린 봄비이다. 보지락은 비가 온 양을 나타내는 단위로, 보습이 들어갈 만큼 빗물이 땅에 스며든 정도이다.

◎ ─ 3월 13일

한밤중부터 큰비가 내리고 바람이 불더니 아침까지도 그치지 않았
다. 아무리 지대가 높고 건조한 논이라도 물이 부족하다고 탄식할 일은
없겠다. 농민의 소망을 충분히 달래 주었으니, 매우 기쁘다. 다만 살고
있는 집에 비가 새는 곳이 많으니, 매우 답답하다.

함열에서 사람이 왔다. 으레 보내 주는 쌀 2말과 뱅어 2사발을 짊
어지고 왔다. 양식이 떨어져서 탄식하던 차에 이처럼 뜻밖에 쌀을 얻어
기쁘다. 다만 딸의 편지를 보니, 현감이 관아의 비축분이 부족하다며
으레 보내오던 쌀 8말을 줄여서 보내고 게다가 벼 1섬으로 대신 보낸
다고 했다. 한 달에 18말을 얻어도 매번 불안해 하면서 부족할까 걱정
되어 죽을 쑤어 먹으면서 지냈는데, 만약 벼 1섬을 준다면 더욱 계속해
서 쓸 수 없을 것이다. 게다가 벼 1섬을 절구질하면 많아 봐야 쌀 5말에
불과하다. 달리 끼니를 이을 방도가 없으니, 늙으신 어머니를 봉양하는
데에 더욱 걱정스럽다. 함열 현감이 요즘 기운이 편치 않은 징후가 있
다고 하니 몹시 염려스럽다.

저녁 내내 비가 그치지 않았다. 이처럼 비가 내리는 가운데 시직
(오윤겸)이 어떻게 올라갔는지, 이미 한양에 도착은 했는지 모르겠다.
걱정스러운 마음을 금할 수가 없다. 이웃에 사는 이광춘의 장모가 전염
병에 걸렸는데 어젯밤에 세상을 떠났다. 가련하다.

◎ ─ 3월 14일

비가 비록 세차게 내리지는 않았지만 밤새 그치지 않았다. 아침에
는 날이 흐렸다가 조금 개었다. 송노와 한복에게 이통진의 논에 씨를

뿌리게 했다. 그런데 오후에 비가 내려서 끝내지 못했다. 내일 날이 맑기를 기다렸다가 다시 하려고 한다. 오늘 뿌린 씨는 고사벼[古沙租] 4되와 찰벼 5되뿐인데, 모두 중올벼[中早稻]라고 한다.

소지가 와서 보고 갔다. 먹을 것이 없어 대접하지도 못했다. 매우 안타깝다. 어머니가 주무시는 방에 비가 새서 그릇을 늘어놓고 빗물을 받았다. 매우 답답하다. 단아의 학질 증세가 이달 초부터 점점 나아져서 지금은 조금 불편한 정도이다. 이제 완전히 나을 듯하니 기쁘다.

유기장(鍮器匠)이 옛 사발 1좌(坐)를 가져다가 팔기에, 아내가 쌀 1말을 주고 샀다. 아침저녁으로 매우 어려운 상황인데 말려도 듣지를 않는다. 제사 때 쓸 그릇 1짝[隻]이 없어서 매번 행기(行器)*를 사용해서 제사를 지내려니 너무 마음이 편치 않아서 어쩔 수 없이 샀다고 한다.

송노를 시켜 가시나무를 베어다가 이광춘의 집 앞으로 다니는 길을 막게 했다. 멀지 않은 곳에서 물을 길어 오가는 것이 몹시 두려워서이다. 그 집안사람들이 모두 병을 앓았고 그의 장모만 홀로 피했는데, 그녀도 마침내 죽음을 면치 못했다. 애처롭다.

◎ — 3월 15일

이른 아침에 송노를 함열에 보내 양식과 종자, 말먹이 콩을 구해오게 했다. 또 한복을 시켜 어제 끝내지 못한 논을 다듬어 못자리에 벼 1말 8되를 뿌리게 했으니, 또한 중올벼이다. 어제 뿌린 씨까지 모두 3말 7되이다. 병아리 7마리를 길러 크기가 거의 메추라기만 해졌는데, 오후

....
* 　 행기(行器): 음식을 나를 때 사용하는 용기 혹은 여행 중에 사용하는 그릇이다.

에 이웃집 고양이가 병아리 1마리를 물어 갔다. 매우 마음이 아프다.

◎ ─ 3월 16일

덕노가 예산에서 결성에 들렀다가 중도에 비에 막혀서 오늘에야 왔다. 두 곳 모두 별 탈 없이 편안히 지내고 있고, 시직(오윤겸)은 지난 8일에 한양으로 올라갔다고 한다. 자정의 편지를 펴 보니, 지극한 슬픔을 견딜 수가 없다. 무적의 증세가 고질이 되어 고치기 어렵다고 하니, 더욱 애처롭다. 청양 현감의 답장도 왔다. 근래 서쪽에서 오는 사람이 없어 윤함 집의 소식을 듣지 못했는데, 만약 사람이 오면 즉시 전해 주겠다고 했다.

덕노를 시켜 비가 새는 곳을 수리하고 20여 구덩이에 오이를 심게 했다. 이른 아침에 계집종 눌은개를 보내 고사리를 꺾어 오게 해서 탕을 끓여 신주에 올렸다.

송노가 돌아왔다. 함열 현감의 기운이 평상시와 같아졌다고 한다. 기쁜 일이다. 으레 보내 주는 쌀 3말과 벼 2섬 및 종자벼 7말, 말먹이 콩 3말, 미역 7동(同)을 실어 왔다. 벼 10말은 짐이 무거워서 양산(良山)의 집에 맡겨 두었다고 한다. 메주 3말도 얻어 왔다. 다만 각 곡식마다 많이 줄어들었으니, 분명 훔쳐 먹은 게다. 몹시 괘씸하고 얄밉다. 또 들으니, 내일 이 고을에서 환자를 나누어 준다고 한다. 아내에게 넉넉히 달라는 내용의 편지를 써서 군수 부인에게 청하게 하자, 응당 나리께 고하겠다고 답장했단다.

◎ — 3월 17일

새벽부터 비가 내리다가 느지막이 그쳤지만 날이 흐렸다. 덕노가 함열로 돌아갔다. 오후부터 큰비가 내리더니 저녁 내내 내렸다. 이른 아침에 송노를 시켜 단자를 올리니 환자 2섬을 제급했다. 받아다가 다시 되어 보니 1말씩 줄었다. 또 둔답의 종자를 받아 왔는데, 다시 되어 보니 또한 1말 5되가 줄었다. 이는 필시 중간에 훔쳐 먹은 게다. 더욱 가증스럽다.

◎ — 3월 18일

아침에 날이 흐렸다가 느지막이 해가 났다. 무료하던 중에 지팡이를 짚고 씨 뿌린 논에 물을 끌어다 대는 것을 보고 돌아왔다. 오랜 가뭄 뒤에 사흘 내내 비가 내리니, 보리와 밀이 무성해졌다. 뿐만 아니라 농사짓는 백성도 들에 가득하니, 사흘이나 닷새 안에 논을 다 갈고 씨를 뿌릴 것이다. 가을과 여름 사이에 각각 제때 비가 내리고 그친다면 농민들이 분명 풍년을 노래할 것이니, 나 같이 떠도는 자도 반드시 도움을 받을 것이다.

◎ — 3월 19일

송노와 한복 및 품팔이꾼 2명을 시켜 둔답 두 곳을 다듬고 씨를 뿌리게 했다. 까분 정조(正租)*를 서쪽 길가 논에 4말 1되 뿌렸고 동쪽 논에는 2말 6되 뿌렸다.

....
* 정조(正租): 타작을 끝낸 뒤 방아를 찧지 않은 벼이다.

집 뒤에 있는 연지(蓮池)의 둑을 막아 일구어 관답(官畓)을 만들었다. 군수가 못가에 장막을 치고 직접 와서 공사를 살폈다. 나도 가서 보고 이야기를 나누다가 돌아왔다. 일찍이 서로 알던 사이는 아니었지만 피차 이름을 들은 지 오래였다. 오늘 보고 나서 제법 은근한 뜻을 보였다. 올 때 사내종들이 씨 뿌린 곳에 들러 살펴보았다. 마침 권학 씨가 지나가다가 말에서 내려 길가에 앉아 서로 격조했던 회포를 풀고 돌아왔다. 비로소 누에를 종이 위에 받았다.*

◎ — 3월 20일

이웃에 사는 사노(私奴) 만수(萬守)의 처가 와서 집사람을 보고 햇파 1뭇과 간장 1사발을 바쳤다. 술을 먹여 보냈다. 이통진의 논에 뿌릴 종자로 황조 3말을 받아 왔는데, 되어 보니 절반도 되지 않았다. 매우 안타깝다.

밥을 먹은 뒤에 지팡이를 짚고 둑을 막아 일군 논에 가서 보고 돌아왔다. 소 5, 6마리가 한꺼번에 세 곳을 갈고 일꾼 50여 명이 그 뒤를 따라 이랑을 만들어 씨를 뿌리니, 또한 장관이었다. 군수가 오늘도 와서 살펴보았다. 한복이 둔답에 씨를 뿌렸다.

◎ — 3월 21일

밥을 먹은 뒤에 생원 권학과 함께 말을 타고 가서 보광사(普光寺)*

....

* 비로소……받았다: 누에나방이 종이 위에 알을 슬어 놓았다는 뜻이다.
* 보광사(普光寺): 충청도 임천군 성주산(聖住山)에 있고 차군루(此君樓)가 있다.《국역 여지도서》제8권 〈충청도 임천군 사찰〉.

를 둘러보았다. 법당에 앉아 늙은 중 2, 3명을 불러 종일 이야기를 나누었다. 각자 싸 온 쌀로 중에게 밥을 짓게 하고 고사리를 데쳐 먹었다. 마침 주지승은 경상도의 승대장(僧大將)이 있는 곳에 가서 부재중이었다.

날이 저물어 또 권공(權公)과 함께 향림사(香林寺)*에 갔다. 수승(首僧)이 또 관아에 들어가서 없었다. 그래서 잠시 수승의 방에 앉았다가 돌아왔다. 향림사는 큰 절인데, 황폐하여 텅 빈 지 오래되었다. 지금 들어와 사는 중들이 많지 않고, 빈방 또한 많았다.

올 때 보니 길가에 연한 풀이 무성했다. 말에서 내려 뜯어먹게 한 뒤에 집에 돌아왔더니 날이 이미 저물었다. 요즘 무료하여 예전에 권학과 약속한 대로 두 곳의 절을 같이 구경하고 산나물을 삶아 먹었던 것이다. 함열에서 사람이 왔다. 딸이 생조기 3마리와 웅어 1두름을 구해 보냈다. 그편에 인아의 학질이 나았다는 소식을 들었다. 기쁘다.

◎ ─ 3월 22일

송노에게 남의 말 2필을 빌려서 끌고 함열에 가서 빈 가마니[空石]을 실어 오게 했다. 저녁에 막정이 양덕에서 돌아왔다. 양덕에서 받은 물건을 거의 다 주고 소를 사서 신계(新溪)까지 왔으나 소가 움직이지 못해 어쩔 수 없이 말로 바꾸었는데, 베 1필을 더 주었다고 한다.

지금 조카 심열의 편지를 보니, 벼슬을 그만두고 강릉(江陵)으로 돌아가려 한다고 한다. 처음에는 어머니를 모시고 가려고 했는데 그렇게

....

*   향림사(香林寺): 충청도 임천군 관아의 서쪽 10리에 있었다. 《국역 여지도서》 제8권 〈충청도 임천군 사찰〉.

할 수 없는 형편이라고 한다. 갈 때 한양에 가서 시직(오윤겸)을 보았는
데, 또한 무사히 한양에 도착하여 지난 15일에 숙배(肅拜)*하고 입직(入
直)*했다고 한다. 윤겸의 편지를 보니, 이치에 맞지도 않는 일로 완석(完
席)*에 여러 번 나갔다가 다른 사람이 구호해서 중지되었는데 지평(持
平) 류희서(柳熙緒)*가 강력하게 논박하려 했다고 한다. 류희서는 평소
에 불쾌하게 여겼기 때문에 그 틈을 타고 망극한 짓을 꾸미려고 했으
니, 교활하다고 할 만하다. 장령(掌令) 유대정(兪大禎)*이 힘껏 구호했다
고 한다.

생원(오윤해)도 같이 왔는데, 중간에 도적에게 둘러싸였다가 간신
히 벗어나 수원에 있는 양모(養母)의 집에 이르러 먼저 막정을 보낸 것
이다. 황해도의 산과 고을에 도적이 크게 들끓어, 양덕 현감의 처남 민
우안(閔友顔)도 나갔다 올 적에 도적을 만나 모두 약탈당하고 몸만 겨
우 빠져나와 화를 면했다고 한다. 생원(오윤해)이 무사히 집으로 돌아
갔으니, 참으로 다행스럽다.

양덕에서 보내온 물건은 참깨 2말, 들깨 2말, 짚신 3부(部), 노루가
죽 1령(令), 메밀 2말, 명주 1필, 중포(中脯)* 1조, 말린 꿩 3마리, 베 1필
이다. 그 나머지 곡물은 소를 살 때 썼으며, 베 또한 말 값으로 더 주었

....

* 숙배(肅拜): 신하가 사은(謝恩)이나 하직(下直)을 할 때 왕이나 왕실 구성원에게 공경히 배례
  (拜禮)를 행하는 것을 말한다.
* 입직(入直): 관아에 들어가 차례로 숙직하거나 당직하는 것을 말한다.
* 완석(完席): 사헌부의 관원이 비밀리에 탄핵 등의 일을 의논하는 자리이다.
* 류희서(柳熙緒): 1559~1603. 1596년 도승지를 지내면서 내의원 부제조를 겸임했고, 개성부
  유수, 경기도 관찰사를 지냈다.
* 유대정(兪大禎): 1552~1616. 이천 현감, 충청도 관찰사, 동지중추부사 등을 지냈다.
* 중포(中脯): 나라의 제사 때 쓰던, 얇게 저며 양념해서 말린 고기이다.

다고 한다. 어머니께도 파장의(破長衣) 1벌, 버선 1켤레, 말린 노루고기 1마리, 약과 1상자를 보냈다. 내게는 행전(行纏)*과 버선을 만들어 보냈다.

이제 들건대, 조카 심열이 벼슬살이가 생소해서 상사(上司)에게 치욕을 당하는 일이 많아 스스로 그만두지 않는다고 하더라도 거의 버틸 수 없을 지경이라고 한다. 세력 없는 음관(蔭官)*이라 진실로 그럴 법하니, 한탄한들 어찌하겠는가.

◎ ─ 3월 23일

송노가 돌아왔다. 함열의 관인(官人)과 함께 빈 가마니 1백 개를 싣고 왔다. 또 이번에 양산의 집에 맡겨 둔 벼 2말을 미역 43동으로 바꿔 오게 했다. 그런데 1동이 겨우 한 움큼 정도라 많지가 않다. 집에 반찬거리가 없어서 이것으로 아침저녁 반찬을 만들려고 한다.

저녁에 생도미를 지고 팔러 다니는 자가 마을을 돌면서 외치고 지나갔다. 아이들이 도미를 먹고 싶은 마음을 참지 못하고 사 달라고 간청했다. 이에 거친 벼 2말을 주고 2마리를 사서 탕을 끓여 함께 먹었다. 계집아이들도 오히려 싫어하지 않으니, 웃음이 나왔다. 한참 먹고살기 어려운데 오히려 또 하루 먹을 양식을 소비했으니, 사람의 욕심을 억제하기가 이와 같이 어렵구나. 백광염이 와서 보고 갔다.

....

* 　행전(行纏): 바짓가랑이를 좁혀 보행과 행동을 간편하게 하기 위하여 정강이에 감아 무릎 아래에 매는 물건이다. 행등(行縢)이라고도 한다.
* 　음관(蔭官): 과거를 거치지 아니하고 조상의 공덕에 의하여 맡은 벼슬이다.

◎ ― 3월 24일

아침에 또 생광어 1마리를 사서 탕을 끓여 먹었는데, 쌀 1되를 주었다. 요새 어머니께 오랫동안 맛있는 반찬을 드리지 못했기 때문에 샀다. 연전에는 도미 1마리에 반 되를 받아도 오히려 못 팔았는데, 올해는 2되를 받으려고 해도 사람들이 모두 앞다투어 산다. 연전의 이맘때에는 이파리를 따고 나무껍질을 벗겨 먹는 백성이 많았는데, 지금은 볼수가 없다. 지난해에는 전답이 황폐했는데 지금은 모두 전답을 일구어씨를 뿌리니, 백성의 재력이 오히려 지난해보다 나은 것이다. 올해 만약 초임(稍稔)*이 된다면 백성도 소생하고 나라의 곳간도 넉넉해지리라.

저녁에 함열 관아의 사내종이 왔다. 딸이 생조기 4뭇을 구해 보냈다. 함열의 관인이 한양으로 올라가는 길에 여기에 들렀기에, 편지를 써서 시직(오윤겸)에게 전하게 했다. 저녁에 별좌 이정시와 교생(校生) 김정(金井)이 찾아왔다가 돌아갔다. 들건대, 신임 군수 서공(徐公)이 백성을 다스릴 적에 호령이 엄중하고 명확한 점은 비록 전임 군수 변공(邊公, 변호겸)에 못 미치지만 자세하고 분명하며 자애로운 점은 더 낫다고 한다. 눈앞의 빠른 효과는 없더라도 달[月]로 계산하고 해[歲]로살펴보면, 분명 전임자들보다 치적이 더 많아 백성이 그 은혜를 입게될 것이다.

....

* 초임(稍稔):《국역 임하필기(林下筆記)》제22권 〈재정(財政)〉에, "재실(災實)을 대풍(大豐), 초임(稍稔), 면흉(免凶), 소겸(小歉), 중겸(中歉), 대겸(大歉)의 여섯 가지로 구분하는데, 대풍일 경우에는 원결(元結)의 실제 수량대로 세금을 징수하고, 초임일 경우에는 원결 내에서 10분의 1을 감해 주고, 면흉일 경우에는 10분의 2를 감해 주고, 소겸일 경우에는 10분의 3을 감해 주고, 중겸일 경우에는 10분의 4를 감해 주고, 대겸일 경우에는 10분의 5를 감해 준다." 라고 했다.

◎ ― 3월 25일

꼭두새벽부터 비가 내리다가 느지막이 그쳤는데 저녁 내내 날이 흐렸다. 송노를 류선각에게 보내서 마초와 조 종자를 구했는데 얻지 못했다. 좌수 조희윤이 늦게 조 2되를 구해 보냈다. 또 단아가 오늘부터 다시 학질을 앓는다. 매우 걱정스럽다.

◎ ― 3월 26일

백광염에게서 얻은 밭에 조를 심기 위해 막정과 송노에게 말 2마리에 거름을 실어 날라 22바리[駄]를 밭에 뿌리게 했다. 지팡이를 짚고 가서 보니, 밭이 산 밑에 있는데 척박하고 황폐하다. 처음에 이 정도인 줄 모르고 이미 거름을 뿌리라고 했으니, 분명 수고만 하고 웃음거리가 될 게다. 밭을 갈아 스스로 먹는 거라면 그만이지만, 만약 병작(幷作)*을 한다면 소득이 분명 적어 응당 후회할 것이다.

백광염을 불러 송정(松亭)에 앉아 이야기를 나누었다. 잠시 후 최인복과 조준민(趙俊民)이 지나가다가 들렀다. 최인복과 조준민이 먼저 돌아갔고, 나도 뒤이어 왔다. 그 길에 씨 뿌린 논에 물을 댄 것을 돌아보고 집으로 돌아왔다.

이웃에 사는 전상좌의 처가 밥 1그릇에 반찬을 차려 와서 바쳤다. 즉시 어머니께 드리고 나머지는 처자식에게 주었다. 매우 고마웠다. 또 출당화(黜堂花)로 전을 부쳐서 신주에 올리고 함께 먹었다. 어제 이시윤

....
* 병작(幷作): 토지가 없는 농민이 지주의 토지를 빌려 경작하고, 수확량을 절반씩 나누는 것을 말한다.

의 장인 이언우가 왔기에 조용히 이야기를 나누었다. 물만밥을 대접해서 보냈다.

내일 환자를 나누어 준다고 들었다. 그래서 아침에 집사람에게 편지를 쓰게 해서 분개(粉介)를 시켜 관아의 군수 부인에게 보내게 했는데, 답장에 내일 단자를 올리면 어느 정도는 응당 제급해 주겠다고 했단다.

저녁에 이웃에 사는 만수의 처가 와서 집사람을 보고 날꿩 1마리를 바쳤다. 늙으신 어머니께 올리려고 한다. 몹시 기쁘다. 다만 군수에게 간청할 일이 있어서 그리했으니, 이것이 안타깝다. 하지만 이미 받아서 물릴 수도 없기에 일단 받아 두었다. 들어주거나 그렇지 않거나 간에 내일 응당 집사람에게 편지를 쓰게 해서 군수 부인에게 뜻을 전하려고 한다. 누에가 비로소 한 잠을 잤다.[*]

◎ ─ 3월 27일

아침 일찍 분개를 관아에 보냈더니, 응당 그 말을 아뢰겠다고 답장했다. 막정을 시켜 단자를 올리니, 환자 1섬을 제급해 주었다. 받아다가 다시 되어 보니 13말인데 여물지 않았다. 안타깝다.

오후에 고성[남상문(南尙文)]의 집 사내종 정손(鄭孫)이 왔다. 지난 1월 그믐에 누이가 영유에서 해주 읍내로 돌아와 우거하게 되어 어머니께 문안하는 일로 왔다고 한다. 지금 고성 및 누이의 편지를 보니 슬

....
[*] 누에가……잤다: 누에는 네 번 허물을 벗는데, 한 번 허물을 벗을 동안을 잠이라고 한다. 한 잠이 대략 5~6일 정도이다. 세 번째 잠을 잔 뒤 누에를 섶에 올리면 실을 뽑아내고, 누에는 번데기가 된다.

픈 마음을 가눌 수 없다. 다만 듣건대, 무사히 돌아와 관아에서 곡식을 받았다고 하니 이에 기쁘고 위로가 된다. 들으니, 고성의 서자 수이(邃伊)가 지난 가을에 남쪽으로 와서 추수하여 아산(牙山) 땅에서 배에 짐을 싣고 사내종 2명과 함께 배를 타고 서쪽으로 돌아갔는데 어디로 갔는지 모른다고 한다. 필시 뱃사람이 이들을 물에 빠뜨리고 짐을 빼앗았을 게다. 매우 불쌍하다.

이웃에 사는 좌수 조윤공(趙允恭)이 그의 매부 정덕린(鄭德麟)과 함께 찾아왔다. 함열 현감에게 작지(作紙)*를 감해 달라고 청하기 위해서이다. 단아가 지금 또 학질을 앓고 있다. 분명 오랫동안 학질을 앓을 것이다.

◎ ― 3월 28일

고성의 사내종 정손에게 편지를 주어 황해도에 보냈고, 아울러 윤함에게 편지를 보냈다. 사내종을 세동의 조윤공에게 보내서 마초 5뭇과 조 종자 반 되를 얻어 왔다. 이전에 약속을 했기 때문이다.

막정을 함열에 보내고 송노를 석성에 보내서 양식을 얻어 오게 했다. 송노에게는 시직(오윤겸)의 편지를 주어 보냈는데, 저녁에 송노가 편지를 바치지 못하고 그냥 돌아왔다. 안타깝다. 사인 한백복이 와서 보았다. 함열 땅으로 도망간 사내종을 붙잡는 일로 편지를 받아서 돌아갔다.

....

* 작지(作紙): 조세(租稅)에 붙여서 받는 세금의 하나이다. 문서를 만드는 데 쓰이는 종이 값을 받는 것을 말한다.

저녁에 생도미 1마리를 사서 탕을 끓이고 또 죽순을 구해 삶아서 신주 앞에 올리고 어머니께 드렸다. 나머지는 처자식과 함께 먹었다. 울타리 밑의 자죽(紫竹)에서 죽순이 처음 올라왔는데, 새로 나왔기 때문에 신주 앞에 올린 것이다. 밤에 백광염이 와서 보았다.

◎ ─ 3월 29일

무료해서 지팡이를 짚고 이광춘과 함께 집 앞 언덕을 걸어 올라가 노닐다가 돌아왔다. 인아가 막정을 데리고 함열에서 돌아왔다. 함열 관아에 한 달 가량 머물다가 이제야 돌아온 것이다. 막정이 으레 보내 주는 쌀 6말과 조 1섬을 실어 왔다. 함열에서 또 밀 4말, 콩 1말, 생도미 1마리, 소금 5되를 주어 가지고 왔다.

4월 큰달

◎ ─ 4월 1일

한복, 막정, 송노 등에게 백광염의 밭을 쟁기질해서 조 1되, 차조 반 되, 기장 7홉, 두(豆) 2되, 들깨 5홉을 뿌리게 했다. 비록 밭을 갈고 씨를 뿌렸지만 밭이 메말라서 분명 후회할 것이다. 우습다. 밥을 먹고 경작한 밭에 가 보았다. 도중에 진사 이중영을 만나서 길가 둑 위에 앉아 이야기를 나누고 돌아왔다.

◎ ─ 4월 2일

또 3명의 사내종을 시켜 솔가지를 베어다가 시냇가 둔답의 물이 터진 곳을 막게 했다. 연지의 둑을 막아 일군 논 가운데 이전에 다 일구지 못한 곳을 오늘 다시 갈았다. 군수가 직접 와서 공사를 살피기에 나도 가서 보고 이야기를 나누었다. 군수는 먼저 일어나 관아로 돌아갔고, 나는 또 감관 임붕(林鵬)과 함께 앉아서 농사에 대해 이야기를 나누었다. 그 참에 예전에 경작을 허락한 곳을 나누어 달라고 청했더니 내게 4마지기를 주었는데, 서쪽 가의 5무(畝)이다. 권학 씨에게도 4마지기를 주었다.

저녁에 또 둑 위로 나갔다. 마침 판관 조대림(曺大臨)*이 와서 임붕, 이광춘과 함께 둘러앉아 한동안 이야기를 나누고 돌아왔다. 조대림은 원수(元帥) 권율(權慄)의 서얼 처남으로,* 가까운 이웃에 머물고 있다.

◎ ― 4월 3일

꿈에 충아(忠兒)*를 보고 안아서 무릎 위에 앉혔더니, 계속 할아비를 부르면서 수염을 만지작거리고 입에 갖다 댔다. 깨어나도 완연하니, 그리운 마음을 가눌 수 없다. 어제 연지에서 조그만 자라를 잡았다. 오늘 아침에 탕을 끓여 인아와 같이 먹었는데 매우 맛있었다.

아침을 먹은 뒤에 허찬이 왔다. 예전에 여기에서 고부에 들러 제 딸을 본 뒤에 영암 임진사의 집에 가서 스무날 남짓 머물렀고, 지난달 20일 뒤에 떠나서 태인에 있는 아우 희철이 머무는 곳에 갔다가 이제야 여기로 왔다고 한다. 임매와 희철의 편지를 보니, 지금 모두 무탈하다고 한다. 매우 기쁜 마음을 어찌 말로 다할 수 있겠는가. 다만 아우에게 사내종과 말이 없어서 와서 뵙지 못한 지 오래라고 하니, 이 점이 안타깝다.

....

*　　조대림(曺大臨): 1556~?. 1599년 정시 무과에 입격했다.
*　　조대림은……서얼 처남으로: 권율의 첫 번째 부인은 창녕 조씨(昌寧曺氏)이다. 조휘원(曺輝遠)의 딸이다. 따라서 권율과 조대림은 처남 매부 사이이다.《국역 상촌집(象村集)》제28권 〈도원수권공신도비명(都元帥權公神道碑銘)〉.
*　　충아(忠兒): 오윤해의 큰아들인 오달승(吳達升)으로 추정된다.

홰나무 잎을 따다가 떡을 쪄서 신주에 올린 뒤에 다 같이 먹었다. 노비들도 각각 쌀되를 내어 보태서 나누어 먹었다. 저녁에 집주인 최인복이 왔기에 술 두 잔을 대접해 보냈다.

저물녘에 안악의 사내종 중이(重伊)가 신홍점에게 침탈을 당해 그 괴로움을 이기지 못하여 어머니를 모셔 가기 위해 말을 이끌고 제 친족인 중 성호와 함께 왔다. 올 때 해주의 윤함에게 가서 편지를 받아서 왔다. 윤함의 편지를 펴 보니, 지금 모두 무탈하고 눈병도 점차 나아 간다고 했다. 그곳 노비들에게서 받은 공포(貢布)* 2필과 공목(貢木)* 1단(端)을 보내왔다. 어머니를 모셔 가겠다고 먼 길을 왔는데, 이처럼 농사철에 부득이한 일이 아니라면 어찌 말을 가지고 왔겠는가. 그러나 가실 수 없는 형편이니 어찌하겠는가. 요새 찾아오는 사람이 많아 음식을 대접하는 일이 많다 보니 양식이 거의 다 떨어졌다. 매우 답답하다.

◎ ― 4월 4일

아침에 조윤공이 와서 보고 돌아갔다. 밥을 먹고 무료해서 문화 조백순에게 갔는데, 내게 물만밥을 대접했다. 조용히 이야기를 나누고 좌수 조군빙의 집에 갔다. 마침 한림 조백익이 학질을 앓고 있어서 만날 수 없었다. 군빙 부자와 저녁내 이야기를 나누었다. 그 집에서 내게 저녁밥을 대접했다. 날이 저물고 나서야 돌아왔다.

예산의 한림 김자정이 일이 있어 사람을 보내왔다. 보내온 편지를

....

* 　공포(貢布): 외거(外居) 공노비가 신역 대신에 매년 국가에 바치던 베이다.
* 　공목(貢木): 논밭의 결세(結稅)로 바치던 무명 또는 공물로 받은 필목(疋木)이다.

펴 보니, 병든 아들 무적의 증세가 지금 날로 위중해져서 전혀 음식을 먹지 못하고 병석에 누워 있으니 살리지 못할 듯하다고 한다. 마음이 아파 눈물이 멈추지 않는다. 병이 위중해진 뒤로 밤낮으로 소리 내어 울며 어머니와 우리 형제가 그립고 보고 싶다고 한다니, 비통한 마음을 더욱 견디지 못하겠다. 가 보고 싶지만 오가는 데 필요한 양식을 마련하기가 매우 어려우니, 어찌할 수 없는 형편이다. 한탄한들 어찌하겠는가.

◎ ─ 4월 5일

허찬이 하루를 머물고 한양으로 출발한다고 하기에, 편지를 써서 생원(오윤해)과 시직(오윤겸)에게 전하게 했다. 예산 김한림의 사내종도 돌아가려고 하기에 편지를 써서 보냈다. 안악의 사내종 중이는 내일 장에 가서 양식을 사서 모레 돌아간다고 하니, 편지를 써서 윤함에게도 보내야겠다.

나는 지금 끼니를 잇기 어려워 함열에 가서 그 참에 아는 곳에서 양식을 빌려 돌아올 계획이다. 밥을 먹은 뒤에 떠나서 배로 남당진을 건넜다. 중간에 비를 만나 옷이 젖어서 숭림사(崇林寺)로 들어가 비옷을 얻으려고 했다. 마침 남궁(南宮) 씨 등이 그 문중의 어른인 남궁첨정(南宮僉正)을 모시고 각자 점심을 지닌 채 절 누각에 모여 있었다. 정도를 던지거나 바둑을 두거나 활쏘기를 하면서 젊은이와 늙은이가 다 모였다. 내가 우연히 들어가니 나를 맞이해서 자리에 앉혔다. 모두 평소 알던 사람들이라 내게 음식을 나누어 주었다.

비가 그치기를 기다려 출발하여 함열 관아에 도착하니, 현감이 봉사 김경, 진사 이중영, 생원 안수인, 별좌 이우춘(李遇春)과 함께 이야기를 나누고 있었다. 함께 저녁 식사를 했다. 나는 관아로 들어가서 딸을 보았다. 현감은 여러 사람과 함께 객사에서 활을 쏘았다. 어두워진 뒤에 이진사, 안생원과 함께 상동헌에서 잤다. 숭림사에 모인 이들은 영광 남궁견 형제와 남원(南原) 이복남(李福男),* 별좌 이정시 및 소년 10여 명이었다.

◎ ─ 4월 6일

안공(安公)과 이공(李公) 두 사람과 함께 신방에 가서 현감을 만나 같이 아침을 먹었다. 이정시도 들어와 조용히 이야기를 나누었다. 현감이 사람들과 함께 신응규가 초대한 곳에 가서 나 홀로 두 이공과 이야기를 나누었다. 해가 기울자 두 이공이 돌아갔다. 나는 관아로 들어가서 딸을 만나 저녁내 이야기를 나누었다. 어두워진 뒤에 상방(上房, 관아의 장이 거처하는 방)으로 나와서 잤다.

◎ ─ 4월 7일

관아로 들어가 현감을 보고 함께 아침밥을 먹었다. 현감이 먼저 일어나 신방에서 나가기에 나도 따라 나왔다. 김봉사와 이봉사 및 민주부도 와서 같이 이야기를 나누었다. 마침 한양에서 온 사람 편에 시직(오윤겸)의 편지를 얻어 보니, 지금 별 일 없이 잘 지낸다고 했다. 기쁘다. 그편에 들으니, 동궁(東宮)이 조만간 남쪽으로 오신다고 한다. 만약 그

....

* 이복남(李福男): 1555~1597. 1594년 남원 부사를 지냈고, 1597년 정유재란 때 전라도 병마절도사로 남원성에서 전사했다.

렇다면 시직(오윤겸)도 모시고 올 것이니, 더욱 위로가 된다. 또 조보(朝報)를 보니, 심유격(沈遊擊)*이 지난달 12일에 강을 건너 근래 남쪽으로 내려왔다고 하고 왜를 봉해 주는 명나라 사신 또한 이미 요동(遼東)에 도착했다고 한다.

느지막이 가는 동안 먹을 양식과 고산(高山)의 비밀 관문(關文)*을 얻어 출발해서 익산 이천황(李天貺)의 집에 들렀다. 이천황이 나와서 맞은 뒤 내게 물만밥을 대접하고 조용히 이야기를 나누었다. 지평 송인수의 집에 갔는데, 그가 마침 나가서 집에 없었다. 그의 숙부인 선전관(宣傳官) 송상(宋翔)이 집에 있다가 내가 왔다는 말을 듣고 곧바로 맞아 주어 이야기를 나누었다. 내게 저녁밥을 대접했다. 날이 저문 뒤에 송인수가 들어와서 서로 보니, 매우 기쁘고 위로가 되었다. 같이 자면서 밤이 깊도록 이야기를 나누었다.

◎ ― 4월 8일

송인수가 내게 아침밥을 대접했다. 느지막이 떠나 판관 권성기(權成紀)에게 들렀다. 그는 송인수의 집에서 1리쯤 되는 곳에 머물고 있는데, 내 칠촌 친척이다. 잠시 이야기를 나누고 나와서 고산현(高山縣)에

....

* 심유격(沈遊擊): 심유경(沈惟敬, ?~1600?). 명나라에서 상인 등으로 활동했다. 석성(石星)의 천거로 임시 유격장군의 칭호를 가지고 임진년(1592) 6월 조선에 나와 왜적의 실상을 정탐했다. 같은 해 9월 평양성에서 고니시 유키나가(小西行長)와 협상하여 50일 동안 휴전하기로 했다. 이를 계기로, 일본과의 강화협상을 전담하게 되었다. 하지만 명과 일본의 강화협상이 결렬되고 1597년 정유재란이 발발하자 명나라 장수 양원(楊元)에게 체포되어 중국으로 보내졌다. 이후 옥(獄)에 갇혔다가 3년 만에 죄를 논하여 처형되었다.

* 관문(關文): 상급 관청에서 하급 관청으로 보내는 문서이다. 동급 관청끼리도 주고받을 수 있었다.

도착했다. 5리 정도 못 간 곳인 느티나무 정자 아래에 앉아 말을 먹이고 한참을 쉬었다. 홍문(紅門)* 밖 사람이 사는 집에 이르러 먼저 사내종을 시켜서 이름을 전하게 했는데, 문을 단단히 닫아서 들어갈 수 없었다.

한욱(韓頊)*의 아우가 현감의 집에 데릴사위로 와 있는데, 한욱이 어제 또 와서 현감의 형 최혼(崔渾)* 및 4, 5명의 젊은이와 함께 냇가에서 물고기를 잡고 있다고 들었다. 그래서 사내종에게 이름을 전하게 하니, 한욱이 즉시 사람을 시켜 현감에게 내가 왔다는 말을 전했다. 현감이 즉시 사람을 보내 문안했고, 나를 그 형이 노닐고 있는 냇가로 가게 했다. 나는 즉시 냇가로 가서 이야기를 나누었다. 물고기를 회 치고 술을 마신 뒤 날이 저물어 사람들과 함께 말을 타고 돌아왔다.

객사 상동헌으로 들어가니, 도사(都事) 유탁(兪濯)*과 생원 최기수(崔耆壽)가 먼저 와 있었다. 또 같이 이야기를 나누다가 함께 저녁밥을 먹었다. 날이 어두워진 뒤에 현감이 들어와서 먼저 아헌으로 가더니 나를 불렀다. 여러 사람이 등불을 밝히고 술을 마셨다. 나는 마침 입과 혀에 매우 심한 염증이 생겨서 술을 마실 수 없었기 때문에 먼저 사사로이 머무는 주인집으로 돌아왔다. 마침 이응길(李應吉)이 송사(訟事) 때문에 먼저 그 집에 와 있어서 그와 같이 잤다. 이응길은 한양에 있을 적에 알았는데, 함열 땅에 와서 머물고 있었다.

....

*　홍문(紅門): 능(陵), 원(園), 묘(廟), 대궐, 관아의 정면에 세우는 붉은 칠을 한 문이다. 홍살문이라고도 한다.

*　한욱(韓頊): ?~1624. 시학교관을 지냈다.

*　최혼(崔渾): ?~?. 고산 현감 최흡(崔洽)의 형이다. 《국조문과방목(國朝文科榜目)》에는 최혼(崔混)으로 나온다.

*　유탁(兪濯): 1544~?. 1593년 12월 15일에 경기 도사에 임명되었다.

현감의 성명은 최흡(崔洽)*이고 자는 태화(太和)로, 또한 평소 서로 잘 알던 사람이다. 지금 와 보니 걸객(乞客)이 집에 가득한데 두루 아끼기는 해도 인정이 온전하지 못해, 비록 겉으로는 은근한 뜻을 보이지만 자못 싫어하는 기색이 있다. 온 것이 몹시 후회되었다. 그의 형 태충(太冲, 최혼)이 매우 환영해 주었는데, 내일 집으로 돌아간다고 한다. 등불을 밝히고 모여 술을 마신 사람은 젊은이부터 늙은이까지 무려 16, 17명이나 되었다.

◎ ─ 4월 9일

출발하려고 했는데 양식을 구하지 못해서 일단 머물렀다. 오후에 현감이 쌀 1말, 태(太) 1말, 두(豆) 1말, 벼 5말, 메밀 5되, 밀가루 3되, 누룩 2덩어리를 지급하라고 첩(帖)으로 써서 주었다. 이에 행장을 꾸렸다.

저녁에 현감이 동헌에 와서 보고 밤이 깊어서야 돌아왔다. 나는 생원 최기수와 같이 서헌방(西軒房)에서 잤다. 최기수는 전에 알던 사이는 아니었지만 이름을 들은 지는 오래여서 한 번 보자마자 예전부터 알고 지내던 사이 같았다. 동헌에서 저녁내 이야기를 나누었다.

◎ ─ 4월 10일

이른 아침을 먹은 뒤에 현감이 나를 아헌으로 불러서 큰 그릇으로 막걸리 한 잔을 대접하고, 또 흰 닥 1뭇을 주었다. 작별하고 떠나서 산골짜기를 뚫고 연산 땅에 도착했다. 길가 감나무 그늘 밑에서 말을 먹

....
* 　최흡(崔洽): 1544~?. 고산 현감 등을 지냈다.

이고 점심을 먹었다. 날이 이미 저물어 진잠(鎭岑)까지 갈 수 없는 형편이라 하는 수 없이 연산 고운사(孤雲寺)*로 들어갔다. 고운사는 남쪽 지방의 큰 절인데, 난리 이후로 관역(官役)에 시달려 중들이 매우 적고 빈방도 많았다. 주지승 현원(玄源)은 본래 안성의 청룡사(靑龍寺)*에 있었다. 내 농막과 거리가 멀지 않으니, 전에는 알지 못했지만 듣고 나서는 그도 또한 잘 대우해 주었다. 절에서 저녁밥을 지어 주었다. 나는 만세루(萬歲樓)에서 잠을 잤다. 현원 대사는 조영연(趙瑩然)* 형제와도 서로 잘 안다고 했다.

현원 대사를 통해 중 상현(尙玄)이 지금 천안 유려왕사(留麗王寺)*에 있다고 들었다. 중 상현은 바로 내 사내종으로, 본래 직산(稷山)에 살다가 신역(身役)을 피해서 중이 되었다. 이전에는 목천(木川) 승천사(勝天寺)*에 있다가 지금 유려왕사로 옮긴 것이다. 속명은 강복(江福)이다. 훗날 그 절에 물으면 추쇄(推刷)*할 수 있겠다.

....

* 고운사(孤雲寺): 연산현의 천호산(天護山)에 있었다. 《국역 신증동국여지승람》 제18권 〈연산현 불우(佛宇)〉.
* 청룡사(靑龍寺): 1265년 명본국사(明本國師)가 안성 서운산(瑞雲山) 기슭에 창건한 절로, 창건 당시에는 대장암(大藏庵)이라고 불렸다. 이후 나옹화상(懶翁和尙)이 불도를 일으킬 절터를 찾다가 이곳에서 구름을 타고 내려오는 청룡을 보고 1364년에 중창하고 청룡사라고 했다.
* 조영연(趙瑩然): 조겸(趙珠, 1569~1652). 저서로 《봉강집(鳳岡集)》이 있다.
* 유려왕사(留麗王寺): 고려 태조(太祖)가 이 절에서 유숙했기 때문에 유려왕사라고 불렀다. 《국역 신증동국여지승람》 제15권 〈충청도 천안군 불우〉.
* 승천사(勝天寺): 충청도 목천현 흑성산(黑城山)에 있었다. 《국역 신증동국여지승람》 제16권 〈충청도 목천현 불우〉.
* 추쇄(推刷): 부역(賦役)이나 병역을 기피한 사람 또는 다른 지방으로 도망한 노비를 모두 찾아내어 본고장으로 돌려보내는 것을 말한다.

일찍 밥을 먹은 뒤에 절 뒤의 큰 고개를 넘어 진잠현에 도착하여 5리 밖 느티나무 그늘 아래에 앉아 말을 먹였다. 먼저 송노를 시켜 고산의 비밀 관문을 가져다 바치게 했다. 현감이 직접 열어 보지 않고 색리를 시켜 열어 보게 했다. 그런데 거짓인 줄 알고 받아들이지 않으니, 어찌할 수가 없다.

다행히 현감이 오늘 위요(圍繞)*하는 일로 나온다고 들었다. 내가 홍문 밖 송정 밑에 가서 쉬고 있는데, 조금 있다가 현감이 신랑을 데리고 나왔다. 내가 길가 가까운 곳에 서 있다가 바라보면서 자를 불렀다. 그러자 현감이 지금은 위요해야 해서 만나서 이야기를 할 수 없으니 돌아와서 보자고 하고 즉시 하인에게 나를 사가(私家)에서 대접하라며 첩으로 써서 우리 일행의 음식을 내주었다. 떠돌며 곤궁하게 지냄이 몹시 심하여 어쩔 수 없이 친구나 아는 이에게 음식을 빌어먹었다. 그러나 이르는 곳에 곤욕이 적지 않아 편안히 앉아서 굶는 것만 못하니, 아무리 탄식한들 어찌하겠는가. 시운(時運)에 맡길 뿐이다.

집주인은 정병(正兵) 서수련(徐守連)이라고 한다. 관아에서 우리 일행에게 요미를 대 주고 집주인에게 밥을 지어 먹이게 했다. 막정을 시켜 받아 오게 하니, 상미(上米, 품질이 가장 좋은 쌀)가 7홉이고 하미(下米, 품질이 좋지 못한 쌀)가 5홉이다. 가지고 있던 벼를 절구질했는데 너무 적어서 가지고 있던 두(豆) 1되를 섞어 밥을 지어 먹었으니, 곤궁하다

....

* 　위요(圍繞): 혼인 때 가족 중에서 신랑이나 신부를 데리고 가는 사람을 말한다. 상객(上客), 요객(繞客), 후행(後行)이라고도 한다.

고 할 만하다. 현감이 저녁이 되기 전에 관아로 돌아왔는데 끝내 사람을 보내 부르지 않았다. 더욱 한탄스럽다.

◎ ─ 4월 12일

느지막이 현감이 사람을 시켜 안부를 물으면서 어제 술에 취해 만날 수 없었다고 사과했다. 현감이 아헌에 나와 앉아 있다고 들었는데 끝내 나를 불러 보지 않기에, 내가 밥을 먹은 뒤에 들어가서 보고 잠시 이야기를 나누었다. 현감은 도로 사창으로 나갔고, 나도 상동헌으로 갔다. 온종일 혼자 앉아 있으려니 무료하기 짝이 없었다.

마침 전 이성 현감(利城縣監) 신호의(愼好義)*가 순찰사 군관으로 들어왔다. 이전에 임천에서 한 번 보았기 때문에 얼굴을 알아 조용히 이야기를 나누었더니, 고적한 마음을 거의 달랠 수 있었다. 신호의는 점심을 먹은 뒤에 연산을 향해 떠났다.

나도 현감에게 편지를 보내 내일 떠나겠다는 뜻을 보였다. 현감이 백미 1말, 중미 2말, 콩 3말, 메주 1말, 밀가루 5되, 메밀 5되, 누룩 1덩어리를 첩으로 써서 지급하기에 사내종에게 받아 오게 했다. 저녁에도 나를 불러 보지 않았다. 공복이 너무 심해서 어쩔 수 없이 묵고 있는 집으로 돌아왔다. 현감의 성명은 박홍수(朴弘壽)이고 자는 응일(應一)이다. 한마을에 살아서 어려서부터 사이가 매우 좋았는데, 이번에 와 보니 잘난 척하는 기색이 자못 있었다. 아무리 난리 중이라지만 인정이 어찌 이 지경에 이르렀단 말인가.

....

* 신호의(愼好義): 1550~?. 이성 현감을 지냈다.

요새 심유격이 내려와서 여러 고을이 소란스러운 터라 많이 주지는 못하겠지만, 어찌 은근한 뜻으로 대해 주지도 않는단 말인가. 더욱 한탄스럽다. 날이 어두워져서 잠자리에 들었는데 모기떼가 달려들어 가려워서 긁느라 혼났다. 사는 게 참 한탄스럽다.

◎ ─ 4월 13일

이른 아침을 먹고 관아로 들어가 현감을 만났다. 내일 심유격이 공주에 도착하므로 접대하는 임시 파견 관원으로 지금 떠나야 해서 여유로운 상황이 아니라고 했다. 또 양식을 청하자, 쌀 5되, 콩 5되, 감장 3되를 주었다. 현감이 먼저 나갔다.

나도 뒤이어 떠나서 연산현 5리 밖 버드나무 그늘 아래에 이르러 풀이 무성한 곳에 말을 풀어 놓았다. 맑게 흐르는 물에 발을 씻으니 답답한 마음이 거의 풀렸다. 밥을 지어 점심을 먹고 이산 땅 조자옥(趙子玉)*이 우거하는 집에 도착했다. 난리가 난 뒤로 지금 비로소 만났으니, 모두 뜻밖의 만남이라 매우 기쁘고 위로가 되었다. 각자 떠돌면서 어려웠던 일들에 대해 이야기를 나누었다. 그와 내가 살아남아 다시 만나게 되었으니 어찌 우연이겠는가. 다만 율연(栗然) 부부가 작년에 병으로 안협(安峽) 땅에서 세상을 떠났다고 하니 매우 애통하다. 또 그의 형 영연 씨는 아무런 탈이 없다고 하니 위로가 된다. 자옥이 내게 저녁밥을 대접했고, 같이 자면서 밤새 발을 맞대고 옛이야기를 나누었다. 윤우(尹祐)*의 아들 충원(忠元)도 있었다.

....
*　조자옥(趙子玉): 조우(趙瑀, ?~?). 자는 자옥이며 조겸의 동생이다.

◎ ─ 4월 14일

자옥이 내게 아침 식사를 대접했다. 작별하고 떠나서 고성진(古城津)에 이르러 배를 타고 건너 잠시 쉬면서 말을 먹였다. 집에 도착하기 전 몇 리 앞에서 생원 최집(崔潗)*을 만나 말 위에서 서로 이야기를 나누었다. 매우 기뻤다. 어제 그의 아들이 한림 조희보의 집에 데릴사위가 되는 일로 왔다가 지금은 주서 홍준을 만나려고 하는데, 들렀다가 다시 올 때 방문하겠다고 했다.

집에 도착하여 어머니를 뵈었다. 또 영암 임경흠(林景欽)의 편지를 보니, 온 집안이 무탈하다고 한다. 기쁘다. 임경흠이 미선(尾扇)* 2자루를 보냈기에 1자루를 어머니께 드렸다. 더욱 기쁘다. 저녁에 최심원(崔深遠, 최집)이 찾아왔다. 다시 만났지만, 그가 너무 취하는 바람에 이야기를 할 수 없어서 다시 내일 찾아가기로 약속했다. 임경흠의 편지는 심원이 가져왔다. 지난 10일에 환자로 벼 1섬을 받아 왔는데, 다시 되어 보니 13말이라고 한다.

◎ ─ 4월 15일

이른 아침에 말을 타고 달려 조백익의 집에 가서 심원을 만났다. 2, 3명과 함께 술자리를 하고 있기에 나도 참여했다. 좌수 조군빙이 주인이 되어 대접했다. 감역(監役) 조수륜(趙守倫)도 와서 각각 순서대로 술

....

*   윤우(尹祐): 1543~?. 1576년 식년 사마시에 입격했다.
*   최집(崔潗): 1556~?. 자는 심원(深遠)이다. 1579년 생원시에 입격했다.
*   미선(尾扇): 부채의 한 종류이다. 대오리의 한끝을 가늘게 쪼개어 둥들게 펴고 실로 엮은 뒤 종이로 앞뒤를 바른 둥그스름한 모양의 부채이다.

을 마시고 파했다. 주인집에서 또 내게 아침밥을 대접했다. 심원은 밥을 먹은 뒤에 작별하고 먼저 나갔다. 나는 술이 취해서 한참 동안 곤히 잤다. 술이 조금 깨기를 기다려 돌아올 때 송노 등이 김매는 곳을 둘러보았다. 내가 출타한 뒤에 밭과 논 두 곳의 잡초를 벌써 제거했는데, 한 곳이 아직 남아 3명으로 하여금 김매게 했지만 끝내지 못했다. 다만 요새 가뭄이 오래되어 세 곳의 논이 모두 말랐으니, 매우 안타깝다.

소지가 왔기에 물만밥을 대접해 보냈다. 함열 관아의 사내종 춘복이 왔다. 딸이 양식이 떨어졌다는 말을 듣고 벼 2섬, 밀 2말, 소금에 절인 준치 5마리를 관아의 사내종 편에 실어 보냈다. 다시 되어 보니 각각 1말씩 줄었다.

지난 11일에 시직(오윤겸)의 사내종 감동(甘同)이 목화씨를 가져가는 일로 온 적이 있었다. 그가 지금 함열에 가서 목화씨 10여 말과 밀 5말을 얻어 왔다. 전날 함열에서 딸이 9새 무명 40자를 관아의 계집종에게 짜게 해서 또 보냈다고 했다. 그런데 중간에 도적을 만나 빼앗겨 빈손으로 돌아왔다고 한다. 만약 실제로 도둑을 만났다면 분명 가지고 있던 물건을 다 빼앗겼을 것이다. 어찌 유독 보리 3말과 무명 1단만 빼앗고 그쳤겠는가. 몹시 의심스럽다. 이 무명을 기다려서 봄옷을 지으려고 했는데 잃어버렸으니, 더욱 안타깝다. 누에가 비로소 세 잠을 잤다. 만약 잘되면 연전에 양잠하던 것보다 나을 것이다.

◎ ― 4월 16일

송노와 눌은비(訥隱婢)에게 어제 다 매지 못한 곳을 김매게 했다. 오전부터 비가 내리더니 느지막이 많이 내렸다. 오랜 가뭄 뒤에 이처럼 큰비가 내렸으니, 밀과 보리가 살아날 뿐만 아니라 지대가 높고 마른 논에도 거의 물을 댈 수 있겠다. 농사의 기쁨을 어찌 이루 다 말할 수 있겠는가. 비가 밤새 그치지 않았다.

◎ ― 4월 17일

송노와 눌은비에게 둑을 막아 일군 논을 매게 했는데 다 끝내지 못했다. 밥을 먹은 뒤에 가서 김매는 것을 보고, 이어 전날 김맨 곳에 물을 댄 것을 보고 돌아왔다. 집주인 최인복이 내일 영남 방어사(嶺南防禦使)의 군영에 가기 때문에 와서 인사하고 갔다. 집에 술과 안주가 없어서 먹여 보내지 못했으니, 매우 안타깝다. 암탉이 알 10개를 품었다.

◎ ― 4월 18일

꼭두새벽에 막정을 최인복에게 보내 조기 1뭇을 주었다. 먼 길을 가기 때문이다. 송노와 눌은비 및 품팔이꾼 2명 등 모두 4명에게 우선 어제 끝내지 못한 곳에 가서 김매게 한 뒤에 와서 올벼 심은 논을 매게 했는데 끝내지 못했다. 밥을 먹고 나서 김매고 있는 논에 가서 살펴보았다. 성민복을 찾아가 조용히 이야기를 나누었다. 그가 내게 물만밥을 대접했다.

◎ ― 4월 19일

4명에게 어제 다 끝내지 못한 올벼 심은 논을 매게 해서 끝냈다. 오후에 김맨 논에 가서 보고 있는데, 마침 감찰 한즙이 찾아와서 언덕 위에 앉아 한참 이야기를 나누고 돌아왔다.

전날 내린 비가 지대가 높고 마른 논을 흠뻑 적셔 주지 못했기 때문에 오늘 김맨 논에는 물이 마르고 모가 드물다. 안타깝다. 인아가 막정을 데리고 함열에 갔다.

◎ ─ 4월 20일

막정이 돌아왔다. 함열에서 콩 4말, 웅어젓 20개, 뱅어젓 5되, 순채(蓴菜)*1시루를 보냈다. 순채는 즉시 나물로 무쳐서 신주 앞에 올린 뒤 처자식과 같이 먹었다. 나머지는 내일 국을 끓여서 어머니께 드릴 생각이다. 어머니께서 나물을 좋아하시지 않기 때문이다. 다만 술이 없으니, 이것이 한 가지 흠이다.

지금 자방[子方, 신응구(申應榘)]의 편지를 보건대, 황사숙(黃思叔)*이 차출되어 적진에 가는 심유격을 따라가다가 지나는 길에 송인수를 보았는데 그가 말하기를 "한양에 있을 때 시직(오윤겸)과 같이 지냈는데 잘 지내고 있다."라고 했단다. 사숙이 지금 가는 것은 자기와 의견이 다른 자들의 배척을 받아서라니, 매우 탄식할 만하다. 그러나 평탄할 때나 험난할 때나 절개가 한결같음은 군자가 평소 강학(講學)하여 밝히는 바이니, 어찌 가기를 꺼려할 리가 있겠는가. 다만 그의 늙으신 어머니가 살아 계시니, 이를 아는 사람에게 어찌 슬픈 마음이 없을 수 있겠는가.

....

*　순채(蓴菜): 부규, 순나물이라고도 한다. 연못에서 자라지만 옛날에는 잎과 싹을 먹기 위해 논에서 재배하기도 했다.

*　황사숙(黃思叔): 황신(黃愼, 1560~1617). 자는 사숙이다. 임진왜란 때 명나라의 요구에 의해 무군사(撫軍司)가 설치되고 명나라 사신의 재촉을 받고 세자가 불편한 몸을 이끌고 남하했는데, 이때 황신도 동행했다. 한성부 우윤, 대사간, 대사헌 등을 지냈다.

들자니, 왜를 봉해 주는 명나라 사신이 이미 강을 건너 가까운 시일에 한양에 도착한다고 한다. 지금 같은 농사철에 지나가는 고을마다 반드시 소란스러움이 많고 요역(徭役)*이 매우 번거로울 것이니, 백성이 생업을 잃는 것은 반드시 이 때문이다. 참으로 안타깝다. 그러나 왜적이 이로 인해 바다를 건너간다면, 온 나라의 기쁨과 경사를 어찌 말로 다할 수 있겠는가.

◎ ― 4월 21일

요새 뽕잎을 따느라 김을 매지 못했다. 양식이 다 떨어지고 제삿날도 닥쳐오는데 아무런 대책이 없으니, 매우 답답하고 걱정스럽다. 저녁에 생원(오윤해)의 사내종 춘이(春巳)가 왔다. 함열에 가서 양식을 구하기 위해서이다. 윤해의 편지를 펴 보니, 온 집안이 모두 잘 지낸다고 한다. 기쁘다. 그러나 요새 농사일 때문에 와서 뵐 수 없는 형편이라 7월에 농사가 한가한 틈을 타서 온다고 한다. 한탄한들 어찌하겠는가. 부자와 형제가 각자 먹고 살기 위해 타향에 흩어져 한곳에 모이지도 못한다. 비록 형편 때문이라지만, 만난 때가 좋지 않은 것이 매우 안타깝다. 한복과 이광춘이 비인(庇仁)의 어살*에 가서 갈치 5마리를 가져와 바쳤다.

....

* 　요역(徭役): 나라에서 백성의 노동력을 무상으로 징발하던 수취 제도이다.
* 　어살: 원문의 어전(漁箭)은 물고기를 잡기 위해 물속에 싸리나 참대, 긴 나뭇가지 등을 빙 둘러 꽂아 둔 울인 어살을 말한다. 관에서 어살을 설치하여 가난한 백성에게 관리하도록 하고 등급을 나누어서 대장(臺帳)을 만들어 호조나 도 또는 고을에 비치하여 일정한 어전세를 거두었다.

◎ — 4월 22일

막정이 말을 끌고 태인의 언명이 머물고 있는 곳에 갔다. 제삿날이 임박하여 이곳에 와서 같이 제사를 지내자고 청하기 위해서이다. 노자는 함열에 가서 얻게 해야겠기에 춘이가 또 함열로 갔다. 홍주서가 갈치 1마리, 말린 도미 작은놈 1마리를 보내왔다. 매우 감사하다.

누에치기가 이렇게 힘들 줄은 생각지 못했다. 비복(婢僕)이 날마다 먼 곳에 가서 뽕잎을 따오느라 양식이 이미 떨어졌고 오랫동안 김을 매지 않아 풀이 무성하고 물이 말랐으니, 뒷날 양식을 얻기를 기다려 김을 맨다면 인력이 곱절로 들 것이다. 매우 답답하다. 단아가 요새 학질이 떨어져서 아프지 않으니 기쁘다.

◎ — 4월 23일

송노와 눌은비가 물건을 사 오기 위해 이른 밥을 먹고 나갔다. 오후에 무료해서 우물가 나무 그늘 밑에 가서 앉아 이광춘과 잠깐 이야기를 나누었다. 지팡이를 짚고 올벼를 심은 논에 가서 살펴보았다. 다만 두 번째로 김을 맨 뒤 오랫동안 비가 내리지 않아 물이 마르고 모가 드물었다. 모 뿌리가 무성하지 못하니, 안타깝다.

저녁에 이 지역에 사는 사인 장우한(張佑漢)이 이곳에 와서 보았다. 비록 서로 알지 못하는 사이이지만 내가 여기에 머물고 있다는 말을 듣고 찾아왔으니, 후하다고 할 만하다.

◎ — 4월 24일

환자를 나누어 준다고 하기에 군수에게 편지를 보내 넉넉히 달라고 간청했더니, 창고에 쌓아 둔 곡식이 풍부하지 않아서 넉넉히 줄 수 없지만 어느 정도는 주겠다는 답장이 왔다. 그래서 즉시 송노를 시켜 단자를 올렸더니 단지 10말뿐이었고, 다시 되어 보니 7말 5되였다. 아침저녁 끼니로 먹기에도 어려울 뿐만 아니라 제삿날이 가까워 오는데 제삿술도 아직 빚지 못했다. 더욱 민망하고 걱정스럽기 그지없다. 그러나 집사람이 군수 부인에게 제수를 구하니, 찹쌀 3되와 꿀 5홉을 구해 보내왔다. 저녁에 최심원의 맏아들 정해(挺海)*가 왔다가 돌아갔는데, 그는 조백익의 새 사위이다.

누에가 어제부터 비로소 깊이 익기 시작하여 오늘은 섶에 올랐다. 그러나 요새 밤기운이 몹시 차기 때문에 대부분 많이 익지 않았다고 한다. 어제 이광춘이 내 말을 빌려 한복에게 타고 가게 하여 비인의 어살에서 갈치를 실어 오게 했다. 오늘 비로소 돌아왔는데, 말 값으로 18마리를 바쳤다.

춘이가 함열에서 왔다. 함열에서 벼 1섬, 콩 2말, 메주 2말, 뱅어젓 3되, 누룩 3덩어리를 생원(오윤해)에게 보냈다. 딸이 쌀 1말과 콩 5되를 따로 여기에 보내왔다.

◎ ─ 4월 25일

춘이가 머물면서 가지 않는다. 누에가 오늘은 절반이나 섶에 올랐다. 송노를 함열에 보냈다. 제수를 구하기 위해서이다.

....

* 　정해(挺海): 최정해(崔挺海, 1577~?). 1606년 식년 사마시에 입격했다.

◎ ― 4월 26일

춘이가 진위로 돌아가기에 편지를 써서 보냈고, 또 시직(오윤겸)에게도 편지를 보냈다. 집사람이 갈치 7마리를 생원(오윤해)의 집에 보냈다. 또 광주 묘제(墓祭)에 쓸 조기 1뭇, 말린 꿩 1마리, 민어(民魚) 반 짝, 두 가지 젓갈 및 웅어젓 18개 등을 구해 보냈다. 쌀 1말을 보내려고 했는데 마침 집에 양식이 떨어져서 보내지 못했다. 시직(오윤겸)과 함께 의논해서 제수를 진설하고 제사를 지내게 했다. 시직(오윤겸)이 돌아갈 때 물품을 보내 주지 않더라도 형편에 따라 조치해서 직접 가서 제수를 올리겠다고 말했기 때문이다.

지난밤에 집사람이 곽란(霍亂)을 앓아 위로 토하고 아래로 설사를 했다. 새벽 내내 앓다가 아침에 비로소 나아졌다. 집주인 최인복의 아들 연(淵)이 10일 이후로 날마다 와서 《사략(史略)》* 첫 권을 배우고 있다.

저녁에 아우 희철이 태인에서 왔다. 못 본 지 몹시 오래되었는데 오늘 서로 만나니, 매우 기쁘고 위로가 되었다. 송노도 함열에서 돌아왔다. 중미 2말, 벼 5말, 메밀 3되, 찹쌀 3되, 기름 5홉, 조기 1뭇, 생선 3마리를 얻어 왔다. 9일 제사 때 쓸 제수가 오로지 이것뿐인데, 이와 같이 소략해서 며칠 먹으면 남는 것이 없겠다. 답답함을 이루 말할 수 없다. 하물며 식구가 또 늘었는데 달리 구할 곳이 없으니, 어찌할 수가 없다.

....

* 《사략(史略)》:《십팔사략(十八史略)》. 원(元)나라의 증선지(曾先之)가 편찬한 역사서이다.

◎ ─ 4월 27일

아침에 송노를 조문화와 조김포(趙金浦) 형제에게 보내 도움을 구하는 편지를 전하게 했다. 문화는 쌀 4되를, 김포는 벼 3말을 구해 보내왔다. 매우 고맙기 그지없다. 다만 문화가 보낸 쌀이 겨우 3되이니, 송노가 훔쳐 먹은 게 아니라면 그 집에서 필시 1되를 줄여서 주었을 것이다.

밥을 먹은 뒤에 직접 이별좌(이덕후)의 집에 가서 도움을 청했다. 이별좌가 벼 4말과 황각(黃角)*을 조금 주었고, 또 내게 저녁밥을 대접했다. 제사는 이것으로 지낼 수 있을 것이다. 매우 감사하다.

향비가 일이 있어 군에 들어오기에 앞서 그 남편의 본처에게 시기를 받아 옷이 다 찢기고 머리카락이 모두 뽑혔으며 뒤통수가 깨져 옷이 흥건할 정도로 피가 흘러 집에 누워 있다고 한다. 즉시 노복들에게 가서 보게 했다. 마침 군수가 없었기 때문에 향소에 고해서 그 본처를 잡아 가두게 했는데, 도망쳐서 잡지 못하고 그 어미를 가둔 뒤 군수가 관아로 돌아오기만 기다렸다.

◎ ─ 4월 28일

군수가 관아로 돌아왔다는 말을 듣고 즉시 막정에게 단자를 바치게 하니, 그 본처를 잡아 오라고 제사(題辭)*를 내렸다. 그런데 사령(使

....

* 황각(黃角): 청각(青角)의 한 종류로, 빛깔이 누르다. 흉년에 먹기도 하고 김장할 때 양념으로도 쓰며 풀의 원료로도 쓴다.

* 제사(題辭): 백성이 제출한 소장(訴狀) 또는 원서(願書)에 대해 쓰는 관부의 판결이나 지령(指令)이다.

슈)을 임명해 주지 않았기 때문에 본처가 도망갔다. 다시 발괄[白活]*하려고 했으나, 전덕인(田德仁) 등의 족속이 모두 아전이어서 문안에 들어갈 수가 없었다. 또 향비를 업고 들어가서 상처를 살피게 하려고 하는데 문을 막고 들어가지 못하게 했다. 매우 분통이 터진다.

누에가 모두 익어서 섶에 올랐다. 덕노가 쌀 5말과 생선 2마리를 짊어지고 왔다. 딸이 보낸 것이다.

◎ ─ 4월 29일

송노와 눌은비 및 품팔이꾼 등 모두 7명을 시켜 먼저 언답(堰畓)*을 매게 하고 그다음에 길가 둔답을 매게 했는데 끝내지 못했다. 어제 함열에서 으레 보내 주는 쌀이 왔기 때문에 양식이 생겨서 김을 맨 것이다.

새벽에 아우와 함께 제사를 지냈다. 다만 꿀을 얻지 못해 유과를 만들지 못하여 면과 떡, 포(脯)와 젓갈, 여섯 가지 탕을 올렸을 뿐이다. 과일 또한 구하지 못해서 겉잣[皮栢] 1그릇뿐이었다. 타향을 떠돈 지 4년이 되도록 여러 아우와 누이, 여러 자손들과 한집에서 제사를 지내지 못하고 있다. 예전의 일을 추억하면 몹시 비통한 마음을 가눌 수 없다.

덕노에게 향비를 군수 앞에 업고 들어가게 해서 그 상처를 살피게 했다. 군수가 즉시 전덕인과 그 본처를 잡아다가 전덕인에게는 장형(杖刑) 20대를 치고 그 본처는 머리채를 잡아끌고 몇 번 조리를 돌린 뒤에

....
*   발괄[白活]: 관청에 대해 억울한 사정을 글이나 말로 하소연하는 일을 말한다.
*   언답(堰畓): 바닷가에 제방을 쌓고 만든 논 또는 저수지의 물을 빼고 만든 논이다.

항쇄(項鎖, 목에 씌우던 형틀)를 채워 가두었다. 조금이나마 분한 마음이
풀렸다.

정오에 언명과 함께 지팡이를 짚고 김맨 논에 가서 보았다. 그길로
여러 논을 돌아보고 돌아왔다. 마침 우뭇가사리를 먹고 한기를 느꼈는
데 결국 곽란에 걸려 머리와 배가 모두 아파 위로는 토하고 아래로는
설사를 하며 저녁내 뒹굴었다. 날이 어두워져서야 비로소 나았다.

집주인 최인복이 오늘 비로소 경상도 방어사의 진중에서 돌아왔
다. 지나는 길에 들렀기에 술 두 잔을 대접하고 포와 젓갈 조금을 기름
종이에 싸서 주어 보냈다.

◎ ─ 4월 30일

5명을 시켜 어제 미처 끝내지 못한 논을 매게 했는데, 또 끝내지
못했다. 오후에 언명과 함께 김맨 논에 가 보고 돌아왔다. 막정을 시켜
재 3바리를 실어 가서 올벼를 심은 논에 뿌리게 했다.

어제저녁에 향비를 전덕인의 집으로 보내 몸조리하게 했다. 그저
께 함열에 사는 딸의 편지로 인해, 시직(오윤겸)이 부솔(副率)의 말의(末
擬)*에 들었지만 임명되지 않았음을 들었다. 안타깝다. 씨를 받을 누에
고치 5되를 다른 그릇에 담아 두었다.

....

*   말의(末擬): 말망(末望)으로 주의(注擬, 임금에게 후보자를 정하여 올리는 일)하는 것을 말
      한다. 관리를 임명할 때 전형을 맡은 아문(牙門)에서 합당하다고 여기는 세 사람의 후보자로
      삼망(三望)을 갖추어 올리는데, 삼망의 끝자리에 추천된 사람을 말망이라고 한다.

5월 ^{작은달}

◎ — 5월 1일

2명을 시켜 논에서 김을 매게 했다. 그런데 일찍부터 바람이 세차게 불고 비가 내려 먹기만 하고 일을 마치지 못했다. 안타깝다. 막정을 함열에 보내 양식을 얻어 오게 했다. 저녁 내내 비가 내리다 그치다 하더니 또 바람이 불었다.

◎ — 5월 2일

양식이 없었기 때문에 송노 홀로 김을 매게 했다. 어제 고치를 땄는데 합해서 되어 보니 17말이었다. 지난해에는 22말이었는데, 올해는 5말이 부족하다.

저녁에 막정이 돌아왔다. 으레 보내 주는 벼 2섬과 쌀 3말을 실어 왔다. 다만 벼는 3말 5되, 쌀은 2되가 줄었다. 젓갈 작은 1항아리, 생준치 5마리, 소주 3선(鐥)을 따로 보내왔다. 즉시 언명과 함께 각각 한 잔씩 마시고 저녁에 또 한 잔을 마셨다. 전날 함열에 수탉을 보내면서 인아에게 바꾸어 보내게 했는데, 마침 잘 우는 수탉이 없어서 암탉으로 바꾸어 보냈다. 이제 막 알을 낳았으니 씨닭으로 삼으려고 한다. 다만 집에 새벽을 알리는 수탉이 없어 안타깝다.

◎ ― 5월 3일

4명을 시켜 논에서 김을 매게 했는데 끝내지 못했다. 아침을 먹은 뒤에 두 사내종과 말을 거느리고 한산에 갔다. 먼저 양성정(陽城正)*이 우거하는 집으로 들어가 조용히 이야기를 나누었다. 또 금성정(錦城正)*의 집에 들러 군수에게 이름을 전하게 했다. 사내종이 군수가 앉아 있는 담 밖에서 두 번이나 불렀는데도 대답이 없었다고 하니, 어찌할 수가 없다.

잠시 후 군수가 사람을 시켜 부르기에, 곧장 취읍정(挹翠亭)*으로 들어가 만났다. 마침 생원 박효제(朴孝悌)*가 먼저 와 있었다. 우연히 서로 만난 터라 매우 기쁘고 위로가 되어 각자 인사말을 나누었다. 내가 오기 전에 조촐하게 술자리를 하고 있었는데, 내가 온 뒤에 연이어 큰 술잔으로 두 잔을 마시고 파했다.

....

*   양성정(陽城正): 이륜(李倫, ?~?). 성종의 왕자인 익양군 이회의 손자이며 장천군(長川君) 이수효(李壽孝)의 아들이다. 오희문의 부인은 이회의 외손녀이니, 이륜과 외사촌 간이다.
*   금성정(錦城正): 이의(李儀, ?~?). 성종의 왕자인 익양군 이회의 손자이고 장천군 이수효의 아들이다. 양성정 이륜의 동생이다. 오희문의 부인이 이회의 외손녀이니, 이의와 외사촌 간이다.
*   취읍정(翠挹亭):《국역 여지도서》제8권〈충청도 한산〉조에 "취읍정은 객관 앞 연지(蓮池) 위에 있다. 우련당(友蓮堂)이라고도 한다. 이파(李坡)의 기문(記文)이 있다."라고 했다.
*   박효제(朴孝悌): 1545~?. 1573년 식년 사마시에 입격했다.

도사가 온다는 말을 듣고 서헌(西軒)으로 자리를 옮겼다. 참봉 홍민신(洪敏臣)*도 왔다. 군수가 홍공(洪公)이 한양으로 간다는 말을 듣고 전별하는 술자리를 마련하여 겨우 몇 순배를 마셨는데, 도사가 횟불을 밝히고 들어와 즉시 군수와 박희인(朴希仁), 홍참봉(洪參奉)을 불렀다. 이 고을에 사는 진사 송유순(宋惟醇)*도 참석했다. 나는 도사를 알지 못해 홀로 서헌에 앉아 있다가 그대로 머물고 있는 사가로 돌아와 묵었다. 한밤중이 되어서야 희인이 들어왔다. 같이 자기로 약속했기 때문이다.

희인은 박효제의 자인데, 내 칠촌 친척이다. 또한 군수와 같은 해에 사마시에 입격했고, 도사와도 같은 해에 급제했다. 홍민신은 바로 신참판(申參判) 영공(令公)의 사위*로, 난리를 피해 이곳에서 지내다가 이제 참봉에 제수되었다. 내가 올 때 금성정이 물만밥을 만들어 대접했다. 금성정이 아니었다면 이름을 전하기가 몹시 어려웠을 것이다.

◎ ― 5월 4일

이른 아침에 관아에서 주인집에 쌀을 주고 밥을 지어 올리라고 했다. 우리들은 희인과 같이 밥을 먹었는데 반찬이 없어서 먹을 수 없었다. 희인이 먼저 관아로 들어가고 나도 따라 나왔다. 들자니, 도사가 어젯밤에 과음해서 여전히 일어나지 못했고 군수도 나오지 않았다고 한

....
*   홍민신(洪敏臣): 1556~1607. 1579년 식년 사마시에 입격했다.
*   송유순(宋惟醇): 1551~?. 《사마방목》에는 송유순(宋惟諄)으로 나온다. 1579년 식년 사마시에 입격했다.
*   신참판(申參判)……사위: 홍민신의 장인은 신담(申湛)이다. 홍민신은 신담의 둘째 딸과 혼인했다. 《국역 아계유고(鵝溪遺稿)》 제6권 〈가선대부예조참판신공묘갈명(嘉善大夫禮曹參判申公墓碣銘)〉.

다. 나는 희인 및 군의 향소 등과 함께 서헌에 앉아 이야기를 나누었다. 송진사(宋進士)도 와서 보았다.

잠시 후 군수가 관아에서 벼 5말, 말린 민어 1마리, 소금에 절인 민어 1마리, 조기 2뭇, 뱅어젓 1되, 새우젓 2되, 누룩 1덩어리를 첩으로 써서 보냈다. 느지막이 군수가 나와 앉아서 여러 사람들과 이야기를 나누었다. 그 참에 쌀 1되를 청한 뒤 작별하고 나왔다. 또 금성정의 집에 들어가서 보고 그 쌀로 주반을 짓게 해서 먹었다. 아침이 시원찮아 배가 너무 고팠기 때문이다. 또 금성정과 작별하고 오면서 양성정에게 들러 잠시 이야기를 나누고 출발했다.

집에 도착하기 전 5리 밖에서 말에서 내려 나무 그늘 아래에서 쉬었다. 두 사내종에게 풀을 베어 실어 오게 하고 집에 도착하니 아직 저녁이 되지 않았다. 함열에 사는 딸이 큰 생민어 1마리를 보냈다. 내일 제수로 쓰려고 한다. 자리에 앉고 나서 잠시 후에 한양에 갔던 함열의 관인이 돌아와 시직(오윤겸)과 생원(오윤해) 두 아들의 편지를 주었다. 편지를 펴 보니, 모두 잘 있다고 한다. 기쁘기 그지없다.

계집종 개비(介非)와 사내종 성금이(成金伊)가 모두 죽지 않고 살아 있었다. 개비는 지금 홍천(洪川)의 모동(牟洞)에 살고 있고, 성금이는 광주 묘하(墓下)로 돌아가 살고 있다고 한다. 개비는 처음 피난했을 때 홍산 땅에 들어가서 생원(오윤해)의 계집종 논춘(論春)과 함께 도망쳐서 같이 남쪽으로 오지 않았으므로 이미 죽었다고 생각했다. 성금이는 전에 수원 땅의 자기 집에 가서 살다가 불이 나서 타 죽었다고 들었다. 그런데 이제 모두 살아 있다는 소식을 들으니, 전에 들은 것이 모두 헛소문이었다. 매우 기쁘다.

다만 들건대, 동궁께서 인후병(咽喉病)과 이질(痢疾)을 같이 앓으신지 스무날이나 되었는데 아직도 차도가 없어 모두 걱정하고 안타까워한다고 한다. 왜를 봉해 주는 명나라 사신이 지난 28일에 한양에 들어왔는데, 오래 머물 생각으로 막료와 군졸을 많이 데려왔고 자질구레한 물건을 실은 수레가 몹시 무겁고 커서 운반하기가 몹시 어려우니 나라의 물력으로는 지탱할 수 없을 것이라고 한다. 겨우 살아남은 잔민(殘民, 힘없고 가난한 백성)이 어떻게 감당하겠는가. 남쪽으로 내려올 때 충청도와 전라도가 또 분명 소란스러울 것이다. 더욱 근심스럽다.

3명을 시켜 다 매지 못한 논을 매게 했는데 저녁이 되어서야 마쳤고, 다시 안쪽 논으로 옮겨 김을 매게 했다. 다만 4마지기의 논을 두 번 맨 사람을 세어 보니 14명이다. 함열에서 으레 보내 주는 물건을 지금 이미 다 실어 왔는데, 두 번 제사를 지내고 여러 날 김을 매느라 절반이나 넘게 썼다. 분명 열흘이 지나기 전에 다 먹어서 그 뒤로는 끼니를 이을 방도가 없을 것이다. 답답함을 이루 말할 수 없다. 들으니, 능로군(能櫓軍)*의 결원이 많은 일 때문에 수군절도사가 계문(啓聞)*을 하여 군수가 관아로 들어가 나오지 못하고 있다고 했다.

◎ ― 5월 5일

동생과 함께 일찍 제사를 지냈다. 시직(오윤겸)이 한양에 있어서

....

* 능로군(能櫓軍): 임진왜란 이후에 군사 확보책으로 천인(賤人)에게도 군역을 부과함으로써 생겨난, 양인(良人)과 천인이 섞인 부대이다. 수군의 일종으로 배에서 노를 젓는 역할을 담당했다.
* 계문(啓聞): 관찰사, 어사, 절도사 등이 임금에게 글로 상주하던 일을 말한다.

직접 묘소에 가서 제사를 지내겠다고 했다. 그래서 조부모와 죽전 숙부의 제사는 지내지 않았다.

밥을 먹고 군수를 만나려고 군에 들어갔더니 군수가 관아에 들어가서 나오지 않았기 때문에 이름을 전하지 못하고 그냥 돌아왔다. 올 때 권학 씨가 머물고 있는 집에 들렀는데 그가 집에 없었다. 또 홍주서의 집에 들어가서 앉아 이야기를 나누었다. 잠시 후 진사 한겸(韓謙)*이 왔다. 주인집에서 술을 내주어 마셨다. 정자(正字) 정사신(鄭思愼)도 와서 각자 넉 잔씩 마시고 헤어졌다. 집에 도착해서 취한 채 잠이 들었다가 날이 저문 뒤에야 일어났다.

함열에 사는 딸이 제사 지내고 남은 떡 1상자, 생선과 고기구이 1상자를 특별히 사람을 시켜 보내와서 곧바로 위아래 사람들이 같이 먹었다. 집에 남은 제삿술이 몇 잔 있었기에 또 언명과 같이 마셨다.

◎ ― 5월 6일

송노와 눌은비에게 김을 매게 했는데 끝내지 못했다. 다만 볏모가 너무 드물어서 수고롭기만 하고 아무런 보람이 없었다. 몹시 안타깝지만 어찌하겠는가. 아침밥을 먹은 뒤에 언명이 덕노를 데리고 태인으로 돌아갔다. 내 집이 몹시 곤궁해서 동생 하나를 한곳에 머물게 하지 못하고 타향에서 겨우 입에 풀칠하게 하고 있으니, 참담한 마음을 견딜 수가 없다. 형편이 그런 걸 어찌하겠는가.

어제 어머니께 잡육(雜肉)과 진병(陳餅)을 지나치게 드렸더니 밤에

....
* 　한겸(韓謙): 1554~?. 1585년 식년 사마시에 입격했고, 1606년 증광시 문과에 급제했다.

감기 기운이 있었고 아침이 되자 뱃속이 편치 않아 소리가 그치지 않았다. 설사를 세 차례 한 뒤에 나아지셨다. 옥춘(玉春)에게 무명 1단을 가지고서 쌀 2말을 사 오게 했다.

◎ — 5월 7일

눌은비가 병을 핑계로 일어나지 않아서 송노 혼자 김을 매게 했다. 또 막정에게 정미 2말 5되를 가지고 비인의 염전에 가서 소금으로 바꿔 오게 해서 보리를 살 밑천으로 삼으려고 한다.

오후에 소지가 와서 보았다. 집에 아무것도 없어서 대접도 못하고 보냈다. 소지에게 들으니, 해운판관(海運判官) 조존성(趙存性)*이 순행(巡行)하여 왔다고 한다. 그러므로 저녁에 말을 빌려 관아에 들어갔는데, 조판관(趙判官)이 아니라 바로 호부랑(戶部郞) 최동망(崔東望)이었다. 군수가 아헌에 나와 앉아 있다고 들었기에 보러 갔다. 김백온(金伯蘊, 김경)과 이흠중(李欽仲)이 마침 와 있었다. 객지에서 뜻밖에 만나니 몹시 기쁘고 위로가 되었다. 군수가 즉시 객사로 나가서 최호부(崔戶部)를 맞이했다.

김백온과 이흠중 두 공과 생원 권학, 진사 한겸과 함께 이야기를 나누다가 군수를 맞이했다. 술 1병을 얻어서 각자 두 잔씩 마시고 파했다. 생원 홍사고가 뒤따라 들어왔는데 밤이 이미 깊었다. 나는 집이 멀어서 먼저 파하고 돌아왔다. 어머니께서 요새 수리(水痢, 물 같은 설사)로 인해 입이 써서 드시기를 싫어한다. 몹시 근심스럽다.

....

* 조존성(趙存性): 1554~1628. 충주 목사, 호조 참판, 강원도 관찰사, 호조판서 등을 지냈다.

◎ — 5월 8일

이른 아침 송노를 소지에게 보내 헌 집의 목재 1바리를 실어 오게 했다. 어제 약속했기 때문이다. 또 4명에게 논을 매게 했다. 지난밤 꿈자리가 몹시 흉했다. 병아리 10마리를 둥지에서 내렸다.

아침에 향비를 김봉사에게 보냈다. 그 길에 군수에게 가서 꿀을 구해 오게 했더니 반 되를 가지고 왔다. 어머니께 드리려는 것이다. 느지막이 무료해서 김매는 곳으로 갔다. 마침 변응익이 지나가다가 들렀기에 언덕 위에 앉아 이야기를 나누고 돌아왔다. 막정이 돌아왔다.

◎ — 5월 9일

막정이 사 온 소금이 22말인데, 다시 되어 보니 17말 5되이다. 또 3명에게 어제 다 매지 못한 논을 매게 했다. 다 맨 뒤에는 옮겨 율무밭을 매게 했다.

오후에 함열에 사는 백성 양윤근(梁允斤)의 처가 제 아들을 데리고 청주(淸酒) 2병, 찰떡 1상자, 세 가지 어육(魚肉) 안주 1상자, 중간 크기의 생민어 1마리를 가지고 와서 보았다. 집사람이 나와서 보고 먼저 술과 안주를 대접하고 다음에 물만밥을 대접했다. 줄 만한 물건이 없어서 금록주(襟綠紬, 앞섶이 녹색인 명주) 3차(次), 괄발백(括髮帛, 머리를 묶는 비단) 1조를 주어 보냈다. 양윤근이 여러 번 물건을 바쳤는데 달리 보답한 적이 없으니, 한편으로는 미안하다. 그는 분명 내가 함열 현감의 장인이므로 훗날 긴급한 역(役)을 면하고자 하려는 생각일 게다. 이는 내 힘으로 어찌할 수 있는 일이 아니지만 거절할 수도 없으니, 몹시 걱정스럽다.

◎ ― 5월 10일

막정을 함열에 보내 양식을 구해 오게 했다. 송노와 한복에게 한복이 다 매지 못한 논을 매게 했다. 지난봄에 한복이 논을 얻어서 농사짓고 살고자 하기에, 내가 얻은 둔답 5마지기를 농사짓게 했다. 그러나 힘이 부족하여 이웃의 대난(大難)이라는 자와 반절을 나누어 경작했다고 한다. 그런데 내게 대난과 함께 농사짓는다는 것을 속였기 때문에, 내가 그 일을 듣고 도로 그 절반을 빼앗아 김을 매게 한 것이다. 하지만 대난이 이미 처음에 김을 맸기 때문에 다시 품팔이꾼의 삯으로 계산해서 주려고 한다.

오후에 무료해서 지팡이를 짚고 둑 위로 걸어 나갔다. 마침 홍생원(洪生員)이 둑을 막아 일군 논을 살펴보려고 내려왔기에, 언덕 위에 같이 앉아서 이야기를 나누었다. 홍생원은 먼저 돌아갔다. 또 이광춘과 이야기를 나누다가 저녁이 되어서야 돌아왔다.

계집종 눌은개가 어제저녁부터 앓아누웠는데, 오늘도 일어나지 못했다. 이 같은 농사철에는 한 사람도 중요한데 여러 날 누워 있으니 어떻게 말로 형용할 수 없는 지경이다. 저녁에 덕노가 태인에서 돌아왔다. 아우의 편지를 보니, 집에는 잘 돌아갔는데 다만 처자식이 굶주리고 있다고 한다. 한탄한들 어찌하겠는가.

◎ ― 5월 11일

장수 이자미(이빈)의 사내종 한손과 석지(石只) 등이 그 어미와 처를 데리고 올라갈 때에 들렀다. 그편에 이시윤의 편지를 보니, 모두 무탈한데 다만 굶주림이 날로 심해진다고 한다. 몹시 가련하다. 한손 등은 먹고살기가 어려워서 도로 고향인 수원으로 돌아가는 것이다.

저녁에 막정이 돌아왔다. 으레 보내 주는 쌀 2말과 종자콩 8말을 보내왔고, 또 중미 1말을 따로 보내왔다. 지난 8일에 임경흠의 사내종 가파리(加破里) 등이 양덕에서 돌아왔다. 그편에 조카 심열의 편지를 보니, 모두 무사하다고 한다. 기쁘다. 조카 심열이 어머니께 약과 1상자와 명주 1필을 보내왔다. 이 사내종들이 돌아갈 때 해주 윤함의 집에 들르기 때문에 윤함에게 또 잘 지내고 있다는 편지를 보냈다. 아침밥을 먹고 떠났다.

◎ ─ 5월 12일

지난밤에 이웃집 고양이가 병아리 1마리를 물어 갔다. 매우 괘씸하다. 아침부터 날이 흐리더니 비가 내렸다. 만약 밤낮으로 크게 내린다면 농사짓는 백성의 바람을 채워 줄 것이다. 함열에서 붉은 말을 가져왔는데, 전에는 발을 조금 절더니 지금은 심하게 전다. 내일 결성에 가려고 했는데 그러지 못하게 생겼다. 보리를 수확하는 절기가 늦은 듯하니, 기한에 맞추지 못할까 걱정스럽다. 오후에 또 비가 내렸는데, 많이 내리지는 않았다.

◎ ─ 5월 13일

오늘 결성에 가려고 했는데, 말이 다리를 절 뿐만 아니라 비가 그치지 않았기 때문에 그만두었다. 지난밤에 비가 세네 차례 세차게 내려서 처마에서 물 떨어지는 소리가 들렸다. 아침에도 바람이 불면서 비가 그치지 않았다. 오랜 가뭄 뒤에 이처럼 단비가 내렸으니 농민의 바람을 충분히 풀어 주었다고 할 만하다. 하지만 그래도 부족해서 하루 종일 세차게 내린다면 충분할 듯하다. 아침을 먹은 뒤에 비로소 그쳤고, 저녁에는 뿌리다가 그쳤다가 했다.

근처에 마의(馬醫)가 없어서 다리를 절고 있는 말에게 지금까지도 침을 놓지 못하고 있으니 답답하다.

◎ ─ 5월 14일

덕노를 시켜 다리를 저는 말을 함열에 끌고 가서 침을 놓게 했다. 여기에는 마의가 없기 때문이다. 느지막이 날이 개었다. 수원(水源)이 있는 곳에는 모두 물이 가득하지만, 지대가 높고 마른 논에는 부족하다. 다시 하루는 비가 내려야 흡족할 듯하다.

오후에 무료해서 지팡이를 짚고 걸어 나가 둔답을 둘러보니 모가 너무 드물다. 만약 모를 옮겨 심지 않는다면 추수하는 보람이 없을 듯하다. 저물녘에 이웃 사람 6명을 불러다가 술을 대접하고 볏모가 있는 곳에서 몰래 가져오게 했더니, 3섬을 가지고 왔다. 내일 모가 드문 곳에 심으려고 한다. 다만 술이 적어서 일하는 사람들의 마음을 만족시키지 못해 안타깝다.

저녁을 지을 양식이 떨어졌는데 얻을 곳이 없다. 겨우 메밀가루 2되를 가지고 탕면(湯麪)을 만들어 위아래 사람들이 나누어 먹었다. 모두 반 그릇씩 먹었다. 심지어 어머니께도 이것을 드렸으니, 통탄하며 눈물을 흘린들 어찌하겠는가. 밤새 잠을 이루지 못했다. 옛사람이 떠도는 중에도 부모님의 몸을 편안하게 해 드릴 물건을 떨어지지 않게 했던 일*을 생각하니 몹시 부끄럽다.

◎ ─ 5월 15일

막정, 송노, 눌은비 등을 시켜 모가 드문 곳에 볏모를 옮겨 심게 했
는데 많이 부족하다. 아침부터 비가 내리다가 그치다가 하더니 저녁때
는 많이 내렸다. 지대가 높고 마른 논에 물이 부족하다는 걱정은 없을
듯하다.

저녁밥으로 겉보리로 가루를 만들어 죽을 쑤어 위아래 사람들이
나누어 먹었는데, 역시 배에 기별도 가지 않았다. 처자식과 함께 답답
해 하며 걱정하던 차에 함열에서 사람이 왔다. 쌀 3말과 생준치 10마리
를 가져왔으니, 온 집안이 기뻐하고 감사히 여기는 마음을 말로 다할
수 있겠는가. 함열에서 바꾸어 온 암탉이 알 19개를 품었다.

◎ ─ 5월 16일

어젯밤에 내리던 비가 새벽까지도 그치지 않다가 아침에야 그쳤
다. 송노와 눌은비에게 논에서 김을 매게 했는데 끝내지 못했다. 오후
에 지팡이를 짚고 여러 논을 돌아보았는데, 서쪽 길가의 둔답에도 역시
모가 드물었다. 전날 모를 옮겨 심을 때에도 모자랐기 때문에 오늘밤에
또 세 사내종에게 모가 있는 곳에서 몰래 가져오게 했더니, 1섬을 구해
왔다. 내일 심으려고 한다.

---

* 옛 사람이……일: 후한(後漢)의 강혁(江革)이 늙은 어머니를 업고 피난하면서 객지를 떠돌
때 몹시 궁핍해서 자신은 헐벗고 굶주려도 어머니에게는 그 몸을 편안하게 할 수 있는 물건
을 바치지 않은 적이 없었다고 한다. 《후한서(後漢書)》 권69 〈강혁열전(江革列傳)〉.

◎ ― 5월 17일

송노 등 셋을 시켜 모가 몹시 드문 곳에 모를 심게 했다. 이어 어제 다 매지 못한 논에 가서 김을 매게 했는데, 또 마치지 못했다. 나 또한 직접 가서 보았다. 아침에 막정을 함열에 보냈다. 다리 저는 말을 끌고 오는 일 때문이다.

◎ ― 5월 18일

송노, 분개, 복이[福只] 등을 시켜 전날 다 매지 못한 율무밭을 매게 하고, 이어서 조밭으로 옮겨 김을 매게 했다. 그런데 소나기가 이따금 내려 김을 다 매지 못했으니 안타깝다. 다만 한복을 시켜 율무밭의 두둑에 찰수수[粘唐] 1되를 심게 했다. 한 무만 심었을 뿐인데 씨가 거의 떨어졌다. 필시 한복이라는 놈이 씨를 훔쳐다가 제 밭에 심었을 게다. 매우 가증스럽다. 한복이 우리 집의 논밭에 모두 씨를 뿌렸는데 싹이 난 곳에도 거의 종자가 드무니, 역시 훔쳐 간 것이리라. 더욱 몹시 괘씸하다.

오전에 지팡이를 짚고 성민복의 송정으로 걸어가서 성공을 불러 앉아서 이야기를 나누었다. 조금 있다가 조응개도 왔다. 성공은 밭 가는 일을 보기 위해 먼저 돌아갔고, 나도 집으로 돌아왔다. 잠시 후 또 김매고 있는 조밭에 갔다가 비 때문에 바로 돌아왔다. 그 뒤 소나기가 세차게 내리다가 그쳤다.

◎ ― 5월 19일

양식이 없어서 김을 맬 수 없기에, 송노가 이웃집으로 품을 팔러 갔다. 눌은비가 병을 핑계로 누워서 일어나지 않는다. 저녁에 막정이 돌아왔다. 으레 보내 주는 쌀 3말을 짊어지고 왔다. 또 현감이 관인을 시켜 소금에 절인 준치 70마리를 보냈기에, 보리로 바꿔 오게 했다. 다만 다리를 저는 말은 여태껏 침을 맞지 못하다가 막정이 간 뒤에 마의를 불러 비로소 치료하기 시작했는데, 빨리 낫지 않는다고 한다. 매우 답답한 일이다.

◎ ─ 5월 20일

꼭두새벽에 죽전 숙모의 기제사(忌祭祀)*를 지냈다. 요새 몹시 군색해서 밥과 국만 차려 올렸으니, 슬픔과 탄식을 가눌 수 없다.

전날 김을 맨 품으로 홍주서에게서 논밭을 가는 소를 빌려다가 집주인 최인복의 밭을 같이 갈고 종자콩 3말 5되를 심었다. 먼저 서쪽 가에 있는 최인복의 밭을 갈고, 오후에 와서 여기에 있는 밭을 갈았다. 최인복은 밭을 갈 사내종을 보냈고 나는 소를 얻었기에, 힘을 합쳐서 밭을 간 것이다. 최인복이 또 와서 보았다.

이제 노비 셋에게 조밭을 매게 했는데, 또 끝내지 못했다. 다만 이 밭에도 싹이 드물다고 하기에 김맬 때 싹이 드문 곳 사이사이에 녹두 반 되를 뿌리게 했다. 막정과 향비 등을 시켜 아는 곳에 준치를 보내 보리로 바꾸어 오게 했다.

저녁에 시직(오윤겸)의 사내종 숫지가 왔다. 시직(오윤겸)이 지난 15일 사이에 말미를 얻어 결성에 왔기 때문에 편지를 보내서 먼저 온

....
* 기제사(忌祭祀): 해마다 그 사람이 죽은 날에 지내는 제사이다.

뜻을 알리고 근전(根田)*을 갈고 씨를 뿌린 뒤에 응당 와서 뵙겠다고 한
다. 이루 말할 수 없이 기쁘다.

◎ — 5월 21일

노비 셋에게 먼저 어제 다 매지 못한 조밭을 매게 하고 그 뒤에 둔
답을 매게 했다. 그런데 오후에 두 계집종이 학질에 걸려 앓아누웠다.
안타깝다. 나는 또 지팡이를 짚고 김을 맨 논을 돌아보고 왔다. 이 논에
도 모가 드무니 안타깝다.

들자니, 한산 군수 신경행(辛景行)이 논척을 받아 파직되었고 이 고
을 군수가 봉고차원(封庫差員)*으로 나갔다고 한다. 신공(辛公)은 바로
내 팔촌 친척인데, 전에는 알지 못했지만 이곳에 온 뒤로는 서로 알고
가깝게 지내면서 이따금 급한 사정을 돌봐 주었다. 그런데 이제 체직되
어 떠난다고 하니, 또한 안타깝다.

◎ — 5월 22일

오늘은 바로 장인의 제삿날인데, 시윤이 제사를 지냈는지 모르겠
다. 아내가 제사를 지내기를 간절히 바랐는데, 집에 물품이 한 가지도
없어 지내지 못했다. 한탄한들 어찌하겠는가.

노비 셋에게 김매기를 마치지 못한 둔답을 매서 끝내게 했다. 막정
을 소지에게 보내 준치를 보리 6말로 바꾸어 오게 했다. 내일 김매는

....
* 근전(根田): 그루밭으로, 밀이나 보리를 베어 내고 다른 작물을 심은 밭이다.
* 봉고차원(封庫差員): 봉고는 수령이 파면된 후 물품의 출납을 하지 못하도록 창고를 봉하여
  잠그는 일이다. 봉고차원은 봉고의 임무를 지워 파견한 임시직을 말한다.

사람들에게 쓰기 위해서이다.

◎ ─ 5월 23일

사내종 하나와 계집종 둘을 시켜 올벼 심은 논을 매게 했다. 막정을 함열로 보냈다. 모레가 어머니의 생신이기 때문에 쌀 1말을 얻어다가 떡을 만들어 드리기 위해서이다. 그편에 다리 저는 말도 보고 오게했다. 딸이 요새 기운이 편치 않은데, 밀로 만든 떡을 먹고 싶어 한다고 들었다. 그래서 아내가 밀 5되를 구해다가 떡을 만들어 막정에게 보냈다.

밥을 먹고 김을 맨 논에 가 보니 잡초가 무성하고 모는 드물었다. 필시 세벌매기[三除草] 시기가 늦을 것이다. 인력을 갑절로 들여도 추수할 때 보람이 없을 것이니, 탄식한들 어찌하겠는가. 지난밤 꿈에 심열을 보았는데, 명나라 옷을 입고 왔다.

◎ ─ 5월 24일

집의 노비 3명과 품팔이꾼 4명 등 모두 7명이 올벼 심은 논을 맸는데, 반절도 매지 못했다. 다시 6, 7명은 더 있어야 끝날 듯하다. 밥을 먹은 뒤에 김을 매는 논에 가서 보았다. 그길로 성의숙(成毅叔, 성민복)의 송정에 가서 그를 불러 이야기를 나누었다. 마침 상인(喪人) 신경록(申景祿)이 지나가다가 들어와서 잠시 이야기를 나누었다. 신경록이 먼저 돌아갔고, 날이 저문 뒤에 나도 집으로 돌아왔다. 두 계집종이 점심 뒤에 학질을 앓아 먼저 돌아왔다. 안타깝다.

저녁에 막정이 돌아왔다. 다음 달에 보내 줄 쌀 4말을 먼저 얻어

가지고 왔으니, 10말의 쌀이 이제 다 왔다. 내일이 어머니의 생신이니, 관아에서 술과 반찬 및 떡을 준비해서 일찍 보내겠다고 한다. 딸이 요새 기운이 편치 않아 음식을 매우 싫어하고 먹지 않던 음식을 먹고 싶어 한다고 한다. 돌아와 그 증세를 들으니 분명 태기인 듯싶다. 몹시 기쁜 일이다. 다만 자방(신응구) 또한 편치 않은 지 오래되었는데 차도가 없다고 하니 염려스럽다. 다리 저는 말이 아직도 낫지 않아서 다시 마의를 불러다가 침을 놓게 하니 하얀 고름이 나왔다고 한다. 이달 안에는 반드시 낫지 못할 것이니, 답답한 일이다. 의숙은 성민복의 자이다.

◎ — 5월 25일

흰 모시적삼을 만들어 어머니께 드렸다. 오늘은 바로 어머니의 생신인데 궁핍해서 어찌할 방도가 없으니, 그저 함열에서 보내 주는 것만 기다릴 뿐이다. 오후에 함열 관아의 사내종과 관인이 왔는데, 두 가지 떡 2상자, 여러 가지 과일 1상자, 여러 가지 생선과 고기구이 1상자, 각각의 절육(切肉)* 1상자, 흰쌀 2말, 새우젓 1항아리, 뱅어젓 1항아리를 싣고 왔다. 곧바로 신주 앞에 올리고 어머니께 드렸다. 몹시 기쁘고 고맙기 그지없다. 함열에서 물품이 오지 않았다면 어머니의 생신을 그냥 보낼 뻔했다. 온 사람들에게 술과 음식을 내주었고, 관아의 사내종에게는 버선 1켤레를 주어 보냈다.

오늘은 집안의 사내종들이 병을 핑계로 일을 하지 않고 품팔이꾼도 구할 수가 없어 김매기를 잠시 멈추었다. 하루가 급한데 일이 많이

....

* 절육(切肉): 얄팍하게 썰어 양념장에 재워서 익힌 고기이다.

어긋나고 있다. 탄식한들 어찌하겠는가. 저녁에 비가 내리더니 밤새 그치지 않았다.

◎ ― 5월 26일

비가 어제처럼 내리고 바람도 그치지 않았다. 지대가 높고 마른 논에 모두 물이 가득 차서 부족하다는 근심이 없다. 서쪽 창밖 처마 옆에 있는 살구나무에 열매가 누렇게 익었는데 바람 때문에 떨어져 있었다. 즉시 주워 오라고 했더니 광주리에 가득 담아 왔다. 아이들이 먹고 싶은 만큼 실컷 먹었다.

송노에게 논을 매게 했다. 눌은비가 병을 핑계로 누워서 일어나지 않고 있으니, 몹시 괘씸하다. 잡아 오게 하여 종아리를 쳐서 미련함을 꾸짖었는데도 여전히 고치지 않으니, 더욱 통탄스럽다.

◎ ― 5월 27일

날이 개고 해가 났다. 또 송노와 눌은비 및 품팔이꾼 4명 등 모두 6명에게 전날 다 매지 못한 올벼 심은 논을 매게 했다. 막정을 결성의 시직(오윤겸)에게 보냈다. 시직(오윤겸)이 오려고 해도 사내종과 말이 없어서 못 온다고 했기 때문이다.

밥을 먹고 김을 매는 논에 가서 보았다. 마침 조희윤과 조광철이 지나가다가 말에서 내려 길가에 앉아 이야기를 나누고 돌아갔다.

다만 점심 뒤에 눌은비가 학질을 앓아 먼저 돌아갔고, 송노는 호미에 손가락을 다쳐서 물러나 언덕 위에 앉아 있었다. 품팔이꾼 두 여인네도 모두 일찍 제집으로 돌아갔다. 이 때문에 몇 두둑은 김을 매지 못했으니, 매우 가증스럽다. 송노도 며칠 동안 부릴 수 없으니, 일마다 늦고 더디다. 김을 매지 못한 곳에는 잡초가 더욱 무성한데 식량 또한 떨어졌으니, 몹시 답답하다.

몇 달 사이에 막내딸의 학질이 많이 나아졌다. 비록 아플 때도 있었지만 그다지 심하지 않아서 잠깐 누웠다가 일어나고 음식도 전처럼 먹었다. 그런데 요새 다시 학질에 걸려 날로 갑절은 위중해져서 혹은 매일 혹은 하루걸러 혹은 이틀 걸러 아픈 것이 일정치가 않다. 먹는 양도 줄어 얼굴이 누렇게 뜨고 파리하니, 다른 병이 생길까 두렵다. 답답하고 걱정스럽다.

◎ ─ 5월 28일

눌은비가 한복의 품을 갚았다. 송노가 손을 다쳐서 김을 맬 수 없다. 안타깝다.

◎ ─ 5월 29일

어제저녁부터 비가 내리기 시작해서 밤새 그치지 않았다. 아침에도 여전히 날이 개지 않았다. 송노를 함열에 보내 양식을 구해 오게 했다. 송노가 손을 다쳐서 편하게 앉아 있어서만이 아니라 양식이 떨어져서 품팔이꾼을 구해서 김을 맬 수 없어서이다.

어머니께서 어제부터 속머리가 조금 아프다가 잠시 뒤에 괜찮아졌다. 감기인가 했는데, 오늘 오후에 처음에는 조금 추워하다가 두통이 매우 심해졌다. 저녁에는 땀을 흘리다가 조금 나아지셨으니, 분명 학질인 듯하다. 답답하기 그지없다. 다시 훗날을 봐야 알 수 있을 게다.

6월 큰달

◎ ─ 6월 1일

어머니께서 아침에는 나아지셨다. 그러나 몹시 지치고 또 입에 맞는 음식이 없어서 드시는 양이 크게 줄었다. 답답하고 걱정스러움을 어찌 다 말로 하겠는가.

눌은비에게 전날 다 매지 못한 올벼 심은 논을 매게 해서 마쳤다. 또 옥춘에게 장에 가서 웅어 4마리를 사 오게 해서 어머니께 드렸다.

저녁에 송노가 왔다. 으레 보내 주는 벼 2섬을 실어 왔는데, 다시 되어 보니 2말이 줄었다. 또 따로 메주 3말, 미역 4동, 소금에 절인 갈치 8마리를 보냈다. 딸이 또 조기젓 10개와 웅어젓 10개를 보내왔다. 이것은 아침저녁으로 어머니께 드릴 것이다.

◎ ─ 6월 2일 - 소서(小暑) -

어제 물건을 싣고 온 소 1마리는 송노를 시켜 도로 돌려보냈다. 또 옥춘을 보내 요 근래 편치 않았던 딸의 안부를 묻게 했다.

지금 어머니께서 학질을 앓으시어 학질을 빨리 없애는 세 가지 방법을 써 보았다. 하나는 복숭아 열매를 주문을 외며 먹는 것이고, 다른 하나는 오래된 신발 밑창을 불에 태워 가루로 만들어서 물에 타서 먹는 것이며, 또 다른 하나는 제비 똥을 가루로 만들어 술에 담가 코 밑에 대고 냄새를 맡게 하는 것이다. 이는 모두 옛날부터 썼던 방법으로, 효력이 가장 잘 나타나고 하기에도 어렵지 않다. 그러나 어머니께서 아침 식사를 마치자마자 기운이 편치 않았다. 잠시 뒤 잠깐 동안 몸을 조금 떨더니 도로 열이 올라 종일 뒤척이며 머리가 몹시 아파 말씀도 잘 못하고 죽도 드시지 못했다. 저녁에 발제(髮際, 머리털이 자라는 경계)에서 땀이 났는데도 오히려 나아지지 않았다. 이곳저곳 떠돌아다닌 4년 동안 가을과 여름이 되면 매번 이 병을 앓으신다. 몹시 한탄스럽다.

저물녘에 시직(오윤겸)이 왔기에 어머니를 모시고 방 안에 둘러앉았다. 한양에서의 일을 이야기하다가 밤이 깊어 자러 갔다. 어머니께서 기운이 조금 없어서 콩죽 반 보시기만 드셨다. 고단함이 갑절이나 심하니, 더욱 몹시 답답하다. 어머니의 학질 증세가 오늘로 세 번째이다.

◎ ― 6월 3일

어제 시직(오윤겸)이 보리 30말을 실어 왔으니, 앞으로는 걱정이 없겠다. 또 사내종 2명과 품팔이꾼 5명 등 모두 7명에게 둑을 막아 일군 논을 매게 했는데, 끝내지 못했다.

군수가 시직(오윤겸)이 여기에 왔다는 말을 듣고 편지를 보내 불렀다. 오후에 들어가서 점심 뒤에 돌아왔다. 시직(오윤겸)이 꿀 5홉을 얻어 왔다. 병중인 어머니께 올리고자 해서이다.

◎ ― 6월 4일

4명에게 어제 다 매지 못한 논을 매게 해서 끝냈고, 옮겨서 길가 논을 매게 했다. 어머니께서 아침밥을 드시자마자 다시 학질 증세를 보였는데 전처럼 아파하신다. 답답하기 그지없다. 세 번이나 학질 떼는 방법을 썼는데도 효험이 없으니, 더욱 답답할 노릇이다.

함열 관아의 사내종이 왔다. 딸이 전날 빌린 콩 2말, 생선 1마리, 찹쌀 3되를 보내왔다. 태인에 있는 아우의 편지도 가지고 왔다. 아우의 편지를 보니, 저번에 학질을 앓다가 지금 학질이 떨어진 지 겨우 닷새째인데 궁핍해서 살아갈 수가 없다고 한다. 어머니께서 병환 중에 이 소식을 듣고 계속 마음 아파하며 눈물을 흘리셨다. 더욱 답답하고 걱정스럽기 그지없다. 어머니의 학질 증세가 오늘로 네 번째이다.

◎ ― 6월 5일

송노와 품팔이꾼 1명에게 길가의 논을 매게 했다. 눌은비가 병을 핑계로 일어나지 않는다. 매우 괘씸하다. 오후에 김을 매는 논에 가 보았다. 내한(內翰) 조백익이 시직(오윤겸)을 찾아왔다가 돌아갔다.

저녁에 옥춘이 함열에서 돌아왔다. 말린 물고기 10마리를 가지고 왔다. 시직(오윤겸)의 사내종 세만과 함께 왔다.

◎ ― 6월 6일

송노와 눌은비가 모두 병을 핑계로 김을 매지 않는다. 괘씸하고 얄밉다. 어머니의 학질 증세가 오늘로 다섯 번째인데, 조금 나아진 듯하고 몸도 떨지 않는다. 다만 열이 조금 나고 속머리가 조금 아플 뿐이다. 오늘도 세 번이나 학질 떼는 방법을 썼다. 군수가 사람을 시켜 시직(오윤겸)에게 어머니의 증세가 어떠한지 물었다. 매우 감사하다. 빨리 낫고 잠깐씩 아프시니, 이제 아주 떨어질 듯하다. 그 기쁨을 어찌 다 말로 할 수 있겠는가. 저녁에 생원 권학이 왔다가 돌아갔다. 별감(別監) 신몽겸(申夢謙)도 왔다가 돌아갔다.

◎ ─ 6월 7일

품팔이꾼 5명과 송노 등 모두 6명에게 길가의 논을 매게 했다. 이른 아침에 시직(오윤겸)이 관아에 들어가서 군수를 보고 돌아왔다. 소지와 집주인 최인복이 와서 보았다. 시직(오윤겸)이 함열에 가자 소지도 같이 돌아갔다. 오후에 김을 매고 있는 논에 가서 보고 돌아왔다. 다만 송노가 힘을 다하지 않아서 오늘도 끝내지 못했다. 매우 괘씸하다.

조보를 보니, 비변사(備邊司)에서 수령을 감당할 만한 재주를 지닌 사람 29명을 추천했는데 시직(오윤겸)도 그 안에 있었다.* 우의정 정탁(鄭琢)이 논박을 당해서, 이원익(李元翼)이 평안 감사(平安監司)로 있다가 조정에 들어가 그 자리를 대신했다.*

....
* 비변사(備邊司)에서……있었다: 1595년 6월 11일에 사간원에서 "지난번에 비변사에서 천거한 바에는 혼잡스런 폐단이 없지 않아 물정이 매우 온당치 않게 여겨지니, 해조(該曹)로 하여금 다시 헤아려서 가려 뽑게 하여 미진한 뜻이 없게 하소서."라고 했는데, 이어진 기사를 보면 당시 수령으로 추천한 인물 중에 오윤겸이 포함되었음을 알 수 있다.《국역 선조실록》28년 6월 11일.
* 우의정 정탁(鄭琢)이……대신했다: 1595년 5월 13일에 사간원에서 정탁이 정승에 제수될

적장 소서행장(小西行長, 고니시 유키나가)이 자기 나라로 돌아간 뒤 아직 돌아오지 않았다. 그러므로 명나라 사신이 한양에 머물면서 소서행장이 돌아와서 보고하기를 기다린 뒤에 남쪽으로 내려온다고 한다. 그러나 우도(右道)의 영등포(永登浦)*에 성 쌓는 일을 멈추지 않고 가등청정의 진중에서 지금 한창 배를 만들고 있다 하니, 반드시 이유가 있을 게다. 몹시 걱정스럽다.

◎ ― 6월 8일

송노가 병을 핑계로 김을 매지 않으니 괘씸하다. 눌은비의 가슴 통증에 여러 날 차도가 없으니, 이는 실제로 아픈 것이다. 매우 걱정스럽다. 어머니의 기후가 아침 늦게부터 조금 편치 않더니 속머리도 잠깐씩 아팠다. 오후에 이마 사이에 조금 땀이 난 뒤에 도로 깨어나셨으니, 필시 이로부터 아주 낫는 것이리라. 기쁨을 이루 말할 수가 없다.

아침부터 비가 내리고 저녁내 그치지 않았다. 저녁에 서천 군수(舒川郡守) 정엽(鄭曄)*이 사람을 시켜 편지를 보냈다. 시직(오윤겸)을 부르

....

때부터 여론이 만족스럽지 못한데다가 일처리가 미숙하다는 이유로 그를 체직시킬 것을 청했는데, 선조는 대신을 가볍게 체직할 수 없다면서 받아들이지 않았다. 이후 대각(臺閣, 사헌부와 사간원)에서 계속 정탁의 체직을 청하자 5월 25일 정탁이 사직 차자(辭職箚子)를 올렸고, 이에 선조가 정탁의 사직을 윤허했다. 이후 6월 1일에 류성룡(柳成龍)이 당시 평안 감사로 있던 이원익(李元翼)을 우의정으로 추천하자, 선조가 이를 받아들였다.《국역 선조실록》 28년 5월 13일·25일, 6월 1일.

* 영등포(永登浦): 거제에 있는 포구이다. 임진왜란 때 왜적이 점거한 적이 있으며 영등포진(永登浦鎭)이 있었다. 1623년에 견내량(見乃梁) 서쪽 3리로 옮겼고 1747년에 혁폐했다가 1756년에 다시 두었다. 또 이곳에 왜인소(倭人所)가 있고 성을 돌로 쌓았다는 기록이 있다.《국역 신증동국여지승람》 제32권 〈경상도 거제현〉.

* 정엽(鄭曄): 1563~1625. 임진왜란 때 공을 세워 중화 부사가 되었다. 대사헌을 다섯 번 역임

면서 아울러 큰 말린 민어 2마리를 보냈다. 마침 시직(오윤겸)이 집에 없었기 때문에 온 사람이 헛걸음하고 돌아갔다.

◎ — 6월 9일 – 초복(初伏)이다. 밤이 길어지기 시작했다 –

날이 흐리고 비가 내렸다. 꼭두새벽에 송노가 달아났다. 요새 힘써 김을 매지 않고 오랫동안 병을 핑계로 일어나지 않아서 매번 분통한 마음을 품고 한번 그 게으름을 꾸짖을까 하면서도 참아온 지 오래였다. 그런데 이와 같은 농사철에 김도 다 매지 않은 채 내버리고 도망쳤으니, 더욱 분통이 터진다. 훗날 붙잡으면 응당 그 고약함을 징계할 것이다. 그 어미가 직산에 살고 있으니, 시직(오윤겸)이 올라갈 때 칭념(稱念)*하는 편지를 부쳐 그 어미로 하여금 와서 보게 할 것이다. 다만 세벌매기를 아직 끝내지 못했는데 눌은비도 가슴 통증이 낫지 않아 집안에 호미를 들 자가 없다. 필시 사람을 얻어 품삯을 주고 김을 매야 하는데 양식도 떨어져서 그럴 수 없는 형편이니, 파종한 논밭이 장차 황폐해질 것이다. 더욱 지극히 괘씸한 마음이 든다.

이른 아침에 암탉을 둥지에서 내렸는데, 병아리 17마리를 깠고 알 2개는 썩어서 부화되지 못했다. 아침을 먹은 뒤에 막정을 함열에 보내서 양식을 얻어 오게 했다. 또 함열에서 보낸 준치를 보리 36말 5되로 바꾸어 썼다.

....
했다.
* 칭념(稱念): 수령이 고을로 부임할 적에 그 지방 출신의 고관이나 친구들이 술과 고기를 가지고 와서 인사하며 자신의 친척이나 지인을 돌봐 주기를 부탁하는 것을 말한다.

◎ — 6월 10일

사람 6명을 얻어 논에서 김을 맸다. 두 끼니를 먹이고 각각 보리 5되를 주었다. 전날 끝내지 못한 길가의 논을 맨 나중에 하고 안쪽 논을 먼저 맸는데 일찍 끝났다. 나는 지팡이를 짚고 두 번이나 가서 보았다. 그길로 조밭에 가서 보니, 지금 바로 김을 매야 하는데 양식도 없고 사람도 없어서 매지 못할 형편이다. 만약 며칠 지체한다면 분명 풀이 무성해질 게다. 한탄스럽다. 기장이 이미 패기 시작했는데 씨가 드물고 무성하지 않으니 또한 안타깝다.

류선각이 시직(오윤겸)을 찾아왔는데, 시직(오윤겸)이 마침 집에 없어서 헛걸음하고 돌아갔다. 다만 시직(오윤겸)이 오늘 올 수 있을 텐데 오지 않으니 그 이유를 모르겠다. 송인수를 불러 머물러 묵으면서 이야기를 나누다가 오는 것인가.

어머니께서는 아주 느지막이 조금 편치 않은 징후가 있더니, 속머리가 잠시 아프다가 그쳤다. 오늘도 여전히 완전히 떨어지지 않고 매번 그날이 되면 번번이 그 증세가 있으니, 재발할까 몹시 두렵다.

◎ — 6월 11일

지난밤에 이웃집 고양이가 와서 병아리를 해치려고 하여 어미닭이 울기에 놀라 깨서 쫓아냈다. 하지만 닭장이 매우 견고해서 물어 가지는 못했다. 밤마다 해를 끼치기에 함정을 만들어 잡으려는데 틀을 설치할 수 없으니, 매우 분통이 터진다.

새벽부터 비가 내렸다. 요새 날마다 비가 내리기는 했지만 많이 내리지 않아, 높은 곳에 있는 논은 여전히 흠뻑 적셔 주지 못하고 풀만 자라게 할 뿐이다. 김을 매자마자 무성해져서 인력으로는 감당할 수 없으니, 백성이 탄식하고 있다. 그런데 오늘 큰비가 내리고 밤새 그치지 않으니, 부족하다는 탄식은 없을 것이다.

저녁에 시직(오윤겸)이 함열에서 돌아왔다. 인아도 같이 왔다. 함열에서 보리 2섬, 중미 2말, 정미 2말, 콩 2말, 준치 5마리를 보냈다. 이 가운데 쌀과 콩은 시직(오윤겸)이 한양으로 올라가는 길에 쓸 식량이다. 다리 저는 말은 인아가 타고 왔는데, 아직도 완전히 낫지 않았다. 비를 맞고 오는 길에 도롱이가 찢어져 비가 새서 입은 옷이 모두 젖었다. 안타깝다. 이시증(李時曾)*의 편지를 보니, 온 집안이 모두 무탈하고 양식을 구하는 일로 함열에 왔다고 한다.

◎ ― 6월 12일

꼭두새벽부터 비가 세차게 내렸다. 비 오는 기세를 보니 금방 그치지는 않을 듯하다. 시직(오윤겸)이 한양으로 올라갈 때에 필시 물에 막히는 근심이 있을 텐데 기한이 이미 임박했으니, 몹시 걱정스럽다. 오후에 날이 흐리다가 갰다.

저녁에 류선각과 소지가 와서 시직(오윤겸)을 보고 돌아갔다. 저물녘에 세동에 사는 좌수 조욱륜(趙郁倫)이 능금을 따서 1상자를 보냈다. 준치 1마리를 보내서 그 후의에 사례했다.

....

* 이시증(李時曾): 1572~1666. 오희문의 처조카이다. 오희문의 처남인 이빈의 둘째 아들이다. 숙부 이지의 후사가 되었다.

◎ — 6월 13일

오늘은 날이 개기는 했지만 어제 아침에 큰비가 내린 나머지 내와 도랑이 불어 넘쳤다. 며칠 안으로는 분명 쉽게 건널 수 없을 것이다. 시직(오윤겸)이 이 때문에 오래 머물렀다. 게다가 서천에 들러서 가려고 하는데 중간에 있는 큰 내를 건너기 어려울 것이라고 한다. 매우 걱정스럽다. 남풍이 종일 그치지 않고 큰비가 내릴 조짐이 있더니 저녁에 비가 내렸다.

시직(오윤겸)이 군수를 만나려고 저녁밥을 먹은 뒤에 관아에 들어갔다. 그런데 업무가 끝나지 않아 매우 소란스러워서 잠시 이야기만 나누고 돌아왔다고 한다. 주서 홍준이 와서 시직(오윤겸)을 만나고 돌아갔다. 소지도 왔다가 돌아갔다.

◎ — 6월 14일

날이 맑았다가 흐렸다. 시직(오윤겸)이 일찍 밥을 먹은 뒤에 막정과 말 2필을 거느리고 서천으로 떠났다. 막정과 말 1필은 서천에서 돌려보내고, 말 1필은 한양으로 올라갈 때 짐을 싣고 가서 한양에 도착한 뒤에 도로 내려 보내겠다고 했다. 오랫동안 작별한 뒤에 만났다가 오래지 않아 또 멀리 헤어지게 되었다. 만약 벼슬자리를 옮기지 않는다면 가을이 되어도 형편상 또 내려오지 못할 것이다. 슬프고 한탄스러운 마음이 계속 들어 견딜 수가 없다.

이웃 사람 중에 안치[鞍赤]*를 가지고 와서 파는 자가 있었는데, 마

----

* 안치[鞍赤]: 말이나 소의 안장이나 길마 밑에 깔아 그 등을 덮어 주는 방석이나 담요이다.

침 집에 값을 치를 물건이 없었다. 그래서 시직(오윤겸)이 군수에게 편지를 보내 보리 5말을 얻어 안치를 사 가지고 돌아갔다. 이처럼 흙비가 내릴 때 먼 길을 가는 행장에는 우비[雨具]가 가장 긴요하다. 한창 우비가 없어서 근심했는데, 마침 살 수 있게 되었다.

또 소지가 와서 보았다. 입고 있는 도롱이가 비록 세밀하게 짜진 것은 아니지만 또한 새로 만든 것이라 바꿔 주고 갔다. 도중에 큰비를 만난다고 해도 걱정이 없겠다. 다만 이것은 소지의 물건이 아니라 바로 류선각이 새로 산 것인데, 소지가 빌려 입고 온 것이라고 한다. 그러나 류선각은 시직(오윤겸)과 평소 서로 가까운 사이이니, 필시 나무라지는 않을 것이다.

저녁에 김정과 성민복이 왔다 갔다. 송노가 도망가고 눌은비가 가슴이 아프다고 한 뒤로 집에 호미를 잡을 사람이 없어 오랫동안 김을 매지 못했다. 모두 묵은 밭이 되게 생겼는데 대책이 없다. 어제 시직(오윤겸)에게 군수를 만나서 사정을 말하고 향약인(鄕約人)들을 시켜 김을 맬 수 있게 허락해 달라고 청하게 했다. 군수가 사유를 갖추어 단자를 올리라고 했다. 그러므로 오늘 단자를 써서 향비에게 바치게 하니, 편의에 따라 김을 매라는 내용으로 향약장(鄕約掌)에게 제송(題送)*했다. 성민복이 지금 향약장이기에 이런 뜻을 말했더니, 마을에서 김을 맬 수 있는 사람을 뽑아 보내겠다고 했다. 만약 이 사람들을 얻어다가 김을 다 맨다면 밭이 잡초로 뒤덮일 염려는 없을 것이다.

....
* 제송(題送): 상급 관아에서 하부 기관에, 혹은 관아에서 백성에게 지령서를 보내 명하는 것을 말한다.

함열에 사는 딸이 사람을 시켜 찹쌀 3되, 소고기 1덩어리를 보내왔다. 내일이 유두절(流頭節)*이기에 음식을 갖추어 신주 앞에 올리려고 한다. 자방(신응구)이 마침 명나라 장수를 대접하는 일로 삼례역참(參禮驛站)에 가고 관아에 없었기 때문에 딸이 제 뜻대로 장무(掌務)*에게 명하여 구해 보냈다고 한다.

◎ ─ 6월 15일

아침에 향비를 관아에 보내 얼음을 구해 오게 했다. 군수 부인이 소금에 절인 웅어 13마리를 보냈다. 이에 수단어육적(水丹魚肉炙)과 고깃국 한 가지, 시주(時酒) 1그릇을 만들어 신주 앞에 제사 지낸 뒤에 어머니께 드리고 나머지는 처자식에게 주었다. 만약 딸이 찹쌀과 소고기를 보내 주지 않았다면 그냥 지나갔을 것이다.

저녁에 막정이 서천에서 돌아왔다. 시직(오윤겸)이 무사히 결성으로 돌아갔다고 한다. 서천 군수가 햇보리 1말, 소금 2말, 조기 1뭇, 갈치 20마리, 뱅어젓 3되, 삼치알 1짝을 보냈다. 만약 보리를 얻어 왔다면 그것을 양식으로 삼아 김을 맸을 텐데 이제 그렇게 할 수가 없다. 안타깝다. 필시 시직(오윤겸)이 말을 꺼내기 어려워서 구하지 못했을 것이다.

---

*　유두절(流頭節): 음력 6월 15일이다. 유두는 동류두목욕(東流頭沐浴)의 준말이다. 유둣날에는 맑은 개울물을 찾아가서 목욕을 하고 머리를 감으며 하루를 즐긴다. 유두면, 수단(水團), 건단(乾團), 연병(蓮餅) 등의 음식을 먹는다.

*　장무(掌務): 관아의 장관 밑에서 직접 사무를 주관하는 우두머리 관원이다.

◎ ─ 6월 16일

온종일 무료하고 더위도 극성이다. 마루 위에서 쉬면서 때때로 추자놀이를 하여 적막한 회포를 달랬다. 이 같은 무더위에 시직(오윤겸)이 한양으로 돌아갔으니, 어떻게 갈 수 있겠는가. 분명 어려움이 많을 것이다. 걱정스러워 마음이 놓이지 않는다. 오늘쯤은 결성 집에 도착했을 게다.

◎ ─ 6월 17일 -대서(大暑) -

막정을 함열에 보내 다음 달에 받을 으레 보내 주는 양식을 얻어 오게 했다. 향약인을 모아 김을 매려고 했는데 양식이 없기 때문에, 양식을 얻은 뒤인 내일 일을 맡길 계획이다.

◎ ─ 6월 18일

지난밤에 퍼붓듯이 큰비가 내려 잠자는 방에 빗물이 새서 편히 잘 수 없었다. 매우 한탄스럽다. 저녁에 막정이 돌아왔다. 보리 1섬, 메밀 종자[木種] 3말, 갈치 10마리, 웅어젓 20개를 얻어 왔다. 또 메밀 종자 5말을 시직(오윤겸)에게 보냈다. 관아의 사내종이 따라왔는데, 딸이 뜻밖에 신말(新末)로 만든 두 가지 상화병(霜花餠),* 추로주(秋露酒)* 2병, 말린 광어 반 짝, 대구 반 짝을 보내왔다. 모두 새 물품이어서 즉시 신주

....
* 상화병(霜花餠): 밀가루를 막걸리로 반죽하고 누룩을 넣어 발효시킨 다음 팥소를 넣고 채소나 고기 볶음 따위를 얹어 시루에 쪄낸 떡이다. 상화고(霜花糕)라고도 한다.
* 추로주(秋露酒): 가을철에 내린 이슬을 받아 빚은 청주(淸酒)이다.《산림경제(山林經濟)》〈치선(治膳)〉에 "가을 이슬이 흠뻑 내릴 때 넓은 그릇에 이슬을 받아 빚은 술을 추로백(秋露白)이라고 하니, 그 맛이 가장 향긋하고 콕 쏜다."라고 했다. 추로백을 추로주라고도 한다.

앞에 올리고 나서 어머니께 드리고 나머지는 처자식에게 주었다. 매우 기쁘다. 이는 실로 자방(신응구)의 지시에 따른 것이다.

◎ ─ 6월 19일 - 중복(中伏) -

군수에게 편지를 보내, 말을 치료하는 관아의 사내종 근수(斤守)를 보내 달라고 하여 다리를 절고 있는 말의 발에 침을 놓게 했다. 오랫동안 낫지 않는다고 하니 매우 걱정스럽다. 소주 한 잔을 대접해서 보냈다.

내일 향약인들에게 김을 매게 하려고 했는데, 병마절도사가 내일 이 고을을 순시하러 오기 때문에 사람을 많이 모을 수 없으니 다시 다음날 사람을 모아서 김을 매게 하겠다고 약장(約長, 향약 단체의 우두머리) 성민복이 사람을 보내서 말했다. 절구질한 보리로 양식을 마련하여 김을 맬 때 쓰려고 했다. 일마다 어긋나서 이렇게까지 지연되고 말았다. 만약 며칠 더 늦어지면 양식은 다 떨어지고 풀은 더욱 무성하여 인력이 필시 갑절로 들 테니 바꿀 수도 없는 형편이다. 매우 안타깝다.

◎ ─ 6월 20일

이른 아침에 큰비가 내리고 천둥이 치다가 느지막이 비로소 그쳤다. 3명에게 김을 매게 했는데 끝내지 못했다.

저녁에 병마절도사가 이 고을을 순시했다. 한산에서 별좌 이덕후의 집에 들렀다가 술에 취해 부축을 받으며 이곳을 지나갔는데, 앞뒤로 호위를 받으며 갔다. 병마절도사의 성명은 원균(元均)으로, 난리 초기에 경상 우수사(慶尙右水使)가 되어 많은 공로를 세워서 순서를 뛰어

넘어 2품으로 승진했다. 그런데 전라 좌수사(全羅左水使) 이순신(李舜臣)
과 사이가 벌어져 서로 저촉되는 일이 많다 보니 형세상 서로 용납하
지 못하여 이 도의 병마절도사로 관직을 옮긴 것이다.

◎ — 6월 21일

향약인 13명과 한복, 눌은비 등 모두 15명이 김을 맸다. 먼저 올벼
심은 논을 매고, 끝낸 뒤에 콩밭으로 옮겨 김을 맸으며, 이를 끝낸 뒤에
또 둔답으로 옮겨 김을 매고, 그 뒤에 또 조밭으로 옮겨 김을 맸다. 그
런데도 절반은 김을 매지 못했다.

봉사 이복령이 와서 보았다. 그편에 요즘 함열에 사는 딸의 편치
않은 기후에 대해 물었더니, 엽전을 던져 점을 치고 나서 "이전에 다른
증세는 없었으니 필시 태기일 것입니다. 아들을 낳겠습니다."라고 했
다. 시직(오윤겸)의 벼슬길에 대해 길흉을 물으니, "8월 10일이 가장 길
합니다."라고 답했다. 또 "송노가 도망갔는데 언제 잡을 수 있겠소?"라
고 물으니, "7월 뒤에 스스로 올 것입니다."라고 답했다. 반드시 그렇지
는 않겠지만, 훗날 사실 여부를 알고 싶어서 기록해 두었다.

어제 어떤 사람이 유기(柳器)*를 짊어지고 마을을 돌면서 판다고 외
치기에, 메밀 종자 1말 6되를 주고 행담(行擔)*과 소쿠리 2기(器)를 샀다.
향비가 함열에 사는 딸에게 돌아갔다. 딸이 심부름을 시키려고 불러서
간 것이다.

....
* 유기(柳器): 고리버들의 가지로 걸거나 엮어서 만든 그릇이다.
* 행담(行擔): 길 가는 데에 가지고 다니는 작은 상자이다. 흔히 싸리나 버들 따위를 걸어 만든다.

◎ ― 6월 22일

그저께 김을 맬 때부터 양식을 이미 다 써서, 어제저녁에는 처자식이 메밀가루로 범벅을 만들어 먹었고 오늘 아침도 겨우 차려서 때웠다. 덕노가 돌아오기만을 고대했는데, 저녁에 덕노가 왔다. 딸이 관아에서 중미 1말을 구해 보냈기에 죽을 쑤어 모두 나누어 먹었다.

요즘 사내종과 말을 결성에 보내 보리 섬을 실어 오고 싶은데 말이 다리를 절어서 그렇게 할 수 없다. 함열에서 다음 달에 줄 으레 보내 주는 물건을 또 가져오려고 해도 그럴 수가 없으니, 요새 갈수록 심난하여 이루 말할 수 없을 지경이다.

정오에 이 고을 군수의 부인이 노루고기 1조각, 소고기 1조각을 구해 보내서 즉시 어머니께 드렸다. 매우 감사하다. 어머니께서 요새 더위로 인해 식사량이 크게 줄었고 또 밥과 반찬이 없어서 한창 걱정하고 있었는데, 이처럼 뜻밖의 물품을 얻으니 더욱 고맙기 그지없다.

◎ ― 6월 23일

온종일 무료해서 지팡이를 짚고 논밭을 둘러보다가 돌아왔다. 저녁때 양식이 떨어져서 나무껍질을 가루로 만들어 칼제비를 빚어서 위아래 사람들이 나누어 먹었다. 다만 어머니께도 이것을 드렸으니, 더욱 몹시 답답한 노릇이다.

막정에게 시직(오윤겸)의 옷을 가지고 정산의 갓지(㰖知)에게 가도록 했다. 전에 시직(오윤겸)이 갓지를 보내서 만든 모시옷을 가져오게 했는데, 기일이 지나도 돌아오지 않으니 그 까닭을 알 수 없었다. 그래서 막정에게 옷을 가지고 가서 떠났는지 머물러 있는지 묻게 한 것이다. 만약 갓지가 머물러 있으면 그편에 부쳐 보내도록 하고, 또 그에게 시직(오윤겸)의 편지를 정산 현감에게 바치도록 했다.

◎ ― 6월 24일

함열에서 메밀 종자를 얻어 왔다. 요즘 양식이 없어서 이것을 거의 다 갈아 가루로 만들어 아침저녁으로 칼제비를 만들어 먹고 어머니께도 드렸다. 몹시 답답하다. 막정이 오늘도 오지 않았다. 필시 편지를 바치려고 정산현으로 들어간 것이리라. 좌수 조욱륜이 와서 보고 돌아갔다.

◎ ― 6월 25일

이른 아침에 성민복의 집에서 보리 1말을 꾸어다가 찧어서 아침밥을 지어 위아래 사람들이 함께 먹었다. 저녁에는 이광춘의 집에서 쌀 2되를 꾸어다가 죽을 쑤어 나누어 먹었다. 저물녘에 막정이 돌아왔다. 시직(오윤겸)의 편지를 정산 현감에게 바치니, 보리 5말과 메밀 종자 3말, 누룩 3덩어리를 주었다고 한다. 다만 소이질지(小伊叱知)를 시켜 편지를 올리고 받아 오게 했다는데, 다시 되어 보니 보리는 1말, 메밀 종자는 8되가 줄었다. 분명 훔쳐 쓴 것이다. 매우 괘씸하다. 막정이 와서 그 이유를 말했다.

소이질지가 결성에서 일찍 돌아오면서 시직(오윤겸)의 편지를 가져와 바쳤다. 편지를 보니 22일에 한양으로 올라갔다고 한다. 그 처가 지난 15일에 해산할 때 별 탈이 없었는데, 다만 또 딸을 낳았다고 한다. 탄식한들 어찌하겠는가. 날마다 아들 낳기를 바랐는데 결국 헛된 바람이 되었으니, 몹시 불행한 일이다. 다만 갓지가 이미 결성으로 돌아갔는데 이곳에 말하지 않았기 때문에 지어 놓은 여름옷을 보내지 못했다. 몹시 괘씸하다.

요새 양식이 떨어져서 위아래 사람들이 굶주렸는데 지금 얻은 보리 4말은 쌀 4섬을 얻은 것이나 진배없으니, 며칠 동안은 연명할 수 있겠다. 하지만 그 뒤로는 또 끼니를 이을 방도가 없으니 몹시 답답하다. 어제 인아가 낚시를 해서 연못의 크고 작은 물고기 7, 8마리를 잡아 와서 탕을 끓여 어머니께 드렸더니 어머니께서는 조금밖에 드시지 않았다. 비린내가 나서이다. 오늘도 낚시질해서 잡아 왔기에, 1편을 소금에 절였다가 말려서 다시 구워 드렸다.

◎ ― 6월 26일

마의를 불러서 말을 치료했다. 술 한 잔을 사다가 주었고 또 누룩 1덩어리를 주면서 뒷날에 다시 와서 치료해 달라고 했다. 마의는 한산 땅에 사는데, 본업은 갓장이[笠匠]이다. 마침 삿갓을 팔기 위해 장에 왔는데, 일찍이 말의 병을 잘 고친다는 말을 들었기 때문에 막정을 시켜 불러온 것이다. 그의 이름은 예산(禮山)인데, 그가 하는 말이 이 말의 앞다리에 상처가 나서 거죽 안이 부어서 절게 된 것이니 오랫동안 부려서는 안 된단다. 답답하기 그지없다.

요새 양식이 떨어져서 어머니께도 죽이나 보리밥 또는 나뭇잎을 섞어서 날마다 드리고 있는 지경이다. 답답하고 한탄스러운 마음을 가눌 수가 없다. 단아는 배고픔을 참고 먹지 않고 있으니, 몸이 상해서 병이 날까 걱정스럽다.

◎ — 6월 27일

아침밥을 겨우 차려 먹었다. 저녁에는 그저 나무껍질로 가루를 내어 국수를 만들어 반 그릇씩 나누어 먹었다. 그마저도 종들에게까지는 돌아가지 않아 그들은 실로 굶고 잠들었다. 탄식한들 어찌하겠는가. 심지어 어머니께도 이것을 드렸는데 어머니도 많이 드시지 못했다. 매우 답답하다.

덕노가 어제 함열에 갔으니 오늘은 분명 올 것이다. 온 집안사람들이 이를 기다려서 저녁을 먹으려고 했는데, 날이 저물도록 오지 않았기 때문에 모두 굶고 잠들었다. 그런데 밤이 깊은 뒤에 들어와서 하는 말이, 나룻가까지 왔는데 배가 없어서 건너지 못하다가 이제야 왔단다. 딸이 우선 다음 달에 줄 으레 보내 주는 쌀 2말을 장무에게서 꾸어서 보냈고 또 소주 2선을 얻어서 보냈다. 듣자니, 오늘 이 고을에서 올벼 종자를 보리와 벼로 바꾸어 원하는 자에게 먼저 준다고 한다.

◎ — 6월 28일

이른 아침에 군수에게 편지를 보내 올벼를 벼로 바꾸어 받으려고 했다. 그런데 군수가 답장을 보내 이미 다 나누어 주어서 지금은 남은 것이 없다고 하면서, 우선 쌀 5되를 첩으로 써서 지급하여 오늘 쓸 만큼만 도와주었다. 또 새끼 노루 다리 1각(脚)을 보내 주어 어머니께 드렸다. 감사하기 그지없다.

지금 조보를 보니, 시직(오윤겸)이 부솔에 수망(首望)으로 의망(擬望)되었는데 임명되지 못했다. 안타깝다. 적장 소서행장이 본국에 있으면서 선래인(先來人)*을 보냈는데, 그가 이미 진중에 도착해서 말하기를

"소서행장이 지난 5월 26일에 본국을 떠나 돌아왔으니, 이달 15, 16일에 웅천(熊川)에 도착할 것입니다. 관백[關白, 풍신수길(豊臣秀吉)]이 군대를 철수하라는 명령을 소서행장에게 위임했으니, 소서행장이 오는 대로 철수해서 돌아간다고 합니다. 또 빈 배 2백여 척도 이미 정박했는데, 그중 30척은 쇳조각으로 장식되어 있으니 바로 명나라 사신을 영접할 배입니다."라고 했다. 이것은 명나라 사신이 보낸 양빈(楊斌)과 이서(李恕) 두 사람이 일찍이 웅천에 이르러 보고 들은 것을 보고한 내용이다. 그러나 지금 열흘 남짓이 지났는데 아직도 소서행장이 돌아왔다는 말을 듣지 못했으니, 거짓말인가 의심스럽다.

들건대, 명나라 사신이 보낸 사람이 왜적의 진영에서 돌아와 듣고 본 내용을 명나라 사신에게 올린 품첩(稟帖)에서 아뢰기를, "각 병영의 적병 숫자는 두모포(豆毛浦)에 가등청정의 군사가 2만 2천, 서생포(西生浦)에 주주 태수(走州太守)의 군사가 8천, 기장(機張)에 갑주 태수(甲州太守)의 군사가 8천, 부산(釜山)에 산휘원(山輝元)의 군사가 2만, 용당[龍堂, 부산 용당포(龍堂浦)]에 소조천융경(小早川隆景, 고바야카와 다카카게)의 군사가 4천, 김해(金海)에 천풍신직정(天豊臣直政)의 군사가 1만 8천, 가덕(加德)에 덕풍신광문(德豊臣廣門)과 통익(統益)의 군사가 2천, 안골포(安骨浦)에 안치(安治, 와키자카 야스하루)의 군사가 4천, 제포(薺浦)에 소서행장의 군사가 1만, 대마도(對馬島)에 의지(義智, 소 요시토시)의 군사가 3천, 거제도(巨濟島) 3영(三營)에 의홍(義弘, 시마즈 요시히로)의 군사가 1만, 사주 태수(士州太守)의 군사가 8천, 일정(一正)의 군사가 6천, 동래(東

萊)에 운주 태수(雲州太守)의 군사가 8천으로, 이상 13만 1천 명입니다. 이는 바로 일본군의 원래 숫자이고 향후에 늘거나 줄어들어 일정하지 않으니, 소서행장의 병영 하나만 보면 그 나머지를 알 수 있습니다."라고 했다.

◎ — 6월 29일

아침밥을 먹은 뒤에 문화 조백순에게 가서 보았다. 그편에 김포 조백공을 불러 나무 그늘 아래에 앉아 조용히 이야기를 나누었다. 주인집에서 내게 물만밥을 대접했다. 날이 저물어서 좌수 조군빙의 집을 찾았다. 또 한림 조백익을 불러 저녁내 옛이야기를 나누었다. 주인집에서 저녁밥을 대접했다. 집에 돌아오니 날이 이미 어두워졌다.

다리를 저는 말을 타고 오가면서 그 걸음이 어떠한지 살펴보았다. 언덕길을 만나면 몹시 어려워하고 평탄한 곳에 이르면 잠깐 다리를 절었다. 만약 다시 침 치료를 하고 열흘 정도 부리지 않으면 나을 듯하다. 그러나 무거운 짐을 싣고 멀리 가면 도로 다리를 절 것이라고 했으니, 나으면 팔아 버릴까 생각 중이다.

....

* 　명나라 사신이……있습니다:《국역 선조실록》28년 6월 8일 기사에 따르면, 접대 도감(接待都監)에서 "어제 왜영(倭營)에서 돌아온 양빈(楊玭)이 문견(聞見)한 내용으로 품첩(稟帖)을 만들어 사신에게 바쳤으므로 그 첩을 베껴 써서 올립니다."라고 한 것으로 보아, 품첩은 하루 전인 7일에 올린 것으로 보인다. 다만《국역 선조실록》과《쇄미록》을 비교 검토해 보면,《쇄미록》에는 주주 태수(走州太守), 천풍신직정(天豊臣直政), 덕풍신광문(德豊臣廣門), 운주 태수(雲州太守)라고 나오는데,《국역 선조실록》에는 각각 주병 태수(走兵太守), 천천(天天) 풍신직정(豊臣直政), 풍신광문(豊臣廣門), 내운 태수(萊雲太守)로 나온다.

◎ ─ 6월 30일

이웃집에서 보리 1말과 쌀 1되를 꾸어서 아침밥을 지어 위아래 식솔들이 함께 먹었다. 저녁에 또 홍주서에게서 1말을 꾸어다가 반을 나누어 가루를 내서 죽을 쑤어 나누어 먹었고, 절반은 내일 아침을 지어 먹으려고 한다. 어머니께도 이것을 드렸으니, 몹시 답답하다. 아침에 막정을 함열에 보내 다음 달 치 양식을 구해 오게 했다.

7월 작은달

◎ ─ 7월 1일

함열에서 한양으로 가는 사람이 들러 딸의 편지를 전했고, 또 절인 은어 5마리를 가져왔다. 그편에 편지를 써서 시직(오윤겸)에게 전하게 하고 모시옷도 보냈다.

저녁에 막정이 왔다. 갈 때 최인복에게 말을 빌려서 으레 보내 주는 쌀 8말과 보리 1섬을 실어 오고, 또 밀 5말과 제사에 쓸 찹쌀 3되, 메밀 3되, 흑태(黑太) 3되, 준치 5마리를 얻어 오게 했다. 딸이 얻은 두 가지 젓갈 1항아리, 조기 1뭇도 부쳐 왔다. 나루에 도착했는데 배가 없어서 건너기가 쉽지 않아 날이 저물었다고 한다. 온 집안사람들이 이를 기다리면서 불을 밝혔는데 밤이 이미 깊었다. 자방(신응구)이 또 별선 (別扇)* 1파(把)를 보내고, 딸도 1자루를 얻어서 보냈다. 이전에 편지를

....

* 별선(別扇): 더위를 식히기 위해 사용하는 이외에 특별한 용도로 모양이나 재료를 다르게 해

보내 구했는데, 이제야 보내온 것이다. 덕개(德介)도 말미를 얻어 와서 제 어미를 만났다.

◎ ─ 7월 2일

한복을 시켜 무밭을 갈고 씨를 뿌리게 했다. 입추(立秋)이다.

◎ ─ 7월 3일

할머니의 제삿날이다. 면(麵)과 떡, 밥과 국을 장만하여 제사를 지냈다. 종가 자손이 모두 죽어서 달리 제사 지낼 사람이 없다. 다만 오정일(吳精一)의 막내아우가 있어 지금 해주 고향 마을에 있지만, 필시 기억해서 제사를 지내지는 못했을 게다. 게다가 어머니가 여기에 계시니 그냥 지나갈 수가 없어서, 힘닿는 대로 준비해서 겨우 제사를 지냈다. 다만 제수를 갖추지 못했다. 성대한 시절을 회상해 보면 각 집에서 돌아가면서 힘써 극진히 준비했는데, 지금은 그럴 수가 없다. 슬픈 마음을 견디지 못하겠다.

◎ ─ 7월 4일

향약장에게 말해서 마을 사람 13명을 모아 한복과 대순까지 15명에게 먼저 둑을 막아 일군 논을 매고, 다음으로 길가 논을 매고, 또 옮겨서 안쪽 논을 매게 했다. 세 곳은 모두 네벌매기를 했고, 이 밖에는 다시 김을 매지 못했다. 다만 아직 매지 않은 논은 열흘 뒤에 양식을 얻

....

서 만든 부채이다.

으면 다시 3, 4명을 모아 대난과 나누어 맬 생각이다. 그러나 얻은 양식이 오늘 거의 다 떨어져서 이달을 넘기기도 몹시 어렵다. 답답하고 걱정스러움을 어찌 다 말로 하겠는가.

내일 보리로 환자를 나누어 준다고 한다. 아내에게 군수 부인에게 편지를 보내 구하게 하니, 답장에 "만약 단자를 올린다면 얼마 정도 응당 지급할 것입니다."라고 했다.

남당진의 진부(津夫)* 돌손(乭孫)이 와서 농어 3마리를 바쳤다. 즉시 술과 밥을 대접했고 또 부채를 주어서 보냈다. 다만 까닭 없이 와서 바치는 걸 보면 필시 이유가 있을 것이다. 지금은 아무 말도 하지 않았지만, 훗날 만약 청하는 일이 있다면 어떻게 응할까. 처음에는 받지 않으려고 했는데, 늙으신 어머니께 올리는 일이 절실해서 지금 우선 받았다. 탕을 끓여 어머니께 드렸다. 둘째 딸을 시켜 회를 쳤는데, 마침 생원 권학이 왔기에 함께 먹었다. 그 나머지는 소금에 절여 아버지의 생신날인 8일에 제사를 지낼 때 쓰려고 한다.

◎ ─ 7월 5일

춘이가 왔다. 지난달 초에 창평 현령(昌平縣令)의 집안*에 장가든 생원(오윤해)의 처남을 진위현에서부터 모시고 올라갔다가 어제 함열에서 자고 지금 여기에 온 것이다. 생원(오윤해)의 편지를 보니, 온 집안 식구들이 무탈하다고 한다. 다만 지난달에 학질을 앓다가 이제야 비로

....
*   진부(津夫): 관아에 딸린 나룻배를 모는 사공이다.
*   창평 현령(昌平縣令) 집안: 오희문의 인척인 심은(沈訔, 1535~?)의 집안을 말한다. 심은은 1591년에 창평 현령이 되었다.

소 떨어졌다고 한다. 막정을 시켜 단자를 바치니, 묵은 보리 5말을 환자로 제급해 주었다.

◎ ― 7월 6일

갓지가 왔다. 시직(오윤겸)의 편지를 보니, 무사히 올라갔다고 한다. 기쁘다. 다만 짐 싣는 말의 등에 상처가 가득하고 몹시 노쇠하며 막정도 옴이 크게 생겨 몸을 움직이지 못한 채 오랫동안 누워서 일어나지 못하고 있다. 2필의 말이 모두 병이 났고 또 베어다 놓은 풀이 없어 마초를 먹이기가 몹시 어려우니, 말로 형용할 수 없는 지경이다.

◎ ― 7월 7일

오늘은 또 명절이라 잠깐 술과 떡, 어적을 차려 놓고 신주 앞에 제사를 올렸다. 이어 어머니께 음식을 드리고, 나머지는 처자식과 같이 먹었다.

◎ ― 7월 8일

이웃에 사는 전상좌가 반점이 있는 말[駁馬]을 빌려 갔다. 말에 꼴을 먹여 그 똥으로 밭에 거름을 내기 위해서라고 한다. 그러므로 등에 난 상처가 나아지기를 기다렸다가 보내 주었다. 요새 사내종 하나가 병 때문에 누워 있어서 말 2필을 돌볼 수가 없으므로 어쩔 수 없이 우선 빌려 준 것이다.

대순이 제 누이를 데리고 함열에 갔다가 이제야 돌아왔다. 딸이 제사 지내고 남은 상화병 1상자와 어육적(魚肉炙) 1봉(封)을 보내왔기에 곧바로 위아래 식솔들과 함께 먹었다. 오늘이 바로 아버지의 생신이라 술과 떡을 차려 놓고 제사를 지냈다.

◎ ― 7월 9일

말복(末伏)이다. 김매는 일이 시급해서 며칠 전 함열에서 얻은 양식을 일꾼들에게 다 썼기 때문에 어제부터 양식과 찬거리가 모두 떨어졌다. 오늘 저녁에는 죽을 쑤어 반 그릇을 어머니께 드리고 처자식에게는 밀가루 조금으로 국을 만들어 나누어 먹였다. 매우 답답하다.

◎ ― 7월 10일

아침은 겨우 차려서 먹었고, 저녁으로는 밀가루로 수제비를 끓여 위아래 식솔들이 함께 나누어 먹었다. 양식을 구하는 일로 한복을 함열에 보냈다. 오늘 즉시 돌아오라고 했는데 돌아오지 않았다. 필시 날이 저물어서 오지 못하는 게다.

◎ ― 7월 11일

한복이 돌아왔다. 함열에서 따로 정미 5말, 밀가루 2말, 새우젓 4되, 상사(常絲) 1뭇을 보냈다. 쌀이 5되가 줄었으니 필시 훔쳐 먹은 게다. 매우 괘씸하다. 한산에 사는 마의를 불러다가 다리를 저는 말에게 침을 맞혔다. 저녁에 최상훈(崔尙訓)이 왔기에 물만밥을 대접해서 보냈다.

◎ ― 7월 12일

느지막이 무료해서 지팡이를 짚고 성민복의 임정(林亭)에 가서 같이 이야기를 나누었다. 성민복이 수박을 썰어 내왔다. 새로운 과일인데 아직 신주에 올리지 못했기 때문에 우리 집에 보내 달라고 청해서 신주에 올린 뒤에 어머니께 드렸다.

저녁에 한양에 갔던 함열의 관인이 내려오는 길에 시직(오윤겸)의 편지를 가지고 와서 전해 주었다. 펼쳐 보니, 무탈하고 지난 5일에 부솔로 승진했다고 한다. 기쁘다. 다만 벼슬길에 어려운 일이 많아서 서늘한 가을이 되면 시골로 돌아오겠다고 한다. 또 듣건대, 함열 현감이 남포에 논을 산 일과 민주부의 집을 산 일 때문에 그릇되고 경솔하다는 비방을 들었다고 한다. 인간 세상의 일이란 게 한탄스럽기도 하고 우습기도 하다. 나도 내일 딸을 보러 갈 것이므로, 함열 사람이 돌아가는 참에 딸에게 나룻가에 말을 보내서 기다리도록 하게 했다. 여기에서는 말을 빌려 타고 가서 강변에 도착하면 돌려보낼 계획이다. 내 말은 아직도 낫지 않아서 다리를 절기 때문에 어쩔 수 없이 이와 같이 하는 것이다.

들자니, 부천사(副天使)가 11일에 출발해서 남쪽으로 내려오는데,* 적들이 떠났는지 머물고 있는지 아직 분명한 소식을 듣지 못했다고 한다. 소서행장도 이미 진영으로 돌아갔다고 하는데, 또한 자세히 알 수 없다. 덕노에게 안쪽 밭을 갈고 참무씨[眞菁種]를 뿌리게 했다.

....

* 　부천사(副天使)가……내려오는데: 부천사는 명나라의 사신인 부사(副使) 양방형(楊邦亨)을 말한다. 《국역 선조실록》 28년 7월 11일 기사에 따르면, 당시 양방형이 남쪽으로 내려가자 임금이 숭례문 밖에서 전별연을 베풀었다고 한다.

◎ ─ 7월 13일

느지막이 밥을 먹은 뒤에 이웃집의 말을 빌려 타고 함열로 향했다. 남당진에 도착하니 함열 관아의 사내종 춘복이 안장을 얹은 말을 끌고 이른 아침부터 나룻가에 와서 기다리고 있었다. 곧바로 강을 건너고 막정을 임천으로 돌려보낸 뒤에 말을 타고 달려 함열에 도착했다. 현감이 명나라 사신을 대접하는 일로 여산역참(礪山驛站)에 가야 해서, 떠나는 길에 잠시 얼굴을 보며 이야기를 나누고 출발했다. 봉사 김백온(김경) 과 상동헌에서 이야기를 나누었다. 대흥(신괄)은 한창 학질을 앓고 있기 때문에 만날 수 없었다. 저녁때 관아에 들어가서 딸과 이야기를 나누었다. 밤이 깊은 뒤에 신방으로 나와서 잤다.

◎ ─ 7월 14일

덕노를 임천으로 돌려보냈다. 오늘 막정이 오기 때문이다. 오늘 조보를 보니, 적장 평행장(平行長)이 지난달 26일에 본진으로 돌아왔는데 관백의 명령으로 여러 진의 군대를 차례대로 철수시키고 자신이 머물고 있던 집을 다 불태운 뒤 부산의 진영에 머물면서 명나라 사신이 오기만을 기다린다고 했다.*

저녁에 김봉사가 왔다. 내일 경상도로 돌아가서 잃어버린 아들을

....
* 또……했다: 《국역 선조실록》 28년 7월 14일 기사에 따르면, 권율(權慄)이 황신에게 받은 편지 내용으로 왜군의 동향에 대해 치계(馳啓)했는데 황신의 편지에 다음과 같은 내용이 있었다. "왜적의 두목 소서행장이 돌아온 뒤에 발표하기를 '10개의 진영을 먼저 철수한다. 그리고 소장감(小將監)을 정해 가등청정(加藤淸正, 가토 기요마사) 진영의 조총과 화기(火器)를 거두어 부산에 보관해 두고 소서행장은 심야(沈爺)와 함께 부산으로 옮겨 명나라 사신의 행차를 기다린다.'라고 했는데, 이제 거의 반달이 되도록 아직까지 확실한 소식이 없습니다."

찾으려 한다고 한다. 매우 가련하다. 막정이 오늘 오기로 했는데 오지 않았다. 무슨 일인지 모르겠다. 함열 현감이 여산에서 제 처에게 편지를 보냈는데, 나더러 머물러서 자기가 관아로 돌아오기를 기다렸다가 만난 뒤에 집으로 돌아가라고 했다.

◎ ─ 7월 15일

명나라 사신이 내일 여산군에 도착하기 때문에 이 고을의 지공(支供)*하는 모든 물자를 오늘 새벽에 모두 운반해 가게 했다. 아침에 막정이 와서 "어제 나룻가에 도착했는데 배가 없어서 건너지 못해 그대로 뱃사공의 집에서 자고 오늘 아침에 간신히 건너왔습니다."라고 했다. 오후에 신대흥이 머물고 있는 곳에 갔다. 대흥이 지금 학질을 앓기 때문에 출입을 할 수 없어서이다. 오늘은 속절(俗節, 백중)*이라 관아에서 주물(晝物)*을 차려 제공하기에 나도 참석했다. 상화(床花)*와 수단(水丹)*과 과일 등을 모두 갖추어 올렸다.

....

*   지공(支供): 사신이나 감사가 지나가는 고을에서 이들을 맞이하는 데에 필요한 전곡(錢穀)이나 역마(驛馬) 등을 공급하는 일을 말한다.
*   속절(俗節): 세속에서 지내는 민속 명절이다. 정월 대보름, 삼월 삼짇날, 오월 단오, 유월 유두, 칠월 칠석, 추석, 중양절(重陽節), 섣달그믐 등이다.
*   주물(晝物): 낮에 먹는, 여느 때보다 특별히 잘 차린 간식이다. 삼월 삼짇날이나 중양절 등의 속절에 특별히 올리는 음식을 가리키기도 한다.
*   상화(床花): 잔칫상이나 전물상에 꽂는 조화를 말한다.
*   수단(水丹): 쌀가루나 밀가루를 반죽하여 경단같이 만든 다음 끓는 물에 삶아 냉수에 헹군 후 꿀물에 넣고 잣을 띄운 음식이다.

◎ — 7월 16일

도망간 사내종 송이(宋伊)와 그 아우 가응이금(加應伊金)이 와서 뵈었다. 얼마 전에 시직(오윤겸)이 올라갈 때 칭념하라고 했는데, 지금 들으니 명나라 사신의 종사관이 내려올 적에 칭념했다고 한다. 필시 시직(오윤겸)이 종사관인 첨정(僉正) 이수준(李秀俊)에게 칭념해 달라고 부탁했기 때문일 것이다. 그 어미 및 삼촌 박수련(朴守連)과 그 사촌형 수은(守銀) 등이 갇혔기 때문에 와서 모습을 드러냈으니, 마음이 통쾌하다. 즉시 송노에게 70대를 때려서 경계했고, 가응이금은 답을 받고 돌려보내면서 내달 안으로 그 아우 정림(鄭林)과 함께 신공을 바치러 오도록 엄하게 타일렀다. 소고기를 조금 얻었기에 막정을 시켜 임천으로 보내려고 했는데, 마침 송노가 왔기 때문에 막정을 보내지 않고 송노 형제만 보냈다.

◎ — 7월 17일 -처서(處暑) -

명나라 사신이 어제 바로 지나가지 않고 그대로 여산에서 잤기 때문에 현감이 오지 못했다. 오늘 사신을 모시고 전주로 가서 내일 연회에 참석한 뒤에 관아로 돌아온다고 한다. 근래 임천 집에 곤궁함이 곱절이나 심해 현감이 오기를 기다려서 양식을 얻어 보내려고 했다. 그런데 현감이 일 때문에 오지 못하므로 어쩔 수 없이 다음 달 치 양식 중에서 먼저 3말을 꾸어서 막정을 시켜 보냈다.

날이 저문 뒤에 대흥이 머물고 있는 곳에 가서 보고 잠시 이야기를 나누다가 돌아왔다. 송노에게 오늘 돌아오라고 어제 이미 일러 보냈는데 오지 않았다. 그 이유를 모르겠다.

◎ — 7월 18일

날이 저문 뒤에 대흥을 찾아가서 함께 상동헌으로 나아가 종일 쉬었다. 주부 민우경도 와서 잠시 이야기를 나누다가 먼저 돌아갔다. 저녁에 송노가 돌아왔다. 막정은 옴이 재발하여 오지 못했다고 한다. 오늘 아내의 편지를 보니, 어제 양식이 떨어져서 걱정하던 차에 막정이 쌀을 짊어지고 와서 즉시 위아래 식솔들이 함께 먹었다고 한다.

들으니, 명나라 사신이 완산에 머물면서 쾌심정(快心亭)*에서 연회를 즐기기 때문에 현감이 오지 못했는데, 연회가 일찍 끝나면 출발해서 중간에서 자고 내일 일찍 오겠다고 했다.

◎ — 7월 19일

대흥을 신방으로 불러 종일 함께 쉬었다. 젊은이들에게 쌍륙(雙陸)*을 던져 놀게 하고 구경했다. 저녁에 현감이 관아로 돌아왔다. 그를 통해 들으니, 명나라 사신이 어제 연회에 참석하고 오늘 임실(任實)로 가다가 쾌심정에 올라 잠깐 구경하다가 갔다고 한다.

◎ — 7월 20일

이른 아침에 관아로 들어가서 현감을 만나 함께 아침을 먹었다. 말

---

*   쾌심정(快心亭):《국역 여지도서》에 "제남정(濟南亭)에서 4리 거리에 있었다. 시냇물을 거슬러 산 위로 올라가 물이 굽이치는 바위를 잘라서 돌을 쌓아 대(臺)를 만들고 그 위에 정자를 지었는데, 지금은 못쓰게 되었다."라고 했다. 변주승 역, 『국역 여지도서 48, 완산지(完山誌) 누정(樓亭)』, 디자인 흐름, 2009, 71쪽.
*   쌍륙(雙陸): 편을 갈라 차례로 주사위를 던져 말을 써서 말이 먼저 궁에 들어가기를 다투는 놀이이다.

을 빌려 타고 와서 그대로 결성 시직(오윤겸)의 집에 말을 보내 보리를 싣고 오게 할 계획이다. 올 때 대흥과 허문(虛門) 밖 연못가 연정(蓮亭)에서 만나기로 약속했으므로 잠시 이야기를 나누다가 출발했다. 또 주부 민우경의 새집에 들어가서 민씨 형제와 이야기를 나누었다. 민우경의 집에서 수박을 썰어 내왔다. 또 민씨 형제와 작별하고 남당진에 도착했는데, 조수가 이미 빠져서 간신히 강을 건너 집에 도착하니 이미 저녁이 되었다.

올 때 수박 1개와 참외 2개, 소주 3선을 얻었다. 수박과 참외는 즉시 썰어서 어머니께 드리고 나머지는 처자식에게 주었다. 다만 와서 보니 다리를 저는 말이 아직 완전히 낫지 않아서 짐을 실을 수 없는 형편이다. 매우 답답하다.

◎ ─ 7월 21일

꼭두새벽에 송노에게 함열에서 빌려 온 말을 가지고 결성에 가게 했다. 그런데 5리도 못 가서 그 말도 다리를 절어 돌아왔기에 어쩔 수 없이 도로 함열로 보냈다.

이웃에 사는 조응개가 군수에게 미움을 받아 체포되었는데, 매를 맞을까 심히 두려워했다. 내게 군수를 만나 대신 용서를 청해 달라고 부탁했다. 그래서 오후에 관청으로 들어가 군수를 만나 조응개의 일을 간곡히 부탁했더니 용서해 주겠다고 했다. 돌아오는 길에 한산에 사는 마의를 만났다. 그를 불러서 다리를 저는 말에 침을 놓게 하고 소주 한 잔을 먹여 보냈다. 또 뒷날에 와서 봐 달라고 했다.

◎ — 7월 22일

아침에 양식이 떨어져서 간신히 조 두어 되를 얻어다가 죽을 쑤어 위아래 식솔들이 나누어 먹었다. 낮에 사내종을 관청의 감관 임봉에게 보내서 보리쌀 환자 3말의 몫으로 본정모(本正牟) 6말을 내오게 했다. 즉시 방아를 찧어 위아래 식솔들이 같이 먹었다. 올 가을에 벼로 도로 갚으라고 했다고 한다.

전날 내가 함열에 있을 때 집사람이 또 군수에게 청해서 보리쌀 5말을 얻어 왔다. 3말은 집에서 먹고, 덕년과 한복이 각각 1말씩 나누어 먹었다. 총 8말 중에 우리 집에서 갚을 것은 6말이다.

송노가 돌아왔다. 보리 3말을 얻어 왔으니, 바로 도롱이를 사려고 구해 온 것이다. 그런데 양식이 떨어져서 집에서 먹었다. 딸이 또 백미 1말, 이화주(梨花酒)* 1항아리, 굴젓 조금을 보내왔다. 즉시 이화주에 물을 섞어서 1사발을 마셨더니 굶주린 뱃속이 조금 나아졌다.

집주인 최인복이 왔기에 큰 그릇으로 소주 한 잔을 먹여 보냈다. 저녁에 최인복의 집에서 파김치 1그릇과 생마(生麻) 8뭇을 보내왔다. 전날 내가 구했기 때문이다. 송노가 돌아왔는데 말을 구해 오지 못했다. 안타깝다.

◎ — 7월 23일

송노를 결성에 보내 보리를 짊어지고 오게 했다. 요새 몹시 군색하

----

* 이화주(梨花酒): 쌀누룩을 이용해 만든 탁주이다. 배꽃이 한창 피었을 때 담그는 술이라고 하여 이화주라고 부른다. 빛깔이 희고 된죽과 같아 물을 타서 마신다.

여 말을 구하지 못했어도 어쩔 수 없이 보냈다. 소지의 아내가 우린감
[沈柿] 40개와 햅쌀 2되를 보냈고, 성민복도 햅쌀 3되를 보내왔다. 매우
감사하다. 조응개가 들어가 군수를 뵈었는데, 형장을 면했기 때문에 와
서 사례했다.

◎ ─ 7월 24일

함열의 관인이 한양에 갔다가 돌아오면서 시직(오윤겸)의 편지를
가져와서 전해 주었다. 편지를 펴 보니, 아무 일 없이 벼슬살이를 하고
있으며 또 위솔(衛率)로 승진했다고 한다. 지금 벌써 종6품으로 승진했
으니 기쁘다.

저녁에 결성의 임아(任兒) 어미*가 사람을 시켜 편지를 보내고 겉기
장 2말, 좁쌀 5되를 보냈다. 이는 필시 내일이 내 생일이기 때문일 게
다. 저녁에 지평 송인수가 사람을 시켜 편지를 보냈고, 또 햅쌀 1말, 햇
벼 3말, 둥근 부채 1자루를 보냈다. 매우 감사하다. 정이 돈독하지 않다
면 수식(息)이나 되는 먼 거리에서 어찌 감히 이렇게까지 할 수 있겠는
가. 더욱 감사하다. 마침 한창 궁핍하던 차라 곧바로 위아래 식솔들이
같이 먹었다. 감사 편지를 써서 돌려보냈다.

◎ ─ 7월 25일

소지의 집에서 사람을 시켜 어적과 우린감 1상자, 술 1병을 보냈

....

다. 느지막이 함열에서 사람이 왔다. 중미 5말, 두 가지 떡 2상자, 절육 1상자, 구운 고기 1상자, 청주 1병, 소주 5선, 수박 3개, 참외 5개, 가지 20개, 준치젓 5개를 짊어지고 왔다. 곧 신주에 올린 다음 어머니께 드리고 나머지는 처자식과 노복들에게 주었다. 또 이웃의 아는 집에 나누어 주었다. 오후에 성민복과 최인복을 불러 술을 대접해 보냈다.

◎ ─ 7월 26일

한산의 마의를 불러 다리를 저는 말에게 침을 놓게 했다. 큰 그릇으로 소주 한 잔을 먹여 보냈다. 오후에 상판관(상시손)이 자신의 사내종에게 물고기를 잡게 했다. 못가에 와서 앉아 나를 불러 함께 물고기로 탕을 끓여 먹었다. 백광염도 와서 참석했다. 내가 소주를 가져가서 각자 한 잔씩 마시고 헤어졌다. 내일 다시 서쪽 가의 큰 내에서 물고기를 잡아 밥을 짓고 탕을 끓여 적막한 회포를 풀자고 약속했다. 다만 나는 말이 없으니 만약 말을 구하지 못한다면 형편상 같이하지 못할 것이다.

저녁에 송노가 결성에서 돌아왔다. 겉기장 2말과 좁쌀 1말을 얻어 왔다. 보령(保寧)의 보리는 전날 실어다가 환자로 바쳤다고 한다.

◎ ─ 7월 27일

상판관이 사람을 보내 일이 생겨서 오늘 약속을 지킬 수 없으니 훗날을 기약하자고 했다. 아침밥을 먹은 뒤에 만수의 말을 빌려 타고 소지의 집에 갔다. 소지와 함께 앞 냇가에서 물고기를 잡았다. 그중에 큰 놈 6마리를 골라 먼저 우리 집으로 보내 어머니께 드리게 했다. 나머지 작은 것은 겨우 1보시기여서 소지와 함께 삶아 먹었다. 소지가 나에게 주반을 주었고, 또 감 130여 개를 따서 주었다. 막정을 시켜 먼저 집으로 보냈다.

조군빙의 집을 찾아갔는데, 마침 조백익이 집에 없었다. 또 조백순에게 들렀는데, 주서 홍준 씨도 왔다. 날이 저물어 안부만 묻고 홍준과 함께 돌아왔다.

◎ ― 7월 28일

어제 들으니, 생원 홍사고가 돌아왔다고 한다. 아침에 사람을 보내 안부를 물었다. 그편에 윤겸의 편지를 보니, "이미 위솔로 승진했습니다. 외직(外職)을 청하려고 해도 이조(吏曹)에 아는 사람이 한 명도 없고 가까운 친구도 없습니다. 만약 험한 지역을 맡게 된다면 그저 수고롭기만 하고 이로움이 없을 것이니, 물러나 결성에서 농사를 지으며 부모님을 봉양하는 것만 못할 뿐입니다."라고 했다. 그럴 것도 같다. 다만 평탄하거나 험난하거나 지조가 변하지 않는 것은 선비의 분수 안의 일이다. 어찌 좋고 나쁨으로 나아가고 물러날 수 있겠는가. 비록 쇠잔한 땅이라도 죽을 지경인 백성의 목숨을 살리는 일에 나아가도록 권한다면, 또한 평소에 배운 것을 조금이라도 펼칠 수 있을 것이다. 다음에 인편이 있으면 이런 뜻으로 편지를 보낼 생각이다.

◎ ― 7월 29일

요새 오랫동안 어머니께 드릴 맛있는 음식을 구하지 못해 항상 소반(素飯, 고기반찬이 없는 밥)만 드리고 있다. 항상 답답하게 여기지만 달리 어찌할 방법이 없다. 밥을 먹은 뒤에 송노와 한복을 이끌고 가서 그 물로 겨우 물고기 수십 마리를 잡았다. 저녁때 탕을 끓여 드렸는데, 양이 적어서 나와 처자식에게까지는 돌아오지 않았다. 어머니께서 이 때문에 또 많이 드시지 않고 처자식에게 나누어 주셨다. 몹시 답답하다. 막정을 함열에 보내 다음 달 치 양식을 구해 오게 했다.

8월 작은달 -3일 백로(白露), 19일 추분(秋分)-

◎ ─ 8월 1일

류선각 씨가 사람을 시켜 편지를 보냈다. 그편에 햇벼 1말과 두 가지 떡 1상자를 보냈으니, 후의에 고맙기 그지없다. 저녁에 막정이 왔다. 으레 보내 주는 쌀 7말과 벼 1섬을 얻어 왔는데, 다시 되어 보니 벼 1말과 쌀 3되가 줄었다. 지난달에 양식이 떨어져서 으레 보내 주는 쌀 3말을 끌어다 썼기 때문이다. 함열 현감이 요새 학질을 앓는다고 하니, 매우 걱정스럽다. 위솔(오윤겸)이 청안 현감(淸安縣監)의 의망에 들었으나 임명되지 못했다고 한다. 안타깝다.

◎ ─ 8월 2일

해주 윤함의 편지를 청양에 전하자, 청양에서 또 운곡(雲谷)의 주지승 법련(法連)에게 전해 보냈다. 그러므로 법련이 상좌승인 지인(志仁)을 통해 보내왔다. 즉시 퍼 보니 바로 지난 6월 1일에 보낸 것인데, 이제야 도착했다. 그러나 온 집안이 모두 무사하고 윤함의 처가 지난 5월 7일에 무사히 아들을 낳았다고 하니, 매우 기쁘다. 편지에, 오는 가을에 남평(南平)의 부인이 행차할 때* 함께 오겠다고 했다. 가까운 시일에 반드시 올 것이니, 매우 기다려진다.

법련이 또 산수유 1되와 상저(常楮, 보통 종이) 2뭇을 보냈다. 매우 감사하다. 편지를 가져온 중을 묵게 해서 답장을 써서 보내려고 한다. 법련이 봉선사(奉先寺)*에 있었을 적에 시직(오윤겸)이 전랑(殿郎)이었기 때문에 서로 잘 아는 사이라고 하니, 분명 이 때문에 은근한 뜻을 보인 것이리라.

태인에 있는 아우가 지나는 사람 편에 편지를 전해 왔는데, 오늘 저녁에 비로소 도착했다. 펴 보니, 아무 일이 없지만 다만 우거하고 있는 집이 남에게 팔려서 이제 다른 집으로 옮겨 가야 하므로 지나는 사람이 빈 말을 끌고 돌아가는데도 함께 가지 못했다고 했다. 추석 전에 사내종과 말을 보내 데려올 생각이다. 지난밤에 길몽을 꾸었기에 아침에 처자식에게 이야기했는데 오늘 아우와 윤함의 편지를 받았으니, 헛꿈은 아닌가 보다.

....

*   오는……때: 남평(南平)은 강종윤(姜宗胤, 1543~?)이다. 1595년 6월 5일에 남평 현감으로 부임했다가 이듬해인 1596년 9월에 재상(災傷, 자연재해로 농작물이 입은 피해)으로 파직되었다. 9월 8일 일기에 강종윤의 부인의 행차가 임천에 도착했다는 내용이 보인다.
*   봉선사(奉先寺): 969년에 법인국사(法印國師) 탄문(坦文)이 창건하여 운악사(雲岳寺)라고 했다. 1469년에 세조의 비 정희왕후(貞熹王后) 윤씨(尹氏)가 세조를 추모하여 능침을 보호하기 위해 89칸의 규모로 중창한 뒤 봉선사라고 했다. 임진왜란이 일어난 1592년에 전소되었으며, 1593년에 주지 낭혜(朗慧)가 중창했다. 현재 경기도 남양주시에 있다.

◎ ─ 8월 3일

밥을 먹은 뒤에 말을 타고 이삭이 팬 여러 논을 돌아보았다. 생원 홍사고의 집에 가다가 길에서 참판 홍응추(洪應推)*의 맏아들 매(邁)를 만났다. 말에서 내려 길가에 앉았는데, 그가 통곡을 하여 나도 슬피 울었다.* 잠시 옛이야기를 나누고, 각자 바빠서 내일 아침에 다시 그의 숙부인 조문화의 집을 방문하여 만나기로 약속하고 작별했다.

마침 홍생원이 집에 없어서 그길로 생원 권학의 집에 갔다. 마침 진사 한겸이 와서 군수의 사위와 술내기 바둑을 두었는데, 끝내 결판을 내지 못하고 날이 저물어 각자 헤어졌다.

◎ ─ 8월 4일

이른 아침에 조문화의 집에 가서 홍매(洪邁)와 그의 아우 홍함순(洪咸順)을 만났다. 이 아이는 바로 응추(應推)의 막내아들로, 내가 특별히 아꼈다. 이제 그 모습을 보면서 지난 일을 추억하니 더욱 슬픈 감정이 일었다. 조문화의 집에서 내게 아침밥을 대접했다. 홍매가 돌아간 뒤에 나도 그길로 조김포를 방문했다. 또 좌수 조군빙에게 들러서 조용히 이야기를 나누다가 오후에 돌아왔다. 조김포의 사내종 막선(莫善)이 말의 피부 속에 생긴 부종을 고친다고 하기에 불러서 침을 놓게 하고 물만

....

* 홍응추(洪應推): 홍인서(洪仁恕, 1535~1593)이다. 임진왜란이 일어나 선조가 한양을 버리고 개성으로 피난해 오자, 당시 개성부 유수로서 백성을 효유하여 안정시켰다.

* 통곡을……울었다: 오희문은 홍인서와 한마을에 살면서 친하게 지냈다. 《쇄미록》〈계사일록〉 11월 19일 일기에 따르면, 홍인서의 사내종 천학(天鶴)이 홍인서가 1593년 9월 개천에서 병으로 죽었다는 소식을 전해 주었다. 따라서 홍매(洪邁)가 통곡을 하고 오희문이 슬피 운 것은 홍인서의 죽음을 이야기했기 때문인 것으로 보인다.

밥을 먹여 보냈다.

저물녘에 경노(京奴, 한양의 관아에 속해 있던 노비) 광이(光伊)의 형 응이(應伊)가 무장(茂長)으로 가다가 여기에 들러서 묵었다. 그편에 윤겸의 편지를 보니, 지난달 26일 정사(政事, 인사행정) 때 평강 현감(平康縣監)에 임명되었다고 한다. 평강현(平康縣)은 당초 적의 소굴로 분탕질이 특히 심해서 백성은 백 명도 안 되고 곡식도 백 섬도 되지 않으며 현감은 초가를 빌려 지내면서 음식을 빌어먹으며 목숨을 이어 간다고 했다. 또 전 현감 때에 쇠잔한 백성을 생각하지 않고 포수를 많이 뽑아 170여 명에 이르렀는데, 이로 인해 겨우 살아남은 백성도 모두 다 흩어져 다른 곳으로 가 버려 손을 쓸 계책이 없다고 했다. 듣고 나니 놀랍고 한탄스러움을 이기지 못하겠다.

이처럼 어지러운 세상에서 지금은 진실로 벼슬할 때가 아니다. 그런데도 억지로 벼슬에 나가게 한 것은, 우리 한집을 위해서만이 아니라 연세 많은 어머니께서 오랫동안 굶주리고 계시고 아우 하나는 먼 곳을 떠돌면서 입에 풀칠할 방도가 없으니, 만약 남쪽 지방 한 고을의 수령이 된다면 모시고 가서 우선 아침저녁 끼니 걱정이나 없앨 수 있기 때문이었다. 그런데 지금 이 지경에 이르렀으니, 이 또한 운명이다. 비록 한탄한들 어찌하겠는가. 그러나 평탄하거나 험난하거나 절개가 변치 않는 것은 신하의 직분으로 해야 할 일이다. 어찌 벼슬의 좋고 나쁨을 따져 물러나고 나아갈 수 있겠는가. 일단 그 자리에 있으면서 가부(可否)를 자세히 살펴 달리 힘쓸 방도가 없다고 해도 그 뒤에 서서히 처신해야 할 것이다. 훗날 사람이 돌아갈 때 마땅히 이런 뜻으로 편지를 써서 줄 생각이다.

덕노가 왔다. 제사에 쓸 백미 2말, 조기 3뭇, 말린 도미 3마리, 뱅어 젓 3되, 웅어젓 1두름을 지고 왔다.

◎ ─ 8월 5일

조응개의 말을 빌려 타고 가서 주서 홍준을 보았다. 내일 한양에 간다는 말을 들었기 때문이다. 그길로 생원 홍사고의 집에 갔다. 마침 정자 정사신(鄭士愼)과 생원 권학 및 2, 3명의 젊은 사람이 모여 이야기를 하고 있었다. 날이 저문 뒤에 돌아왔다.

이른 아침에 덕노를 함열로 보내 안부를 물었다. 딸이 보낸 답장에, 자방(신응구)이 어제 크게 앓고 난 뒤로 음식을 싫어하고 몸이 피로하여 일어나지 못한다고 했다. 매우 걱정스럽다.

◎ ─ 8월 6일

아침부터 큰비가 내리다가 저녁때 비로소 그쳤다. 종일 편지를 써서 하나는 생원(오윤해)에게 보냈다. 또 그에게 이 편지와 모시옷을 경노 광이에게 보내서 광이로 하여금 평강의 경주인(京主人)*에게 전하게 해서 평강(오윤겸)에게 보내도록 했다. 내일은 덕노를 시켜 추석 제수를 진위의 생원(오윤해) 집으로 보내려고 한다.

◎ ─ 8월 7일

아침에 송노를 함열로 보냈다. 저녁에 가만히 들으니, 돌아오지 않

....
* 경주인(京主人): 중앙과 지방 관청의 연락 사무를 담당하기 위해 지방 수령이 한양에 파견해 둔 아전 또는 향리를 말한다. 경저리(京邸吏), 저인(邸人), 경저인(京邸人)이라고도 한다.

고 옥춘의 집에 숨어 있다고 한다. 내가 직접 가서 찾으니, 울타리 밑에 숨어 있다가 나를 보고는 횃불을 들고 급히 도망쳤다. 분한 마음을 참을 수가 없다. 지난봄부터 분개와 몰래 간통하고 있었다는데, 비록 듣기는 했어도 그럴 거라고 여기지 않았다. 이번에 막정이 나가기를 기다렸다가 같이 도망가기로 하고 오늘밤을 기약했는데, 먼저 실정을 알아차리고 집사람이 분개의 방에 들어가 조사해 보니 의복 등의 물건을 이미 보따리에 싸서 몰래 송노에게 주어 다른 곳에 옮겨 놓았다. 더욱 몹시 가증스럽다. 분개를 붙잡아서 규방에 가두고 밖의 문을 모두 잠근 뒤에 강비로 하여금 분개와 같이 자게 했다. 우리들이 깊이 잠들기를 기다렸다가 도망갈까 해서이다.

◎ ― 8월 8일

지난밤에 송노가 몰래 분개가 있는 규방 밖에 와서 구들장을 파내고 분개를 데려가려고 했는데 그렇게 하지 못했다. 또 마구간 밑의 땅을 몰래 파서 흙을 쌓아 끌어내고 분개의 의복을 그곳에 도로 버렸다. 매우 분통이 터진다. 오늘밤에 반드시 단단히 가둔 뒤에야 몰래 끌고 갈 근심이 없을 것이다. 또 한복을 함열로 보내 양식을 구하게 했다. 아울러 딸로 하여금 사내종을 보내 분개를 데려가서 관아에 가두어 도망가지 못하게 하도록 했다.

저녁에 이분 여실(李蕡汝實)*이 회덕(懷德)에서 찾아왔다. 뜻밖에 서

....

* 이분 여실(李蕡汝實): 1557~1624. 자는 여실이다. 오희문의 처사촌이다. 아버지는 오희문의 장인인 이정수의 셋째 동생 이정현(李廷顯)이고, 어머니는 은진 송씨(恩津宋氏)이다.

로 만나니 매우 기쁘고 위로가 되었다. 조용히 이야기를 나누고 밤이 깊어서야 잠자리에 들었다.

◎ ─ 8월 9일

여실이 함열에 갔다. 소 1마리를 찾기 위해서이다. 오후에 한복이 돌아왔다. 관아의 사내종이 말을 가지고 왔는데, 벼 1섬을 싣고 왔다. 그 참에 관아의 사내종에게 분개를 데리고 가게 했다. 만약 여기 있으면 송노가 불러서 데려갈까 염려되었기 때문이다.

저녁에 막정이 결성에서 돌아왔다. 임아 어미가 조 12말과 올벼 12말을 실어 보냈다. 막정이 와서 분개의 일을 듣고 그 분함을 이기지 못해 저녁도 먹지 않고 굶은 채 잤다.

◎ ─ 8월 10일

밥을 먹은 뒤에 지팡이를 짚고 성민복의 집으로 가서 이야기를 나누었다. 성민복이 홍시 6개를 따서 주기에 그 집의 계집종을 빌려 먼저 우리 집으로 보냈다. 추석 차례에 쓰기 위해서이다. 감찰 한즙과 백광염이 와서 보고 돌아갔다. 또 참봉 안경연(安景淵)이 아헌에 와 있으면서 사람을 시켜 안부를 물어 왔다.

◎ ─ 8월 11일

밥을 먹은 뒤에 관아에 들어가 아헌에서 군수를 만났다. 홍사고와 안경연도 자리에 있어서 조용히 이야기를 나누었다. 돌아올 때에 둔답을 돌아보았다. 진사 이중영의 집을 찾았으나, 마침 이중영이 집에 없어서 헛걸음하고 돌아왔다.

정노(丁奴, 막정)가 분개가 딴마음을 품은 뒤로 항상 마음을 쓰고 한밤중에 번번이 울며 음식도 먹지 않는다. 오늘 저녁에는 식음을 전폐하고 소리 내어 통곡하니, 마음의 병이 있는 듯했다. 하는 수 없이 분개를 도로 불러온 뒤에야 그 마음을 위로할 수 있을 듯하니, 한편으로는 우습다. 내일 함열에 보내 분개를 불러오게 할 생각이다.

영암 임매의 편지를 최심원의 사내종이 가지고 왔다. 펴 보니, 잘 있다고 한다. 매우 기쁘다. 심원의 맏아들이 내한 조백익의 집에 데릴사위로 왔기 때문에* 그편에 편지를 볼 수 있었다.

◎ — 8월 12일

어제 군수를 보고 보리 종자 환자를 청해서 이미 허락을 받았다. 그러므로 막정에게 단자를 올리게 해서 5말을 얻었으니, 소지의 명의로 올린 덕분이다.

◎ — 8월 13일

인아를 함열에 보내 자방(신응구)의 병문안을 하게 하려고 했는데, 인아가 가고 싶어 하지 않았다. 그래서 막정만 보내서 추석에 쓸 제수를 얻고 아울러 분개도 데려오게 하려고 한다.

....

*   심원의……때문에: 최집(崔潗)의 아들은 최정해(崔挺海)와 최진해(崔振海)인데, 이 중 조희보의 사위가 된 아들은 큰아들인 최정해이다. 《백헌집(白軒集)》 권46 〈분승지증이조판서조공묘갈명(分承旨贈吏曹判書趙公墓碣銘)〉.

꼭두새벽부터 비가 내리더니 저녁내 그치지 않았다. 막정은 필시 오지 않을 것이다. 내일 차례에 쓸 물품을 준비할 방도가 없으니, 매우 답답하다.

저녁에 덕노가 진위현에서 빗길을 뚫고 왔다. 생원(오윤해)의 편지를 보니, 집에 아무 일도 없는데 다만 의아(義兒)가 지난달에 종기가 나서 위중하다가 이제 겨우 소생했다고 한다. 윤해도 엉덩이에 작은 종기가 나서 말을 탈 수 없어 산소에 올라가 성묘하지 못했고, 그 사내종 안손(安孫)으로 하여금 제물을 가지고 산소에 가서 묘지기들과 함께 제사를 지내게 했다고 한다. 오랫동안 산소에 직접 제사를 지내지 못했는데 윤해도 종기 때문에 직접 가지 못해서 사내종을 시켜 대신 제사를 지냈으니, 지내지 않은 거나 마찬가지이다. 한탄한들 어찌하겠는가.

평강(오윤겸)이 한양에 있을 때 제사에 쓸 물품을 마련하여 광노(光奴)에게 주어 임시로 묘노(墓奴, 묘지기)를 시켜 가져가게 했고, 또 갖추지 못한 물품은 덕노가 가져간 물건으로 갖추어 보냈다고 한다. 생원(오윤해)이 한양에 가서 제 형을 보고 이틀을 머물다가 돌아왔고, 윤겸도 10일에 길을 떠났는데 관인 10여 명이 와서 맞이했다고 한다.

관아에 저장해 놓은 물품은 전미(田米) 1섬, 귀리쌀 1섬, 밀 5말, 밀가루 4말, 장 1항아리, 소금 1섬, 겉귀리 3섬이고, 원곡(元穀)*은 직(稷) 100섬, 귀리 130섬, 콩 22섬, 가을보리 60섬, 메밀 12섬, 밀 9섬이라고 한다. 이것을 보면 중인(中人) 열 식구의 집도 오히려 이 물품으로는 1

....

* 　원곡(元穀): 사환곡제(社還穀制)에 따라 농가에 꾸어 주던 곡식이다.

년 동안 끼니를 계속 잇지 못할 텐데, 하물며 관가(官家)에 있어서겠는가. 지탱할 수 없음을 알 수 있다.

아전은 서리(胥吏) 20명, 통인(通引)* 7명, 의·율생(醫律生) 4명, 관아의 사내종 13명, 관아의 계집종 17명이라고 한다. 비록 넉넉하지는 않지만 궁벽한 고을에서 부리기에는 충분할 것이다. 이는 바로 생원(오윤해)이 직접 평강(오윤겸)의 중기(重記)*를 보고 써서 보낸 것이다.

◎ ─ 8월 15일

닭 2마리를 잡고 탕과 구이 및 술과 과일, 떡, 안주 등의 물품을 차려 신위에 제사를 지냈다. 밤새 비가 그치지 않았는데, 아침에도 날이 개지 않았다. 이웃 마을 사람들이 술과 안주와 과일, 밥과 탕 등을 준비해 와서 바쳤다. 저녁에 막정이 분개를 데리고 돌아왔다. 함열에서 백미 1말, 찹쌀 5되, 닭 1마리, 수박 2개를 보냈다. 어제 받아 왔으나 비 때문에 올 수 없어서 오늘 저녁에야 돌아온 것이다. 막정이 분개를 본 뒤부터 몹시 기뻐한다. 매우 우습다.

단아가 이달 초부터 도로 학질에 걸렸는데, 그다지 심하게 앓지는 않았다. 그러나 오늘은 심하게 앓으니, 매우 걱정스럽다. 함열에서 전해 온 평강(오윤겸)의 편지는 지난 5일에 쓴 것이다. 사람과 말이 함께 와서 즉시 떠났다고 했다. 아우 희철의 편지는 바로 함열 관아의 사내

----

* 통인(通引): 지방 관아에서 수령의 잔심부름을 하던 이속(吏屬)이다. 특히 경기도와 영동 지방에서 사용하던 명칭이다.
* 중기(重記): 전임 관리가 신임 관리에게 인수인계할 때 전해 주던 관아의 재산목록 등의 장부이다.

종이 태인에 갔다가 들러서 가지고 온 것이다. 아무 일 없이 편안하고 사람과 말을 보내 주기를 고대한다고 했는데, 이곳의 사내종이 도망가고 말이 다리 저는 줄을 몰랐기 때문에 이렇게 쓴 것이다.

◎ ─ 8월 16일

지난밤부터 새벽까지 비가 세차게 내리면서 그치지 않더니, 아침에는 오히려 더했다. 내와 연못에 물이 가득 찼고 물가 논은 거의 모래로 덮일 뻔했는데 겨우 면했다.

◎ ─ 8월 17일

두 사내종을 시켜 깨진 벽을 고치고 진흙을 바르게 했다. 오후에 성 북쪽의 좌수 조응립(趙應立)이 찾아와서 이야기를 나누고 돌아갔다.

양덕의 심열이 사헌부의 논박을 받아 어리석은 사람으로 지목당했다고 하니 안타깝다. 지난 7일에 논박이 있었다고 한다. 비록 체직을 당한다고 해도 그는 강릉의 부자이니, 무슨 근심이 있겠는가.

◎ ─ 8월 18일

집사람이 지난달 보름부터 피풍(皮風, 피부에 일어나는 풍병)이 몸에 가득하여 계속 긁어 대면서 간절히 초수(椒水)*에서 목욕하고 싶어 했다. 오늘 낮에 성 북쪽 10리 밖에 있는 초정(椒井)으로 데리고 가서 두

....

* 　초수(椒水): 《국역 신증동국여지승람》 제15권 〈충청도 청주목 산천〉 조에, "고을 동쪽 39리에 있는데 그 맛이 후추 같으면서 차고 그 물에 목욕을 하면 낫는다. 세종(世宗)과 세조(世祖)가 일찍이 이곳에 행차한 일이 있다."라고 했다.

번 목욕하고 돌아왔다. 전에 들으니, 군수와 그 부인이 사흘을 내리 가서 목욕하여 제법 효험을 보았기 때문에, 사람들이 모두 앞다투어 목욕하고 효험을 본 사람도 많으며 피풍, 배한(背寒),[*] 슬한(膝寒, 무릎이 시리고 아픈 증상), 습증(濕證, 습기로 인해 생기는 병) 같은 질병에도 매우 효험이 있다고 한다. 그래서 집사람이 목욕할 수 있게 하려고 이른 아침에 군수에게 편지를 보내서 하인으로 하여금 먼저 볕을 가리는 장막을 가져다가 치게 하고 사람을 금지시키게 한 뒤에 갔다. 계집종들도 목욕을 하고 싶어 했기에 옥춘, 분개, 강춘(江春), 복이가 따라갔다.

돌아올 때 첨지(僉知) 조응린(趙應麟)의 집에 들렀다. 그의 집은 초정 길가에서 멀지 않은 곳에 있다. 조응린이 내게 술 두 잔을 대접했다. 그는 곡식을 바치고 당상(堂上)에 올랐다. 좌수 조응립이 생밤 1상자를 보내왔다. 어제 찾아왔을 때 구했기 때문이다.

◎ ― 8월 19일

집사람을 데리고 초정에 갔다. 마침 바람이 어지러이 불어 날이 따뜻해지기를 기다렸다가 오후에 단지 두 번만 목욕을 했다. 소지가 그의 아내를 데리고 점심밥을 지어 주기 위해 찾아와서 위아래 사람들이 함께 먹었으니, 후하다고 할 만하다. 류선각이 또 내가 여기에 왔다는 말을 듣고 와서 만났다. 저녁이 되어 각자 돌아왔다.

함열에서 사람이 왔다. 딸이 송이(松茸) 15본(本)과 생게 30개를 구해서 보냈다. 곧바로 게탕을 끓여 어머니께 드리고 나머지는 처자식에

....
[*]   배한(背寒): 등이 오싹하면서 추위를 느끼는 증세이다.

게 주었다. 송이도 구워서 어머니께 드렸다. 백광염의 밭에서 수확한 것은 조 5말과 두(豆) 7, 8되이다.

◎ ─ 8월 20일

인아가 덕노를 데리고 함열에 갔다. 성민복이 와서 보고 돌아갔다. 해운판관이 고을에 도착한다는 소식을 듣고 오후에 성민복의 말을 빌려 타고 관아에 들어갔다. 아헌에서 군수를 만났는데, 군수가 말하기를 "판관이 홍산에서 와서 이 고을에 도착하여 묵겠다는 선문(先文)*이 이미 왔는데, 탐문해 보니 오지 않았소. 날이 이미 저물었으니 오늘은 필시 오지 않을 게요."라고 했다. 그래서 머물러 이야기를 나누며 시간을 보냈다. 돌아올 때 관청에 들러서 별감 임붕을 만나고 돌아왔다. 해운판관은 바로 조존성으로, 내 칠촌 친척이며 윤겸과 교분이 두텁다. 그래서 송노의 일을 간절히 칭념하기 위해 만나려고 한 것이다.

집사람이 초정에서 목욕한 뒤로 피풍이 3분의 2나 줄었다. 다만 땔나무가 없어서 구들을 따뜻하게 하지 못하여 땀을 내지 못한 지 이미오래라 기운이 매우 편치 않고 다리의 힘이 연약해졌다고 한다. 도리어화기(和氣)가 상할까 몹시 걱정스럽다. 밤에 심열의 꿈을 꾸었다. 무슨까닭인가. 분명 파직되어 갈 때 피차 서로 감응하여 꿈에 나왔을 게다.

◎ ─ 8월 21일

아침에 판관이 고을에 들어왔다는 말을 듣고 말을 타고 달려 들어

....

* 선문(先文): 중앙의 벼슬아치가 지방에 출장 갈 때 그곳에 도착 날짜를 미리 알리던 공문이다.

가서 먼저 서헌에서 군수를 만났다. 사람을 통해 이름을 전하니, 즉시 사람을 보내 나를 불러서 수락정(水樂亭)에서 만나 조용히 이야기를 나누었다. 그 참에 송노를 칭념해 주기를 청하자, 내달 그믐 사이에 응당 그 고을을 직접 순시할 것이니 그때 철저하게 조치하겠다고 했다. 감찰 한즙과 그 아우 생원 용(戭),* 생원 홍사고, 정자 정사신이 모두 모였다. 한즙이 먼저 일어서기에 나도 따라 돌아왔다.

저녁에 중 법련이 찾아왔다. 바로 이전에 윤함의 편지를 전해 준 자인데, 내가 여기에 머문다는 말을 듣고 멀리서 찾아온 것이다. 으름 1 상자, 머루 1상자, 홍시 30여 개를 가져다 바치니, 후하다고 할 만하다. 여기에서 머물러 자게 하고 아침저녁 밥을 내주어 보냈다. 별좌 이덕후 도 군수 앞에서 만났다.

◎ ─ 8월 22일

법련이 아침밥을 먹은 뒤에 운곡사(雲谷寺)*로 돌아갔다. 덕노가 오 늘에야 돌아왔다. 으레 보내 주는 벼 1섬을 싣고 왔다. 또 소금에 절인 작은 준치 7마리도 얻어 왔다.

붉은 말이 5월부터 다리를 절고 있는데 지금까지 낫지 않아 타지 못하고 짐을 싣지도 못하고 있다. 답답하고 걱정되어 몹시 팔고 싶어 하던 차에 이곳의 정병(正兵) 백인화(白仁化)가 사고자 하기에 정미 50

....
* 　용(戭): 한용(韓戭, 1564~?). 1591년 식년 사마시에 입격했다.

* 　운곡사(雲谷寺): 충남 청양군 운곡면 사자산(獅子山)에 있었던 절이다. 청양의 장곡사(長谷 寺), 예산의 안곡사(安谷寺), 공주의 마곡사(麻谷寺)와 더불어 호서지방의 사곡사(四谷寺)로 불릴 정도로 규모가 큰 절이었다. 19세기 후반에 폐사(廢寺)되었다.

말로 값을 정했다. 내달 20일 이전에 방아 찧은 쌀을 실어다가 바치기로 약속하고 먼저 말을 끌고 갔다. 인화는 곧 전상좌의 처가 인척인데, 어제 여기에 왔다가 단단히 약속을 하고 돌아갔다.

◎ ─ 8월 23일

오후에 참봉 지달해 득원(池達海得源)*이 군내 정정자(鄭正字, 정사신)의 집에 와 있다가 사내종에게 편지를 들려 보내면서 방문하겠다고 했다. 밥을 지어 놓고 몹시 기다렸는데 저녁이 다 지나도록 오지 않았다. 필시 지나간 것이다. 마침 사내종이 말을 끌고 나무를 하러 갔다가 돌아오지 않았기 때문에 가서 이야기를 나누지 못했다. 매우 안타깝다.

◎ ─ 8월 24일

이 고을에 사는 생원 유경룡(劉景龍)*이 와서 보고 돌아갔다. 그는 윤해와 동년우(同年友)*이다. 밥을 먹은 뒤에 지팡이를 짚고 걸어서 성민복의 임정에 가서 그를 불러 이야기를 나누었다. 마침 성민복이 밖으로 나가려던 참이었기 때문에 바로 돌아왔다.

저녁에 찰방(察訪) 김덕장(金德章)*이 마침 군에 도착해서 찾아왔다. 난리가 난 뒤로 홍주의 계당(溪堂)에서 한 번 만났는데, 그 뒤로 만나지 못하다가 지금 마침 우연히 만난 것이다. 매우 기쁘고 위로가 되었다.

....
* 지달해 득원(池達海得源): 1541~?. 자는 득원이다. 1573년 식년 사마시에 입격했다.
* 유경룡(劉景龍): 1557~?. 1588년 식년 사마시에 입격했다. 《사마방목》에는 유경룡(劉慶龍)으로 나온다.
* 동년우(同年友): 같은 해에 사마시에 입격한 사람이다.
* 김덕장(金德章): 1556~?. 1588년 식년 사마시에 입격했다.

그는 온 집안이 거듭 큰 환란을 당해 아버지와 아내의 상을 당하고 또 형제를 잃는 슬픔*을 겪었다고 하니, 참혹하다고 할 만하다. 저녁밥을 대접해서 보내니, 내일 지나갈 때 다시 오겠다고 약속했다. 김공(金公)은 바로 정광(正光)의 사위인데, 그는 나와 한마을에 살았고 또 윤해와 동년우이다.

◎ ─ 8월 25일

두 사내종과 두 계집종을 시켜 먼저 여문 중벼를 베어 실어 오게 했는데, 절반이나 여물지 않았다. 다시 닷새에서 엿새를 기다렸다가 다 수확할 것이다. 내가 길가에 앉아 있는데, 찰방 김덕장이 지나가다가 같이 소나무 그늘에 앉았다. 술을 가져와 두 잔을 마시게 하고 보냈다.

아침에 세동의 좌수 조욱륜이 편지를 보내 이야기나 나누자고 나를 불렀는데, 마침 벼 수확을 살피는 일 때문에 사양했다. 다시 사내종에게 편지를 들려 간절히 부르기에, 하는 수 없이 벼 수확을 다 끝낸 뒤에 말을 타고 갔다. 오늘이 바로 좌수의 생일이어서 그 자제들이 환갑연을 베풀었기 때문에 부른 것이었다. 참석한 이는 첨지 조응린 및 좌수의 조카 조광철 사형제와 다른 사람 5, 6명으로, 모두 모여 각각 큰 주안상을 받았다. 배, 밤, 대추, 감, 물고기, 게 등의 음식을 가득 담아

....

* 　형제를 잃는 슬픔: 원문의 영원지통(鶺鴒之痛)은 형제를 잃는 슬픔을 뜻한다. 《시경(詩經)》 〈상체(常棣)〉에 "저 할미새가 들판에서 호들갑을 떨 듯 급할 때는 형제들이 서로 돕는 법이라오. 항상 좋은 벗이 있다고 해도 그저 길게 탄식만 늘어놓을 뿐이라오[鶺鴒在原 兄弟急難 每有良朋 況也永歎]."라고 한 데서 유래했다. 김덕장에게는 동생 김덕형(金德馨), 김덕신(金德新), 김덕항(金德恒), 김덕령(金德寧)이 있었는데, 죽은 형제가 누구인지는 명확하게 알 수 없다.

내왔다. 저녁이 되어 배불리 먹고 취해서 돌아왔다.

좌수가 내게 조홍시(早紅柹)* 10여 개, 삶은 밤, 생대추, 우린감 및 찐 게 7갑(甲) 등을 주면서 어머니께 드리라고 했다. 그러므로 1상자에 가득 담아 와서 즉시 어머니께 드렸다. 조홍시 4개를 드시니, 몹시 기뻤다.

◎ ― 8월 26일

최인복이 홍시 30개를 보내왔다. 소지의 집에서도 30개를 따왔다. 또 별좌 이덕후가 사내종을 통해 나를 부르는 편지를 보내서 내일 꼭 이야기를 나누고자 하니 부탁을 저버리지 말고 일찍 오라고 했다. 즉시 답장을 써서 보냈다. 두 사내종이 말을 가지고 나무를 베러 산에 다녀온 뒤로 이틀 동안 학질을 앓고 있다. 매우 걱정스럽다.

◎ ― 8월 27일

전에 류선각의 외조카 윤언방(尹彦邦)이 마침 용안(龍安, 익산)에 왔을 적에 내가 여기에 머물고 있다고 말했다. 용안 현감(龍安縣監) 정지(丁至) 공은 예전부터 알던 사이로, 편지를 써서 윤공(尹公)에게 주어 내게 전하게 했는데 이제야 보게 되었다. 내가 멀지 않은 곳에 와 있으면서도 한 번도 만나지 못했으니 몹시 괴이하다면서 즉시 와서 만났으면 좋겠다고 했다. 근래 한번 찾아가 볼 생각이다. 전날 벤 중벼를 오늘 비로소 다 거두어 바로 되어 보니, 모두 3섬 10말이다.

....

* 　조홍시(早紅柹): 감나무 열매로, 다른 감보다 일찍 익고 빛깔이 몹시 붉다.

◎ — 8월 28일

밥을 먹은 뒤에 이별좌의 부름에 나아갔더니, 바로 별좌의 생일이었다. 잔칫상을 차려 놓고 젊은이와 늙은이가 모두 모였는데, 물과 뭍에서 나는 좋은 반찬이 몹시 맛있었다. 저녁때 읍내로 피난 와서 사는 공들과 나란히 말을 타고 돌아왔는데, 각자 몹시 술에 취하고 배가 불렀다. 공들이 길 위에서 말을 달리며 장난을 치니 우스웠다.

잔치에 참여한 사람은 모두 15명 남짓으로, 대흥 신괄, 정자 정사신, 생원 권학, 생원 홍사고, 진사 한겸, 생원 이유립(李柔立), 이언우, 최상훈(崔尙訓)과 나, 그리고 주인의 아우 이덕수(李德秀), 그 처남과 이름 모를 젊은이 4, 5명이었다. 그 자제들이 각각 큰 주안상을 올리고 자리에 와서 술잔을 올렸다.

이별좌가 노모를 봉양하는 나를 위해 많은 맛있는 음식을 1상자 가득 담아 주었다. 와서 어머니께 드리고 나머지는 처자식에게 주었다. 후의에 고맙기 그지없다.

◎ — 8월 29일

갓장이를 불러다가 삿갓에 옻칠을 했다. 값으로 벼 1말을 주어 보냈다. 오늘 함열에 가려고 했는데, 두 사내종이 학질을 앓고 있어서 중간에 아플까 걱정되어 가지 못했다. 오후에 천둥 치듯이 지진이 났다가 조금 뒤에 그쳤으니, 변괴가 심상치 않다. 이후에 또 어떤 변고가 있을 것인가. 매우 걱정스럽다.

9월 큰달 -5일 한로(寒露), 20일 상강(霜降) -

◎ — 9월 1일

아침을 먹고 출발해서 배로 남당진을 건너 날이 저물어서야 함열 관아에 들어갔다. 현감이 신방에 있어서 먼저 본 뒤에 들어가서 딸을 보았다. 대흥이 이봉사와 함께 밖에 와 있다는 말을 듣고 도로 나와서 이야기를 나누었다. 저녁때 각자 헤어졌다. 나는 또 인아와 같이 신방에서 잤다.

◎ — 9월 2일

집에 돌아오려고 했는데 현감이 대흥과 나를 불러 현 북쪽에 있는 고사(高寺)에서 연포회(軟泡會)*를 베풀었다. 아울러 송이를 따려고 했는데 내일로 약속했기 때문에 일단 머물렀다. 금성정이 어제 여기에 왔는

---

* 연포회(軟泡會): 친구들끼리 모여 연포를 먹는 모임이다.

데 순찰사의 관문을 가져와서 전달했다. 제수를 얻기 위해서이다. 현감이 쌀 2말, 밀가루 1말, 감장 5되를 주어 보냈다.

◎ ─ 9월 3일

이른 아침에 흰죽을 먹고 대흥과 석양정(石陽正)*이 함께 먼저 떠나서 고사에 갔다. 나는 뒤따라서 갔다. 현감은 교사(敎師)와 명나라 장수가 현에 들어와서 대접하느라 나중에 인아와 함께 따라왔다. 연포와 송이탕, 송이구이가 모두 준비되어 있어서 각자 배불리 먹었다. 신응구가 술과 안주를 가져다 바치고, 관가에서도 과일과 술과 안주를 차려 와서 흠뻑 취하고 배부르게 먹었다. 송이도 물리도록 실컷 먹었다. 참석한 사람은 신대흥, 석양정, 민주부, 박장원(朴長元), 우리 부자와 품관 2, 3명이었다. 현감이 먼저 돌아오고, 나도 뒤따라 일어났다. 용안 현감을 보려고 용안 북문 밖에 도착했는데, 그가 나갔다가 돌아오는 길이라고 들었다. 남당진에 도착했는데, 마침 배가 북쪽 언덕에 있어서 배가 돌아오기를 기다렸다. 날이 이미 저물어서 간신히 나루를 건너 집에 도착하니, 밤이 이미 깊었다.

분개가 어젯밤에 도망갔다는 말을 들었다. 바로 송노가 몰래 와서 틈을 엿보아 데리고 간 것이다. 분함을 참을 수 없지만 어쩔 수 없다. 훗날 붙잡는다면 죽이고 용서치 않으리라. 막정이 도중에 학질을 앓았는데, 또 그 처가 도망갔다는 말을 듣고 밥도 안 먹고 굶은 채 자니 우

....
* 　석양정(石陽正): 이정(李霆, 1554~1626). 세종의 현손(玄孫)이며 익주군(益州君) 이지(李枝)의 아들이다. 묵죽화에 뛰어나 류덕장(柳德章), 신위(申緯)와 함께 조선시대 3대 화가로 손꼽힌다.

습다. 그러나 마음으로는 그 처가 한 짓을 비난하지 않으면서 같이 자리한 이웃 사람에게는 기미를 알고 마음이 맞았다고 꾸짖으면서 시끄럽게 떠들어 대니, 한편으로는 매우 괘씸하고 얄밉다.

덕노가 어제 아우를 데려오는 일로 말을 가지고 태인에 갔다. 가면서 먹을 양식 8되와 새우젓 1되를 주어 보냈다. 내가 으레 양식으로 받는 벼 7말도 보냈다. 식량을 마련해 놓고 오게 하고자 해서이다. 이 때문에 내가 올 때 관아의 말과 관인을 갖추어 타고 도착했으니, 내일 새벽에 돌려보내려고 한다. 이봉사가 어제 나주(羅州)에 간다고 했다. 그래서 영암에 사는 임매에게 쓴 편지를 부쳐서 전해 달라고 했다.

◎ ― 9월 4일

한복과 눌은비를 시켜 전날 못 다 벤 중벼를 베게 했다. 또 계집종을 시켜 머리에 이고 오게 했다. 저물녘에 덕림수(德林守)*가 지나다가 들렀다. 저녁밥을 대접하고 묵게 했다. 덕림수는 바로 인성정(仁城正)*의 아들*로, 내 아내의 오촌이다.

....
* 덕림수(德林守): 이희윤(李禧胤, ?~?). 성종의 왕자인 익양군 이회의 증손자이며, 인성정(仁城正) 이경(李儆)의 아들이다.
* 인성정(仁城正): 이경(李儆, ?~?). 익양군 이회의 손자이며, 용천군(龍川君) 이수한(李壽鷴)의 다섯째 아들이다.
* 아들: 원문에는 맏아들 또는 집안의 대를 이을 아들을 뜻하는 '윤자(胤子)'로 되어 있다. 그러나 익양군 이회의 신도비명에 따르면, 이경은 3남 3녀를 두었는데 아들은 운림수(雲林守) 이종윤(李宗胤), 덕림수 이희윤, 이지윤(李祉胤)이다. 따라서 덕림수 이희윤은 맏아들이 아니기 때문에 여기에서는 아들로 번역했다.

◎ — 9월 5일

집주인 최인복이 와서 보고 돌아갔다. 갓장이를 불러다가 인아의 갓을 만들게 하고, 양태(涼太)* 및 아교, 향사(鄕絲)* 등의 물품을 주었다. 또 갓 값으로 벼 5말을 먼저 주고 술을 대접해서 보냈다.

◎ — 9월 6일

언명이 오늘 와야 하는데 오지 않았다. 필시 연고가 있어서 우선 머물면서 사내종을 보낸 것이리라. 계집종을 집주인에게 보내 과일을 구했다. 그가 생대추 3되와 홍시 50개를 따서 보내 주었다.

막정이 그 처가 도망간 뒤로 먹지 않기로 마음을 먹고 머리를 싸맨 채 방으로 들어가 병을 핑계로 나오지 않은 지 벌써 나흘째이다. 더욱이 학질까지 앓고 있으니, 큰 병이 날까 걱정스럽다. 중벼를 거두어 되어 보니, 모두 2섬 18말이다. 전날 수확한 것과 합하면 모두 6섬 8말이다.

◎ — 9월 7일

성민복에게 과일을 구하니, 대추와 밤을 2되씩 따서 보내 주었다. 내일 제사와 모레 중양절(重陽節) 차례에 쓰려고 한다. 내일은 바로 장모의 기일로, 집사람이 몹시 제사를 지내고 싶어 하기 때문이다.

저녁에 향비가 함열에서 비로소 돌아왔다. 그런데 현감이 명나라

....

* 　　양태(涼太): 갓에서 얼굴을 가리는 차양 부분을 말한다.
* 　　향사(鄕絲): 우리나라에서 나는 명주실이다.

사신을 접대하는 일로 어제 여산참(礪山站)에 갔기 때문에 제수를 얻어
오지 못했다. 몹시 안타깝다. 막정은 오늘도 일어나지 않았다.

◎ ─ 9월 8일

꼭두새벽에 제사를 지냈는데, 밥, 떡, 과실, 단술, 두 가지 탕과 구
이만 준비했다. 이광춘이 양식이 떨어져서 굶는다는 말을 들어서 불러
다가 술과 과일을 대접하고 아침밥을 먹여 보냈다. 매우 불쌍하다. 꿈
속에 언명이 완연하게 보였으니, 오늘은 꼭 올 것이다. 또 신홍점이 보
였으니, 이는 무슨 까닭인가?

오후에 윤함의 처삼촌인 남평 강종윤(姜宗胤)의 부인 행차가 군에
도착했다. 그 아들 강칙(姜恜)*이 와서 보았다. 그편에 윤함의 편지를 전
했다. 펴 보니, 아무 탈이 없고 이번 행차 때 함께 오려고 했는데 마침
본주(本州)에서 전주의 전례에 따라 문무정시(文武庭試)*를 시행하기에
시험을 본 뒤에 남평의 큰아들 강면(姜恓)*과 함께 오겠다고 했다. 요새
몹시 기다렸는데 마침내 허사가 되었으니 몹시 아쉽다. 들자니, 윤함이
아들을 낳은 지 이제 겨우 4개월인데 이름을 부르면 손을 들어 반응하
고 두 눈썹 사이에 콩만 한 큰 점이 있다고 한다. 분명 귀하게 될 상이
니, 매우 기쁘다.

....

* 　강칙(姜恜): 1578~?. 1612년 증광 사마시에 입격하고 1621년 별시 문과에 급제했다. 강종윤
　 의 아들이며, 강면(姜恓)의 형이다.
* 　문무정시(文武庭試): 정시는 3년마다 정기적으로 시행하는 식년시 외에 임시로 시행하던 여
　 러 별시(別試) 중 하나이다.
* 　강면(姜恓): 1567~?. 1605년 증광 사마시에 입격하고 1610년 별시 문과에 급제했다. 강종윤
　 의 아들이며, 강칙의 동생이다.

이웃에 사는 만수의 아들이 와서 우린감 40개를 바쳤다. 그는 바로 향비의 남편이다. 어둘 무렵에 지난여름에 모를 심은 사람들을 불러다가 술을 대접했다. 당시 충분히 술을 대접하지 못했기 때문에 훗날 술을 담가서 대접하겠다고 약속해서이다.

◎ ─ 9월 9일

중양절이다. 술과 떡, 세 가지 과일을 준비하고 닭 2마리를 잡아서 탕과 구이를 장만하여 신주 앞에 제사를 지냈다. 언명이 어제 왔어야 했는데 오지 않았다. 무슨 일인지 모르겠다. 오늘 함께 앉아서 취하려고 했는데 뜻을 이루지 못했다. 몹시 안타깝다.

밥을 먹은 뒤에 성민복과 함께 술을 가지고 산성(山城)에 올라 명절을 즐기면서* 흠뻑 취하고 배불리 먹은 뒤 어두워져서야 돌아왔다. 언명이 오후에 마침 도착하여 서로 만나니 기쁘고 위로가 되었다. 울적한 마음이 조금은 풀렸다.

평강(오윤겸)의 안부를 묻는 사람이 도착했다. 윤겸의 편지를 펼쳐보니, 지난달 14일에 부임했고 모두 무사하다고 한다. 다만 관아의 비축물이 없어 모양을 갖출 수 없고 아침저녁으로 먹는 것도 이웃 고을에서 빌리면서 날을 보내고 있다고 한다. 탄식한들 어찌하겠는가. 이래서 어머니를 모시고 갈 수 없는 것이다.

중배끼[中朴桂]* 80엽(葉), 송화다식(松花茶食) 70개, 잣떡, 말린 꿩 9

....

*   술을……즐기면서: 중양절에는 사람들이 붉은 주머니에 수유(茱萸)를 담아서 팔뚝에 걸고 높은 산에 올라가 국화주(菊花酒)를 마시면서 재액(災厄)을 막는 풍속이 있다.

*   중배끼[中朴桂]: 유밀과(油蜜果)의 한 가지이다. 밀가루에 꿀이나 조청, 참기름을 넣고 반죽

마리, 찹쌀 1말 4되, 생청(生淸)* 3되를 구해서 보냈다. 즉시 이 물품들을 신주에 올리고 나서 어머니께 드리고 나머지는 처자식에게 주었다. 또 함열과 임천 관아에도 보냈다. 평강(오윤겸)이 내달 보름 뒤에 뵈러 오겠다고 했다. 정노가 오늘도 일어나지 않았다.

◎ ─ 9월 10일

백광염이 술과 안주를 가지고 찾아왔기에 동생과 함께 마셨다. 평강에서 온 사람을 함열로 보냈다. 막정이 오늘도 일어나지 않았다. 집안의 소소한 일도 병을 핑계로 하지 않은 채 오랫동안 상전을 원망하는 마음을 품고 그 처가 버리고 도망간 것은 탓하지 않으니, 한편으로는 매우 밉살스럽다.

◎ ─ 9월 11일

덕노와 눌은비를 시켜 둔답의 벼를 베어 널어 말리게 했다. 언명과 같이 가서 보고 돌아왔다. 저녁에 좌수 조희윤이 관아에 들어왔다가 집에 돌아갈 때에 성민복의 송정 아래에 앉아 사람을 보내 나를 불렀다. 나와 아우가 가서 보니, 성민복과 마주 앉아 술을 마시고 있었다. 우리 형제도 큰 잔으로 두 잔을 마시고 어두워져서야 헤어졌다.

이 군의 군수가 명나라 사신을 접대하는 일 때문에 공산(公山, 공주)에 갔다. 또 한산의 겸관(兼官)*으로서 한산의 일 때문에 순찰사에게

....

하여 길쭉한 네모꼴로 베어 끓는 기름에 지져 낸 음식이다. 제사용으로만 사용하며 잔칫상에는 쓰지 않는다. 중계(中桂) 또는 거여(粔籹)라고도 한다.

* 　생청(生淸): 벌집에서 떠낸 뒤 가공하거나 가열하지 않은 그대로의 꿀이다.

5대의 장(杖)을 맞았다고 하니, 매우 애석한 일이다. 명나라 사신이 오늘 이미 은진(恩津)을 지나갔기 때문에 군수가 돌아왔다. 임천에서의 명나라 사신 접대에는 아무 일도 없었다고 한다. 다만 사신 일행이 지금 여산에 도착해 있는데, 여산에서의 사신 접대는 함열에서 담당하니 경과가 어떠한지 모르겠다. 몹시 걱정스럽다. 또 들으니, 이번 상사(上使)*의 행렬은 이전 부사(副使) 때 같지 않아서 거느리고 온 자들이 몹시 많다고 한다. 또 아랫사람들을 단속하지 않아서 여러 가지로 폐단이 많고 지공하는 물품을 약탈하니, 여러 고을 수령 중에 욕을 보지 않은 이가 없다고 한다.

◎ ― 9월 12일

아침 전에 들어가 아헌에서 군수를 만나 매를 맞은 치욕을 위로했다. 조금 있으니 서산 군수(瑞山郡守)와 남포 현감(藍浦縣監)이 군에 들어왔다. 그래서 군수가 즉시 수락헌(水樂軒)*으로 나가서 기다리다가 나를 불러 함께 남포 현감을 만나자고 했다. 남포 현감도 사람을 시켜서 내게 안부를 물었기 때문에 나도 가서 만났다. 생원 홍사고가 따라 들어와 함께 이야기를 나누고 술 석 잔을 마신 뒤 파하고 돌아왔다. 서산 군수는 이유록(李綏祿)*이고 남포 현감은 박동선(朴東善)*인데, 박동선은 청

....

* 겸관(兼官): 이웃 고을의 수령 자리가 비었을 때 임시로 그 고을의 사무를 겸임하는 수령이다.
* 상사(上使): 사신 가운데 우두머리이다.
* 수락헌(水樂軒): 충청도 임천에 있는 누대이다. 조선 중기의 문신인 이해수(李海壽)의《약포유고(藥圃遺稿)》권5에 〈임천의 수락헌[林川水樂軒]〉이라는 시가 보인다.
* 이유록(李綏祿): 1564~1620. 광주 목사, 봉산 군수, 상주 목사 등을 지냈다.
* 박동선(朴東善): 1562~1640. 병조좌랑, 남포 현감, 경기도 도사 등을 지냈다.

성군[淸城君, 이걸(李傑)]의 사위로 내 아내의 오촌 친척이다. 박동선과 이유록 두 사람은 또 윤겸의 친구이다.

들으니, 문화 조희철이 모친을 반혼(返魂)*해서 어제 내려왔다고 한다. 밥을 먹은 뒤에 말을 타고 김포 조희식의 집에 가서 보았다. 주인집에서 내게 단술과 절편을 대접했다. 돌아올 때에 좌수 조희윤의 집에 들러 내한 조희보를 만나 이야기를 나누었다.

잠시 후 덕노가 학질을 앓아 즉시 집으로 돌아오니 이미 저녁때가 되었다. 나도 양쪽 귀밑머리 쪽이 몹시 아프고 오른쪽 어금니도 조금 아팠는데, 밤이 깊도록 나아지지 않았다. 밤새 땀이 비 오듯 흘렀으니 학질인 듯하다. 몹시 걱정스럽다.

이웃에 사는 조윤공이 홍시 30개를 보냈다. 그편에 생청을 구하기에 즉시 1종지를 보냈다. 듣자니, 조윤공의 어머니가 병을 앓는다고 한다. 홍시는 나뭇잎에 싸서 평강(오윤겸)에게 보내려고 한다.

◎ ― 9월 13일

종일 기운이 편치 않고 이가 또 아프다. 매우 걱정스럽다. 덕노를 함열에 보내 양식을 구해 오게 했다. 저녁에 집주인 최인복이 왔기에 술을 대접해서 보냈다.

아침에 향비를 관아에 보내 장을 구하니, 군수가 3되를 첩으로 써서 내주었다. 또 노루고기를 조금 보내 주어 즉시 어머니께 드렸다. 군

....
* 　반혼(返魂): 장례를 지낸 뒤에 신주(神主)와 혼백(魂帛) 또는 영정을 영거(盈車)에 모시고 집으로 돌아오는 일을 말한다. 반곡(反哭)이라고도 한다.

수의 부인이 또 우린감 15개를 보내 주었다.

◎ ― 9월 14일

전에 퍼 놓은 둔답의 벼 78뭇을 실어 왔다. 둔답의 사령이 와서 보기에, 큰 잔으로 술 석 잔을 대접해서 보냈다. 저녁에 덕노가 돌아왔다. 백미 10말, 벼 8말, 장에 담근 새우 15개, 생새우 20갑을 싣고 왔다. 함열 현감은 명나라 사신의 배행차원(陪行差員)이라 아직 돌아오지 않았다고 한다. 평강 사람도 함열에서 왔다.

오후부터 기운이 도로 편치 않았다. 오른쪽 귀밑머리 쪽이 조금 아프고 이도 아프다. 머리가 아픈 것은 필시 이가 아프기 때문일 것이다.

◎ ― 9월 15일

기운이 나아지는 듯한데 아주 상쾌하지는 않다. 집 앞뒤에 심은 태(太)와 두(豆)를 수확하니, 태(太)는 8동이고 두(豆)는 3동이다. 찰벼도 베어 왔는데, 수확하여 되어 보니 13말이다. 이전에 타작한 중벼와 합치면 모두 7섬이다.

◎ ― 9월 16일

꼭두새벽에 평강 사람에게 답장을 주어 돌려보냈다. 함열에도 2명을 보냈다. 매[鷹]를 구하기 위해서이다. 홍시 50개를 주어서 함열 사람과 함께 가도록 했다.

오후에 떠나 용안으로 가는데, 몇 리 못 가서 날이 저물려고 했다. 만약 성안으로 들어가지 못하면 낭패를 초래할 것 같아서 돌아왔다. 길가에 마침 신경유(申景裕)가 앉아서 추수하는 일을 살피고 있었다. 가서 이야기를 나누고, 밭 가는 소를 빌려서 돌아왔다. 전에 용안 현감이 편지를 보내 나를 불렀다. 그래서 지금 가서 보려고 했는데 가지 못했으니, 20일 뒤에나 가 봐야겠다.

◎ ― 9월 17일

덕노를 함열에 보내 보리 종자를 구해 오게 했다. 눌은비 모자를 시켜 둑을 막아 일군 논의 벼를 베어 넣어 말리게 했다. 군수가 한 둑의 논을 모두 소작인을 시켜 베게 하고 직접 와서 살펴보았는데, 원(院) 모퉁이 언덕 위에 장막을 펼쳤기에 가서 보았다. 마침 생원 이유립, 생원 홍사고, 판관 조대림이 먼저 와서 둘러앉아 이야기를 나누고 있었다. 홍사고와 조대림은 과녁을 벌여 놓고 활을 쏘았다. 군수가 또 술과 안주를 준비해서 우리들에게 마시게 했다. 날이 저물 무렵에 군수가 먼저 돌아가고, 나도 조대림의 말을 타고 돌아왔다. 눌은비 모자가 먼저 둑을 막은 논의 벼를 벤 뒤에 옮겨 가서 율무를 베어 실어 왔다.

◎ ― 9월 18일

아침밥을 먹은 뒤에 언명과 함께 걸어서 성민복의 임정 아래에 가서 성민복을 불러 이야기를 나누었다. 성민복의 집에서 물만밥을 대접했다. 날이 저물어 돌아왔다.

저물녘에 덕노가 보리 종자 7말, 메주 3말, 소금에 절인 준치 5마리, 뱅어젓 3되, 생새우 20갑을 얻어서 짊어지고 왔다.

◎ ─ 9월 19일

자방(신응구)이 어제 편지를 보내, 이별좌와 남궁영광(南宮靈光, 남궁견)과 강에서 모이기로 약속했다며 나에게 이별좌의 집으로 일찍 와서 그와 함께 배를 타고 내려오라고 했다. 그런데 마침 말이 노쇠하고 사내종이 병들어서 좋은 모임에 참석할 수 없었다. 몹시 안타깝다.

오후에 군수가 뜻밖에 원 모퉁이 언덕 위의 소나무 밑에 와서 앉아 널어 말렸던 둑논의 벼를 거두어 묶게 하고 또 소작인들에게 벼를 거두어 묶게 했다. 내가 경작한 것을 거두어 묶어 보니 한쪽이 겨우 17뭇이다. 안타깝다. 내가 나아가 군수를 보았는데, 권학, 한겸, 이유립, 홍사고, 조대림 등이 뒤따라왔다. 군수가 조그만 술자리를 마련했다. 어두워진 뒤에 각자 횃불을 밝혀 돌아왔다.

덕노, 눌은비, 강비 등을 시켜 모를 옮겨 심은 논의 벼를 베어 펴서 말리도록 했는데, 끝내지 못했다. 눌은비가 게으름을 피우고 힘을 다하지 않았기 때문에 매를 때려 경계했다.

◎ ─ 9월 20일

또 덕노와 눌은비 모자를 시켜 둔답의 벼를 베서 널어 말리게 했다. 밥을 먹은 뒤에 언명과 함께 벼 베는 곳에 가서 보았다. 돌아올 때에 마침 감관 임붕이 못가에 앉아 관둔전의 벼를 운반하는 것을 감독하다가 나를 불렀다. 길가에 앉아 이야기를 나누면서 탁주를 큰 잔으로 넉 잔이나 마셨다. 도색(都色, 색리의 우두머리) 전협(田浹)을 불러다가 큰 잔으로 두 잔을 대접했다.

오후에 바람이 불고 비가 내렸는데 잠시 뒤에 그쳤다. 서천 군수

정엽이 사람을 시켜 안부를 묻고 말린 민어 2마리, 장에 담근 새우 30
갑을 보내왔다. 즉시 답장을 써서 감사 인사를 했다. 정엽은 윤겸과 친
분이 매우 두텁다.

◎ ─ 9월 21일

덕노를 시켜 보리밭에 거름을 주게 했다. 그런데 겨우 9바리를 뿌
리고 학질이 발병하여 끝내지 못했다. 한낮에 진사 이중영이 찾아와서
오랫동안 이야기를 나누고 돌아갔다.

이전에 둑논의 벼를 벨 때 어떤 사람이 조그만 거북이를 잡았는
데, 겨우 동전 하나 크기만 했다. 내가 이것을 구해서 딸 단아에게 주었
더니 조그만 사발에 물을 담아 여러 날 길렀다. 내가 보니 그릇이 작아
살기에 안 좋아서 오래지 않아 죽을 듯하니, 몹시 불쌍했다. 직접 소매
속에 넣어서 못가에 가서 놓아 주었더니, 유유히 가다가 물 한가운데
로 가기도 전에 모래 속에 몸을 감추었다. 제가 살 곳을 얻었다고 할 만
하다.

◎ ─ 9월 22일

3명에게 둑답의 벼 2뭇을 거두어 묶게 했다. 한 곳은 39뭇으로 1뭇
에 3말 정도 나오겠고 다른 한 곳은 122뭇으로 1뭇에 2말 혹은 1말 반
정도 나오겠으니, 모두 적절하다. 두 곳의 벼를 실어다가 훗날 한가한
때를 기다려 관변(官邊)*을 나누어 타작해서 관아에 바칠 계획이다.

....

* 　관변(官邊): 관청에서 법령으로 규정한 이자이다.

◎ ─ 9월 23일

이른 아침에 성민복이 우리 형제를 불러 아침밥을 대접했다. 또 술을 두 잔 마시고 돌아왔다. 성민복은 아우의 처족(妻族)이므로 또 아우를 불러 안으로 들어가서 그 처를 만나게 했다. 나는 먼저 돌아와 덕노에게 율무를 타작하게 했는데, 까부르니 14말 4되였다. 처음에는 20, 30말은 나올 것이라고 생각했는데, 여물지 않아 이 정도에 그쳤다. 매우 안타깝다.

◎ ─ 9월 24일

둑논의 벼를 거두어서 키로 까부르니, 모두 1섬 3말이다.

◎ ─ 9월 25일

조윤공과 신경유에게 소 2마리를 빌리고 또 조응개의 사내종을 쟁기꾼으로 빌려서 보리밭 3곳을 갈았다. 다만 함열에서 구해 온 보리 종자가 영글지 않고 비어 물에 담그니 절반이나 떠올라 겨우 집 앞의 밭에만 뿌렸다. 나머지 밭 두 곳에는 다시 종자를 구한 뒤에야 다 뿌릴 수있겠다.

◎ ─ 9월 26일

밭 두 곳에 보리 종자를 뿌렸다. 인아가 함열에서 돌아왔다. 장에 담근 새우 20갑, 준치 5마리, 찹쌀 1말을 얻어 왔다. 찹쌀은 떡을 만들어 어머니께 드리라고 딸이 구해 보낸 것이다.

◎ ― 9월 27일

이첨정(李僉正)의 밭에 보리 종자를 뿌리려고 했다. 그런데 마침 사내종들이 병을 핑계로 일어나지 않았고 다른 사람도 구할 수가 없어서 씨를 뿌리지 못했다. 그런데 오후부터 밤새 비가 내렸으니, 비가 내리기 전에 씨를 뿌리지 못한 것이 몹시 안타깝다.

아침에 향비를 군수에게 보내 편지로 부족한 보리 종자를 빌리니, 1말 5되를 첩으로 써서 내주었다. 이것으로 파종을 마칠 수 있겠다. 군수의 부인이 또 홍시 20개와 오이지 20개를 보냈다. 매우 고맙다.

요새 사내종들이 병을 핑계로 추수하는 일에 힘쓰지 않아서 수확할 때마다 사람을 사서 값을 주고 일을 맡기다 보니 위아래로 든 비용이 더욱 많았다. 추수하는 일이 이제 막 끝났는데 수확한 곡식을 이미 절반이나 써 버렸으니, 겨울이 되기 전에 분명 이전처럼 매우 궁핍한 근심이 있게 될 것이다. 탄식한들 어찌하겠는가.

◎ ― 9월 28일

들으니, 내일 군의 관인이 매를 구하기 위해 평강에 간다고 하기에 편지를 써서 전했다. 전날 딸이 보낸 찹쌀로 꼭두새벽에 떡을 만들어 어머니께 드렸다. 다만 떡을 찔 때 잘못해서 익지 않았다. 다시 쪘는데 이번에는 떡이 익었지만 모두 부서졌다. 우습다. 또 품팔이꾼을 구해서 이첨정의 밭에 보리를 갈았다.

집사람이 군수 부인에게 편지를 보내 무를 달라고 하자, 군수가 1섬을 첩으로 써서 내주었다. 향비에게 받아 오게 했는데, 24단(丹)이었다. 군수가 지난가을에 둑 언덕에 밭을 갈아 무씨를 뿌렸다가 오늘

캐 갔기에 사람을 시켜 얻어 온 것이다.

◎ ─ 9월 29일

말 1필과 사내종 하나를 데리고 용안으로 향했다. 배로 무수포(無愁浦)를 건너 용안성(龍安城) 밖에 이르러 먼저 덕노에게 이름을 전하게 했으나, 막아서 전할 수 없었다. 날이 저문 뒤에 현감이 낭청방(郎廳房)에서 손님을 접대하기에, 또 문지기를 시켜 어렵게 이름을 전했다. 현감이 나를 들어오라고 부르기에, 즉시 들어가 보고 서로 묵은 회포를 풀었다. 매우 기쁘고 위로가 되었다.

첨정 황치성(黃致誠)*이 또 왔는데, 그는 바로 현감의 친족이다. 같이 저녁밥을 먹고 어두워진 뒤에 황공(黃公)이 먼저 일어났다. 나는 현감과 다시 앉아서 또 조촐한 술자리를 마련해서 각자 대여섯 잔을 마셨다. 밤이 깊어서 자리를 파하고 여염집으로 돌아와서 잤다. 황치성은 이전에 서로 알던 사이는 아니었지만 자미(이빈)와 진위에서 임무를 교대한 사이여서 이름을 들은 지는 이미 오래였다. 오늘 만나 보니 제법 은근한 뜻이 있었다. 윤함이 집에 도착했다는 말을 들었다. 그런데 날이 저물어 곧장 돌아가지 못했다.

◎ ─ 9월 30일

현감이 아헌으로 나를 불렀다. 황공이 먼저 와 있어서 같이 아침밥

----

* 황치성(黃致誠): 1543~1623. 1579년 식년 사마시에 입격했고, 1580년 알성시 문과에 급제했다.

을 먹었다. 마침 명나라 장수가 현에 들어와서 출발할 수가 없었다. 명나라 장수가 나가기를 기다린 뒤에 황공이 먼저 돌아갔다. 나는 또 현감과 조용히 이야기를 나누었다. 현감이 내게 가을보리 4말 5되와 말린 민어 1마리를 주고 또 술 한 잔을 마시게 했다. 덕노를 시켜 얻은 보리를 짊어지게 하고 현감과 훗날 만나기로 기약한 뒤에 작별하고 왔다.

　나루에 도착하니 마침 배가 작은 언덕에 정박하고 있었다. 그 배가 돌아오기를 기다리니 날이 이미 저물었다. 덕노가 학질을 앓아서 어렵게 나루를 건너 집에 도착했다. 집에 도착하여 윤함을 보니 몹시 기쁘다. 지난해 3월에 해주로 갔다가 오늘 돌아왔으니, 19개월 만에 비로소 돌아온 셈이다. 집에 와서 들으니, 함열에서 또 보리 종자 5말을 보내왔다.

10월 작은달 - 5일 입동(초동), 21일 소설(小雪) -

◎ ― 10월 1일

으레 보내 주는 양식을 실어 오는 일로 덕노가 말을 끌고 함열에 갔다. 아침 전에 언명의 처남 김담령(金聃齡)이 와서 언명을 보고 한양에 갔다.

◎ ― 10월 2일

이웃 사람 복남의 밭을 얻어서 오늘 갈고 씨를 뿌리려고 했다. 그런데 쟁기꾼을 구하지 못해 갈지 못했다. 절기가 이미 늦었으니, 매우 답답한 노릇이다. 밭에 뿌릴 것을 계산해도 얻어 온 보리 종자 4말이 남았다. 향비에게 장에 가지고 가서 쌀 2말 6되로 바꾸어 오게 했다.

저녁에 덕노가 돌아왔다. 으레 보내 주는 양식인 백미 10말, 벼 1섬을 얻어 왔다. 또 따로 소금에 절인 준치 10마리, 뱅어젓 3되, 제사에 쓸 황각 1말, 청각(靑角) 1말, 미역 3동을 보내왔다.

◎ — 10월 3일

날이 밝기 전에 덕노를 용안으로 보냈다. 이전에 용안 현감이 사내종을 보내 제수를 구해 가라는 약속을 했기 때문에 오늘 비로소 보낸 것이다.

영암 임매의 편지를 조한림의 사위인 최정해(崔挺海)의 사내종이 돌아와 전해 주었다. 임매는 잘 있다고 한다. 또 미역 6동, 표고(票古) 2되, 말린 새우와 병합(幷蛤) 7되, 말린 숭어 2마리를 보내왔다. 다만 최정해가 말도 안 하고 갔기 때문에 답장을 써서 부치지 못했다. 안타깝다.

◎ — 10월 4일

사람 둘을 사서 복남의 밭을 갈고 보리 4말을 뿌렸다. 집주인 최인복이 계집종 2명을 보내 무를 뽑게 했기에, 2섬씩 나누어 말에 실어 보냈다. 덕노가 오늘 돌아왔다. 용안 현감이 중미 2말, 새우젓 10갑, 잡젓 2되, 누룩 2덩어리, 빈 가마니 10엽, 흰 종이 10장, 상지(常紙, 보통 품질의 종이) 1뭇을 보냈다. 덕노가 어제 학질이 도져 조자(趙磁)의 집에서 잤다고 한다. 조자는 무수포 가에 사는데, 밥을 짓고 콩을 삶아서 사내종과 말에게 주었다고 한다.

◎ — 10월 5일

집주인 최인복을 불러 이전에 수확한 태(太)와 두(豆)를 타작하는 것을 보았다. 두(豆)는 5말씩 나누고, 태(太)는 23말 5되씩 나누었다. 최인복이 또 종자값으로 6말을 도로 주었다. 금성정이 찾아왔기에 떡과 술을 대접해서 보냈다.

◎ — 10월 6일

무료하던 차에 언명과 두 아들과 함께 둑 언덕을 돌면서 물고기 잡는 것을 구경하고 돌아왔다. 저녁에 별감 조광좌(趙光佐)가 와서 보고 갔다.

◎ — 10월 7일

아침에 감찰 한즙이 모친상을 당했다는 말을 듣고 밥을 먹고 가서 조문하고 왔다. 함열의 관인이 지난달에 평강에 갔다가 오늘에야 돌아왔다. 크고 좋은 보라매 1좌(坐)를 얻어 왔다. 오늘 평강(오윤겸)의 편지를 보니, 관청의 사정이 말로 형용할 수 없을 정도라고 한다. 탄식한들 어찌하겠는가. 잣 1말, 석이(石茸) 1말, 꿀 2되, 노루고기 포 20조를 보내왔다. 노루고기 포는 어머니께 드렸다.

◎ — 10월 8일

윤함이 함열에 갔다. 세 가지 떡을 만들어 함열 현감의 대부인(大夫人)*에게 보냈다. 다만 바람이 불어 날이 찬데 어떻게 강을 건널지 몹시 걱정스럽다. 모레 딸이 뵈러 오겠다고 했기 때문에 윤함을 보내 데려오게 한 것이다.

아침에 잣 3되를 임천 군수의 부인에게 보냈다. 또 못에서 거북이 1갑을 잡았기에 군수에게 보냈다. 군수가 습병(濕病) 때문에 구해서 먹고자 한다고 들었기 때문이다. 군수의 부인이 편지를 보내 감사해 하면

....
* 　대부인(大夫人): 함열 현감 신응구의 어머니 해평 윤씨(海平尹氏)이다.

서 토란, 밤, 즙장(汁醬)*을 구해 보냈다. 또 약청(藥淸, 약으로 쓰는 꿀)을 구하기에 곧바로 생청 반 보시기를 보냈다.

◎ — 10월 9일

좌수 조응립이 훈도(訓導) 조의(趙毅)와 함께 대조사에서 두부를 만들었다. 아침 일찍 사내종과 말을 보내서 우리 형제를 부르기에 즉시 언명과 함께 절에 올라가 배불리 먹고 걸어서 돌아왔다. 소지와 이광춘도 참석했다. 이전에 약속했기 때문이다.

상판관의 집에서 소를 잡아 판다기에 콩 2말 5되를 보내 고기 2조각을 얻어 왔는데, 겨우 어린애 손바닥만 하니 우습다. 그러나 노모께 드리기 위해 어쩔 수 없이 사 왔다. 소지가 집으로 돌아갈 때에 들렀다. 큰 잔으로 술 두 잔을 대접해서 보냈다.

저녁에 한복이 함열에서 돌아왔다. 내일 딸이 뵈러 온다고 한다. 허찬이 들어왔다. 여러 곳을 떠돌며 걸식하면서 살았다고 한다. 겹옷만 입고 있으니, 날이 몹시 추워지면 정녕 얼어 죽을 게다. 매우 불쌍하다.

◎ — 10월 10일

함열에서 딸이 왔다. 향비를 강가로 보내 맞이하게 했다. 증편 1상자, 청주 2병, 말린 물고기 3뭇, 준치 10마리, 소금에 담근 새우 20갑,

....
* 즙장(汁醬): 여름에 메주를 띄워서 만든 가루를 고운 고춧가루와 함께 찰밥에 버무린 뒤, 무, 가지, 풋고추 따위를 소금에 절여 장아찌로 박고 항아리에 담아 간장을 조금 치고 나서 봉하여 풀두엄 속에 8, 9일 동안 묻어 두엄 썩는 열로 익혀서 먹는 장이다. 집장이라고도 한다.

말린 민어 1마리, 두 가지 젓갈 1항아리, 홍시 20개, 절육 1상자, 쇠간 반 부를 마련해서 왔다. 양식으로 먹을 쌀 2말도 보내왔다. 저물녘에 별좌 이정시가 와서 보았다. 이번에 서산 감목관(瑞山監牧官)에 임명되었는데, 제 부모를 뵙기 위해 집에 온 것이다.

◎ ─ 10월 11일

이복령이 왔기에 같이 바둑을 두었다. 저녁 무렵에 술과 떡을 대접해서 보냈다. 저녁에 평강에서 관인이 왔다. 윤겸의 편지를 보니, 아무 일도 없다고 한다. 기쁘다. 그러나 관청의 일이 말로 형용할 수 없을 정도라고 하니 걱정스럽다. 내일은 바로 윤겸의 생일이다. 이 때문에 사람을 보냈는데, 메밀 5말, 기장쌀 2말, 팥 2말, 차좁쌀 1말, 잣 3말, 석이와 느타리버섯 3말, 꿀 9되, 잣떡 94편, 중배끼 1백 20엽, 포도정과(葡萄正果) 1항아리, 방어 1마리, 말린 꿩 5마리, 배 20개, 황랍(黃蠟) 1근 20냥, 흰 종이 3뭇을 싣고 왔다. 온 집안사람이 다 모였는데 윤겸과 윤해만 없으니, 그리운 마음을 가눌 수가 없다.

아침에 사내종과 말을 함열로 보냈다. 으레 보내 주는 양식을 실어 오는 일 때문이다.

◎ ─ 10월 12일

빚은 만두와 평강에서 온 물건을 갖추어 신주에 올렸다. 그러고 나서 어머니께 드리고 나머지는 처자식에게 주었다. 잣떡과 정과를 임천 관아에 보냈고 또 잣 1되씩을 조한림 삼형제와 조희윤, 류선각, 소지의 집에 보냈다. 언명에게는 잣 3되, 메밀 5되, 석이 2되, 느타리버섯 1되,

중배끼 10립, 방어 1조를 주었다. 생원 권학이 찾아왔기에 잣떡과 정과를 대접해서 보냈다.

◎ ─ 10월 13일

고을 내의 품관과 교생들이 각각 술과 과일을 가지고 서쪽 언덕에 모여 피난 와서 지내고 있는 사람들을 부르기에, 나와 아우도 참석했다. 날이 저문 뒤에 술에 취하고 배불리 먹고서 돌아왔다. 참석한 사람은 10여 명인데 품관이 20여 명이다. 만일 다 왔다면 이 인원보다 많았을 텐데, 일이 있거나 아프다고 하면서 오지 않은 이들이 있었다. 이 모임을 먼저 제창한 사람은 조응린, 조응립, 조윤공, 조의 등이라고 한다. 다른 고을에서는 하지 않는 일이니, 지극히 후한 풍속이다.

◎ ─ 10월 14일

꼭두새벽에 평강에서 온 사람이 돌아갔다. 장에 담근 새우 20갑을 구해 보냈다. 함열에서 또 장에 담근 새우 40갑, 새우젓 1말을 보내 주었다. 그리고 식량 2말, 콩 1말을 지급하여 보냈다.

◎ ─ 10월 15일

감관 임붕에게 청해 둔답에서 벼를 타작 하는 모습을 보았다. 해가 짧아서 겨우 두 곳의 논 7마지기를 타작하니, 벼와 보리 5섬 13말이다. 오후에 좌수 조희윤이 찾아왔다. 저녁에 함열의 장무가 백미 1말, 민어 1마리, 조기 2뭇, 장에 담근 새우 15개, 새우젓 1항아리, 뱅어젓 1항아리를 보냈다. 딸이 여기에 와서 머물고 있기 때문이다.

◎ — 10월 16일

소지가 왔기에 떡을 대접해서 보냈다. 단아가 그제부터 머리가 아프다고 하는데, 아직도 차도가 없어 전혀 음식을 먹지 못하고 있다. 매우 걱정스럽다.

◎ — 10월 17일

지난밤 삼경(三更, 23~1시) 뒤에 함열에서 사람과 말이 와서 딸이 이른 아침에 돌아가게 되었다. 딸이 어머니와 두 동생과 작별할 적에 서로 붙들고 슬피 울었다. 여자가 시집가면 부모 형제와 멀어지게 되니, 어찌 슬프지 않겠는가. 몹시 가련하다.

언명이 딸을 데려다주고 그대로 태인으로 돌아갔다. 지난달 9일에 여기에 왔다가 이제 비로소 돌아간 것이다. 아쉬운 마음을 가눌 수가 없다. 함열에서 쌀새우젓 1큰항아리를 보냈다. 소지의 아내가 딸이 돌아간다는 말을 듣고 쌀 1되와 김치 세 가지, 새우젓, 감장 등의 물품을 보냈다. 그런데 딸이 막 떠난 뒤에 도착해서 미처 보지 못했으니, 매우 안타깝다.

함열에 사는 양윤근의 아들이 술과 떡, 안주를 갖추어 3상자를 가져와 바쳤다. 이전에도 두 번이나 술과 떡을 바쳤는데, 지금 또 이와 같이 바쳤다. 그 뜻이 후하지만 달리 갚을 방도가 없으니, 한편으로는 매우 미안하다. 그러나 간청하는 일이 있어 들어주지 않을 수 없으니, 탄식할 일이다. 편지를 써서 함열 현감에게 보내기는 했는데, 부탁을 들어주고 안 들어주고는 함열 현감에게 달려 있어 알 수가 없다.

단아가 밤낮으로 아프다. 몹시 걱정스럽다. 저물녘에 김익형(金益

炯)이 왔다. 한참 동안 이야기를 나누고 밤이 깊어서야 돌아갔다. 큰 그릇으로 술 한 잔을 대접해서 보냈다.

◎ — 10월 18일

아침부터 날이 흐리고 비가 내리더니 오후에는 세차게 내렸다. 언명이 만약 비 올 조짐이 있어 떠나지 않았다면, 도중에 비에 젖는 걱정이 없었을 것이다. 그런데 우비도 없이 갔으니, 몹시 걱정스럽다. 소지가 왔다. 마침 관아에 들어갔다가 비를 만나 우비를 얻으러 온 것이다. 술과 떡을 대접해서 보냈다. 단아의 아픈 증세가 어제와 같다. 몹시 걱정스럽다.

◎ — 10월 19일

밥을 먹은 뒤에 무료해서 윤함과 함께 걸어서 향교에 갔다. 훈도 조의를 찾아 한참 동안 앉아서 이야기를 나누었다. 조의가 홍시를 내어 대접했다. 그길로 또 이복령의 집을 찾았다. 마침 좌수 조욱륜이 와서 앉아 있었기에 같이 이야기를 나누었다. 이복령과 두부내기 바둑을 두었는데, 이복령이 내리 대여섯 판을 졌다. 우습다. 저녁 무렵에야 돌아왔다.

향비가 그제 딸을 따라 함열에 갔다가 오늘에야 돌아왔다. 함열현에 무사히 도착했으며, 언명은 비 때문에 하루 머물다가 오늘 태인으로 돌아갔다고 한다. 자방(신응구)이 쌀과 콩 각 3말과 준치 5마리를 첩으로 써서 내주었다고 한다. 기쁘다. 단아의 아픈 증세는 오늘도 마찬가지이다. 그래서 이복령에게 가서 길흉을 점쳐 보았는데, 이복령이 돈을 던져 점을 치고는 결국 길하고 흉할 일은 없겠다고 했다.

또 들으니, 서쪽 오랑캐가 날뛰어 얼음이 얼기를 기다렸다가 장차 남쪽을 공격하려고 한다기에 한양에서 놀라 겁을 먹었다고 한다. 만약 그렇다면 누가 막을 수 있단 말인가. 겨우 살아남은 잔민들이 모두 적의 칼날 아래에 죽을 것이다. 탄식한들 어찌하겠는가.

◎ — 10월 20일

아침에 향비를 시켜 세 가지 젓갈 1첩을 향교의 조훈도(趙訓導, 조의)에게 보냈다. 어제 거처와 음식을 보니 몹시 썰렁하고 소략하기에 그런 것이다.

◎ — 10월 21일

함열에서 문안하는 사람이 왔다. 딸이 큰 무 10개, 큰 생전복 5개, 홍시 10개를 보냈다. 즉시 답장을 써서 보냈다.

한복을 별좌 이덕후의 집에 보내 안부를 묻고 잣 3되, 석이 2되, 포도정과 1보시기를 주었다. 들으니, 해평부원군(海平府院君) 윤근수(尹根壽)*가 장차 그 집에 올 것이라고 한다. 그래서 그 집에 없는 물품을 보낸 것이다.

....

* 　윤근수(尹根壽): 1537~1616. 임진왜란이 일어나자 문안사(問安使), 원접사(遠接使), 주청사(奏請使) 등으로 여러 차례 명나라에 파견되었고 국난 극복에 노력했다. 판중추부사, 좌찬성, 판의금부사 등을 지냈다.

◎ ─ 10월 22일

생원 송대기(宋大器)가 찾아왔다. 낙안 땅에 머물고 있는데, 마침 한산에 가다가 이곳을 지나기에 들어왔다.

◎ ─ 10월 23일

품팔이꾼 6명을 얻어 모를 옮겨 심은 논 3마지기에서 벼를 거두니, 2섬 15말이 나왔다. 한탄한들 어찌하겠는가. 아침밥을 먹은 뒤에 김익형이 왔기에, 김익형과 윤함과 함께 걸어서 성민복의 집에 갔는데 만나지 못했다. 또 향교로 가서 훈도 조의를 찾아갔는데 또한 부재중이었다. 또 신경록의 집에 갔는데 그도 만나지 못했다.

돌아올 때 이복령의 집에 들렀다. 운계수(雲溪守)가 마침 와 있어서 같이 이야기를 나누었다. 운계는 바로 평원군(平原君)의 아들이고 조문화의 외조카이며 내 아내의 칠촌 친척이다. 이복령과 바둑을 두다가 날이 저물어 파하고 돌아왔다. 돌아올 때 신경유에게 들렀는데, 김공은 신경유의 집에 그대로 머물렀다. 나는 윤함과 함께 먼저 돌아왔다.

◎ ─ 10월 24일

별좌 이덕후가 찾아와 날꿩 1마리, 큰 생전복 5개를 보내왔다. 어머니께 드리기 위해서이다. 별좌에게 들으니, 생원 조몽정(曺夢禎)* 씨가 전라도 땅에서 객사했다고 한다. 슬픔을 가눌 수가 없다. 조몽정은 내 육촌 매부로 젊은 시절에 서로 잘 알고 지냈는데, 지금 그의 부음을

....

* 조몽정(曺夢禎): 1535~1595. 11세에 부친상을 당하자 어른처럼 묘 아래에 여막을 짓고 정성을 다해 효자로 불렸다. 사후에 아들 조탁(曺倬)의 원훈(元勳)으로 영의정에 추증되었다.

들으니 더욱 몹시 슬프다. 그의 장남 조탁(曹倬)*은 지금 금오랑[金吾郎, 의금부 도사(義禁府都事)]을 맡고 있는데, 죄인을 잡아 오는 일로 북쪽 지방에 갔다가 돌아오지 못했다고 한다. 매우 불쌍하다.

정자 정사신이 찾아왔다. 또 이 군의 관인이 매를 구하는 일로 지난달에 평강에 갔다가 지금 비로소 돌아왔다. 평강(오윤겸)의 편지를 받아 보니, 잘 지내고 있고 이달 그믐쯤 말미를 얻어 찾아뵙겠다고 한다. 몹시 기다려진다.

◎ ─ 10월 25일

판관 상시손 씨가 대조사에서 두부를 만들어 놓고 나와 훈도 조의를 불러서 일찍 그 절에 갔다. 마침 좌수 조광철도 왔다. 법당의 해가 비치는 곳에 둘러앉아 조용히 이야기를 나누었다. 날이 저물 무렵에 함께 걸어서 앞고개에 올랐다가 돌아왔다. 다만 조좌수(趙座首)가 두부를 먹을 때에 미처 오지 못했으니, 매우 안타깝다. 공들과 내달 1일에 성민복의 서재에 모여 두부를 만들며 회포를 풀기로 약속하고 회문(回文)*을 써서 이광춘에게 그때쯤 돌려 보이게 했다.

단아의 병이 나아 가고 있다. 매우 기쁘다.

◎ ─ 10월 26일

이른 아침에 성민복이 찾아왔다. 내게 자신의 일을 들어주도록 군

....
*   조탁(曹倬): 1552~1621. 공조참판, 한성부 좌·우윤 등을 지냈다.
*   회문(回文): 모든 사람이 차례로 돌려보도록 쓴 글이다. 회장(回章)이라고도 한다.

수에게 부탁해 달라고 했다. 그래서 하는 수 없이 들어가 관청에서 군수를 보았다. 마침 상례 원사용이 들어와 군수 앞에서 이야기를 나누고 있어서 성공의 일을 말하지 못했다. 안타깝다. 군수가 사창으로 옮겨 앉았기에 나도 따라 들어갔다. 또 윤함이 해주에 사는 사내종 논금(論金)을 산 문기(文記)*를 사출(斜出)*하고 덕개 형제의 개명(改名) 입안(立案)*을 작성해 달라고 청하고 돌아왔다.

훈도 조의가 향교로 와서 사람을 시켜 나를 불렀다. 우리 부자가 올라갔더니, 조의가 교생들과 함께 술자리를 마련하여 대접했다. 술에 흠뻑 취하고 배불리 먹고서 돌아왔다. 진사 이중영의 아들 장(檣)도 와서 참석했다.

저녁에 소지가 왔다. 소지가 환자를 사창에 바치는 일로 관아에 들어갔는데, 우리 집에서 받은 환자를 바치지 못한 일 때문에 곤장 20대를 맞았다고 한다. 매우 불쌍하다. 지난봄에 소지의 이름으로 환자를 받아먹었기 때문이다.

◎ ─ 10월 27일

지난밤 꿈자리가 불길하여 마음이 자못 불쾌했다. 함열에서 사람이 왔다. 딸이 무 40개를 구해 보냈다. 종일 날이 흐리고 바람이 불었다. 덕노에게 말을 끌고 가서 소나무 가지 2바리를 베어 오게 했다. 집

....
* 문기(文記): 소유권을 증명하는 문서이다. 문권(文券)이라고도 한다.
* 사출(斜出): 관청에서 증명서를 작성하여 교부하는 것을 말한다.
* 입안(立案): 관에서 발급하는 증빙 기능의 공문서이다. 개인의 청원에 따라 증명, 허가, 판결 등의 성질을 지니고 있다.

뒤에 울타리를 만들기 위해서이다. 저녁에 천둥소리와 함께 큰비가 내리고 번개가 번쩍여서 여름날 같더니 밤이 되어서야 그쳤다. 이로 인해 바람이 세차게 불더니 새벽까지 그치지 않았다.

어제저녁에 용인(龍仁) 이경여[李敬興, 이지(李贄)]의 아내가 지금 수원의 사내종 집에 있으면서 어린 사내종 성산(性山)에게 고부 땅에 가서 신공을 받아 오게 했다. 그래서 그가 여기에 들러서 묵었는데, 그편에 들으니 잘 지낸다고 한다.

◎ — 10월 28일

시윤의 사내종 한손이 양성에서 지금 장수로 가는 길에 들렀기에 편지를 써서 보냈다. 덕노와 한복에게 울타리를 만들게 했다. 종일 바람이 불었다.

◎ — 10월 29일

장수의 사내종 한손이 오늘 아침에야 돌아갔다. 윤함이 함열에 갔다. 요즘 꿈자리가 몹시 어지러웠기 때문이다. 평강(오윤겸)이 근래 분명 와서 볼 텐데, 날이 몹시 차서 먼 길에 얇은 옷차림으로 어떻게 오갈지 모르겠다. 생원(오윤해)도 올 텐데 지금까지 소식이 없으니, 또한 무슨 일인지 모르겠다. 걱정스럽다.

이 고을에 사는 정병 백인화가 말 값 50말 중에 38말을 먼저 바쳤다. 그 나머지 받지 못한 12말은 내달 5일 이전에 준비해서 바치겠다고 약속하고 돌아갔다.

11월 큰달 -7일 대설(大雪), 22일 동지(초조) -

◎ ─ 11월 1일

이른 아침에 인아와 허찬을 데리고 성생원(成生員, 성민복)의 서재에 갔다. 상판관과 조광철이 먼저 와 있었다. 조훈도가 뒤따라왔고 교생 2, 3명도 왔기에 같이 이야기를 나누었다. 그곳에 살고 있는 중이 두부를 만들어 바쳤는데, 중은 적고 손님은 많은데다 기구도 부족해서 잘 만들어 내오지 못해 모두 만족하지 못한 채 헤어졌다.

저물녘에 덕노가 함열에서 으레 보내 주는 쌀 10말과 벼 1섬을 얻어 싣고 왔다. 다시 되어 보니 쌀 6되 반이 줄었으니, 필시 훔쳐 먹은 게다. 매우 괘씸하다.

◎ ─ 11월 2일

지난밤에 집사람과 딸들이 모두 평강(오윤겸)의 꿈을 꾸었다. 필시 오는 중이어서 자주 꿈에 보이는 것이리라. 기운이 편치 않아서 꿈을

꾼 건 아닌지 매우 걱정스럽다. 의심과 걱정을 떨칠 수 없다. 보리쌀 환자는 본정미(本正米)*8말인데, 모곡(耗穀)*6되를 바치고 2되는 바치지 못했다.

◎ ― 11월 3일

꼭두새벽에 덕노가 말을 끌고 함열에 갔다. 윤함의 처가 사내종 옥지가 남평에서 이제야 돌아왔다. 남평 현감이 기름종이를 바른 부채 2자루와 흰 종이 1뭇을 내게 보냈다. 옥지를 즉시 함열에 보내 윤함에게 편지를 주도록 했다. 윤함이 지금 함열 관아에 있기 때문이다.

◎ ― 11월 4일

아침에 예산의 김한림 집의 사내종이 전답을 추심하는 일로 함열에 갔다. 여기에 들러 내 편지를 받아다가 현감에게 바쳐서 추심하려고 하기에 즉시 편지를 써서 함열에 보냈다. 다만 자정의 편지를 보니, 무적이 지난 4월에 죽었다고 한다. 애통함을 이기지 못하겠다. 전에 비록 전해 듣기는 했지만 사실인지 분명하지 않았는데, 이제 그 사실을 알았으니 더욱 몹시 애통하다. 3남 2녀 가운데 3남 1녀가 먼저 죽고 젖먹이 막내딸만 남았으니, 그 아이마저도 반드시 살 수 있으리라고 어찌 보장할 수 있겠는가. 한림이 근래에 와서 어머니를 뵙고 싶다고 했다.
....

* 본정미(本正米): 본정미(本正米)는 7월 22일 일기에 의거해 볼 때 '본정모미(本正牟米)'가 되어야 할 듯하나 분명하지 않다.
* 모곡(耗穀): 환자를 상환할 때 더 받는 곡식이다. 곡식을 창고에 쌓아 두는 동안 쥐가 먹거나 하여 줄어들 것을 예상하여 1섬에 1말 5되를 더 받는다. 모조(耗租)도 같은 뜻으로 쓰인다. 《대전회통(大典會通)》〈호전(戶典)〉.

저녁에 윤함이 덕노와 옥지 등을 데리고 돌아왔다. 편지를 써서 사내종 옥지를 황해도로 보내기 위해서이다. 함열에서 꿀 5되 값으로 백미 10말을 구해 보냈다. 덕노가 짊어지고 왔다.

◎ — 11월 5일

윤함의 처가 사내종 옥지가 황해도로 돌아갔다. 환자로 정모(正牟) 3섬과 황조 1섬을 준비해서 실어다가 사창에 바쳤다. 어제 소지가 아는 양반들에게서 거두어 도합 벼 50말을 얻었는데, 오늘 큰 말로 다시 되어 보니 겨우 33말이었다. 전에 준비한 4섬을 합쳐 덕노와 한복에게 먼저 보내서 바치게 했다. 바치고 남은 벼 4말은 도로 가져왔다. 마침 허찬을 시켜 바치는 것을 감독하게 했기 때문에 사내종들이 속이지 못했다.

◎ — 11월 6일

별감 신몽겸이 와서 보았다. 별좌 이덕후가 사람을 시켜 편지를 보내면서 어머니께 드리라고 정어리 3두름을 보냈다. 그 후의에 그저 고마울 뿐이다.

◎ — 11월 7일

눌은비와 품팔이꾼 등 모두 4명에게 둔답 2마지기의 절반에서 39뭇을 거두게 했다. 평섬[平石]*으로 2섬 12말이 나왔다. 감관은 오지 않았고 다만 사령을 시켜 와서 보게 했다. 곧바로 실어 보내 바쳤다.

....

* 평섬[平石]: 평섬은 1섬이 15말, 전섬[全石]은 1섬이 20말이다.

남고성[남상문(南尙文)]의 사내종 덕룡(德龍)이 한양에서 내려와 어머니께 문안했다. 호수(湖叟, 남상문)와 누이의 편지를 펴 보니, 아무 탈 없이 잘 있다고 했다. 지난 8월에 온 집안이 해양(海陽)에서 광주 농토로 갔다고 한다. 몹시 위로가 되고 기쁘다. 호수가 절구(絶句)를 지어 보냈다.

◎ ― 11월 8일

눌은비와 품팔이꾼 등 모두 4명을 시켜 어제 다 거두지 못한 벼 39뭇을 거두어들이게 했다. 환자 3섬 10말을 바치기 위해 준비해 둔 것인데, 나머지가 10말에 지나지 않는다.

조문화 백순이 편지를 보내 나를 불러 내일 이야기를 나누자고 했다. 즉시 답장을 써서 보냈다.

◎ ― 11월 9일

한복이 약속대로 마을 사람 5, 6명을 모아 연지의 물을 빼고 물고기를 잡았다. 붕어는 큰 것부터 작은 것까지 모두 30, 40마리를, 검은 잉어는 크고 작은 것 50, 60마리를 잡았다. 나는 붕어를 차지했는데, 그 가운데 큰 것 20여 마리만 택하고 나머지는 사람들에게 나누어 주었다. 군수가 소식을 듣고 사람을 보내 남생이를 구해 오게 했기에, 남생이 10갑과 작은 붕어 16마리를 구해 보냈다.

오후에 조문화가 오라고 한 곳에 가서 흠씬 술에 취한 채 저녁 무렵에 집으로 돌아왔다. 참석한 사람은 조욱륜, 조의, 조응린, 조희열(趙希說), 이응길, 소지, 문화의 숙부와 그 삼형제였다. 담제(譚祭)*를 지낸 뒤에 그 집안 친척들을 불러 모아 이야기를 나누는 자리였는데, 나도 부른 것이다.

◎ ― 11월 10일

이른 아침 좌수 조군빙이 편지를 보내 나를 부르기에 즉시 달려갔다. 시사[時祀, 시제(時祭)]를 지낸 뒤에 그 집안 친척들을 모아 놓고 술자리를 베풀었는데, 내가 가까운 곳에 머물기 때문에 또 부른 것이다. 생원 홍사고가 마침 지나가다가 들어와서 참석했다.

백순의 사내종 가운데 피리를 부는 자가 있고 백익의 계집종 가운데 가야금을 타는 자가 있어서 가야금과 피리를 아울러 연주했다. 난리 이후로 지금 비로소 음악을 들으니, 또한 서글픈 마음이 들었다. 저녁 무렵에 몹시 술에 취하고 배가 불러서 홍공과 함께 나란히 말을 타고 집으로 돌아왔다.

환자로 거친 벼 2섬 7말 5되와 정조 7말 5되를 사창에 바쳤다. 이제 모수(耗數, 축이 나서 줄어든 수량) 외에는 다 바쳤다. 류선각이 거친 벼 15말과 정조 2말을 보내 공채(公債)*를 바치는 데 도움을 주었다. 매우 감사하다.

....
* 담제(禫祭): 대상(大祥, 사람이 죽은 지 두 돌 만에 지내는 제사)을 지낸 뒤 두 달이 되는 날에 거행하는 상례이다. 초상으로부터 27개월째에 해당하는 달에 지내는데, 이때 평상복으로 갈아입는다.
* 공채(公債): 백성이 나라에 진 빚이다. 대개 환자를 갚지 못한 경우에 진다.

◎ ─ 11월 11일

전에 조윤공 아들의 장인이 매를 구하는 일로 평강에 간 적이 있었다. 그 참에 이웃에 사는 조응개의 청으로 편지를 써서 보냈더니, 그 사람이 평강(오윤겸)에게 편지를 전하여 좋은 매 1련(連)을 얻었다. 평강(오윤겸)이 그 사람 팔에 얹어 내게 매를 보냈고, 또 날꿩 2마리와 곰고기 포 10조도 보냈다.

평강(오윤겸)의 편지를 펴 보니, 잘 지내고 있는데 다만 명나라 장수가 근래 고을에 온다는 선문이 왔기 때문에 뵐 기약이 점점 멀어진다고 했다. 탄식한들 어찌하겠는가. 또 이 매는 아주 좋은 것이니 다른 사람에게 쉽게 주지 말라고 했다. 그런데 이 사람이 편지를 가져와서 즉시 통보하지 않았을 뿐만 아니라 그 매를 자기가 갖기 위해 와서 이유를 고하지도 않고 회피하면서 나타나지 않는다. 몹시 괘씸하다. 그러나 평강(오윤겸)의 일처리도 허술하다고 할 만하다. 이처럼 다른 사람에게 전하게 하면서 어찌 경솔하게 곧장 매를 내주어 보낸다는 말인가. 몹시 이상한 일이다. 만약 저 사람이 끝내 돌려주지 않는다면, 응당 관아의 힘을 빌려 찾아올 작정이다.

◎ ─ 11월 12일

밥을 먹은 뒤 별좌 이덕후에게 가서 보고 조용히 이야기를 나누었다. 이덕후가 내게 저녁밥을 대접했다. 날이 저물어 집으로 돌아오면서 뒷날을 기약했다. 사내종을 보내 환자를 가져가라고 했다.

◎ ― 11월 13일

덕노와 한복을 시켜 연지 가의 마른 소나무 가지 하나를 베어 와서 땔나무로 쓰게 했다. 먼저 군수에게 편지를 써서 아뢴 뒤에 베게 했다. 관청의 땅이기 때문에 하인들이 참소(讒訴)할까 걱정되었기 때문이다.

◎ ― 11월 14일

이른 아침에 조자가 찾아와서 오죽장(烏竹杖, 오죽으로 만든 지팡이) 1매를 주었다. 이전에 구했기 때문에 얻었다가 준 것이다.

◎ ― 11월 15일

사내종과 말을 별좌 이덕후의 집에 보냈다. 이덕후가 정조 15말, 찰벼 2말, 팥 1말, 새로 담근 새우젓 1사발을 보냈다. 전날 약속했기 때문이다. 저녁에 함열에서 사람이 왔다. 딸이 공태(貢太) 1말, 흑태(黑太) 4되, 젓갈에 절인 무 1항아리, 날꿩 1마리, 메밀가루 4말과 만두소를 보냈다. 만두를 만들게 해서 어머니께 드렸다.

평강(오윤겸)의 사내종 갯지가 와서 5새 무명 반 필, 참깨 1말, 들깨 2말을 바쳤다. 바로 지난여름에 그의 아우 감동이 우리 집의 9새 무명 40척을 훔쳐다가 썼는데, 감동이 이것을 마련해서 바칠 길이 없으므로 그 아비와 형이 마련해서 온 것이다. 그러나 아직 채우지 못한 것은 뒤에 더 마련해서 오겠다고 했다.

◎ ― 11월 16일

일찍 밥을 먹고 갯지와 덕노를 데리고 홍산에 가서 사창에서 현감을 만나 옛이야기를 나누며 시간을 보냈다. 내게 술 석 잔을 대접했고 이어서 현감과 함께 저녁밥을 먹었다. 현감이 먼저 돌아갔고, 나도 따라와서 객사 낭청방에서 잤다. 다만 구들장이 식어서 밤새 편히 잘 수 없었다.

◎ ─ 11월 17일

일찍 아헌으로 나갔는데, 정자 류도(柳塗)*가 먼저 와 있었다. 조금 있다가 현감도 나와서 함께 아침밥을 먹었다. 현감이 내게 벼 1섬, 쌀 1말, 태(太) 2말, 메밀 2말, 두(豆) 5되, 찹쌀 5되, 누룩 1덩어리를 주었다. 현감은 먼저 사창으로 나가서 환자를 받았기에, 내가 오면서 또 들어가서 보았다. 날이 추워서 술을 달라고 해서 석 잔을 마시고 말을 타고 달려왔다. 갓지는 제집으로 돌려보내고 나는 홀로 덕노에게 벼를 짊어지게 해서 집에 도착하니, 날이 이미 저물었다.

윤해가 어제저녁에 진위의 집에서 와서 보았다. 1년 동안 못 보다가 이제 만났으니, 기쁘고 위로됨을 어찌 다 말로 하겠는가.

한산에 사는 봉사 정봉(鄭奉)이 매를 가지고 왔다. 소지가 마침 왔기에, 곧바로 팔에 앉힌 매를 날려 보냈더니 장끼 1마리를 잡아서 돌아왔다. 기쁘다.

◎ ─ 11월 18일

정봉이 처음에 매 값을 쌀 30말로 정하려고 했다. 내가 40말을 받

....

*   류도(柳塗): 1563~?. 1591년 별시 문과에 급제했다.

으려고 하자 값이 비싸다고 화를 내며 버리고 돌아갔다. 매 방울도 모두 거두어 갔기에 오늘 매를 날려 보내려고 해도 방울이 없어서 날릴 수 없었다. 정봉이 불순한 말을 많이 했으니, 매우 괘씸하고 얄밉다. 매는 소지가 가지고 갔다. 훈도 조의가 찾아왔다.

◎ ― 11월 19일

오늘 근처에 모여서 매를 날리기로 어제 소지와 약속을 했다. 세 아들과 함께 수산도(水山島)에 올라가 기다렸는데 소지가 오지 않았다. 매우 괘씸하다. 김자정의 사내종이 답장을 받아 오늘 비로소 예산으로 돌아갔다. 석이와 느타리버섯을 조금 싸서 보냈다.

◎ ― 11월 20일

소지가 사람을 통해 편지를 보내, 어제는 매의 궤가 없어서 올 수 없었다고 하며 꿩 1마리만 보냈다. 내일 제사 때 쓰려고 한다. 어머니께서 지난달부터 담천(痰喘, 가래가 끓어서 숨이 참)이 몹시 심해져 밤새 쉬지 않고 기침을 하신다. 이 때문에 식사량이 크게 줄고 얼굴빛이 수척해졌다. 몹시 걱정스럽다.

어제 덕노를 함열로 보냈는데 오늘 오지 않으니 무슨 까닭인가. 내일이 바로 함열 현감의 생일이기에 집사람이 떡을 만들어 덕노에게 지워 보냈다. 오늘 마땅히 와야 하는데 오지 않았으니, 분명 나루까지 와서 미처 건너지 못하고 묵는 것이리라.

◎ ─ 11월 21일

소지가 매를 가지고 왔기에 그와 함께 매를 풀어 놓았다. 그런데 마침 바람이 어지럽게 불어 한 번 날았지만 아무것도 잡아 오지 못했다. 안타깝다. 한림 조백익과 좌수 조응립이 벼 1섬씩을 보내왔다. 고맙기 그지없다. 덕노가 오늘도 오지 않았다. 참으로 괴이하다.

◎ ─ 11월 22일

동지이다. 절일(節日)이기에 잠시 시제를 지내고 죽전 숙부께도 제사를 지냈다. 훈도 조의를 불러 술과 팥죽을 대접해서 보냈다. 제수를 얻기 위해 덕노를 함열로 보냈는데 오지 않았다. 그래서 제수를 갖추지 못하고 두 가지 어육탕과 구이, 면, 떡, 포, 젓갈만으로 제사를 지냈다.

밥을 먹은 뒤에 김포 조백공 삼형제와 좌수 조군빙 형제가 와서 보았다. 나를 끌고 나란히 말을 타고 보광사에 가서 두부를 만들고 매를 날리며 같이 자면서 밤까지 이야기를 나누었다. 별좌 이문중(李文仲, 이덕후) 형제도 먼저 와 있었는데, 일찍이 약속했기 때문이다. 각자 술과 과일을 가지고 왔다. 두부를 먹은 뒤에 술자리를 마련하여 각자 술에 흠뻑 취하고 배부르게 먹었다. 이 절의 중이 또 과일과 탁주를 내왔다. 모두 15명인데, 생원 홍사고와 부장 이세호(李世豪)와 윤해도 참석했다.

저녁에 덕노가 돌아왔다. 함열에 일이 있어서 곧바로 첩으로 써서 내주지 못했기 때문에 이제야 온 것이다. 밀랍 값으로 거친 쌀 10말을 얻었다. 또 따로 찹쌀 1말, 메밀 5되, 조기 2뭇, 말린 민어 1마리, 뱅어젓 5되, 새우젓 5되, 팥 5되를 보냈다.

지평 송인수가 사람을 시켜 팥 5되, 좋은 술 1병, 홍시 20개를 보냈다. 그 후의에 고맙기 그지없다. 마침 내가 없어서 사례하지 못했는데, 윤함이 답장을 써서 보냈다. 예전에 양산의 집에 맡겨 두었던 벼 1섬을 덕노가 또 실어 왔다.

◎ ─ 11월 23일

이른 아침에 또 연포탕을 끓여 작은 술자리를 마련하고 느지막이 각자 흩어졌다. 나는 윤해와 함께 뒤떨어져서 돌아왔다.

저녁에 함열에서 사람이 왔는데, 독한 술 2병, 찰떡 1상자, 여러 가지 어육구이 1상자를 보내왔다. 그저께가 바로 함열 현감의 생일이었기 때문에 마련해서 보낸 것이다. 마침 최인복이 찾아왔기에 즉시 큰 잔으로 술 넉 잔을 대접해서 보냈다. 들으니, 그저께 바람 때문에 함열의 응련(鷹連)*을 놓쳐 버렸다고 한다. 그래서 이곳 매를 다른 곳에 팔지 말고 사람의 팔에 올려 보내 달라고 했다.

◎ ─ 11월 24일

아침에 함열 사람을 소지에게 보내 매를 가져와서 함열로 보냈다. 밥을 먹은 뒤에 관아에 들어갔다. 감관 임붕과 신몽겸을 보고 지난해의 환자 장부를 살펴본 뒤, 또 묵은 정조(正租) 10말의 몫으로 본정미(本正米) 3말 3되를 바쳤다. 바로 지난여름에 빌려 먹은 것이어서 벼를 찧어

....

* 응련(鷹連): 매이다.《성호사설(星湖僿說)》에 "지금 세속에는 매를 반드시 응련(鷹連)이라고 한다. 어떤 사람은 '매라는 새는 하나가 혹 병들어 죽으면 뭇 매가 잇따라 죽어 한 시렁이 모두 비워지게 되는 까닭에 응련이라고 일컫는다.'라고 했다."고 한다.《국역 성호사설》제5권 〈응련〉.

바친 것이다. 군수가 병 때문에 앉아 있을 수가 없어 신몽겸과 임붕 두 감관이 받았다.

윤해와 윤함이 제 누이를 보려고 함열에 갔다. 다만 늦게 떠나서 나루를 건널 때 날이 저물지나 않았을까 걱정스럽다.

◎ ─ 11월 25일

꼭두새벽에 집사람과 아무 상관도 없는 일을 말하다가 서로 따져 가며 한참 말싸움을 했다. 매우 우스운 일이다. 좌수 조응립이 와서 보았다.

◎ ─ 11월 26일

영암의 진사 임경흠이 한양에 가다가 들러서 뜻밖에 서로 만나니, 매우 기쁘고 위로가 되었다. 찹쌀 1말 4되, 말린 숭어, 은색 납자루[銀鰤魚], 게젓 등을 어머니께 올렸다. 또 정목 1필을 두 딸에게 주었다. 내 귀마개가 다 떨어져 털이 지저분한 것을 보고 임경흠이 예전에 쓰던 귀마개를 나에게 주었다. 매우 기쁘다.

◎ ─ 11월 27일

군수가 임경흠이 여기에 왔다는 말을 듣고 사람을 시켜 안부를 물었다. 한림 조백익이 와서 임경흠을 보았다. 조백익, 임경흠과 함께 관아로 들어가 군수를 만나려고 했는데, 군수가 병이 나 나오지 않았기 때문에 만나지 못하고 그냥 돌아왔다. 안타깝다. 올 때 생원 홍사고의 첩 집에 들어갔다. 억지로 그 첩을 나오게 해서 보고 이야기를 나눈 뒤 돌아왔다. 홍생원의 첩은 바로 공주의 기녀인데, 마침 홍생원이 집에 없었다. 저물녘에 집사람이 만두를 만들어 임경흠을 대접했다. 집에 찬거리가 없어서 닭을 잡아 썼다.

덕노가 함열에서 왔다. 함열에서 따로 벼 3섬을 보냈는데, 짐이 무거워서 2섬은 실어 오고 1섬은 양산의 집에 맡겨 두었단다. 다만 들으니, 내 매를 가져다가 이튿날 날리자 공중에서 꿩 1마리를 잡기에 또 날렸더니 공중에서 꿩을 잡다가 땅에 떨어져 꺾여서 즉사했다고 한다. 안타까운 마음을 가눌 수 없다. 이같이 재주 있는 매는 앞으로 또 얻기 어려울 것이다. 일찍이 좌수 조응립과 약속하고 매를 무명 2필과 쌀 40말로 바꾸었는데, 함열에서 매를 잃었다는 말을 듣고 사람을 시켜 가져가려고 했다. 그래서 어쩔 수 없이 물려 보냈다. 하루도 안 되어 매가 죽었으니 더욱 안타깝다. 듣건대, 함열이 매를 잃고 다시 얻었다고 하니 기쁜 일이다. 정어리 6두름을 또 얻어 왔다.

◎ ― 11월 28일

임경흠이 홍산으로 떠났다. 홍산 현감에게 노자를 얻어서 한양에 가기 위해서이다. 윤해 형제가 함열에서 늦게 떠나 남당진에 이르렀는데, 배가 없어 바로 건너지 못했다. 날이 저물어서야 겨우 건너 집에 도착하니 이미 한밤중이었다. 그편에 들으니, 함열 현감이 한양에 가는데, 내일 출발해서 이곳에 와서 잔다고 한다.

◎ ― 11월 29일

생원(오윤해)이 임경흠을 만나려고 홍산으로 떠났다. 오후에 한림 김자정이 어머니를 뵙기 위해 왔다. 상을 당한 뒤로 이제야 비로소 만났으니, 서로 애통한 마음을 가눌 수가 없다. 함께 자면서 밤새 죽은 누이와 두 아이들의 일을 이야기하니, 더욱 슬프기 그지없다.

저녁에 함열 현감이 와서 모두 한방에 모여 이야기를 나누었다. 저녁밥을 먹은 뒤에 윤함과 함께 이웃집에 가서 잤다. 저물녘에 진사 이중영이 와서 함열 현감을 보았다. 나와 자정도 나가서 만나 보고 밤이 깊어서야 돌아왔다. 또 낮에 안사눌(安士訥) 부자가 당진(唐津)에서 이곳을 지나다가 들렀다. 칼제비를 만들어 대접하고 큰 잔으로 술 석 잔을 먹여 보냈다.

◎ ─ 11월 30일

이른 아침에 함열 현감이 한양에 가기 위해 정산을 향해 출발했다. 덕노에게 말을 가지고 홍산에 가게 했다. 임경흠이 얻은 물건을 실어 오려는 것이다.

12월 작은달 -7일 소한(小寒), 21일 납향(臘享), 22일 대한(大寒) -

◎ — 12월 1일

소지가 와서 보았다. 그에게 들으니, 내가 지난해에 받은 환자를 다른 사람 이름으로 잘못 바쳤기 때문에 지금 바치라는 독촉을 받았다고 한다. 어쩔 수 없이 소지와 함께 들어가서 감관과 색리를 만나 본래 장부를 살펴본 뒤에 돌아왔다. 소지에게 술 두 잔을 대접해서 보냈다.

진사 이중영이 찾아와 자정과 함께 종일 이야기를 나누고 저물녘에야 돌아갔다. 달리 대접할 것이 없어서 율무죽 한 보시기를 대접해서 보냈다. 또 자옥[조우(趙瑀)]의 사위 이유(李揄)가 와서 보았다. 자옥의 편지를 전했는데, 아무 일도 없다고 하니 위로가 되었다. 그편에 들으니, 율연의 둘째 딸을 혼인시켰다고 한다. 율연 부부가 모두 죽어서 목천 조영연이 혼인을 주관했다고 한다. 매우 불쌍하다.

저녁에 덕노가 돌아왔다. 임경흠이 얻은 직(稷) 1섬, 백미 2말, 두(豆) 1말, 소금 1말, 간장 5되, 피목(皮木) 3말을 어머니께 보냈다. 영암의 임급(林汲)이 들러서 보고 돌아갔다. 그는 바로 임경흠의 서얼 숙부로, 지난달에 한양에 갔다가 이제야 돌아오는 길이다.

◎ ─ 12월 2일

종일 자정 및 두 아들과 이야기를 나누었다. 오충일(吳忠一)이 와서 보았다.

◎ ─ 12월 3일

자정이 돌아가고자 하는 것을 억지로 붙잡아 머물게 했다. 아침밥을 먹자마자 평강(오윤겸)이 왔다. 한방에 모여 앉으니 매우 기쁘고 위로가 되었다. 일가가 다 모였는데 함열에 사는 딸만 없으니 안타깝다.

다만 오는 13일로 별시(別試) 날짜가 정해졌다는 말을 들었기 때문에 부득이 윤해와 윤함이 제 형과 함께 6일에 한양에 가서 과거를 보고자 하니, 억지로 말릴 수가 없다. 매우 안타깝다.

◎ ─ 12월 4일

저녁 내내 날이 흐리더니 비가 쏟아졌다. 자정이 이 때문에 돌아가려다가 떠나지 못하고 그대로 종일 머물렀다. 한방에 모여 이야기를 나누니, 매우 다행스런 일이다. 신몽겸이 와서 보았다.

◎ ─ 12월 5일

자정이 예산으로 돌아갔다. 평강(오윤겸)이 관아에 들어가 군수를 보고 돌아왔다. 또 사람을 시켜 이별좌에게 편지를 보냈는데, 이별좌가 생문어 1조와 생은어 20마리를 보내왔다. 평강(오윤겸)이 가져온 물건을 아는 사람들에게 나누어 주었다. 여전히 주지 못한 곳이 많은데 집에 있는 것도 다 떨어졌다. 일가가 다 모였는데, 큰딸과 아우만 없다. 몹시 안타깝지만 어찌하겠는가.

◎ ─ 12월 6일

평강(오윤겸)이 오늘 돌아가려고 했는데 갑자기 떠나지 못했다. 내일은 반드시 떠날 것이다. 별좌 이문중이 술과 과일을 가지고 평강(오윤겸)을 찾아왔다. 류선각도 와서 종일 이야기를 나누었다. 오후에 봉사 김백온이 와서 평강(오윤겸)을 보았다. 저녁밥을 대접했고, 또 술을 마시며 꿩고기를 먹었다.

소지가 와서 보기에 그에게 아이들의 명지(名紙, 과거 시험에 쓰는 종이)를 자르게 했다. 명지 10폭은 함열에서 얻었고 2장은 여기 군수에게 구했으니, 모두 평강(오윤겸)의 노력이다. 이문중이 평강(오윤겸)에게 새로 담은 새우젓 1항아리를 주었다. 함열에 사는 딸이 사람을 시켜 오라비들의 안부를 물었는데, 와서 보지는 못하니 안타깝다. 하지만 형편이 그런 걸 어찌하겠는가.

◎ ─ 12월 7일

날이 밝기 전에 세 아이가 밥을 먹고 한양을 향해 길을 떠났다. 동시에 모두 함께 떠나니, 슬픈 눈물이 하염없이 흐른다. 윤함은 그길로 황해도에 가면서 내년에 만나기로 기약했다. 하지만 이러한 때에는 양쪽의 소식 또한 듣기 어려우리니, 더욱 슬프고 안타깝다. 꼭두새벽에 바람이 불고 눈이 내렸는데 아침에도 여전히 날이 흐리다. 길은 멀고 옷은 얇으니 어떻게 도착할지 몹시 걱정스럽다.

성민복이 아이들을 찾아왔는데 이미 떠난 뒤여서 만나지 못했다. 종일 거센 바람이 불고 때때로 눈이 내렸다. 이운(李運)과 그의 아버지가 남쪽 고을로 돌아가는 길에 들렀기에 밥을 대접해서 보냈다. 그는 바로 목천 조영연의 매부로, 내게는 사촌 동서가 된다. 저녁에 남궁로(南宮櫓)가 여기에 들러서 잤다. 그는 바로 남궁지평[南宮砥平, 남궁개(南宮愷)] 동장(洞丈)의 손자로 한양에 있을 때 한마을에서 담장 너머에 살았는데, 지금은 함열에 와서 지내고 있다. 저녁밥을 대접하고 마초도 주었다.

◎ — 12월 8일

일찍 이광춘을 불러 메밀가루로 만든 칼제비를 대접하고 소주 한 잔을 마시게 하여 보냈다. 그저께 소지가 암탉과 수탉을 빌려 갔는데, 내년에 새끼를 까면 나누어 쓸 생각이다. 밤에 눈이 내렸다. 어머니께서 요새 고뿔을 앓으시는데 기침이 그치지 않는다. 매우 답답하고 걱정스럽다.

◎ — 12월 9일

둔답의 벼 40뭇을 쌓아 두었다가 설을 쇤 뒤에 쓰려고 했다. 그런데 쥐떼가 모여 날마다 끊임없이 갉아먹어서 어쩔 수 없이 눌은비 및 그 어미와 오라비를 시켜 거두게 했더니, 33말이다. 13뭇은 거두지 못했다.

봉사 김백온이 이제 비로소 돌아왔는데, 들러서 보고 갔다. 사간(司諫) 변응호(邊應虎)도 지나다가 찾아왔기에 저녁밥을 대접해서 보냈다.

◎ ─ 12월 10일

밤에 눈이 많이 내려 3, 4치[寸]나 쌓였다. 집사람이 어젯밤에 오한이 심하여 몸을 떨면서 앓더니 새벽이 되어서는 신음했다. 학질 증상 같은데 분명하지는 않다. 오늘 밤에도 어제처럼 앓는다면 필시 학질일 것이니, 매우 답답하고 걱정스럽다.

눌은비 모녀를 시켜 어제 못다 거둔 벼 15말을 거두게 했다. 어제 거둔 것과 합하면 전섬 2섬 7말이다. 오후에 함열에 사는 딸이 사람과 말을 보내 나를 불렀다. 즉시 말을 타고 달려 함열현에 도착하니 날이 이미 어두워졌다. 딸과 이야기를 하다가 밤이 깊어 신방으로 나와 잤다.

◎ ─ 12월 11일

듣자니, 교외에서 진법을 연습하는데 전 영광 군수 남궁견이 장수 노릇을 한다고 한다. 김백온, 안민중(安敏仲)과 같이 가서 보고 돌아왔다. 저녁에 안민중이 지내는 곳에 가서 백온을 불러다가 이야기를 나누었다. 민중의 사내종 산이가 좋은 술을 올리고 또 벽어(碧魚)를 구워 바쳤다. 나도 딸에게 술과 안주를 구했는데, 독한 술 1병과 마른안주 1상자, 정어리탕 1그릇을 차려 보냈다. 모두 다 흠뻑 취해서 함께 노래를 부르다가 한밤중이 지나서야 파하고 돌아왔다. 백온이 장차 먼 곳에 가기 때문에 전별한 것이다.

◎ — 12월 12일

김백온과 안민중이 교외에서 활을 쏘면서 사람과 말을 보내 나를 불렀다. 곧장 말을 타고 달려가서 이야기를 나누었다. 남궁해(南宮楷)*도 왔는데, 그는 인천(仁川) 김서(金緖) 공의 형의 사위로 내 칠촌 친척이다. 한양에 있을 때에는 얼굴을 알지 못하다가 이제 비로소 만난 것이다.

저녁 무렵에 관아로 돌아오니 한복이 임천 집에서 왔다. 그편에 들으니, 집사람이 예전처럼 학질을 앓는다고 한다. 매우 걱정스럽다. 막정도 며칠 전부터 병세가 몹시 위중해서 음식을 먹지 않는다고 하니, 분명 오래지 않아 죽을 것이다. 매우 불쌍하다. 덕노가 말미를 얻어 멀리 갔으니, 만약 가까운 날에 죽는다면 집에 일꾼이 하나도 없어서 염하고 묻는 일을 시킬 만한 사람이 없다. 몹시 걱정스럽다.

◎ — 12월 13일

지난밤에 큰 눈이 내려 거의 반 자나 쌓였는데, 아침에도 오히려 그치지 않다가 느지막이 그쳤다. 종일 딸과 이야기를 나누었다. 앞서 올 때 5새 무명 2필을 가지고 왔는데, 오늘 자방(신응구)의 사내종 언수(彦守)를 시켜 장에 팔게 하여 거친 쌀 31말을 가져와 양산의 집에 맡겨 두었다. 바로 뒤에 실어 가서 내년 봄에 쌀이 귀할 때 다시 무명을 사서 쓰려고 한다.

저녁에 김백온이 와서 보고 같이 잤다. 자방(신응구)의 사위 김랑

....

* 남궁해(南宮楷): 1566~?. 1606년 증광시 문과에 급제했다.

(金郎)이 술 1병을 가지고 와서 3명이 둘러앉아 마셨다.

◎ ― 12월 14일

한복을 도로 임천으로 보내면서 모레 돌아오도록 일렀다. 나는 오늘 돌아가려고 했는데, 김백온, 안민중과 함께 내일 임해사(臨海寺)*에서 두부를 만들어 먹기로 약속했기 때문에 우선 머무는 것이다. 저녁에 김백온과 함께 임해사에 올라 방장(方丈, 주지가 거처하는 방)에서 같이 잤다. 그런데 안민중이 약속을 어기고 오지 않았으니, 매우 이상하다.

◎ ― 12월 15일

이른 아침에 민중이 와서 어제 처족이 붙잡아서 오지 못했다고 했다. 김취백(金就伯)과 박장원(朴長元)이 뒤따라왔다. 또 옥과(玉果) 홍요좌(洪堯佐)*의 동생 홍요보를 불러서 모두 선방에 모여 함께 연포탕을 먹었다.

백온과 민중이 먼저 일어나서 품관 최극검(崔克儉)의 집에 갔다. 최극검의 집에 술이 있다고 들었기 때문이다. 김랑은 또 박장원과 함께 산 밑에서 매를 날렸다. 나는 홀로 고개를 넘어 돌아왔다. 임천 집에서 온 편지를 보니, 어머니께 편치 않은 조짐이 있다고 한다. 내일 한복이 오기를 기다렸다가 즉시 돌아갈 생각이다.

들으니, 별시를 뒤로 물러 행하기로 했기 때문에 한양에 간 과거시

....

* 　임해사(臨海寺): 전라도 함열현 소방봉(所方峯)에 있었다.《국역 신증동국여지승람》제34권 〈전라도 함열현 불우〉.
* 　홍요좌(洪堯佐): 1556~?. 옥과 현감, 함흥부 판관 등을 지냈다.

험 응시자들이 도로 내려온다고 한다. 평강(오윤겸)이 이 때문에 두 아우를 데리고 급히 올라갔는데, 이제 내년으로 물러 행한다고 하니 매우 안타깝다.

저녁에 김랑과 함께 걸어서 안민중이 지내는 집에 갔다. 김백온을 불러 꿩을 구워 같이 먹었다. 민중의 사내종 산이에게 술을 가져오게 하여 각자 석 잔씩 마신 뒤 파하고 헤어지니 밤이 깊었다. 꿩은 김랑이 매를 날려서 잡은 것으로, 1마리를 가지고 왔다.

◎ ─ 12월 16일

관아의 사내종 춘복이 말을 끌고 태인 김랑의 친가로 갔다. 그런데 그 말이 분명 빈 채로 돌아올 것이기에 동생을 데리고 오도록 했다. 동생에게 편지를 다시 써서 보내고 전에 보내지 못한 물건도 보냈다.

오후에 임천 집에서 대순을 시켜 편지를 보내왔는데, 어젯밤 초경(初更, 19~21시)에 막정이 죽었다고 한다. 애통하기 그지없다. 즉시 출발해서 말을 타고 달려 남당진에 이르렀다. 마침 만조였기 때문에 쉽게 건널 수 있어서 집에 도착하니, 날이 아직 저물지 않았다. 어머니도 요새 감기에 걸려 기침이 몹시 심한데, 식사량이 크게 줄어 낯빛이 수척해졌다. 몹시 답답하다.

◎ ─ 12월 17일

허찬에게 한복을 데리고 말 2마리를 빌려 정목 반 필과 거친 쌀 3말을 가지고 서면(西面)에 가서 관을 사 오게 했다. 또 덕노를 시켜 벼 2말을 가지고 대장장이에게 가서 관에 쓸 못을 사 오게 했다. 내일 정노를 매장하려는데, 종일 바람이 불고 눈이 내렸다. 만약 내일 새벽에 날이 개지 않고 몹시 추우면 옷이 얇아서 품을 빌린 사람이 분명 오려고 하지 않을 것이니, 장사를 지내지 못할까 걱정스럽다.

◎ ― 12월 18일

지난밤에 큰 눈이 내렸는데, 거의 반 자 정도 쌓여 산천이 모두 하얗다. 꼭두새벽에 비로소 날이 개기 시작했고 아침에는 완전히 개었다. 덕노와 한복, 그리고 또 이웃에서 품을 빌린 사람 등 3명에게 집 앞 수산도 남쪽 가 양지 바른 곳에 막정의 시신을 매장하게 했다. 또 허찬에게 가서 보게 했다.

막정은 본래 평양에 살았는데, 14세에 붙잡아 와서 심부름을 시킨 지 이제 37년이 되었다. 여러 곳의 노비들에게 해마다 목화 번동[反同]*을 하고 자식들의 혼인 때 남에게 요청하거나 빌리는 일 등을 도맡아 했다. 그런데 조금도 지체하거나 기만하여 제때 미치지 못하는 걱정이 없었으니, 나와 처자식이 난리 속에 피난하면서도 의지하여 일을 맡겼다. 그러나 지난해 이후로 명령을 따르지 않고 조금이라도 흡족하지 않으면 번번이 도망갈 생각을 하더니, 올해 들어 더욱 심했다. 마침 그의 처 분개가 도망간 뒤로는 상전을 원망하며 더욱 집안일을 살피지 않고 명을 따르지 않았다. 말에게 꼴을 먹이는 일도 전혀 살피지 않은 채 양식을 보자기에 싸서 자리 옆에 두고 달아날 생각을 한 것이 하루 이틀이 아니었는데, 병에 걸려 걸을 수 없었기 때문에 일단 여기에 머물렀

* 번동[反同]: 다른 물건끼리 값을 쳐서 셈을 따지는 일을 말한다.

던 것이다. 집안 식구들도 오래 있지 않으리라 생각하고 내버려두었는데, 열흘 전부터 병세가 몹시 위중해져서 마침내 죽기에 이르렀으니 매우 불쌍하다.

근래 막정이 한 짓을 보면 죽어도 아까울 것은 없지만, 이전에 애쓴 일이 매우 많고 타향에서 객사했으니 애통함을 금치 못하겠다. 관을 준비해서 묻어 주고 술과 과일을 차려 제사 지내 주었다.

지난 계사년(1593, 선조 26) 가을에 계집종 동을비(冬乙非)가 여기에서 죽었고 갑오년(1594) 겨울에 계집종 열금(說今)도 여기에서 죽었는데, 올해 막정이 또 여기에서 죽었다. 3년 사이에 몇 년 동안 집안에서 심부름하던 늙은 노비들이 모두 여기에서 죽어 묻혔으니, 더욱 슬프고 한탄스럽다. 그런데 열금의 죽음이 지난해 12월 15일 꼭두새벽이었는데 막정의 죽음 또한 올해 12월 15일 초경이니, 매우 괴이한 일이다.

분개가 근본을 어지럽히고 몰래 송노를 꾀어 데리고 도망을 갔으니, 막정이 이 때문에 마음을 쓰다가 병이 나서 죽은 것이다. 한 계집종이 집안을 어지럽혀 의지하던 두 사내종 중에 하나는 도망가고 하나는 죽어서 집안에 부릴 놈이 없으니, 뼈에 사무치도록 분개가 더욱 괘씸하다.

◎ — 12월 19일

저녁내 눈이 내렸는데 땅에 떨어지자마자 녹아서 길이 진흙투성이이다. 언명이 오늘 출발한다면 반드시 고생하리라. 심히 걱정스럽다.

요새 덕노가 집에 없고 집안에 일이 있으며 또 계속 눈이 내리는데 땔감은 떨어진 지 이미 오래여서 간신히 땔감을 주워다가 아침저녁밥을 지었다. 어머니께서 오랫동안 감기를 앓고 계신데도 따뜻한 구들방에서 땀을 내지 못하신다. 몹시 답답하다.

◎ ─ 12월 20일

지난밤에 큰 눈이 내려 1자나 쌓였다. 어머니의 기운은 전에 비해 조금 나아진 것 같다. 다만 드시는 것은 이전만 못하시니 매우 답답하다. 땔감이 없어서 방을 따뜻하게 할 수 없으니, 더욱 답답할 노릇이다.

◎ ─ 12월 21일

오늘 밤 추위가 몹시 심한데 구들장도 몹시 차가워 편안히 잘 수가 없다. 어머니께서도 이 때문에 기침이 전보다 더 심하다. 몹시 답답하다. 저녁에 언명이 왔다. 그제 눈이 내려서 출발하지 않으려다가 어머니께서 편치 않으시다는 말을 듣고 눈길을 뚫고 말을 타고 달려왔다고 한다. 서로 만나니 기쁘고 위로가 됨을 어찌 말로 다하겠는가. 어머니가 주무시는 방에 모두 모여 밤이 깊도록 이야기를 나누었다.

향비를 관아에 보내 군수에게 편지를 전하게 해서 새우젓과 술을 구했는데, 새로 담근 새우젓 3되와 누룩 2덩어리를 보내 주어 설에 쓸 술을 담갔다. 매우 감사하다. 군수 부인이 또 연어알 1종지를 보냈기에 즉시 익혀서 어머니께 드렸다. 새로운 물품이기 때문이다. 어머니께서 또 이것으로 밥을 드셨으니, 그 기쁨을 이루 말할 수 있겠는가. 함열에 사는 딸이 또 날꿩 1마리와 벽어 5마리를 보냈다. 벽어 1마리를 즉시 구워서 어머니께 드렸다. 오늘은 바로 납일(臘日)*이다.

말똥을 주워 모으게 했다. 전에 듣기로는 별시를 뒤로 물러 시행한다고 했는데, 오늘 다시 들으니 뒤로 물러 시행하지 않았다고 한다. 이전에 들은 말은 헛말이었다.

◎ ─ 12월 22일

대한인데 날이 그다지 춥지 않다. 오늘은 함열에 사는 딸의 생일이기에 아내가 떡을 만들어 보냈다. 저녁에 딸이 사람을 시켜 이번 달 치르게 보내 주는 쌀 10말과 벼 2섬을 보냈다. 그중 이전에 쌀 1말로 생강을 사고 벼 5말로 미역을 샀기에, 그 나머지를 모두 보내왔다.

함열의 관인이 내려올 때 평강(오윤겸)의 편지를 가져와서 전해 주었다. 또 별시 방목(榜目, 합격자 명부)을 보니, 윤겸을 비롯한 삼형제가 모두 합격했고 임경흠도 합격했다. 한집안에서 4명이 모두 한 방목에 들었으니, 이보다 더한 것이 없다. 이 지극한 기쁨을 어찌 다 말로 하겠는가. 지난 19일에 전시(殿試)*가 있었는데 그 뒤의 소식을 듣지 못했으니, 몹시 기다려진다. 상판관이 와서 보고 돌아갔다.

◎ ─ 12월 23일

아침에 향비를 보내 군수에게 편지를 전하게 해서 이웃 사람 고동(古同)의 호초(戶草)* 및 땔나무를 감해 달라고 청하니, 즉시 18결을 감하여 첩으로 써서 내주었다. 요새는 쓸 것이 있어서 걱정이 없다. 매우 기쁘다.

....

* 　납일(臘日): 민간이나 조정에서 조상이나 종묘 또는 사직에 제사를 지내던 날이다.
* 　전시(殿試): 복시(覆試)에서 선발된 사람에게 임금이 친히 치르게 하던 과거시험이다.
* 　호초(戶草): 황초(黃草)와 정초(正草)로, 볏짚을 의미한다.

별시 방목을 살펴보니, 윤겸은 3등 제13위(位), 윤함은 제21위, 윤해는 제71위이다. 윤함의 친구인 조정호(趙廷虎)*와 홍명원(洪命元)*도 모두 높은 등수인데, 홍명원은 2등 제4위이다. 양응락(梁應洛)*만 홀로 낙방했으니, 애석하고 안타깝다. 만약 아이들이 급제한다면 반드시 먼저 기쁜 조짐이 있었을 텐데, 요새 길한 꿈을 꾸지 않아서 모두 낙방했으리라고 생각했다.

이번 방목에 삼형제가 모두 합격한 것은 조숙(趙璹)의 아들인 조원범(趙元範),* 조원규(趙元規),* 조원방(趙元方)*과 우리 집 아이들뿐이다. 두 형제가 합격한 것은 심신겸(沈信謙)의 아들인 심율(沈慄),* 심이(沈怡)와 윤엄(尹儼)*의 아들인 윤민신(尹民信), 윤민경(尹民敬)과 홍애(洪磑)의 아들인 홍대성(洪大成), 홍덕성(洪德成)과 남호(南琥)*의 아들인 남이신(南以信),* 남이영(南以英)과 원필상(元弼商)의 아들인 원역(元湙), 원섭(元涉)*과 윤민신(尹民新)의 아들인 윤철(尹瞰),* 윤구(尹昫)*뿐이다.

....

* 조정호(趙廷虎): 1572~1647. 1612년 문과에 을과로 급제했다.
* 홍명원(洪命元): 1573~1623. 의주 부윤 등을 지냈다. 아버지인 홍영필(洪永弼)은 오희문과 한동네에 살았고, 임천에서 임시로 거처할 때에도 교유하였다.
* 양응락(梁應洛): 1572~1620. 1590년에 진사가 되었고, 1606년 증광 문과에서 장원을 했다.
* 조원범(趙元範): 1565~?. 1616년 증광시 문과에 급제했다.
* 조원규(趙元規): 1571~?. 1606년 식년 사마시에 입격했다.
* 조원방(趙元方): 1574~?. 1606년 식년 사마시에 입격했다.
* 심율(沈慄): 1552~?. 1590년 증광 사마시에 입격했다.
* 윤엄(尹儼): 1536~1581. 호조좌랑, 장수 현감 등을 지냈다.
* 남호(南琥): 1536~?. 1568년 증광 사마시에 입격했다.
* 남이신(南以信): 1562~1608. 1590년 증광시 문과에 급제했다.
* 원섭(元涉): 1569~?. 1600년 별시 문과에 급제했다.
* 윤철(尹瞰): 1567~?. 1595년 별시 문과에 급제했다.

이복령이 사내종과 말을 보내서 나를 불렀다. 즉시 말을 타고 달려가서 아이들의 급제에 대한 길흉을 점쳤는데, 하는 말이 모호해서 믿을 수가 없었다. 그러나 윤함의 점괘가 가장 길하다고 했다. 종일 바둑을 두다가 저녁 무렵에야 돌아왔다. 그 집에서 내게 저녁밥을 대접했다.

저녁에 덕노가 함열에서 돌아왔다. 이전에 사 둔 메밀 24말과 미역 12동을 실어 왔다. 양윤근이 또 벽어 10마리, 조기젓 5개를 보냈다. 섣 달그믐은 벌써 임박했는데 집에 반찬거리가 없어서 제사를 지내거나 어머니께 올릴 것을 마련할 길이 없고, 함열 현감도 한양에 가서 돌아오지 않고 있다. 탄식한들 어찌하겠는가.

◎ ─ 12월 25일

날이 밝기 전에 지진이 나서 집이 흔들렸다. 하늘이 재앙을 내린 것을 후회하지 않아 이변이 계속되니, 앞으로 무슨 일이 있을지 모르겠다.

들자니, 흉적에게 아직 바다를 건널 마음이 없고 2명의 명나라 사신이 적의 진영에 머물면서 마치 갇혀 있는 듯 자유롭지 못하다고 하니 그들의 간사한 꾀가 여러 가지이다. 그런데 또 들으니, 하동(河東) 사람 강사준(姜士俊)이 포로로 붙잡혀 일본에 머물러 있으면서 보낸 편지에 "내년 봄에 군사를 크게 일으켜 명나라로 가기 위해 지금 한창 군기(軍器)를 두드려 만드는데, 그 수를 헤아릴 수가 없습니다."라고 했단다. 이 때문에 인심이 놀라 동요해서 모두 피난 갈 생각만 한다.* 우리

....

*   윤구(尹昫): 1558~?. 1595년 별시 문과에 급제했다.

집안처럼 사내종도 말도 없고 또 피해서 갈 곳도 없는 사람들은 만약 하루아침에 변란이 일어나면 반드시 죽어 구렁을 메울 것이다. 비록 탄식한들 어찌하겠는가. 좋지 않은 시대에 사는 걸 한탄할 뿐이다.

◎ ─ 12월 26일

밥을 먹은 뒤에 아우 및 인아와 함께 걸어서 향교에 갔다. 훈도 조의를 찾아가 이야기를 나누고 돌아왔다. 마침 중도에 성민복을 만나 길가에 앉아서 이야기를 나누었는데, 성공이 마침 강사준의 편지를 구했다면서 내보였다. 아우와 한번 살펴보니, "내년 봄이 군사를 일으키기에 길한 해이기 때문에 한꺼번에 멀리 말을 타고 달려 대명(大明)으로 갈 것입니다."라고 했다. 그러나 그 말 가운데 사실이 아닌 것이 많아서 믿을 수가 없다.

오늘 장에 닭 3마리를 가져가 팔았다. 마리당 쌀 1말 5되씩 모두 4말 5되를 받아 그 쌀로 숯 1섬과 여러 가지 사기그릇 1죽(竹) 8립을 사서 왔다. 저녁에 함열 현감이 한양에서 내려와 여기에서 잤다. 그에게 들으니, 전시를 뒤로 물러 26일에 행했다고 한다. 무재(武才)를 그 기한에 다 끝낼 수 없었기 때문이다. 평강(오윤겸) 삼형제는 한양 광노의 집에 머물러 있다고 한다.

....
* 하동(河東) 사람······한다:《국역 선조실록》28년 10월 26일 기사에 따르면, 선조가 승정원에 하교할 때 강사준(姜士俊)이 적진 속에서 보낸 서찰에 적힌 "병신년이 길년(吉年)이므로 관백(關白)이 대병을 출동할 것이다."라는 내용을 언급하면서 비변사에 대응책을 도모하게 했다.

1월 ^{큰달}

◎ ─ 1월 1일

이른 아침 아우와 함께 신주 앞에 손수 차례를 지냈다. 이웃 사람들이 찾아왔기에 술과 안주를 대접한 후 보냈다. 이 땅에 머문 지 4년 동안 한 번도 선친의 산소에 성묘를 하지 못했다. 네 아들이 모두 슬하를 떠나 있어, 비록 아우와 함께 어머니를 모시고 과세(過歲)를 한다지만 집안에 세찬(歲饌, 설에 차리는 음식)이랄 게 없다. 겨우 제사를 지내고 남은 음식으로 온 식구가 함께 나눌 뿐이다. 그러나 지난해 설날 아침보다는 좀 나은 셈이다.

광주의 성묘는 윤해에게 하도록 했다. 평강(오윤겸)이 제수를 마련해 보낸다고 했는데, 어찌했는지 알 수가 없다. 걱정이 끊이지 않는다.

◎ ─ 1월 2일

이선춘(李先春)이 한양으로 올라간다기에 편지를 써서 윤해가 사는

곳에 전하도록 했다. 전시가 이미 끝났으니, 오늘내일 사이에 소식이
오리라. 아이들이 어찌 되었을까. 집안에 길몽이 없으니, 필시 모두 떨
어졌으리라. 한숨만 나온다.

조응립, 최정해, 백광염, 박봉성(朴鳳成)이 보러 왔다. 저녁 무렵에
함열에 사는 딸이 문안하러 보낸 사람이 왔다. 떡 1상자와 어육구이
1꾸러미를 보내왔다.

◎ ─ 1월 3일

식사 후 조백순의 집으로 갔다. 마침 조백순이 학질을 앓아서 밖으
로 나오지 못해 그냥 돌아왔다. 그는 이번 도목(都目)*에 고산 현감(高山
縣監)으로 임명되었다고 한다.

내친 김에 백공(조희식)의 집에 갔는데, 역시 부재중이었다. 또 군
빙의 집에 들렀더니, 그 역시 집에 없었다. 이에 조군빙의 큰아들 조박
(趙璞)* 및 조백익의 사위 최정해와 함께 이야기했는데, 두 사람이 술과
안주를 내어 내게 대접했다. 귀가할 때 길에서 조군빙을 만나 말을 탄
채 잠시 이야기를 나누다 돌아왔다.

귀가하자 평강의 관리가 와서 윤겸과 윤함 두 아들의 편지를 전했
는데, 26일 전시에 들어가 시험을 치르고 곧장 평강으로 갔다고 한다.
윤해는 제수를 가지고 선산에 가서 정월 초하룻날에 성묘한 뒤 수원으
로 돌아가 집에서 거처한다고 한다.

전시의 글제는 "송(宋)나라 지간원(知諫院) 범진(范鎭)*이 중서성(中

....

*   도목(都目): 관원들의 성적을 평가하여 면직 또는 승진시키던 일을 말한다.
*   조박(趙璞): 1577~1650. 무장 현감, 평안도 도사, 봉상시정 등을 지냈다.

書省) 추밀원(樞密院) 삼사(三司)로 하여금 민병(民兵)과 재리(財利)를 모두 관장해서 나라의 재정을 통제하기를 청하는 표문"이었다. 시관은 윤두수(尹斗壽),* 김명원(金命元),* 이충원(李忠元),* 오억령(吳億齡),* 심우승(沈友勝),* 한준겸(韓俊謙),* 조정(趙挺)*이었다고 한다.

평강에서 윤겸이 보낸 물건은 메밀 1말 5되, 팥 2말, 날꿩 10마리, 대구 7마리, 문어 1마리, 말린 꿩 3마리이다. 초닷새날이 제 어미의 생일이라 이 때문에 따로 사람을 시켜 보낸 것이다.

....

* 범진(范鎭): 송(宋) 나라 인종(仁宗) 때 사람이다. 간원(諫院)에 있으면서 일찍이 건저(建儲, 황제의 자리를 계승할 황태자를 정하던 일)하기를 청했는데, 면전에서 몹시 간절하게 진달하면서 눈물을 흘리기까지 했다. 인종이 말하기를, "짐은 그대의 충성을 잘 알았으니 기다리고 있으라."라고 했다. 그러자 범진이 전후로 19차례나 상소를 올리고는 1백여 일 동안 명이 내려지기를 기다렸는데, 노심초사한 탓에 수염과 눈썹이 하얗게 세었다.《송사(宋史)》권337 〈범진전(范鎭傳)〉.

* 윤두수(尹斗壽): 1533~1601. 임진왜란 때 선조를 호종하여 좌의정에 올랐다. 평양에 있을 때 명나라의 원병 요청을 반대하고 평양성 사수를 주장했으며, 의주에서는 상소를 올려 임금의 요동(遼東) 피난을 막았다.

* 김명원(金命元): 1534~1602. 임진왜란 때 팔도도원수가 되어 한강 및 임진강의 방어를 맡았으나 막아 내지 못했다. 1597년 정유재란 때 병조판서와 유도대장을 겸임했다.

* 이충원(李忠元): 1537~1605. 임진왜란 때 선조를 의주까지 호종한 공으로 형조참판에 올랐다. 홍문관 수찬, 첨지중추부사, 한성부 판윤 등을 지냈다.

* 오억령(吳億齡): 1552~1618. 병조참판, 부판윤, 대사헌, 형조판서, 우참찬, 개성유수 등을 지냈다.

* 심우승(沈友勝): 1551~1602. 임진왜란이 일어나자 선조를 호종하던 중에 정언과 지평 등을 지냈다. 이듬해 진주사(陳奏使)의 서장관으로 명나라에 구원을 청하고 돌아와 승지와 춘천부사 등을 지냈다.

* 한준겸(韓俊謙): 1557~1627. 원주 목사로서 거처 없이 돌아다니는 백성을 구제하는 데 힘썼다. 1595년 도체찰사 류성룡의 종사관이 되었다. 호조판서, 한성부 판윤 등을 지냈으며, 인조의 장인이다.

* 조정(趙挺): 1551~1629. 임진왜란이 일어나자 보덕(輔德)으로 세자를 호종했고, 1601년과 1609년에 성절사(聖節使)로 명나라에 다녀왔다. 우참찬, 형조판서, 우의정 등을 지냈다.

◎ ─ 1월 4일

편지를 써서 평강의 관리 및 경흠의 집 사내종에게 주어 보냈다. 아침에 언명과 함께 꿩을 구워 술 두 잔을 마셨다. 또 판관 상시손과 별감 조광좌가 보러 왔기에 술 석 잔을 마시도록 하고 꿩 다리 하나를 구워서 대접했다.

저녁에 최인복이 보러 왔기에 술과 꿩을 대접했다. 저녁에 날이 흐리고 비가 내렸다.

◎ ─ 1월 5일

밤낮없이 비가 내리고 간혹 눈도 내렸다. 오늘은 집사람의 생일이다. 소지의 아내가 떡 한 상자와 두부국 한 그릇을 어린 계집종을 시켜 보내왔기에 함께 먹었다.

저녁에 함열에 사는 딸이 절편 1상자, 과일 1상자, 자른 고기 1상자, 날꿩 1마리, 말린 민어 2마리, 청주 1병을 보내왔다. 이웃 마을 10여 가구와 노비들에게도 나누어 주었다. 단아가 또 이틀거리[二日瘧]*에 걸려서 앓았다.

◎ ─ 1월 6일

사람과 말을 소지의 집으로 보내 그의 아내에게 오기를 청하게 했는데, 소지의 아내가 벌써 말을 빌려 타고 오는 중이라 도중에 만났다

....

* 이틀거리[二日瘧]: 이틀을 걸러서, 즉 사흘에 한 번씩 발작하여 좀처럼 낫지 않는 학질이다. 당고금, 해학(痎瘧)이라고도 한다.

고 한다. 소지가 내 말을 타고 아내와 함께 도착했다. 술과 음식을 대접했는데, 저녁이 되어 돌아갔다.

들으니, 전시의 방(榜, 합격자 명부)이 이미 나왔는데 아이들이 모두 떨어졌다고 한다. 운명이니 어찌하겠는가. 다만 들으니, 임금께서 승정원에 교서(敎書)를 내리기를, "붓을 잡고 권세를 부리는 것이 글이니, 이런 무리들은 모름지기 많이 뽑지 말고 전례에 따라 조금만 뽑으라."라고 해서 이번 전시에서는 단지 15명만 뽑았다고 한다. 그러나 멀리 있으니 상세한 것은 알 수 없다.

◎ ─ 1월 7일

저녁 내내 날이 흐리고 바람이 불었다. 날이 몹시 차다. 아우와 함께 화로를 끼고 둥그렇게 앉아서 어머니를 곁에서 모셨다.

◎ ─ 1월 8일

세밑 20일 이후로 날마다 봄처럼 따뜻하다. 더구나 연달아 비가 내려 시내의 얼음이 모두 녹아서 여러 고을에서는 바야흐로 얼음을 떠다가 저장할 일을 걱정한다. 어제부터 비가 내리고 눈이 오면서 추위가 한겨울보다 갑절로 기승을 부리더니, 오늘밤은 더욱 극성이다. 방 안의 물건들 또한 모두 꽁꽁 얼었으니, 반드시 이번 기회에 얼음을 떠다 간수할 수 있으리라.

◎ ─ 1월 9일

순찰사가 내일 군으로 들어온다고 들었기에, 사람을 시켜 편지를 보내 군수에게 물었다. 군수가 대답하기를, "내일 반드시 들어올 텐데, 탐후인(探候人)*이 와서 지금까지 보고를 하지 않으니 아직 확실히 모르겠습니다."라고 했다.

성민복이 와서 만나 보았다. 보은사(報恩寺)의 중 경순(敬淳)도 보러 왔는데, 그는 이 고을에 있는 향림사의 주지이다. 또 단성 현감(丹城縣監)이 찾아와 갑자기 만났으니, 몹시 기쁘고 위로가 된다. 단성 현감은 나의 처육촌으로 한마을에 살았는데, 이제 호남으로 돌아가다가 내가 여기에 있다는 말을 듣고 이 고을로 들어왔다고 한다. 술 석 잔을 대접해서 보냈다.

◎ ― 1월 10일

지난밤에 눈이 내려 거의 3, 4치나 쌓였다. 바람이 차갑기가 갑절이나 심한데, 집에 땔감이 없어 민망하다.

꿈에 자미(이빈)가 보였는데, 평소와 똑같았다. 깨어나고 보니 슬프고 불쌍한 마음을 이길 수 없다. 나이가 채 60도 되지 않았는데 어찌자고 먼저 가서는 매양 내 꿈에 들어와 나로 하여금 지난 일을 추억하게 하고 그리워하는 마음을 그만두지 못하게 하는가. 몸이 타향의 언덕에 묻혀 혼이 의탁할 곳이 없는데다 선산으로 돌아가고자 해도 그러지 못해서인가. 처자식들이 떠돌면서 기근으로 목숨조차 부지하기 어렵기에 저승에서도 근심을 잊지 못해 여기까지 이른 것인가. 슬프고 슬프도다.

아침 식사 후에 말을 빌려서 향림사에 보내 땔감 1바리를 실어 오

....

* 탐후인(探候人): 윗사람의 명에 따라 동태를 살피는 사람을 말한다.

게 했다. 어제 주지승 경순과 약속을 했기 때문이다. 저녁에 익산 현감
(益山縣監) 이상길(李尙吉)*이 한양으로 가던 도중에 이곳을 지나다가 편
지를 보내 문안했다. 또 소주 3병, 백미 1말, 콩 1말, 벽어 1두름, 닭 1마
리를 보내왔다. 그의 후의에 매우 감사하다. 필시 그가 윤겸의 친구라
서 이런 물건을 보내 문안하는 것이다.

경순이 또 말린 고사리, 도라지 및 상지 1뭇, 짚신 1켤레를 보내왔
다. 마침 떨어졌을 때 보내 주었으니, 매우 기쁘다. 고사리는 집사람이
보름날에 약밥을 만들 때 쓰려고 한다. 익산에서 보내온 소주는 언명과
함께 한 잔씩 마셨다. 설날에 썼던 술이 벌써 떨어져서 바야흐로 아쉬
울 때 또 이 술을 얻었으니, 거의 며칠 동안은 쓸 수 있겠다.

경흠이 오늘 온다고 먼저 소식을 보내왔다. 반찬이 없어 바야흐로
걱정스러울 때 닭과 생선이 마침 이르렀으니, 더욱 기쁘다.

◎ ― 1월 11일

덕노가 돌아왔다. 으레 보내 주는 쌀 10말과 벼 2섬을 임참봉네 사
내종의 말에 실어 함께 왔다. 대상(大祥)에 쓸 제수를 얻으려고 임참봉
네 집으로 사내종과 말을 보내 벼 1섬, 찹쌀 1말, 밀가루 1말, 새우젓 5
되, 누룩 5덩어리를 실어 왔다.

저녁에 임경흠이 들어왔다. 언명과 세 사람이 마주앉아 전날 경흠
의 사내종이 가져온 술을 마셨다. 나와 경흠이 많이 마셨다. 나는 먹은

....
* 　이상길(李尙吉): 1556~1637. 1588년 감찰·호조좌랑, 1590년 병조좌랑, 사간원정언, 지제교
　등을 역임하였다. 1599년 광주목사 재임 중에 선정의 치적이 뚜렷해 통정대부(通政大夫)에
　올랐다.

것을 모두 토하고 잤다.

이제야 전시의 방을 보았는데, 성이민(成以敏)이 1등이었다. 신율
(申慄)[*]도 합격해서 기쁘다. 윤철과 윤구 형제가 모두 합격했는데 우리
집 세 아이는 죄다 떨어졌으니, 탄식한들 어찌하겠는가. 또 고성 누이
의 편지를 보았다. 아무 탈이 없다니 다행이다.

◎ ― 1월 12일

아침 식사 뒤에 경흠이 떠났다. 이번 작별 이후로는 다시 만나기를
기약하기 어려우니, 서운한 마음을 금할 수 없다. 오늘 함열에 들러서
묵으려고 한다기에 덕노가 말을 가지고 경흠의 사내종을 태워서 갔다.
경흠의 사내종이 가슴이 아파 몸을 움직이지 못하기 때문이다. 최정해
가 술과 안주를 가지고 와서 경흠을 대접하고 돌아갔다.

저녁에 인아가 함열에서 돌아왔다. 올 때 나루터에서 경흠을 만났
다고 한다. 날꿩 2마리, 노루 다리 1짝, 알젓 1항아리를 얻어 왔다. 요새
반찬이 없어서 바야흐로 걱정했는데, 이것으로 15일에 지낼 제사에 쓸
수 있어 기쁘다.

◎ ― 1월 13일

찬 기운이 몹시 사납다. 집에 땔나무와 숯이 없어 방구들이 쇳덩이
처럼 차다. 민망하다. 한복과 빌린 말을 향림사 주지인 경순의 처소로
보냈더니, 즉시 땔감 1바리를 실어 돌려보냈다. 기쁘다.

....

* 　신율(申慄): 1572~1613. 승정원 주서, 봉산 군수를 지냈다.

들으니, 임천 군수가 사직을 청하고 돌아갈 참이라서 식구들이 돌아오는 20일 뒤에 물품을 보낸다고 한다. 병 때문에 오랫동안 관아에 나오지 못했는데, 부득이 사퇴하고 돌아가는 것이다. 백성을 가장 잘 다스려서 백성이 바야흐로 생업에 종사하는 데 편안해 했는데, 병이 심해져 돌아가지 않을 수 없게 되었다. 고을 사람들이 모두 그가 떠나는 것을 애석하게 여겼다. 그러나 형세가 그러하니 어찌하겠는가. 한탄스럽다.

◎ ─ 1월 14일

생원 권선각(權先覺)이 찹쌀 1말을 보내면서 내일 쓰라고 했다. 깊이 감사하다. 오늘 약밥 1말 2되를 찌고 또 상미(常米) 1말로 밥을 지었다. 이는 노비들의 내일 먹을거리이니, 내일이 정월 보름이기 때문이다. 소지가 왔기에 저녁밥을 대접해서 보냈다.

◎ ─ 1월 15일

약밥과 탕, 구이를 올려 제사를 지낸 뒤에 온 식구가 함께 먹었다. 또 앞뒤에 사는 이웃들을 불러다가 술 한 잔씩을 먹이고 또 약밥을 조금씩 대접해서 보냈다.

군수에게 들어가 보았다. 군수가 방 안에 있다가 나를 맞이해 이야기를 나누고 벼 1섬과 봄보리 종자 10말, 보리 종자 1섬을 주었다. 돌아올 때 관청에 들어가서 한산 군수를 만나 옛이야기를 나누다가 서군수가 준 물건을 내달라고 청했다. 한산 군수는 봉고의 책임을 겸해서 여기에 왔다.

◎ — 1월 16일

훈도 조의가 보러 왔기에 큰 대접으로 탁주 세 잔을 대접해서 보냈다. 또 언명이 공목 1필을 얻었기에 허찬을 장에 보내 쌀로 바꿔 오게 했다. 먹을 만한 쌀 16말을 받아 왔는데, 다시 되어 보니 15말이다. 쌀값이 봄 들어 더욱 올랐으니, 만일 5, 6필의 정목이 있어 쌀로 바꾼다면 봄 석 달은 걱정이 없겠다. 그러나 집에 1자의 베도 없다. 어찌해야 하는가.

◎ — 1월 17일

지난밤에 자미(이빈)와 그의 처자식을 꿈에서 보았는데, 완연해서 평소와 같았다. 지난 10일에도 꿈속에 들었고 오늘밤 또 꿈을 꾸었으니, 무슨 일이 있는가. 만일 그의 가솔(家率)들이 이사 오지 않는다면, 사내종이 올라올 때 반드시 이곳에 편지를 전하리라.

계집종 옥춘을 함열에 보냈다. 함열에 사는 딸이 해산달을 맞았기 때문이다. 처음에는 집사람이 가 보려고 했는데, 집에 일이 생겨 가지 못하고 계집종에게 가 보도록 한 것이다. 날이 저문 뒤에 성민복의 집에 불이 났다. 이웃 마을에서 와서 도와주었는데, 이제 다 꺼졌다.

◎ — 1월 18일

식사 후에 언명과 함께 걸어서 성민복의 집에 가서 어제 불이 나서 끈 일을 위로했다. 성민복이 술을 내다가 대접했다. 돌아올 때 길가에 연한 쑥이 새로 난 것을 보고 아우와 함께 손으로 뜯어 소매 속에 가득 채워 왔다. 저녁에 국을 끓여 함께 먹었다.

저녁에 금성정이 한양에서 내려오다가 이곳에 들러서 잤다. 아침
저녁으로 식사를 대접했다. 그는 이웃집에서 잤다. 밤 이경(二更, 21~23
시) 전후에 이시증이 들어왔다. 진안에서 출발해서 지난 보름날에 함열
로 와서 나흘 동안 머물다가 오늘 낮에 남당진에 이르렀으나, 배가 없
어 건너지 못하다가 밤을 타고 겨우 건너서 밤이 깊은 뒤에 비로소 왔
다고 한다. 나와 처자식들이 한창 깊이 잠들어 있었는데, 문 두드리는
소리를 듣고 즉시 문을 열도록 했더니 이시증이었다. 말이 없어서 단지
종 둘만 거느리고 걸어왔다고 한다. 몹시 가련하다. 즉시 맞아들여 밥
을 지어 대접하니 밤이 반쯤 지났다. 그래서 한방에서 함께 잤다. 어제
자미(이빈)가 꿈속에 들어 바야흐로 괴상히 여겼는데, 그의 아들이 갑
자기 왔으니 꿈이 먼저 알린 것이다. 더욱 슬프고 안타깝다.

이시증은 이 길로 수원에 사는 그의 숙부 경여의 부인 집으로 돌아
간다고 한다. 그의 어머니와 형제들은 모두 무사한데, 다만 그 서조모
(庶祖母)가 지난 초사흘에 학질로 죽었다고 한다. 슬픔을 이길 수 없다.
진안 땅에 매장했다고 한다.

◎ ─ 1월 19일
금성정이 아침 식사 후에 한산으로 돌아갔다. 한산은 그의 가족들
이 머물러 있는 곳이다.

◎ ─ 1월 20일
군수가 내일 길을 떠난다고 들었다. 저녁 무렵에 군에 들어가 그의
사위 한자상(韓自翔)과 조카 민수경(閔守慶)을 보고 군수에게 찾아온 뜻

을 전했다. 그러나 군수가 몸이 편치 않아서 나와 보지 못한다고 했다. 돌아올 때 길에서 생원 권학을 만나 말 위에서 잠시 이야기를 했다. 마침 비가 뿌려 옷이 모두 젖었다.

◎ ─ 1월 21일

이시증이 이틀을 머물다가 아침나절에 수원을 향해 떠났다. 그편에 편지를 써서 윤해에게 전하도록 했다. 이광춘이 어제저녁에 한양에서 내려왔다. 올 때 윤해에게 들어가 보고 편지를 가져와서 전했다. 편지를 펴 보니, 모두 아무 일이 없다고 한다. 기쁘다. 다만 들으니, 광주의 산소가 뻘겋게 되도록 나무를 베어 버렸다고 한다. 필시 묘지기 등이 한 일이다. 분통함을 이길 수 없다.

이른 아침에 이웃에 사는 봉사 윤걸(尹傑)을 맞아다가 그의 사촌 윤건(尹健)의 딸의 혼사를 물었다. 윤걸은 무인(武人)으로, 박봉성의 집에 와서 데릴사위가 되었다. 그의 사촌 윤건은 정산에 살았는데, 그 또한 무인이다. 지난 임진년에 인천 부사(仁川府使)가 되었다가 경기 순찰사(京畿巡察使) 심대(沈岱)*가 해를 입을 적에 죽었는데, 그의 처자식이 정산에 산다. 오직 딸 하나만 있는데, 윤건의 부모는 아직 모두 생존해 있다고 한다. 다시 윤걸에게 신랑 댁에 혼인을 통지한 다음에 와서 알리라고 했다.

....

* 심대(沈岱): 1546~1592. 임진왜란 때 경기 감사로 삭녕군에 주둔하면서 한양의 백성을 불러 모아 적을 물리칠 계획을 세웠으나, 왜적의 간첩인 조선인 성여해(成汝諧)가 계획을 누설하는 바람에 왜적에게 잡혀 종사관 양지(梁誌), 윤경원(尹敬元), 강수남(姜壽男)과 함께 죽임을 당했다.

식사 후에 출발해서 배로 남당진을 건너 늦게 함열에 도착했다. 함열 현감은 진즉 바람과 추위에 몸을 상해 아직도 쾌차하지 못하고 바야흐로 신방에 누워 있었다. 즉시 들어가 보니, 봉사 이신성 역시 와서 고을 사람 간인덕(簡仁德)과 함께 바둑을 두기도 하고 추자놀이도 하는 중이었다.

나는 즉시 관아의 안채로 들어가 딸을 만나 보고 저녁밥을 먹은 뒤에 도로 나왔다. 현감과 함께 밤이 깊도록 이야기하다가 상동헌으로 나와 잤다.

◎ — 1월 22일

이른 아침에 현감을 만나러 갔는데, 땀을 흘리면서 그때까지 아직 일어나지 못하고 있었다. 이에 관아의 안채로 들어가 딸을 만나서 아침 식사를 한 뒤 나왔다. 마침 신대홍이 들어와서 함께 이야기했다.

해남(海南)의 새 현감 류형(柳珩)*이 한양에서 내려와 고을로 들어왔다. 사람을 시켜 객사로 맞이해 잠시 이야기를 하고 보냈다. 또 봉사 이흠중이 나와 신대홍을 자신의 집으로 청한다고 들었다. 즉시 대홍과 함께 말고삐를 나란히 하고 가서 술을 마시다가 취해서 돌아왔다. 관아에 들어가 딸을 만나고 도로 신방으로 나와서 잤다.

체찰사(體察使)의 종사관 김시헌(金時獻)*이 자방(신응구)에게 편지를

----
* 류형(柳珩): 1566~1615. 임진왜란이 일어나자 창의사 김천일(金千鎰)을 따라 강화에서 활동하다가 의주 행재소에 가서 선전관에 임명되었다. 이순신(李舜臣)의 신망이 두터웠으며 삼도수군통제사 등을 지냈다.
* 김시헌(金時獻): 1560~1613. 복수사(復讐使)의 종사관을 지냈고, 동지부사로 명나라에 다녀왔다. 예조참판, 도승지 등을 지냈다.

했다. 변방의 상황이 근래 더욱 좋지 않으니, 결말이 어찌될지 알 수 없어 밤낮으로 가슴 졸이기를 금할 수 없다고 한다. 놀랍고 한탄스러운 마음을 견딜 수 없다. 만일 그렇다면 우리 집은 종도 없고 말도 없으며 또 갈 곳도 없으니, 반드시 구렁에 쓰러져 죽으리라. 한탄한들 어찌하겠는가.

◎ — 1월 23일

신대흥과 이봉사가 관청에 와서 함께 이야기하다가 각각 자신들의 임시 처소로 돌아갔다. 종일토록 정계번(鄭繼蕃)과 언수가 바둑 두는 것을 구경했다. 현감의 병세가 전과 다름없다. 안타깝다.

◎ — 1월 24일

생원 김상(金鐺)을 맞이해 이야기하다가 돌려보냈다. 김상은 정산에 사는데, 현감을 보러 왔다가 그가 몸이 불편해서 만나지 못하고 돌아가는 길이었다. 윤씨 집안의 혼사를 묻고 싶었는데 어제는 논의하지 못했기 때문에 불러다가 만났다. 현감은 기운이 좀 회복되는 것 같은데, 아직 쾌차하지는 못했다.

지난밤에 센 바람이 불고 큰 눈이 내려 날이 몹시 춥다. 임천 집에 땔감이 없으니, 차가운 구들에서 어떻게 밤을 지내겠는가. 걱정을 그만둘 수가 없다. 저녁에 정계번과 함께 잤다.

◎ — 1월 25일

현감이 아직 회복되지 않았으니, 안타깝고 걱정스럽다. 식사 전에 대흥 신괄과 함께 상동헌으로 나가 연포를 먹었다. 어제 현감이 두부를 만들어 우리들에게 주도록 했기 때문이다. 참석한 사람은 이봉사, 별감 최세옥(崔世沃), 정계번, 박장원 등이다. 식사 후에 남궁영광이 와서 만났다. 신방으로 돌아가 이흠중과 바둑을 두어 판 두고 헤어졌다.

◎ — 1월 26일

덕노를 임천 집으로 보내 땔감을 베어 준 뒤 돌아오도록 했다. 이 고을의 좌수 임덕선(林德宣)과 별감 최세옥이 연포를 차려 놓고 우리를 청해 대접했다. 어제 모였던 여러 사람들이 모두 상동헌에 모여 먹고 파했다. 또 술과 과일을 가져다가 마시고 먹어 각자 취하고 배가 부른 뒤 헤어졌다.

딸이 어젯밤부터 몸이 불편하고 산기(産氣)가 있어서 즉시 고모와 방을 바꾸어 들어가게 했다. 종일 지지부진하다가 오늘 밤 이경 해시(亥時, 21~23시)에 몸을 풀어 남자아이를 얻으니, 온 집안 모두가 몹시 기뻐했다.

정계번, 이기수(李麒壽)와 함께 신방에서 자다가 딸이 몸을 풀었다는 말을 들었다. 즉시 일어나 방에서 나와 하늘을 우러러보니 시간은 밤 이경으로, 해시이다. 자방(신응구)은 한질(寒疾, 감기)을 앓아 오랫동안 누워서 일어나지 못하다가 득남했다는 말을 듣고 기뻐해 마지않았다. 더욱 위로가 된다. 즉시 감초(甘草)를 달여 아기에게 먹였다. 딸 또한 별다른 탈이 없는데, 국을 먹어도 달지가 않다고 한다.

◎ — 1월 27일

편지를 써서 대순을 시켜 임천 집에 보내 딸이 무사히 해산했다는 소식을 전했다. 현감 또한 별도로 한 사람을 한양으로 보내 득남했다는 사실을 그의 아버지에게 전달하도록 했다. 그래서 나도 편지 2통을 써서 하나는 평강으로 보내고 하나는 광주의 윤해가 거처하는 집에 전하게 했다.

이른 아침에 현감이 나를 안방으로 청하기에 곧 들어가 보았다. 기쁜 빛이 얼굴에 가득하고 웃음이 입가에 넘치니, 병중에 더욱 위로가 되었나 보다. 그러나 그의 병세가 이토록 오래가니 매우 걱정스럽다. 식사한 뒤에 신대흥의 처소에 가서 이야기하다가 돌아왔다. 여러 번 오라고 했기 때문에 가 보지 않을 수 없었다.

저녁에 현감이 신방으로 나왔다. 나는 이기수와 함께 상동헌으로 나와 잤다. 기수는 현감의 서얼 친척이다.

◎ ― 1월 28일

신방으로 일찍 가 보았는데, 현감이 아직 회복되지 않았다. 매우 걱정스럽다. 조금 있다가 대흥이 들어왔다. 마침 향화(向化)*한 사람이 생홍합을 바친 게 있어, 현감이 즉시 이를 구워 내도록 해서 술 두 잔과 함께 주었다.

들어가서 딸을 보니 몸이 평안하다. 갓 태어난 아기를 보니 몸집이 듬직해서 참으로 천리마 같다. 기쁨을 이길 수가 없다. 다시 신방으로 나오자, 대흥과 이봉사가 술을 마시고 있었다. 나도 덩달아 두 잔을 마시고 조금 취해서 상동헌으로 나가서 잤다. 이기수도 함께했다. 날이

....

* 향화(向化): 야인(野人)이나 왜인(倭人)이 조선의 백성으로 귀화(歸化)하는 것을 말한다.

어두워진 뒤 덕노가 돌아왔다. 임천의 온 집안이 모두 무사하단다. 다만 자방(신응구)이 임천 군수의 후보로 올랐지만 선택받지 못했다고 한다. 안타깝다.

현감이 낮에 생원 남궁영을 데려다가 침을 맞았다. 또 한산 땅에서 의관(醫官) 김준(金俊)을 불러다 병을 고칠 약에 대해 물었더니, 보중익기탕(補中益氣湯)*을 드시라고 했다. 남궁영은 죽은 동지(同知) 남궁침(南宮沈)의 큰아들로 이 고을에 와 있는데, 자못 침술을 안다. 현감의 오른쪽 어깨와 다리 아래쪽이 조금 부어 빨갛기에 그를 불러다가 10여 군데에 침을 맞았다.

임천에 새로 온 군수는 예산 현감(禮山縣監) 박진국(朴振國)*이다. 정치를 잘한다고 일등으로 천거되어 임명되었다. 충청도 순찰사는 조인득(趙仁得)*이다. 전임 순찰사는 박홍로(朴弘老)*였는데, 병으로 사퇴하여 교체되었다. 만일 그가 순찰하다가 임천에 이르렀다면 반드시 급한 사정을 도와주었을 텐데, 불의에 바뀌었다. 안타깝다.

◎ ─ 1월 29일

자방(신응구)의 건강은 조금 회복된 것 같으나 어깨와 다리 부은

....

* 보중익기탕(補中益氣湯): 비위(脾胃)를 보하여 원기(元氣)를 돕는 데 쓰는 약이다.
* 박진국(朴振國): 1548~?. 1596년에 임천 군수로 재임했다.
* 조인득(趙仁得): ?~1598. 임진왜란 때 황해도 관찰사로서 해주 앞바다의 섬에 피신했다가 황해도 병마절도사로 전직되었으며, 그 뒤 판결사를 지냈다.
* 박홍로(朴弘老): 1552~1624. 1594년에 각 도의 군사 훈련을 권장하고 수령의 폐단을 막기 위해 암행어사로 하삼도(下三道)에 파견되었으며, 군량미 조달을 하는 전라 조도어사를 지냈다. 나중에 이름을 박홍구(朴弘耉)로 바꾸었다.

곳은 여전하다. 그래서 또 김준에게 침을 놓게 했다. 딸이 어젯밤부터 머리와 오른쪽 귀, 눈이 몹시 아프다기에 들어가 보았다. 눈이 약간 충혈되고 부은데다가 몹시 아프며 식사량도 줄었다고 한다. 필시 감기 때문이다. 옷과 이불을 두껍게 입고 덮어 땀을 흘리도록 했다.

요새 딸의 젖이 나오지 않아 매양 젖이 분 관아의 계집종에게 젖을 짜게 하여 이를 그릇에 담아 데워다가 새로 태어난 아기에게 숟가락으로 먹이게 했는데 이내 토한다고 한다. 그래서 현감에게 이 말을 했더니, 현감이 즉시 젖이 분 관비(官婢)에게 관아의 안채로 들어가 직접 젖을 먹이도록 했다. 그런 뒤에 아기가 토하지 않았다.

대흥과 이봉사가 신방으로 와서 종일 이야기를 나누었다. 술을 큰 잔으로 각각 석 잔씩 마시고 파했다. 저녁에 이봉사와 김준, 이기수와 함께 상동헌으로 나와서 잤다.

◎ ─ 1월 30일

근래 날마다 눈이 내리고 혹 비도 뿌려서 갈 길이 몹시 질다. 처음에는 오늘 돌아가려고 했는데, 이 때문에 떠나지 못했다. 현감이 장부를 작성하여 따로 관리를 정해 새우젓 5되, 뱅어젓 5되, 조기 5마리, 청어 5두름을 임천 집으로 보냈다. 요새 우리 집에 반찬거리가 없다고 들었기 때문이다. 나도 편지를 써서 그편에 보냈다.

딸의 두통 증세가 이제 회복되었다. 현감에게도 차도가 있어 음식을 조금씩 더 먹으니, 완전히 낫기를 바랄 수 있다. 기쁘다. 현감이 오후에 새로 태어난 아기를 본 뒤에 나와서 신대흥, 이봉사와 종일 이야기했다. 저녁에 또 김준, 이기수와 함께 상동헌으로 나가서 잤다.

2월 큰달 -9일 경칩(驚蟄), 24일 춘분(春分) -

◎ — 2월 1일

어제 보낸 관리가 임천에서 막 돌아왔기에 집에서 보내온 편지를 보았다. 어머니께서 평안하시다고 한다. 몹시 기쁘다. 오늘은 속절*이라 관청에서 약밥과 국수와 떡, 술과 안주를 대접했다. 마침 생원 왕위(王煒)가 와서 신방에서 신대흥 존장(尊丈)*과 함께 종일 이야기했다.

저녁에 딸에게 들어가 보니 두통 증세는 조금 나았다고 한다. 다만 붉은 꽃이 온몸에 가득하고 음식이 달지 않다고 한다. 필시 찬바람을 쐰 탓이니 걱정스럽다. 신대흥, 왕생원(王生員), 이기수, 김준과 함께 상동헌으로 나와 대흥이 가지고 온 술과 안주를 먹고 마셨다. 또 노래하는 관아 계집종을 불러 술을 마시고 노래를 부르다가 밤이 깊어 파하고 잤다.

....

* 속절: 2월 초하루는 농민들의 노고를 위로하고 증산 의욕을 높이기 위해 선정한 날이다.
* 존장(尊丈): 지위가 자기보다 높은 사람을 높여 이르는 말이다.

◎ — 2월 2일

현감이 손발 부은 곳에 여러 번 침을 맞았는데, 여전히 부기가 빠지지 않는다. 걱정이다. 딸은 이제 나아 간다고 한다. 애초에는 오늘 돌아가려고 했는데, 현감이 두부를 만들어 놓고 만류했다. 그래서 덕노에게 먼저 양식을 가지고 임천 집으로 가라고 보냈다. 양식은 벼 1섬과 쌀 10말이다.

저녁에 들어가 사위를 보았다. 따로 아픈 곳은 없으나 음식이 달지 않고 두 다리 위에 화끈거리는 종기가 나서 좌우로 누울 때마다 쑤시며 아프다고 한다. 또 신대홍, 왕생원, 김준, 이기수와 함께 상동헌에서 잤다.

◎ — 2월 3일

현감의 증세가 여전하니 걱정스럽다. 신대홍, 왕생원, 김준, 이기수와 함께 현감이 누워 있는 신방에서 이야기했다. 이기수가 완산으로 돌아갔다. 저녁에 현감이 아들을 보기 위해 안으로 들어갔다가 도로 나왔다. 또 신대홍, 왕생원, 김준과 함께 상동헌에서 잤다.

마침 별감 최세옥, 도장(都將) 정신립(鄭信立), 박장원이 술과 안주를 준비해 와서 마셨다. 신대홍, 왕생원과 나도 여기에 끼었다가 밤이 깊어 파하고 흩어졌다. 덕노가 돌아왔다. 집에서 온 편지를 보니 아무 일이 없단다.

◎ — 2월 4일

당초에 오늘은 집에 돌아가려고 했으나, 현감이 만류하면서 "오늘 고을 전체에서 인부를 내어 꿩과 노루를 잡게 했으니 고기를 드시고 가시지요."라고 하기에 우선 머물기로 했다. 그러나 현감이 여전히 회복되지 않는다. 걱정이다. 식사한 뒤에 들어가 딸을 보니, 건강상 별다른 병은 없다. 그러나 종기가 난 곳이 아직 아물지 않았고 음식도 여전히 달지 않다고 한다.

명나라 장수가 고을에 들어와 물건을 요구하는 것이 몹시 가혹하다. 심지어 정목 10필, 모시 1필, 두꺼운 기름종이 7폭, 장지(狀紙)* 2권, 흰 부채 2자루를 받은 뒤에야 나가는데, 곳곳마다 이와 같아 모든 고을이 그 괴로움을 이겨낼 수 없다고 한다. 한탄스럽다.

신대흥, 왕생원과 함께 현감이 누워 있는 신방에 가서 종일 이야기했다. 저녁에 사냥해서 잡은 노루 6마리, 여우 1마리, 꿩 34마리를 가져왔다. 현감이 즉시 노루의 간을 회로 뜨도록 해서 내와 술 석 잔을 마시고 파했다. 어두워진 뒤에 왕생원, 김준과 함께 상동헌으로 나와 잤다. 신대흥은 몸이 편치 않아서 오지 않았다.

◎ ─ 2월 5일

이른 아침에 신대흥과 왕생원, 내가 함께 현감이 누워 있는 신방에 가서 이야기를 했다. 꿩을 구워 내도록 해서 술을 큰 잔으로 각각 두 잔씩 마시고 파했다. 왕생원은 작별하고 서천의 처소로 돌아갔다. 왕생원은 내 처사촌인 평양수(平陽守)의 사위이자 현감과 한마을에 살던 사람이다.

....

* 　장지(狀紙): 공사(公私) 간의 서장(書狀)이나 관공서의 관문(關文)과 첩문(牒文) 등에 사용하는 종이이다. 질은 보통에 해당한다.

나도 들어가 딸을 본 뒤에 나와서 현감과 작별하고 용안에 가는 길로 향했다. 생각으로는 용안 현감(정지)에게 들러 보려고 했는데, 문지기가 금하는 것이 몹시 엄했다. 비록 함열의 관리를 데리고 와서 이름을 전하도록 했지만, 또한 만날 수 없었다. 이에 무수포 가에 이르러 배로 건너서 말을 타고 달려 집에 돌아왔다. 날이 이미 저물었다.

올 때 자방(신응구)이 내게 꿩 2마리, 노루 다리 1짝과 내장을 주었다. 저녁 밥을 지어 어머니께 올리고 나머지는 처자식들에게 주었다. 꿩과 노루 다리는 가까운 시사 때 제수로 쓰고자 간직해 두고 먹지 않았다.

◎ ─ 2월 6일

생원 권학이 찾아왔다. 이에 권학과 말고삐를 나란히 하여 동송동(冬松洞)의 좌랑(佐郎) 조백익의 집에 가서 물었더니, 그는 좌수 조군빙과 조백공의 집에 가 있다고 했다. 즉시 말을 타고 달려 백공의 집에 갔는데, 그는 이웃에 사는 친족들과 함께 한방에 모여 피난에 관한 일을 이야기하는 중이었다. 백공이 우리에게 물만밥을 대접했다. 해가 기울어 권학과 함께 돌아왔다.

백익이 한양에서 내려온 지 오래되지 않았기에 그에게 한양의 소식과 적의 동향에 관해 물었다. 그가 말하기를, "들으니 왜적의 왕 수길(秀吉)이 만나서 이야기할 것이 있다고 하면서 먼저 심유격으로 하여금 바다를 건너 들어오라고 했지요. 그래서 심유경(沈惟敬)이 지난달 보름께 먼저 일본에 들어갔다 돌아온 뒤 명나라 사신이 들어갔다고 합디다."라고 했다.

그러나 그간의 간사한 왜적들의 꾀는 헤아릴 수가 없다. 명나라 사신이 왜적들의 병영에 도착한 지 이제 반년이 지났는데도 왜적들은 차일피일 둘러대며 곧장 바다를 건너오지 않으니, 필시 무슨 까닭이 있는 것이다. 이 때문에 경향(京鄉)이 소란해져 모두 피난 계획을 세웠으니, 혹은 관동(關東, 대관령 동쪽 지역)이나 관북(關北, 함경북도 일대) 땅으로 먼저 들어간 사람도 있고 혹은 소와 말과 배를 준비하는 사람도 있다고 한다.

그런데 우리 집은 종도 없고 말도 없고 또 갈 곳도 없다. 밤중에 이 생각을 하면 애통하고 안타깝지만, 어찌하겠는가. 오직 푸른 하늘만 바라볼 뿐이다.

◎ ― 2월 7일

덕노와 한복을 시켜 땔감 2바리를 베어 오게 했다. 내일 메주콩을 삶기 위해서이다. 함열의 관리가 평강에서 매를 사서 관청에서 쓸 매를 먼저 보냈다. 매의 크기는 9치로, 이미 길들여 놓아서 몹시 재주가 좋다고 한다. 윤겸과 윤함 두 아이의 편지를 보니 모두 무사하다고 한다. 다만 윤함의 안질(眼疾)이 도로 재발했다고 한다. 걱정이다.

윤겸은 내가 결성으로 이사 간다는 말을 듣고 홍양[洪陽, 홍성(洪城)] 판관에게 편지를 보내 그곳에서 곡식을 얻을 수 있도록 했다. 또 날꿩 3마리, 말린 꿩 4마리를 보냈는데, 날꿩 1마리는 중도에 매가 먹었다고 한다. 윤겸이 보낸 사람이 오면서 광주 윤해의 집에 들러 자고 왔기에, 윤해도 편지를 보냈다. 역시 모두 무사하다고 한다. 기쁘다.

◎ — 2월 8일

조백공과 조백익 형제가 지나가다가 먼저 사내종을 보내 나를 초
청해 함께 가자고 해서 쑥탕하는 곳에 갔다. 이곳은 지난날 별좌 이덕
후와 서촌(西村) 냇가에서 매를 날리고 쑥탕이나 하자고 약속했던 장소
이다. 나 또한 말고삐를 나란히 하고 따라갔다.

이별좌 형제가 먼저 와 있어서 함께 둘러앉았다. 마침 비바람이 불
어 날이 차므로 먼저 술과 안주를 꺼내 제각각 실컷 취하고 배를 불렸
다. 저녁이 되어 각각 헤어졌는데, 참석한 사람은 10여 명이었다. 이공
이 내게 꿩 1마리를 주었다.

돌아올 때 진사 이중영의 집을 찾았으나, 마침 그가 집에 없어서
그냥 돌아왔다. 이날 비록 선약이 없었지만 여러 사람들이 모두 평소에
서로 알고 도탑게 지냈던 터라 사양하지 않고 함께 간 것이다. 여러 사
람들도 내가 온 것을 기뻐했다.

◎ — 2월 9일

어머니께서 오랫동안 천식을 앓고 계시기에 모과를 달여서 드시라
고 올렸다. 이른 아침에 집주인 최인복이 와서 보았다. 덕노를 함열로
보내 제사에 쓸 포와 식해, 간장과 콩을 얻어 오게 했다.

◎ — 2월 10일

함열의 관리가 한양에서 돌아오다가 율전에 사는 생원(오윤해)의
집에 들러서 잤기 때문에 윤해의 편지를 볼 수 있었다. 아무 일이 없다
니 기쁘다. 그러나 춘이를 일찍이 내려보냈다는데, 지금까지 오지 않는

다. 까닭을 알 수 없다.

오늘은 석전(釋奠)*이 있는 날이다. 향교의 생도들이 번육(膰肉)*으로 썼던 닭 1마리와 술 1병을 보냈다. 즉시 아우와 함께 한 대접씩 기울였으니, 매우 감사하다. 조금 있다가 향교의 생도 3명이 와서 보고 돌아갔다. 오후에 지붕을 해서 이었다.

저녁에 함열 관아의 사내종이 메주콩 1섬, 찹쌀 1말, 밀가루 5되, 녹두 4되, 웅어식해 10개, 조기 1뭇을 실어 왔다. 덕노는 딸아이가 부득이한 사정으로 태인에 보냈으므로, 관아의 사내종을 시켜 실어 보낸 것이다. 자방(신응구)은 전세를 친히 바치는 일로 군산(群山)에 가서 집에 없다고 한다. 병세에는 여전히 차도가 없고, 손발 부은 것도 아직 다 낫지 않았다고 한다. 걱정스럽다.

◎ ─ 2월 11일

꼭두새벽에 아우와 인아와 함께 시사를 지냈다. 집에 비축해 둔 제수가 없고 면과 떡, 삼색 고기구이 및 포와 식해뿐이었는데, 아우 희철이 마침 와서 꿩 2마리와 노루다리 1짝을 얻었기에 제사상을 차렸다. 식사한 뒤에 집주인 최인복이 왔기에 술을 큰 잔으로 일곱 잔 대접했다. 어제 청했기에 온 것이다.

대순을 데리고 소지에게 갔다. 소지가 익산에 가서 아직 돌아오지

----

* 　석전(釋奠): 2월과 8월의 첫째 드는 정(丁)의 날에 문묘에서 공자에게 제사 지내는 의식이다. 소나 양의 희생을 생략하고 채소 등으로 간소하게 지낸다. 석채(釋菜)라고도 한다.

* 　번육(膰肉): 고대에 제사 때 쓰던 익힌 고기이다. 나라에서 제사를 지내고 난 뒤 대부에게 보냈다고 한다.《춘추좌씨전》〈희공(僖公) 24년〉조에 "천자가 일이 있어서 번육을 보냈다[天子有事膰焉]."라고 했는데, 그 주에 "존중하기 때문에 번육을 하사한 것이다."라고 했다.

않았기에, 그길로 또 류선각의 집에 갔다. 류선각이 내게 좋은 술 석 잔을 대접하고 나직나직 이야기를 했다. 또 첨지 조응린의 집에 들러 잠시 안부를 묻고, 도로 대조령(大鳥嶺)을 넘어 돌아왔다. 올 때 대조사에 들어갔는데, 절에 살던 중들은 판사승(判事僧) 능인(能仁)*의 침탈에 시달리다가 모두 다른 곳으로 흩어져 절이 빈 지 오래였다. 창문도 모두 없어졌으니 탄식이 나온다.

저녁 무렵에 집에 돌아오니 함열에서 사람을 시켜 편지를 보내고 또 조기 1뭇, 말린 민어 1마리, 청어 1두름을 보냈다. 처음에는 1위(位)인 줄 알았다가 3위라는 말을 듣고서, 어제 보낸 제수가 필시 부족하리라는 것을 알았기 때문에 지금 또 보낸 것이다. 정목을 얻어 보았는데, 남고성이 익위(翊衛)에 임명되었다고 한다. 이제 식사는 이어 갈 수 있으리라. 몹시 기쁘다.

◎ — 2월 12일

생원 남일원(南一元)*이 찾아왔다가 돌아갔다. 토담집을 헐고 나온 헌 나무를 때서 간장을 담을 콩을 삶았다. 영해 군수(寧海郡守)를 지낸 이수준 씨가 와서 전세 쌀을 요구했다. 집에 찧은 쌀이 없어서 정조 31말로 값을 계산해서 준 뒤 전송했다. 연전에 이수준 씨 소유의 논 3마지기를 그냥 지어먹고 나누지 않았기 때문에 그가 와서 대가를 요구한 것이다.

....
* 능인(能仁): 능운(凌雲)의 오기이다. 능운은 1596년 이몽학(李夢鶴)이 난을 일으켰을 때 적극 가담했던 홍산 도천사(道泉寺)의 승려이다.
* 남일원(南一元): 1557~?. 1588년 생원시에 입격했다.

◎ ― 2월 13일

이웃에 사는 조자가 와서 보고 돌아갔다. 덕노가 오늘 와야 하는데 오지 않으니, 까닭을 알 수가 없다. 윤해의 사내종 춘이도 날짜가 지났는데 오지 않으니, 역시 걱정스럽다.

◎ ― 2월 14일

꿈에 빙군(聘君)*과 자미(이빈)를 보았다. 근래 봄꿈을 자주 꾸는데, 빙군은 전에 한 번도 꿈에 보이지 않다가 오늘 밤 꿈에 보였으니 필시 봄꿈인가. 아니면 혹시라도 종자(宗子, 종가의 맏아들)가 깊은 산골짜기에 떠돌며 살기에 여러 조상의 신위 역시 타향에 와 있어서 좋은 때나 명절날 제사를 빠뜨리는 때가 많아 떠도는 혼이 유감으로 여겨 꿈속에 들어온 것인가. 슬프고 한탄스러움을 금할 수 없다.

가까운 이웃에 고양이가 없어 쥐들이 날뛰니, 그 괴로움을 견딜 수 없다. 방에 덫을 설치했는데, 지난달부터 날마다 20여 마리씩 잡혔다. 지금은 조금 드물어졌으니 유쾌하다. 무료하기에 언명과 함께 걸어서 향교에 갔으나, 조광문(趙廣文)이 없어서 그냥 돌아왔다. 내금(內禁) 한백복이 와서 보았다.

◎ ― 2월 15일

식사한 뒤 언명과 함께 걸어서 이복령의 집에 갔다. 마침 류선각도 왔기에 함께 이야기했다. 또 이복령과 바둑을 두다가 저녁 무렵에 돌아

....
* 　빙군(聘君): 오희문의 장인인 이정수를 말한다.

왔다. 조금 있다가 조의와 성민복이 찾아왔다가 돌아갔다.

생원(오윤해)의 사내종 안손이 율전에서 왔다. 그에게 들으니, 춘이를 내려보냈는데 가지고 오던 말을 중도에 명나라 군사에게 빼앗겨 진위현까지 따라가서 간신히 되찾았다고 한다. 그러나 매를 맞고 크게 다쳐 내려올 수 없어서 안손을 대신 보냈다고 한다.

이제 윤해의 편지를 보니, 온 가족이 잘 있다고 한다. 몹시 기쁘다. 그러나 피난하는 일에 관해서는 갈 곳을 모르겠다고 하면서 또 우리 집과는 함께 피난하지 않겠다고 한다. 형세가 그런 걸 어찌하겠는가. 슬프고 탄식이 나올 뿐이다.

◎ ― 2월 16일

이른 아침에 함열에서 사람을 보내 나를 초청했다. 오늘이 신대흥의 생일이라서 조그만 술자리를 마련하고 나를 부른 것이다. 즉시 말을 타고 달려 배로 남당진을 건너 늦게 함열 관아에 도착했다. 자방(신응구)은 이미 여러 사람과 함께 신방에 모여 앉아 있었는데, 소반에 차린 과일과 면, 떡이 들어왔다.

참석한 사람은 신대흥, 별좌 이덕후, 봉사 이신성, 진사 소영복(蘇永福), 윤응상(尹應祥), 나와 현감이다. 서로 술잔을 권했는데, 이용수(李龍守)가 가야금을 타고 조덕(曹德)이 노래를 불렀다. 밤이 이미 깊어 크게 취해 파했다. 나와 이별좌, 윤응상은 상동헌으로 나와서 잤다.

◎ ― 2월 17일

자릿조반[早飯]*으로 관청에서 내준 흰죽을 이신성, 윤응상과 함께 먹은 뒤 관아의 안채로 들어가 딸과 젖먹이를 보았다. 자방(신응구)은 요새 하루거리에 걸렸는데, 오늘이 세 번째라고 한다. 걱정스럽다.

이별좌와 약속을 했기에 오늘 돌아올 때 같은 배로 함께 건너왔다. 이신성과 윤응상은 먼저 현감과 작별하고 웅포 옆에 있는 최극검의 집으로 갔다. 나는 신대흥과 함께 뒤따라 출발해서 역시 최극검의 집에 이르렀다. 최극검의 집에서는 술자리를 마련하고 또 만두와 꿩구이를 대접했다. 술에 취해 자리를 마치고 헤어졌다.

나룻가에 다다르니 이별좌의 사내종이 배를 언덕에 대고 있었는데, 조수가 이미 반이나 들어찼다. 이봉사도 도착해서 함께 배를 타고 조수를 거슬러 올라와 이별좌의 집 앞에 이르렀다. 육지에 오르니, 해는 벌써 기울었다. 날이 저무는 게 두려워 이별좌의 집으로 들어가지 않고 곧바로 말을 타고 달려 집에 도착하니, 이미 날이 어두워졌다. 낮에 마신 술이 깨지 않아서 저녁밥도 먹지 않고 그냥 잤다.

◎ ― 2월 18일

주서 홍준이 내일 온 집안 식구들과 함께 돌아간다고 들었다. 그래서 언명과 함께 걸어서 찾아갔더니, 마침 외출하고 집에 없었다. 그길로 생원 권학의 집에 갔더니, 권학이 물만밥을 대접했다.

또 별좌 이덕후가 생원 홍사고의 첩의 집에 와 있다고 들었기에, 권학과 함께 가서 방 안에 둘러앉아 조용히 이야기했다. 센 바람이 불고 눈이 내리니 추운 날씨가 엄동과 같다. 권학이 말 2필에 안장을 갖

....
*   자릿조반[早飯]: 아침에 잠에서 깨어난 그 자리에서 먹는 죽이나 미음 따위의 간단한 식사이다.

추도록 해서 우리 형제를 태워 보냈다. 덕노를 함열로 보냈다. 봄보리 종자와 전날 가져오지 않은 벼 1섬을 실어 오라고 했다.

◎ ― 2월 19일

판관 상시손이 와서 보고 돌아갔다. 백인화가 말 값을 치르고 남은 잔액을 쌀 9말과 팥 1말 4되로 갖다 바쳤으니, 셈이 끝났다. 저녁에 덕노가 돌아왔다. 벼 2섬과 함열에서 준 봄보리 종자 7말, 한식 제사에 쓸 조기 2뭇, 새우젓 5되, 뱅어젓 5되, 간장 2말을 싣고 왔다. 옥춘도 돌아왔다.

◎ ― 2월 20일

오늘 출발해서 결성에 가려고 했으나, 덕노가 어제 늦게 와서 말도 피곤하고 종도 지쳐 떠나지 못했다. 오후에 주서 홍준에게 갔는데, 내게 좋은 술을 큰 잔으로 석 잔 주었다. 어제 바람을 쐬었더니 왼쪽 귀가 안 들리고 바람과 빗소리만 귀에 가득하다. 걱정스러워서 밤에 머리를 싸매고 잤는데, 아침에 조금 덜했다. 그래도 아직 낫지 않았다. 신임 군수 박진국이 관아에 처음 출근했다.

◎ ― 2월 21일

낮과 밤의 길이가 같은 날이다.* 새벽부터 비가 내리더니 아침에도 그치지 않는다. 그래서 떠나지 못하고 일마다 모두 지연되니 걱정스럽

....
* 낮과 밤의……날이다: '음력 2월 큰달' 제목 부분에 24일이 춘분이라고 하였으나, 21일 일기에 춘분이 언급되어 있는 것으로 보아 오희문의 착오로 보인다.

다. 종일 비가 내렸다. 군수가 향교에 가서 공자(孔子)를 뵈었다.

◎ ─ 2월 22일

아침부터 날이 흐려서 비가 올까 걱정이다. 그러나 결성에는 시기에 맞춰 갔다 오지 않을 수 없어서 일찌감치 식사를 한 뒤 덕노와 한복을 거느리고 떠났다. 오후에 정산의 갓지 집에 도착해 말에게 꼴을 주고 점심을 먹었다.

감동을 데리고 정산 현문(縣門)에 도착해 먼저 감동을 시켜 이름을 전하게 했다. 현감이 사람을 시켜 나를 아헌으로 맞이해 한동안 이야기를 나누었다. 그러고는 내게 일행의 아침과 저녁 식사를 주더니, 또 백미 1말, 중미 1말, 콩 2말, 간장 2말, 봄보리 종자 3말, 간장 5되를 주었다. 후의에 매우 감사하다. 여염의 주인집으로 와서 잤다. 현감의 성명은 김장생(金長生)*이다.

◎ ─ 2월 23일

사람을 시켜 김상에게 현의 5리 밖으로 오라고 했다. 김상이 즉시 왔기에 조용히 이야기하다가 윤씨 집안의 혼사를 물었더니, 그 어머니가 난리 초에 몸을 더럽혀서 할 수 없다고 한다. 현감 또한 옳지 못하다고 한다.

김상과 작별하고 관아로 나아갔다. 잠시 현감을 만난 뒤 그길로 청

....

* 　김장생(金長生): 1548~1631. 1578년 학행(學行)으로 천거되어 창릉 참봉이 되었다가 정산 현감을 지냈다.

양으로 향했다. 또 감동에게 메주와 말먹이 콩을 그의 집에 갖다 두게 했다. 5리 밖에 이르러서 감동을 먼저 보내 두 종에게 보리와 쌀을 나누어 등에 지게 하고 이불보는 말에 실었다. 말을 타고 달려 청양현 안의 두응토리(豆應吐里)의 옛 주인집에 이르러 말에게 꼴을 먹이고 점심을 먹었다. 주인은 마침 보리밭을 가는 일로 들에 나가 집에 없었다.

즉시 말을 타고 달려 생원 이익빈(李翼賓)*의 집에 다다랐으나 이익빈 또한 집에 없었다. 도로 광석(廣石) 이삼가(李三嘉) 댁에 이르렀더니 마침 정자 박원(朴垣) 형제가 와 있었다. 또 생원 박효제를 맞아다가 함께 이야기했다. 삼가 댁에서는 우리 일행에게 저녁밥을 대접하고 잠을 자도록 했다.

이익빈의 집에서 올 때 전날 잠시 거처하던 계당에 들러 보았다. 창문과 마룻장을 모두 걷어 버려 하나도 남아 있지 않고 네 기둥만 우뚝 서 있었다. 뒷마을의 인가 역시 모두 헐려서 하나도 남지 않았다. 4년 사이에 사람의 일이 이 지경에 이르렀으니, 탄식을 금할 수 없다. 그러나 이 계당에 머물 때 내가 큰 병을 앓아 거의 죽다가 살아났고 온 식구가 병에 걸려 앓은 사람이 많았으나 모두 죽음을 면했으니, 이 또한 다행한 일이다.

◎ ― 2월 24일

일찌감치 식사를 한 뒤 일행의 점심을 싸 가지고 삼가댁에 가서 작

....

*   이익빈(李翼賓): 1556~1637. 본관은 전주(全州), 자는 응수(應壽)이다. 1582년 생원시에 입격했으며, 1596년에 역적 이몽학(李夢鶴)과 결탁한 김팽종(金彭從)을 사살하는 공을 세웠다.

별했는데, 나를 맞아 안으로 들어오게 했다. 박부여댁(朴扶餘宅)*도 역시 와 있었다. 잠시 이야기를 하다가 밖으로 나와 두 박씨와 작별했다. 말을 타고 달려서 결성 땅의 냇가에 이르러 말에게 꼴을 먹이고 점심을 먹었다. 이서면(二西面)에 있는 평강(오윤겸)의 농막에 이르니, 날이 벌써 저물었다.

이 농막에서 보니, 결성현에서 이곳에 이르기까지 긴 골짜기가 거의 15리 남짓인데 좌우 길가에 전답으로 개간한 곳은 몹시 적고 인가도 역시 드물었다. 몹시 적막했다. 윤겸이 살 때에는 겨우 비바람이나 가리고 몸이나 뉠 따름이었으니, 우리 집처럼 많은 식구는 하루도 살수가 없다. 금손(今孫)의 집에 가서 잤다.

◎ ─ 2월 25일

사람을 보내 이대수(李大秀)와 이팽조(李彭祖)를 초청했더니, 모두 와 본다고 한다. 어촌 사람이 장에 와서 굴을 판다기에 즉시 벼 2말을 주고 굴 5사발로 바꾸었는데, 거의 1말 남짓이다.

식사한 뒤에 이팽조와 이대수가 와서 보았다. 전에 서로 만나 보지 못했지만 이름을 들은 지는 오래라서 예전부터 서로 아는 사이 같았다. 조용히 이야기하다가 금손이 술과 안주를 올려 각각 석 잔씩 마셨다.

이팽조가 나를 자기 집으로 청하면서 먼저 작별하고 돌아갔다. 뒤따라서 이대수와 함께 갔더니, 역시 술과 안주를 내와서 오랫동안 만나지

....

* 　박부여댁(朴扶餘宅): 박부여는 박동도(朴東燾, ?~?)이다. 고성 군수, 마전 군수 등을 지냈다. 1592년에 부여 현감을 임시로 맡은 일이 있다.

못한 회포를 풀었다. 그의 집은 몹시 크고 넓었다. 해구(海口)*가 멀지 않아 해물이 많이 나고 산과 들녘의 나물 또한 많아서 살 만한 곳이다.

두 이씨가 또 나를 안내하기에, 해구로 걸어 나가 안민도[安民島, 안면도(安眠島)]를 바라보니 몹시 가까웠다. 만일 배만 갖추어진다면 또한 이 섬으로 피난할 수 있으리라. 저녁 무렵에 각각 헤어져 집으로 돌아왔다.

◎ ─ 2월 26일

이른 아침에 마음먹은 바를 글과 편지로 썼다. 덕노를 홍주 통판(洪州通判) 앞으로 보내 기록한 글과 편지를 올려 결성 관아에 딸린 공가(公家)를 얻어 살고자 했다. 마침 결성 현감 자리가 비어서 홍주에서 겸임하고 있었기 때문이다. 이는 모두 두 이씨가 가르쳐 준 것이다.

새벽부터 비가 내렸다. 비록 많이 쏟아지지는 않았지만 처마에서 물 떨어지는 소리가 나고 저녁내 그치지 않는다. 그래서 떠나지 못하고 그대로 머물러 잤다. 무료하던 참에 마침 이팽조가 바둑판을 가지고 와서 함께 종일 바둑을 두면서 쓸쓸함을 씻어 냈다. 몹시 위로가 되었다. 덕노가 오지 않으니 괴이하다.

◎ ─ 2월 27일

가랑비가 부슬부슬 내려 밤새 그치지 않더니 아침에도 그치지 않는다. 걱정스럽다. 그러나 돌아갈 생각이 몹시 급해 더는 체류할 수 없

---

* 해구(海口): 바다가 뭍의 후미진 곳으로 들어간 어귀이다.

다. 금손을 데리고 비를 맞으며 떠나서 고을 안에 있는 윤겸의 계집종의 남편 금선(今先)의 집으로 들어가 이웃해서 살 만한지의 여부를 살펴보았다. 또 이팽조에게 오라고 해서 죄를 짓고 피해서 도망 온 사람인 장윤공(張允公)의 공가를 먼저 보았다. 안팎이 갖추어지고 방 3개가 있으니, 와서 살 만하다.

그러나 현감이 없어서 빌리기를 청하지 못하겠다. 어제 덕노를 홍주로 보내 마음먹은 바를 기록한 글을 올린 것도 여의치 않다. 안타깝다. 현의 별감 김종립(金宗立)을 불러다 내가 와서 살려는 뜻을 면전에서 이야기하면서 다른 사람을 들이지 말라고 하자, 그가 이를 허락했다. 그러나 빌리지 못할까 걱정이다.

금선이 점심을 지어 위아래 사람들에게 대접했다. 이팽조가 먼저 작별하고 돌아갔다. 나도 뒤따라 출발해서 고을에 사는 서주 경림(徐澍景霖)*의 집을 찾았다. 나를 맞아들이기에 들어가 서로 만나니, 몹시 기쁘고 위로가 된다. 각자 오랫동안 격조했던 심정을 이야기했는데, 그가 우리 일행의 저녁밥을 대접했다. 내처 그 집에서 잤다. 어둑해지자 김담명(金聃命)*이 와서 보았다. 김담명은 언명의 처남이고, 경림은 서주의 자이다. 날이 저문 뒤에 따뜻해져서 길을 가기에 지장이 없겠다.

◎ — 2월 28일

이른 아침에 들어가서 경림을 보았다. 경림은 억지로 만류하다

----

* 서주 경림(徐澍景霖): 1544~1597. 자는 경림이다. 임진왜란 때 이리저리 떠돌아다니는 백성을 구제하고 남은 곡식을 군대에 실어다 바쳐, 조정에서 사헌부 감찰을 제수했다.
* 김담명(金聃命): 오희문의 남동생인 오희철의 처남이다.

가 우리 일행의 아침 식사를 대접하고 또 점심을 싸서 주었다. 생원 전
흡(田洽)*이 와서 보았다. 술 1병을 가지고 와서 마시라고 하기에 각각
큰 잔으로 석 잔씩 마시고 파했다. 김담명도 와서 내게 쌀과 콩을 각각
1말씩 주었다. 또 그의 친가에 보내는 편지를 써서 언명에게 전하면서
태인에 보내라고 했다.

느지막이 떠났다. 처음에는 순성령(順城令)에게 들를까 했지만 늦
게 떠난 까닭에 그냥 지나쳤다. 걸어서 안현(鴈峴)을 넘어 길가 소나무
아래에서 말에게 꼴을 먹이고 점심을 먹은 다음 말을 타고 달려 광석
을 지났다. 걸어서 큰 고개를 넘어 청양의 두응토리의 옛 주인집에 도
착하니, 해가 이미 기울었다.

◎ ─ 2월 29일

이른 아침을 먹고 떠났다. 금정역(今井驛)을 지나 부여 땅 도천사
(道泉寺)* 아래 시냇가에 이르러 말에게 꼴을 먹이고 점심을 먹었다. 임
천 집에 도착하니 해가 아직 떨어지지 않았다. 온 집안 식구가 모두 편
안하고, 집사람과 단아의 학질은 모두 떨어졌다.

오늘은 외조모의 제삿날이다. 밥을 지어 제사를 지냈다고 한다. 집
에 와서 들으니, 신임 군수가 김자정의 부탁으로 문안을 했고, 체찰사
의 종사관 김시헌도 이 고을에 이르러 사람을 시켜 문안했다고 한다.
또 생원(오윤해)에게 보내는 편지를 가지고 왔는데, 그가 여기에 있는

....
* 전흡(田洽): 1553~?. 1588년 식년시에 입격했다.
* 도천사(道泉寺): 부여군 은산면 대양리에 있던 절이다. 임진왜란 중에 발생한 이몽학의 난에
   적극 가담했던 승려 능운이 거처하던 곳이다. 지금은 사적비만 남아 있다.

줄 알았기 때문이다. 영남(永男)은 어제 임실에 사는 그의 서얼 누이 집에 가서 봄을 지내겠다고 했단다.

◎ ─ 2월 30일

최인복이 와서 보기에 탁주 석 잔을 마시게 했다. 저녁에 평강에서 문안하는 사람이 왔다. 윤겸과 윤해가 보낸 편지를 펴 보았다. 모두 잘 있다고 하니, 매우 위로가 되고 기쁘다. 올 때 율전에 사는 생원(오윤해)의 집에 들렀기에, 그의 편지도 함께 가지고 온 것이다. 다만 충아가 두통을 앓는다고 하니 걱정스럽다.

평강에서 물건을 보냈다. 날꿩 10마리, 말린 꿩 10마리, 대구 10마리, 건포도 2되, 도라지 정과 1항아리, 백지(白紙) 1뭇, 상지 2뭇이다. 그런데 이를 가져오던 사람이 중도에 명나라 군사를 만나 매를 맞고 몸을 다쳐 겨우겨우 버티며 왔는데, 꿩 1마리를 뺏겼다고 한다.

평강(오윤겸)이 그 고을의 큰 폐단 세 가지를 써서 올리고 그 상소문의 초고를 보내왔다. 이를 보니, 시의(時宜)에 깊이 합당하다. 만일 이것이 채택되어 실시된다면, 온 고을의 백성이 은혜를 입을 수 있으리라. 윤겸도 한갓 녹봉만 축내지 않으니, 몹시 기뻐할 만하다.

3월 작은달 -8일 한식, 9일 청명(清明) -

◎ ― 3월 1일

언명이 덕노를 데리고 태인으로 떠났다. 아침이 지나 비가 내렸으니 필시 옷이 젖었으리라. 안타깝다. 언명이 가는 편에 대구 1마리와 말린 꿩 1마리를 주었다. 이는 평강(오윤겸)의 뜻이다. 말린 꿩 1마리는 함열에 사는 딸에게 보냈다.

언명에게 태인 집에 도착하는 즉시 처자식을 거느리고 이 집에 와서 살라고 했는데, 반드시 사람과 말을 빌린 뒤에야 떠나올 수 있으리라. 평강에서 온 사람이 병을 핑계로 함열에 가지 않고 그대로 머물렀다.

◎ ― 3월 2일

평강과 율전에 2통의 편지를 썼다. 온 집안의 아녀자들이 각각 편지를 1장씩 쓰는 바람에 1권의 종이를 다 소모했다. 우스운 일이다. 저녁에 함열에서 심부름꾼이 왔다. 병어와 평강(오윤겸)에게 부칠 답장을 가져왔다. 태인에서 사람과 말을 빌릴 수 없다는 기별을 했다. 몹시 걱정스럽다.

◎ ─ 3월 3일

평강에서 온 사람이 꼭두새벽에 돌아갔다. 그편에 생원(오윤해)에게 보내는 편지와 제사에 쓸 대구 2마리, 말린 꿩 1마리를 주면서 율전에 들러 전하도록 했다. 식전에 생원 권학이 와서 보고 돌아갔다. 오늘은 삼월 삼짇날이라 제수를 갖추어 신주 앞에 차례를 지냈다.

최인복이 왔기에 꿩고기 1조각과 술 한 잔을 대접했다. 성민복도 왔다. 이에 최인복의 말을 빌려 한복을 데리고 출발했다. 성민복이 매부 류수(柳洙)와 함께 뒤따라왔다. 남당진에서 술자리를 마련해 모이자고 약속했기 때문이다.

함께 남당진에 이르자 우뚝한 언덕에 높다랗게 차일이 쳐져 있었다. 술과 안주를 많이 차려 놓고 억지로 나를 이끌어 자리에 앉게 했다. 여기에 모일 사람들은 조광철, 조광좌 형제, 장계선(張繼先), 성민복, 류수인데, 아직 다 모이지 않았다.

내가 먼저 떠나려고 하자, 여러 사람들이 안주 한 상을 내왔다. 그러고는 먼저 큰 잔에 술을 따라 억지로 석 잔이나 권했다. 이에 크게 취해 먼저 작별하고 언덕을 내려왔다. 배를 타고 나루를 건너 말을 타고 달려 함열 관아에 도착하니, 날이 아직 일렀다. 먼저 신방에서 자방(신응구)을 만나 조용히 이야기했다. 또 관아의 안채로 들어가 딸과 젖먹이를 보았다. 젖먹이는 태어난 지 겨우 한 달 남짓 지났는데, 눈을 맞추면 방글방글 웃는다. 예쁘다.

잠시 뒤 자방(신응구)도 들어와 저녁상을 마주했다. 결성에 가지 않으면 안 된다고 간절히 말했지만, 자방(신응구)이 억지로 말리면서 사람과 말을 빌려 주려고 하지 않았다. 몹시 민망하다. 당초에는 사람과 말, 배를 빌리는 것을 허락했는데, 지금은 핑계를 대며 허락하려고 하지 않는다. 만약 지금 가지 않으면, 임천과 결성 양쪽 일이 잘못되어 죄다 어그러질 것이다. 고민스럽다. 그러나 내일은 꼭 힘써 말해 볼 생각이다.

◎ ─ 3월 4일

함열 관아의 안채에 머물렀다. 김백온이 왔기에, 자방(신응구)과 함께 신방에서 밥을 먹었다. 김백온이 신대흥과 함께 남궁영의 집에서 바둑을 두었다. 나는 먼저 나왔다.

◎ ─ 3월 5일

이른 아침에 관아의 안채에 들어가 젖먹이를 보았다. 안아서 무릎 위에 앉혔더니, 눈을 맞추면 소리 내어 웃는다. 참으로 예쁘다. 오늘 떠나려고 했는데, 비가 그치지 않아서 부득이 그대로 묵었다. 온 집안이 결성으로 돌아가려고 말을 빌리려고 하니, 오는 15일로 허락했다. 그 전에는 연고가 있다고 한다.

오후 늦게 신대흥이 들어오고 생원 정회(鄭晦)도 와서 종일 이야기했다. 뱅어탕을 내어 술을 마시는데, 김백온이 뒤미처 왔다. 취한 뒤 파했고, 저녁에 동헌으로 나가 잤다.

자방(신응구)의 새로 태어난 아기의 이름을 중진(重振)이라고 지었다. 그의 고조부 문경공(文景公)* 이후로 가문이 중간에 쇠미해져 떨치지 못했는데, 일문(一門)을 떨쳐 일으켜서 능히 선대의 가업을 계승하고 또 자손이 번창하라는 뜻을 취해 지었다.

◎ ― 3월 6일

당초에는 오늘 일찌감치 돌아가려고 했는데, 내일 웅포에서 뱅어를 잡는단다. 그래서 자방(신응구)이 나에게 고기 잡는 것을 구경한 뒤 배를 타고 거슬러 올라 돌아오자고 하므로 그대로 머물렀다. 그러나 말을 빌린 처지라서 오래 머물고 있자니 걱정스럽다.

식사한 뒤에 정회와 종일 바둑을 두었다. 저녁에 김백온이 와서 신대흥과 함께 등불을 밝히고 자방(신응구)의 숙소에서 이야기하다가 각각 소주 한 잔씩 마셨다. 붕아(鵬兒)*가 태인에서 들어왔기에 언명의 편지를 보았다. 처자식을 거느리고 오는 10일 즈음에 임천에 당도한다고 한다.

결성에 가는 일에 대해서는 사람과 말을 겨우 둘이나 셋 정도 빌릴 수 있고 그나마 요새는 연고가 있으니 15일 사이에 쓰라고 한다. 만일 그렇게 하면 사람과 말이 부족할 뿐만 아니라 결성에 가도 농사지을 시기가 늦어져 형세가 장차 맞지 않아 이도 저도 안 될 것 같다. 그래서 부득이 여기에 머물러 여름을 보낸 뒤 가을에 가도 늦지 않으리라. 그러나 사람의 일이란 뜻대로 되지 않는 경우가 항상 많은 법이다. 어찌

*   문경공(文景公): 함열 현감 신응구의 4대조 신용개(申用漑, 1463~1519)이다. 대제학과 우찬성을 지냈다.
*   붕아(鵬兒): 오희철의 외아들 오윤형(吳允詗)으로 보인다.

기약할 수 있겠는가. 이곳에서는 농사를 전담할 노비와 농기구가 없어서 일이 이루어지지 않는 것이 많다. 걱정이다.

◎ ─ 3월 7일

함열에서 덕노를 시켜 으레 보내 주는 쌀 10말을 보내왔다. 또 붕아를 말에 태워 먼저 임천으로 보냈다. 나는 곧 신대흥, 민주부, 정생원(鄭生員, 정회)과 함께 웅포의 고기 잡는 곳으로 먼저 갔다. 자방(신응구)은 뒤따라서 김랑, 김봉사(김경)와 함께 출발했다.

나룻가에 다다라 배를 타고 중류에 이르러 닻을 내렸더니, 홍요보의 숙질(叔姪)도 왔다. 관청에서 술과 안주를 준비하여 먼저 내오고 숭어회와 뱅어탕을 만들었다. 서로 권하면서 술을 마시고 반쯤 취했는데 또 점심이 나왔다. 나는 취해서 한 숟가락도 들지 못했다.

해가 이미 기울고 돌아갈 마음이 급해서 먼저 배를 준비시켰다. 드디어 작별한 다음 순풍에 돛을 달아 조수를 타고 올라갔다. 남당진 나룻가에 이르니 해가 이미 떨어졌다. 떠나올 때 자방(신응구)이 내게 뱅어 1동이, 큰 숭어 1마리, 웅어 7마리를 주었다. 또 관리를 시켜 물고기를 등에 지고 말을 타고 달려 임천의 집에 가도록 했다.

밤이 이미 깊었다. 곧바로 여러 노비들에게 뱅어를 나누어 주었다. 오늘 잡은 뱅어가 거의 2백여 동이는 된다고 한다. 오는 길에 뱅어 3사발을 따로 싸서 최인복의 집에 들러 들여보냈다. 덕노가 말을 가지고 중도에 마중을 나왔기에, 곧 내 말로 바꾸어 탔다. 최인복의 말은 그의 집으로 돌려보냈다.

◎ ― 3월 8일

한식날이다. 생원 윤해가 광주의 산소에 가서 제사나 지내는지 모르겠다. 또한 평강에서 제수를 마련해 보냈는지도 모르겠다. 이곳에서는 쑥떡을 만들어 뱅어, 숭어탕, 웅어, 숭어, 날꿩구이와 함께 차려 놓고 신위 앞에 차례를 지냈다. 남은 제수로 일찍 죽거나 자식이 없지만 공이 있는 노비들의 제사를 지내 주었다. 권생원(權生員)과 성생원 두 집에 각각 뱅어 1사발씩을 보내고, 소지의 집에도 1사발을 보냈다. 나머지로 젓을 담그고 식해도 만들었다.

◎ ― 3월 9일

자미(이빈)의 사내종 한손이 수원에서 장수로 가는 길에 이곳에 들렀다. 이종윤(李宗胤)의 편지와 경여 처의 언문 간찰을 보니, 잘 있다고 한다. 즉시 답장을 써서 보냈다. 이시윤의 집에서 또 절인 뱅어 3사발을 보냈다. 덕노가 병으로 누웠기에 부득이 한복을 시켜 깨진 솥과 편지를 정산 현감 앞으로 보냈고, 그편에 갓지의 집에 두었던 물건을 실어 오라고 했다. 전날 정산 현감이 깨진 솥을 다시 주조해 준다고 면전에서 허락했기에 보낸 것이다.

아침 식사 뒤 무료해서 붕아를 데리고 걸어서 성생원의 집에 갔다. 이야기하다가 그길로 성공과 함께 걸어서 그 집의 이른 못자리에 가서 구경했다. 이때 마침 향교의 생도 4, 5명이 지나가다가 들렀으므로, 함께 밭 가에 둘러앉아 이야기하다가 잠시 뒤 헤어졌다. 나는 조응개와 함께 이복령의 집에 가서 종일 바둑을 두었다. 올 때 이복령이 말에 안장을 갖추어 태워 보냈다. 신경유에게 들러 밭을 갈 소를 빌려서 돌아왔다.

저녁에 한복이 돌아왔다. 깨진 솥은 숫지를 시켜 정산으로 보냈고, 그곳에 두었던 말먹이 콩 2말 5되, 메밀 1말, 메주 2말, 쟁기 1자루를 모두 실어 왔다. 간장은 겨우 1말 2되이니, 필시 감동이 훔쳐 먹은 것이리라. 밉살스럽다. 그가 오면 전에 쳐준 값으로 갯지의 아비를 시켜 사오게 할 것이다. 갯지의 아비 유량(有良)이 유월태(六月太) 5되와 채소 종자를 보냈다. 들으니, 신임 군수의 정령(政令)이 사람들에게 전혀 미치지 못한다고 한다. 그러나 부임한 지 얼마 되지 않았으니, 서서히 그 끝을 본 뒤에라야 알 수 있겠다.

◎ ─ 3월 10일

새벽부터 비가 내리더니, 저녁 내내 그치지 않는다. 그러나 많이는 내리지 않고 부슬부슬 와서 먼지나 적실 뿐이다. 농사를 위해 비가 내리기를 바라는 마음이 바야흐로 간절한데, 내리지 않는다. 탄식이 나올 만하다. 이 때문에 채소밭을 갈려다가 그러지 못했다. 그리고 어제 한복이 가져온 쟁기 자루가 썩어서 부러져 밭을 가는 데 쓸 수 없다고 한다. 쌀 5되만 허비했으니, 안타깝다. 내일 다시 장에서 사다가 써야겠다. 세간에서는 이것을 가작(假作)이라고 부른단다. 또 요새 두 곳의 연못에 물이 가득 차고 밀과 보리가 무성해서 기쁘다. 다만 논에는 물이 부족하다.

◎ ─ 3월 11일

덕노와 한복을 시켜 채소밭을 갈고 각종 채소 종자를 뿌리게 했다. 또 삼씨[麻子] 3되 반을 뿌렸다. 오후에 상판관이 마침 진남(震男)의 집에 왔다기에 즉시 가 보았다. 조훈도도 와서 함께 이야기했다. 이광춘이 술을 내서 각각 두 잔씩 마시고 헤어졌다.

◎ ─ 3월 12일

고조부의 제삿날이다. 종손들은 모두 죽고 오직 끗남[金男]이 남았을 뿐인데 멀리 황해도에 있으니, 필시 제삿날을 몰라 제사를 지내지 못하리라. 그런 까닭에 떡과 면만 마련해서 새벽에 인아와 함께 제사를 지냈다. 차마 그대로 넘길 수 없어 정성을 바쳤을 뿐이다.

오늘 소를 빌려다가 둔답을 갈려고 했다. 그런데 조윤공이 어제는 소를 준다고 허락해 놓고는 오늘 연고가 있다고 빌려 주지 않는다. 품팔이꾼이 이미 아침밥까지 먹었는데 일을 시키지 못하니, 매우 안타깝다. 이에 두 사내종에게 소와 말을 가지고 마른 나무 2바리를 베어 오도록 했다.

식사한 뒤 걸어서 권평지(權平池) 주변의 논갈이하는 곳에 갔다. 마침 좌수 조응립이 감관으로 와서 감독하기에 함께 못가에 앉아 이야기했다. 이광춘이 우리를 자기 집으로 맞이하기에 조응립, 이광춘과 종일 이야기했다. 이광춘이 내게 술 석 잔을 대접했다. 마침 별감 임백도 왔다.

◎ ─ 3월 13일

조윤공와 신경유 두 집의 소를 빌려다가 한복과 덕노, 품팔이꾼을 시켜 둔답을 갈았다. 느지막이 비가 내려 정오에도 그치지 않는다. 신경유가 소를 도로 빼앗아가서 종일 갈 수 없어서 겨우 5마지기만 갈았다. 어제는 품팔이꾼 셋을 얻어 아침밥만 먹이고 소를 빌리지 못해서 갈지 못했는데, 오늘은 소를 빌려 놓고도 비가 내려 또 갈지 못해서 한 갓 양식만 허비했다. 일이 모두 뒤틀리고 하늘도 돕지 않는다. 탄식한들 어찌하겠는가.

오늘은 김매의 대상이다. 처음에는 친히 궤연(几筵)*에 가려고 했으나, 종과 말이 하나도 갖추어지지 않아 가지 못했다. 누이가 죽은 지 2년이 되었는데, 겨우 이틀거리에서 떠돌며 종과 말이 하나도 갖추어지지 않아 한 번도 영전에 가서 곡을 하지 못한 채 3년이나 보냈다. 비록 형세라고는 하지만 애통한 마음이 더욱 지극하다. 또 덕노를 보내려고 했으나, 학질을 앓고 난 뒤 또 이질을 앓아 여러 날 누워서 일어나지 못해서 역시 보내지 못했다. 더욱 안타깝다.

느지막이 진남의 집에 가서 조응립과 이야기를 나누었다. 마침 판관 조대림 부자도 와서 종일 이야기했다. 언명이 오후에 처자식을 거느리고 비를 맞고 왔다. 만나서 기쁘기는 하지만, 위아래 일행이 우장(雨裝)을 갖추지 않아 옷이 모두 젖었다. 애석하다. 조응립이 홀로 빈 사랑에 앉아 있다는 말을 듣고 술과 안주를 보내 마시게 했다. 내가 먼저 돌아왔기 때문이다.

조대림에게 들으니, 도원수 권율이 명령을 받아 영남으로 가면서 어제 홍산에서 자고 오늘 한산을 지나 나시포(羅時浦)를 건너 금성(錦城)으로 가다가 좌도(左道)로 방향을 틀어 팔랑치(八郎峙)*를 넘어 진산(晉山, 진주)에 머물러 있다고 한다. 도원수는 조대림의 매부인데, 어제

....

* 궤연(几筵): 죽은 사람의 영궤(靈几)와 그에 딸린 모든 것을 차려 놓는 곳이다.

홍산에 가서 뵙고 돌아왔단다.

들으니, 영변 절도사(寧邊節度使)가 죽었다고 한다. 매우 한탄스럽고 애석하다. 강한 왜적들이 물러가기도 전에 장사(壯士)가 먼저 죽었으니, 이 또한 국운이란 말인가. 절도사는 변응규(邊應奎)*로, 장수가 될 만한 재주가 조금 있기에 몇 등급을 건너뛰어 병마절도사의 일을 전담했다.

◎ ─ 3월 14일

식전에 최인복이 찾아왔기에 큰 그릇으로 술 두 잔을 먹여 보냈다. 오후에 말을 타고 동송동으로 달려갔더니, 마침 조백익 형제와 조군빙 형제, 세 소년이 길가 소나무 그늘 아래에 둘러앉아 이야기를 나누고 있었다. 조희열이 술을 내다가 내게 마시게 해서 저녁때 돌아왔다.

좌수 조윤공에게 들러서 논을 갈 소를 빌렸다. 또 이복령의 집으로 들어가 먼저 내 종과 말을 보내고 난 뒤 바둑을 두면서 밭 가는 소를 대 주기로 내기했다. 저녁에 주인의 종과 말을 빌려 타고 돌아왔다. 언명의 처자식은 오늘 비로소 이웃집으로 나가 잤다.

◎ ─ 3월 15일

군수가 권평지에 씨 뿌리는 일을 감독하러 몸소 와서 못가에 앉았기에, 내가 가서 보았다. 조금 있다가 한겸, 홍사고, 윤대복(尹大復), 조대

....
* 팔랑치(八郞峙): 지리산 바래봉 남쪽에 있는 고개이다.
* 변응규(邊應奎): 1560~1596. 만포첨사, 조방장, 평안도 병마절도사 등을 지냈다.

림, 류심(柳諶), 이복령, 군의 훈도 조의, 좌수 조응립이 와서 모였다. 종일 이야기하는데, 관청에서 물만밥을 내왔다. 그런데 사람이 많아서 두 사람이 한 그릇을 가지고 나누어 먹었다. 저녁 무렵에 각자 헤어졌다.

◎ ─ 3월 16일

꼭두새벽부터 비가 내리다가 느지막해서 비로소 그쳤다. 연일 비가 내리기는 내리는데, 밀이나 보리에는 적당하지만 논에는 부족하다. 이러다가 시기를 놓칠까 걱정이다. 오후에 이복령이 이광춘의 집에 와서 나를 청했다. 즉시 가서 이야기도 하고 또 바둑도 두다가 저녁때 돌아왔다.

장수에 사는 이빈의 집 계집종 환이(環伊)와 구월(九月)이 한양으로 올라가다가 이곳에 들러서 잤다. 이경백(李慶百)의 아들도 함께 간다니, 몹시 가련하다. 아침밥과 저녁밥을 해서 먹였다. 경백은 이빈의 처남으로, 지난 임진 난리 초기에 장수에서 함께 환난을 맛보아서 정의가 아주 두텁다. 그의 아들이 왜적에게 포로로 잡혔다가 도망쳐 장수로 돌아왔는데, 이제 비로소 올라가는 것이다. 또 들으니, 목천 최경선(崔景善)이 지난달에 병으로 죽었다고 한다. 애통함을 금할 수 없다. 난리 뒤에 남원의 농촌으로 와서 거처했다고 한다.

◎ ─ 3월 17일

좌수 조군빙이 종과 말을 보내 나를 청하기에 즉시 말을 타고 달려 갔다. 술자리를 벌였으니, 일찍이 별좌 이덕후 형제와 약속을 했기 때문이다. 참석한 사람은 조백익 형제, 홍사고, 윤대복, 조대림, 주인 형제와 나왔다. 거문고를 타며 노래를 부르고 춤을 추다가 파했다.

종과 말을 빌려 타고 돌아오니, 밤이 이미 깊었다. 마침 오후부터 비가 많이 내려 밤새 그치지 않는다. 주인이 억지로 붙잡으며 유숙하라고 했지만, 내일 소를 빌려 논을 갈아야겠기에 많이 취했어도 비를 무릅쓰고 돌아온 것이다. 오늘 단자를 올리고 환자 2섬을 받아 왔다.

◎ ― 3월 18일

소를 빌리지 못해 논을 갈지 못했다. 안타깝다. 식사한 뒤에 조응립이 권평지에 씨 뿌리는 일을 감독하러 왔다는 말을 듣고 걸어서 못가로 가서 그와 이야기했다. 그러고는 이광춘의 사랑에 갔는데, 앉은 지 얼마 되지 않아 훈도 조의가 왔다. 또 사람을 보내 이복령을 불러다가 종일토록 이야기했다. 복령과 술내기 바둑을 두었으나, 복령이 끝내 한 판도 이기지 못했다. 우습다. 마침 화전(花煎)을 대접하기에, 막걸리를 각각 석 잔씩 마시고 헤어졌다.

◎ ― 3월 19일

한복을 시켜 품팔이꾼 셋을 얻어 도합 네 사람이 쟁기로 논을 갈았는데, 겨우 6마지기를 갈고 다 못 갈았다. 안타깝다. 품팔이꾼 두 사람에게 품삯으로 각각 벼 1말씩 주었다. 느지막해서 언명과 허찬이 함께 논갈이하는 곳에 가서 보고 돌아왔다.

어제 덕노가 함열에서 돌아왔는데, 관례에 따라 보내는 양식으로 벼 2섬, 쌀 12말을 싣고 왔다. 자방(신응구)이 전에 보낸 찹쌀 1말, 잡젓 2말, 참기름 반 되로 화전을 지져 천신했다.

덕노를 별좌 이문중과 김포 조백공에게 보냈다. 편지를 보내 볍씨를 구했더니, 덕후가 7말, 백공이 5말을 챙겨 보냈다. 모두 이른 볍씨로, 지난날 면전에서 승낙을 얻었기에 보내 준 것이다. 또 품팔이꾼 6명을 얻어 두 계집종과 함께 보리밭을 매도록 했는데, 일찌감치 끝났다.

◎ ─ 3월 20일

품팔이꾼을 사서 품삯을 주고 한복, 덕노와 함께 논 두둑을 손보게 했다. 느지막이 비가 내렸으나, 많지 않아 안타깝다. 그러나 비가 부족하기에 한 보지락의 비라도 내린다면, 씨뿌리기를 마칠 수 있으리라. 저녁 내내 비가 그치지 않으니, 부족하다는 탄식은 반드시 없게 되리라. 기쁘다.

◎ ─ 3월 21일

어제 아침부터 비가 내리더니 종일 그리고 밤새 내렸다. 아침에도 그치지 않았으니, 농사에 흡족하다. 이 비로 씨를 다 뿌릴 수 있으리라. 다만 우리 집에는 농사를 전담하는 노비가 없기에, 사람을 사도 오히려 부족하다. 이 때문에 남보다 뒤처져서 아직도 이른 볍씨를 뿌리지 못했으니, 한 사람의 힘이 농사철과 관계가 있다는 점 또한 미루어 알 수 있다.

느지막이 한복과 덕노에게 눌은비를 데리고 이영해(李寧海)의 병작 논을 손질하도록 했다. 비가 비록 많이 내리지는 않아도 부슬부슬한 가랑비가 저녁 내내 그치지 않는다. 이영해는 전에 통진 현감을 지낸 이수준인데, 지금은 영해 부사(寧海府使)가 되었다.

◎ ― 3월 22일

성민복이 와서 보았다. 오늘 환자를 나누어 준다기에 단자를 올리고 정조 1섬을 받아 왔다. 한복에게 10말, 덕노에게 5되를 나누어 주었더니 2말 5되가 남았다. 한복에게 1말, 덕노에게 5되를 더 주었다. 남은 1말은 집에서 쓰련다.

◎ ― 3월 23일

품팔이꾼과 집안의 노비 등 모두 6명을 시켜 논을 손질하고 씨를 뿌리게 했다. 이영해의 논에는 중조(中租) 4말, 둔답에는 이른 벼 3말을 뿌렸다. 나머지는 날이 저물어서 다 뿌리지 못했다.

식사한 뒤 아우와 함께 길가에서 농사짓는 것을 구경했다. 마침 이복령, 권학, 최인복, 조응개가 모두 모여 버드나무 그늘 아래에서 이야기하다가 권경명(權景明), 이복령과 함께 이광춘의 사랑에 가서 종일 장기를 두었다. 조대림도 따라왔는데, 그 집에 막걸리가 있어서 각각 넉잔씩 마셨다. 이복령이 마시지 않아서 녹두죽을 먹도록 했다. 마침 별좌 이덕후가 지나가기에 맞아들여 오랫동안 이야기했다. 그에게 들으니, 봉사 이신성이 수일 전에 갑자기 죽었다고 한다. 놀랍고 슬픔을 이길 수 없다. 이공은 난리 뒤에 함열 고을 안으로 와서 살아 서로 알고 지냈는데 못 본 지 오래지 않아 이제 그 부음을 들었으니, 사람의 일이 덧없음이 어찌 이 지경에 이르렀는가. 불쌍한 일이다. 경명은 권학의 자(字)이다.

◎ ─ 3월 24일

일전에 좌수 조응립, 훈도 조의와 산성 동루(東樓)에 모여 이야기하기로 약속했는데, 오늘이 마침 모임날이다. 그래서 판관 상시손과 함께 말고삐를 나란히 하고 산에 올랐더니, 두 조씨 형제가 누에 올라가 기다리고 있었다. 언명도 뒤따라 올라왔는데, 각각 술과 안주를 가지고 와서 서로 권하며 마셨다. 서로 몹시 취하여 누군가는 노래를 하고 누군가는 춤을 추었다. 마침 김강(金鋼)이란 사람도 왔는데, 한양에서 온 나그네이다. 그가 데리고 온 사내종이 피리를 불 줄 알아서 또한 흥을 돋우었다. 해가 기울어 취한 사람을 부축하고 함께 걸어내려 오는데, 혹은 앞서고 혹은 뒤처졌다. 성문 밖에 이르러 돌 하나가 있었는데, 평평하고 넓어 앉을 만했다. 이에 여러 사람이 둘러앉아 또 남은 술을 마시고 몹시 취해 각자 흩어졌다. 나는 집에 이르러 인사불성이 되었으므로, 모두 토한 뒤에 잤다. 이 역시 객지의 무료함을 풀어 본 일이니, 다행이다.

또 여러 사람과 후일 이곳에서 모이기로 약속했다. 함께 고사리를 볶아 먹기로 했다. 그렇지만 사람의 일에는 마(魔)가 많으니, 기약할 수가 없다.

◎ ─ 3월 25일

저녁내 비가 내린다. 이복령이 바둑판을 가지고 와서 종일 바둑을 두었는데, 한 번도 이기지 못했다. 우습다. 저녁밥을 대접해서 보냈다. 첨지 황신(黃愼)이 한양에서 내려와 영남으로 가다가 이 군에 들렀다. 그가 사람을 보내 문안하고, 군수에게 청해서 찹쌀 1말, 대구 2마리, 날꿩 1마리를 보내왔다. 또한 몸소 찾아왔는데, 난리 뒤에 서로 만나지 못하다가 이제야 비로소 만난 것이다. 몹시 기쁘고 위로가 된다.

오늘 함열에 가서 잔다는데, 날이 벌써 저물어 갈 길이 바쁘다. 다만 얼굴이나 보았을 뿐 회포를 풀지는 못했다. 안타깝다. 황신은 지난해 초여름부터 심유격의 접반관(接伴官)으로 왜적의 진영에 가 있었다. 심유경이 바다를 건너 일본으로 들어간 뒤에 명을 받아 올라가 어머니께 근친한 다음 이제 비로소 돌아간다면서, 장차 경주(慶州)에 머물면서 심유경이 돌아오기를 기다린다고 한다. 그는 그 공으로 몇 등급을 뛰어넘어 당상(堂上)으로 승진했다. 생원 류선각이 따로 사람을 시켜 볍씨 2말을 편지와 함께 보냈다. 몹시 감사하다.

◎ ─ 3월 26일

도원수 종사 사인(從事舍人) 신흠(申欽)이 군에 이르러 사람을 시켜 문안했다. 신흠은 평강(오윤겸)의 친구이다. 정산 현감이 평강(오윤겸)의 사내종 숏지 편에 편지를 부치면서 누룩 2덩어리를 보냈다.

◎ ─ 3월 27일

집안의 노비와 품팔이꾼을 합쳐 도합 8명이 두 논에 볍씨를 뿌렸지만 마치지 못했다. 먼저 위 논 4마지기에 1말 7되를 더 뿌렸으니. 도합 5말 7되이다. 아래 논에는 반도 뿌리지 못했는데 볍씨 또한 모자라니, 내일 2말을 구한 뒤에라야 거의 끝낼 수 있겠다. 식사한 후에 언명과 함께 볍씨를 뿌린 논에 가 보았다.

함열에서 심부름꾼이 왔다. 자방(신응구)의 편지를 보니, 인아의 혼

사를 의논해 정하자고 한다. 천천히 의논해 처리하자는 뜻으로 답장을
써서 보냈다.

요사이 어머니께서 코끝에 종기가 나고 기침도 그치지 않는데, 지
금까지 차도가 없다. 집사람과 두 딸 또한 여러 날 병을 앓아 음식을 전
혀 먹지 못한다. 집사람은 또 학질까지 얻어 함께 앓으니, 더욱 걱정이
다. 이광춘을 시켜 통문을 쓰도록 해서 쌀을 거두어 조응립의 집에서
함께 술을 빚도록 했다.

◎ ─ 3월 28일

저녁내 비가 내렸다. 요사이 비가 잦아 논에는 흡족하지만 밭곡식
은 필시 잘 되지 않으리라. 보리와 밀 또한 상한 것이 많다고 한다. 봄
비가 흡족하면 한여름에 가물까 걱정이다.

별좌 이정시가 와서 보고 오랫동안 이야기하다가 돌아갔다. 또 이
웃에 사는 할머니가 햇고사리 1뭇을 바쳤다. 올해 처음 보는 채소라서
즉시 볶아 천신한 다음에 어머니께 드렸다. 아침에 계집종 눌은비를 조
백익과 조군빙의 집에 보내 편지로 논에 더 뿌릴 볍씨를 구했다. 조백
익은 2말, 조군빙은 1말을 보냈다.

◎ ─ 3월 29일

덕노를 함열로 보내 쌀 4말 4되를 가지고 웅포에 정박한 제주의
상선(商船)에 가서 미역으로 바꿔 오도록 했다. 허찬도 동행했는데, 함
열에서 양식을 얻어 그길로 영암 임매의 집으로 간다기에 편지를 써서
보냈다.

오후 늦게 이복령이 사내종과 말을 보내 우리 형제를 초청하기에 즉시 말을 타고 달려갔다. 종일토록 내기 장기를 두었는데, 이복령은 한 판도 이기지 못했다. 내가 포(包)를 떼고 두어도 이기지 못했다. 우습다. 그의 집에서 밥을 지어 우리 형제에게 대접했는데, 반찬으로 나온 노루고기 구이를 어머니께 드리도록 보냈다. 아우는 먼저 돌아오고 나는 해가 진 뒤 돌아왔다. 오후에 소나기가 한바탕 내리더니 이윽고 그쳤다.

저녁에 생원 안사눌의 큰아들이 지나다가 들렀는데, 불러서 이야기했다. 우리 집에는 잘 방이 없어서 이웃집 방을 빌려 자도록 했다.

암탉이 병아리 4마리를 깠는데, 2마리는 강아지가 물어 가고 1마리는 솔개가 채 갔다. 겨우 1마리가 자랐는데, 크기가 메추리만 했다. 그런데 어제 또 솔개가 채 가서 끝내 1마리도 기르지 못하게 되었다. 우습다.

4월 큰달 -11일 입하(立夏), 26일 소만(小滿) -

◎ ─ 4월 1일

새벽부터 비가 내리기 시작해서 저녁 내내 이어졌다. 요새 비가 지나쳐서 연일 그치지 않는다. 농부들이 일을 그만두어서 아직도 씨뿌리기를 마치지 못했다. 안타깝다.

어머니께서는 요새 코끝에 난 종기가 나아 가고 두 딸 또한 나았다. 다만 지금까지 집사람의 증세에 차도가 없다. 밤이면 새벽까지 잠을 못 자고 신음하다가 아침에야 잠시 그치지만 오후가 되면 나른해져 눕기만 한다. 또 입맛을 잃어 식사량 또한 줄었다. 원기가 아주 없어졌으니, 크게 아프지나 않을까 몹시 걱정스럽다.

◎ ─ 4월 2일

늦은 오후에 이복령이 사내종과 말을 보내 나를 청하기에 즉시 말을 타고 달려갔다. 조훈도에게 들러 따라오라고 했다. 나는 먼저 가서 바둑을 두었다. 좌수 조윤공과 구섭(具燮)이 들어와서 잠시 이야기하다가 갔다. 구섭은 별좌 이덕후의 외조카이자 첨지 조응린의 사위이다. 복령이 나에게 흰죽을 대접했다. 종일 바둑을 두다가 저녁때 종과 말을 빌려 돌아왔다.

덕노가 돌아왔다. 함열에서 으레 보내 주는 쌀 10말과 벼 1섬을 싣고 왔다. 또 볍씨 7말, 쌀 4말, 관례에 따라 보내는 벼 1섬을 양산의 집에 맡겨 놓았다. 짐이 무거웠기 때문이다. 허찬은 비 때문에 하루 머물다가 쌀 1말을 얻어서 오늘 아침에 비로소 남쪽을 향해 길을 떠났다고 한다. 미역은 이미 다 팔리고 남은 게 없어서 빈손으로 돌아왔다고 한다.

들으니, 왜적이 군사를 거두어 모두 바다를 건너갔다고 한다. 온 나라의 경사가 이보다 큰 것이 없다. 그러나 사실 여부는 알 수 없다. 또 들으니, 함열 현감의 어머니가 오늘 길을 떠나 익산의 농막으로 돌아가신다고 한다. 자방(신응구)이 바야흐로 벼슬을 내놓고 전원으로 돌아가려고 하기 때문에 먼저 어머니를 보낸 것이다. 새달 초열흘 뒤에 또 처자식을 남포로 보낸다고 한다.

장성 현감 이옥여가 벼슬을 내놓고 돌아가다가 함열에 들렀는데, 비 때문에 이틀을 묵으면서 내게 편지를 보내 문안했다.

◎ ─ 4월 3일

무료하던 중에 식사를 한 뒤 언명, 붕아와 함께 지팡이를 짚고 볍씨 뿌린 논을 돌아보고 왔다. 또 이광춘에게 들으니, 조좌수(조광철)가 초이튿날에 고사리를 볶아 먹기로 한 모임을 초엿새로 물렸는데 약속하지 않은 사람들도 많이 불러서 술자리를 크게 베푼다고 한다.

저녁에 생원(오윤해)의 집에서 보낸 편지가 진위현에서 왔다. 펴 보니, 온 집안이 모두 잘 있고 충아의 병도 다 나았다고 한다. 몹시 기쁘니 어찌 다 말로 하겠는가. 그편에 들으니, 양산 농촌에는 다른 관인들이 부역을 피해 왔기에 살고 있는 사람들이 몹시 많다고 한다. 생원(오윤해)도 내년 가을에는 들어가 살겠다고 한다. 기쁘다.

◎ — 4월 4일

노비와 품팔이꾼 5명을 시켜 전날에 볍씨를 못다 뿌린 논을 손질하게 했더니 일찍 끝났다. 전날 뿌린 것까지 모두 7말이다. 저녁에 군수가 문안 단자를 보냈는데, 전임 감사 박홍로의 부탁이었다. 그러나 박홍로의 부탁은 어느 경로로 왔는지 모르겠다. 언명에게 나중에 오늘 볍씨를 뿌린 논을 매서 거두라고 했다.

◎ — 4월 5일

언명과 함께 이복령의 집에 가서 바둑을 두다가 해가 기울어 돌아왔다. 주인집에서 내게 물만밥을 대접했다. 오늘 비로소 누에 1장을 쓸었다.

◎ — 4월 6일

별좌 이덕후가 찾아와서 함께 진남의 사랑에 가서 한참 이야기하다가 그에게 청해 말고삐를 나란히 하고 성루(城樓)로 올라갔다. 일찍이 조응립 등 여러 사람과 모이기로 약속한 터라 여러 사람들이 먼저 와서 기다렸다.

참석한 사람은 판관 상시손, 훈도 조의, 별좌 이덕후, 좌수 조희윤, 좌랑 조희보, 생원 홍사고, 생원 윤대복, 부장 이시호, 판관 조대림, 별감 주덕훈(朱德勳), 좌수 조응립이다. 우리 형제도 모였다. 노래를 부르는 관노(官奴)와 사노(私奴)도 5, 6명이었다. 또 피리 부는 자가 노래를 부르거나 피리를 불며 종일 놀다가 저녁 무렵에 각자 헤어졌다. 다만 빚은 술이 조금 시어 마실 수가 없었으니, 이 점이 아쉬웠다. 하지만 무료한 객지에서 하루 취하고 웃었다. 참으로 다행한 일이다.

◎ — 4월 7일

판관 상시손이 진남의 사랑으로 와서 사람을 시켜 청하기에 즉시 가서 만났다. 그에게 오늘 환자를 나누어 준다는 말을 들었다. 곧바로 단자를 써 가지고 친히 가서 사창에서 군수를 만나 청을 해서 정조 2섬을 얻었다. 언명과 각각 1섬씩 나누어 먹기로 했다. 그러나 1섬은 거칠고 좋지 않으니, 필시 황조(荒租)를 정조(正租)라 하고 받아 온 것이다. 다시 되어 보니 1섬 16말이고, 황조는 18말이다. 군수가 내게 큰 잔으로 술 석 잔을 대접했다.

돌아올 때 권경명과 생원 남근신(南謹身)의 집에 들렀는데, 모두 집에 없어서 그냥 돌아왔다. 남근신은 군수의 매부로, 한양에 있을 때부터 알았다.

◎ — 4월 8일

속절(초파일)이라서 느티나무 잎으로 떡을 쪄서 천신했다. 마침 임참봉의 계집종 복금(福今)이 생도미 1마리를 보냈기에, 탕을 만들어 함께 올렸다. 종일 날이 흐리고 비가 뿌린다. 덕노를 함열로 보냈다. 전에 보관해 두었던 쌀과 벼를 실어 오는 일 때문이다.

◎ — 4월 9일

한복이 생선을 바꿔 오는 일로 비인에 갔다. 우리 집에서도 쌀 6말을 주고 바꿔 오도록 했다. 집사람은 어제부터 기운이 좀 나서 음식도 조금씩 더 들기 시작했다. 그러나 맛이 없어서 마음대로 먹지 못한다. 하지만 이로부터 아주 쾌차할 것으로 보이는데, 병이란 들고 낢이 대중 없으니 이것이 걱정이다.

저녁에 판관 상시손이 이광춘의 집에 와 있다고 들었기에, 가서 보고 이야기했다. 들으니, 공주 목사가 이 고을에 명령을 전하여 군수에게 여러 군사들을 거느리고 즉시 달려와 공산성(公山城)을 지키라고 했단다. 무슨 까닭인지 모르겠다. 미리 준비하려고 그러는 것인가. 따로 변방에서 온 급보가 있어서 그러는 것인가. 이에 인심이 놀라고 소란스러우니 몹시 걱정스럽다. 변응익이 와서 보고 돌아갔다.

◎ — 4월 10일

어제저녁에 변보(邊報)*가 세 번이나 왔다고 들었다. 즉시 말을 달려 군으로 들어가 서헌에서 군수를 만났다. 마침 도사가 군에 들어와 있고 또 별좌 이덕후와 진사 한겸도 와서 함께 이야기하다가 전통(傳

....
* 　변보(邊報): 변경에서 보내온 위급한 소식을 말한다.

通[*]을 보았다. 지난 초나흗날에 동래와 양산(梁山) 두 고을에서 온 급보에 따르면, 명나라 군사가 난데없이 석교(石橋)로 나와 다수 주둔했고 뒤따라 적장 청정(淸正)의 군사가 무수하게 나왔다고 한다.

그래서 이곳 인심이 놀라서 떠들썩하고 각자 가볍게 보따리를 꾸려 모두가 병란을 피해 달아날 계획을 짰다. 그러나 우리는 종 하나에 말 1필밖에 없고 갈래야 갈 곳도 없다. 몹시 걱정스럽지만 어찌하겠는가. 저녁에 조의와 성민복이 와서 보았다. 덕노가 돌아왔는데, 현감이 콩 3말과 젓갈, 미역을 보냈다. 전날 보관해 두었던 벼 1섬 7말과 쌀 4말도 싣고 왔다.

◎ ─ 4월 11일

날이 밝기 전에 말을 타고 달려 좌수 조희윤의 집에 갔다. 좌랑 조희보를 청해 피난하는 일을 상의했다. 그들은 이미 소와 말을 조치해 놓고 모레 강원도 양구현(楊口縣)을 향해 길을 떠난다고 한다. 그러나 변보가 그 뒤로 다시 오지 않았지만 오늘은 꼭 올 터이니, 다시 소식을 들은 후에 떠나겠다고 한다.

들으니, 명나라 사신[*]이 밤을 틈타 명나라 사람 2명을 거느리고 몰래 도망쳐 나와 즉시 한양으로 올라갔는데 부사(副使)[*]는 잡혀 있다고

....
* 　전통(傳通): 상급 기관에서 하급 기관에 공적인 일을 긴급히 알리는 글이다.
* 　명나라 사신: 이종성(李宗誠, 1560~1623). 훈위 서도독첨사(勳衛署都督僉事) 흠차 책봉 일본정사(欽差冊封日本正使)로 을미년(1595) 4월에 나왔다. 같은 해 10월에 부산의 일본군 진영으로 들어갔다. 그러나 책봉사가 오면 가둘 계획을 세우고 있으며 강화가 실패로 돌아갈 것이란 등의 말을 듣고 겁을 내다 병신년(1596년) 4월 4일 도망쳐 나왔다.
* 　부사(副使): 양방형(楊方亨, ?~?). 을미년(1595) 4월에 흠차 책봉 일본부사(欽差冊封日本副

한다. 이 말은 고산 현감 조희철이 편지로 전해 왔다고 한다.

이에 나도 즉시 돌아와 말에게 꼴을 먹이고 아침 식사를 마친 뒤에 출발해서 배로 남당진을 건너 함열 관아로 들어갔다. 자방(신응구)은 환자를 나누어 주는 일로 사창에 나가 있어서 아직 관아로 돌아오지 않았다. 들어가 딸을 만나 적에 관한 기별이 비로소 헛것임을 알았다.

저녁때 자방(신응구)이 들어왔기에 그 곡절을 물었다. 그가 말하기를, "오늘 아침에 받은 순찰사와 영리(營吏)의 고목(告目)*에 따르면, 지난 초사흗날 밤에 명나라 사신이 청정과 함께 술을 마시다가 명나라 중에게 속임을 당해 몰래 도망쳤는데 어디로 갔는지 모른답니다. 이에 거느리고 있던 명나라 군사와 청정 휘하의 군사들이 사방으로 흩어져 그를 찾았고 혹은 산골짜기까지 분주히 자취를 추적했으며 차비통사(差備通事) 동지 남호정(南好正)도 경주로 향하는 길에 가서 찾고 있답니다. 이 일을 동래와 양산 두 고을에 달려가 알렸기 때문에 인심이 소란해졌다고 합니다. 이 말이 확실합니다."라고 한다. 몹시 기쁜 일이다.

순찰사의 관문도 와서 여러 고을에 명을 내려 민심을 진정시켰다고 한다. 그래서 원근의 고을이 차츰 진정되었다고 한다. 그러나 그 말을 사실로 믿었던 사람들은 재물을 모두 꺼내다 값의 고하를 따지지 않고 가벼운 물건으로 바꾸었고, 심한 자는 혹 간장 항아리까지 기울여서 이웃 마을 사람에게 나누어 주기도 했으며, 혹은 보리 이삭을 다 베

....

使) 좌도독부 서도독첨사(左都督府署都督僉事)로 나와 같은 해 10월 부산 일본군의 진영에 들어갔다. 정사 이종성이 도망간 뒤 정사가 되어 병신년(1596)에 일본에 다녀왔다.

* 고목(告目): 각사(各司)의 서리 및 지방 관아의 향리가 상관에게 공적인 일을 알리거나 문안할 때 올리던 간단한 문건이다.

어 소와 말에게 먹였다고 한다. 가소로운 일이다.

저녁에 신대흥과 김봉사가 들어와서 자방(신응구)과 함께 신방에서 이야기하다가 밤이 깊어 각자 헤어졌다. 나는 상동헌으로 나와 잤다.

◎ ─ 4월 12일

다른 사람의 말을 빌려 타고 익산으로 달려가 신상례[申相禮, 신벌(申橃)]를 그의 거처에서 만났다. 장성 현감 이옥여도 와 있어서 함께 이야기했다. 옥여가 내게 말하기를, "변보가 비록 조금 느슨해졌지만 오래지 않아 도로 이런 일이 일어날 겁니다. 그러니 이때를 틈타 올라가지 않을 수 없지요."라고 했다. 그러면서 내게 속히 평강으로 돌아가라고 권했다. 자신은 내일 처자식과 형제들을 거느리고 혹은 걷고 혹은 말을 타고 안협으로 곧장 가겠다고 했다. 나에게 함께 가자고 하는데, 말이 장황하다. 이곳 사람들은 옥여의 말을 따라 모두 올라가려고 한다. 신상례도 오는 16일 사이에 올라가겠다고 한다.

옥여는 이 고을 군수의 청으로 먼저 나갔고, 상례가 나에게 점심밥을 대접했다. 상례도 군수의 부름을 받아 달려갔다. 나도 나와서 옥여의 처소에 들러 그의 모친을 뵌 뒤 출발해서 도로 함열에 이르렀는데, 날이 아직 저물지 않았다. 오늘 들은 바도 어제 들은 것과 다름없고 급보(急報)도 다시금 없다.

저녁에 다시 신대흥, 김봉사와 함께 자방(신응구)이 자는 신방에서 이야기했다. 또 평강에서 문안하러 온 관리가 어제 임천에 도착했다가 오늘 이곳으로 왔다. 평강(오윤겸)의 편지를 보니, 모두 무사하다고 한다. 몹시 기쁘다. 그편에 꿀 3되, 대구 5마리, 말린 꿩 10마리를 보냈다.

윤함이 황해도에 갈 때 편지를 써 놓고 갔기에 그의 편지도 가지고 왔다. 이 관리가 올 적에 광주의 생원(오윤해) 집에 들러 그의 편지도 가지고 온 것이다. 모두 잘 있고, 그날 출발해서 평강에 갔다가 20일 전에 돌아온다고 한다. 그러나 생원(오윤해)이 떠난 뒤에 왜적에 관한 기별이 급박해졌는데 피차 어찌해 볼 도리가 없다. 몹시 걱정스럽다.

여기 와서 들으니, 이종윤이 수원에서 와서 이곳에 들러 자면서 왜적에 관한 기별을 듣고 곧장 진안으로 갔기에 공교롭게도 길이 어긋나 서로 만나지 못했다. 안타깝다. 지난날 자방(신응구)의 새로 태어난 아기에게 중진이라는 이름을 지어 주었는데, 이번에 진업(振業)으로 고쳤다.

◎ ― 4월 13일

자방(신응구)이 전주성(全州城)을 지키는 일을 상의하기 위해 갔다. 어제 순찰사의 관문이 비로소 왔는데, 근처의 10군데 관청들에 완산으로 들어와 성을 지키라고 명했다고 한다. 그래서 완산 부사(完山府使)가 사람을 시켜 편지를 보내 자방(신응구)을 오라고 해서 성 지키는 일을 함께 논의한다고 한다.

점심 식사 뒤에 나도 평강에서 온 사람을 데리고 떠났다. 길에서 신대흥과 김봉사를 만났는데, 이흠중의 묏자리를 잡는 일로 산외(山外)에 간다고 했다. 그들과 함께 오면서 말 위에서 이야기했다. 반 식경(食頃)이 지나 신대흥과 김봉사는 산으로 올라갔다. 나는 혼자 오면서 배로 남당진을 건넜다. 집에 도착하니 날이 아직 저물지 않았다. 올 때 자방이 생숭어 1마리와 굴비 4뭇을 주기에 가지고 왔다. 지난밤에 마침 안순(安錞)이 와서 보기에 함께 잤다. 안순은 안민중의 아들이다.

◎ ─ 4월 14일

새벽부터 큰비가 내리더니 오후에 비로소 그쳤다. 종일 평강(오윤겸)과 생원(오윤해)에게 편지를 썼다. 내일 평강에서 온 사람이 돌아가기 때문이다.

◎ ─ 4월 15일

평강에서 온 사람을 보내면서 두 아들과 남고성 누이에게 편지를 부쳤다. 함열에 있을 때 그에게 쌀 1말을 주도록 청하고 이곳에서 머무는 동안 쌀 2말과 간장 1사발을 더 주어 아침저녁으로 밥을 해 먹이고 보냈다. 마침 자미(이빈)의 아들 이종윤이 여기에 들렀기에, 평강에서 보낸 물건 중에서 말린 꿩 1마리와 꿀 7홉을 주어서 보냈다. 또 임참봉의 사내종이 돌아오면서 말린 꿩 1마리와 대구 1마리를 가져왔기에, 남고성 누이에게 말린 꿩 1마리를 보냈다.

느지막이 조응개의 말을 빌려 타고 성민복과 함께 조군빙의 집에 갔다. 마침 백공과 백익 형제 및 숙부 조은(趙磯) 씨가 소년 5, 6명과 모여 술을 마련해서 이야기하고 있었다. 거기에서 종일 놀며 조희보의 계집종 금단(今丹)에게 가야금을 타게 했다. 저녁 무렵에 크게 취해서 성민복과 함께 먼저 나와 집으로 돌아왔다. 술에 취한 탓에 저녁밥을 먹지 않고 잤다.

들으니, 명나라 사신이 적진에서 나온 뒤 남원에 와서 자고 전주와 여산을 거쳐서 올라갔는데 한양으로 들어가지 않고 밤에 몰래 지나서 곧장 명나라로 향했기 때문에 길가의 여러 고을에서는 모두 명나라 사신인 줄 모르고 다만 명나라 장수로만 여겨 대접해 보냈다고 한다. 무슨 까닭으로 이처럼 망령된 짓을 했는지 알 수가 없다.

그러나 천자의 명령은 적중(敵中)에 두고 몰래 빠져나와 도망쳤으니, 위로는 임금의 명령을 욕되게 하고 아래로는 강화의 길을 막았다. 훗날의 시빗거리가 반드시 이로 인해 생겨나리라. 만일 사람과 말을 얻을 수 있다면, 이때를 틈타 피난해서 평강으로 들어갈 수 있으리라. 그러나 그렇게 할 수 없으니, 탄식한들 어찌하겠는가.

그러나 평강에서 온 사람이 돌아갈 때 윤겸에게 편지를 보냈다. 다음 달 안으로 사람과 말 2필만 보내면, 비록 온 집안 식구들이 다 가지는 못하더라도 먼저 어머니를 모시고 그 땅으로 들어가 자리를 잡은 다음에 우리 식구들은 초가을을 기다렸다가 들어가게 할 계획이다.

◎ ― 4월 16일

덕노를 결성으로 보내 그곳 곡식을 쌀로 찧어 소금으로 바꿔서 오도록 일렀다. 느지막이 언명과 함께 볍씨 뿌린 논을 돌아보았더니, 옥송(獄松) 앞 논에 물이 말랐다. 그래서 뭇 새들이 싹을 뽑고 씨를 까서 모두 쪼아 먹었으니, 뽑힌 싹만 두둑에 가득 버려졌다. 필경 씨가 드물게 생겼으니, 몹시 아깝지만 어찌하겠는가. 집사람이 그저께부터 도로 기운이 편치 못하니 걱정스럽다.

◎ ― 4월 17일

언명과 함께 여러 논을 돌아보며 물을 대고 돌아왔다. 이광춘의 집으로 들어가 활 만드는 장인이 망가진 활을 수리하는 것을 보았다. 마침 판관 조대림이 내려왔기에 함께 한담(閑談)을 하다가 돌아왔다.

저녁에 안민중의 아들 안순이 지나가다가 날이 저물어 자고 간다기에 저녁밥을 먹여 재웠다. 또 영암 군수 임경흠이 보낸 중-원문빠짐-이 홍성에서 돌아왔기에 저녁밥을 먹여 재웠다. 편지를 써서 언명의 처에게 보냈다. 우리 집의 사내종이 태인에서 와서 보고하기를, 언명의 장인[김철(金轍)]의 병세가 위태로워서 오래지 않아 일이 생기겠다고 한다.

한복에게 곧바로 결성에 사는 김담명의 집에 가서 망가진 절구를 고치도록 했다. 전날에 절구의 돌구멍이 맞지 않아 방아를 찧을 수 없었기 때문이다.

◎ — 4월 18일

영암에서 온 중이 꼭두새벽에 도로 내려갔다. 성민복이 와서 보았다. 오후에 무료해서 언명과 함께 걸어서 이복령의 집에 갔다. 요새 집사람의 몸이 몹시 불편하니 길흉이 어떠냐고 물어보기 위해서였다. 동전을 던져 점을 치기를, 길하며 흉한 일이 없으니 의심치 말라고 한다.

뒤이어 바둑을 두는데 마침 훈도 조의가 들어왔다. 또 김상이 우리집에 왔다가 내가 여기에 있다는 말을 듣고 찾아왔다. 함께 오랫동안 이야기하다가 김상과 조의가 먼저 돌아갔다. 종일 바둑을 두다가 돌아오려고 할 즈음에 윤대복이 들어왔다. 잠시 이야기하다가 먼저 일어나 집으로 돌아오니 해가 이미 기울었다.

◎ — 4월 19일

이복령이 바둑판을 가지고 와서 종일 내기 바둑을 두었는데, 연달아 여덟 판을 지고 돌아갔다. 우습다. 물만밥을 대접해 보냈다. 저녁에 함열에 사는 딸이 사람을 보내 제 어미의 안부를 묻고 그편에 생도미 1마리와 절인 조기 5마리, 순채 1사발을 보냈는데, 뒤따라 또 약밥 1상 자를 보냈다. 제 어미가 먹고 싶어 한다는 말을 듣고 만들어 보낸 것 이다.

◎ — 4월 20일

느지막이 언명과 함께 걸어서 성의숙의 정자에 가다가 길에서 훈 도 조홍원(趙弘遠, 조의)을 만나 함께 갔다. 의숙을 맞이해서 숲 아래에 늘어앉아 이야기했다. 이광춘, 조인남(曹仁男), 조응개 등이 활 쏘는 것 을 구경했는데, 마침 향교의 교생들이 술과 안주를 가지고 와서 홍원에 게 바쳐서 그 자리에서 함께 먹었다.

이시윤의 장인 이언우가 또한 찾아와 종일 옛이야기를 했다. 저녁 무렵에 이언우를 초대한 다음 먼저 돌아와서 물만밥을 대접하고 보냈 다. 또 언명과 함께 이웃 사람 고동을 불러 볍씨 뿌린 논의 싹이 어떻게 텄는지를 돌아보게 했다. 고동이 살펴보고 말하기를, 비록 새가 씨를 먹어 싹이 드문 곳이 있지만 또 빽빽한 곳도 있으니 빽빽한 곳의 싹을 빈 곳으로 옮겨 심으면 좋겠다고 했다. 고동은 늙은 농부이다.

요새 집사람이 몸이 몹시 불편하다고 하더니 어제부터 좀 덜하다. 무당을 불러서 기도했는데, 오후에 도로 불편해 한다. 걱정스럽다. 무 당이 헛것임을 역시 알 만하다.

◎ — 4월 21일

　네 사람에게 논을 매게 했다. 먼저 이른 벼를 심은 논을 매고 그 뒤에 통진 군수 이수준의 논을 맸지만, 끝내지 못했다. 어제 이수준 집의 사내종이 와서 올해 요역가(徭役價)*로 쌀 1말 2되를 가져갔다.

　식사한 뒤에 언명과 함께 김맨 논에 가 보았는데, 마침 상판관이 이광춘의 사랑에 와서 사람을 보내 나를 청하므로 즉시 가 보았다. 한참 이야기하다 집으로 돌아왔다. 한복이 와서 전어(錢魚) 1마리와 도미 1마리를 바쳤다. 전날에 비인의 생선가게에 가서 쌀 6되를 주고 사 오게 했더니 오늘 돌아온 것이다. 그러나 들으니, 장에서 큰 전어 1마리 값이 쌀 3되라고 한다. 한복이란 놈이 단지 1마리만 사 왔으니, 필시 나를 속인 것이다. 몹시 분하다.

　그러나 이미 배를 갈랐기에 즉시 탕을 끓이게 해서 온 집안 식구들이 함께 먹었다. 다만 집사람이 아침부터 종일 답답하고 몸이 편치 못해서 구운 물고기 반쪽과 좁쌀밥 두어 숟가락만 먹었다. 그런데 이 때문에 가슴이 막혀 답답하고 먹은 음식이 내려가지 않으며 두통 또한 심하더니, 서너 차례 구토를 한 뒤 조금 나았다. 하지만 두통 증세와 답답한 증세가 밤새 그치지 않아 이리저리 뒤척이며 신음을 하고 원기가 점점 떨어진다. 걱정스럽다. 궁벽한 고을을 떠도는 처지라서 의원을 찾을 길이 없고 세 아이 또한 모두 멀리 있어 수일 내로 불러올 수가 없다. 병세가 이와 같은데도 조치할 방도가 없으니, 몹시 걱정스럽다.

....

* 　요역가(徭役價): 요역을 지는 대신에 내는 품삯이다. 관에서 사람을 고용하여 일을 처리하는 데에 쓰였다.

저녁에 함열에 사는 딸이 사람을 시켜 전어 3마리, 큰 망어 1마리, 웅어 12마리, 겨자 한 줌을 보내왔다. 전날 제 어미가 웅어회를 맛보고 싶어 했기 때문에 보낸 것이다. 그러나 집사람은 병에 시달려서 먹지 못한다. 한탄한들 어찌하겠는가.

◎ ― 4월 22일

아침에 집사람의 증세가 어제저녁에 비해 조금 회복되었다. 그러나 두통은 아직도 낫지 않고 음식을 먹을 생각이 전혀 없다고 한다. 걱정스럽다.

식사한 뒤에 언명을 이복령의 거처로 보내 길흉을 점치게 했다. 이복령이 써서 보내기를, "출생한 월령(月令)이 무인(戊寅)에 해당하고 행운(行運)이 또 임신(壬申)에 이르렀다. 때문에 인(寅)과 신(申)이 상충해서 명령(命令)을 깨뜨리고 다치게 해서 조그만 병을 얻은 것이다. 이치와 형세가 그럴 수밖에 없다. 또 금년이 병신(丙申)이기 때문에 명령이 거듭 해를 입게 되었으니, 이는 바로 신음할 때이다. 그러나 본래의 수명은 반드시 경오(庚午)에 이를 것이요, 운세상 그 안에는 끝내 큰 병이 없으리라. 근심하지 않으면 좋겠다."라고 한다. 경오의 운이라면 곧 76세이다.

또 동전을 던져 점치더니 말하기를, "귀신과 뱀이 함께 움직이니, 크게 길하고 흉이 없을 조짐이다. 하물며 자손이 복덕(福德)의 신(神)이 되어 또한 움직이니, 오로지 이는 공연히 놀라는 상(象)이라. 끝내 길하고 흉이 없으리니, 전혀 근심하지 말라. 오는 신유일(辛酉日)이면 반드시 평안해지고 회복될 것이다."라고 한다. 신유일은 오는 25일이니, 마땅히 후일을 기다려 증험해 보리라.

◎ — 4월 23일

집사람의 증세가 아침에는 나은 듯하더니 두통이 여전하다면서 식음을 전폐한다. 몹시 걱정스럽다.

아침에 보령에 사는 이성헌(李成獻)이 와서 보았다. 그는 윤함의 처족으로, 윤함이 여기에 왔는가 해서 마침 고을 안의 사내종 집에 왔다가 방문한 것이라고 한다. 그가 집사람이 편치 않다는 말을 듣고 말했다. "어제 오는 길에 노루 한 마리를 잡아 오는 사람을 길에서 만났지요. 만일 사람을 보내면 고기 한 덩이를 줄 것이니, 병중에 드리는 것이 어떻겠습니까?" 이에 즉시 계집종을 딸려 보냈더니, 노루의 태(胎)를 베어 보냈다. 몹시 감사하다.

병자가 노루고기를 얻어 왔다는 말을 듣고 맛보고자 하므로, 즉시 탕을 끓여 먹였다. 거의 10여 점을 먹다가 가슴에 걸려 내려가지 않고 토하고자 해도 그러지 못한다. 이 때문에 기운이 몹시 딸리고 두통이 더욱 심하다고 한다. 몹시 걱정스럽다. 오후에는 두통이 조금 덜해서 눈을 뜨고 말을 하고 웃기도 한다. 그러나 가슴이 답답해서 비록 조그만 음식이라도 모두 얹혀 내려가지 않는다고 한다.

덕노가 지금까지 오지 않는다. 괴이한 일이다. 두 계집종에게 전날 매다 만 논을 매도록 했다.

◎ — 4월 24일

집사람의 두통 증세가 갑자기 덜하다. 다만 어젯밤에 가슴에 얹힌 음식을 서너 차례나 토했는데, 아직도 상쾌하지 않아서 계속 토하고 싶은 마음이 있다고 한다. 이는 필시 비위(脾胃)가 몹시 나빠져 먹은 음식이 위(胃)에서 편치 못하고 문득 거슬러 올라와 토하고 싶은 탓이다. 만일 위를 보양해 주는 약을 먹는다면 좋아지리라. 그러나 아이들이 모두 먼 곳에 있고, 근처에는 물어볼 의원이 없다. 안타깝고 걱정스럽다.

어제 좌수 조응립과 류수가 와서 보고 돌아갔다. 그편에 들으니, 조백익이 딸을 잃었고 또 숙부 조은 씨의 상을 당했다고 한다. 놀랍고 슬프다. 조은 씨는 전날 조군빙의 집에서 술자리를 벌였을 때 상좌(上座)에 앉아 평소처럼 음식을 들었고 편치 않은 증세가 별로 없었다. 그런데 겨우 수삼일이 지나 갑자기 부음을 들었으니, 사람의 일을 어찌 믿을 수 있겠는가. 더욱 슬픈 일이다.

느지막이 진사 한겸과 생원 홍사고가 와서 보았다. 마침 이복령이 먼저 와서 바야흐로 함께 바둑을 두고 있는데, 한겸과 홍사고가 우리 형제와 이복령을 청했다. 함께 성민복의 숲속 정자에 가서 활을 쏘았다. 모임에 참석한 사람은 생원 권학, 조대림, 군수 아들 박천기(朴天機), 별감 지(池) -원문 빠짐- 이광춘, 조인남, 조응개와 상인(常人)이다. 세 무리로 나누어 한 활쏘기에 진 사람들은 다시 모이는 날에 술과 과일을 내기로 하면서 단옷날을 기약했다. 그러고는 성민복의 집에서 우선 술과 안주를 내고 홍사고와 한겸도 술 1동이와 안주 1상자를 마련해 가지고 왔다. 종일 활을 쏘다가 저녁이 되어서야 파하고 각자 헤어졌다. 나는 복령과 함께 나무 밑에서 바둑을 두다가 술을 마시고 크게 취했다. 집으로 돌아와 다 토한 뒤에 잤다.

오늘 두 계집종에게 옥송 앞의 논을 매게 했으나 다 끝내지 못했다. 함열에 사는 딸이 사람을 보내 제 어미의 병을 문안했고 또 생조기 2마리와 전어 1마리를 보냈다.

◎ ― 4월 25일

집사람의 증세가 점점 회복되어 비로소 흰죽을 먹는다. 그러나 괴로운 증세는 아직 다 없어지지 않았다. 걱정스럽다. 전날 함열에서 사람을 빌려 생원(오윤해)의 집에 보내려고 했는데, 그 사람이 오늘 왔다. 그러나 집사람이 날마다 점점 회복되어 가므로 보내지 않았다. 또 네 사람에게 어제 매다 만 논을 매게 했다. 그 논을 다 매고 난 뒤에 아래 논을 매게 했으나 다 끝내지 못했다.

저녁에 덕노가 소금을 사 가지고 비로소 돌아왔다. 그가 말하기를, "가까운 곳에는 소금이 없어서 안면도로 들어가 쌀 6말을 소금 25말로 바꾸어 왔습니다."라고 한다. 결성에 보관해 두었던 거친 벼 1섬을 찧어 소금으로 바꾸고 나머지는 오가며 양식으로 썼다고 한다. 아울러 쌀 8말 5되, 말먹이 콩 1말 6되, 팥 1말 5되, 녹두 1말을 가지고 왔다. 이에 소금 24말을 도로 덕노에게 주어 포목으로 바꾸도록 했다.

변중진(邊仲珍)의 둘째 아들 언황(彦璜)이 찾아왔다. 가련하다. 변중진은 나와 동갑으로 소년시절 친구요 또 담 하나를 사이에 두고서 살며 아침저녁으로 만나던 사이인데, 병란 전에 병으로 먼저 세상을 떠서 항상 마음이 아팠다. 이제 그의 아들을 보니 옛날 일이 생각나 더욱 마음에 슬픔이 넘친다. 언황의 아명(兒名)은 중신(中伸)으로, 인아의 친구이다. 지금 직산의 농촌에 거처하는데, 형과 함께 어머니를 모시고 산단다. 점심을 먹여 보냈다.

언황을 통해 들으니, 친가의 노비 수두지(愁豆只)가 생존해서 지금 직산의 모곶리(茅串里)에 소재한 그의 아버지 종해(從海)가 사는 집에 있는데, 양처(良妻) 소생으로 종이 된 단춘(丹春)은 나이가 11, 12세쯤 되었다고 한다.

수두지는 비록 소경이지만 세 번이나 아내를 바꾸다가 지금은 무당의 딸을 얻어서 살고 있는데, 자라면 무당으로 만들려고 한단다. 그의 딸 단춘은 첫 아내가 낳은 아이라고 한다. 언황의 집이 이웃인 까닭에 자세히 아는 것이다. 그 전에 송노가 와서 하는 말이, 수두지는 그 어미와 함께 일시에 병으로 죽었으며 또한 자식도 없다고 했는데, 이제 들으니 그 어미도 역시 살아 있다고 한다. 송노가 더욱더 괘씸하다.

◎ ─ 4월 26일

아침에 덕노를 함열로 보내 제수를 구해 오도록 했다. 함열 관아의 사내종 복환(福環)이 어제저녁에 왔기에, 생원(오윤해)에게 보내 제 어미의 병을 기별하려고 했다. 그런데 마침 어제부터 병이 나아 오늘은 더욱 차도가 있기에, 율전으로 보내지 않고 함열로 돌려보냈다.

눌은비를 시켜 별좌 이덕후의 집에 편지를 보내 볍씨 3말을 얻어 왔다. 벼 싹이 드문 곳에 심어 싹을 틔울 생각이다. 별좌가 또 날꿩 반 마리를 보내 병든 집사람에게 주라고 했다.

저녁에 함열의 관리가 자방(신응구)의 편지를 가지고 와서 집사람의 병을 문안했다. 또 보중익기탕 5첩을 보내 복용하게 하고 생삼치 1마리도 보내왔다. 즉시 탕을 끓여 저녁에 아우와 함께 먹었다.

봉사 김경이 편지에 "혼인을 이미 정했으니 어길 수 없다."라고 하면서 새달 초엿새와 12월 열엿새로 택일을 했다고 한다. 집사람의 증세가 그 안에는 필시 다 낫지 못할 터이니 모든 일을 제대로 준비하지 못해서 맞출 수 없다는 내용으로 답장을 써서 보냈다. 제사를 지낸 뒤에 내가 몸소 가서 얼굴을 마주하고 의논해 결정하고 허락할 생각이다.

◎ ─ 4월 27일

덕노가 돌아왔다. 함열에서 제수로 백미 1말, 찹쌀 3되, 메밀 3말, 황각 1말, 미역 5동, 김 2첩, 감태 3주지, 참기름 5홉, 생웅어 1두름을 구해 보냈다. 허찬도 영암에서 왔는데, 임매는 학질을 앓다가 지금은 회복되었다고 한다. 기쁘다. 쌀 1말과 말린 숭어 1마리를 어머니 앞으로 보내왔다. 요새 평강에서 사람이 올 것 같은데 오지 않는다. 괴이한 일이다.

◎ ─ 4월 28일

최심원의 큰아들 정해가 내일 아내를 데리고 영암으로 돌아간다고 한다. 이른 아침에 사람을 보내와 고하므로, 즉시 편지를 써서 임매에게 전하도록 했다.

내일 제수는 두 딸에게 계집종을 데리고 친히 마련하도록 했다. 마침 집사람이 병으로 누웠고 언명의 처도 부친상을 당해서 아직 성복(成服)*을 하기 전인 까닭이다. 지난달 초승에 평강으로 편지를 부쳐 이번

....

* 성복(成服): 상례(喪禮)에서 대렴(大殮)을 한 다음날 상제들이 복제(服制)에 따라 상복을 입

제사에 쓸 여러 가지 물건을 마련해서 보내라고 했는데, 기다려도 오지 않는다. 무슨 까닭인지 모르겠다.

저녁에 장수에 사는 자미(이빈)의 부인이 네 아들을 데리고 한양으로 올라가다가 여기에 들렀다. 집사람이 병중에 뜻하지 않게 만났으니, 슬프고 기쁜 마음을 어찌 다 말로 할 수 있겠는가. 수원의 경여 부인이 거처하는 농촌으로 가 있다가 가을을 기다려서 자미(이빈)를 이장(移葬)한다고 한다. 이시윤의 처자식들은 먼저 그의 아버지가 살고 있는 서촌으로 가서 내일 올라갈 때 와서 본다고 한다.

◎ ─ 4월 29일

꼭두새벽에 아우와 인아와 함께 제사를 지냈다. 자미(이빈)의 처자는 그대로 여기에 머물고, 둘째 아들 이선윤(李善胤)은 양식과 반찬을 구하러 함열에 갔다. 덕노는 포목을 바꾸어 오는 일로 산현(山縣)을 향해 떠났다. 느지막해진 뒤에 최인복을 불러 큰 잔으로 술 다섯 잔을 대접해 보냈다.

평강에서 지금 비로소 사람이 와서 말하기를, 한양에 도착하니 말에게 병이 나서 내려오지 못하다가 부득이 말을 버리고 두 사람이 짐을 등에 지고 왔다고 한다. 제수는 메밀 5말, 팥 5말, 잣 1말, 개암 1말, 석의(石衣)* 2말, 느타리버섯 1말, 말린 꿩 10마리, 노루고기 포 10조, 마른 열목어(熱目魚) 10마리, 녹두가루 2되, 꿀 3되, 4마리 날꿩으로 만든

....

는 절차이다. 죽은 날로부터 4일째에 행한다.
* 석의(石衣): 바위에서 자라는 석이버섯이다.

식해, 5마리 열목어로 만든 식해, 소주 2병, 배 20개이다. 다만 팥은 다른 짐이 무거워 지고 올 수 없어서 쌀로 바꾸어 왔다. 쌀이 2말 8되라고는 하지만, 팥을 가져오지 못한 것이 매우 안타깝다. 느타리버섯도 4, 5되밖에 되지 않는다.

거친 포목 2필도 보냈는데, 여름옷을 만들어 계집종에게 줄 작정이다. 만일 일찍 왔다면 덕노를 산현에 보내지 않았을 것이다. 즉시 답장을 써서 평강에서 온 사람에게 주어 돌려보냈다.

이 도의 순찰사가 이 고을에 온다고 한다. 장수에서 온 식구들은 그대로 머물게 했다.

◎ — 4월 30일

장수에서 온 식구들이 또 머물렀다. 네 사람을 시켜 전날에 못다 맨 논을 매도록 했으나 역시 끝내지 못했다. 느지막이 언명과 함께 김 맨 논에 가 보고 여러 논을 둘러보았다. 모든 논에 모는 드물고 물이 말랐다. 장차 보충해서 볍씨를 뿌리고자 하나 쑥쑥 자라야 할 이때 제대로 자라지 못할 것이니, 때가 늦어 걱정이다.

이른 아침에 언명이 들어가서 순찰사를 만나 보았다. 순찰사는 첩으로 써서 홍산 감영에 보관된 쌀 5말을 내주었고, 서산(瑞山)의 어살을 친 바다 한 구역과 일행에게 소금 1섬을 내주도록 관문을 써 주었다. 또 송노를 잡아다 족치는 일로 직산 관아에 공문을 쓰고 의논해서 허찬을 보내는 일도 만나서 부탁했다. 법에 따라 죄를 다스릴 일이니, 홍산 관아에서 몰래 잡아다 가두도록 첩보(牒報)*했다. 바라던 일이 모두 이루어졌다. 기쁘다.

순찰사의 이름은 이정암(李廷馣)*이다. 한양에 있을 때 언명이 스승으로 섬겼기 때문에, 지난날 전라도의 방백(方伯, 관찰사)으로 있을 때에도 역시 주선해 준 일이 많았다.

오후에 이시윤이 처자를 거느리고 자신의 장인 거처에서 옮겨 왔다. 저녁에 그의 장인도 와서 딸을 보았다. 그런데 날이 저물어 돌아가지 못하고 이곳에서 잤다. 이선윤이 함열에서 돌아왔다. 자방(신응구)이 쌀 2말, 콩 1말, 뱅어젓 5되를 보냈다. 양이 적은 것이 안타깝다.

....

5월 큰달 - 11일 망종(芒種), 27일 하지(夏至) -

◎ — 5월 1일

장수 식구들이 그대로 머물고 있다. 두 계집종을 시켜 논을 매도록 했다. 언명이 허찬을 데리고 홍산에 가다가 중도에서 들으니, 군수가 신임 관찰사에게 연명(延命)*하는 일로 진작 한산에 가서 아직 돌아오지 않았다고 해서 즉시 되돌아왔다고 한다.

오후에 함열에서 사람과 말을 보내서 나를 청하기에 곧바로 말을 타고 달려 남당진을 건너 함열에 다다랐다. 먼저 신방에서 자방(신응구)을 보고 안채에 들어가 딸을 만났다. 저녁에 김백온이 내려와서 함께 혼사를 직접 상의했다. 기일이 촉박하다면 29일로 미루어 행하는 것이 무방하겠다고 한다. 자세히 들어 보니 처녀가 어질고 사리에 밝다고 해서 꼭 혼사를 맺으리라고 결정했다. 혼수는 비록 극진하게 갖추지

---

*   연명(延命): 고을 수령이 관찰사를 처음 찾아가 보는 의식이다.

못한다고 하더라도, 궁핍해서 소소한 일조차 처리할 방도가 없으니 답답하다.

◎ ─ 5월 2일

아침 식사 뒤에 대흥이 와서 자방(신응구)과 함께 신방에 앉아 이야기를 나누었다. 점심 식사 뒤에 김백온이 또 왔다. 웅어회를 장만하여 자그마한 술상을 차렸다. 생원 이근성(李謹誠)이 뒤따라 들어와서 서로 술잔을 주고받다가 저녁나절에 각자 취해서 헤어졌다. 나는 취해서 누워 있다가 밤이 깊은 줄도 몰랐으니, 사람들이 부축해서 일으켜 주어서 동헌으로 돌아왔다. 모두 토한 뒤에 잠자리에 들었다.

◎ ─ 5월 3일

식전에 김백온을 보러 갔다. 마침 이근성도 왔기에 서로 혼사를 논의했다. 백온이 술을 내와서 각각 큰 잔으로 석 잔씩 마시고 돌아오다가 신대흥의 처소에 들러 한참 동안 이야기를 나누고 관아로 돌아왔다. 기운이 딸려 상동헌으로 가서 종일 누워 졸다 깨다 했다. 마침 박장원이 와서 이야기를 나누다가 돌아갔다.

어제 임천으로 사람을 보냈는데, 포목을 가지고 왔다. 오늘 장에서 언수에게 팔도록 해서 쌀 15말로 바꾸어 양산의 집에 맡겨 두었다가 후일에 청모시[靑苧]로 바꾸어 혼수로 써야겠다. 포목이 매우 거칠고 길이가 짧은데도 쌀 15말로 바꿀 수 있으니, 시세가 높은 것을 알 수 있다. 어제 뱅어젓 1말을 구해 임천에 보냈는데, 순채 1병을 딸이 또 구해 보냈다. 장수 식구들은 어제 아침에 한양으로 돌아가기 위해 떠났다고 한다.

◎ — 5월 4일

아침 식사 뒤에 군마(軍馬)를 빌려 타고 웅포에 도착했다. 홍요보의 거처에 들러 한동안 이야기를 나누었다. 홍요보가 내게 물만밥을 대접했다. 나중에 나루터에 도착했는데, 마침 조수가 나가 곧장 배를 타지 못했다. 강가의 언덕에서 조금 쉬다가 밀물을 기다려서 배를 띄워 조수를 거슬러 올라갔다. 별좌 이덕후의 집 앞에서 배에서 내려 집으로 들어가 문중(이덕후)을 만났는데, 그때 마침 소지도 왔다. 문중의 아우 이덕수와 그의 조카 윤응상이 자리에 함께했다. 서로 만나지 못했던 회포를 푸는데, 문중이 먼저 이화주(梨花酒)를 냈다. 그다음에 청주를 마시고 저녁 대접도 받았다.

해구 쪽을 바라보니, 고깃배가 돛을 올리고 밀물을 따라 들어왔다. 문중이 고깃배를 붙잡아 조기를 구해서 말에 싣고 돌아왔다. 내게 생선 3마리와 절인 생선 2마리를 주었다. 달라는 사람이 많아서 모두에게 3마리씩 나누어 준 뒤에 보냈다. 소지도 내 몫만큼 챙겼다. 내가 떠나올 때 자방(신응구)이 순채 1병과 미선 1자루를 문중에게 보냈다. 저녁 무렵에 소지와 함께 돌아오다가 그는 도중에 하직하고 돌아갔다. 나 혼자 집에 돌아오니 날이 이미 어두워졌다.

자방(신응구)이 또 내게 미선 2자루와 흰 가죽신 1켤레를 주었다. 인아의 혼사에 쓸 현훈(玄纁)*은 구하기가 아주 어려운데, 자방(신응구)이 청단(靑緞) 3새 1필을 먼저 주면서 홍단(紅緞)은 추후에 보내겠다고 했다. 참으로 기쁘다. 납채(納采)*는 오는 16일로 정했다. 집에 돌아와

....

* 현훈(玄纁): 폐백으로 사용하는 검은색과 붉은색 비단이다.

들으니, 언명이 그의 처남과 함께 그저께 태인에 갔다 왔다고 한다.

◎ ─ 5월 5일

단오절이다. 신주 앞에 차례를 지냈다. 아침 식사 뒤에 이복령이 왔기에 함께 바둑을 두면서 송편을 대접했다. 오후에는 성민복이 사람을 시켜 나를 청하기에, 이복령과 함께 곧장 송정 아래로 걸어갔다. 전날 여러 사람들과 모이기로 약속했기 때문이다. 그런데 여러 사람이 일이 생겨 다 오지 못하고 다만 판관 조대림 부자와 성민복, 이광춘, 조응개, 성민복의 사촌 동생과 나를 합쳐 예닐곱 사람이 모였는데, 생원 권학이 뒤이어 들어왔다. 서로 술과 안주를 권해 크게 취해서 먼저 돌아왔다. 여러 사람들은 밤늦게서야 끝났으니, 활을 쏘았기 때문이다.

집사람이 요새 기운이 떨어져 꼭 아픈 데가 없으나 몹시 힘들어 하면서 음식도 물리치고 누우려고만 하고 일어나지를 못한다. 둘째 딸도 지난 그믐날부터 제 어미의 증상처럼 음식을 전혀 먹지 않고 여러 날 누워 곤하게 잠만 잔다. 더욱 답답하고 걱정스럽다. 두 계집종은 오늘부터 시작된 동네 두레의 논매기에 내보냈다.

◎ ─ 5월 6일

정산 현감(김장생)이 평강(오윤겸)의 사내종 숫지에게 편지를 주면서 솥을 다시 주조해 등에 지워 보냈다. 그런데 솥뚜껑이 없고 너무 두

....
* 납채(納采): 신랑 집에서 신부 집에 혼인을 구하는 일 또는 혼인할 때 사주단자의 교환이 끝난 뒤에 정혼이 이루어진 증거로 신랑 집에서 신부 집으로 예물을 보내는 일을 말한다. 납폐(納幣)라고도 한다.

꺼운데다 용량이 적어 겨우 네댓 되밖에 밥을 지을 수 없다. 우리 집처럼 식구가 많은 집에는 소용이 닿지 않으니 안타까운 일이다. 또 들리는 바로는 정산 현감이 임기가 만료되어 벼슬살이를 마치고 연산*의 농촌으로 돌아간다고 한다.

오후에는 동남풍이 세게 불어 저녁 내내 비가 내리더니 밤새도록 그치지 않아 처마에서 빗방울 소리가 났다. 오랜 가뭄 끝에 한바탕 내린 이 비로 보리와 밀이 거의 소생할 수 있다는 소망을 지니게 되었다. 기쁜 일이다. 그러나 논에는 아직도 흡족하지 못하다. 유감이다.

◎ ― 5월 7일

판관 조대림이 와서 보고 돌아갔다. 저녁에 조의와 조응립이 서당에 가서 중을 내게 보내 함께 이야기하자고 청했다. 곧 중과 함께 걸어가서 격조했던 회포를 풀었다. 마침 조응개가 술을 가지고 왔기에 마시고 함께 잤다.

◎ ― 5월 8일

식전에 조응립의 말을 빌려 타고 집에 돌아왔다. 눌은비가 논을 매다 말았다. 머리가 아프다고 늦은 아침에 되돌아왔으니, 후일 물건으로 품삯을 줄 때 한 사람 몫을 꼭 감해야겠다. 유감이다.

....

*   연산: 김장생의 본가가 충청도 연산현에 있었다.

◎ ― 5월 9일

눌은비가 아직도 일어나지 못해 다른 사람을 대신 논매기하러 보냈다. 허찬이 함열에서 돌아와서 하는 말이, 어제 나루터에 도착했는데 배가 없어 건너지 못하고 날이 저물어 나룻배 사공의 집에서 자고 지금 막 무수포로 빙 돌아서 건너왔다고 한다. 그런데 아침밥과 저녁밥도 먹지 못했다고 하니 딱한 일이다. 8새 모시 40자와 쌀 22말을 서로 바꾸었으니, 전날 맡겨 두었던 쌀이 부족해서 군수가 5말을 보태 사게 된 것이다.

함열에 사는 딸이 흰떡 1상자, 청주 1단지, 절인 조기 2마리를 사람을 시켜 등에 져서 보냈으니, 이는 자방(신응구)의 뜻이다. 저녁 식사가 미흡했기에 온 식구들과 함께 이것을 나누어 먹었다.

저녁에 생원 남근신이 왔기에 떡과 술을 대접하여 보냈다. 남공(南公)은 군수의 매부이다. 한양에 있을 때 서로 알게 된 사이라 찾아온 것이다. 또 이광춘을 청해 술과 떡을 대접했다.

◎ ― 5월 10일

좌수 조응립이 관청의 논매기 감독 차 이광춘의 사랑에 와서 사람을 시켜 나를 청하기에, 바로 가서 함께 이야기를 나누었다. 훈도 조의와 별감 신몽겸도 왔다.

오후에는 봉사 김경과 생원 이근성 등이 함열에서 올라와서 들렀다. 집에 마침 술이 있어 함께 마시다가 취기가 절반쯤 오른 뒤에 떠나갔다. 물만밥도 대접해서 보냈다. 또 김경과 이근성 두 사람이 돌아가는 편에 조좌수의 말을 빌려 타고 진사 이중영을 찾아갔는데, 마침 그가 밖에 나가 집에 없었다. 돌아올 때 생원 이유립을 찾아가서 그 집 뒤에 있는 느티나무 그늘 아래 앉아 이진사의 큰아들을 불러 함께 이야기를 나누는데, 이웃에 사는 전문이 왔다. 생원 이유립이 나에게 이화주를 마시게 했다. 저녁나절에 집으로 돌아왔다.

◎ — 5월 11일

어제 관청의 논매기가 끝나지 않아서 조좌수가 이광춘의 사랑으로 또 왔기에, 곧 가서 만나 보고 돌아왔다.

◎ — 5월 12일

품팔이꾼 25명을 얻어 네 곳의 논을 매서 저녁 전에 끝났다. 모두 15마지기이다. 막걸리 1동이와 삶은 콩 1소반을 준비해서 다섯 차례 이상 일꾼들을 먹였다. 그러나 두 곳의 논에는 물이 말라 모가 드물었다. 유감이다.

오후에는 논매기하는 곳을 돌아보고 왔다. 허리에 찼던 칼을 잃어버렸는데, 어디에다 떨어뜨렸는지 알 수가 없다. 그 칼은 품질이 매우 좋아 오랫동안 차면서 애용했는데 이번에 잃어버렸으니, 물건을 얻고 잃음도 운수라지만 집에 쓸 만한 칼이 없다. 참으로 아깝다.

◎ — 5월 13일

오늘은 허찬의 어머니의 대상 날이다. 허찬이 이곳에 오랫동안 거주하면서도 말하기가 어려워 입을 다물고 있어서, 온 집안이 몰랐다. 저녁때 비로소 그 말을 듣고 밥과 국을 장만해서 허찬에게 보내 제사를 지내고 곡하도록 했다. 애처롭기 그지없다.

누에가 아침부터 익어 가기 시작해서 섶에 올랐는데, 뽕잎을 구하기 어려워서 하루에 네댓 차례밖에 먹이지 못한다. 향비가 매일 뽕잎을 따고 있으나, 따오는 양이 너무 적다. 안타깝다. 언명이 초순에 장인의 상 때문에 태인에 조문을 갔다가 오늘 비로소 돌아왔다.

◎ ― 5월 14일

누에가 모두 섶에 올랐다. 정산에 살고 있는 평강(오윤겸) 처가의 계집종의 남편 유량이 찾아왔다. 정산 현감 정천경(鄭天卿)이 우리 집에서 후처(後妻)를 얻기를 바란다고 그를 통해 전하기에, 술과 밥을 먹여 보냈다. 혼사 이야기는 시일을 두고 후일 의논하겠다고 말했다.

오후에 생원(오윤해)이 제 어미가 편찮다는 소식을 듣고 또 제 아우의 혼삿날에 맞추어 달려왔다. 만나 보지 못한 지 반년이 되었는데, 오늘의 갑작스런 상면에 온 집안이 기뻐하니 이루 말로 다할 수가 없다. 들으니, 충아가《시경(詩經)》의 3장을 암송하고 또 〈사미인곡(思美人曲)〉*을 노래하며 육갑(六甲)을 모두 기억하는데 모든 문자를 한 번 들으면 잊어버리지 않아 남달리 총명한 재능이 있다고 한다. 그의 외조부 최경유(崔景綏)*도 내게 편지를 보내면서 이 아이의 남달리 뛰어난 재주

....

* 〈사미인곡(思美人曲)〉: 1588년에 정철(鄭澈)이 지은 가사(歌辭)이다. 정철은 50세가 되던 1585년에 당쟁으로 인해 간관(諫官)의 논박을 받아 고향인 전라도 창평에 은거했다. 이때 임금을 사모하는 정을 여인이 남편을 여의고 연모하는 마음에 가탁하여 고신연군(孤臣戀君)의 정을 이 작품 안에서 아름답게 묘사했다.《송강집(松江集)》에 전한다.
* 최경유(崔景綏): 최형록(崔亨錄, ?~?). 자는 경유이다. 오윤해의 장인이다. 세마를 지냈으며, 승지에 증직되었다.

를 깊이 축하했기에 더욱 보고 싶은 마음이다. 그러나 만날 수가 없으니, 다만 스스로 기뻐하며 위안할 뿐이다. 또 생원(오윤해)이 남상문에게 시집간 누이에게서 가져온 편지를 보니, 요즘 모두 무고하다고 한다. 더욱 기쁘다.

덕노가 오늘 비로소 돌아왔다. 포목 값이 산골에서도 비싸서 사지 못하고 쌀 9말 5되, 곶감 10접, 베적삼 1벌을 사 가지고 왔다. 베적삼과 곶감 2접은 덕노에게 도로 주었으니, 여름옷을 지어 입게 하려는 것이다. 또 함열에서 으레 보내 주는 쌀 18말과 먼저 맡겨 두었던 절인 망어 2마리를 찾아서 싣고 왔다.

◎ ― 5월 15일

오늘은 증조부의 제삿날이다. 면과 떡, 밥, 국만 갖추어 올렸다. 나는 마침 작은 종기가 두어 군데 생겨 고름이 흘러나오기에, 언명과 인아를 시켜 제사를 올리게 했다. 생원 방수간이 와서 오래도록 이야기하다가 저녁 무렵에 돌아갔다.

◎ ― 5월 16일

덕노를 시켜 곶감 5접을 가지고 함열의 웅포로 가서 미역으로 바꾸어 오도록 했다. 들으니, 제주도에서 온 장삿배가 웅포에 머물면서 감 1접을 미역 30동과 맞바꾼다고 한다. 어제 별좌 이덕후가 사람을 시켜 생조기 4마리를 보내왔는데, 저녁에 탕을 끓여 처자식과 함께 먹었다. 후의가 참으로 고맙다.

◎ — 5월 17일

허찬이 이광춘의 사랑에서 화살을 만들고 있기에 언명과 함께 가서 보고 돌아왔다. 종일 비가 내렸으나 큰비는 아니라서 오래 말랐던 논에 오직 풀만 자라게 할 뿐이다.

이진춘(李進春)이 정산에서 마침 이곳 군청에 왔다가 찾아와서 정산의 혼사를 이야기하기에, 나이가 맞지 않아 사양한다고 했다. 소주석 잔을 대접해서 보냈다. 이진춘은 이회춘(李廻春)의 동생이다. 한양에 있을 적에는 서로 알지 못했지만, 내 이름을 들은 지는 오래되었으리라. 정산 현감의 부탁으로 와서 혼사를 이야기한 것이다.

저녁에 곡성 현감(谷城縣監) 정순복(鄭純復)이 임기를 마치고 올라가는 길에 이웃집에서 쉬게 되었다. 전에는 알지 못했으나, 의동(義洞)에서 살 때 그의 이름을 들은 지 오래였다. 사람을 시켜 말구유를 빌려 가기에, 나도 사람을 시켜 안부를 물었다. 그리고 그가 묵는 곳에 나아가 이야기를 나누다가 돌아왔다. 생원 권학도 와서 곡성 현감을 본 뒤에 내게도 들렀다. 격조했던 이야기를 조용히 나누다가 밤이 깊어 돌아갔다.

◎ — 5월 18일

식사한 뒤에 언명과 두 아들과 함께 이광춘의 사랑으로 가서 허찬이 화살 만드는 것을 보고 돌아왔다. 오후에는 가랑비가 저녁때까지 부슬부슬 내렸다. 누에고치 15말을 땄다.

◎ ─ 5월 19일

하루 종일 언명과 두 아들을 데리고 한방에서 이야기를 나누었다. 덕노가 오지 않는다. 괴이하다.

◎ ─ 5월 20일

오늘은 죽전동 숙모의 제삿날이다. 면과 떡, 밥과 국을 준비해서 새벽녘에 인아와 함께 제사를 지냈다. 느지막이 덕노가 돌아왔다. 큰 미역 25동을 가지고 돌아왔다. 먼저 이야기로는 30동으로 바꾸어 올 수 있다고 했는데 이번에 5동을 또 줄였으니, 틀림없이 속이고 있는 것이다. 괘씸하다. 으레 보내 주는 쌀 8말, 제수용 찹쌀 3되, 메밀 3되, 미역 5동, 황각 1말, 벼 12말과 딸이 보낸 조기 5마리, 순채 1병과 양산이 보낸 말린 전어 2마리도 가지고 왔다. 곧바로 조기 1마리, 미역 1동, 전어 1마리를 언명의 집으로 보냈다.

느지막이 관청에 들어가서 군수를 만났다. 마침 별좌 이덕후도 와서 함께 이야기를 나누다가 환자 대여를 요청하고 단자를 바쳤다. 첩으로 써서 정조 4섬을 내주도록 하니, 곧바로 좌수가 내주었다. 나 또한 사창에 가서 직접 받아 냈다. 먼저 덕노를 시켜 실어 오도록 하고, 나도 따라서 집으로 돌아왔다. 곧장 되어 보니 섬마다 모두 17말이고 1섬만 16말이다. 2섬은 언명에게 주어 쓰도록 했다.

저녁에 언명과 두 아들과 함께 성민복의 집으로 걸어가서 위로했다. 성민복이 어제 본군의 존몰감관(存沒監官)으로서 순찰어사(巡察御史)에게 형(刑)을 받았기 때문이다. 시골에 사는 양반이 매양 뜻밖의 욕을 당하니, 탄식할 만한 일이다.

◎ — 5월 21일

이른 아침에 내가 며칠 전에 잃어버린 패도(佩刀)를 길가에서 이광춘이 주웠다면서 갖고 왔다. 영영 잃어버렸다고 생각했다가 오늘 다행히 얻으니, 기쁜 마음을 형용할 수가 없다. 만일 다른 사람이 주웠다면 결코 다시 돌려보내지 않았으리라. 즉시 미역 2동을 보내 그의 마음 씀에 감사의 뜻을 표했다. 또 덕노와 안손을 시켜 말 2마리를 끌고 성민복네 선산에 가서 마른 나무를 베어 두 번 실어 오도록 했다. 그리고 두 계집종에게 길가의 가을보리를 베도록 했다. 느지막해서 언명과 두 아들과 함께 걸어가 현장을 살펴보았다. 함열에서 사람과 말을 보내 생원(오윤해)을 청하기에, 그가 곧 떠났다. 생원 홍사고가 권평지 물가에 와서 낚시를 한다고 들었기에 또한 가 보았다. 마침 이복령과 조대림도 와서 서로 격조했던 이야기를 나누었다. 이복령을 청해 함께 집으로 돌아와서 바둑을 두다가 보냈다.

◎ — 5월 22일

식전에 진사 이중영의 처소에 편지를 보내 납채에 쓸 함과 금띠를 빌려 왔다. 식후에 몸소 별좌 이덕후의 집에 가 보니, 별좌가 마침 길가의 느티나무 아래에서 가을보리를 타작하는 것을 감독하기에 가서 보고 격조했던 이야기를 나누었다. 먼저 이화주를 마시다가 나중에 물만밥을 먹고 보리타작하는 것을 보았다. 15명이 넘는 일꾼들이 좌우로 줄을 지어 동시에 두들기며 소리를 내지르니, 그 소리가 땅을 흔들고 보리 낟알이 마당에 가득했다. 어제 수확한 것이 45섬이라면서 오늘도 그만큼 될 것이라고 한다. 풍성하다고 할 만하다.

인아가 혼인할 때 입을 옷을 빌려 가지고 해가 기울어 집으로 돌아왔다. 그런데 빌려 온 옷이 모두 짧고 좁아 입을 수가 없다. 참으로 답답한 노릇이다. 집으로 돌아올 때 별좌가 콩 3말을 주었다. 후의에 감사하다. 그런데 오늘은 장인의 기일인데 깜빡하고 고기반찬을 잘못 먹었다. 우습다.

저녁때 생원 윤해의 사내종 안손이 함열에서 돌아왔다. 윤해가 편지로 왜적의 동태를 알렸는데, 이달 초이레에 일본 배 1척이 일본에서 나와 곧장 부산으로 왔다고 한다. 그 연유를 물어보니, 관백이 평행장의 처소로 서신을 보내 말하기를, "명나라가 우리를 매우 의심하고 있으니, 가등청정을 우선 철군시킨다."라고 했다는 것이다. 그러므로 초열흘에 청정의 철군(撤軍)하는 병력이 배를 띄우면 부장 세 사람이 결국 성을 맡아서 가옥을 파괴하고 불을 지른 뒤에 돌아갈 것이며, 행장은 명나라 부사[양방형(楊方亨)] 일행을 모시고 일본으로 돌아가리라는 것이다.

김해에서 왜적과 가까이 지내던 사람이 와서 하는 말이, 죽도(竹島)로 내려가는 것을 듣고 본 바 왜적들은 15일까지 남김없이 철수하려고 물건을 반이나 배에 실었으며 타고 다니던 말은 팔려고 해서 부산의 시장에 많이 나와 있다고 한다. 이는 결코 헛소문이 아닐 것이다. 이 나라의 기쁨과 경사이니, 얼마나 기쁜지 모르겠다. 그러나 왜적들의 꾀는 헤아리기 어려우니, 어찌 반드시 후환이 없으리라고 보장할 수 있을 것인가. 또 들리는 바로는 왜적의 진영에 시중에서 잡힌 우리나라 남녀를 소서행장이 명령하여 조사하여 이름을 적고 조를 받기로 한 자들도 모두 베를 거두웠다고 한다. 길가 밭에서 거둔 보리 수확량이 단지 16말이니, 우습다.

안손이 꼭두새벽에 광주의 집으로 올라갔다. 생원(오윤해)은 인아의 혼사 때문에 올라가지 못했다. 사내종을 먼저 보낸 것은 밀 수확과 보리타작 때문이다. 두 계집종을 시켜 먼저 보리를 베게 했다. 내일 타작해서 수확할 계획인데, 반밖에 베지 못했다.

느지막이 허찬을 함열로 보내 인아의 혼인 때 입힐 검은 관복을 자방에게 빌려 오게 했다. 저녁에 영암으로 출가한 임매 집안의 사내종이 들어왔다. 들으니, 누이가 날마다 학질을 앓느라고 식음을 전폐했단다. 걱정을 금할 수 없다.

경흠이 미선 1자루, 그리고 누이가 말린 민어 1마리, 숭어알[秀魚卵] 1손을 보냈다. 어머니께도 똑같이 보낸데다 백미 3말을 더 보냈으니, 내일이 어머니의 생신이라 떡을 만들어 올리도록 한 것이다.

두 계집종에게 보리를 베게 하고 세 사람에게 타작을 시켰다. 소출이 집 앞밭에서 38말이고, 최연(崔淵)의 밭에서 17말이다. 최연이 와서 타작하는 것을 감독했다. 아침 식사 뒤에 조군빙과 조백익을 가서 만났는데, 마침 류수도 와서 서로 이야기를 나누었다. 군빙이 내게 물만밥을 대접했다. 해가 기울어서 돌아오다가 조백공에게 들러 오랫동안 이야기를 나누었다. 백공이 내게 이화주를 대접했다. 저녁에 생원(오윤해)과 허찬이 함열에서 왔다.

◎ — 5월 25일

새벽부터 큰비가 내렸다. 저녁부터 밤새도록 그치지 않으니, 가뭄 끝에 만나는 단비이다. 삼농의 농사를 기대하기에 흡족하다. 기쁘다.

오늘은 어머니의 생신이라서 흰떡, 다면(茶麵),* 어탕, 포와 식해를 만들어 먼저 신주 앞에 바치고 인아의 혼사에 대해 경위를 고유(告由)* 한 뒤에 어머니께 올리고 온 식구들과 함께 먹었다. 그런데 단아가 왼 쪽 목덜미 귀 아래가 어린애 주먹만큼 부어서 아무것도 먹지 못하고 누워서 신음한다. 답답하고 걱정스럽다.

오후에 함열에 사는 딸이 흰떡 1상자, 청주 1항아리, 연한 순채 1항아리, 민물고기 1마리를 사람을 시켜 등에 지워 보냈으니, 어머니의 생신에 대비하기 위해서이다. 내일은 집사람과 함께 함열에 가려고 작정했는데, 비가 이처럼 쏟아진다면 함께 가기가 어렵겠다.

◎ — 5월 26일

비가 비로소 그쳤다. 구름이 하늘을 덮었다가 볕이 나고, 때로 비 도 뿌렸다. 느지막이 집사람이 이복령과 성민복의 말을 빌려 타고 두 아들을 거느리고 함열로 향했다. 함열에서 어제 미리 보낸 2척의 배가 남당진에서 기다리고 있었다. 배에 올라 곧장 웅포에서 내려 가마를 타 고 현으로 들어갈 예정이다. 단아는 목덜미에 부기가 있어 데리고 가지 못했다. 이 때문에 마음이 아파 눈물을 멈출 수가 없다. 딱하다. 식전에

....

* 　다면(茶麵): 기장으로 만든 국수로, 서면(黍麵)이라고도 한다.
* 　고유(告由): 중대한 일을 치른 뒤에 그 내용을 사당이나 신명(神明)에 고하는 것을 말한다.

오이 모종과 가지 모종을 동쪽으로 옮겼다.

◎ ― 5월 27일

덕노가 돌아왔다. 들어 보니, 집사람은 무사히 함열현으로 들어갔다고 한다. 두 계집종에게 복남이네 밭의 보리를 베도록 했다. 타작해서 각각 11말씩 나누었다. 저녁에 비가 내렸다.

◎ ― 5월 28일

어젯밤에 큰비가 쏟아지더니 아침까지 그치지 않는다. 내일 치를 혼사가 걱정스럽다. 권경명도 내일 사위를 맞는다고 한다. 단아의 부증(浮症)에 아직 차도가 없어 아침에 군수에게 편지를 보내 의녀(醫女)를 불러다가 보였으나, 비로 인해 습기가 많아 침으로 종기를 터뜨릴 수가 없다고 한다. 관아의 계집종 복지(福之)는 침을 배워 종기를 고친다.

아침 식사 뒤에 비를 무릅쓰고 길을 떠났는데, 퍼붓는 비로 가는 길에 물이 넘쳤다. 간신히 남당진에 도착했으나 배가 없어 건널 수가 없었다. 별좌 이덕후의 집에 다다르니, 이덕후 형제가 모두 집에 있다가 나를 정자 위로 맞아 조용히 이야기를 나누었다. 먼저 벽향주(碧香酒)*를 마시고 난 다음에 낮잠*을 잤으나, 비바람이 크게 일어 조금도 쉴 수가 없었다.

....
* 벽향주(碧香酒): 끓는 물에 쌀가루를 섞어 죽을 만들고 누룩을 섞어 저어 주는 과정을 세 번 반복해서 숙성시킨 술이다.
* 낮잠: 원문의 탄반(攤飯)은 식후의 낮잠을 뜻한다. 육유(陸游)의 〈춘만촌거잡부(春晚村居雜賦)〉의 자주(自注)에 "동파(東坡) 선생은 새벽에 술 마시는 것[晨飮]을 요서(澆書)라고 했고, 이황문(李黃門)은 낮잠 자는 것[午睡]을 탄반이라고 했다."라고 했다.

문중이 내게 말하기를, "이 같은 비바람에 강을 건널 수가 없으니 이곳에서 자고 내일 새벽에 출발하는 것이 어떻겠는가."라고 한다. 그러나 내일이 혼삿날이라서 가지 않으면 안 되고 혼서(婚書)*도 아직 쓰지 않았기 때문에 부득이 배를 빌려 타고 강을 건넜다. 강을 건널 때 물결이 조금 가라앉았으나 빗줄기가 여전해서 옷이 모두 젖어 버렸다. 배가 여전히 흔들거리고 정신은 두렵고 산란하여 간신히 강을 건너 말을 타고 달려 함열현에 당도했다.

자방(신응구)과 김백온이 신방에 모여앉아 내가 오기를 기다리고 있었다. 오래도록 이야기하다가 백온이 먼저 일어나기에 나도 관아에 들어가 딸을 만났다. 저녁 식사를 마치고 신방으로 도로 나와 생원(오윤해)에게 혼서지(婚書紙)를 맞게 잘라 쓰도록 했다. 저물어서 인아와 함께 상동헌으로 나와 잠을 잤다. 현의 아전이 공무로 전주에 갔다 와서 보고하기를, "명나라의 부천사(副天使, 양방형)가 상사가 되고 심유격이 부사가 되었다는 통지문이 영남을 지났습니다."라고 한다.

◎ ― 5월 29일

꼭두새벽에 채단(采緞)*을 보냈다. 양산에게 함을 지고 가도록 했다. 아침에도 바람이 불고 비가 내리니, 오늘도 비가 그치지는 않으리라. 답답하다. 검은 비단은 자방(신응구)이 준비해 주었으나, 붉은색이 비 때문에 물들지 않는다. 겨우 색깔만 보일 뿐이다. 이러저러한 모든

....

* 혼서(婚書): 혼인할 때 신랑 집에서 예단과 함께 신부 집으로 보내는 서간이다.
* 채단(采緞): 혼인 때 신랑 집에서 신부 집으로 미리 보내는 푸른색과 붉은색의 비단(홍단과 청단)을 말한다.

일을 모두 자방(신응구)이 조치하고 준비했다.

어젯밤에 생원(오윤해)이 자방(신응구)과 함께 신방에서 자다가 오른쪽 손을 지네에게 물렸다. 중상은 아니고 좀 붓다가 그쳤다. 즉시 때려죽이라고 했다.

느지막이 큰비가 쏟아졌다. 오후에 비로소 그치기는 했으나, 자욱한 안개가 걷히지 않는다. 점심 식사 뒤에 자방(신응구)과 함께 위요가되어 인아를 데리고 김봉사의 집에 장가를 보내러 갔다. 일행과 신랑이모두 우비[雨具]를 갖추었다. 유감이다. 새 종[新奴]은 피차 딸리지 않기로 했다. 저쪽 집의 위요는 신대홍과 민주부이다. 관아에서 제공한 과일을 중간에 돌리고 술잔을 돌림으로써 혼례를 마쳤다. 생원(오윤해)도뒤따라와서 참석했다.

집사람이 먼저 옥춘 모녀에게 신부를 보러 가게 했으나, 봉사가 거절해서 들어가지 못했다. 창틈으로 바라보니 멀어서 자세히 분별할 수가 없었다고 한다. 오늘은 죽전동 숙부의 기일이라서 위요를 하지 않으려고 했으나, 김백온이 강요하기에 마지못해 참석했다. 밤에 생원(오윤해)과 함께 상동헌으로 나와 잤다.

◎ ─ 5월 30일

느지막이 김봉사의 집에서 찬을 갖추어 먼저 소주 1항아리, 수단 1동이, 절편 1상자, 약과 1상자, 건어 1소반, 앵두 1소반, 영계(嬰鷄) 3마리를 보내왔는데, 관아에서도 술과 국수를 마련해 보내왔다. 이고 온사람들에게 쌀 3말을 주고 나누어 쓰도록 했다.

오후에 신부가 들어왔다. 나는 자방(신응구)과 생원(오윤해)과 함께 들어가서 보고 나온 뒤에 잔칫상을 벌였다. 참석한 사람은 집사람과 안채 식구들, 김서방댁, 자방(신응구)의 두 첩(妾)뿐이었다. 김백온의 부인은 간절히 청했으나 오지 않았다. 자방(신응구)이 백온을 청해서 신방에다 다시 작은 술상을 차려 각각 술잔을 돌리고 파했다.

저녁에 신부가 돌아갔다. 모든 일이 잘 준비되어 난리 중의 사람들 같지 않으니, 김봉사의 힘이다. 신부의 행동거지를 보니, 결코 어리석고 용렬하지 않을 것 같다. 기쁘다. 마침 비가 잠시 그쳐 신부가 왕래했는데, 우비를 갖추지 않았다. 집사람이 또 거느리고 온 계집종들에게 쌀 3말을 주고 나누어 쓰도록 했다.

6월 작은달 –12일 소서(小暑), 24일 초복, 27일 대서(大暑) –

◎ — 6월 1일

오후에 신대흥의 거처에 가서 자안(子安)의 안부를 물었다. 대흥이 나와 이야기를 나누다가 시주(時酒)를 큰 잔으로 한 잔 대접했다. 곧 김 백온에게 가서 만나 보았는데, 신부도 나와서 절을 했다. 백온의 집에 마침 술이 없어서 메밀국수를 대접받고 저녁 무렵에 돌아왔다. 관아에 들어가 자방(신응구)과 마주하여 저녁 식사를 했다. 밤에 생원(오윤해) 과 함께 동헌으로 나가 잠을 잤다. 지금 임천으로 돌아가고 싶지만, 비가 그치지 않아 강물이 넘쳐서 건너기가 매우 어려워 머물렀다.

◎ — 6월 2일

아침 식사 뒤에 신대흥과 김봉사가 찾아왔다. 함께 상동헌에 가서 자방(신응구), 신대흥, 김봉사 그리고 두 아들과 함께 모여 이야기를 나누 었다. 점심 뒤에 출발해서 웅포에 도착하여 배에 올라 돛을 펴서 곧장 남당진에 다다랐다. 육지에 내려 집에 도착하니, 날이 아직 저물지 않았다.

떠나올 때 자방(신응구)이 갈치 30마리, 미역 20동, 소금 2항아리를 구해 주었다. 딸이 또 절인 병어 10마리와 절인 청어 10마리를 주기에 싣고 왔다. 임경흠의 사내종이 홍산에서 돌아왔다.

◎ ― 6월 3일

아침 일찍 생원 권학을 찾아가 신랑을 나오게 해서 보았다. 신랑은 김사포(金司圃)의 양손(養孫)으로, 내게 칠촌 조카가 된다. 지난 29일에 권씨 집안의 데릴사위로 왔다. 권학이 내게 시주 한 대접을 주었다. 오는 길에 생원 남근신과 홍사고를 찾아가 만났는데, 권학이 뒤따라 남씨 집으로 왔다. 추로주 석 잔을 마시고 헤어졌다.

오후에 평강에서 문안하러 온 사람이 들어왔다. 편지를 보니, 먼저 이 사람을 보내고 뒤이어 사람과 말을 보내서 우리 식구를 모두 모셔 가겠다고 한다. 이 같은 더위와 빗속에 늙으신 어머니를 모시고 병든 집사람을 데리고 먼 길을 가기는 불가능하다. 반드시 사람과 말만 부질 없이 왕래하게 될 것이다. 안타깝다.

왜적이 다시 일어날 조짐이 있다면 더위와 비로 인한 고통을 헤아 릴 바가 아닐 터이지만, 요즘 들으니 머지않아 왜병이 철수하여 모두 제 나라로 돌아간다고 한다. 청정은 먼저 출발해서 돌아갔다고 한다. 아직은 이곳에 더 머물다가 가을을 기다려 다시 떠날지 머물지 결정할 계획이다.

평강에서 보내온 물품은 열목어 5마리, 문어 6조, 노루고기 포 5조, 쾌포(快脯)* 2조각이다. 덕노를 시켜 뒷간을 만들었다. 전날 비바람에 부서졌기에 나무를 베어 새로 지었다.

◎ ─ 6월 4일

함열 관아의 사내종들이 새 누에고치를 사려고 식전에 쌀 2바리를 실고 들어왔다. 집사람이 보낸 편지를 보니, 요즘 건강이 다시 나빠졌다고 한다. 실로 걱정이다. 자방(신응구)이 보낸 거친 소금 2말을 다시 되어 보니 겨우 1말 남짓이다. 필시 훔쳐 먹은 것이니, 괘씸하고 얄밉다.

함열 관아의 사내종들이 돌아갈 때 평강에서 온 사람도 함께 보냈다. 영암 임경흠의 종이 도로 내려가기에 편지를 써서 전하게 했다. 또 최연의 밭을 갈고 두(豆) 5되 5홉을 그루갈이로 심었다.

저녁에 이통진의 사내종이 왔기에 밭에서 거둔 보리 소출에서 종자 4말을 공제하고 나머지 6말을 주어 보냈다. 오늘 덕노에게 장에 미역을 가지고 나가 보리와 바꾸게 했다. 미역 20동을 겨우 보리 10말과 바꾸어 그중 2말로 눌은비의 도롱이를 샀다.

◎ ─ 6월 5일

덕노를 함열로 보냈으니, 집사람을 데리고 오기 위해서이다. 느지막이 평강에서 온 사람이 도로 들어와 집사람은 내일이 아니라 여드렛날쯤에나 온다고 한다. 덕노를 보낸 것이 참으로 후회스럽다.

오후에 좌수 조응립이 이광춘의 사랑으로 와서 사람을 시켜 나를 청했다. 내가 즉시 갔더니, 별감 조광좌도 왔다. 두 조씨가 독한 술 1단

....
* 쾌포(快脯): 고기를 얇게 저며 꼬챙이에 꿰어서 말린 포이다.

지를 구해 와서 소고기 1상자를 삶아 함께 마셨다. 소고기를 못 본 지 오래라서 1접시를 구해 어머니께 보냈다. 언명과 허찬이 뒤따라 들어와 참석했다.

◎ — 6월 6일

평강에서 온 사람이 이른 새벽에 돌아가기에 편지를 써서 보냈다. 미선 1자루도 평강(오윤겸)의 처소로 보냈고, 또 간찰을 써서 남고성 누이에게도 전해 달라고 부탁했다. 이곳의 소식을 알게 하기 위해서이다. 오늘 그루갈이 밭을 갈려고 했는데, 사람과 말을 얻지 못해서 그만두었다.

◎ — 6월 7일

연달아 사흘 동안 논을 맸다. 이통진의 논은 오늘 비로소 끝냈다. 싹이 드물게 난 곳에 모를 옮겨 심도록 했기 때문에 날짜가 일러서 일찍 벼를 심은 논의 김매기는 끝내지 못했다. 밤에 꿈속에서 우계(牛溪)*를 보았고, 또 잉어 2마리를 얻었다. 우계는 전에 만나 본 일이 없거늘 꿈속에서 보았으니, 이 무슨 징조인가. 평강에서 사람과 말이 들어오려는 것인가.

요즘 집사람이 부재중이라 집안에 주관하는 사람이 없으니, 모든 일에 어긋나는 경우가 많다. 안타깝다. 오후에 함열의 관리가 종자로

----

* 우계(牛溪): 성혼(成渾, 1535~1598). 경기도 파주 우계에 거주했다. 1551년에 생원 진사의 초시에 모두 입격했으나 복시에 응하지 않고 학문에만 전념했다.

쓸 콩 5말을 짊어지고 들어왔다. 자방(신응구)이 보낸 것이다. 저녁에 덕노가 당도했다. 이달에도 으레 보내 주는 벼 2섬과 소주 4선에다 생원(오윤해)이 상경할 때 쓸 양식과 찬, 말먹이 콩을 실어 왔다. 들으니, 집사람이 요즘 몸이 도로 불편해서 내일 올 수 없기 때문에 먼저 보냈다고 한다.

들으니, 생원(오윤해)이 하루거리에 걸려 고통을 받고 있다고 한다. 걱정이다. 자방(신응구)이 집사람에게 더 머물라고 권했다고 한다. 자방(신응구)도 이달 20일경에 처자식을 먼저 남포로 보내고 뒤따라 벼슬을 내놓은 뒤에 돌아갈 계획이라고 한다. 그런데 그의 아버지 신벌이 이 같은 더위와 비에 젖먹이를 데리고 길을 떠나는 것은 안 된다고 말해서 아직까지 머물고 있다고 한다. 그러나 어찌 오래 머물 수 있겠는가. 언짢은 마음이 그지없다.

◎ ─ 6월 8일

덕노를 최인복의 집에 보내서 종자로 쓸 태(太) 3말과 그루갈이에 쓸 두(豆) 6되를 가져오게 했다. 내일은 그루갈이 밭을 꼭 갈아야 하기 때문이다. 최인복이 오후에 찾아왔으므로 추로주 세 대접을 마시게 했다. 종일 구름이 끼고 때때로 비가 내렸다.

◎ ─ 6월 9일

조윤공과 성민복의 소 2마리를 빌리고 쟁기를 지닌 일꾼을 보리 2말을 대가로 얻어 그루갈이 두전(豆田) 세 곳을 갈도록 했다. 최인복의 밭에는 태(太) 3말을, 이통진의 밭에는 태(太) 1말과 두(豆) 3되를, 복남의 밭에는 녹두 4되를 뿌렸다. 모두 지주들과 소출을 반씩 나누어야 한다.

오전에는 비가 오다 그치다 하더니 오후에 비로소 그쳤다. 그래서 겨우 밭갈이를 끝낼 수 있었다. 오늘 다섯 사람이 먹은 쌀이 2말이다. 한 사람은 쟁기잡이, 두 사람은 소몰이, 한 사람은 씨뿌리기, 한 사람은 밭두둑 고르기를 했다.

오후에 함열에서 사람이 와서 내일 집사람이 온다는 기별을 전했다. 이달에 으레 보내 주는 쌀 4말을 짊어지고 왔다. 곧 편지를 써서 돌려보냈다.

◎ ― 6월 10일

꼭두새벽부터 비가 내리더니 그치지 않는다. 집사람이 필시 비를 무릅쓰고 오지는 않으리라. 비가 내리는 형세를 보니 종일토록 밤새 그치지 않으리라. 어제 만약 밭을 갈지 않았다면 어떠했겠는가.

뒤 처마에서 참새들이 시끄럽게 울기에 창문을 열고 올려다보니, 뱀이 처마 끝에 걸려 있었다. 덕노를 시켜 때려죽이게 했다. 길이가 겨우 몇 자이지만, 검붉은 반점 무늬가 있는 것으로 보아 독사가 분명하다. 새 둥지를 찾아 새끼들을 잡아먹기 위해 지붕에 올라간 것이다. 만약에 잡아 죽이지 않았다면, 반드시 사람을 상하게 했으리라. 다행스럽다.

◎ ― 6월 11일

늦게서야 비가 그쳤다. 덕노에게 말 2마리를 끌고 남당진에 가서 기다리게 했으나, 집사람이 오지 않아서 그냥 돌아왔다. 분명 아침부터 비가 내려서 출발하지 못한 것이다.

◎ ─ 6월 12일

이른 아침에 권경명의 사위 김식(金埴)이 찾아왔기에, 둥근 부채에 산수화를 그리게 했다. 김식은 김사포의 양손이며 봉선(奉先)의 둘째 아들이다. 내게는 칠촌 조카가 된다. 나이가 겨우 17세인데 용모가 단정하고 서화(書畫)에 능하다.

그의 부모는 난리 전에 모두 사망해서 할아버지 댁에서 자랐는데, 난리 뒤에 그들도 먼저 죽었다. 그만 홀로 그의 형 집(塤)과 함께 살아남았으니, 의지할 곳 없는 외로운 몸이다. 측은하고 불쌍하다.

느지막이 덕노에게 말을 빌려 타고 남당진에 가서 집사람이 오는 것을 기다리게 했다. 집사람은 두 아들을 데리고 웅포에서 배를 타고 조수를 따라 올라와서 남당진에 도착해 육지에 내려 말을 타고 들어왔다. 건강 상태가 편안한데, 다만 그끄저께부터 오른쪽 팔뚝이 때로 거북하다고 한다. 걱정스럽다.

인아가 타고 왔던 말을 곧 돌려보냈다. 자방(신응구)의 처자식은 오는 15일에 남포로 먼저 보내고, 그도 뒤따라 벼슬을 그만두는 대로 돌아갈 계획이라고 한다. 올 때 3되와 누룩 1동을 보내왔다.

며칠 전부터 내가 타는 말의 배 아래에 손바닥 크기만 한 큰 부기(浮氣)가 생겼다. 몇 차례 침을 놓았으나 아직도 가라앉지 않는다. 걱정스럽다. 생원(오윤해)이 타는 말도 발을 절어 부릴 수가 없다. 더욱 걱정스럽다.

◎ ― 6월 13일

들으니, 조백익이 병조 낭관(兵曹郎官)에 임명되어 가까운 날에 한양으로 올라간다고 한다. 조대림의 말을 빌려 타고 가 보니, 마침 여러 소년들이 종정도(從政圖)를 하며 하루 종일 놀고 있었다. 조군빙이 나에게 물만밥을 대접했다. 저녁때가 다 되어서야 돌아왔다.

올 때 이복령을 방문해서 함께 바둑 세 판을 두고 돌아왔다. 군빙의 집에 오죽(烏竹)이 있기에, 덕노를 시켜 두 줄기를 잘라 오게 했다. 지팡이로 쓰기 위해서이다. 류선각이 사람을 시켜 편지를 보내왔다. 또 보리 6말과 오이[靑瓜] 30개를 보냈으니, 후의에 감사하다.

◎ ― 6월 14일

오늘 논매기 차례가 비로소 끝났다. 24명이 와서 맸는데, 먼저 올벼 논을 맸다. 다음에 옥송 앞의 논을 매고, 그다음에 언명의 논을 맸다. 반절밖에 못했으니 유감이다. 이복령이 와서 보기에 이광춘의 사랑으로 청해 종일 바둑을 두고 물만밥을 대접해 보냈다.

오후에 마의를 불러 내 말의 배 아래 부은 곳을 치료했다. 함열 사람이 오늘 올 것 같은데 오지 않으니, 내일 출발할지도 모르겠다. 한산으로 쫓아가 딸을 만나 보고 싶은데, 예정대로 갔는지 알 수가 없다. 결국 가지 않았다.

◎ ― 6월 15일

오늘은 속절(유두절)이다. 간신히 얼음덩어리를 구해서 수단을 만들어 신주 앞에 차례를 지냈다.

평강(오윤겸)의 사내종 세만이 왔다. 가지고 온 편지를 보니, 무고하다고 한다. 기쁘다. 사람과 말은 빗물 때문에 보낼 수가 없으니, 가을에 서늘해지기를 기다렸다가 다시 상의해서 보내겠다고 한다. 꿀 2되, 말린 꿩 8쪽[支], 송홧가루 2되를 구해 보냈다.

저녁에 함열에서 사람이 왔다. 그의 말을 들으니, 딸의 더위 병 때문에 길을 떠나지 못했다고 한다. 또 딸이 수단과 상화병 1상자를 준비해서 보내왔다. 소주 3선도 보냈는데, 마침 병이 새서 반은 없어졌다. 안타깝다.

◎ ― 6월 16일

종일 날이 흐리고 비가 내린다. 눌은비와 개금(介叱今), 품팔이꾼 둘을 합쳐 네 사람에게 전날 끝내지 못했던 논을 매게 했지만, 또 끝내지 못했다. 밤에 창 앞에 누워 있는데, 처마 끝에서 잠자던 새들이 놀라서 지저귀었다. 이상해서 올려다보니, 뱀이 새 둥지를 찾느라 처마에 걸려 있었다. 덕노를 시켜 갈고리로 걸어 내려 때려죽이게 했다. 얼룩진 무늬가 정녕 전에 죽였던 뱀과 같았다. 독사가 제멋대로 돌아다니니 매우 두렵다. 집사람은 어제부터 오른팔의 저린 증세가 별로 없는 것 같으나 그 전만 못하다고 한다.

◎ ― 6월 17일

두 계집종에게 어제 끝내지 못했던 논을 매게 했지만, 또 끝내지 못했다. 오전에 날이 흐리고 비가 내리다가 오후에 비로소 그쳤다. 김매는 논에 가 보고자 나막신을 신고 지팡이를 짚으면서 걸어가다가 좀은 길의 진흙이 미끄러워 논 가운데로 넘어졌다. 발은 흙투성이가 되고 하의는 젖어서 간신히 집으로 돌아왔다. 우습다.

◎ ─ 6월 18일

두 계집종과 덕노, 품팔이꾼을 합쳐 모두 네 사람이 어제 못 마친 논에서 김을 다 맸기에, 덕노의 논으로 옮겨 김을 매도록 했다. 소지가 찾아왔기에 먼저 소주 한 잔을 마시게 하고, 그다음에 물만밥을 대접했다. 그는 저녁때 돌아갔다. 또 이분의 서신을 함열에서 전해 왔는데, 어디를 통해 왔는지는 모르겠다.

◎ ─ 6월 19일

소지가 와서 빗을 만드는 묵은 대와 방각(防角)을 주기에, 그편에 환자 보리 6말 5되를 군에 갖다 바치게 했다. 연전에 소지의 이름으로 받아썼는데 아직도 갚지 못해 관에서 나온 사람이 독촉한다고 하므로, 그에게 갚아 버리도록 한 것이다.

저녁에 송인수가 따로 사람을 시켜 문안 편지를 보내면서 참외 25개도 보내왔다. 전에 빌려 왔던 《삼국사(三國史)》는 아직 다 보지 못했다는 내용의 답장을 써서 보냈다.

◎ ─ 6월 20일

송인수의 사내종 세량(世良)이 돌아갈 즈음에 말하기를, 만약에 책을 안 가지고 돌아가면 필경 무거운 매를 맞을 것이요 사세(事勢)를 돌이킬 수도 없을 것이니 여기서 도망을 쳐야겠다고 한다. 인수는 정신병이 있는 사람이라서 틀림없이 그 종한테 대신 화풀이를 하려고 무거운 중벌을 내릴까 두려워 부득이 《삼국사》20권을 세어 보냈다.

또 덕노를 함열로 보냈는데, 저녁때 함열에서 사람이 당도했다. 딸이 큰 망어알[亡魚卵] 2쪽과 간장 2병을 구해 보냈다. 소주도 구해 보낸다고 했는데, 없었다. 필시 가지고 온 사람이 그 내용을 몰라서 받아 오지 않은 것 같다. 매우 유감이다. 인아의 처도 집안사람들에게 편지를 보내왔다. 인아는 사람과 말을 구할 수 없어 뵈러 오지 못한다고 한다. 들으니, 자방(신응구)의 어머니가 학질을 앓아 관속(官屬)들이 떠나지 못했다고 한다.

◎ — 6월 21일

소지가 종과 말을 보내 우리를 청하기에, 곧 언명과 윤해와 함께 달려갔다. 좌수 조군빙과 김포 조백공, 경담(慶譚)이 소년 서너 명과 모여 있었다. 오늘은 바로 소지의 죽은 형 은(隱)의 담제날이다. 그래서 손님을 청해 술상을 차려 대접했는데, 날이 저물어 끝났다. 우리 부자가 술을 못 마시기에 소지는 물만밥을 대접해 주었다.

오는 길에 생원 류선각에게 들렀다가 돌아왔다. 저녁에 인아가 덕노를 거느리고 돌아왔다. 함열에서 준 메주 3말, 새우젓 5되, 황각 2말을 덕노가 짊어지고 왔다. 또 저녁 무렵에 한산의 전임 군수 신경행이 순찰사 종사관으로 우리 군에 도착해서 사람을 시켜 안부를 물었다.

◎ — 6월 22일

동리의 젊은이들이 성민복의 송정에서 활을 쏘면서 나를 청하기

에, 곧 나아가 함께 이야기를 나누었다. 조욱륜, 조광철, 성민복 등이
함께 모였다.

◎ ─ 6월 23일

아침 일찍 군청에 들어가서 수락헌에서 신경행을 보았다. 생원 권
학도 와서 조용히 지난 이야기를 나누다가 소주 넉 잔을 마셨다. 돌아
올 때 군수를 서헌에서 만나 보았다. 술에 취해 집에 돌아와서 잠을 한
참 잤다.

들으니, 신군(辛君)이 벌써 한산으로 돌아갔다고 하기에 말을 타고
달려 따라가서 바로 한산에 닿았다. 신군은 한산 군수 강덕서(姜德瑞)*
공과 함께 상동헌에 앉아 있다가 내가 왔다는 기별을 듣고 곧장 맞아
들였다. 서로 지난 이야기를 나누는데, 군 사람들 대여섯 명이 와서 신
군을 알현했다. 신군이 일찍이 이 고을 군수로 있었기에 이곳 향교 등
에서 술과 안주를 갖추어 올렸다. 나도 함께 참석했다.

강공(姜公)이 관아의 계집종 4, 5명과 피리 부는 사람을 초청해서
노래도 부르고 피리도 불게 하다가 밤이 깊어 파하고 헤어졌다. 나와
신군은 동헌에 있는 방에서 잤다. 의원 김준도 우리와 함께 잤다. 집사
람의 오른팔이 불편한 사실을 김의원에게 상의했더니, 곧 대답하기를
"꼭 침을 맞아야 하지요."라고 했다. 그러고는 침놓는 경혈(經穴)을 정
하고 또 침놓기 좋은 날짜로 내달 2, 4, 7일을 골랐다. 그때가 되면 자

---

* 　강덕서(姜德瑞): ?~?. 예문관 검열, 홍문관 응교, 평창 군수 등을 지냈다. 한산 군수로 재직
　시에 한산에서 이몽학의 난을 토벌했다.

신이 와서 임천군의 의녀 복지에게 경혈을 정하고 침을 놓도록 하겠다고 했다. 애초의 생각으로는 김의원이 함께 와 주었으면 했는데, 정한 날짜가 아직 머니 두고 볼 일이다.

◎ ─ 6월 24일

초복이다. 군수 강군(姜君)이 나와 동헌의 방에서 우리와 마주앉아 아침을 먹었다. 느지막이 돌아오려고 하는데 신군과 강군 두 군수가 굳이 만류했다. 마침 별좌 이덕후가 신군수를 만나기 위해 당도했으므로, 모두 취읍정에 앉았다. 강군수가 신군수를 위해 집에 장수단(獐水丹)을 베풀었고, 군의 품관 몇몇도 술병과 과일을 가지고 와서 신군수에게 잔을 올렸다.

종일 이야기하다가 해가 기울 무렵에 이문중이 먼저 일어나 집으로 돌아갔다. 나도 돌아오려고 했으나, 날이 저물어 유숙하기로 했다. 신군과 이 고을 사람인 진사 박대봉(朴大鳳) 등과 함께 잤다. 이복령은 신군이 부르자 와서 함께 잤다.

◎ ─ 6월 25일

날이 밝아 신군에게 작별하고 떠나왔다. 오는 길에 이문중의 집에 들러 아침밥을 먹었다. 문중이 내게 메밀 종자 2말을 주었는데, 전날 약속이 있었기 때문이다.

곧 말을 달려 집에 왔더니, 아직 정오가 안 되었다. 인아의 처가에서 사내종과 말이 그저께 이곳으로 왔는데. 내가 부재한 탓에 아직 머물고 있었다. 곧 그들을 함열로 돌려보냈다.

저녁에 함열에서 보낸 사람이 왔다. 자방(신응구)이 편지를 보냈는데, 가까운 날에 벼슬을 그만두려고 벌써 사표를 냈기 때문에 사람과 말을 보내 양식과 물건을 가져가게 한다고 했다. 내일은 생원(오윤해)이 집으로 돌아갈 예정인데 어떻게 될지 모르겠다. 내일은 내가 함열에 가서 딸을 만나 보아야겠다. 자방(신응구)이 보낸 물건은 뱅어젓 2말과 생마(生麻) 2단이다.

집에 와서 들으니, 어제 새 둥지를 더듬어 새끼를 삼킨 뱀이 처마 끝에 걸린 것을 인아와 허찬이 때려죽였는데 먼저 죽인 놈보다 배는 컸다고 한다.

◎ ─ 6월 26일

생원(오윤해)이 아침에 일어나 보니 또 중간 크기의 뱀이 새 새끼를 물고 땅에 떨어져 있으므로 허찬을 시켜 때려죽이도록 했다고 한다. 먼저 죽인 것까지 도합 4마리인데, 모두 얼룩무늬 독사이다. 뒤편 처마의 두터운 지붕에서 참새 떼가 새끼를 기르기 때문에 뱀들이 모여들어 죽여도 그치지 않는다. 필시 초가지붕 밑에서 뱀이 새끼를 기르고 있을 것이니, 참으로 두려운 일이다.

아침을 먹고 출발해서 남당진에 도착하니 때마침 물결이 크게 일었다. 작은 배를 타고 건너는데, 물결이 뱃전을 넘나드는 게 빈번하다. 옷이 모두 젖어 키 아래로 엎어질까 두려웠다. 겨우겨우 강기슭에 닿아 급히 달려 함열 관아에 도착하니, 해가 이미 기울었다. 마침 신대흥, 김봉사, 민주부가 모두 모여 한참 동안 이야기를 나누다가 저물어서 각자 헤어졌다. 안채에 들어가 딸을 만나 본 뒤에 인아와 함께 나와 상동헌에서 잤다.

◎ ─ 6월 27일

이른 아침에 들어가서 딸을 만나 보았다. 아침밥을 마주했다. 느지막이 김봉사의 처소를 찾아갔더니, 마침 이효성(李孝誠)도 와 있어서 종일토록 이야기를 나누었다. 김씨 집에서 새로 만든 국수를 대접받고 또 소주 석 잔을 마셨다. 인아의 처를 만나 보고 날이 저물어서 돌아오다가 신대흥의 임시 처소에 들러 한참 동안 이야기를 나누었다. 관아로 돌아와 자방(신응구)과 함께 저녁을 먹은 뒤에 인아와 더불어 상동헌으로 나와 잠을 잤다.

신대흥이 뒤따라와서 함께 잠을 잤으니, 진즉 약속이 있었기 때문이다. 이효성은 인아의 처삼촌이다. 자방(신응구)이 떠날 날을 초이틀로 잡았다. 아속(衙屬)을 먼저 보내고 사직서를 올렸으나 아직 회답이 오지 않았다.

◎ ─ 6월 28일

아침에 관아에 들어가 딸을 만나 보고 아침밥을 마주했는데, 인아도 함께 있었다. 느지막이 딸과 헤어져 자방(신응구)을 본 뒤 작별하고 길을 떠났다. 오는 길에 김백온의 집에 들러 또 인아의 처를 만나 보았다. 올 때 신대흥의 임시 처소에도 들러 만나 보고 잠시 이야기를 나누다가 출발했다. 남당진에 도착하니 마침 배가 북녘 기슭에 머물고 있어 오랫동안 강을 건너지 못했다. 폭양(曝陽) 아래 강기슭에 앉아 있자니, 여름 햇볕이 불길처럼 뜨거워 그 고통을 형언하기 어려웠다. 해가 기울어 강을 건너 집에 당도하니, 기력이 자못 편치 못하다.

함열에 있을 때 경상좌병사(慶尙左兵使)의 서신을 보았는데, 명나라 부사가 지난 15일에 희생으로 쓸 짐승을 잘 익혀 해신제(海神祭)를 지내고 명나라 벼슬아치 25명과 평행장 등을 거느리고 배를 타고 바다를 건너 돌아갔다고 한다. 그런데 적진은 아직도 다 철수해 돌아가지 않았고 평조신(平調信, 야나가와 시게노부)은 아직도 주둔하면서 통신사를 한창 독촉한다고 한다. 참으로 걱정이다.

◎ — 6월 29일

덕노에게 말 2필을 몰고 언세(彦世)를 거느리게 해서 함열로 보냈다. 생활에 도움이 될 물자를 얻기 위해서이다. 자방(신응구)이 벼슬을 그만둘 뜻이 굳어졌음은 어제 말한 바이니, 그래서 사내종과 말을 거두어 보내는 것이다.

저녁에 생원(오윤해)의 사내종 안손이 광주에서 내려왔다. 들으니, 집안이 모두 무고하지만 충아 어미의 가슴 아픈 병에 오랫동안 차도가 없다고 한다. 염려스럽다. 생원(오윤해)은 사내종이 없어서 오랫동안 돌아가지 못해 근심했는데, 안손이 마침 당도해서 즉시 거느리고 떠나게 되었다. 기쁘다. 그런데 집사람이 그저께부터 불안한 증세가 도졌으니, 실로 걱정스럽다.

들으니, 함열 사람이 시를 지어 자방(신응구)을 조롱했다고 한다. 그 시에서 말하기를, "바닷가의 쓸쓸한 여남은 집, 함라(咸羅)*현감의

....
* 함라(咸羅): 함열현의 관아가 있던 곳이다.

어진 치적이란다. 반세상 답답한 회포로 수각(水閣) 찾으니, 평생 닦은 맑은 덕이 남전(藍田)*에 있네. 채찍질 면하려고 마을의 쌀 갖다 바치고, 토색질로 시중의 돈 거두어 가네. 전날 약속한 선정(善政) 육조(六條)는 자취가 없으니, 곰곰이 생각건대 그대 부친 공로비 꺾이는 해로다."라고 했는데, 진사 이명남(李命男)이 지은 시라고 하는 사람도 있다. 명남은 나주 목사(羅州牧使) 이복남의 사촌이다. 복남은 일찍이 자방(신응구)과 함께 배운 적도 있어서 불편한 마음이 많았기에, 명남에게 글을 지어 조롱하게 한 것이라고 한다.

그러나 명남은 이곳에서 살지 않았으며, 이곳에 온 적도 없다. 복남은 남원 부사(南原府使)를 사임하고 와서 오랫동안 이 고을에 살았고 글도 잘하기 때문에, 필경 이 사람의 소행이라고 사람들이 모두 의심하고 있다. 이 사람은 또 성품이 교만하고 사대부를 멸시하는 자이기에 반드시 그러했을 것이다. 이 시는 지난봄부터 사람들이 입에 올렸다는데, 들은 바가 없다가 이번에 이별좌를 통해 비로소 듣게 되었다.

....
*   남전(藍田): 함열 현감 신응구의 본가가 남포(藍浦)라서 쓴 표현이다.

7월 큰달 -5일 중복, 13일 입추, 15일 말복, 20일 처서 -

◎ ─ 7월 1일

덕노가 오지 않으니, 분명 어제 함열에서 생활에 도움이 될 물품을 주지 않았기 때문이리라. 그렇지 않으면 나루터에 배가 없어 건너지 못한 것이다. 요즘 눌은비가 정강이를 앓느라 논을 못 맸다. 개금에게 혼자 매도록 해 봐야 그 형세가 두루 미치지 않는다. 그루갈이 두전(豆田)에 풀이 무성할 뿐만 아니라 두 곳의 논은 네 번이나 매 주지 않아서 인력이 필시 곱절로 들 것이다. 참으로 고민스럽다.

◎ ─ 7월 2일

생원(오윤해)이 오늘 올라가려고 했는데, 덕노가 말을 가지고 돌아오지 않아 가지 못했다. 자방(신응구)이 따로 사람을 시켜 편지를 보냈다. 신임 감사 박홍로가 오늘이나 내일 안으로 도계(道界)에 이를 텐데, 꼭 사정할 일이 있으니 연줄 없이 이야기할 게 아니라 내게 직접 가서 만나 보고 그 뜻을 전하라고 한다. 오늘은 종과 말이 아직 돌아오지 않았고 날도 저물어 떠날 수가 없다. 내일 제사를 지낸 뒤에 함열로 달려가 만나 볼 계획이다.

저녁에 덕노가 돌아왔다. 자방(신응구)이 준 쌀 10말, 밀 2섬, 보리 1섬, 갈치 17마리, 새우젓 5되, 메주 5말, 찹쌀 5되를 싣고 왔다. 쌀 1말, 밀 7되, 갈치 2마리를 즉시 언명에게 주었다. 차후에 자방(신응구)이 본가로 돌아가면 살아갈 길이 없다. 이달까지는 근근이 이어 왔지만, 앞날이 참으로 걱정스럽다.

함열에서 온 관리에게 들으니, 오늘도 딸이 떠나지 못했다고 한다. 자방(신응구)의 아버지가 이처럼 지독한 더위에 출발해서는 안 된다고 강력하게 말려 아직 머물고 있다고 한다.

◎ ― 7월 3일

새벽에 아우와 함께 제사를 지냈다. 집에 찬거리가 없어서 다만 밥과 국, 면, 떡 그리고 세 가지 탕에 적(炙)뿐이었다.

생원(오윤해)이 날이 밝기 전에 떠났다. 요사이 사내종에게 겨를이 없어 오랫동안 올라가지 못했는데 오늘 비로소 떠난 것이다. 마음이 매우 좋지 않다.

아침을 마치고 나도 길을 떠나 남당진에 도착했는데, 배가 없어 쉬 건널 수가 없었다. 북쪽 기슭의 송정 밑에 앉아 참봉 민철(閔澈)을 청해 이야기로 시간을 보냈는데, 마침 함열 사람이 배를 타고 건너왔다. 곧장 강을 건너 말을 타고 달려 찌는 더위에 간신히 함열 관아에 도착했다.

먼저 딸을 만나 보고 물만밥을 먹은 뒤 상동헌으로 나가 현감을 만났다. 저녁때 다시 관아로 돌아왔으나 뜨거운 열기를 견딜 수 없었다. 현감이 나를 청해 함께 관청 누각 위로 올라가 마주하고 저녁을 먹었다. 허전(許㙉)도 같이 먹었는데, 밤이 깊어서 각자 헤어졌다. 허전은 자방(신응구)의 매부이다. 민철은 작고한 감사 민기문(閔起文)*의 얼자(孼子)로, 떠돌아다니다가 남당진 근처에 사는 사람이다.

여기 와서 들으니, 자방(신응구)의 아버지가 특별히 사람을 시켜 보낸 편지에 "이렇게 지독한 더위에 젖먹이를 데리고 떠나면 반드시 큰 병이 날 것이니, 가을철 서늘한 때를 기다렸다가 관직을 버리고 돌아와도 늦지 않으리라."라고 하며 강력히 말렸다고 한다. 그래서 아직까지 출발을 늦추고 있다는 것이다. 여산에 사람을 보내 신임 감사가 도계에 당도하는 날을 수소문한 뒤에 나더러 반드시 나아가서 만나 보라고 한다.

◎ ─ 7월 4일

아침 식사를 하고 자방(신응구)과 함께 상동헌으로 나갔다. 신대흥과 김봉사를 청해 종일 이야기를 나누었다. 민주부도 왔다. 신대흥과 김백온이 바둑을 두며 노는데, 관에서 토장(土醬)을 주었다. 이에 소주를 각자 넉 잔씩 마시고 헤어지려는데, 마침 체찰사의 별장(別將) 김경로(金敬老)가 와서 즉시 헤어졌다. 자방(신응구)은 별장을 대접하느라고 밤이 깊어서야 돌아왔다. 나와 인아는 사랑의 청지기 방으로 나와 잤다.

오늘 포폄(襃貶)*을 보았는데, 평강이 토(土)를 받았다. 무슨 일인지

....

* 　민기문(閔起文): 1511~1574. 훈련원 도사, 홍문관 전한 등을 지냈다.
* 　포폄(襃貶): 관료의 근무성적을 평가한 뒤 그 결과에 따라 포상이나 징계를 행하는 것을 말한다.

모르겠다. 매우 괴이한 일이다. 전에 들은 바로는 도의 관찰사가 모든 공사 처리에 훼방을 놓으면서 꾸지람만 한다고 하는데, 필시 이로 인해 욕을 보는 것이 아닌가. 참으로 개탄스러운 일이다. 또한 들으니, 호남의 신임 감사가 도계에 도착하는 시기에 관해 적확한 기별이 없기에 이를 알아보라고 여산으로 보낸 사람에게서는 아직 보고가 없다고 한다. 구(舊) 감사는 여산에 도착했다고 한다.

들으니, 황사숙(황신)이 이번에 공조 참판(工曹參判)으로 승진하여 통신 상사(通信上使)가 되었고, 권황(權愰)*은 부사, 박홍장(朴弘長)*은 종사관이 되었다고 한다. 권황은 문벌 출신이고, 박홍장은 무신이라고 한다. 사숙은 급기야 일본에 가는 일을 면할 수 없을 터인데, 이번 행차에 무사히 돌아오리라는 기약조차 할 수 없다. 참으로 안타까운 일이다. 더구나 평소 뱃멀미를 한다는데, 만 리 길 풍랑을 건너 왕복하면 분명 큰 병이 나리라.

또 흉악한 왜적들의 간사한 꾀는 헤아릴 수 없으니, 호의를 가지고 반드시 그를 대접해 주리라고 어찌 보장할 수 있겠는가. 2년 동안 적중에서 애쓰는 고통은 막심할 것이고, 오늘 또 이처럼 권세 있는 신하가 거역해서 오랫동안 -원문 빠짐- 두었다가 하루아침에 변고가 일어나면 필연 죽을 처지에 놓이리니, 반드시 죽은 뒤에야 모든 일이 끝날 것 아닌가. 더욱 한탄스럽지만 어찌하겠는가. 하늘은 이 사람이 다른 나라 땅에서 헛되이 죽을 사람이 아니라는 점을 알고 있으리라.

....

* 　권황(權愰): 1543~1641. 의금부 도사 등을 지냈다.
* 　박홍장(朴弘長): 1558~1598. 장악원 정을 거쳐 1596년 대구 부사로서 통신부사가 되어 일본에 다녀와서 순천 부사에 올랐다.

◎ ─ 7월 5일

식전에 관아에 들어가 딸을 만나 아침을 먹었다. 느지막이 상동헌으로 다시 나왔더니, 자방(신응구)이 먼저 나와 앉아 있었다. 종일 대화를 나누다가 자방(신응구)이 먼저 들어갔고, 나는 김백온의 집으로 가서 인아의 처를 만나 보았다.

저녁때 돌아오면서 신대흥의 임시 처소에 들러 함께 이야기를 하다가 돌아왔다. 마침 감역 조수륜이 와서 자방(신응구)과 대화를 하는데, 나도 끼었다. 저녁에는 인아와 함께 상동헌으로 나와 잠을 잤다. 듣기로는 신임 감사가 틀림없이 내일 여산으로 들어온다고 한다.

◎ ─ 7월 6일

아침 식사 뒤에 감역 조수륜의 간찰을 받았다. 이 사람은 도의 아사(亞使)* 조(趙)의 아우로, 여산에 와 있었다. 순찰사(박홍로)와의 면회가 거절될까 두려워 그가 써 준 편지를 가지고 여산으로 달려갔다. 순찰사는 앉았다 일어났다 하면서 공사를 집행하고 있는 중이라 내 명함을 들여보낼 수 없었다. 조감역의 편지를 도사에게 바치니, 곧 사람을 시켜 문안 인사를 한 뒤 순찰사가 근무를 마칠 때까지 기다렸다가 통성명을 하라고 했다.

종일 주인집에 앉아서 기다리는데, 관에서 우리 일행 모두에게 저녁밥을 제공해 주었다. 날이 어두워지자 순찰사가 내가 왔다는 말을 듣

....

* 아사(亞使): 각 도의 관찰사를 보좌하면서 행정 업무를 총괄하는 종4품의 경력(經歷)과 종5품의 도사(都事)를 말한다.

고 사람을 시켜 맞아들였다. 들어가 보니 도사와 이야기를 하고 있기에, 나도 끼었다. 각자가 오랫동안 만나지 못했던 회포를 푸는데, 마침 장성 현감을 지낸 이옥여와 정(正) 변이중(邊以中)이 들어왔다. 서로 격조했던 이야기를 나누다가 옥여와 함께 감사의 방에서 잤다.

◎ ─ 7월 7일

아침 식사 뒤에 옥여와 함께 은진 땅에 있는 이판결사(李判決事)의 임시 처소를 찾아갔다. 판결사는 우리들이 왔다는 전갈을 듣고 매우 기뻐하며 마중을 나왔다. 한동안 이야기를 나누다가 옥여는 그대로 머물고 나는 판결사에게 작별인사를 했다. 판결사가 내 손을 잡고 눈물을 흘리면서 "훗날 다시 만나기를 기약할 수 있겠습니까?"라고 말하니, 오래도록 마음이 아팠다.

말을 달려 여산으로 돌아오니, 날이 이미 어두워졌다. 들어가서 순찰사를 만났는데, 마침 이익(李瀷)도 와서 함께 대화를 나누었다. 이익은 예전의 동네사람이어서 서로 잘 알고, 또 순찰사와는 소년 시절의 친구이기도 하다. 순찰사의 친족인 두 서생이 술과 과일을 가져와서 불을 밝히고 술상을 차리기에, 각자 소주를 큰 잔으로 두 잔씩 마셨다. 안주는 소고기 수육 1상자였다. 오랫동안 먹지 못했던 음식이라 여럿이 다 먹어치우고 밤늦게서야 파하고 헤어졌다. 순찰사와 자청(子淸), 내가 한방에서 함께 잤다. 자청은 이익의 자이다.

순찰사가 내게 동당(東堂) 명지 6장, 부채 1자루, 종이 1뭇, 필묵(筆墨) 각 1개씩을 선사하며 감시(監試)*를 보는 데 쓸 좋은 종이는 후일 준비해서 함열로 보내 내게 전하도록 하겠다고 했다. 군관인 설한(薛僩)

은 감사의 칠촌 조카이고 나하고도 친하다. 행차를 호위하는 하인들이 -원문 빠짐- 잊어버릴 염려도 있으므로, 설한에게 챙겨서 고하도록 하고 보내겠다는 약속을 했다.

◎ ― 7월 8일

아침 식사 뒤에 순찰사가 완산을 향해 먼저 출발했다. 마침 윤우가 와서 함께 말을 타고 달려 함열로 돌아왔는데, 비로소 역적들이 임천과 홍산에서 일어났다는 말을 들었다. 놀랍고도 두렵다.

어머니께서 학질을 앓는다는 소식을 듣고 점심 뒤에 말을 타고 달려 남당진을 건너 집으로 돌아오니, 날이 이미 저물었다. 와서 들으니, 적의 괴수 이몽학(李夢鶴)*이 난을 피해 홍산에 와서 살다가 지난 6일 밤에 무뢰배들을 불러 모아 갑자기 홍산 관아로 들어가 에워싼 뒤에 곧바로 현감을 붙잡은 다음 고을 안의 군사를 동원하여 관인(官印)을 빼앗아 스스로 허리에 차고 현감을 결박해 버렸다고 한다.

그리고 다음날 저녁에 병력을 일으켜 용의 깃발을 내세우고 임천으로 달려와 역시 군수를 붙잡아 또 관인을 탈취하고 영을 내려 군사를 모집하니, 군민(郡民) 가운데 이에 응하는 사람이 많아서 끼지 못할까 걱정하는 사람도 있었다고 한다. 동네에서 말을 가진 사람인 이덕

....

* 감시(監試): 생원 또는 진사를 뽑던 과거시험이다. 소과(小科)나 사마시라고도 한다.
* 이몽학(李夢鶴): ?~1596. 왕족의 서얼 출신이다. 임진왜란 때 장교가 되었다가 국사가 어지러운 것을 보고 반란을 모의하고 의병을 가장하여 조련을 했다. 1596년 7월에 일당이 야음을 틈타 홍산현을 습격하여 함락시키고 이어 인근의 고을을 함락한 뒤 그 여세를 몰아 홍주성에 돌입했다. 그러나 목사 홍가신(洪可臣), 무장 박명현(朴名賢), 임득의(林得義) 등이 선방했다. 부하 김경창(金慶昌), 임억명(林億命), 태근(太斤) 3인에게 피살되었다.

후, 한겸(韓謙), 홍사고, 권학, 성민복, 이덕의(李德義) 등이 모두 말을 빼앗겼고, 우리 집에도 칼을 찬 사람이 찾아와 말을 찾았으나 마침 내가 타고 나가 그냥 돌아갔다고 한다.

역적 괴수는 대문에 우뚝한 자리를 만들어 놓고 거기에 높다랗게 앉아서 군수를 뜰 아래에 꿇리고 얼굴에 재를 발라 두 번씩이나 목을 베려고 했으며, 또 관청의 쌀을 꺼내 군량미로 나누어 주고 다시 창고를 봉했다고 한다. 그리고 홍산 사람을 임시 대장으로 정한 다음에 관아를 지키게 하고 군사를 내어 정산을 향해서 떠났는데, 두 고을의 군수를 기병들의 길라잡이로 부리며 갔다고 한다.

이처럼 놀라운 일이 이 고을에서 일어났으니, 그 종결이 어떻게 될는지 알 수 없다. 매우 걱정스럽다. 이 동네에서 따라간 자는 이광춘, 조응개, 전상좌, 정복남(鄭福男), 만억(萬億), 담이(淡伊) 등이고, 집주인 최인복 형제도 모두 따라갔다고 한다. 안타깝기 그지없으나 어찌하겠는가.

◎ — 7월 9일

아침 식사 전에 진사 이중영의 집으로 달려갔다. 한겸, 홍사고, 권학 등과 모두 모여 의논했으나 결론은 못 내렸다. 홍사고는 완산의 원수부(元帥府)로 달려가고, 권학은 곧 공주의 감사(이정암)가 있는 곳에 갔다. 속히 대책을 세우고자 해서이다.

식후에 각자 헤어져 집으로 돌아왔는데, 성민복이 왔다. 조용히 이야기를 나누다가 소주 한 잔씩 마시고 보냈다. 논에 가서 보니 5마지기뿐인데도 네 번이나 논을 못 매 주었고, 그루갈이 밭은 전혀 매지 못했다. 눌은비는 정강이가 아파서 오랜 시간 논을 못 맸고, 다만 개금이 혼자 도맡았으나 당해 낼 도리가 없다. 장차 농사를 망치게 생겼으니, 참으로 안타깝다.

신시(申時, 15~17시) 이후에 어머니가 학질을 앓는데 아픔이 더 심해져 아무것도 드시지 못한다. 답답하고 안타까울 뿐이다. 해가 진 뒤에 조금 멎는 듯하더니 밤이 깊어 회복되었지만, 열이 매우 높아 더욱 답답하고 망극하다. 함열에서 배 2척을 마련해 따로 사람을 시켜 남당진의 강가 상류로 보내면서 나에게 식구들을 모두 데리고 건너오라고 했지만, 어머니의 학질 때문에 모시고 갈 수 없기에 함열에 가는 일을 우선 중지했다.

며칠 사이에 비록 급한 일이 없다고 하더라도 몸이 역적의 소굴 안에 있으니, 마음 놓고 오래 머물기가 매우 염려스럽다. 그러나 일이 이렇게 돌아가니 어찌하겠는가. 다시 며칠간 관망하다가 어머니의 학질이 떨어지면 바로 서둘러서 온 집안이 남쪽으로 이사할 계획이다.

◎ ─ 7월 10일

아침 식사 전에 공주 판관(公州判官) 홍경방(洪經邦)과 선봉장(先鋒將) 조광익(趙光益), 감사 군관 이시호 등이 군사를 이끌고 우리 고을로 달려왔다. 순찰사와 감사가 군사를 보내기로 결정했으며, 역적들이 임시로 임명한 장수 백원길(白元吉)을 잡기 위해서라고 한다. 백원길은 홍산의 전임 좌수인데, 적이 후대하여 이 고을을 지키게 했다. 향소 등이 모두 후하게 대했기에 분노할 일이 없었을 텐데, 몹시 마음 아픈 일이다. 백원길은 어사가 관문으로 돌아와 역적을 토벌한다는 기별을 듣고 이내 제 집으로 도망쳐서 잡지 못했다.

아침 식사 뒤에 군청에 들어가 보니, 조백공, 권경명, 조군빙 등 여러 사람이 모여 수락헌에서 이야기를 나누고 있었다. 조대림도 원수부에서 왔다. 그에게 들으니, 원수가 군사를 거느리고 내일 사이에 공주로 향해 길을 질러오고, 전주 판관도 군사를 이끌고 용안까지 와서 진을 치며, 병마절도사도 온양으로 직진하고, 수군절도사는 한산, 서천, 비인, 남포, 보령, 결성의 병력을 거느리고 홍주 가는 길로 향한다고 한다.

본군 관청의 사내종 언홍(彦弘)이 그저께 저녁때 적진에서 나와 말하기를, 적들이 정산에 도착하여 초관(哨官)이 협력하지 않는다며 베어 죽였다고 한다. 또 청양에 도착해서는 군사들이 군기고(軍器庫)에 다투어 들어가 무기를 찾아올 때에 화약에 불이 붙어 군기를 모두 태워 버렸다고 한다. 이때 타 죽은 사람이 매우 많고 불에 덴 사람도 있어서, 진영을 남원으로 옮겨 야숙(野宿)을 하고 내일은 대흥으로 향한다고 한다.

◎ ─ 7월 11일

아침 식사 전에 언명과 성민복의 집에 가다가 길에서 소지를 만났다. 그는 순찰사의 처소에서 전령(傳令)을 가지고 달려오는 길이었다. 적에게 가담한 사람들을 타일러 도망 오게 해서 새로운 사람이 되도록 하고 각 마을의 이장들에게 그 부형이나 처자를 타일러 틈을 보아 빼내 오라는 내용이었다. 사람들이 모두 다투어 적중에 사람을 들여보내 편지로 알려 주고 있는 중이었다. 식후에 언명과 성민복과 함께 걸어서 군으로 들어가 보니, 사람들이 모두 모여 있었다. 순찰사는 전임 현령 조희식을 의병장으로 삼아 바야흐로 향병(鄕兵)*을 모으는 중이었다. 또한 들으니, 원수가 고부 군수와 전주 판관에게 병사를 이끌고 이 고을로 와서 진을 치라고 해서 그들이 지금 무수포를 건넜다고 한다. 또 들리는 바로는, 순찰사가 조광익을 이 고을 군수로 임명하고 이영남(李英男)을 홍산 군수로 임명했다고 한다.

오늘은 어머니가 하루거리를 앓는 날이라서 아우와 함께 먼저 집으로 돌아왔다. 얼마 뒤 전라도 두 읍의 군수가 군사들을 거느리고 이 고을로 들어왔다. 또 적진에서 도망 나온 사람의 이야기로는, 역적들이 그저께 대흥으로 들어갔는데 관청이나 마을이 모두 비어서 소득 없이 빈 관청에서 잠만 자고 다음날 아침에 홍성으로 향했다고 한다. 병사도 겨우 천여 명인데다 다시 적진에 투신하는 사람도 보이지 않는다는 것이다. 만약 그렇다면 대군(大軍)이 왔다는 소식을 듣고 얼음 녹듯이 와해되리라.

오후에 어머니의 학질 증세가 어제보다 배나 더 심한 것 같다. 손 쓸 길이 없어 답답하다. 오늘이 세 번째로 도진 날[三直]인데, 좋다는 방법을 써 본 게 한두 가지가 아니지만 효험을 못 보고 있다. 원기는 날로 쇠퇴하고 식사량도 줄어드니, 망극하다. 다만 어제는 날이 저문 뒤에도 상쾌하게 회복되지 않았는데 오늘은 통증이 일찍 멎었으니, 지금부터 떨어져 나가리라.

....

*   향병(鄕兵): 각 지방에서 그 지방 사람을 조직하여 훈련시킨 병정(兵丁)이다.

◎ ─ 7월 12일

아침 일찍 군청에 들어가니, 온 고을 사람들이 모두 모여 바야흐로 의병을 결성하는 중이었다. 또 들으니, 어제 역적의 괴수가 참살(斬殺)을 당했다고 한다. 적중에서 돌아온 사람에게 물어보니 대답하기를, 지난 10일에 적이 홍주성 밖에 이르러 진을 치고 성안으로 들어가려고 했는데 홍주 목사[洪州牧使, 홍가신(洪可臣)]가 문을 닫고 성을 지켜서 들어가지 못해 청양 땅으로 퇴각해서 진을 치고 밤을 지냈다고 한다.

어제 새벽에 임천의 군사 등이 난이 성공하지 못했다는 사실을 알고 자체 내에서 반란을 일으킬 계획을 짰는데, 부여 사람들이 먼저 들어가 역적의 괴수를 베어 목을 들고 나오니 모든 군사들이 일시에 무너져 흩어졌다고 한다. 두 고을의 군수도 풀려나왔는데, 임천 군수는 홍산 출신의 두세 사람을 베어 죽이고 그길로 순찰사가 있는 곳으로 갔다고 한다.

우리 군에서 적당(敵黨)에 들어가 가담했던 자들 가운데에는 그들에게 죽임을 당한 사람이 많았다. 혹 몰래 도망쳐 나오다 잡혀서 갇힌 사람, 혹 집으로 돌아와 자수한 사람은 모두 용서하여 불문에 부치기로 했다. 그 가운데 적과 마음을 함께하여 일을 꾸민 자들은 즉시 잡아들이기로 했다.

또 함열에서 온 사람의 말을 들으니, 호남 감사가 순찰하러 용안에 왔다고 한다. 그래서 오후에 말을 달려 무수포 나루를 건너 곧장 용안에 도착하여 순찰사에게 이름을 알렸더니, 곧 맞이하기에 상동헌에서 서로 이야기를 나누다가 저녁을 마주하고 먹었다. 날이 어두워져서 나와서 용안 현감을 보고 다시 들어가 순찰사와 함께 잤다.

다만 이광춘을 잡아들이기 위해 군관 설한을 보냈는데, 많은 군사를 거느리고 가면 마을에 근심을 끼칠까 걱정스럽고 또 우리 집을 놀라게 할 것 같아 억지로 청해서 군관 1명과 병졸 2명만 보냈다. 또 덕노를 시켜 먼저 집에 통지하게 해서 미리 알아 두려움이 없도록 했다. 설한 또한 나와 절친한 사이라서 부탁해서 보냈다.

◎ ― 7월 13일

설한이 밤새 말을 달려 우리 집 근처에 말을 세워 놓고 덕노에게 먼저 들어가 집안사람들이 알아듣도록 타일러 놓게 한 다음에 들어가 이광춘이 홍성에서 구금되었음을 알고 그냥 돌아왔다. 이광춘의 사내종 대난(大難)이 어젯밤 적중에서 도망쳐 왔기에 잡아서 왔다.

대난은 본래 어리석고 못나서 동서도 구분하지 못하는데, 이광춘이 꾀고 겁을 주는 바람에 떠나서 마침내 사지(死地)로 들어간 것이다. 불쌍하다. 순찰사가 적당에 가담한 근본 이유를 물었는데, 대답의 앞뒤가 맞지 않아 발바닥을 15대 남짓 때린 뒤에 원수가 있는 곳으로 보냈다. 순찰사가 들은 바로는, 이광춘은 자청해서 적군에 들어가 많은 임천 군민을 꾀어 적을 따르게 하고 적의 군관이 되어 많은 꾀를 냈다고 한다. 그런 까닭에 꼭 잡아들여야 하겠다고 한다.

순찰사와 겸상으로 아침을 먹었다. 그가 나에게 명지 6폭, 백지 2권, 백필(白筆) 3자루, 작은 먹[小墨] 2자루, 백첩(白貼) 부채* 2자루, 특제 부채 2자루, 보통 부채 2자루, 대유지(大油紙) 1장, 함열에서 봄 세금

....

* 백첩(白貼) 부채: 옻칠을 하지 않은 아주 큰 부채이다. 통상 살이 40, 50개이다.

을 줄이는 대신 납품했다는 초주지(草注紙)* 2권, 황모(黃毛)* 2조, 염소
털로 만든 붓 20자루를 주며 돈으로 바꾸어 쓰라고 했다.

그리고 옥구(沃溝)의 관아에서 운영해 만든 상품(上品)의 식염(食鹽)
2섬을 관문을 써서 위아래에 내려 주었다. 순찰사가 공무로 나가서 앉
았기에 나는 내려가 도사를 만나 조용히 이야기를 나눈 뒤 이 고을 군
수를 아래쪽 서헌에서 만났는데, 삼례 찰방(參禮察訪) 이정화(李廷華)와
심약(審藥)* 등이 모두 자리에 앉아 있었다.

한나절 이야기를 나누다가 마주앉아 점심을 먹고 정목을 보니, 임
천 군수는 신충일(申忠一),* 홍산 군수는 이응익(李應益)이었다. 저녁때가
되어 말을 타고 달려 무수포에서 나루를 건너 집에 다다르니, 날이 이
미 저물었다. 오늘 느지막이 어머니에게 약간의 통증이 있었으나 다시
쉽게 멎었다. 반드시 쾌차하시겠다. 매우 기쁘다. 와서 들으니, 인심이
시끄러워 동네의 어리석은 여자들이 모두 우리 집으로 피난을 온다고
한다. 가엽고 불쌍하다.

....
* 　초주지(草注紙): 사전상 의미는 '초안을 잡는 데 사용하는 주지(注紙)'이다. 그러나 의궤에서
　사용되는 예를 보면, 닥나무를 재료로 하여 만든 것을 '저주지(楮注紙)'라고 한다. 이렇게 보
　면 '주지' 앞에 붙는 '초(草)'는 용도에 따른 분류가 아닌 종이를 만든 재료를 의미한다고 보
　는 것이 타당할 듯하다. 그러나 어떤 재료를 사용했는지는 자세하지 않다.
* 　황모(黃毛): 족제비의 꼬리털이다. 빳빳한 세필(細筆)의 붓을 만드는 용도로 쓴다.
* 　심약(審藥): 궁중에 헌납하는 약재를 심사하고 감독하기 위하여 각 도에 배치했던 종9품 관
　원이다. 전의감(典醫監)이나 혜민서(惠民署)의 의원 중에서 선임했다. 《목민심서(牧民心書)》
　권11 〈공전(工典) 산림(山林)〉에 "심약이란 의관으로, 감영의 막하에 있는 자이다[審藥者 醫
　官在營幕者]."라고 했다.
* 　신충일(申忠一): 1554~1622. 강진·고산 현감, 김해 부사, 경상도 수군절도사와 부총관 등을
　지냈다.

◎ ─ 7월 14일

선봉장 등이 군사를 거느리고 와서 적에게 가담했던 자들을 사로잡고 기를 앞세워 병사를 지휘하면서 동네를 수색하니, 아이와 여자들은 숲 덤불로 달아나 숨었다. 만약 남자를 만나면 잘잘못을 묻지 않고 결박해서 데려가니, 마을은 비고 살림살이는 모두 없어졌다. 이 마을에도 들어와 수색하려고 했으나 마침 내가 집에 있어 겨우 이를 막아서 화를 면할 수 있었다.

느지막이 군청으로 들어가니, 온 고을 사람들이 모두 모여 의병을 모집하고 잔당을 잡기 위해 조희식을 의병장으로 삼았다. 이중영, 한겸, 홍사고를 종사(從事)로 삼았다.

저녁 무렵에 집으로 돌아왔더니 마을의 모든 남녀가 우리 집으로 몸을 숨기러 와서 벌벌 떨었다. 정복남의 어머니와 처가 잡혀갈 것이 두려워서 침실로 뛰어 들어왔다. 내보내고 싶지만 궁지에 몰린 절박한 사정이 불쌍하다. 측은한 마음을 참을 수 없다.

◎ ─ 7월 15일

아침 일찍 군청에 들어가 보니, 고을의 여러 사람들이 각 마을의 병사들을 모아 적의 괴수의 참모 노릇을 하던 이업(李業)을 잡고자 막 출발하려고 했다. 그런데 느지막이 이미 부여에서 그를 사로잡았다는 말을 듣고 떠나려다가 멈추었다.

오후에 순찰사 휘하의 군관 이시호가 통문을 가져왔기에 보니, 조정의 뜻이 담긴 내용이었다. 좌수 조응립 등에게 벌을 준다면 적의 위협에 복종하여 백성을 다스리는 도리를 흐리게 했다는 죄목을 적용하도록 하고, 나머지는 모두 용서하여 석방하고 지금부터 적중에서 돌아오는 자도 죄를 묻지 말고 풀어 주어 스스로 새로운 길을 열어 가도록 하라는 것이다. 이 때문에 잡아 가두었던 사람들을 다 석방했고 의병도 해산했으며 고을 사람들도 모두 흩어졌다. 나도 집으로 돌아오는 길에 임시로 관리에 임명된 두춘무(杜春茂)를 만나 보고, 집사람이 침을 맞아야 할지 말지 대답을 듣고 집으로 왔다.

오늘은 속절(백중)이라서 차례를 지냈다. 집에 반찬으로 할 만한 것이 없으니, 술과 송편, 오이소박이뿐이다.

순찰사의 통고를 들은 고을 사람들이 다 함께 기뻐하며 집으로 돌아갔다. 그러나 과거(科擧) 출신인 오선각(吳先覺)과 김준(金準) 등은 적도(賊徒) 중에서 가장 열성적으로 일한 자들이라서 어제 목을 베어 매달았다고 한다. 이 마을에서 적도에 가담했던 조응개, 만억, 전상좌, 이광춘 등은 모두 군수와 함께 홍주 관아에 갇혔고 그 밖에 이 고을 사람 32명도 함께 갇혔다는데, 다만 정복남의 생사는 듣지 못했다고 한다. 꼭 죽기로 한 남자들과 어리석은 아이들이 옳고 그름을 알지 못하고 마침내 죽을 지경에 빠져들었으니, 하나같이 불쌍하다. 어머니는 오늘 조금 아프다가 곧 나아지셨다.

◎ ― 7월 16일

한산 군수가 이 고을을 함께 다스리기 위해 오는 도중에 사람을 보내 나를 청하기에, 바로 군청에 들어가 이야기하다가 점심을 함께 나누어 먹었다. 한겸과 이유립도 와서 함께 바둑을 두다가 한산 군수에게 술을 달라고 했더니, 가지고 온 소주를 주어 각각 석 잔씩 마셨다.

한산 군수가 전복 1곳을 주기에, 이를 요리해서 어머니께 드리게 했다. 또 소주 석 잔을 얻어 집사람에게 보냈다. 집사람이 새벽부터 배가 아프다고 했기 때문에 이를 마시고 낫도록 하기 위해서였다. 저녁밥은 관에서 준비해서 내왔다. 자고 가라고 하기에, 순찰사의 군관 이시호, 조희윤과 함께 한산 군수의 숙소에서 잤다.

밤에 한산 군수의 숙소로 조방장(助防將)*의 군관이 비밀 통문을 가지고 왔다. 들으니, 조방장이 부여로 와서 적당의 참모 예닐곱 명을 사로잡아 먼저 목을 베어 매달았는데 오는 길에도 적을 찾아 토벌한다고 한다. 이 고을 인심이 조정의 뜻으로 겨우 진정되었는데, 지금 이 소식을 듣는다면 모두 놀라서 피하고 숨어 버릴 것이다. 안타까운 일을 어찌하겠는가.

◎ ― 7월 17일

꼭두새벽에 순찰사가 비밀스럽게 연락하기를, 별감 조광좌를 잡아 가두었다고 한다. 조광좌는 적이 임시로 정한 이 고을 수령으로, 군에 있을 때 좌수 조응립과 함께 감사가 있는 도에 한 번도 통문을 올리지 않고 오로지 역적의 명령만 듣고, 원군을 뽑아 돕지 않고 적진에 보내는 일을 했다.

응립은 조정의 교지(敎旨)로 풀어 주었으나 순찰사가 도로 가두게 했는데, 이 때문에 조광좌까지 갇힌 것이다. 평소 알고 지내 온 사람이 목에 칼을 쓰고 수갑을 찬 채 단단히 갇혔으니, 차마 쳐다볼 수가 없다.

....

* 　조방장(助防將): 주장(主將)을 도와서 적의 공격을 막는 장수이다.

아침에 관에서 주는 흰죽을 한산 군수와 함께 나누어 먹고 소주를 한 잔씩 마셨다. 느지막이 나와서 집에 왔더니, 집사람의 복통에 여전히 차도가 없다. 걱정스럽다.

오후에 언명과 함께 지팡이를 짚고 걸어가서 풀 뽑은 곳을 돌아보았다. 서원(書院) 모퉁이의 송정 아래에 가서 백광염을 불러다가 위문을 했다. 백광염은 지난날 적들이 임시로 임명했던 수령과 동성 친족이라고 하여 선봉장 등이 그를 사로잡아 갔다. 적들이 임시로 임명했던 수령의 집에 찾아가서 그를 잡으려고 하다가 백광염을 잡아간 것인데, 도로 석방했다.

저녁에 한산 군수 강득길(姜得吉, 강덕서)이 사람을 보내 나를 청하기에 곧 말을 타고 달려 들어갔더니, 신임 군수 신충일이 당도하여 관아로 나온다고 하여 관아가 소란하기에 집으로 돌아왔다.

날이 어두워져서 한산 군수가 또 사람을 보내 함께 자자고 청해 왔다. 곧장 들어갔더니, 신임 군수는 이미 관아로 나와 있었다. 한산 군수, 이시호와 함께 상방에서 잤다. 오늘 어머니의 기력이 정상이니, 병환이 완전히 물러갈 것이다. 참으로 기쁘다.

◎ — 7월 18일

꼭두새벽에 한산 군수가 작별인사를 하고 나갔다. 그가 "가까운 날에 사람과 말을 보내 생활에 도움이 될 물품을 구해 보낼 터이니, 하인들에게 우리 집 사내종이 문에 당도하더라도 들어오지 못하게 하지 말라고 일러두시게."라고 한다.

들으니, 한현(韓絢)이 적도들과 더불어 모의에 참여한 사실이 확연히 드러났다고 한다. 이몽학의 허리끈에 매달려 있던 한현의 밀통(密通) 편지가 발견되어 잡혀갔다고 한다. 가슴 아픈 일이다. 한현은 이미 한양으로 잡혀갔다고 한다.

한산 군수가 아침 일찍 군으로 돌아갔다. 덕노를 용안에 보냈는데, 날이 어두워져서 돌아왔다. 용안 현감의 편지를 보니, 겉보리 1섬, 새우젓 2되, 조기 2뭇을 보낸다고 한다. 전날에 사람을 보내 생활에 도움이 될 물품을 구해 준다는 약속을 했기 때문이다.

집사람이 어제부터 복통으로 밤새 신음하더니, 오늘은 통증이 멎은 듯하다. 하지만 아직 완전한 상태가 아니다. 걱정스럽다. 오늘은 언명의 생일이라서 떡을 만들어 사당에 천신했다. 마침 소지가 와서 함께 나누어 먹고 시주도 각각 한 잔씩 마셨다.

◎ — 7월 19일

집사람의 복통이 아직도 낫지 않는다. 곽란 증상으로, 상한 음식이나 떡을 잘못 먹은 탓이다. 쉽게 낫지 않을 것이다. 식음을 전폐하고 있으니 실로 걱정스럽다.

상판관이 와서 보고 혼서지를 구했으나, 마침 준비해 둔 것이 없어서 주지 못했다. 섭섭하다. 며칠 안으로 채단을 보낸다고 한다. 오늘에야 논매기가 비로소 끝났으니, 모두 네 번을 매 주었다. 그러나 그루갈이 밭은 아직도 며칠 더 매야만 끝이 나겠다.

◎ — 7월 20일

집사람이 오늘은 조금 회복되는 듯하다. 그러나 아직도 완전히 낫지 않았으니, 음식을 드는 것이 평소와 같지 않다. 걱정스럽다. 도원수가 한산에서 우리 고을로 들어왔는데, 집 앞으로 지나가기에 언명과 함께 나가서 구경했다. 위세가 당당하고 빛나는 모습이 대장부의 행차라고 할 만하다.

당초 원수는 완산에서 적도의 변고를 듣고 석성으로 달려와 적의 괴수를 처치했는데, 잔당들이 무너져 흐트러지자 완산으로 돌아갔다. 그런데 조정에서 원수에게 두루 돌아다니면서 각 고을의 적당을 잡아 가두고 죄상을 물어 경중을 가린 다음에 죄가 무거운 자는 죽이고 가벼운 자는 방면하도록 명했다. 원수의 성명은 권율이고 종사관은 사인 신흠이다.

저녁때 함열의 관리가 왔다. 딸이 자방(신응구)의 지시에 따라 상화병 1상자, 건어 4마리, 가지 15개, 수박 2개를 보내왔다. 수박은 주먹만 한데 익지 않아서 먹을 수가 없었다. 우습다. 그러나 오랫동안 잘 먹지 못했던 아이들이 죄다 먹어치웠다.

◎ ― 7월 21일

이른 아침에 사인 신흠이 사람을 시켜 문안을 했다. 곧 말을 빌려 타고 군에 들어갔더니, 신흠은 이미 원수의 방으로 들어가 한창 죄인을 신문하고 있어서 형세상 만나 볼 수가 없었다. 마침 생원 홍사고와 남근신이 들어와서 함께 행랑채의 방에 앉아 잠시 안부를 나누고 각자 헤어졌다.

오는 길에 홍택정(洪澤正)과 함께 임피 현감(臨陂縣監) 조수헌(趙守憲)의 임시 거처에 들러 이야기를 나누다가, 내가 먼저 일어나 집으로 돌아왔다. 오는 도중에 조군빙을 만나서 말 위에서 이야기를 나누고 돌아왔다.

오후에 언명과 함께 만수의 집 앞의 느티나무 정자로 걸어 올라갔다. 마침 조윤공, 신경유 형제와 성민복이 왔기에 모여서 한동안 이야기를 나누었다. 들으니, 도원수가 죄인들을 신문한 뒤에 부여로 나가 적도들에게 가담했던 중 1명만을 목을 베어 매달았고, 군의 별감 조광좌는 압슬(壓膝)*해서 신문했으며, 그 나머지는 봉초(捧招)*한 뒤 도로 가두었다고 한다. 비가 내릴 것 같아 모두 헤어져 집으로 돌아왔다.

저녁에 비가 내렸다. 아침에 덕노를 한산으로 보냈는데, 생활에 도움이 될 물건을 찾아오기 위해서이다. 이에 대해 전날 한산 군수와 약속을 했다. 날이 어두워지자 덕노가 비를 맞고 돌아왔다. 한산 군수가 보낸 물건은 벼 10말, 민어 1마리, 조기 5마리, 새우젓 5되, 잡젓 3되, 미역 1동, 소금 1말이다. 후하게 보내 주어서 매우 감사하다.

◎ ─ 7월 22일

덕노를 함열로 보냈다. 또 들리는 바로는 승지(承旨)가 조정의 지령을 가지고 군에 당도하여 위협에 못 이겨 적도들에게 가담했던 무리들을 특별히 사면했다고 한다. 그들을 다시 모아 놓고 각자 안심하고 생업에 종사하도록 타이른 뒤 곧장 부여로 향했다고 한다. 승지의 성명은

....

* 압슬(壓膝): 명나라에서 유래한 육형(肉刑)의 하나이다. 신문할 때 죄인을 움직이지 못하게 묶어 놓고 목판으로 만든 압슬기(壓膝器)로 고통을 주는 형벌이다. 조선시대 초부터 있었던 고문 방법인데, 영조(英祖) 때 폐지했다.

* 봉초(捧招): 죄인을 문초하여 구두로 진술을 받는 것을 말한다.

류희서라고 한다.

저녁에 조응개의 사내종이 양식을 가지고 홍성에 갔는데, 지금 비로소 돌아와 하는 말이 이광춘은 이미 한양으로 잡혀갔고 최인복, 조응개 등은 전날에 갇혔는데 이번에는 목에 칼을 차고 중죄인 감옥에 굳게 갇혔다고 한다. 반드시 서로 연관된 사연이 깊을 것이다. 참으로 측은하고 불쌍하다.

◎ ― 7월 23일

군관 두 사람이 10여 명의 군사를 거느리고 들어왔다. 내가 언명과 함께 나가 맞이하며 물었더니, "우리는 원수의 군관으로 적도들을 잡으러 홍산으로 가는 도중에 아침밥을 먹으러 들어왔습니다."라고 했다.

고동을 시켜 복남의 집에 머물게 하고, 아침밥을 지어 대접하도록 했다. 우리 집에서도 김치와 젓갈 두 가지를 준비해서 보내고 대접하도록 했더니, 곧 돌아와 사례를 했다. 각자가 양식을 내놓고 먹었다고 한다. 느지막이 언명과 함께 성민복을 찾아갔더니, 마침 집에 없어서 그냥 돌아왔다.

오후에 내리기 시작한 비가 저녁내 내렸다. 저녁때 평강에서 문안차 보낸 사람이 왔다. 적도의 변고를 듣고 급히 보냈으니, 18일에 출발한 사람이 6일 만에 비로소 오늘 당도한 것이다. 올 때 광주의 생원(오윤해) 집에 들러 그곳의 편지도 가져왔다. 윤함의 편지도 해주에서 광노의 집으로 보내온 것을 이 사람이 또 가져왔다. 아들 셋이 보낸 편지를 일시에 함께 보게 되었는데, 모두 무고하다고 한다. 기쁘기 짝이 없다.

윤겸과 윤해는 이 고을이 적도들의 수중에 넘어가고 군수까지 잡혀갔다는 소문을 들었는데 우리 집의 안부를 알 수 없는데다가 적도들이 마을에 쳐들어와 우리 집에 화가 미치지 않았는지 놀라고 걱정이 되었다고 한다. 윤해가 즉시 안노(安奴)를 보냈는데, 오던 도중 길이 막혀 도로 집으로 돌아갔다고 한다.

평강에서 보내온 물품은 팥 3말, 밀가루 3말, 메밀 3말, 맑은 꿀 3되, 생청 3되, 말린 노루고기 반 짝, 말린 꿩 3마리, 열목어 5마리, 소주 12선이다. 광노도 가자미 3뭇을 보내왔다. 모레가 내 생일이라서 겸사겸사 보낸 것이다. 평강에서 온 사람 중 하나는 계집종 봉화(鳳花)의 남편 소한(小漢)이다.

◎ ─ 7월 24일

편지를 써서 주어 평강에서 온 사람을 돌려보내면서 겸해서 광주에 있는 생원(오윤해)의 거처에도 편지를 보냈다. 해주의 윤함에게도 편지를 전하도록 했다. 평강에서 윤함의 거처에 전하도록 명지 6장, 초지(草紙)* 10장, 부채 2자루, 황모와 백모(白毛) 붓 각 1자루씩을 함께 보냈다.

저녁에 덕노가 돌아왔다. 빈손으로 오면서 며칠씩 묵고 왔으니, 괘씸하다. 함열에서 새우젓 5말과 조기 5마리를 보내왔을 뿐이다.

◎ ─ 7월 25일

오늘은 내 생일이다. 상화병을 만들고 닭 3마리를 잡아 탕과 적을

....
*   초지(草紙): 글을 초 잡아 쓰는 데 사용하는 종이이다.

만들어 신주 앞에 차려 올렸다. 느지막이 진사 이중영이 찾아왔기에 술과 떡을 대접하고 조용히 이야기를 나누었다. 그는 저녁 무렵에 돌아갔다.

함열에 사는 딸이 상화병 1상자, 소주 1병, 수박 3통, 참외 6개, 생민어 1마리를 준비해 보냈다. 인아의 처도 흰떡 1상자, 소주 1병, 닭 1마리를 보내왔으나, 한편으로 편치가 않다. 어두워질 무렵에 한산 군수가 창고 조사의 일로 군에 도착해서 사람을 시켜 안부를 묻고 나를 청했다. 곧바로 군에 들어가서 이야기를 나누다가 함께 잠을 잤다.

마침 선전관이 급변을 알릴 때 제시하는 표신(標信)*을 가지고 전라도로 내려가다가 이곳에 들렀으니, 소요가 아직도 가라앉지 않아서이다.

◎ ― 7월 26일

새벽부터 비가 내리더니, 아침이 되자 물을 퍼붓듯이 큰비가 내렸다. 느지막이 비로소 그쳤는데, 내와 도랑에 물이 넘쳤다. 길가의 논들이 거의 잠길 듯 말 듯하다. 다행이다. 나도 비가 그치기를 기다렸다가 곧장 돌아왔다. 오후에 인아가 덕노를 데리고 함열에 갔다.

◎ ― 7월 27일

식후에 무료해서 언명과 함께 성민복의 집에 걸어서 갔다. 성민복이 집에 없어서 이복령의 집에 찾아가 그와 함께 바둑을 두었다. 좌수

....

* 표신(標信): 궁중에 급변을 전하거나 궁궐 문을 드나들 때에 쓰던 문표(門標)이다.

조윤공도 와서 함께 이야기를 나누고 있는데, 마침 고을 군수가 사람을 보내 이복령을 불렀다. 이복령이 곧 나아갔고, 우리도 헤어져 돌아왔다. 충의(忠義) 이언우가 찾아왔기에 소주 두 잔을 대접해서 보냈다.

◎ ─ 7월 28일

생원 권학 씨가 찾아왔기에 소주 두 잔을 대접했다. 조용히 이야기를 나누다 돌아갔다. 그에게 들으니, 이 고을의 전임 군수 박진국이 잡혀갔는데, 적과 연관되었다고 말하는 자들이 매우 많다고 한다. 심지어 김덕령(金德齡)*에게도 화가 미쳐 오늘 잡혀갔다고 한다. 사실 여부는 확실하지 않지만, 만약 그게 사실이라면 끼칠 영향이 매우 클 것이다. 이 안타까운 일을 어찌하겠는가. 그가 비록 적도들을 모른다고 하더라도, 유명한 사람을 입으로 내세워 군사들을 위협하고 속였기에 군사들은 의심 없이 좋아라 하면서 따랐을 것이다.

덕노가 돌아왔는데, 호남 감사가 지필(紙筆) 값으로 쌀 13말을 주기에 실어 왔다고 한다. 색리가 2말은 나중에 갖추어 보내겠다고 말했다는 것이다. 전날 가져오지 못한 밀 7말도 실어 왔다. 쌀 2말과 보리 1말을 바로 언명의 집으로 보냈다. 오후에 언명과 함께 덕노와 한복을 거느리고 앞 내에서 물고기를 잡았다. 작은 물고기 1첩을 잡아 탕을 끓여 어머니께 드리고 나머지는 처자식과 함께 먹었다.

....
*　김덕령(金德齡): 1567~1596. 1594년에 선전관에 임명되고 충용장에 봉해져 군대를 통솔했다. 임진왜란 때 의병장으로 공로가 많았는데, 이몽학의 난 때 이몽학과 내통했다는 이유로 체포되어 옥사했다.

◎ ― 7월 29일

식후에 무료해서 언명과 함께 이복령의 집으로 걸어가서 내기 바둑으로 가을날을 보냈다. 내기에 이겨 패도를 얻어 놀잇거리로 삼았다. 마침 류선각이 들어와 조용히 이야기를 나누다가 해가 기울어 집으로 돌아왔다. 이복령의 집에서 국수를 만들어 우리들을 대접했다.

아침에 덕노를 조백공에게 보내 생활고를 구제해 달라는 편지를 전했더니, 밀 10말과 붕어 20마리를 보내왔다. 전날의 약속이지만, 후의가 참으로 고맙다. 밀 2말을 즉시 언명의 집으로 보냈다.

◎ ― 7월 30일

이웃에 사는 전상좌가 홍성에 갇혔다가 오늘 비로소 풀려나서 나를 만나러 왔다. 연유를 물었더니, "어제 원수가 고을로 들어와 저희들 45명을 신문한 뒤 모두 방면했으나, 나머지 조응개와 최인복 형제는 관련된 일 때문에 진작부터 더욱 굳게 가두어 두었습니다. 그래서 오늘 엄한 형벌로 국문(鞫問)하고자 형틀을 마당 아래 삼엄하게 설치했습니다."라고 한다. 만약 그렇다면 엄중한 형벌 아래 어떻게 다시 살아날 도리가 있겠는가. 다행히 죽음을 면한다고 하더라도 필연코 온전한 모습은 아닐 것이다. 불쌍하고 측은하다.

전상좌가 또 이야기하기를, "애초 이광춘의 꾐과 협박 때문에 적당에 들어갔으니, 그 뒤로도 모든 사람들이 광춘에게 죄를 뒤집어씌웁니다."라고 하니, 이광춘은 비록 죽는다고 하더라도 아까울 게 없다.

두 고을의 수령 박진국과 윤영현(尹英賢)*도 모두 한양으로 잡혀갔다. 몰래 얻어들은 바로는 박진국의 소행에 대해 상감께서 크게 진노하시고 전교(傳敎)를 내리시기를, "마음에서 우러나와 적도들에게 가담했다."라고 했다니, 비록 적확하게 알 수는 없지만 만약 그렇다면 반드시 엄형으로 국문할 것이다. 애석한 일이다. 저녁때 소지가 와서 보았다.

─────────

*   윤영현(尹英賢): 1557~?. 이몽학의 난이 홍산에서 일어났을 때 홍산 현감이어서 이몽학 일당에게 사로잡혔다. 이로 인하여 역적에게 굴종했다는 죄로 의금부에 투옥되고 파직되었다.

8월 작은달 -14일 백로, 29일 추분-

◎ ─ 8월 1일

아침 식사 뒤에 출발해서 무수포에서 나루를 건넜다. 도중에 용안
현(龍安縣)에 들러 현감 정경지(丁敬止, 정지)를 만났는데, 마침 만경 현
감(萬頃縣監) 이방준(李邦俊)이 임시 파견 관원으로서 사면(赦免)에 관한
일로 현에 왔다. 또한 일찍이 알던 사람이라 조용히 옛이야기를 하다가
마주하고 점심을 먹었다.

만경 현감이 먼저 나간 뒤 정경지와 함께 오랫동안 이야기를 나누
었다. 해가 기울어 작별하고 함열까지 말을 타고 달려 도착했다. 들으
니, 자방(신응구)은 향교에서 석전 재계(齋戒) 중이라고 했다. 관아에 들
어가 딸을 만났는데, 인아도 내가 왔다는 말을 듣고 곧바로 들어왔다.
신대흥과 생원 왕위가 상동헌에 와 있다는 말을 듣고 바로 나와서 만
나 보고 이야기를 나누다가 함께 잠을 잤다.

한밤중이 좀 안 되었을 무렵, 의금부 도사와 선전관 일행이 갑자

기 들이닥쳤다. 처음에는 졸다가 막 달콤한 잠에 빠져들었을 때 소리가 나기에 놀라 일어나 옷을 거꾸로 입다시피 하며 당황했는데, 도사 등이 이미 들어와 창밖에 서 있었다. 신괄과 왕위 두 사람을 끌어내 잡아가도록 하기에, 나도 뒤따라 나갔으나 끌려가는 치욕은 면했다. 신괄과 왕위를 계단 중간에 세우고 성명을 물은 뒤 내보냈는데, 죄인을 잡는 일로 해안을 따라 내려가는 길이라고 한다.

우리들은 신방으로 나와 앉아 도사가 떠나기를 기다렸다가 도로 들어가 잠을 잤다. 또 상감께서 내리신 사문(赦文)*을 보았는데, 적의 괴수가 잡혔으니 잡범(雜犯), 사형죄, 도형(徒刑),* 유형(流刑), 부처(付處),* 안치(安置),* 충군(充軍)* 등을 모두 용서한다는 내용이었다.

◎ ― 8월 2일

저녁때까지 큰비가 내렸다. 자방(신응구)은 석전 재계를 마치고 돌아왔다. 상동헌에서 신괄, 왕위와 더불어 종일 이야기하다가 어젯밤에 놀랐던 일을 이야기하며 배를 잡고 웃었다.

◎ ― 8월 3일

자방(신응구)의 아버지가 남포에서 오는 도중에 민주부의 집에 들렀기에, 자방(신응구)이 곧 말을 타고 달려갔다. 대흥과 왕위도 뒤따라

....
* 사문(赦文): 나라의 기쁜 일을 맞아 죄수를 석방할 때 임금이 내리던 글이다.
* 도형(徒刑): 죄인을 중노동에 종사시키던 형벌이다.
* 부처(付處): 어느 한 곳을 지정하여 죄인을 머물러 있게 하던 형벌이다. 중도부처라고도 한다.
* 안치(安置): 죄인을 먼 곳에 보내 다른 곳으로 옮기지 못하게 주거를 제한하던 형벌이다.
* 충군(充軍): 죄를 범한 자에게 벌로 군역에 복무하게 하던 것을 말한다.

나갔다.

돌아올 때 김백온의 집으로 들어가 인아의 처를 보았고, 백온과 함께 민주부의 집으로 와서 신상례를 만났다. 여러 사람들이 모두 모여 조용히 이야기했는데, 관에서 점심을 제공했다. 마침 진사 성노(成輅)* 씨도 들어왔다. 오후에 신상례가 먼저 나가 익산으로 돌아갔다.

여러 사람들도 각자 헤어졌다가 동헌에 도로 모여서 관에서 제공한 수단으로 조촐한 술상을 차려 소주를 서너 잔씩 마시고 헤어졌다. 신괄, 왕위와 함께 상방에서 잤다. 종일 비가 오다 그쳤다 했다.

◎ ─ 8월 4일

집으로 돌아가려고 했지만 미진한 일 때문에 머무는 중이다. 자방(신응구)과 여러 사람들과 함께 상동헌에 모여 이야기하고 있는데, 정변이중도 왔다가 먼저 돌아갔다. 오늘도 왕위와 함께 잤다. 대흥은 집으로 돌아갔다.

마침 감사가 첩으로 써서 지급한 소금이 옥구에서 실려 왔다. 덕노를 시켜 말로 양을 재 보았다. 1섬은 15말이고, 다른 1섬은 14말이라고 한다. 이달 초하루에 으레 보내 주는 양식으로 백미 10말, 겉보리 2섬을 받았다. 또 한양으로 보낼 백미 2말, 콩 2말, 뱅어젓 1말, 새우젓 4되, 민어 2마리, 조기 2뭇, 밴댕이 2두름, 돗자리 1장, 짚신 2켤레, 말편자[馬鐵] 2짝도 받았다.

....

* 　성노(成輅): 1550~1615. 사옹원과 제릉(齊陵)의 참봉으로 제수되었으나 모두 부임하지 않았다.

◎ —8월 5일

아침 일찍 덕노에게 인아의 말을 타고 오라고 해서 먼저 잡물(雜物) 등을 싣고 웅포에 가서 기다리게 했다. 마침 소지가 익산에서 와서 점심을 함께 먹은 뒤 그와 함께 출발해서 뒷산 고개를 넘어왔다. 아직 조수는 들어오지 않았다고 하기에, 별감 최극검을 찾아 만나 보았다. 조용히 이야기를 나누다가 소주 넉 잔을 마시고 파했다.

작별인사를 하고 나루터에 오니, 그제야 조수가 들어오기 시작했다. 배를 타고 노를 젓게 해서 남당진으로 거슬러 올라와 육지에 내렸다. 소지는 배에서 내리지 않고 조수를 거슬러 올라갔는데, 자기 집에서 멀지 않은 곳에 배를 가깝게 대기 위해서였다.

말이 넘어질 정도로 달렸으나, 날이 이미 어두워졌다. 오랫동안 내린 비 끝이라 길이 좋지 않아 물이 길에 가득했다. 간신히 집에 도착하니 밤이 이미 깊었다. 굴러떨어지지 않은 것만도 다행스런 일이다. 기운이 편치 못하고 때마침 복통까지 생겼다. 곽란이나 아닌지 걱정스럽다. 녹두가루를 타서 마셨다.

◎ —8월 6일

아우와 함께 콩밭을 돌아보니, 새삼[兎絲] 줄기가 밭을 뒤덮었다. 모두 캐 버릴 수 없으니, 콩이 여물지 않겠다. 아까운 일이다. 또한 들으니, 군수 신충일이 면직되고 이유함(李惟諴)이 새로 임명되었는데, 그의 집은 영남이고 본관은 단성(丹城)이라고 한다. 전혀 알지 못하는 사이이니 안타깝다. 또 집주인 최인복과 조응개가 형을 받았다고 들었다. 한탄스러운 일이다. 모든 것이 스스로 저지른 일이니, 누구를 허물하겠는가. 하나같이 가증스럽다.

◎ ― 8월 7일

소문에 충용장(忠勇將) 김덕령의 이름이 적의 입에서 나와 오늘 잡
혀갔다고 한다. 병조판서(兵曹判書) 이덕형(李德馨)*의 이름 또한 역적들
의 우두머리 입에서 나왔는데, 적과 내통했다고 하여 대죄(待罪)하고
있는 형편이라고 한다. 이덕형은 바야흐로 사헌부에서 왕명을 기다렸
는데, 임금께서 그 거짓됨을 알고 매우 마음 아파하면서 너그러운 조칙
을 내리셨다고 한다.

그러나 신하된 사람의 마음이 어찌 스스로 편안할 수 있겠는가. 조
금이라도 이름 있는 사람들이 모두 적과 내통했다고 그를 지목한다는
것이다. 만약 윗사람이 그 간사함을 단호히 근절하지 않으면, 사실 무
근한 허물이 지난날보다 더 많이 일어날 것이다. 안타까운 일이나 어찌
하겠는가. 또한 소문에 이광춘이 살아났다고 한다. 죄가 있는데도 요행
히 벗어났다니, 우스운 일이다.

소금을 주고 산 품팔이꾼 다섯 사람과 집에서 부리는 사내종과 계
집종을 더해 도합 9명에게 관청의 둔답에서 벼와 올벼를 수확해서 각
각 나누게 했더니, 전섬[全石]으로 2섬 8말이었다. 군에서 나오는 조군
빙과 조백공을 마침 남쪽 길옆에서 만나 무성한 풀 위에 앉아 잠시 격
조했던 회포를 풀었다. 그들에게 듣기로, 조백익이 이곳의 도사가 되었

....

* 　이덕형(李德馨): 1561~1613. 임진왜란 때 정주까지 왕을 호종했고, 청원사(請援使)로 명나
　　라에 파견되어 파병을 성취시켰다. 한성부 판윤으로서 명나라 장수 이여송(李如松)의 접반
　　관이 되어 전란 중 줄곧 같이 행동했다. 형조판서, 영의정 등을 지냈다.

고 류근(柳根)이 새로 순찰사에 임명되었다고 한다.

저녁때 함열에 사는 딸이 관리를 시켜 편지를 보내왔다. 또 소고기 1덩어리와 염통 1조각을 보냈다. 오랫동안 먹어 보지 못했던 이런 뜻밖의 물건을 얻었기에 곧바로 어머니께 드렸다. 참으로 기쁘다. 모레는 한양에 가야겠기에 길 떠날 준비를 했다.

◎ ─ 8월 8일

함열에 사는 딸이 관아의 종을 시켜 어제 깜빡 잊고 보내지 못한 물건을 다시 부치면서, 또 삶은 고기 1덩어리를 보내왔다. 곧 어머니께 드리고 남은 것은 언명과 함께 나누어 먹고, 추로주도 한 잔씩 마셨다. 내일은 꼭 한양으로 올라갈 작정인데, 마침 인아의 말이 왼쪽 발을 저는 것 같아 몰고 가지 못할까 걱정이다.

◎ ─ 8월 9일

새벽에 일어나 인아의 말을 보니 저는 다리가 아직 낫지 않았다. 부득이 놓아 둔 채 가고자 해서 함열 관아의 사내종을 시켜 끌고 가게 했다. 내 말에 짐을 싣고 올라탄 뒤 새벽에 출발했다.

덕노가 식량을 짊어지고 허찬이 말을 몰아 부여 땅에 이르러 냇가에 도착했다. 물이 깊어 말을 탄 채 건너갈 수 없어서 나도 옷을 벗고 건넜다. 물이 가슴까지 차올라와 덕노가 짐을 모두 어깨에 메고 건넜다. 냇가에 앉아 말에게 꼴을 주고 점심을 먹은 뒤 출발했다. 정산현 앞쪽의 송치(松峙)를 넘은 다음에 말에게 꼴을 먹였다.

말을 타고 달려 반지원(半至院)에 다다르니 해가 넘어가려고 했다.

인가에 투숙했는데, 마침 함열에 사는 상주(喪主) 간거경(簡居敬)이 처자식을 데리고 한양에서 내려오다가 자고 가게 되어 함께 이야기를 나누었다. 오늘 임천에서 이곳까지 거의 세 번만 쉬고 올 정도로 모든 물건을 다 버리고 가벼운 차림으로 왔다.

◎ — 8월 10일

날이 밝기 전에 출발했다. 각걸치(角桀峙) 고개 아래 천변에 이르러 말에게 꼴을 주고 아침을 먹은 뒤 고개를 넘어 온양군(溫陽郡)의 서쪽을 지나 온천탕으로 들어갔다. 마침 순찰사 종사관 신경행이 목욕하러 들어오다가 서로 우연히 만났는데, 무척이나 기쁘고 위로가 되었다.

신공이 내게 함께 목욕하자고 권했다. 그러나 사양했다. 병이 없으니 단지 머리만 감고 발을 닦는 데 그쳤다. 신경행이 관리를 시켜 내게 저녁을 대접하도록 하고 함께 잤다.

◎ — 8월 11일

날이 밝아 길을 떠났다. 말을 타고 달려 아산 땅에 있는 이시열(李時說)의 집에 당도하니, 시열은 마침 온양에 가고 없었다. 그의 어머니와 누이동생이 우리 일행을 맞아들여 아침밥과 저녁밥을 대접해 주었다. 비가 그치지 않고 계속 내리는데 찢어진 도롱이를 입었더니 옷이 다 젖었다.

식사한 뒤에 또 출발했다. 말을 타고 달려 진위의 참봉 최경유의 집에 도착했다. 최경유는 마침 한양에 올라갔고 의아도 율전으로 돌아가 모두 없었다. 최경유의 아들 넷이 나와 맞이해서 술과 과일을 내왔

고 또 우리 일행 모두에게 저녁을 대접했다. 최경유의 큰아들 최진운
(崔振雲)과 함께 잤다.

◎ — 8월 12일

어제 밤새도록 내린 비가 아침에도 그치지 않는다. 장호원(長好院)*
앞의 냇물이 불어나 형세상 도저히 건널 수 없어 부득이 머물렀다. 오
후에 날이 개기 시작하고 최경유가 마침 한양에서 내려와 서로 만나니,
매우 기쁘고 위로가 되었다. 격조했던 심정을 각자 풀다가 조촐한 술상
을 차려서 내가 지녔던 소주 1병까지 내놓고 모두 마셔 버렸다. 그리고
최경유와 함께 잤다.

◎ — 8월 13일

일찍 아침을 먹고 길을 떠났다. 큰 냇물 두 곳을 간신히 건너 수원
땅의 독산성(禿山城)* 아래에 다다르니, 냇물이 불어나 물이 가슴 위까
지 올라온다. 옷을 모두 벗고 좌우의 부축을 받아 내를 건넜다.

냇가에서 말에게 꼴을 준 뒤 점심을 먹으려고 했으나, 마침 비바람
이 불었다. 부득이 수원부(水原府)에서 세운 비 앞의 사가로 달려가 점
심을 먹은 뒤 출발했다. 말을 달려 생원(오윤해)의 집에 도착하니, 온
집안 식구가 며칠씩 기다리다가 내가 오는 것을 멀리서 보고 위아래

....

* 장호원(長好院): 진위현 내에 있는 역원이다. 현 남쪽 2리 지점에 있다. 온양에서 한양으로
  올라가는 길에 이곳을 거치기 마련이었다.
* 독산성(禿山城): 경기도 오산시 지곶동에 있는 산성으로 백제 때부터 조선시대까지 계속 사
  용되었다. 독성(禿城)이라고도 한다. 1593년 7월에 전라도 관찰사 겸 순변사 권율이 근왕병
  2만 명을 이끌고 북상하다가 이 성에 진을 치고 왜적을 물리친 것으로 유명하다.

사람 모두가 기쁘게 맞았다.

충아를 보니 크고 씩씩하게 생겼다. 글을 잘하고 또 〈사미인곡〉을 노래하니, 참으로 사랑스럽다. 그러나 나를 보면 부끄러워하며 숨어서 나오지 않는 꼴이 우습다. 의아 또한 자라서 예쁘고 총명하게 생긴 것이 더욱 사랑스럽다. 생원(오윤해)의 처자식과 그의 양모와 함께 이야기를 나누다가 밤이 깊어서야 잠자리에 들었다.

◎ ― 8월 14일

새벽부터 비가 내려서 아침을 일찍 먹고 출발했다. 내가 타고 온 말의 등에 부스럼이 생겨 그냥 놔두고 생원(오윤해)에게 잘 먹이라고 했다.

생원(오윤해)의 말을 타고 달려와 진흙길을 지나 인덕원(仁德院)*의 냇물을 간신히 건너 말에게 꼴을 주고 점심을 먹었다. 말을 타고 달려 토당(土塘)의 산소*에 도착하니, 해가 아직 기울지 않았다. 풀이 무성하고 빗물에 젖어 산소까지 곧장 나아갈 수 없어서 멀리 바라보고 절만 올렸을 따름이다.

평강(오윤겸)의 사내종 세만이 제수를 가지고 들어왔다. 평강(오윤겸)의 식구들은 모두 잘 있으며, 감사의 순찰이 임박해서 오지 못한다고

....

* 인덕원(仁德院): 경기도 안양시 동안구 관양 2동에 위치한 역원이다. 현재 이곳에는 옛날의 인덕원 자리임을 알려 주는 표석 2개가 남아 있다.

* 토당(土塘)의 산소: 해주 오씨의 광주(廣州) 입향은 10세(世) 오계선(吳繼善) 대에 부인의 산소를 그곳에 두면서 시작되었다. 오계선의 아들 오옥정(吳玉貞) 대부터 광주 토당리(현재의 서울시 강남구 역삼동)에 선영을 마련하고 정착했다. 그의 아들들, 즉 12세 오경순(吳景醇)과 오경민(吳景閔), 13세 오희문과 오희인의 묘소가 경기도 용인시 처인구 모현면 오산로 61번길에 있다.

했다. 다만 편지를 볼 수 없어서 유감이다. 또 해주에 있는 윤함의 편지를 받아 보니, 지난달 24일에 쓴 것이다. 온 집안이 무사한데, 임천에서 적도들이 일으킨 변고 때문에 걱정하고 있다고 한다. 다만 제 처조부(妻祖父)가 세상을 떴다는 소식을 들었다고 한다. 참으로 슬픈 일이다.

평강에서 온 제수는 떡과 밥을 지을 쌀이 도합 3말, 메밀 1말, 말린 꿩 4마리, 문어 1마리, 대구 2마리, 노루고기 포 10조, 잣 4되, 호두 3되, 꿀 5홉, 감장 5되, 간장 2되, 제주(祭酒) 4선이다. 이것들은 제사에 쓰고도 남음이 있으나, 탕과 적의 재료가 모자란다. 또 베 1필도 보내왔다. 내가 한양에 가면 이것을 팔아 물고기와 육고기를 사 오겠는데, 비 때문에 상경을 할 수가 없다. 세만이 미련해서 역시 못 사 가지고 왔으니, 대구 1마리를 물에 불려 편을 내서 적을 만들고 또 2마리로 탕을 끓여 제수로 쓰고자 한다.

사내종 광진(光進)의 집에서 잤는데, 저녁밥은 산지기 사내종 억룡(億龍)이 차려서 올렸다. 난리 뒤에 이제 처음으로 옛날에 살던 곳으로 돌아와 보니, 마을은 모두 없어졌다. 전에 살던 터로 돌아온 사람은 겨우 10분의 1이다. 아랫마을과 윗마을에 있는 그 좋던 논들은 모두 황폐해졌으니, 경작할 만한 곳이라곤 거의 없다.

산소를 모신 산은 당초 산불로 타 버려 소나무는 말라죽었고 참나무도 사람들이 베어다가 숯 굽는 데 써 버려서 묘 앞에는 한 그루의 나무도 없다. 한심한 일이지만 어찌하겠는가. 선영에 대한 감회가 실로 가슴에 요동친다. 이제 와 보니 묘지기 계집종 마금(馬今)은 올해 나이가 78세이다. 백발에 깡말랐지만 기력은 강건해서 옛 모습 그대로이다. 선대로부터 내려온 옛 노비들은 모두 죽고 오직 이 계집종 하나만 살아 있으니, 어머니와 동갑이다. 오늘 만나 보니 저 역시 눈물을 그치지 못한다. 내 마음도 지극히 슬퍼졌다.

◎ ─ 8월 15일

새벽부터 비가 내렸다. 날이 개기를 기다려 묘사(墓祀)*를 지내려고 했으나, 늦도록 비가 그치지 않는다. 또 날이 갤 조짐이 없어 부득이 산에 올라가서 돗자리로 상석을 덮고 제수를 차렸다. 먼저 조부모에게 올리고 그다음은 아버지께 올린 뒤 죽전 숙부에게 올리는 순서로 상하 3위의 진설을 끝내고 절을 올렸다. 삿갓을 쓰고 제례 행사를 혼자서 맡았는데, 옷이 모두 젖었다. 또한 기력이 다해 고달프다.

죽은 아우의 묘소는 석린(石鱗)에게 진설하게 했다. 또 묘지기를 시켜 증조부의 전어머니 권씨(權氏)와 이씨(李氏) 두 분께, 또 세만을 시켜 죽은 손자 막아(莫兒)의 묘에, 그리고 덕노를 시켜 죽은 누이동생과 임경흠의 아들 지생(遲生)의 묘에 진설하게 해서 망전(望奠)*을 지냈다.

물린 제수로 계집종 마금과 덕노의 아비 덕수(德守)의 묘에 망제를 지내게 했다. 모두 끝난 뒤 묘 아래에서 하직하는 절을 올리고 묘지기 사내종 억룡의 집으로 돌아와 먹고 남은 음식을 묘지기 노비와 이웃 사람들에게 나누어 주었다. 석린, 허찬 등과 더불어 음복을 했다.

당초에는 오늘 한양으로 들어가려고 했으나, 비 내리는 형세가 오후에 더 심해져 저녁때까지 그치지 않았다. 부득이 머물러서 또 광진의

....
* 묘사(墓祀): 무덤 앞에서 지내는 제사이다.
* 망전(望奠): 상중인 집에서 매달 초하루와 보름에 지내는 제사를 통틀어 삭망전(朔望奠)이라고 하는데, 망전은 보름에 지내는 제사이다.

집에 유숙했다. 묘사를 지낼 때 비록 비는 왔으나 많이 쏟아지는 비가 아니라 뿌리는 비일 뿐이라서 옷은 모두 젖어도 제사를 행할 수 있었다. 만약에 오후처럼 많이 쏟아지는 비였다면 형세상 제사를 지내지 못했으리라. 자못 다행스럽다.

◎ ─ 8월 16일

새벽닭이 울 때부터 큰비가 쏟아지더니 아침 늦게까지 그치지 않는다. 그러나 이곳에 오래 머물면 우리 일행의 식량 사정이 매우 어렵기에, 생원(오윤해)의 사내종 희봉(希奉)에게 짐 싣는 말을 끌고 먼저 율전에 가라고 했다. 오후에 비가 조금 그치는 듯해서 우비를 갖추고 출발했다.

한강에 이르니, 강물이 아직 넘쳐흐르지 않고 백사장만 잠겼을 뿐이다. 곧 강을 건너 한양으로 달려 들어와 보니 눈에 보이는 것마다 모두 처량하다. 벼와 기장이 멋대로 자라 헝클어져 있는 모습을 보니 비통한 눈물을 참을 길이 없다.* 남매(南妹)*의 집에 당도하니, 누이가 내가 왔다는 말을 듣고 곧 남상문과 함께 마중을 나왔다. 누이는 슬픔과 기쁨이 교차하는지 눈물만 흘렸다. 서로 못 본 지 이제 7년인데, 오늘 비로소 만나 보니 기쁘고 행복한 심정을 다 말할 수 없다.

저녁을 먹고 밤을 타고 광노의 집으로 와서 잤다. 오는 도중에 사

─────────

*   벼와……없다: 은(殷)나라가 주(周)나라에 멸망당한 뒤 기자(箕子)가 은나라의 옛 궁궐터를 지나다가 지은 〈맥수가(麥秀歌)〉에 "보리가 패어 우북하고 벼와 기장이 무성하구나[麥秀漸漸兮 禾黍油油]."라고 한 구절을 원용하여 도성의 황폐해진 모습을 본 감회를 토로했다.
*   남매(南妹): 오희문의 여동생. 남상문의 부인이다.

평원(沙平院)* 앞에서 임천의 서원(書員) 전흡을 만났는데, 임천에 내려가는 길이라고 하므로 내가 무사히 한양에 왔다는 뜻을 우리 집에 전하라고 부탁했다. 그에게 들으니, 전임 군수 박진국은 석방되었고 이광춘도 살아 있다고 한다.

◎ — 8월 17일

아침 식사 뒤에 임참봉댁을 만나 보았다. 집사람의 편지를 전하고 조용히 이야기를 나누다가 남고성의 집으로 가서 누이를 보았다. 마침 주부 민우경이 남상문을 만나려고 왔기에 서로 이야기를 하다가 민우경이 먼저 돌아갔다.

나 또한 나와서 기성군(箕城君)을 보러 갔다. 기성군이 나와서 맞이하면서 서로 만난 것을 기뻐했다. 조용히 옛정을 풀면서 술을 석 잔씩 마셨다. 기성군은 막 성주풀이를 하는 중이었다. 지난봄부터 중풍을 앓았으나, 지금 겨우 낫기 시작했다고 한다. 그러나 그의 기색을 살펴보니, 고달프고 여윈 것이 매우 심하다. 애석할 뿐이다.

상관동(上館洞)에서 공성수(功城守)를 먼저 방문했고, 또 의성도정(義城都正)을 맞아다가 서로 만났다. 기쁘기 한량없다. 자미(이빈)의 옛집에 올라가 보니, 불에 타고 부서진 정도가 극심하다. 옛터에는 당나라 기장이 두루 퍼져 자라고 있다.

더 들어가 향나무 언덕에 올라 보니, 쑥대만 가득해서 슬프고 처량한 심정을 가눌 길이 없다. 이곳의 향나무는 본래 세 그루였는데, 가운

....

* 사평원(沙平院): 지금의 서울시 강남구 신사동에 있던 역원이다.

데 나무는 잘라 갔다. 나머지 두 나무도 긴 가지를 잘라 내서 둥치만 남아 있다. 그것도 제사 때 향으로 쓰기 위해 절반 이상 깎아 갔다. 수백 년 동안 집안의 보배로 가꾸어 온 나무가 하루아침에 이런 몰골이 되었으니, 그지없이 아깝다.

대체로 서쪽 반수(泮水)*의 아래와 위로 기둥이 서 있는 집이라곤 한 채도 없고 동쪽에 대여섯 집 정도만 남아 있다. 통례(通禮) 홍인헌(洪仁憲), 영성도정(永城都正) 형제가 들어가 사는 홍통례의 집에 찾아갔더니, 나를 맞아 주어 서로 만났다. 그 기쁨을 어디에다 비기겠는가. 또 영성을 청해 옛정을 조용히 나누었는데, 내게 소주 두 잔을 주었다.

날이 저물어서 작별하고 남매의 집으로 돌아와서 저녁을 먹고 광노의 집에 가서 잤다. 덕노가 이틀거리를 앓는다. 걱정스럽다.

◎ ― 8월 18일

덕노가 어제 앓은 학질의 여파로 아직 쾌차하지 못하고 누워서 일어나지 못했다. 느지막이 덕노를 억지로 일으켜 주자동(鑄字洞)에 거느리고 갔다. 먼저 장령(掌令) 이철(李鐵)*을 찾았으나 부재중이었다. 이에 평릉수의 집에 들어가 수씨(嫂氏)와 누이동생을 만나 한동안 이야기를 나누었다. 난리 뒤에 지금 처음 보았으니, 수씨와 누이동생은 나를 보고 눈물만 흘렸다.

....

* 반수(泮水): 반궁(泮宮)의 동문과 서문 사이의 남쪽을 둘러 흐르는 물을 말한다. 반궁은 제후의 나라에 있는 중앙의 학교인데, 우리나라에서는 성균관(成均館)을 의미한다.
* 이철(李鐵): 1540~1604. 무장 현감, 평안·충청·경상 3도의 도사와 용천 군수, 파주 목사를 지냈다. 1596년 장령에 이어 이듬해에 동부승지, 좌부승지, 호조참의를 지냈다.

작별하고 나와 묵사동(墨寺洞)*에 가서 양성정을 찾았다. 그의 세 아들 파릉(坡陵), 파흥(坡興), 파계(坡溪)가 모두 집에 있었다. 함께 지난 이야기를 나누다가 저녁밥을 대접받고 저녁 무렵에 돌아왔다. 도중에 직장(直長) 신순보(申純甫)*의 집에 들렀으나, 그는 부재중이었다. 그의 아들 신율과 이신(李賮)*이 마침 와 있어서 서로 만나고 보니 기쁘고 반가웠다.

신순보의 부인이 가슴앓이 때문에 방에 누워 있다가 나를 청하기에 들어가 보았다. 시주를 두 잔 마시고 날이 저문 뒤 광노의 집으로 돌아가 잤다. 오늘 왕래하는 길에 종가(宗家)와 죽전동 본가(本家)를 바라보니, 담장은 모두 허물어지고 풀만 가득 자랐다. 집터의 동서(東西)를 알아볼 수 없어 한동안 말을 세운 채 비탄에 잠겼다가 돌아왔다.

남산 기슭에는 대체로 인가가 많았는데, 지금까지 완전하게 보전된 집에 들어와 사는 사람들이 많았다. 또 식전에 듣기로, 문수(文守)의 처가 생존해서 이웃에 살고 있다고 하기에 그녀를 불렀더니 곧 와서 만나 보았다. 나에게 지난 이야기를 하는데, 난리 초에 남편이 두 사위와 함께 배를 타고 급히 피난을 가다가 배가 침몰해서 물에 빠져 죽은 일을 말하면서 한없이 통곡했다. 비참하기 그지없다.

....

* 묵사동(墨寺洞): 지금의 서울시 성북구 성북동에 있던 마을이다. 예전에 이곳에 묵사(墨寺)라는 절이 있어서 묵사동이라고 했다고 한다. 또 이곳에 관청에 쓰이는 먹을 제조하여 공급하던 관아인 묵시(墨寺)가 있던 데서 이름이 유래되었다고도 한다.
* 신순보(申純甫): 신순일(申純一, 1550~1626). 자는 순보이다. 오희문의 장인 이정수의 동생 이정현의 사위이다.
* 이신(李賮): 1564~1597. 오희문의 처사촌이다. 아버지는 오희문의 장인 이정수의 동생 이정현이고, 어머니는 은진 송씨이다.

평강에서 온 사람이 내려가기에 편지를 써서 보냈다. 평강(오윤겸)에게 형편을 살펴 근친(覲親, 부모를 뵈러 오는 일)을 오도록 일러 보냈다. 나도 자식을 보고 싶은 생각이 간절하니, 이곳에 머물며 기다리련다. 나는 24일과 25일 사이에 집으로 내려가고자 한다.

◎ ─ 8월 19일

아침 식사 전에 의성도정을 찾아가 잠시 이야기를 하다가 돌아왔다. 광노가 어제 또 학질을 앓았다. 참으로 걱정스럽다. 가이지(加伊只)가 와서 뵙고 내일 집으로 내려간다고 한다. 그래서 임천으로 보내는 편지를 직접 전하라고 하고는 두 딸에게 줄 거울을 갈아서 함께 보냈다.

또 식후에 의금부로 나아가 삼척 부사(三陟府使)를 지낸 홍인걸(洪人傑)과 평사(評事) 김흥국(金興國)의 이름을 팔아서 임천 군수가 수용된 임시 막사로 들어가 그의 아들 박천기(朴天祺)*를 만났다. 내 이름을 전해서 박진국과 홍산 현감을 위문하니, 감격의 눈물을 흘리며 감사해했다.

박천기와 더불어 조용히 이야기를 나눈 뒤에 건천동(乾川洞)에 있는 직장 류영근(柳永謹)의 집을 방문했으나, 그는 마침 출타해서 집에 없었다. 그래서 돌아오다가 남익위(南翊衛)의 집으로 들어갔더니, 익위는 숙직이라 집에 없어서 누이와 더불어 종일 이야기를 나누었다.

....

* 박천기(朴天祺): 1572~?. 별좌와 형조좌랑을 지냈다. 앞부분에서는 박천기(朴天機)로 표기되었으나, 여기서는 그냥 원문을 따른다.

저녁을 먹은 뒤 광노의 집으로 돌아오니, 마침 허찬이 토당에서 들어와 함께 잤다. 들으니, 어제 임천의 신임 군수로 박춘무(朴春茂)가 임명되었다고 한다. 박춘무는 지난날 변란이 일어난 초기에 임시 군수로 임명을 받은 적이 있다.

◎ ─ 8월 20일

아침 식사 뒤에 동지 민준(閔濬)* 영공을 찾아가니 반갑게 맞았다. 그의 아들 민우안(閔友顔), 민우중(閔友仲)도 나와서 뵙기에 묵은 회포를 풀었다. 공이 술을 내주기에 함께 마시다가 한참 뒤 작별하고 나왔다. 지사(知事) 권징(權徵) 영공의 집에 들러 보니, 중풍으로 폐인이 된 지 오래라서 모습이 전과 같지 않았다. 애석하기만 하다. 서로 옛일을 이야기하려니 슬픈 감회를 견디기 어려웠다. 조용히 이야기하다가 해가 기울어 작별하고 나왔다.

남매의 집으로 들어가 익위와 함께 갓 내기 바둑을 두었다. 익위가 두 판을 연달아 패했다. 우습다. 저녁을 먹은 뒤 광노의 집에 돌아와 허찬과 또 함께 잤다. 허찬이 아침에 동지 허진(許晉)의 집에 가서 듣고 온 바로는 그의 동생 영필(永弼)이 살아 있는데 지금 고성 땅에 거처하고 있다고 한다. 뛸 듯이 기쁜 마음을 이기지 못하겠다. 그런데 영필이 어머니가 돌아가셨다는 소식을 듣고도 아직까지 오지 않으니, 무지하고 사람의 도리를 알지 못하는 죄인이라고 할 만하다. 몹시 괘씸하다.

....

* 민준(閔濬): 1532~1614. 임진왜란이 일어나자 선조를 의주까지 호종했다. 병조참판 등을 지냈다.

이시증이 어제저녁에 용인의 산소에서 묘제를 마치고 올라와 오늘 아침에 들어와서 만났다. 마침 문수의 처가 나를 위해 술과 안주를 장만해 와서 먹던 참이라 이시증과 함께 마셨다. 그리고 아침을 겸상해서 먹었다. 이시증은 내일 노비의 신공을 받기 위해 평양으로 향한다고 한다.

◎ ─ 8월 21일

꼭두새벽에 이시증이 와서 평안도로 간다고 인사를 했다. 식전에 장령 이강중(李剛仲, 이철)을 찾아갔더니, 바로 나와서 반가이 맞아 한동안 지난 이야기를 나누었다. 아침 식사를 대접받고 느지막이 광노의 집으로 돌아왔다. 덕노가 풀을 베러 말을 몰고 들에 나갔기에 종일 집에 있었다. 무료하기 짝이 없어 기성군의 아들 경(馨)에게 사람을 보내 안부를 묻게 하고, 또 임참봉댁에게도 사람을 시켜 안부를 물었다.

저녁에 율전 생원(오윤해)의 사내종 아이가 왔다. 전한 편지를 보니, 아직도 학질이 떨어지지 않아 어제도 매우 심하게 앓았는데 소고기가 먹고 싶어 쌀 1말을 광노의 거처로 보내니 고기를 사 보내라고 한다.

◎ ─ 8월 22일

생원(오윤해)의 사내종이 내려갈 때 편지를 써서 보냈다. 마침 김제(金堤)에 사는 숙모의 계집종 여향(女香)이 남편과 함께 와서 인사하면서 소주 약간과 낙지[落蹄] 10여 마리를 바쳤는데, 낙지 역시 생원(오윤해)의 거처로 보냈다.

식후에 남매의 집에 가서 익위와 함께 바둑을 두었다. 그리고 내 말을 생원 최기남(崔起南)의 거처로 보내 그를 청해 왔다. 최기남은 어머니와 할머니 상을 연달아 당해 아직 발인도 못한 처지이다. 서로 만나 보니 슬프고 불쌍한 심정이 간절했다. 종일 익위와 이야기를 나누다가 저녁을 먹고 나왔다.

오는 길에 기성공을 찾았다. 마침 정자 박원이 이곳으로 와서 오랫동안 이야기를 나누었는데, 박원이 먼저 나갔다. 나도 뒤따라 광노의 집으로 돌아오니, 날이 이미 저물었다.

들으니, 충용장 김덕령이 전날 역적의 말에 연루되어 잡혀가 갇힌 뒤 계속해서 엄한 형벌을 여섯 차례나 받고도 끝내 불복하다가 어제 죽었다고 한다. 별다른 의혹의 실마리도 없는데 다만 적의 입에서 그의 이름이 나왔다는 이유만으로 마침내 곤장 아래 목숨을 잃었으니 사람들이 모두 원통해 한다는 것이다.

대체로 김덕령은 지난날 비록 세운 공이 없다고 하더라도 용맹스러운 이름이 오랑캐들에게 소문이 나서 왜적들이 그를 매우 꺼렸고, 심지어 서쪽 오랑캐 노내적(老乃赤)*도 그의 나이가 몇인지 물었다고 한다. 만약 조금이라도 반역한 자취가 있다면 만 번 죽어도 아깝지 않다. 하지만 억울한 사람에게 죄를 씌운다면, 지금 국경에 왜적이 도사리고 있고 서쪽 오랑캐가 날뛰고 있는 상황에서 한 사람의 장사를 죽인다면, 어찌 적국의 기쁨이 아니라고 하겠는가.

김덕령은 이 같은 난세에 스스로 나와서 이름이 실상보다 지나치고 용기를 유용하게 베풀지 못한 채 다만 역적들의 입에 올랐을 뿐이다. 이는 스스로가 거둔 바이니 누구를 탓하고 원망하겠는가.

....

* 노내적(老乃赤): 뒷날 청(淸)나라의 태조(太祖)가 된 누루하치이다.

◎ — 8월 23일

덕노가 어제 오른쪽 발을 말에게 밟혀 마독(馬毒)이 들어가 크게 부어올라 걸음을 옮길 수 없다. 침을 놓았으나 아직도 차도가 없으니 큰 걱정이다. 아침 식사 뒤에 사람을 빌려 남매의 집에 가서 익위와 바둑을 두는데, 마침 첨정 이맹연(李孟衍)이 들어와서 한동안 이야기를 나누었다. 임참봉댁이 김곡성(金谷城)의 집으로 와서 사람을 시켜 나를 청하기에 바로 가 보니, 마침 집주인의 생일이라서 술과 밥을 대접했다. 별좌 임경원(任慶遠)도 왔기에 함께 이야기하다가 해가 기울어 남매의 집으로 돌아왔다.

저녁 식사 뒤에 광노의 집으로 돌아왔더니, 평강에서 사람이 들어왔다. 평강(오윤겸)의 편지를 보니, 순찰사의 진법 훈련 일로 지금 김화(金化)에 이르렀는데 이질을 앓아 몸을 움직일 수 없어 부득이 와서 뵙지 못한다고 한다. 놀랍고 걱정스러움을 어찌할 수가 없다.

평강에서 보내온 것은 콩 3말, 백미 2말, 귀리 1말, 소주 4선이다. 또 보덕(輔德) 최관(崔瓘)이 바치지 못한 대구 25마리와 다시마 5동을 나에게 받아서 쓰라고 하니, 집에 내려갈 때 가지고 갈 계획이다. 전날 평강(오윤겸)의 사내종 갯지가 공물을 거두기 위하여 명천(明川)에 들어갔는데, 명천 현감이 최관과 아는 사이라서 준 대구 1동과 다시마 10동을 최관이 먼 길에 싣고 오기가 매우 어려워서 그중의 반을 자신이 챙기고 나머지 반은 사람을 시켜 우리 집으로 보낸 것이다.

◎ — 8월 24일

내일은 집에 내려가려고 하는데, 덕노의 발에 차도가 없으니 큰 고민이다. 아침을 먹기 전에 사람을 시켜 장령 이철의 집으로 편지와 대구 1마리를 보냈다. 오늘이 사위를 맞는 날이라서 부조를 한 것이다. 또 다시마 2고리를 남매에게 보냈다. 그리고 편지를 써서 평강에서 온 사람이 돌아가는 편에 보냈다.

어제 강 건너에 사는 사내종 광진과 계집종 자근개(者斤介) 등이 양식 쌀 1말씩을 각각 가지고 왔다. 우리 집의 밭과 논을 경작해서 먹고 살기에 가져오도록 했는데, 내려갈 때 노자로 쓸 요량이다. 내년에는 전답 경작을 배메기(병작, 반타작)로 해야겠다. 허찬이 들어와서 함께 잤다. 운산 현감(運山縣監)이 와서 인사를 했는데, 그의 어머니가 술과 과일을 준비해 보냈기에 함께 마셨다. 잠시 후 직장 류근지(柳謹之, 류영근)도 찾아와 한동안 옛이야기를 나누면서 함께 소주 대여섯 잔을 마시고 작별했다.

저녁때 생원(오윤해)의 사내종 춘이가 율전에서 왔다. 생원(오윤해)의 편지를 보니, 학질의 고통이 배나 심해져 식음을 전폐했다고 한다. 걱정과 답답함을 어찌 다 말로 하겠는가. 오늘 소를 사려고 했으나 베값이 가을 들어 매우 낮아져 소를 살 수가 없으니, 매우 유감이다. 오늘도 허찬과 함께 잤다. 찢어진 갓을 고치고 칠하느라 밖에 나갈 수 없어 종일 집에 있었다.

◎ ― 8월 25일

아침 일찍 남매에게 가서 보고 아침밥을 대접받았다. 작별하는데 누이가 슬픔을 이기지 못하고 내 감회도 매우 좋지 않았다. 광노의 집으로 돌아와 행장을 꾸렸으나, 덕노의 발병이 낫지 않아 부득이 내일 춘이가 올 때 데리고 내려오도록 했다.

느지막이 갯지와 묘소 아래에 사는 사내종 환이(環伊)만을 거느리고 떠나왔다. 남대문 안에서 우연히 김자정의 솔자(率子)*를 만나 자정의 상경 여부를 물어보니, 며칠 전에 상경하여 지금 서소문(西小門) 밖에서 임시로 거처하고 있단다. 갈 길이 바빠 보러 갈 수 없으니, 안타깝기 그지없지만 어찌하겠는가. 동작(銅雀) 나루터까지 와서 배를 타고 강을 건너 여우고개를 넘었다.

과천현(果川縣) 앞에 있는 돌다리 밑에 당도하여 말에게 꼴을 주고 점심을 먹은 뒤 말을 타고 달려 율전에 도착하니 이미 저녁이었다. 자정은 지금 대교(待敎)*에 임명되었다.

◎ ─ 8월 26일

생원(오윤해)의 집에 머물다가 느지막이 천영(天磺)의 모친을 만나 보았더니, 내게 쌀 1말과 표주박 1개를 주었다. 저녁때 이웃집에 조정의 관원이 와서 유숙한다기에 물어보았더니, 그는 사복시 정(司僕寺正) 정사조(鄭賜潮)였다. 비록 얼굴은 알지 못하는 사이였지만, 그의 이름을 들은 지는 오래였다. 생원(오윤해)과 함께 찾아갔더니, 구면처럼 환영해 주어서 가지고 간 술을 함께 마시다가 돌아왔다.

덕노가 한양에서 춘이의 말을 타고 들어왔다. 발병이 아직 낫지 않아 부득이 내일 내가 내려가는 길에 함께할 수 없기에, 머물러 병을 조리한 뒤 내려오도록 했다.

....

*　솔자(率子): 거느리고 사는 아들을 말한다.
*　대교(待敎): 예문관 정8품 관직으로 춘추관 시사관을 겸하며, 사신(史臣)이라고도 한다.

아침 식사 전에 정정림(鄭正臨, 정사조)이 와서 보고 돌아갔다. 덕노
의 발병이 낫지 않았으니, 이곳에 머물며 조리한 다음 뒤따라 내려오라
고 했다. 식후에 생원(오윤해)의 사내종 안손을 거느리고 길을 떠났다.

수원 사창(社倉) 동면(東面)의 경여 부인이 거처하는 집에 당도했는
데, 장수(이빈)의 온 가족이 모두 이곳에 모여 살고 있었다. 두 수씨와
이시윤 삼형제를 만나 보니, 기쁨을 가눌 길이 없다. 저녁 내내 이야기
를 나누다가 밤이 깊어 파하고 잠을 잤다. 그런데 두 수씨가 임시로 기
거하는 곳이 겨우 몸 하나를 뉠 정도로 좁고 누추하니, 살아 나갈 일이
걱정이다.

장수의 수씨는 자녀를 많이 거느렸기에 곤궁한 생활이 점점 심해
져서 소금을 팔아 근근이 나날을 보낸다고 한다. 참으로 불쌍하고 슬프
다. 이에 두 수씨에게 대구 2마리와 다시마 2뭇을 주었으니, 각각 반씩
나누어 쓰리라.

◎ ─ 8월 28일

이른 아침을 먹고 길을 떠났다. 사내종 명윤을 빌려 길 안내를 시
키면서 사창을 지나 항관교(項串橋)를 건넜다. 또 평택의 삽교진(挿橋津)
을 건너 길가의 여염집에서 말에게 꼴을 주고 점심을 먹은 다음 명윤
을 돌려보냈다.

아산 땅의 이시열의 모친이 계신 집에 당도해 이씨의 집에서 묵었
는데, 우리 일행 모두에게 아침저녁으로 닭을 잡아 찬을 만들어 대접해
주었다. 이시열이 한양에 있기 때문에 그의 모친과 누이가 영접을 해

준 것이다. 그리고 새로 나온 미역 3뭇도 주었다.

◎ — 8월 29일

아침을 일찍 먹고 길을 떠나 난쟁이 고개에 이르러 한 사람을 보았다. 머리는 산발을 하고 때가 낀 얼굴로 떨어진 옷을 입고 맨발로 힘들게 걸어오기에 물어보니, 홍산에 사는 향교의 유생 손승조(孫承祖)였다. 뜻밖에 역도의 재앙을 만나 잡혀가서 나라의 감옥에 갇혔다가, 이번에 사면을 받아 내려오는 길이라고 한다. 불쌍하기 이를 데 없다. 지고 있던 식량을 내 말에 나누어 싣고 함께 오다가, 그때까지 아침을 못 먹었다고 하기에 곧 냇가에서 말에서 내려 점심을 나누어 주었다.

식후에 온양 관아 앞을 지나 시흥역(時興驛) 앞 냇가에 있는 소나무 정자 아래에 당도하여, 말에게 꼴을 주고 점심을 먹으면서 또 손생(孫生)에게도 나누어 주었다. 그리고 찢어진 옷을 벗도록 한 다음 갯지가 입은 옷 한 가지를 벗어 입히도록 하고 또 패랭이를 씌워 데리고 왔다. 각걸치(角杰峙)를 넘어 공주 땅 추곡(楸谷)에 도착해 투숙했다.

고인이 된 현감 김공이(金公伊)의 얼자인 김정개(金正凱)의 첩이 사는 집으로 갔더니, 마침 김정개가 덕산(德山) 본가에서 이곳으로 추수하러 와 있다가 곧장 나와서 맞이했다. 지난날 비록 서로 만난 일은 없었으나 그의 아버지와 나의 돌아가신 아버지가 동갑이고 친분이 매우 두터워서 옛 친구처럼 서로 알고 있었다. 그가 곧 복숭아를 따서 내왔다. 다만 따뜻한 방에 들지 못하고 찬마루에서 자게 된 것이 유감이었다. 한밤중에는 냉기가 뼛속까지 스며들어 도저히 잠을 이룰 수가 없어서 일어나 앉아 날이 밝기만을 기다렸다.

윤8월 작은달 – 1일에 일식이 있었다. 해가 절반 넘게 가려져 낮이 오랫동안 어두웠는데, 전에는 이런 적이 없었다 –

◎ — 윤8월 1일

날이 밝기 전에 출발했는데, 새벽 안개가 사방에 자욱했다. 반지원 (半至院) 앞에 있는 느티나무 아래에 이르러 아침밥을 먹은 뒤 송치를 넘어 정산현 앞에 사는 김상을 찾아가서 만났다. 김상은 한양에 거주하던 선비로, 유랑하다가 이곳에서 살고 있다. 그는 조응립의 사위이다. 일찍이 서로 알고 있던 터라서 나에게 떡과 과일을 대접하고 감주(甘酒)를 마시도록 했다.

곧장 말을 타고 앞으로 달려 갓지의 집에 도착하니, 날이 이미 저물었다. 갓지는 지난해 섣달에 공물을 거두는 일로 명천에 갔다가 오늘 비로소 돌아왔다. 그의 집안사람들은 모두 그가 죽었다고 생각했는데, 지금 갑자기 들어오자 그의 아버지가 그를 부둥켜안고 슬피 울었다. 참으로 슬프고 불쌍하다. 손승조와 함께 잤다.

◎ ─ 윤8월 2일

식사한 뒤에 감동을 거느리고 길을 떠났다. 부여의 백마강(白馬江) 나루터에 당도하자, 손승조가 땅에 엎드려 절을 하고 감사해 하며 작별 인사를 하고는 홍산의 자기 집을 향해 갔다. 꼭 후일 찾아와서 뵙겠다고 한다.

곧장 말을 타고 달려 임천 10리 밖 냇가에 당도하여 말에게 꼴을 먹인 뒤 집에 도착해 어머니를 뵈었다. 온 식구가 모두 여전한데, 단아가 어제저녁부터 아프다고 한다. 학질이 아닌가 싶다. 진사 이중영의 큰아들 이색(李穑)과 성민복이 와서 보고 돌아갔다.

즉시 이광춘의 편지를 그의 처에게 전했다. 이광춘의 편지는 그가 손승조와 함께 감옥에 갇혀 있을 때 써서 손승조에게 보내 달라고 부탁했던 것인데, 손승조가 또한 나에게 부탁해 전하도록 한 것이다. 들으니, 이광춘은 이번에 삼수군(三水郡)*으로 귀양을 가게 되었다고 한다.

◎ ─ 윤8월 3일

아침 식사 뒤 무료해서 언명과 함께 지팡이를 짚고 권평지 주변의 우뚝한 언덕으로 걸어가 둘러보았다. 지난달 보름에 큰물이 덮쳐서 언덕이 무너지면서 못 안쪽을 메워 버렸다. 못 아래에 있는 논들도 대부분 모래에 묻혔으니, 아까운 일이다.

마침 감목관(監牧官) 이정시가 찾아와서 언덕 위에 앉아 조용히 이야

....

*   삼수군(三水郡): 함경남도의 북단이자 압록강 상류 이남에 있다. 갑산(甲山)과 함께 가장 살아 돌아오기 힘든 유배지 중의 하나로 꼽혔다.

기를 나누다 돌아갔다. 잠시 뒤에 좌수 이원길(李元吉)도 와서 잠시 이야기하다가 헤어져 돌아왔다. 이웃에 사는 만억의 어미가 술을 가지고 뵈러 왔기에 아우와 함께 마셨다. 또한 어제 올 때 길에서 집주인 최인복의 아우를 만났는데, 그에게 물으니 형 인복은 홍양에 갇혔다가 형벌을 한 차례 받고 병이 나 죽었기에 이제 시신을 실어 오기 위해 종과 말을 거느리고 홍주(현재 홍성)에 가는 중이라고 했다. 들어 보니 놀랍고 슬프다.

최인복은 평상시에 나를 지극히 후하게 대했으나, 다른 사람의 꾐과 위협에 넘어가 적중으로 들어갔다. 그런데 같은 부류의 사람들은 모두 사면되었는데, 저만 혼자 죽고 말았다. 비록 자신이 취한 죽음이라고는 하지만, 한편으로 불쌍할 뿐이다.

또 부여 땅에서 상경하는 영광 남궁견을 만나 말 위에서 이야기를 나누다가 자방(신응구)이 초하룻날 관직을 그만두고 익산으로 돌아갔다는 말을 들었다.

◎ — 윤8월 4일

날이 어두워져서 자방(신응구)이 익산에서 왔다. 함열 관리들이 무수포 나루터로 술과 과일을 준비해 와서 대접하는 통에 날이 저물었다고 한다. 과일과 구운 고기, 편육 등 각각 4상자씩을 가지고 안으로 들어왔다. 관원들이 이 성찬을 가져다주기에 올리고자 가져왔다는 것이다. 그래서 온 집안 식구들이 함께 먹었다.

우리 집의 온 식구들이 오로지 자방(신응구) 덕택에 먹고 살았는데 이제 그가 벼슬을 그만두고 돌아갔으니, 기댈 곳이 없다. 이 괴로움을 어찌하겠는가.

◎ — 윤8월 5일

자방(신응구)이 이복령을 청해 길흉을 점쳤다. 그리고 아침 식사 뒤에 하직하고 남포로 돌아갔다. 이복령을 만류하여 술과 밥을 대접하고 종일토록 바둑을 두며 놀았다. 그는 저녁때 돌아갔다.

◎ — 윤8월 6일

신경유와 소지가 찾아와서 만나 보았다. 소지가 생게 6마리를 손수 가져왔다. 그저께도 10여 마리를 보내 주고 지금 또 이렇게 가져다 주니, 그 뜻이 후하다고 하겠다. 술 한 잔을 대접해서 보냈다.

오후에 조군빙과 조백공이 찾아왔다가 돌아갔다. 저녁때 덕노가 들어왔다. 생원(오윤해)의 편지를 보니, 학질이 아직도 떨어지지 않았다고 한다. 걱정스럽다.

어두워질 무렵에 신임 순찰사 류근(柳根)*이 한산에서 이 고을로 들어오다가 지나가는 길에 별좌 이덕후의 집으로 들어갔는데, 잔치를 벌여 영접했다고 한다. 그리하여 날이 저물어 이곳을 지나갔는데, 길이 어두워서 분별할 수 없는데도 횃불을 켜지 못하게 했다니 그 까닭을 모르겠다.

원수도 어제 이곳을 통과해 호남으로 바삐 돌아갔다. 남몰래 들은 바에 따르면, 호남 지방에서도 역적의 변란이 있었다고 하는데 아직 그 상세한 내용은 알 길이 없다.

....

* 류근(柳根): 1549~1627. 임진왜란이 일어나자 의주로 임금을 호종했으며, 예조참의와 좌승지를 거쳐 예조참판에 특진되었다. 예조판서, 대제학, 좌찬성을 지냈다.

또 들으니 상감께서 동궁에게 왕위를 물려주신다고 하여 지금 대신들이 백관을 거느리고 대궐 앞에 엎드려 상소를 올리고 있다고 한다. 이는 내가 한양에서 내려온 뒤에 일어난 일이라서 자세히 알 수가 없다.

◎ ─ 윤8월 7일

한산 군수가 순찰사의 배종관(陪從官)을 겸임해서 이 고을로 들어와서 사람을 보내 나를 청했다. 아침 식사 뒤에 말을 빌려 타고 군으로 들어가 이야기를 나누었는데, 군내에서 임시로 살고 있는 여러 사람들도 모두 모였다.

오후에 순찰사가 떠난 뒤 한산 군수가 크고 작은 일을 처리하기 위해 군청에 도착했으므로, 나도 들어가 만나 보았다. 마침 이문중, 조백공과 군의 벼슬아치들도 모였다. 일을 마치고 한산 군수는 먼저 나가 돌아갔고, 좌수 이원길이 우리들에게 술과 과일을 대접해서 각각 술 두 잔씩을 마신 뒤에 헤어졌다.

저녁에 인아가 한복과 환이 등을 거느리고 말 2마리에 곡식을 싣고 들어왔다. 지난날 함열 현감이었던 신응구가 재직 당시 주었던 보리쌀 1섬, 벼 2섬, 겉보리 2섬과 아우에게 주었던 벼 1섬을 인아의 처소에 맡겨 두었는데, 그것을 사내종과 말을 보내 실어 오게 했다. 그편에 인아도 함께 온 것이다. 함열에서 보내는 물건은 이것 이외에는 다시 볼 수 없게 되었다. 겉보리 1섬은 짐이 무거워서 싣고 오지 못했는데, 그것은 인아에게 그곳에서 쓰도록 했다. 벼 5말도 그에게 쓰도록 했다.

◎ — 윤8월 8일

식사한 뒤에 무료해서 언명과 함께 서원 모퉁이 기슭 위의 송정 아래로 걸어가 백광염을 불러 이야기를 나누었다. 마침 조인민(趙仁民)이 지나가다가 와서 보고는 적중의 소식을 이야기했다. 듣고 나니 통분할 일들이 너무나 많다. 해가 기운 뒤에 돌아왔다. 조인민은 군내에 거주하는 서얼로, 역적의 위협에 적당으로 들어갔던 자이다. 좌수 이원길이 찾아와 보고서 돌아갔다.

◎ — 윤8월 9일

환이를 도로 올려 보내면서 율전과 광노의 집에 편지를 전하도록 했다. 또 조백공이 특별히 사람을 시켜 생게 15마리를 보내왔으니, 너무 고맙다. 소지도 게 5마리를 보내왔기에 즉시 젓을 담갔다. 덕노에게 녹두 3동을 수확해서 이곳에 쌓아 두도록 했는데, 가을비에 절반 이상이 결실을 맺지 못했다. 안타깝기만 하다.

◎ — 윤8월 10일

영암 임진사(임극신)의 계집종의 남편이 와서 편지를 전했다. 펴보니 누이의 편지인데, 하루거리가 아직 완쾌되지 않았으나 심하게 아픈 정도는 아니라고 한다. 기쁘다. 간고등어 10마리를 부치고 어머니께 벼 1섬, 식해와 새우젓 각각 1항아리씩을 구해 보냈다. 요즘 반찬이 없어서 바야흐로 걱정하던 차에 뜻밖에 이것들을 얻었으니 기쁘기 한량없다. 벼는 지금 여산 땅에 있다고 하니, 내일 사내종과 말을 보내 실어 오게 할 생각이다. 구림(鳩林)* 사람이 배에 물고기를 싣고 이곳에 와서 장사를 하기에, 임경흠이 그편에 물건을 전하도록 한 것이다.

◎ ── 윤8월 11일

식후에 언명과 함께 걸어서 성의숙(성민복)의 집으로 가니, 부재중
이었다. 그래서 이복령의 집으로 갔으나 역시 집에 없었다. 또 조윤공
의 집을 찾았더니, 나와서 맞아들이기에 한동안 이야기를 나누었다. 돌
아오는 길에 다시 신경록의 집에 들렀는데, 마침 조욱륜 씨도 와서 함
께 이야기를 나누었다. 신씨 집에서 우리들에게 점심을 대접했는데, 해
가 기울어서야 돌아왔다. 이복령이 집에 돌아왔다고 하기에 들러서 또
함께 바둑 세 판을 두었다. 복령이 삶은 밤을 내오고 또 생밤 몇 되를
주기에 소매에 넣어 가지고 와서 아기에게 주었다.

◎ ── 윤8월 12일

아침에 원수의 군관 조대림이 어제저녁에 완산의 원수 진영에서
집으로 돌아왔다는 말을 듣고 곧 나아가 만나 보았다. 물어보니 대답하
기를, 완산 사람이 지초반동(芝草反同)*의 일로 영해(寧海) 땅에 들어가
다가 숨어서 기다리던 병사에게 잡혔는데 그에게서 나온 문서 하나에
역모에 관한 내용이 적혀 있었다고 한다. 그래서 다그쳐 묻자 그 문서

....

* 　구림(鳩林): 전라도 영암에 있는 지역이다. 임극신 부부는 당시 영암의 구림촌에 거주하고
　　있었다.
* 　지초반동(芝草反同): 지초는 영지(靈芝)이다. 먹으면 불로장생한다는 약초이다. 반동은 물고
　　기나 소금 또는 잡물을 나누어 주고 후에 이자를 계산하여 거두거나 혹은 베나 재화를 나누
　　어 주었다가 후에 이윤을 취하는 행위이다. 일종의 이자놀이라고 할 수 있는데, 지방의 관리
　　들이 지방 세입을 늘리거나 개인의 축재를 위한 수단으로 이용했다.

는 길에서 주운 것이라고 말했으므로, 그 말에 연루된 자 10여 명을 한양으로 잡아 올렸으나 아직 단서는 잡지 못했다고 한다. 그런데 지난달 27일에 임금께서 동궁에게 양위(讓位)하겠다는 뜻을 밝히신 뒤 모든 분야의 공사에 문을 닫아 받아들이지 않고 있고, 심지어 대신들이 백관을 거느리고 대궐에 엎드렸지만 아직도 뜻을 이루지 못했다고 한다. 그래서 이 고을 신임 군수도 임금께 아직 숙배(肅拜)를 하지 못해 한양에 머무는 중이니, 위아래가 모두 우울하고 민망할 뿐이라고 한다.

돌아올 때 생원 권학을 찾아보고 조용히 이야기를 나누다가 귀가했다.

◎ — 윤8월 13일

변응익이 찾아와서 보기에 술 한 잔을 대접해서 보냈다. 오후에 무료해서 진사 이중영을 찾아가 한참 동안 이야기를 했다. 오는 길에 신몽겸을 만나 보고 돌아왔다. 덕노의 복통이 아직도 낫지 않아 보내지 못했다. 애초 계획으로는 추수 전에 목화 변동을 하려고 황간(黃澗)과 영동 땅에 보내려고 했는데, 병세가 이러하다. 일을 하다 보면 어그러지는 경우가 많으니, 모든 것이 계획처럼 되지는 않는다. 어찌하겠는가. 다만 스스로 한탄할 뿐이다.

◎ — 윤8월 14일

식사한 뒤에 소지를 찾아갔더니 마침 부재중이었다. 그래서 조백공을 찾아가 보니 소지와 성덕린(成德麟)이 와 있었다. 백공의 사위 이시호도 같이 있어서 함께 이야기를 나누었다. 물만밥을 대접받고 해가 기울어서야 돌아왔다.

오는 길에 조군빙을 찾아갔더니, 그는 이질 때문에 사절하고 나오지 않았다. 오는 도중에 길에서 진사 한겸을 만나 말 위에서 이야기를 나누다가 돌아왔다.

◎ ─ 윤8월 15일

무료해서 언명과 함께 성민복의 송정으로 걸어가서 그와 이야기를 나누다가 해가 기울어서 돌아왔다. 성민복이 대추 1상자를 가져다주기에 함께 나누어 먹었다.

◎ ─ 윤8월 16일

덕노에게 소금 7말, 대구 22마리, 다시마 10주지(注之), 고등어 4마리를 가지고 영동과 황간에 사는 사촌들의 거처에 가도록 했다. 목화를 사 오는 일 때문이다. 게장 45마리도 사촌 등의 집에 나누어 보냈다.

남포에서 자방(신응구)의 집 하인이 들어와 전해 준 딸의 편지를 보니, 무고하다고 한다. 기쁘다. 절인 은어 10마리를 구해 보냈기에, 늙은 어머니께 올리도록 했다. 기쁘고 또 기쁘다. 그리고 김백온의 편지도 보았다.

오늘 별좌 이덕후의 집에서 신대홍과 함께 이야기를 나누었는데, 나를 맞이하는 언동이 매우 정중했다. 오늘 자방(신응구)의 종이 와서 권세도 없고 더구나 노비나 말도 없어서 좋을 게 없다고 하니, 한심한 일이나 어찌하겠는가.

날이 어두울 무렵에 홍산에 사는 유생 손승조가 항아리에 담근 과실주와 찰떡 1상자를 가지고 찾아왔다. 떡은 안으로 들여보내고, 과실

주는 언명과 함께 달빛 아래에서 마셨다. 손승조는 지난날 옥에 갇혔다가 풀려나서 한양에서 내려올 때 도중에 나와 만났는데, 내가 그의 처지가 불쌍해서 거느리고 내려왔다. 그래서 오늘 찾아온 것이다.

◎ ─ 윤8월 17일

자방(신응구)의 사내종 몽수(夢崇)가 덕개를 데리고 남포로 돌아가기에 편지를 써서 부쳤다. 무료해서 느지막이 언명과 함께 지팡이를 짚고 수산도 위로 걸어 올라갔다. 눈앞에 펼쳐진 사방 들녘에 벼가 가득했고, 이미 노랗게 익어 거두어들이는 사람도 있었다. 한참을 바라보고 있는데, 마침 아래쪽에서 별감 신몽겸이 와서 벼 수확을 감독하고 있었다. 아우와 함께 우뚝한 언덕 위에 둥글게 모여 앉아 조용히 이야기를 나누다가 해가 기울어 돌아왔다.

◎ ─ 윤8월 18일

한복과 두 계집종에게 이통진의 논벼를 베어서 말리게 했다. 작년보다는 작황이 조금 낫다. 그러나 진흙이 덮인 곳에는 대부분 낱알이 부실하니, 안타깝다. 언명과 함께 벼 베는 곳에 두 번 가 보았다. 요새 양식이 떨어져 가는데 돌아보아야 도와주는 사람 없고 논농사를 지어 봐야 모두 병작이라 독차지를 하지 못하니, 답답할 뿐이다.

◎ ─ 윤8월 19일

두 계집종을 시켜 최연의 밭에 심은 두(豆)를 뽑아 단으로 묶도록 했는데, 모두 4단이다. 집에 사내종이 없어서 타작은 못하고 방앗간[碓

家]에 실어다가 쌓아 두도록 했다. 덕노가 돌아오기를 기다려야겠다.

오늘 장에 나가 닭 2마리를 팔았다. 1마리는 쌀 1말 3되를 받아 그것으로 키[箕]를 샀다. 1마리는 쌀 1말 2되를 받았는데, 애초에는 체[篩]를 사라고 시켰지만 값이 모자랐다고 한다.

◎ ─ 윤8월 20일

신임 군수 박춘무가 부임해서 고을 안의 관리들이 모두 모여 만나 뵈었다고 한다. 새벽부터 음산한 안개가 사방을 채우더니, 늦게서야 비로소 날이 갰다. 종일 을씨년스러운 날씨라서 자칫하면 비가 내릴 기미이다. 만약 비가 내리면 전날 펴서 말리던 벼를 오랫동안 거두어들이지 못할 터이니, 걱정스럽다.

집 앞의 밭에 그루갈이로 뿌린 조를 수확해서 각자 나누니 2말 6되씩이었다. 최인복의 막내아들이 와서 타작을 감독했다.

◎ ─ 윤8월 21일

비가 올까 밤새 걱정했는데, 꼭두새벽에 달이 나오고 음산한 구름이 걷혀 아침에 햇빛이 환하다. 참으로 기쁘다. 품팔이꾼 두 사람과 두 계집종에게 먼저 길가 밭의 그루갈이 두(豆)를 거두고 펼쳐 놓았던 벼를 묶어 집으로 짊어지고 오게 했다. 모두 헤아려 보니 118뭇이다. 또 죽림수(竹林守)*가 은진에서 찾아와 오랫동안 옛이야기를 나누다가 점

....
* 　죽림수(竹林守): 이영윤(李英胤, 1561~1611). 종친으로, 죽림수(竹林守)에 봉해졌다. 청성군(靑城君) 이걸(李傑)의 아들이다. 그림을 잘 그렸는데, 특히 영모(翎毛), 화조(花鳥), 말 그림에 뛰어났다.

심 뒤에 한산으로 떠나갔다.

죽림수는 청성군의 막내아들로, 집사람의 당질(堂姪)이다. 돌아갈 때 쌀 1바리를 맡기면서 남포에 간 뒤 사내종과 말을 보내 실어 가겠다고 했다.

◎ ― 윤8월 22일

저녁때까지 음산한 날씨가 계속되었다. 죽림수가 사내종과 말을 보내 어제 맡기고 간 쌀을 실어 갔다. 눌은비를 시켜 청량속(清涼粟)을 베니, 4뭇이다. 여기에서 거둔 조가 2말 6되이다.

◎ ― 윤8월 23일

오후에 진잠 현감 이창복(李昌復)이 임시 파견 관원 임무를 띠고 군에 도착해서 편지를 보내 안부를 물었다. 곧 사내종과 말을 빌려 군으로 들어가 만나 보고 옛이야기를 나누었다.

저녁 무렵에 본군의 신임 군수 박춘무가 와서 보았다. 진잠 현감이 또 나를 청해 함께 대화를 나누다가 그들과 저녁을 겸상했는데, 내게 술 다섯 잔을 대접했다. 본군 군수는 먼저 관아로 돌아가고 나와 진잠 현감은 방에 들어가서 더 이야기를 나누었다.

밤이 깊어 진잠 현감의 말을 빌려 타고 집으로 돌아왔다. 진잠 현감은 신우봉(申牛峯, 신홍점) 형의 사위이고 평강(오윤겸)의 소년시절 친구이기도 하다. 들으니, 우봉의 막내아들 신환성(申環成)이 지난달에 병으로 세상을 떠났다고 한다. 실로 애통하고 슬픈 일이다. 기재(企齋)*의 친손자는 다만 신홍점뿐인데, 역시 후사가 없다. 개탄할 일이다.

◎ ─ 윤8월 24일

식사한 뒤에 진잠 현감이 어머니를 뵈러 왔다. 집사람과 함께 나가서 만나 보고 한동안 이야기를 나누었다. 집 안에 손님을 대접할 것이 없어서 이웃집에 부탁해 붉은 대추를 따다가 함께 씹어 먹었다. 오전에 다시 군으로 돌아갔는데, 일이 아직 끝나지 않아서 내일 한산에 간다고 한다. 그의 임무는 역적질을 한 농민을 추쇄하는 일이라고 한다.

◎ ─ 윤8월 25일

아침 일찍 이 고을 군수가 사람을 보내 문안을 하고 나를 청해 진잠 현감과 함께 이야기를 나누자고 했다. 곧 말을 빌려 군으로 들어가 본군 군수 및 진잠 현감과 함께 상동헌에 모여앉아 대화를 나누었다. 아침을 겸상한 뒤 진잠 현감이 먼저 떠나 한산으로 돌아갔다.

군수와 함께 한참 동안 이야기를 나누었다. 돌아올 때 권경명을 찾아갔더니, 마침 부재중이었다. 조대림의 집에 들르니, 그는 보리밭을 가는 일을 감독하느라 밭두둑에 앉아 있었다. 그래서 길가에 함께 앉아 이야기를 나누는데, 마침 성민복이 지나가다 들렀기에 성민복의 말을 빌려 타고 먼저 돌아왔다.

오후에 조대림이 또 찾아왔기에, 아우와 함께 양지쪽에 모여 앉아 저녁때까지 이야기를 나누었다. 날이 어두워져서 집주인 최인복의 아우와 아들이 와서 문안을 했다. 그들에게 들으니, 홍성에 갇혔던 조응개 등의 온 가족이 삼수로 유배되었는데, 오늘 관문이 군에 도달했다고

....

*   기재(企齋): 신광한(申光漢, 1484~1555). 호는 기재이다. 대제학을 거쳐 판돈녕부사를 지냈다.

한다. 그의 부친 최인복은 이미 죽었는데도 이름이 그 가운데 실렸으니, 자손들이 연루될까 두려워서 찾아와 그 연유를 물은 것이다. 최인복의 아우 최인유(崔仁裕)의 이름도 그 가운데 있다고 한다. 스스로 택한 허물이니 누구를 원망하겠는가.

◎ ― 윤8월 26일

자방(신응구)의 사내종 덕수가 남포에서 들어왔는데, 익산에 가는 길이라고 한다. 자방(신응구)의 편지와 딸의 간찰도 함께 부쳐 왔는데, 모두 무고하다고 한다. 기쁘다. 절인 숭어 1마리를 보내왔으니, 늙으신 어머니께 올릴 수 있어 기쁘다.

◎ ― 윤8월 27일

계집종 옥춘이 자방(신응구)의 사내종을 따라 함열로 돌아가기에, 편지를 써서 인아의 처소에 전하도록 했다. 식사한 뒤에 무료해서 아우와 함께 걸어서 이복령의 집에 갔더니, 마침 부재중이었다. 그래서 신경유를 찾아가 한동안 이야기를 나누다가 그의 집에서 물만밥을 대접받았다. 해가 기울어 집으로 돌아왔다.

◎ ― 윤8월 28일

식사한 뒤에 조대림의 말을 빌려 타고 개바위[犬巖]에 있는 별좌 이덕후의 집을 찾아갔다. 마침 별좌가 보리밭에 씨 뿌리는 일을 감독하고 있었다. 함께 이야기하다가 점심 대접을 받았다. 또 어머니를 봉양하라고 병아리 1마리를 주었다. 해가 기울 무렵에 말을 타고 달려 돌아왔다.

◎ — 윤8월 29일

품팔이꾼 셋과 우리 집의 계집종 셋을 시켜 관둔전 두 곳의 벼를 베어 말리게 했으나, 한 곳의 벼는 다 베지 못하고 말았다. 아우와 함께 송정으로 걸어가 정자 아래에서 감독관 신경유와 권학, 조대림, 성민복, 윤흔(尹昕) 등과 모여 앉아 종일 이야기를 나누었다.

둔전을 병작하는 작인이 점심과 술, 찬을 바쳤다. 여럿이 함께 먹고 있는데, 또 권경명이 술단지와 찐 게를 가지고 와서 먹었다.

이른 아침부터 집사람의 오른쪽 넷째 손가락에 종기가 생겨 걱정하고 있는데, 체찰사 종사관 강첨(姜籤)이 어제 군으로 올 때 의원 김준도 거느리고 왔다고 한다. 곧장 말을 빌려 군으로 들어가 김준에게 물어보았다. 그리고 군의 관비이면서 침술을 배운 여의(女醫) 복지를 불러 열다섯 군데에 침을 놓았으나, 부은 곳의 독기가 여전히 제거되지 않았다. 지금도 통증이 남아 있으니, 상처가 악화되어 아무래도 차도가 있을 것 같지 않아 걱정이다.

9월 큰달 -1일 상강, 17일 입동-

◎ ─ 9월 1일

새벽닭이 울 때부터 퍼붓기 시작한 비가 시간이 지나면서 그쳤다. 어제 펼쳐 놓은 벼가 다 젖었으니, 한동안 단으로 묶지 못할 것 같다. 한심스럽다. 그러나 아침에 비가 그치기에, 다시 계집종들에게 어제 다 베지 못한 벼를 베다가 펼쳐서 널도록 했다. 집사람이 종기 때문에 밤새 미미하게 아프다고 했는데, 아침이 되어 좀 멎었다.

아침 식사 전에 말을 빌려 타고 들어가 군수를 만나 문의했더니, 복지에게 3일의 말미를 주면서 환자 곁을 떠나지 말고 간병하도록 지시했다. 또 침놓을 경혈 세 곳을 가르쳐 주어서, 복지가 즉시 집에 와서 침을 놓았다. 군수 박공(朴公)은 침술로 유명한데 마침 이 고을로 부임했으니, 이 또한 다행한 일이다.

군수가 한양에서 내려올 때 친구로서 각별히 부탁했던 사람은 지사 권징 영공, 익위 남상문, 정랑(正郎) 조응록(趙應祿), 주부 이유의(李綏

義), 별좌 임경원이다.

저녁에 복지가 또 와서 침을 세 군데 놓았다. 그리고 평강(오윤겸)이 뜻밖에 들어왔으니, 온 집안이 기뻐서 이루 다 말할 수가 없다. 한방에 모여 앉아 이야기하느라 자정을 넘겼다. 가지고 온 물건은 말린 꿩 9마리, 노루고기 포 3첩, 팥 5말, 좁쌀 2말 5되, 메밀 6말, 꿀 1말, 소주 2병, 잣 6말, 잣떡과 약과, 대계(大桂, 계피) 등이다.

◎ ─ 9월 2일

성민복, 신경유, 한겸, 권학이 와서 평강(오윤겸)을 보고 돌아갔다. 각각 소주를 대접해서 보냈다. 그리고 평강에서 온 사람들과 말이 올라갈 때 아우가 어머니를 모시고 먼저 한양으로 돌아간 다음에 우리 일가가 뒤따라 결성에 가서 겨울을 난 뒤 거취 문제에 대처하기로 의논이 정해졌다.

저녁때 덕노가 돌아왔다. 그곳에서도 목화가 매우 귀해 겨우 12근을 구해 왔다. 가지고 갔던 대구 2마리와 다시마 2묶음은 다시 가지고 돌아왔다. 안타깝다. 사촌들이 들깨 2말, 팥 3말, 대추 2말, 호두 4백 개, 홍시 1백 개를 보내왔다.

조보를 보니, 임금께서 아직도 정청(政廳)으로 돌아오시지 않아서 대신들이 백관을 거느리고 대궐 앞에 엎드려서 한 달 남짓 지내고 있지만 아직도 상소에 관한 윤허를 받지 못해 모든 공사가 승정원에 쌓였다고 한다. 심지어 역적 모의를 한 무리들에 대해 심문조차 하지 못했고 동궁께서는 이번 일로 심신이 편치 않아 식사를 폐하신 지 오래되었다고 하니, 장차 큰 병환이 생기지 않을까 온 조정이 허둥지둥 어찌할 바를 모르고 있다고 한다. 나랏일이 종당에는 어떻게 될지 알 수가 없다. 답답하고 한탄스러울 뿐이다.

그런데 들리는 바에 따르면, 지난 8월에 일본 화천현(和泉縣)에서 지진이 일어나 방과 집이 일시에 기울고 무너져 관백의 병사 수만 명이 압사했으나 두 명나라 사신과 수행했던 명나라 관원은 한 사람도 다치지 않고 모두 안전하다고 한다. 평수길(平秀吉)의 죄악이 온 누리에 차 있으니 혹독한 재앙이 이처럼 내린 것이리라. 이는 실로 하늘의 뜻일지니, 기쁜 마음을 표현할 길이 없다. 그러나 사실 여부는 알 수 없다.

◎ ─ 9월 3일

아침에 평강(오윤겸)이 군으로 들어가 군수를 만나 보고 돌아왔다. 오후에는 해운판관 조존성이 군에 왔다가 평강(오윤겸)이 이곳에 왔다는 말을 듣고 곧 사람을 보내 안부를 물었다. 그리고 뒤따라와서 만나 보고 서로 이야기를 나누었는데, 마침 이중영도 왔다. 관에서 술과 과일을 제공해서 밤이 깊어질 때까지 대작을 하다가 파했다. 판관은 평강(오윤겸)과 함께 잤다. 판관이 쌀과 콩 각각 2말, 새우젓 5되, 게장 10마리를 구해 보냈다. 매우 감사하다.

◎ ─ 9월 4일

판관이 여기에 와 있다고 하니, 이 고을 군수도 문밖의 인가로 와서 음식을 감독하고 살폈다. 나도 가서 군수를 만나 보고 소주 한 잔과 잣떡을 대접했다.

판관이 평강(오윤겸)과 함께 활을 쏘았는데, 조대림도 와서 함께 쏘았다. 관에서 술과 과일을 제공했으므로 조용히 이야기를 나누었다. 활은 85번씩 쏘았는데, 평강(오윤겸)은 45개, 판관은 32개, 조대림은 18개를 맞혔다. 판관은 이기지 못해 신경질을 부리면서 먼저 한산으로 떠났다.

어제는 잣 3되, 생청 1되, 오미자 1되, 송홧가루 1되를 군수의 아문(衙門)*으로 보냈다. 그리고 잣 2되, 생청 1되, 문어 1조, 다시마 1주지를 류선각의 처소로 보냈다. 내일이 그 집 담제라고 해서 보낸 것이다. 소지가 또 찾아왔기에 소주와 찰떡을 대접하고 생청 1되, 잣 1되, 다시마 5잎을 주었다.

오늘은 평강에서 온 하인과 말을 부려 두 곳의 논에 펼쳐 놓은 벼를 거둬들였다. 상답(上畓)에서 93뭇이 나왔으니, 1뭇에서 2말이 나온 셈이다. 간혹 더 나오기도 했다. 하답(下畓)에서는 167뭇이 나왔다. 1뭇에 1말 꼴이 나왔는데, 거기에 미치지 못한 것도 있었다.

오늘은 날이 음산해 집사람이 침을 맞지 못했으나 더 심하게 아프지는 않은 것 같다. 그러나 부기는 아직도 가시지 않았다. 저녁에 자방(신응구)의 하인 춘수(春守)가 남포에서 들어왔다. 자방(신응구)의 편지를 보니, 집안이 모두 무고하다고 한다. 매우 기쁘다. 생게 20마리를 보내왔다.

◎ ─ 9월 5일
새벽부터 내리던 비가 느지막이 그치기 시작했다. 애초에 둔답의

....
* 　아문(衙門): 관아의 출입문이라는 뜻이다. 관원들이 정무를 보는 곳을 통틀어 말하기도 한다.

벼를 타작하려고 했으나, 밤비에 젖었으므로 그만두었다. 걱정이다. 춘억이 익산으로 돌아갔는데, 신상례에게 꿀 1되를 전하라고 하고는 편지를 써서 그편에 부쳤다.

또 평강에서 온 하인과 말을 함열의 인아에게 보냈으니, 타고 오도록 하기 위해서이다. 그리고 그편에 김백온에게 꿀 1되를 보내고 이효성에게 반 되를 전하도록 했다. 이효성은 인아의 처삼촌이다.

아침 식사 뒤에 평강(오윤겸)이 개바위에 사는 이별좌의 집으로 가기에, 편지를 써 주면서 잣 3되와 다시마 1뭇을 보냈다. 날이 어두워서 돌아왔는데, 별좌가 감사의 답장을 보내왔다. 집사람의 손에 난 종기에 아직 차도가 없어 복지를 시켜 10여 군데에 또 침을 놓게 했다.

◎ ─ 9월 6일

평강에서 온 하인들을 시켜 언명이 지은 둔답의 벼를 타작해서 평섬[平石]으로 4섬 2말씩 서로 나누었으나 검불은 손대지 못했다. 류선민(柳先民)이 오늘 담제를 마치고 편지를 보내 우리 부자를 청했다. 한나절이 지나 말을 타고 달려가 보니 진수성찬을 차려 놓아서 배불리 먹고 마신 뒤에 돌아왔다.

저녁때 평강(오윤겸)이 군에 들어가서 군수를 만나 이야기하다가 밤늦게 돌아왔다. 인아가 근친을 왔다.

◎ ─ 9월 7일

신경유가 편지와 함께 콩 1말과 닭 1마리를 평강(오윤겸)에게 보내왔다. 경담도 편지와 함께 모과 10개와 토란 1말을 보냈기에, 곧 답장을 썼다. 마침 한겸이 와서 평강(오윤겸)을 만나 보고 돌아갔다. 집사람이 침을 맞은 뒤 밤새 아파했다.

◎ ─ 9월 8일

평강(오윤겸)과 인아가 함께 장모의 제사를 지냈다. 나는 고단해서 제사에 참여하지 못했다. 아침에 허식(許寔)이 와서 평강(오윤겸)을 찾아보고 돌아갔다.

평강에서 온 벼슬아치 5명을 시켜 둔답의 벼를 타작했는데, 모두 평섬 5섬 10말이었다. 검불은 손대지 못했다. 인아가 사내종과 말을 거느리고 함열로 떠나기에, 제 처를 데리고 내일 오도록 했다. 평강(오윤겸)은 성민복의 송정에 가서 권학, 조대림과 함께 활을 쏘았다.

나는 타작 일을 감독하느라 함께 가지 못했다. 들으니, 군수가 오늘 둔답에서 거두어 타작한 전량을 우리 집에서 쓰라고 했단다. 감사한 마음이 이를 데 없다. 전임 장성 현감 이옥여가 노모를 모시고 처자와 함께 익산에서 상경하는 길에 왔다고 해서, 평강(오윤겸)이 어두워서 군에 들어가 만나 보고 밤이 깊어서야 돌아왔다. 나는 내일 시제를 지내야 하기 때문에 가 보지 못했다.

어두울 무렵에 평강의 관원이 팔뚝에 매를 앉혀 들어왔다. 생김새를 보니 매우 날카로운 새매인데, 8치 반은 되는 듯했다. 또 약과 1상자, 석이 3말, 참기름 2되, 말린 꿩 5마리, 대구 2마리를 가져왔다. 절인 송어 2마리는 삼척 도호부사(三陟都護府使) 김권(金權)이 평강(오윤겸)의 처소에 보낸 것이라서 함께 가져왔다.

◎ — 9월 9일

　꼭두새벽에 언명, 평강(오윤겸)과 함께 시제를 지냈다. 식사한 뒤에 군수가 사람을 보내 우리 부자를 청하기에, 평강(오윤겸)이 먼저 가고 나도 뒤따라 군에 들어갔다. 군수가 과녁을 치게 해서 평강(오윤겸)과 이장성, 조대림과 군수가 짝이 되어 활을 쏘았다. 참석한 사람은 권학, 이중영, 이자(李資) 등 7, 8명이었다.

　그런데 신대홍, 김봉사와 남당진에서 만나기로 미리 약속한 바가 있었는데 —원문 빠짐— 군수가 억지로 만류해서 갈 수 없었다. 이에 사람과 말을 보내 신괄과 김경을 맞아 오도록 했지만, 그들은 이유를 대고 오지 않았다. 그러고는 내가 약속을 어긴 것을 책망하면서 사람과 말을 돌려보냈다.

　우리 부자가 곧 달려가려고 하니 군수가 말하기를, "내가 초청해서 오시도록 하겠습니다."라고 했다. 곧 아전 가운데 우두머리를 시켜 군수의 편지를 가지고 말을 타고 달려가 굳이 초청을 했는데, 신괄과 김경, 별좌 이덕후가 군에 들어왔다. 기쁘게 만났으니, 관에서 차린 술과 안주가 산해진미를 고루 갖추었다. 또 국수와 떡도 차려 내서 각자 주고받으며 마음껏 먹고 마시다가 나는 먼저 헤어져 집으로 돌아왔다.

　평강(오윤겸)은 다시 여러 사람들과 함께 상동헌에서 이야기를 나누다가 한밤중이 지나서야 집으로 돌아왔다. 언명은 또 신경유 삼형제와 성민복과 함께 성민복의 송정 아래에서 술을 마시고 만취가 되어 돌아왔다. 전날 이들과 만나기로 한 약속이 오래되었는데, 오늘 저버린 것은 어쩔 수 없는 형편이라고 하더라도 실로 미안하다.

◎ ─ 9월 10일

아침 일찍 소지와 류선민이 술과 과일을 가지고 전별하러 왔다. 신경유와 성민복도 왔기에 술 한 잔을 돌리고 파했다. 신괄과 김경 두 공도 군에서 와서 작별인사를 하고 돌아갔다.

아침 식사 전에 집사람이 가마를 타고 군으로 들어가서 전임 장성현감 이귀의 어머니를 뵙고 인사를 드렸는데, 집사람의 고모이기 때문이었다. 종기가 아직 낫지 않았지만 꼭 뵙고 작별의 인사를 올리고 싶어 억지로 들어간 것이다.

느지막이 이별좌가 편지와 소고기를 보냈다. 매가 보고 싶다면서 매를 팔뚝에 앉혀 가지고 갈 사람을 보냈기에, 그 사내종의 팔뚝에 얹어 보냈다. 평강(오윤겸)의 처소에서도 말먹이 콩 5말을 보내왔다. 또 용안 현감이 사람을 보내 문안편지를 전하면서 평강에서 온 매를 사고 싶다는 뜻을 알려 왔다. 그러나 이미 이별좌의 처소로 보냈으므로, 그러한 사정을 답장에다 써서 보냈다. 집사람은 오늘도 침을 맞았다. 소지가 와서 평강(오윤겸)과 함께 잠을 잤다.

◎ ─ 9월 11일

아침 일찍 성민복과 소지가 술과 과일을 가지고 와서 평강(오윤겸)을 전별했다. 조대림도 왔다. 이 고을 군수도 좀 늦게 평강(오윤겸)이 떠난다는 말을 듣고 찾아왔기에, 언명과 같이 나가서 맞았다. 관에서 술과 과일을 가져왔다. 김포 조백공 또한 술과 과일을 가지고 전별하러 왔다. 저마다 술잔을 돌린 뒤에 군수와 백공이 각각 자리로 나와 작별의 술잔을 나누었다. 한동안 이야기를 나누다가 평강(오윤겸)이 먼저 자리를 떴다.

평강(오윤겸)이 안에 들어가 고별인사를 하고 남포를 향해 떠났다. 남포에서 자방(신응구)을 만나 본 뒤 보령에 들러 제 장모를 찾아보고 내처 결성에 가서 그곳 농사일을 살펴본 뒤에 돌아간다고 한다. 그러면 스무날 뒤에나 한양에 당도할 것이다.

설을 쇠기 전 섣달에 한 번 와서 과거 때문에 겨우 3일을 유숙하고 떠나 버린 뒤 10여 개월이 지난 오늘에야 또 와서 보고 겨우 8일간 머물다가 돌아간 셈이다. 8일 동안 일이 많아 뒤숭숭해서 하루도 조용히 이야기하지 못하고 떠나보냈으니, 심사가 허전해서 만나 보지 못한 것 같다. 평강(오윤겸)이 문을 나갈 때 불현듯 눈물이 흘러 옷깃을 적시는 줄도 깨닫지 못한 채 하루 종일 바쁘기만 했다. 일이 돌아가는 탓이라고는 하지만, 자식이 넷이나 있으면서 하나도 함께 살지 못하고 각각 먼 지방에 처했으니, 1년에 겨우 한 번 보고 헤어지거나 급하게 떠나 버린다. 안타깝고 개탄할 일이나 어찌하겠는가.

본군 군수가 둔답의 벼를 타작하는 일로 제방 위에 나와 앉아 감독했다. 오후에 걸어가 함께 이야기를 하는데, 조대림도 왔다. 내가 먼저 작별하고 돌아왔는데, 군수가 물벼 2섬과 콩대 3동을 보내 주었다. 참으로 뜻밖이라 깊이 감사할 뿐이다.

◎ ─ 9월 12일
덕노에게 관에 바칠 둔전의 도조(賭租)*로 평섬 3섬 13말을 실어다

....
* 　도조(賭租): 남의 논밭을 빌려서 부친 대가로 해마다 내는 벼이다.

가 둔전 사령(屯田使令) 돗손[都叱孫]의 집에 갖다 놓게 해서 그에게 관에 납부하도록 했다. 또 평강에서 온 사람에게 집주인 밭의 배메기 태두(太豆)를 타작하게 했는데, 갑자기 소나기가 쏟아져서 일을 끝내지 못하고 돌아왔다.

소지가 아내와 함께 술과 떡을 준비해서 어머니를 뵈러 왔다. 어머니께서 오는 15일에 상경하신다는 소식을 듣고 온 것이다. 마침 낭성정(浪城正)도 와서 소지가 가지고 온 술을 함께 마시고 각자 취했다. 집사람도 나와서 낭성정을 만나 보고 또 그 일행의 점심을 대접했다. 그는 비가 멎기를 기다렸다가 작별하고 연산을 향해서 떠났다.

나와 언명은 아침을 안 먹고 빈속에 술만 마셨기 때문에 취해서 쓰러졌다. 낭성정은 평양수의 아들로 내게 처오촌이 되는데, 기예를 시험봐서 정(正)으로 승격되었다. 임천의 개바위에 살고 있는 누이를 만나러 왔다가 지나는 길에 들른 것이다.

내가 낭성정의 조부모가 평상시에 족친들에게 후했다는 말을 했더니, 그가 취중에 이야기를 듣고 눈물을 줄줄 흘리면서 긴 수염이 모두 젖는 줄도 몰랐다. 그는 평소에도 술에 취하기만 하면 문득 우는 성품이니, 아녀자들이 보고는 모두 웃어댔다. 그러나 그의 부모와 처가 난리 초에 일시에 목매어 죽어서 선대의 일을 추억하다가 취중에 문득 우니, 하나같이 불쌍하기만 하다.

◎ ― 9월 13일

송인수가 따로 사람을 시켜 문안 편지를 보냈다. 겸해서 삶은 우족(牛足) 2짝과 무 70개를 보내왔다. 그 후의가 너무 고맙다. 평강(오윤겸)

에게도 편지를 써서 보냈는데, 그가 아직 도착하지 않았을 터이기에 송인수가 보내온 종에게 보령 땅의 평강(오윤겸)이 머무는 곳을 가르쳐주어서 보냈다.

품팔이꾼 셋을 얻어서 평강에서 온 사람 셋과 덕노와 함께 두 곳의 보리밭을 갈도록 했다. 이진사와 조판관 두 집에서 소를 빌려와 모두 갈았으나 파종까지는 못했다. 종자도 부족했다. 조대림이 와서 보기에, 밭둑에 앉아 이야기를 나누었다.

◎ ─ 9월 14일

보리밭에 씨를 다 뿌리고 두둑도 손보았다. 전날에 비 때문에 끝내지 못했던 최연 밭의 두(豆) 타작을 마치고 각각 서로 나누게 하니, 6말이었다. 최연이 와서 보고 나누어 갔다. 상판관이 찾아왔으므로, 소주 한 잔을 대접하고 석이버섯 2되를 주었다.

이진사가 오후에 찾아왔기에, 그에게도 석이 2되를 주었다. 술이 없어서 대접하지 못하고 보냈으니, 매우 유감이다. 집사람의 손에 난 종기에 여태 차도가 없더니 손바닥까지 번져 검은 색깔을 띠게 되었다. 증세가 필시 오래갈 것이니, 걱정스럽다. 또 복지를 시켜 침을 놓았다.

짐 싣는 말이 발을 전다는 것을 저녁때에야 알았으니, 어머니께서 상경할 때 타고 가시지 못할 것 같다. 날짜가 이미 임박했는데, 형세가 어쩔 수 없다. 큰 걱정이다.

◎ ─ 9월 15일

애초에는 어머니께서 오늘 떠나시기로 예정했으나, 여러 가지 준비하지 못한 일이 많아 출발을 20일로 미루었다. 또 아침 식사 전에 발을 저는 말을 손수 끌고 조백공의 집에 갔다. 조백공의 사내종을 불러다가 말 고치는 사람에게 물어보니, 부딪친 상처가 별로 없는 것으로 보아 필경 너무 부려서 그런 것이니 침을 놓을 필요가 없다고 한다. 그래서 조백공과 함께 소지를 청해서 오랫동안 이야기를 나누었다. 마침 내가 아침을 안 먹었기 때문에 그의 거센 만류를 뿌리치고 집으로 돌아왔다.

식사한 뒤에 곧장 회지(灰池)로 말을 달려 군수가 둔전의 벼 수확을 감독하는 곳으로 갔다. 군수가 집사람의 종기 증세에 관해서 묻고는 굳이 만류하기에 그와 함께 점심을 마주한 뒤 집으로 돌아왔다. 또 마의를 불렀더니 발을 저는 말에게 침 한 대를 놓고 다시 살펴본 다음에 상처가 전혀 없다고 한다. 복지가 와서 집사람의 종기가 난 곳에 침을 놓았다.

덕노가 거두어들인, 장지(獐池)의 자경(自耕)하는 둔전의 벼를 타작해서 각각 나누니, 21말이다. 일년 동안 부지런히 고생한 소득이 이렇게 오죽잖으니, 한심스럽다. 날이 어두울 무렵 성민복이 술을 가지고 왔기에 언명에게 마시도록 했다.

◎ ─ 9월 16일

새벽부터 바람이 불고 비가 내린다. 내일 어머니께서 떠나기로 하셨는데, 큰 걱정이다. 느지막이 비로소 날이 개기 시작했다. 성민복이 쌀과 콩을 각각 2말씩 언명의 처소로 보내왔으니, 한양에 갈 때 노자로 쓰라고 한 것이다. 이복령이 또 탁주 1동이를 어머니의 행차에 따라가는 하인들에게 먹이도록 보내왔다. 후의가 매우 고맙다.

언명이 덕노와 함께 여행에 필요한 도구를 종일 손보았다. 나는 별도로 들깨 1말과 쌀 7말 등을 어머니께 올렸으니, 앞날의 경비로 삼으시도록 하기 위해서이다. 행차 중에 쓸 양식 1말에다 반찬으로 자반과 젓갈을 준비해 드렸다. 평강에서 가지고 온 약과와 이곳에서 만든 찰떡도 도중에 요기를 하시라고 드렸다. 언명도 녹두 1말과 팥 1말을 노자로 드렸다. 평강에서 온 하인들에게는 말먹이 콩 3말을 나누어 주어서 말먹이를 삼도록 했다. 그리고 그들에게 아침과 저녁을 대접했다.

발을 절던 짐 싣는 말의 상태가 좀 나아졌다. 기쁜 일이다. 집사람의 손에 난 종기가 더 부어올라 팔뚝 위에까지 물집이 생겨 저절로 터지기에 세 번이나 고름을 짜냈다. 그러나 나을 기미가 별로 없이 점점 더 부어올라 정신까지 매우 혼미해진데다가 약간의 두통도 있어 식음을 전폐했다. 어머니의 행차 출발이 임박했는데, 병세가 이러니 큰 걱정이다. 오후에 복지가 와서 보고 먼저 침놓았던 곳에 또 침을 놓은 다음 별도로 몇 군데에다가 침을 더 놓았다.

저녁에 송인수의 사내종 세량이 보령에 가서 평강(오윤겸)을 만나보고 편지를 받아서 돌아왔다. 평강(오윤겸)의 편지를 보니, 자방(신응구)의 집에서 하루를 유숙하고 남포현에 들렀다가 학림(鶴林)과 죽림(竹林) 형제들의 만류로 머물다가 오늘에야 비로소 보령에 있는 제 장모의 집에 도착해 또 하루를 유숙한 뒤 내일 결성으로 향한다고 한다. 그들 일행은 모두 무사하다고 한다. 그러나 결성에 도착한다고 하더라도 또 수삼일은 필경 묵게 될 것이므로, 그들의 행로를 따져 보면 23일이나 24일 사이에 한양에 당도할 것이다. 어머니의 행차가 분명 앞설 것이다.

◎ — 9월 17일

이른 아침에 신주 앞에 차례를 지내고 상자 속에 신주를 싸서 넣었다. 덕노에게 짊어지게 하고 내가 배행(陪行)하여 정산 갯지의 집에 도착한 뒤 돌아왔다. 인아는 성민복의 말을 빌려 타고 중간까지 따라왔다가 돌아갔다.

아침 식사 전에 성민복이 와서 보고 언명과 작별인사를 하고 돌아갔다. 식사한 뒤에 어머니를 모시고 길을 떠났다. 어머니는 지난 갑오년(1594) 9월에 태인에서 모셔 온 이래 이곳에서 3년을 머무셨다. 아우 언명 일가도 금년 3월에 이곳에 왔다가 올 9월에 상경하게 된 것이다.

처음에는 온 집안 식구와 함께 일단 결성의 농막으로 모시고 가려고 했으나, 많은 식구들의 호구지책이 지극히 어려웠다. 또한 어머니께서 한양의 옛집으로 돌아가시기를 간절히 바라는데다가 평강(오윤겸)이 매달 양식과 찬을 준비해서 보내 드린다고 해서, 하인과 말을 얻은 기회에 부득이 아우에게 먼저 처자식을 거느리고 어머니를 모시고 돌아가도록 한 것이다.

우리 일가는 이 고을에서 얻어 쓴 채무를 상환한 뒤 다음 달 중으로 우선 결성으로 돌아가 평강(오윤겸)이 장만해 놓은 양식으로 그곳에서 머물다가 내년에 상경할 것이다. 그렇게 되면 온 식구가 한양으로 돌아가게 될 것이다.

만약 여의치 못하면 짐짓 1년간 더 머물며 농사를 지어 양곡을 저축해서 가을을 기다렸다가 토당의 선영 아래에 먼저 초가집을 지어 미리 돌아갈 곳을 마련한 뒤 온 식구가 올라갈 계획이다. 그러나 사람의 일이란 어긋나는 수가 많고 조정이 다사다난할 뿐만 아니라 흉악한 도

적들이 아직도 변경에 웅거하고 있으니, 내년에 또 무슨 일이 일어날지 알 수 없다. 그래서 다만 아우 일가와 함께 늙으신 어머니를 오래오래 모시고 싶었으나, 아우는 떠나고 나만 여기 머물게 되었다. 배고픔과 추위를 함께 주선해야 할 형제간인데, 일의 형세가 이와 같아서 아우가 먼저 어머니를 모시고 한양으로 돌아간 것이다.

집사람의 종기가 심해지고 고통도 가중되어 꼼짝을 못하기에, 어머니께서 떠나기 전에 몸소 집사람이 누워 있는 곳으로 오셨다. 집안 아이들까지 모여 앉아 근심과 슬픔을 이기지 못해 모두 눈물을 그치지 못했다. 사람의 정이 어찌 그러하지 않겠는가. 어머니의 슬하에서 멀리 떨어져 소식도 드물게 듣게 될 터이니, 더욱 슬프고 답답하다.

가는 도중에 갯지가 마중 나와 있다가 길을 가르쳐 주고 돌아갔다. 정산 갯지의 집에 도착해서 유숙했다. 갯지의 아비 유량이 저녁밥을 준비해서 여러 사람들에게 제공해 주었고 말먹이 콩 1말도 가져다주었다. 믿음직하고 후한 사람이라고 할 수 있는데, 다만 학질로 매우 고통을 겪느라 식음을 전폐하고 방에 누워서 일어나지를 못한다. 나이 많은 노인이 무사히 목숨을 보존해 나갈지 매우 염려스럽다. 가여울 뿐이다.

◎ ─ 9월 18일

아침부터 비가 올 조짐이 보인다. 큰 걱정이다. 일찌감치 아침을 먹은 뒤 언명이 어머니를 모시고 북쪽을 향해 떠나갔다. 나도 따라서 동구 밖에까지 걸어 나가 배웅했다. 일행이 떠나가는 길의 먼지를 멀리서 바라보니, 눈물이 절로 흘러 옷깃을 적시는 줄도 깨닫지 못했다. 갯지와 덕노에게 모시고 가도록 했다.

다만 내 말은 절던 다리가 아직 낫지 않아 먼 길을 걸어갈 수 있을 것 같지 않았다. 나도 감동을 거느리고 출발했는데, 인아가 타던 말은 성질이 매우 노둔하고 용렬하여 큰 채찍으로 매질을 해도 잘 움직이지 않았다. 걸음걸이가 더뎌서 겨우겨우 돌아오는데, 절반쯤 왔을 때 비가 내려 옷이 젖었다. 부득이 상관관의 집에 들렀으나, 그는 집에 없었다.

또 권경명이 집에 있는지 물어보니, 그도 추수하러 나가고 없다고 한다. 마침 판관의 소실이 낳은 딸이 내가 왔다는 말을 듣고 바로 나와서 나를 사랑에 좌정하도록 했다. 술을 가져오기에 마셨으나, 주인 없는 집에 무료하게 홀로 앉아 있을 수는 없었다. 비가 그치지 않고 내리는데 우비(雨備, 비를 가리기 위해 사용하는 물건들)를 갑자기 구할 도리가 없었다. 큰 걱정이었다.

판관의 소실 딸이 또 나와서 뵙고 말하기를, "나리께서 오래지 않아 돌아오실 터이고, 날 또한 저물었습니다. 저녁을 준비해 올리겠으니, 이곳에서 유숙하십시오."라고 했다. 그러나 주인 없는 빈집에 오래 앉아 있을 수가 없었다. 비가 좀 멎는가 싶어서 곧장 출발해 동네 입구를 나설 때 마침 집으로 돌아오는 판관을 만났다. 말 위에서 격조했던 회포를 풀고 아울러 찾아갔다가 만나지 못하고 온 사연을 말하니, 굳이 자기 집으로 돌아가자고 권했다. 그러나 이미 떠나온 길이라 다시 들어갈 수가 없어서 판관이 입었던 우비를 빌려 입고 말을 몰아 집에 당도했다. 날은 아직 어두워지지 않았다.

집사람이 어제 침을 두 번 맞은 뒤에 오늘은 비 때문에 맞지 못했는데, 손바닥이 더욱 부어올랐다. 팔뚝의 구멍 난 곳에서 고름을 두 번이나 짜냈으나, 병이 좀처럼 쉽게 나을 것 같지 않다. 걱정되는 마음을 어찌 말로 다 하겠는가.

판관의 소실과 조응립의 소실은 비록 친척은 아니지만 내가 오랫동안 그들의 이웃에서 우거했기 때문에, 평소 만나도 피하는 일이 없을 정도였다. 그래서 오늘 그의 딸이 아비인 판관의 부재중에도 내게 후대했으리라.

비가 저녁 내내 그치지 않는다. 어머니의 행차는 필경 중도에서 멈추었으리라. 행로를 따져 보니, 정산의 송치 너머에 있는 농막에 유숙하실 것 같다.

◎ ─ 9월 19일

아침에 비가 내리더니, 느지막해서야 비로소 그치기 시작했다. 어머니의 행차가 비록 늦게 출발했다고 하더라도, 필시 온양에는 도착했으리라. 아침 식사 뒤에 집사람이 침을 맞고 저녁때 또 맞았다. 오늘은 종기 증세가 조금 멎는 듯하더니, 음식도 더 들었다. 기쁘다.

조응개와 최인우(崔仁祐)가 홍성의 옥(獄)에서 어제 이곳으로 옮겨 왔다. 그들이 집에 와서 잔 다음 오늘 군으로 들어갈 적에 나를 찾아왔기에 만나 보았다. 조응개가 나를 보고 소리 내어 슬피 우니, 참으로 애처롭고 불쌍했다. 들으니, 내년 봄이면 집으로 돌아올 것이라고는 하나 임금께 글을 올려 죄에서 벗어나 보도록 한단다. 그러나 그걸 어찌 기약할 수 있겠는가. 조응개와 최인우는 모두 역적의 협박으로 부역한 무리인데, 온 가족이 삼수로 유배되는 벌을 뒤집어쓴 때문이다. 소주 두 잔을 대접해서 보냈다.

밤에 자방(신응구)이 남포에서 왔는데, 밤이 이미 깊은 뒤였다. 나는 누워 자다가 그가 왔다는 말을 듣고 곧장 일어나 나가서 맞았다. 오랫동안 적조했다가 뜻밖에 만났으니, 기쁘고 위로됨을 어찌 말로 다 하겠는가. 그의 말에 따르면, 비가 그친 뒤에 출발했는데 소 1마리를 끌고 오느라 걸음이 늦어져 10리 밖에서 날이 저물었다고 한다.

딸이 보낸 물건은 찰떡 1상자, 청주 1단지, 절인 전어 5마리, 숭어 1마리, 청각 1꾸러미이다. 전어 맛이 아주 좋아서 어머니께 드리고 싶다는 생각을 하니, 슬픈 감회를 이기지 못하겠다. 서로 대화를 나누다가 한밤중이 지나서야 잠자리에 들었다. 또 들으니, 중아(重兒)가 물건을 짚고 서기도 하고 손뼉을 치며 놀기도 한다니, 보고 싶은 마음이 간절하다.

◎ ─ 9월 20일

새벽부터 비가 크게 쏟아지기에, 떠나려고 하는 자방(신응구)을 극구 말렸다. 그렇지만 모레가 문경공의 기일이라, 그날에 맞추려면 비를 무릅쓰고서라도 가야 한다고 한다. 밥을 새로 지었으나, 밥상에 먹을 만한 것이 없어 닭을 잡아 찬을 만들었다. 비를 맞고 떠났으니, 필시 중도에 더 이상 걸음을 뗄 수 없는 곤경을 겪게 될까 매우 걱정이 된다. 이곳에 소를 놓아두고 나에게 맡기면서 내일 사람을 보내 끌어가겠다고 한다.

오늘 같은 세찬 비에 어머니의 행차가 분명 중간에 머물고 있을 텐데, 당초의 예정보다 며칠 늦어지리라. 노자는 비록 부족하지 않을지라도 길이 질고 말이 절름거려 오도 가도 못하는 어려움에 봉착하고 계시지나 않을지 모르겠다. 매우 답답하고 걱정이 된다.

저녁 무렵에 비로소 날이 갰으나 구름이 끼었다. 인아의 처가 아침부터 약간의 두통과 오한이 번갈아 일어나 종일토록 그치지 않는다. 처음에는 학질 증세가 아닌가 했는데, 밤이 깊어지면서 도리어 통증이 심해지니 —원문 빠짐— 으로 인한 감기이다.

날이 어두워지면서 단아도 갑자기 머리가 아프다고 매우 고통스러워 하며 구토를 그치지 않는다. 집사람이 귀신에게 쓴 것 같다고 걱정하면서 늙은 계집종을 시켜 밥을 지어 물리치게 했지만 끝내 효험을 보지 못했다. 밤새 고통으로 신음하니, 매우 걱정스럽다.

집사람은 오늘 또 침을 맞았다. 종기가 조금 나은 듯하다. 기쁘다.

◎ ─ 9월 21일

비록 비는 내리지 않으나, 종일 날이 흐리고 바람이 분다. 어머니의 행차가 오늘 평택쯤 당도했으리라. 그러나 이같이 미끄러운 길에 고초가 많을 터이니, 진작 밥을 먹거나 쉴 적에도 잊을 수 없었다. 또 인아의 처와 단아의 통증이 아직도 멎지 않는다. 걱정스럽다.

저녁에 자방(신응구)의 사내종 춘복이 들어왔다. 들어 보니, 자방(신응구)은 어제 비를 맞으며 떠나 무수포에 이르렀으나 배가 없어 건너지 못하고 물길을 거슬러 올라가 은진 너머에서 간신히 강을 건너 여산 땅과 인접한 곳에 이르러 유숙했다고 한다. 오늘 익산을 향해 떠나면서 소를 끌어가기 위해 춘복을 돌려보낸 것이다. 종일 빗속을 갔으니 행장이 모두 젖었을 것이다. 어제 간곡히 만류했는데도 막무가내로 사양하고 돌아가더니, 끝내 고초를 면하지 못한 것이다. 이를 생각하면 한편으로 우습다.

저녁에 복지가 와서 집사람의 종기에 침을 놓았다. 조백익에게 술국이 있다고 하기에, 그의 집에 갔다. 편지를 보내 나를 오라고 청했기 때문이다.

◎ ― 9월 22일

종일 바람이 불고 때로 눈도 내렸다. 첫추위가 몹시 차갑다. 이러한 때에 어머니의 행차가 진위쯤 이르렀으리라고 추정되는데, 길을 떠났는지의 여부는 알 수가 없다. 아우에게 추운 비바람이 이는 날에는 억지로 길을 떠나지 말라고 경계했을 따름이다.

자방(신응구)의 사내종 춘복이 소를 끌고 떠나갔다. 오후에 복지가 와서 집사람의 종기 난 곳에 침을 놓았다. 그러나 두 여아의 두통에는 차도가 없다. 아주 걱정스럽다. 그런데 인아의 처는 증세가 나아졌는지 때로 밥을 먹는다.

◎ ― 9월 23일

날이 흐리고 추운데다 때로 비까지 내렸다. 오늘은 어머니의 행차가 율전에 사는 생원(오윤해)의 집에 도착했으리라. 이렇게 일기가 좋지 않으니, 도착 여부가 더욱 궁금하다. 매우 걱정스럽다.

아침에 들으니, 한산 군수가 임시 파견 관원의 임무를 띠고 이 고을에 왔다기에 말을 빌려 타고 들어가 만났다. 한동안 이야기를 나누는데, 권경명이 마침 당도하여 방 안에서 대화를 했다. 이 고을 군수가 따라 들어와서 겸상으로 아침을 먹었다. 나는 군수에게 복지가 매일 와서 집사람의 종기 난 곳에 침을 놓을 수 있도록 해 달라고 부탁했다. 느지막이 한산 군수가 떠났고, 나는 경명과 헤어져 집으로 돌아왔다.

집사람의 종기에 아직 차도가 없다. 인아의 처와 딸아이 단아는 밤새 고통을 겪었다. 인아의 처는 왼쪽 귓구멍이 찌르듯이 아프다고 하는데, 볼까지 부어올랐다. 목젖도 내려앉아 신음소리가 멎지 않으니, 아주 고민스럽다. 복지가 와서 집사람의 종기 난 곳에 침을 놓았다. 그녀에게 인아 처의 병도 살펴보도록 했다. 그랬더니 군수에게 보고하고 경락에 침을 놓아야겠다고 했다.

날은 추워지는데 땔감까지 없어서 구들이 냉골이다. 밥상에 병자들의 입맛에 맞는 음식을 장만해 주지도 못하는데, 양쪽 방에서 병자들의 신음소리가 그치지 않는다. 장차 어떻게 해야 할지 모르겠다. 큰 걱정이다. 어찌해야 하는가.

◎ ─ 9월 24일

새벽부터 비가 내리고 바람이 분다. 오늘은 어머니의 행차가 토당의 선영 아래에 당도했을 텐데, 날씨가 좋지 않아 길을 떠났는지 모르겠다. 답답한 마음이 그지없다. 느지막이 날이 비로소 갰다.

권경명이 찾아와 만났는데, 조대림도 뒤따라 들어와 서로 이야기를 나누었다. 내친 김에 함께 고삐를 나란히 하고 진사 이중영을 찾아갔더니, 그는 함열에 가서 아직 돌아오지 않았다. 마침 이유립이 뒤따라와서 우리들을 방 안으로 맞아들여 앉혔다. 한동안 이야기를 나누다가 돌아왔다.

집사람은 오늘도 침을 맞았고, 인아의 처 역시 아픈 귀에 침을 맞았다. 비록 병세가 어제처럼 심하지는 않다지만, 아직 차도를 보이지 않는다. 단아 역시 두통이 극심해져서, 오후가 되자 인사불성이 되었다. 횡설수설하면서 팔다리가 모두 차가워졌다. 안색 또한 푸르게 변해 가므로 부둥켜안았다가 마침 주머니 속에 오래 묵은 청심환 1알이 있어 갈아서 어린아이 오줌[童便]*에 섞어 먹였다. 두 번 먹이자 한참 뒤에야 소생했다. 목덜미와 온몸에 땀이 나고 팔다리가 잠시 따뜻해졌으나 말은 아직도 분명치가 않다. 어찌 할 바를 모르겠으니, 지극히 답답하다.

임피의 조수헌이 찾아와 앉아서 이야기를 시작한 지 얼마 되지 않아 참봉 김담령이 태인에서 상경하는 길에 들렀기에 함께 대화를 나누었다. 김참봉은 언명의 처남인데, 제 매부가 올라간 줄 모르고 들어왔다. 날이 이미 저물어 유숙했으니, 저녁을 대접했다.

조수헌이 우리 집 식구들의 병고에 관해 듣고서 청심환 1알과 소합원(蘇合元) 3알을 주고 돌아갔다.

◎ ― 9월 25일

단아의 증세가 비록 약간 나은 듯하지만, 말을 하려고 해도 하지 못하고 밤새 괴로워서 뒤척거린다. 우리 부부가 붙들고 밤을 새웠다. 아침이 되어서도 어제처럼 또 인사불성이다. 또 청심환과 소합원을 어린아이 오줌에 개어 먹이니 한참 동안 괜찮아졌으니, 다행이다. 곧 향비를 보내 관아에서 청심환과 소합원을 구해 오게 했더니, 군수가 새로

....
* 어린아이 오줌[童便]: 두통, 학질, 해수(咳嗽) 등의 병에 쓰인다.

조제한 청심환 1알을 보냈다. 조수헌도 청심환과 소합원 1알씩과 녹두 2되를 보내 주었다. 깊이 감사하다.

인아에게 이복령의 집으로 달려가 길흉을 점치게 했다. 그가 글을 써서 보내기를, "괘효(卦爻)가 순수하고 길하여 흉한 징조가 조금도 없다. 오는 7, 8일 사이에 차도가 있을 터이니, 염려할 것이 없다."라고 했다. 그러나 병세가 이와 같으니, 답답하고 걱정스럽다.

병든 딸아이가 석류를 먹고 싶어 하는데 이곳에서는 구할 길이 없어 아침에 편지를 써서 눌은비에게 주어 이별좌의 집으로 보내서 구하게 했다. 인아의 처는 어제에 비해 조금 소생했으나, 귀 아픈 증세는 아직 가라앉지 않았다. 걱정스럽다.

새벽에 김참봉이 떠나갔다. 마침 병고가 있어 자릿조반을 지어서 대접하지 못하고 보냈다. 형편이 이러하니 어찌하겠는가. 편지를 써서 아우가 있는 곳에 전하게 했다. 어머니의 행차 일정을 따져 보면 비록 중도에 비에 막혔다고 하더라도 오늘은 한양에 도착할 수 있을 텐데, 당도 여부를 알 수 없다. 날이 몹시 추우니, 매우 걱정스런 마음을 놓을 수가 없다.

저녁에 눌은비가 돌아와서 하는 말이, 이별좌 댁으로 가던 도중에 출타하는 별좌를 만났는데 내 편지를 보더니 즉시 자신을 별좌의 집으로 보내면서 석류 4개와 소고기 1근, 퇴미(退米)* 1꾸러미를 받아 가라고 했다 한다. 참으로 감사하다. 딸 단아가 석류를 보고 매우 기뻐하며 즉시 반 개를 먹었다.

....

*   퇴미(退米): 부정한 귀신에게 지내는 제사인 음사(淫祀)에 사용하는 쌀이다.

함열에서 인아의 처가 부리던 계집종이 상전의 병 소식을 듣고 왔다. 그편에 김백온이 편지를 보내 안부를 물었다. 집사람이 침을 맞았고, 인아의 처도 침을 맞았다. 류선민과 조광좌가 왔는데, 우리 집의 병고 이야기를 듣고 잠시 앉았다가 돌아갔다. 단아가 저녁에 또 인사불성이 되어 청심환을 먹였는데, 얼마 뒤 차츰 회복되었다.

들리는 바에 따르면, 체상(體相)*이 임금의 분부로 한양으로 돌아가는데 오늘내일 은진에 도착하기에 감사와 도사들이 모두 이곳에 모였다고 한다. 이 고을 군수도 새로 임소에 이르렀으니, 당연히 명을 받들기 위해 오늘 은진에 있는 순찰사의 소재처로 간다고 한다.

◎ ― 9월 26일

첫닭이 울자 단아가 측간에 가다가 한기(寒氣)가 찌르는 듯하다고 하더니 인사불성이 되었다. 또 청심환을 먹이자 한참 뒤에 깨어났다. 아침에도 이와 같았기에 매우 걱정스럽다. 정신을 차린 뒤에 하는 말이 정신을 잃을 때 눈앞에서 번갯불이 번쩍이더라는데, 말하기가 매우 힘들어서 하고 싶은 말을 다 하지 못한다. 양쪽 옆머리가 찌르듯이 아파 심신이 피곤해져서 사람을 보아도 분별하지 못한다. 혹 잠깐 동안 증상이 멎어 깨어날 때에도 할 말이 길면 다 말하지 못한다. 더욱 걱정스럽다.

인아 처의 증세는 여전하다. 두 번 침을 맞았으나 아무런 효험이 없어 오늘은 맞지 않았다. 집사람만 또 침을 맞았고, 팔뚝 위의 묵은 종

....
* 　체상(體相): 도체찰사의 별칭이다.

기가 또 곪아서 고름을 짜냈다. 응어리진 곳의 네 주변을 침으로 터뜨리자 피가 조금 나왔다.

상판관이 어제 편지를 보내 나를 청했는데, 혼사를 치른 뒤 술자리를 마련한다는 것이다. 나는 우환 때문에 가지 않았다. 오늘 정오에는 친히 와서 안부를 묻고 좌수 조희윤의 집에 가서 어울려 이야기하자고 끌어당겼으나, 집안의 병고 때문에 또 사양했다.

어머니의 행차가 한양에 도착했는지의 여부를 아직 듣지 못했다. 답답하기만 하다. 류선민이 편지를 보내 안부를 묻고 배 3개를 주면서 평강(오윤겸)에게 보낼 편지가 있느냐고 하기에 즉시 써서 보냈다. 면 젓번에 매를 샀는데, 그 값을 치르고자 간다고 했다.

저녁 무렵에 단아가 또 발작하여 밥을 세 번 지을 시각이 지나 밤이 되어서야 비로소 깨어났다. 새벽닭이 우는 시각에 또 발작하다가 잠시 뒤에 멎었다. 식음을 전폐하는 지경은 아니라서 메밀가루로 국수를 만들어 간간이 먹었다. 입이 쓸 때마다 으레 석류를 먹었는데, 이를 구할 길이 없다. 안타깝다. 아침에 성민복이 석류 1개를 구해 보냈다. 지금은 거의 다 먹었는데, 차후로 다시 구할 길이 없다.

◎ ─ 9월 27일

어젯밤 인아 처의 아픈 귀에서 처음으로 고름이 나왔다. 필시 귀젖이다. 새벽이 되자 붉은 고름이 귓구멍에서 잔뜩 나왔다. 비로소 통증이 멎나 했는데, 두통이 여전해서 차도가 없다고 한다. 답답한 일이다.

느지막해진 뒤 단아의 정신이 혼미해지는 증상은 멎은 듯하나, 기진한 상태가 어제보다 더하면서 두통 증세가 심하다고 한다. 아침을 먹고 군에 들어가서 군수를 만나 보고 집안의 병에 대해 물었더니, 군수가 술 넉 잔을 마시게 하고 파했다. 그러고는 내게 새우젓 3되와 게장 5마리를 주었다. 인아의 처가 게장을 먹고 싶어 하기에 군수에게 부탁한 것이다. 또 세동에 사는 좌수 조욱륜 씨가 병자들을 위해 석류 1개, 작은 배 20개, 홍시 2개를 보내 주었다. 깊이 감사하다.

오늘은 집사람이 침을 맞지 않았다. 저녁 무렵에 조대림이 이별좌의 집에서 돌아올 때 들어와 보면서 이별좌의 편지와 날꿩 1마리, 배 10개를 전해 주었다. 이는 앓고 있는 아이들을 위해 이별좌가 구해 두었다가 대림이 오는 편에 보낸 것이다. 두 아이가 즉시 꿩 다리를 구워 물만밥과 함께 먹었다. 또 꿩고기로 만두를 만들어 먹었다. 깊이 감사하다.

인아 처의 아픈 귀는 이미 곪아터져 고름이 나왔기에 차도가 있으련만 도리어 통증이 여전하다고 하니, 또다시 곪는 게 분명하다. 걱정스럽다. 단아가 또 그 증세를 보였지만 한참 있다가 멎었다. 그러나 어제처럼 심하지는 않다.

◎ ─ 9월 28일

어젯밤 인아 처의 귀가 또 곪아 고름이 터져 나왔다. 단아는 밤새잘 잤으나, 날이 밝은 뒤에 또 발작하다가 잠시 후 멎었다. 오후에도 잠깐 두 번 발작하다가 멎었다. 이제부터 아주 나을 것이니, 매우 기쁘다.

어제 이별좌가 편지를 보내 나를 청했는데, 그의 아우 덕수의 집에모여 이야기를 나누자는 것이었다. 오늘이 덕수의 생일이다. 그래서 술상을 차려 놓고 손님이 모이도록 했다. 나는 당초 딸아이의 병 때문에사양했는데, 마침 병이 회복되어 가기에 성민복의 처소에서 말을 빌려 타고 달려갔다. 권학, 이중영, 조대림, 윤응상과 그의 집안 조카들까지 15명 남짓이 모두 모였다.

상판관도 따라 들어와 서로 술잔을 주고받았다. 그의 자제들이 각각 대행과(大行果)와 산해진미에다 배, 밤, 감, 대추 등의 과일을 상에 가득 차려 바쳤으니, 다 먹을 수가 없었다. 이별좌가 나를 위해 과일과 어적, 육적 등을 상자 가득히 싸 주었다. 여러 소년들도 각자 춤추고 노래하며 마음껏 즐겼다. 어두워질 무렵에 권학, 이중영, 조대림과 함께 먼저 작별하고 집으로 돌아왔다. 집에 다다르니 밤이 이미 깊었다.

딸아이 등의 병세를 물어보니, 큰 증세는 조금 멎은 듯하다고 한다. 매우 기뻐할 만하다. 봉송으로 가져온 음식을 여러 아이들이 나누어 먹었다. 그중에서 단아가 먹고 싶어 하던 석류는 모두 일부러 행과소(行果所)에서 가져온 것이다. 단아가 이것을 보고 기뻐하며 잔뜩 먹었으니, 오늘 생일잔치에 갔던 것도 바로 이 때문이다.

돌아올 때 길에서 좌수 이원길을 만났기에 또 석류를 부탁했더니, 찾아서 보내겠다고 했다. 그의 형제들이 석류나무를 많이 심었다고 했기 때문이다. 오늘 이별좌 형제가 환자 벼 2섬을 준비해서 보내겠다고 했다.

◎ ― 9월 29일

지난밤에 단아가 날이 샐 때까지 잘 자고 두통도 가라앉았으며 아침까지도 그 증세가 나타나지 않았다. 인아 처의 증세도 좋아졌다고 한다. 아주 기쁘다. 어제 집사람이 침을 맞았는데, 오늘도 맞았다.

식사한 뒤에 진사 이중영이 찾아와 모과 5개와 생느타리버섯 1대를 주었다. 한참 이야기하다가 술을 큰 잔으로 넉 잔 마시게 했다. 그는 해가 기울어 돌아갔다.

저녁에 이시윤 형제가 수원에서 장수로 내려가던 길에 이곳에 유숙했다. 그의 일가는 모두 무사히 잘 있다고 한다. 다만 그들에게 들으니, 생원(오윤해)의 학질이 아직 완쾌되지 못해 몸이 매우 여윈데다가 누렇게 떴다고 한다. 매우 걱정스러운 일이다. 내려올 때 아산에 있는 이시열 모친의 집에 들렀는데, 모두 잘 있다면서 말린 대추 2되를 보내왔다. 이시열도 4되를 보내왔다. 이시윤이 장수로 가는 것은 부친 이빈 묘소의 이장 때문이다. 단아는 저녁부터 밤이 될 때까지 발작하지 않았다. 기뻐할 만하다.

◎ ─ 9월 30일

앓던 아이들이 오늘은 크게 차도를 보였다. 단아의 동작이 평상시와 같으니 기쁘다. 이시윤 형제가 머물렀는데, 이시윤이 군내에 살고 있는 그의 장인에게 가서 자고 아직 돌아오지 않았기 때문이다. 집 안에 1뭇의 땔감도 없기에 이시윤의 사내종과 말을 부려 나무를 베어 오도록 했다.

저녁에 평강(오윤겸)의 사내종 정이(貞伊)가 결성에서 편지를 가지고 들어왔다. 평강(오윤겸)의 편지를 보니, 지난 22일에 그곳을 떠나 한양으로 돌아갔는데 올 가을비 때문에 그곳 농사에 해를 입어 거개가 결실을 맺지 못해 수확한 양이 수십 섬이 되지 못하고 전에 저장했던 곡식도 대부분 잃어버려서 모든 일을 그르쳤으니 눈 뜨고 볼 수 없는 형세라서 마음이 아프다고 했다. 그러나 양곡을 저장하기 위한 집을 이미 지었고 모든 시설을 변통해서 마련했으니, 온 집안이 모두 와서 살라고 한다. 비록 초가에다 극히 누추하지만, 임천은 오래 살 곳이 아니므로 오는 10월 20일 뒤에 모두 결성으로 돌아가기로 결정했다.

편지를 써서 이시윤이 돌아갈 때 전라도 순찰사의 처소에 전하도록 했다.

10월 작은달 -2일 소설, 17일 대설-

◎ — 10월 1일

이시윤이 꼭두새벽에 돌아와서 제 아우와 함께 완산을 향해 떠났다. 감사를 만나 제 부친 묘소의 이장 등의 일에 관해 면전에서 부탁하기 위해서이다. 그러나 떠난 지 오래지 않아 비가 쏟아졌다. 그 일행들이 모두 우비를 갖추지 않았으니, 필시 흠뻑 젖었으리라. 걱정스럽다.

오후에 자방(신응구)이 익산에서 비를 맞고 들어와서 어제는 용안에서 자고 느지막이 출발해서 오는 길이라고 했다. 함열의 신임 현감 이류(李鎦)가 며칠 전에 부임했다고 한다. 사람을 시켜 진사 이중영을 오게해서 자방(신응구)과 더불어 이야기를 나누었는데, 밤이 깊어 돌아갔다.

저녁때 비가 비로소 그쳤다. 이 고을 군수가 편지를 보내 문안하면서 게장 5마리와 새우젓 1항아리를 보내왔다. 그리고 그편에 전하기를, 매를 구하는 일로 관리를 평강으로 보낼 때 편지를 써서 부쳤다고 한다. 이때 별감 임진지(林進祉)가 소매 속에다 석류 2개를 넣어 가져다주었다.

◎ — 10월 2일

자방(신응구)이 아침을 먹고 남포로 떠났다. 비가 온 뒤에 바람이 또 차니 걱정스럽다. 성민복의 아들이 며칠 전부터 날마다 와서《사략》을 배운다. 집사람은 오늘도 침을 맞았다. 어머니의 상경 뒤의 노정을 헤아려 보면 덕노가 거의 돌아올 때가 되었으나 오지 않는다. 까닭을 모르겠다.

◎ — 10월 3일

이 고을 관아의 사내종 상복(尙福)이 군수의 명을 받들어 사냥매를 구하는 일로 평강으로 들어간다기에 편지를 써서 부쳤다. 오후에 김포 현령을 지낸 조희식이 찾아와 매를 사는 일로 사내종에게 돈을 주어 평강으로 보냈는데 편지를 써 주었으면 좋겠다고 간절히 부탁했다. 즉시 편지를 써서 부쳤다. 요즈음 매를 구해 달라는 편지를 세 차례나 써서 부쳤는데, 평강(오윤겸)이 어떻게 대처할지 모르겠다. 매우 걱정스럽다.

이 고을 군수에게 편지를 써서 밀랍을 보내 그 절반으로 초를 만들어 오면 모레 기제사에 쓰겠다고 했다. 또 오이지와 가지, 김치를 구한다고 하니, 군수가 답장을 보내고 이것들을 구해 주었다. 단아가 병중에 맛보고 싶어 하는데 가까운 이웃에서 두루 구해 봐도 더 이상 구할 곳이 없어서 부득이 군수에게 어려운 부탁을 한 것이다.

어제는 자방(신응구)이 우리 집에 찬이랄 게 없다는 것을 알고 게 젓 20마리를 들여놓고 돌아갔다. 자방(신응구)이 올 때 용안 현감이 준 것이라고 한다.

단아가 새벽부터 다시 머리가 아프다고 하면서 전처럼 음식을 먹지 못하고 종일 누워 신음했다. 답답하다. 큰 병을 겪자마자 조심성 없이 갑자기 바깥출입을 하느라 찬바람에 감기가 겹쳐 마침내 도로 아프게 된 것이다. 자초한 일이라지만, 원기가 매우 약한 상태라서 깊은 걱정이 끊이지 않는다.

◎ ― 10월 4일

단아가 밤새 앓고 아침에도 일어나지 못한다. 큰 걱정이다. 아침에 가사를 돌보지 않는다고 집사람과 한참 동안 입씨름을 했다. 한심스럽다. 류선민이 특별히 사람을 시켜 오이지 1항아리를 보내왔다. 참으로 고맙다. 병든 딸아이가 먹고 싶어 한다는 말을 듣고 보낸 것이다. 내일 제사를 지낼 반찬이 없고 집 안에 땔감 역시 하나도 없어 울타리 아래쪽을 거두어다가 뗐다. 한심스럽다.

저녁에 자방(신응구)이 거느리고 갔던 사내종이 남포에서 와서 자고 내일 익산에 간다고 한다. 딸의 편지를 보니, 잘 지내고 있단다. 다만 계집종 덕개의 가슴앓이가 거의 나을 기미를 보이지 않는다고 한다. 참으로 걱정스럽다.

◎ ― 10월 5일

날이 밝아 인아와 함께 제사를 지냈다. 세 가지 과일, 네 가지 소탕(素湯),* 소적(素炙)*만 진설했을 따름이다. 제사를 마치고 떡을 나누어

....

*   소탕(素湯): 제사에 쓰는 탕이다. 고기를 넣지 않고 맑은 장에 끓인다.

가까운 이웃에 보냈다.

단아가 아침에 차도를 보이는 듯하다. 기쁘다. 그러나 집사람은 어제 침을 맞지 않은 탓에 밤새 아파했다. 아침에 보니 종기가 난 곳이 더 부었다. 걱정스럽다. 오후에 복지가 와서 침을 놓았다.

보령 현감 황응성(黃應星)이 일 때문에 군에 왔다가 나를 찾아보고 돌아갔으니, 정다운 마음 씀씀이다. 그는 윤겸과 동년우이고 관직을 서로 교대했던 사이이다.

조대림이 와서 보기에 함께 권평지 물가로 나가 앉았다. 마침 생원 권학이 내려왔다. 또 남근신도 둑논의 벼 베는 일을 감독하면서 못가의 서쪽에 앉았다가 사람을 시켜 나를 청했다. 모두 진남의 사랑에 들어가 앉았다. 집에 박주(薄酒, 막걸리)가 있어 내다가 마셨는데, 또 권생원이 술과 과일을 가져왔다. 종일 이야기를 나누다가 저녁 무렵에 흩어졌다.

함열 이봉사(이신성)의 큰아들이 선친을 선산에 이장하고자 결정하고 모레 발인 때 쓰려고 사내종을 보내 인아의 말을 빌려 갔다. 이신성의 아들은 나이도 어리고 권세도 없지만 힘을 다해 주선하여 마침내 자신의 부친의 유해를 선산에 이장해 타향의 고혼(孤魂)이 안 되게 했으니, 매우 가련하고 측은하다. 저녁에 비가 내렸다.

◎ ─ 10월 6일

어제저녁부터 비가 내리더니 밤새 그치지 않았다. 어느 결에 큰비로 변해 처마에서 물방울 떨어지는 소리가 난다. 아침에도 그치지 않으

---

* 소적(素炙): 두부나 북어 등으로 만들어 제사상에 올리는 적이다.

니, 마치 2월이나 3월의 봄비 같다. 거두어들인 태두(太豆)를 쌓아 놓은 지 오래되었는데, 사람이 없는 것도 아니거늘 지난 20일 이후로 비가 오락가락해서 연일 햇볕이 난 때가 없어 태두(太豆) 타작을 하지 못했다. 태두(太豆) 단 속으로 비가 스며들어 필경 대부분 썩어 버렸을 터이니, 참으로 아깝다.

도사 조백익이 군에 와서 사람을 보내 안부를 물었다. 말을 빌려 타고 군으로 들어가 보니, 바야흐로 이 고을 군수와 임피 현감을 지낸 조수헌이 대작 중이라 나도 함께 끼게 되었다. 조용히 대화를 나누었는데, 본군 군수는 체찰부사(體察副使)가 홍산에 도착했다고 하여 공사 집행을 위해 먼저 나갔다.

조백익, 조임피(趙臨陂)와 대화를 나누다가 내친 김에 송노에 관해 면전에서 부탁했다. 마침 상판관, 권생원, 조판관이 와서 보았다. 도사가 또 여러 사람과 함께 이야기를 나누었는데, 도사가 먼저 나간 뒤 나도 헤어져서 돌아왔다. 권학, 조대림과는 내일 상판관의 집에서 만나기로 약속했다. 이문중도 매를 가지고 오겠다고 했다.

◎ ─ 10월 7일

일찍 밥을 먹은 뒤에 조대림의 말을 빌려 타고 그와 함께 권생원의 집에 찾아갔는데, 권생원이 술을 내와 마시게 했다. 마침 신경유도 와서 함께 이야기를 나누었다.

그리고 권학, 조대림과 함께 말고삐를 나란히 하고 상판관의 집으로 달려갔는데, 조대림이 도중에 뒤처졌다. 그는 손수 거문고를 안고 말 위에 앉아 있었는데, 말이 거문고를 보고 놀라 날뛰어 통제하지 못했다.

두어 차례 떨어질 뻔하다가 간신히 낙마를 면했으나, 거문고의 기러기 발[안족(雁足)] 16개가 모두 떨어져 나갔다. 말에서 내려 주워 모았으나, 겨우 15개만 줍고 1개는 끝내 잃어버렸다. 나는 권학과 함께 먼저 와서 길가에 앉아 그가 오기를 기다리다가 먼저 권생원의 사위 집으로 들어 갔다. 그 집에서 새로 만든 떡을 내오고 막걸리를 주기에 먹고 마셨다.

이별좌가 상판관의 집에 벌써 와 있다는 말을 듣고 우리들이 모두 상판관의 집에 갔다. 상판관의 집에서 술상을 차려 놓고 마침 이웃에 거문고를 탈 줄 아는 사람이 있다기에 그를 청해 왔다. 떨어진 기러기 발은 조대림을 시켜 즉시 아교로 붙이도록 했다. 거문고를 탈 줄 아는 사람에게 연주하도록 하고 또 피리를 불 줄 아는 관아의 사내종 종복(從福)을 불러 피리를 불게 하면서 각자 술을 권했다.

저녁 무렵에 주인이 또 자기 소실을 나오게 해서 노래를 부르도록 하니, 즐거움이 극에 달했다. 밤이 깊어 파하고 흩어졌다. 주인의 소실 은 한양에 있을 때부터 본래 노래를 잘 불렀기에, 나오게 해서 노래를 시킨 것이다. 거문고를 탄 사람도 한양 사가의 계집종으로, 거문고를 잘 타고 노래와 춤 솜씨가 뛰어나 일찍이 참의(參議) 홍혼(洪渾) 씨의 소 실이 되었는데 난리 뒤에 이곳으로 떠돌다가 지금은 권생원의 사위가 부리는 사내종의 처가 되어 손수 호미를 들고 김매는 일을 한다고 한 다. 그래서 재주 있는 사람이 상놈의 지어미가 된 것을 모두가 아까워 했다. 우리들은 자리를 파하고 권생원의 사위 집으로 와서 또 거문고를 타게 하고 피리를 불도록 하면서 노래를 주고받았다. 정사현(鄭士賢)도 술을 내어 우리에게 마시도록 했다. 정사현은 박사(博士) 정사신(鄭士 愼)의 아우인데, 그 또한 이곳에서 임시로 살고 있다. 한밤중이 지나서야 잠자리에 들었다. 집사람은 침을 맞았다.

◎ ― 10월 8일

아침 일찍 주인집에서 국말이를 만들어 대접했다. 상관관의 집에서도 이별좌에게 아침밥을 지어 왔으나, 이별좌는 먹지 않고 우리들에게 먹도록 했다. 나는 조대림과 함께 나누어 먹었다. 나와 조대림은 먼저 돌아와야 했기 때문이다. 곧 조대림과 함께 말을 타고 집으로 달려와 보니, 덕노가 어제저녁에 비로소 한양에서 내려와 있었다.

아우의 편지를 보니, 도중에 비를 만나 여러 날 체류했기 때문에 지난달 27일에야 비로소 토당의 남고성 집에 당도했는데 어머니께서 한양으로 들어가지 않으려고 하기에 아우와 함께 그곳에 머무니 안심하시더라는 것이다.

평강(오윤겸) 일행도 갈원(葛院)에 도착해서 마침 어머니의 행차를 만나 함께 진위현에 다다라 숙박했는데, 모든 일행이 그곳 현감의 식사 대접을 받았다고 한다. 그리고 도중에 큰비를 만나 일행의 옷이 모두 젖었고 어머니께 새로 지어 드린 장옷[長衣]도 다 젖어서 입지 못하셨다고 한다. 아까운 일이다. 다음 날에는 수원부에 도착했는데, 그곳 부사가 일행 모두에게 식사 대접을 해 주었다고 한다. 그리고 율전에 있는 생원(오윤해)의 집에 도착해서 그곳에서 하루를 유숙했다고 한다. 평강(오윤겸)이 먼저 한양에 들어가 하루를 묵은 다음 지난 28일에 비로소 평강현을 향해 떠나갔다고 한다. 그런데 생원(오윤해)의 편지를 보니, 하루거리가 아직도 떨어져 나가지 않았다고 한다. 참으로 걱정스럽다.

덕노가 한양에 들어갔다가 이틀을 묵고 내려왔는데, 평강(오윤겸)이 사 준 청색 장옷 1벌 옷감을 가지고 왔다. 그의 어미가 입을 옷이 없어서 사 보낸 것이다. 광노가 씨를 발라낸 솜 1근을 사서 보냈고, 평강(오윤겸)이 절인 방어 1마리와 당석(糖錫) 2되를 사서 보냈다.

집사람이 어제저녁부터 몸이 불편해서 지금까지 일어나지 못하니, 필시 감기에 걸린 것 같다. 걱정스럽다. 오늘도 침을 맞았다. 들으니, 한전부(韓典簿)가 어제 세상을 떴다고 한다. 한감찰(韓監察)이 모친상을 당한 지 얼마 되지 않았는데 또 부친상을 당했으니, 안타까운 일이다.

오후에 들으니, 남근신이 제방 기슭에서 와서 수확을 감독한다기에 곧 걸어가 만나 보고 둑 위에 함께 앉아 한참 동안 이야기를 나누었다. 마침 경담과 이중영도 지나가다가 들러서 함께 대화를 나누었다. 저녁 무렵에 돌아왔다.

◎ ― 10월 9일

아침 일찍 찰방 김덕장이 문병하러 군에 왔다가 편지를 보내 문안하고 또 하인과 말을 보내 나를 청했다. 즉시 말을 타고 들어가 보니 군수는 상동헌의 방으로 나와 김덕장을 맞고 있었다. 나도 함께 들어가 이야기하다가 마주하고 아침을 먹었다. 군수는 먼저 나갔고, 나도 김찰방과 함께 그의 사가로 나와 조용히 묵은 회포를 풀었다. 마침 남근신이 찾아와서 만났다.

김덕장이 내게 소주를 대접하고 무 6개와 새우젓 약간을 주었다. 해가 넘어간 뒤 집으로 돌아왔다. 오늘 품팔이꾼을 얻어 집안의 계집종들과 함께 이영해의 논에 심은 벼를 거두어 각각 전섬으로 4섬씩 나누었다. 저녁에 한용(韓鏞)이 지나는 길에 들러 이웃집에 유숙하기에 가서 이야기하다가 밤이 깊어 돌아왔다. 횡성(橫城)에서 태인으로 가는 길이라고 한다. 집사람은 오늘도 침을 맞았다.

◎ — 10월 10일

식전에 김찰방의 아들 김승룡(金勝龍)이 인아를 만나 보고 돌아갔다. 한양에 살 때 한동네에서 살았는데, 난리 뒤에 한 번도 만나지 못했기 때문에 와서 본 것이다. 가련한 일이다. 구운 떡을 대접해서 보냈다.

어제저녁에 생원(오윤해)의 사내종 춘이가 율전에서 들어왔다. 생원(오윤해)이 제 어미가 손에 종기를 앓고 있다는 소식을 듣고 사내종을 보내 문안한 것이다. 보내온 편지를 보니, 하루거리가 아직 떨어지지 않아 매일 혹은 하루걸러 통증이 그치지 않기에 식음을 전폐하고 자리에 누웠다고 한다. 참으로 걱정스럽고 답답하다. 때문에 근친을 하지 못하고 있다는 것이다.

허찬도 어제저녁에 들어왔다. 해미(海美)에 가서 10여 일을 체류하다가 이제 비로소 온 것이다. 그에게서 들으니, 용궁(龍宮) 숙모도 평안하시다고 한다.

집주인 최인복이 죽은 뒤 그의 처자식과 온 집안이 유배를 갔는데, 그의 아들이 애매하여 분명하지 않은 일을 적어 올리자 순찰사가 한산 군수를 임시 파견 관원으로 삼아 검시(檢屍)해서 보고하라는 명령을 내렸기 때문에 오늘 한산 군수가 친히 매장한 곳에 와서 검시를 한다고 한다.

그의 아들 최연이 와서 말하기를, "만약에 다시 무덤을 파헤쳐 검시를 한다면, 자식 된 마음에 망극함을 어찌하겠나이까? 제 부친의 죽음은 뭇사람들이 모두 아는 바이오니, 직접 가서서 무덤을 파지 않고 검시 상황을 순찰사에게 보고 드리라고 부탁해 주십시오."라고 했다. 그 간절한 심정을 뿌리치지 못해서 즉시 말을 달려 매장지에 가 보니, 이곳에서 한 식정[一息程, 30리] 떨어진 곳의 깊은 산골짝이었다.

그런데 한산 군수가 와 있지 않기에 그 까닭을 물어보니, 지금 홍산에 있다고 한다. 즉시 홍산을 향해 달려가다가 도중에 홍산에서 오는 사람을 만났다. 한산 군수가 관아에 있나 없나 물어보니, "한산 군수 나리는 지금 일 때문에 부여에 가셨습니다."라고 대답했다.

해가 이미 넘어가려고 해서 진퇴유곡이라 곧 집으로 돌아왔다. 반도 못 와서 날이 어두워졌다. 집에 당도하니, 밤이 이미 깊었고 시장기가 몹시 심했다. 우습기만 하다.

집사람은 오늘도 침을 맞았다.

◎ ─ 10월 11일

생원(오윤해)의 사내종 춘이에게 편지를 주어 돌려보내면서 살아 있는 닭 3마리를 보냈다. 암수 한 쌍은 충아에게 주어 기르게 하고 1마리는 삶아 먹으라고 했다. 집사람은 오늘도 침을 맞았다.

죽은 사내종 막정에 관해서는 이미 그 문권(文卷)을 올렸는데 보령 현감이 본래 평양에서 살았기에 전날 찾아왔을 때 말하기를, "관청을 경유해서 보내면 후일 추쇄해서 사들이도록 하겠다."라고 한 바 있었다. 그래서 그저께 입안을 작성해서 오늘 복지에게 부탁해 현감의 아들에게 전해 부친께 갖다 바치도록 했다. 보령 현감의 아들이 침 맞는 일로 복지의 집에 유숙하고 있었기 때문이다.

전날에 거두어들여 이영해의 집에 쌓아 두었던 태두(太豆)를 오늘 비로소 타작했다. 태(太)는 6말 2되씩, 두(豆)는 1말 8되씩 나누었다.

◎ ― 10월 12일

집사람은 오늘도 침을 맞았다. 그러나 단아는 어제부터 다시 아프기 시작해서 오늘은 비록 가라앉은 듯하지만 아직 완쾌하지 못했다. 조금만 찬 기운에 닿아도 바로 다시 아파한다. 인아의 처 역시 완쾌하지 못했다. 때때로 누워서 아파하는데, 음식 먹는 것도 전과 같지 않다. 답답하고 걱정스럽다.

◎ ― 10월 13일

단아가 도로 아파하면서 밤새 괴롭게 신음을 하니, 큰 걱정이다. 들으니, 한산 군수가 부여에 머물고 있다고 한다. 부여 관청에 또 일이 있는 듯하다. 최연의 간청 때문에 식사한 뒤에 말을 빌려 타고 달려가 백마강 나루터에 당도해서 들으니, 한산 군수는 어제저녁에 홍산으로 돌아갔다고 한다. 그러나 이미 여기까지 이르렀기에, 현으로 들어가서 내 이름을 알렸다. 부여 현감이 임천 군수와 한창 대화를 나누고 있다가 곧 나를 맞아들여 서로 지난 일을 이야기했다. 얼마 뒤 본도의 아사 조백익이 순찰차 도착하여 이름을 알리기에 사람을 시켜 맞아들였다. 뜻하지 않았던 상봉이라 반갑고 기뻤다. 도사는 또 임천과 부여의 두 수령을 청해 방으로 들어가 마주하고 차를 마시면서 한동안 이야기를 나누었다.

저녁 무렵에 해운판관도 와서 곧장 도사의 방으로 들어왔다. 조용히 대화를 나누다가 판관은 상방으로 나가고 도사와 나는 겸상해서 저녁을 먹었다. 날이 어두워진 뒤에 또 도사가 판관의 방으로 나아가니, 부여 현감이 맞아들여 서로 이야기를 나누었다. 밤이 깊어서야 자리를 파하고 도사와 함께 잤다.

◎ ― 10월 14일

아침에 도사와 겸상해서 아침을 먹은 뒤 판관의 방으로 나아가 임천의 삼공형(三公兄)*과 감관 등의 죄를 사면해 줄 것을 요청했다. 그래서 곤장을 치지 않겠다는 허락을 모두 얻어 냈으니, 모두 내게 와서는 기쁨에 넘쳐 감사 인사를 올렸다. 또 도사와 겸상해서 아침을 먹었다. 부여 현감은 판관과 도사를 청해서 자온대(自溫臺)*에 술상을 차렸다. 나와 진사 김복흥(金復興)도 참석했다.

백마강 나루에서부터 배를 타고 물살을 따라 내려가다가 자온대 아래에서 배를 멈추고 서로 술을 권했다. 어부에게 강을 가로질러 어망을 치게 했으나 끝내 1마리도 잡지 못했다. 우습다.

날이 저물어 내가 먼저 출발했는데, 내가 타고 간 말이 너무 말라서 걸음이 더뎠기 때문이다. 홍산에 도착하니, 한산 군수는 진사 성중

....

* 삼공형(三公兄): 각 고을의 호장(戶長), 이방(吏房), 수형리(首刑吏)의 세 관속(官屬)을 통칭하는 말이다.
* 자온대(自溫臺): 충청남도 부여에 있는 바위이다. 《삼국유사(三國遺事)》 〈남부여(南扶餘)〉 조에 따르면 이 바위는 10여 명이 앉을 수 있는 규모인데, 백제의 왕이 왕흥사(王興寺)에 예불을 드리러 갈 때 먼저 이 바위에 올라 부처에게 예를 올리거나 쉬어 갔다고 한다. 임금이 도착하면 바위가 저절로 따뜻해졌다고 하여 자온대라는 이름이 붙었다고 한다.

임(成仲任)과 함께 저녁을 들고 있었다. 내가 왔다는 말을 듣고 곧 맞아들여 함께 이야기를 나누었다. 저녁때 해운판관이 따라 들어와 취해서 누웠다가 잠시 서로 말을 주고받더니 중임과 해운판관이 이야기 도중에 취기가 올라 한동안 말다툼을 벌였다. 우습다.

나는 한산 군수와 함께 먼저 나와 관아의 숙소에 가서 잤다. 성중임도 따라와서 세 사람이 함께 잤다. 중임이 오는 20일경에 일이 있어 영암으로 내려간다고 하므로, 그곳에 사는 누이에게 편지를 써서 그편에 부쳤다. 또 부여에서 올 때 현감이 나에게 잉어 1마리를 주기에 그 사람을 시켜 먼저 집으로 보냈다.

◎ ― 10월 15일

한산 군수가 중임과 함께 노루고기와 내장을 구워먹었는데, 술 몇 순배가 돌았다. 나는 오늘이 기일이라서 그 자리에 참석하지 않았다.

느지막이 객사로 와서 한산 군수와 겸상해서 아침을 먹은 뒤 해운판관을 만나 보았다. 그러고는 다시 한산 군수가 있는 자리로 돌아와 벼 1섬, 찹쌀 2말, 게장 20마리, 생밤 5되, 모과 6개, 홍시 15개, 고리짝 1벌을 청해서 얻었다. 실로 감사하다.

또 노루고기를 부탁해서 앓고 있는 집사람에게 먹이고자 했는데, 명나라 사신이 올 때 쓰려고 말려야 하기 때문에 1마리를 통째로 얻을 수는 없었다. 머리와 등뼈를 주기에 살펴보니, 등에 붙은 살을 다 저며내서 남은 것이라곤 뼈뿐이었다. 웃을 수밖에 없었다. 덕노에게 벼 1섬을 인아 처의 계집종이 사는 곳에 갖다 맡기고 나머지 물건은 짊어지라고 했다. 곧 한산 군수와 작별하고 말을 달려 집에 당도하니, 날이 아직 저물지 않았다.

집에 와서 들으니, 집사람은 어제와 오늘 침을 맞았고 인아 처와 단아는 비록 잠잠한 듯하지만 아직 완쾌되지 않아서 가끔 아프다고 하며 음식도 달가워하지 않는다고 한다. 참으로 걱정스럽다.

또 들으니, 그저께 신상례가 익산에서 남포로 돌아가는 도중에 이곳에 들러 자고 갔다고 한다. 마침 내가 집에 없어 만나지 못했다. 매우 유감스럽다.

집주인 최인복의 파묘(破墓) 검시 문제에 대해 한산 군수에게 면전에서 극력 청탁하여 관을 파내지 않도록 했다. 다만 아전에게 세 색장(色掌)*의 겨린[切隣]*에게 진술을 받도록 했을 뿐이다. 기쁜 일이다.

또 들으니, 어제 상판관이 편지를 주면서 벼 5말을 함께 보내왔다고 한다. 그 후의가 너무 고맙다.

아침에 홍산 공방(工房)의 김한어(金漢語)를 불러 지난여름 전임 현감의 재직 당시 깨진 솥을 고치려고 보냈는데 어디다 두었는지 아느냐고 물었다. 그가 대답하기를, "이미 장인(匠人)에게 받아서 바로 찾아가시도록 공문을 발행해서 보냈습니다. 난리를 겪은 뒤라 영영 잊어버리신 줄 알았는데, 지금 찾아갈 사람이 생존해 계시니 곧 찾아갈 수 있을 겁니다."라고 한다. 기쁜 일이다.

....
* 색장(色掌): 지방의 고을에서 잡다한 일을 맡은 아전이다. 대개 각 동리에서 농사를 권장하고 죄인을 추고(推考)하며 조세와 군역 따위를 감독했다.
* 겨린[切隣]: 이두식 표기로 범죄자의 집 이웃에 살고 있는 사람을 말한다.

◎ ― 10월 16일

꼭두새벽에 인아와 허찬에게 제사를 지내도록 했다. 나는 연일 이불을 덮지 않고 잤기에 기운이 몹시 떨어져서 제사에 참석할 수 없었다. 밤새 비가 내려서, 아침에도 음산하다. 덕노에게 말을 가지고 홍산에 가서 어제 얻은 벼를 실어 오도록 했다. 저녁에 덕노가 돌아왔다.

◎ ― 10월 17일

집사람이 오늘도 침을 맞았다. 단아는 아직도 쾌차하지 못했으나, 심한 증세는 멎은 듯하다. 인아의 처는 날마다 새벽에 두통을 앓으니, 필경 학질이다. 걱정이다.

식사한 뒤에 허찬과 함께 걸어서 김익형을 찾아갔다. 마침 신경유도 와서 서로 대화를 나누다가 해가 기울어 돌아왔다. 김익형은 양지에서 어제저녁에 비로소 왔는데, 그에게 들으니 양지의 우리 집의 옛터에 사람들이 많이 들어와 살고 가을걷이도 아주 잘 되어 곡식을 넉넉하게 쌓아 놓고 매일 술을 빚어 즐긴다고 한다. 생각으로는 내년 봄에 집을 옮겨 들어가고 싶지만, 일을 주관할 종이 없고 농사지을 곡식도 없으니 모든 여건이 미치지 못하는 실정이다. 안타깝기만 하다.

날이 어두워져서 이광춘이 왔기에 술 두 대접을 마시게 했다. 이광춘은 이번에 삼수로 정배(定配)*되었는데, 자신을 인솔하는 역리(驛吏)에게 뇌물을 주고 간청해서 처를 만나 본 뒤에 떠난다고 한다. 불쌍하다.

....

* 정배(定配): 죄인을 지방이나 섬으로 보내 정해진 기간 동안 그 지역 내에서 감시를 받으며 생활하게 하던 일을 말한다.

◎ ─ 10월 18일

집사람은 오늘도 침을 맞았다. 품팔이꾼 5명을 얻어서 전에 반쯤 남긴 벼를 타작했더니, 전섬으로 3섬이다. 전에 거두어들인 벼가 16말이므로, 도합 3섬 16말이다. 지주 측에는 전섬 4섬이 갔으니, 우리의 수확량이 5, 6말 부족한 셈이다. 안타깝다. 이는 이영해의 논에서 거둔 벼이다.

저녁에 이별좌, 이진사, 성민복, 소지가 와서 보고 돌아갔다. 소지는 가까운 시일 안에 매를 사는 일로 평강에 들어가는데, 내게 미리 편지를 써 놓으라고 한다. 또 이별좌가 따로 사람을 보내 환자 벼 15말과 팥 3말을 실어 왔고 그의 아우 덕수도 벼 15말을 보내왔다. 감사하다.

◎ ─ 10월 19일

오늘은 나무를 베어다 울타리를 만들려고 했는데, 덕노가 아프다는 핑계로 일어나지 않아서 그만두고 말았다. 괘씸하다.

상판관이 김익형과 더불어 찾아왔다. 허찬에게 기르던 닭 3마리를 장에 가지고 나가 팔게 했는데, 쌀 5말로 바꾸어 왔다. 식사한 뒤에 무료해서 이복령에게 가서 바둑을 두었다. 연포 내기를 했는데, 이복령이 연거푸 세 판을 패했다. 우습다. 해가 기울어질 무렵에 돌아왔다.

◎ ─ 10월 20일

상판관이 찾아왔다. 느지막이 조백공을 찾아갔더니, 백공이 좋은 술을 내놓기에 연달아 다섯 잔을 마셨다. 매우 취했다. 금계정[錦溪正, 이대린(李大麟)]도 자리를 함께해서 서로 이야기를 나누다가 날이 저물 무렵에 돌아왔다.

돌아올 때 조군빙을 찾아갔더니, 감기가 왔다며 나와 보지 않고 아들에게 응대하게 했다. 문밖에 잠시 서 있다가 돌아오니, 날이 이미 어두웠다. 돌아오는 길에 말 안장이 기우뚱하며 풀리는 바람에 진흙 속에 떨어져 오른쪽 소매가 모두 젖어 버렸다. 어린 종이 안장을 맬 줄 몰라 내가 손수 바로잡아서 간신히 집으로 돌아왔다.

요즈음 집안에 찬거리가 없는데, 제주도에서 온 장삿배가 미역을 싣고 가까운 갯가에 와서 정박하고 있다고 한다. 허찬에게 어제 장에서 닭과 바꿔 온 쌀을 가지고 가서 미역으로 바꾸어 오도록 했더니 벌써 다 팔려 남은 게 없다면서 빈손으로 돌아왔다. 안타깝다.

오늘은 복지가 일이 생겨 오지 않았으니, 이 때문에 집사람이 침을 못 맞았다.

◎ ― 10월 21일

권생원과 조판관이 찾아왔고, 김식도 와서 조용히 이야기를 나누다가 돌아갔다. 종일 음산하다. 집사람이 침을 맞았다. 단아는 며칠 전부터 아픈 증세가 전혀 없어 먹는 것이 평상시와 같은데 맛있는 음식이 없다고 하니 답답할 뿐이다. 오늘 비로소 머리를 빗었다.

◎ ― 10월 22일

지난밤에 바람이 불고 눈과 비가 내렸는데, 지붕이 조금 하얀 정도였다. 오늘은 나무를 베어다가 울타리를 만들려고 했지만, 이 때문에 또 하지 못했다. 미루다가 지금까지 왔으니, 한심한 일이지만 어찌하겠는가.

성민복이 평섬으로 벼 1섬을 보내왔다. 이는 언명의 환자를 상환하기 위해서이니, 일찍이 언명과 약속을 했다. 그러나 상환하기에는 절반이 부족한 형편이라 편지를 써서 사내종과 말을 류선민 씨의 집으로 보내 도움을 청했더니, 거친 벼 전섬 2섬을 실어 보냈다. 소망하기는 다만 1섬이었는데 지금 2섬이나 도와주니, 후의에 깊이 감사하다. 곧 쭉정이를 날려 환자 상환량으로 되어 보니 정곡(正穀) 26말이 나왔다. 조김포가 뒷날 이 근처에서 수확할 벼를 찾아 보내겠다고 했다. 단지 토란과 김치 3사발, 마른 잎 1포대를 얻어 왔다.

◎ ─ 10월 23일

요즈음 집안에 찬으로 삼을 만한 것이 없는데, 마침 굴을 지고 와서 파는 자가 있어서 쌀 3되를 주고 바꾸어다가 저녁에 국을 끓여 함께 먹었다. 그런데 장사하는 여인의 되 크기가 두 되나 들어갈 만큼 컸으니, 비록 이렇게 큰 줄 알았더라도 사 먹지 않을 수 없었으리라. 안타깝다. 오후에 덕노에게 콩 1말 5되를 가지고 향림사로 가서 두부를 만들어 오도록 했다.

◎ ─ 10월 24일

지난밤에는 쥐덫을 놓아 쥐 2마리를 잡았다. 가을 이후에 잡은 쥐가 20마리이고, 지난봄과 여름 사이에 잡은 것이 31마리이다. 도합 51마리이니, 쥐가 끝없이 생겨난다는 사실을 알 수 있다. 또 이련(李蓮)이 청양에서 뜻밖에 찾아왔기에 연유를 물었더니 혼사 때문이라고 한다. 해운판관 조존성의 처남이 연전에 아내를 잃었으므로 우리 집에서 재취(再娶)를 구하고자 조판관이 이련을 보내 편지로 가부를 물었다.

조판관의 처남은 고인이 된 정랑 이신충(李藎忠)의 아들인데, 이름은 이영인(李榮仁)이다. 나이가 31세인데, 청양 땅에 와서 임시로 살고 있다고 한다. 혼인을 할 만하기는 하나 자식들이 모두 먼 곳에 살고 있으니 상의한 뒤에 통보할 일이라고 곧 답장을 써서 보냈다.

그런데 그 집에서는 올해 안에 혼사를 치렀으면 하는데, 형세가 대체로 미치지 않아 도저히 응할 수가 없겠다. 그러나 형세를 보아 다시 의논해서 결정할 생각인데, 집사람은 전실(前室) 자식이 둘이나 있다는 말을 듣고 절대 부당하다는 의견을 보였다.

조백공이 따로 사람을 시켜 좋은 벼 1섬을 보내왔는데, 다시 되어 보니 19말이었다. 그 후의가 너무나 고맙다. 평강(오윤겸)이 돌아간 뒤에 사람을 보냈을 텐데, 아무리 기다려도 오지 않는다. 괴이한 일이다.

◎ — 10월 25일

사내종을 시켜 신경유의 처소로 편지를 보냈더니, 거친 벼 10말을 보내왔다. 거칠어서 쓸모가 없는데, 다시 되어 보니 8말 5되이다. 쭉정이를 날리니 정곡으로는 겨우 6말이다. 언명이 이곳에 있을 당시에 신경유와 얼굴을 맞대고 환자 1섬을 꼭 갚아 주겠다고 약속한 바가 있다. 그래서 언명이 상경할 때 오로지 이 말만을 믿었는데 지금 도리어 이와 같으니, 신경유는 믿을 수 없음을 알 만하다.

우선 환자 정조 7섬을 내가 직접 싣고 가서 창고에 들였다. 군수는 마침 자리에 없었는데, 좌수 조광철이 감독하면서 단지 1섬만을 뽑아 되어 본 뒤에 그 나머지는 모두 그냥 입고하라고 했다. 이제 미납량은 2섬이고, 더 내야 할 모곡은 13말 5되이다.

돌아올 때 권생원의 집을 방문했더니, 마침 조대림도 와서 오랫동안 이야기를 나누었다. 구섭도 왔다가 얼마 지나지 않아 먼저 돌아갔다. 군수의 두 아들도 뒤따라와서 주인집에서 술을 내서 마셨다. 옆집에 사는 한양 상인도 술과 안주를 갖다 바쳐 함께 마셨다. 내일 권학이 남쪽으로 내려가는데, 그를 뒷바라지하려고 돈을 준비해서 내려왔다고 한다. 저녁 무렵에 집으로 돌아왔다.

단아가 어제부터 도로 머리가 아프기 시작해서 밤새도록, 그리고 오늘도 종일 통증이 그치지 않아 식음을 전폐했다. 아주 답답하다. 집사람은 오늘도 침을 맞았다. 복지가 일이 생긴 탓에 연달아 사흘이나 오지 않아, 오늘은 사람을 보내 불러왔다. 손에 난 종기가 더는 붓지 않았지만, 전에 부어오른 곳이 아직도 가라앉지 않는다.

◎ ─ 10월 26일

단아가 밤마다 아프다고 하니, 그 끝이 어찌 되려는지 알 수가 없다. 답답하고 걱정스러울 뿐이다. 덕노와 한복을 시켜 소와 말을 끌고 가서 울타리를 만드는 데 쓸 소나무 가지를 베어 오게 했더니, 두 번을 실어 왔다.

저녁에 김익형이 찾아왔기에 탁주 두 잔을 대접해서 보냈다. 내일 돌아가고자 해서 작별인사를 하는 것이다. 밥을 지어 대접하고 싶은 마음이 간절했으나, 반찬이 없을 뿐만 아니라 딸아이의 병세가 심하고 계집종도 학질로 누워 있어 그렇게 할 수 없었다. 안타깝지만 어찌하겠는가. 김익형은 비록 동향(同鄕)은 아니지만, 팔촌의 척분(戚分)*이 있다.

◎ — 10월 27일

바람이 불어 날이 차가워져서, 오늘도 울타리를 만들 나무를 베어 오려다가 실행하지 못했다. 다만 덕노에게 울타리를 만들도록 했다. 단아의 두통은 어제처럼 더하기만 할 뿐 덜하지 않아서, 밤새 신음을 한다. 매우 답답하다.

느지막이 이복령의 집에 몸소 찾아가 딸아이의 병세에 관해 길흉을 물었더니 즉석에서 동전을 던져 점괘를 뽑고 하는 말이, 괘효를 보니 반드시 한기가 범한 것이 틀림없으나 흉한 허물은 따로 없으니 동지가 지난 뒤에 차도가 있으리라고 한다. 이에 이복령과 함께 바둑을 두다가 저녁 무렵에 돌아왔다. 이복령의 집에서 내게 저녁을 대접했다.

덕노가 뒤쪽 울타리를 세웠으나 집 앞쪽은 솔가지가 모자라 내일 더 베어다가 만들 생각이다. 집사람이 침을 맞았다. 요새 딸아이의 병으로 말미암아 침식이 편치 않고 심려가 많아 종기가 더욱 부어올랐다.

◎ — 10월 28일

단아가 여전히 고통을 겪으면서 조금도 차도를 보이지 않는다. 아주 답답하다. 집사람은 오늘도 침을 맞았다. 덕노와 한복에게 울타리를 만들 소나무 가지를 베어 2바리를 실어 오라고 했다. 이 고을 도장(都將) 이정효(李挺孝)가 와서 만나 보았다.

언명이 보낸 이웃사람 복남이 환자 벼 5섬을 가져와서 납입했다. 집안에 찬거리가 없는데 마침 새우젓을 사라고 소리를 지르고 다니는

....

* 척분(戚分): 성이 다르면서 일가가 되는 관계를 말한다.

자가 있어서 즉시 불러왔다. 좋은 벼 1말을 주고 4종지로 바꾸었는데, 겨우 반 사발이나 되겠다. 쓰임새도 없는 새우젓 값이 이와 같으니, 다른 것도 미루어 알 만하다. 곤궁한 가운데 아침저녁을 이어 가기가 어려우니, 항차 어느 겨를에 반찬을 마련할 수 있겠는가. 아픈 아이들은 이 때문에 더욱 먹으려 들지 않는다. 답답하지만 어찌하겠는가. 금계정이 찾아왔다.

◎ ― 10월 29일

새벽부터 비바람이 치고 때로 큰비가 쏟아지면서 종일 그치지 않는다. 집에 땔나무가 없어서 걱정이다. 단아는 여전히 밤새도록 신음을 하니 아주 답답하다. 그리고 목의 좌우에 부기가 한 줄기 생겼는데, 마치 손가락과도 같았다. 딱딱하면서도 찌르는 듯이 아파서 목을 굽히지도 펴지도 못하는데, 돌아볼 수도 없는 것이 두통보다 심하다고 한다. 두통이 거듭 발생한 것도 필시 이로 말미암았으리라. 더욱 답답하고 걱정스럽다.

11월 큰달 -3일 동지, 18일 소한-

◎ ─ 11월 1일

　지난밤에 눈이 내렸다. 아침에 일어나 보니 지붕의 기와가 모두 하얗다. 바람도 몹시 차가운데, 땔나무도 없는 냉골의 집안에 앓는 아이가 있다. 돌아보면 울타리를 만들 방법도 없고 곤궁 또한 핍박하니, 탄식한들 어찌하겠는가. 단아는 여전히 고통스러워하며 조금도 나은 형세가 없이 밤새 신음한다. 몹시 걱정스럽다.

　식사한 뒤에 관청으로 가서 군수를 보았으나, 시끄러워서 차분하게 이야기하지 못했다. 다만 딸아이의 병세에 관해 물었더니, 침을 맞게 하라고 한다. 그리고 나에게 아헌으로 가서 허교수(許敎授)에게 물어보라고 한다. 곧장 아문으로 들어가 군수의 자제를 만나 보니, 허교수도 그 자리에 있었다. 딸아이의 병세에 관해 물어보니 또한 침을 맞으라고 한다. 그리고 즉시 의녀 복지를 불러 점혈(點穴)을 해 주었다. 나는 먼저 돌아오고 복지가 따라와서 좌우의 손과 발, 머리 위 모두 15여 군데에 침을 놓기에 저녁밥을 먹여 보냈다.

소위 허교수라는 사람의 이름은 임(任)으로, 침술을 배워 종기를 고치는 교수가 되었다고 한다. 그의 아버지는 바로 전악(典樂) 허억봉(許憶鳳)이다. 허임(許任)은 처신하기를 양반처럼 해서 군수의 자제들까지도 양반으로 대접하여 어깨를 나란히 하고 앉는다.

나는 처음에 그런 줄도 모르고 서로 읍을 하고 들어가 마주앉아 존칭을 썼는데, 조금도 사양하는 빛이 없었다. 물러나와 복지에게 물어본 뒤에야 비로소 그가 허억봉의 아들임을 알았는데, 너무 지나치다고 할 수 있다. 몹시 분하다.

허억봉은 피리를 잘 불어서, 나도 평소에 남고성의 집에서 피리 소리를 들은 일이 있다. 남상문은 매양 그를 불러다가 피리 소리를 들었는데, 이제 손님과 주인으로 읍하는 예를 갖추고 당에까지 올라와 마치 나와 대등한 사람처럼 접대했으니 욕을 당한 것이 가볍지 않다. 더욱 몹시 분하다. 다만 군수의 대접이 지나쳤다는 사실을 몰랐던 때문이다.

지난번에 어머니를 위해서 헌수(獻壽)*할 때 허억봉이 전악으로서 기공(妓工)*들을 데리고 남상문의 집에 와서 학춤을 추었는데, 그때 박달나무 판을 손에 들고 여러 기공들을 거느리고 관가의 뜰에서도 휠휠 춤을 추었으니, 그 아들의 사람됨을 알 만하다. 생각건대, 난리를 치른 뒤에 군공(軍功)으로 동반(東班)*의 직함을 제수받았는지도 모르겠다.

....

* 헌수(獻壽): 환갑잔치 때에 주인공에게 장수를 비는 뜻으로 술잔을 올리는 것을 말한다.
* 기공(妓工): 궁중에서 가무를 하는 창기(娼妓)와 이에 속한 악공(樂工)을 통틀어 이르던 말이다.
* 동반(東班): 양반 가운데 문반(文班)을 달리 이르던 말이다.

저녁내 날이 음산하고 흐렸다. 단아는 여전히 밤새 아파하니, 몹시 걱정스럽다. 오후에 양쪽 귀밑에서 땀이 약간 나는 듯했는데, 이 때문에 통증이 좀 줄었는지 아프다는 소리가 덜하다.

덕노가 나무를 하기 위해 말을 끌고 산에 갔다. 그가 돌아오기를 기다려서 저녁밥을 지으려는데 날이 어두워도 오지 않는다. 몹시 괴이해 하던 차에 초경(初更, 19~21시)이나 되어 돌아와 말하기를, "오는 길에 말이 실족해 물속으로 떨어졌기에, 싣고 오던 나무도 모두 물에 빠졌습지요. 이를 건져내서 흠씬 젖은 나무는 모두 버리고 그중 젖지 않은 것으로 6뭇을 골라 싣고 왔습니다."라고 한다.

내일이 동지라서 이 나무를 기다려 팥죽을 쑤려고 했던 것인데, 일이 이에 이르렀다. 안타깝다. 언명이 가려 뽑아 일을 시킨 군인(軍人) 만수(萬守)와 고동이 벼를 각각 6말씩 가져왔다.

단아의 증세는 어제저녁과 같은데, 밤부터 때때로 편안히 자기도 한다. 이제부터 조금씩 차도가 있을 것 같으니, 깊이 위로가 된다. 그러나 목이 아픈 증세는 여전하단다.

오늘은 동지이다. 팥죽 1말을 쑤어서 온 식구가 나누어 먹었다. 그러나 땔나무가 없어 겨우 나뭇가지를 주워다가 때서 끓였다. 집사람은 침을 맞았고, 단아는 날이 흐리고 눈이 왔기 때문에 침을 맞지 않았다.

덕노가 말을 가지고 가서 어제 버렸던 나무를 실어 왔기에, 집 앞쪽에 울타리를 만들도록 했다. 또 편지를 써서 눌은비에게 주어 이별좌의 집으로 보내서 앓고 있는 딸아이가 먹을 것을 얻어 오게 했더니, 이별좌가 날꿩 2쪽, 포장(泡醬), 배, 무, 흰 새우젓 1사발을 구해 보냈다. 단아는 국밥에 꿩고기를 구워서 먹었다. 두통은 비록 조금 줄었으나 목 좌우뺨에 찌르는 듯한 통증이 그치지 않는다고 하니, 걱정스럽다.

◎ ─ 11월 4일

지난밤에 눈이 내려 거의 반 자에 이른다. 단아의 증세는 어제와 같아서 아직 쾌차하지 못하고 두통도 때로 다시 일어나니 걱정스럽다. 소지가 와서 보기에 편지를 써서 군수에게 보내 약을 달일 숯을 구해 달라고 했더니, 즉시 3말을 보냈다.

◎ ─ 11월 5일

단아의 증세는 어제와 같은데, 음식은 조금 더 먹는다. 다만 맛난 음식이 없어 앓는 입에 맞지 않으니, 탄식한들 어찌하겠는가. 눈이 내려 갑절이나 추운데 차가운 구들에 땔나무도 없이 방 안에 빙 둘러앉았으니, 무료하기 짝이 없다.

이광춘이 소 1마리를 추심하는 일로 와서 한산 군수에게 보낼 편지를 받아 갔다. 최인우가 와서 보았다. 그는 최인복의 아우인데, 그의 온 집안사람들이 삼수에 정배되었다.

◎ ─ 11월 6일

단아는 어제처럼 쾌차하지 않으니 걱정스럽다. 언명이 가려 뽑아 일을 시킨 이웃 사람 전상좌와 숙석(熟石)이 환자 벼 각각 6말씩을 보내왔다. 신경유의 아들 신상건(申尙騫)이 와서 보았다. 아버지의 말을 전하면서 별감의 임무를 면하고 싶다며 내게 그 뜻을 군수에게 전하도록 했다.

덕노에게 작두와 도끼, 낫 같은 연장을 가지고 대장간에 가서 다시 만들어 오게 하고, 그 값으로 벼 2말을 주었다. 복지가 와서 집사람의 손에 난 종기에 침을 놓았다.

◎ ─ 11월 7일

환자 가운데 미납한 2섬을 친히 사창에 갖다 바쳤다. 전일에 납입한 7섬을 합쳐 모두 9섬을 다 바친 셈이다. 다만 모조(耗租)는 아직 바치지 못했다. 마침 좌수 조광철이 납입을 감독했기 때문에 말로 되어 보지도 않고 그대로 창고에 들였다. 돌아올 때 군수에게 들어가 보려고 했으나, 그가 가 있는 곳의 공사가 한창 바빠서 필시 조용하지 못하겠기에 그대로 돌아왔다.

생원 홍사고가 어제저녁에 호남에서 돌아왔다고 해서 찾아갔다. 마침 권학도 와서 서로 옛이야기를 했는데, 홍사고가 내게 큰 잔으로 술 석 잔을 마시게 했다. 택정(擇精, 홍사고)이 올 때 영암의 임경흠을 찾아가 며칠 머물렀기에, 임매가 편지를 보내왔다. 펴 보니 잘 있다고 한다. 다만 눈앞에 두고 부리던 어린 계집종 원옥(爰玉)이 뜻밖에 병으로 죽었다고 한다. 애석하다.

택정의 처소에서 단아의 먹을 것을 구했더니, 사슴고기 포 2조와 전복 3개를 주었다. 별도로 부채 3자루와 백지 10장도 얻어 왔다.

◎ ─ 11월 8일

해운판관이 군에 와서 사람을 시켜 안부를 묻기에 즉시 들어가 만나 보았다. 마침 진사 한겸과 생원 권학도 왔다. 함께 상방에서 이야기를 하다가 판관은 점심 뒤에 떠나갔다. 돌아올 때 들어가 군수를 보고 권경명과 함께 돌아왔다.

◎ ─ 11월 9일

어제저녁부터 비가 내리더니 밤새 그치지 않는다. 안개가 사방에 자욱하다. 오후에 천린(天麟)이 한산에서 찾아왔는데, 수일 전에 수원에서 내려왔다고 한다. 그편에 보낸 생원(오윤해)의 편지를 보니, 학질이 아직 떨어지지 않았다고 한다. 몹시 걱정스럽다. 언명의 편지도 왔기에 펴 보니, 어머니는 몸이 평안하신데 이번에 누이의 강한 요청으로 한양에 들어가셨다고 한다.

저녁에 평강에서 문안하러 온 사람이 들어왔다. 오는 길에 한양에 들러 어머니의 편지와 언명과 누이의 편지를 가지고 왔다. 펴 보니, 모두 무사하고 어머니는 아직 남매의 집에 계신데 마음이 매우 평안하다고 한다. 몹시 기쁘다. 평강에서는 양식과 반찬거리를 계속 구해 보낸다고 한다.

생원(오윤해)의 편지를 보니, 지금까지 학질에 차도가 없어 원기마저 아주 떨어졌다고 한다. 걱정스럽다. 이 때문에 정시(庭試)에도 가 보지 못했다고 하니, 더욱 안타깝다. 윤함도 과거시험장에 왔을 것 같은데, 지금 들으니 오지 않았다고 한다. 몹시 괴이하다.

정시에서는 20인을 뽑았는데, 직장 안종록(安宗祿)이 장원을 했고 안사눌도 합격했다고 한다. 기쁜 일이다. 안공(安公)은 내 소년시절 친구이다. 젊었을 때는 실력이 보잘것없어서 여러 번 과거에 낙방했으나 늙어서도 뜻을 게을리 하지 않고 과거만 있다고 하면 천 리를 멀다 하지 않고 쫓아가 시험을 치러 마침내 빛을 보고 이름을 얻었으니, 뜻이 있는 자에게는 일이 마침내 이루어진다고 말할 수 있다. 평강(오윤겸)은 원행(遠行)을 한 지 오래되지 않았기에 다시 관리로 움직일 수가 없어 한양에 오지 못했다고 하니, 게으르면 이루지 못한다는 사실을 또한 알 수 있다.

평강에서 보낸 물건은 날꿩 20마리, 생노루 1마리, 생방어 1마리, 생은어 25두름, 말린 꿩 10마리, 잣 20말, 백목미 3말, 꿀 8되, 생대구 2마리, 알젓 1항아리, 절인 전복 96개, 오미자 4되이다. 관아에서 보낸 물건은 말린 꿩 12쪽, 작은 문어 1마리, 내 옷감으로 보라색 비단과 남색 명주, 제 어머니가 신을 노루 털버선, 제 두 누이에게 보낼 버선감으로 노루가죽 2짝이다. 그래서 고을 군수에게 편지와 생은어 2두름을 보냈고, 의녀 복지에게도 은어 2두름과 날꿩 1마리를 보냈다. 집사람의 손에 난 종기를 고쳐 주었기 때문이다.

이별좌가 평강에 사는 사내종에게 좋은 매 1마리를 사는 일을 감독해 달라고 부탁했는데, 같은 날에 매가 도착했다. 평강(오윤겸)이 그 편에 편지를 보내면서, 또 생은어 2두름과 오미자 2되를 보낸다고 한다. 이제 평강(오윤겸)의 편지를 보니, 매를 구해 달라는 편지가 하루에도 네댓 차례 이상 오고 때로는 친히 찾아오는 사람도 많은데 비단 매의 먹이를 대기 어려울 뿐만 아니라 가는 동안 먹을 양식도 댈 수가 없다고 한다. 말문이 막힌다.

생각건대, 보낸 옷감은 필시 제 아내가 저를 위해서 준비해 둔 것이었을 텐데, 지난날 찾아왔을 때 내게 옷이 없는 것을 보고 마음이 아파 보냈으리라. 한편으로 슬프고 불쌍하다. 그러나 저도 입은 옷이 몹시 얇은데, 이 같은 바람과 눈에 혹시라도 임시 파견 관원으로 뽑혀 먼 길을 가게 될까 몹시 걱정이 된다.

보내온 꿩 2마리를 즉시 굽고 생대구 반 마리로 국을 끓여 아이들과 함께 먹었다. 오랫동안 먹지 못하다가 이런 맛있는 음식을 얻었으니, 참 다행한 일이다. 다만 술이 없으니 이것이 하나의 흠이다. 그러나 스스로 족한 줄 모르고 또 좋은 술을 바라다니, 사람의 욕심이 끝없음을 또한 알 수 있다. 오충일이 마침 와서 함께 먹었으니, 다행한 일이다.

◎ ― 11월 10일

어젯밤부터 새벽까지 비가 내리더니, 아침에도 오히려 그치지 않는다. 오후에는 비와 눈이 번갈아 내려 길이 질다. 이 때문에 충일이 체류했다.

식전에 평강에서 온 편지와 물건을 덕노를 시켜 임천 아문으로 보냈는데, 내 편지도 함께 보냈다. 또 생대구 반 마리와 알젓 1그릇을 보냈으니, 이곳에서 나지 않는 물건이기 때문이다. 또 눌은비를 시켜 생은어 20마리와 날꿩 2쪽을 소지의 처소로 보내고, 집의 노비들에게도 각각 은어를 5마리씩 나누어 주었다. 또 군수에게서 빙고(氷庫)에서 쓰다 버린 나무를 1바리 얻어 왔다.

◎ — 11월 11일

눈이 많이 내려 거의 반 자에 이른다. 소지의 계집종 편에 류선민의 처소에 꿩 1마리와 은어 20마리를 보냈다. 성민복의 처소에도 은어 15마리를 보냈다. 또 평강에서 온 사람에게 편지를 주어 이별좌에게 보내 새우젓을 얻어 오게 했더니, 이별좌가 그릇에 담아 보냈다. 전날에 한 약속이 있었기 때문이다.

오충일은 한산에 가려다가 눈이 내려 하루를 더 머물렀다. 단아는 어제부터 조금 나은 것 같더니, 오늘 저녁에 도로 머리가 아파 밤새 신음한다. 몹시 걱정이 된다. 이웃에 사는 사람들이 날꿩을 사서 나누어 먹고자 하므로, 집사람이 2마리를 즉시 내주었다. 1마리는 쌀 1말 8되를 받고, 다른 1마리는 말먹이 콩 4말을 받았다. 종일 세 곳에 편지를 쓰다 보니, 밤이 깊어서야 끝났다.

◎ — 11월 12일

어제부터 날이 몹시 춥다. 구들은 차고 이불은 얇은데, 단아는 종일 아프다고 하면서 물 한 모금 마시지 않는다. 몹시 걱정스럽다. 어두워질 무렵에 증세가 조금 덜했다.

◎ — 11월 13일

은어 12마리와 꿩 1쪽을 이복령의 처소로 보냈다. 단아의 증세가 비록 어제 아침과는 같지 않으나, 두통이 아직도 깨끗하게 낫지 않았다. 몹시 걱정스럽다.

평강에서 온 관리가 어제 이별좌의 집에 갔는데, 아직까지 돌아오지 않는다. 들으니, 이별좌가 지난날에 피난할 때 방을 얻어 살던 주인을 만났는데, 평강에서 온 사람이 매를 지니고 가서 그에게 팔려고 하느라 돌아오지 않는 것이라고 한다. 그 까닭을 모르겠다.

저녁에 홍산의 손승조가 술과 과일을 갖고 와서 마시다가 돌아갔다.

◎ ─ 11월 14일

단아의 증세에 별로 차도가 없다. 아침에 부득이 얼굴을 마주하고 청할 일이 있어서 군으로 들어가 아헌에서 군수를 만나 보고 한참 동안 이야기를 했는데, 그가 나에게 술 석 잔을 대접했다. 올 때 생원 권학에게 들렀다가 돌아왔다. 권학이 내게 새우젓 1접시를 주기에, 나는 생은어 16마리로 갚았다. 이별좌도 새우젓 1항아리와 콩 3말을 새로 보냈다.

◎ ─ 11월 15일

지난밤에 큰비가 내리더니 아침에도 그치지 않는다. 평강에서 온 사람이 이 때문에 체류하고 떠나지 못했다. 덕노도 소금을 사 오는 일로 남포에 가려다가 떠나지 못했다.

단아는 여전히 차도가 없다. 평강 사람이 돌아갈 때, 어머니가 달여서 드시던 모과차를 만들게 하려고 모과 20덩어리와 죽력(竹瀝),* 생강 1되 반을 찾아서 보냈다. 평강(오윤겸)에게 달여서 보내도록 했으니,

....

* 죽력(竹瀝): 푸른 대쪽을 불에 구워서 받은 진액이다. 성질이 차가워 중풍, 열담(熱痰), 번갈(煩渴) 등을 치료하는 데 쓰는 약재이다.

여기에는 꿀이 없기 때문이다. 어머니께 새우젓 1항아리도 보냈다.

평강에서 온 사람은 함께 온 사람이 매를 파는 일로 윤응상의 집에 머물고 있기 때문에 또한 그와 함께 3일을 머물다가 어제저녁에 비로소 돌아왔다. 윤응상은 별좌의 생질(甥姪)이고, 매를 팔려고 온 사람은 윤응상의 사내종으로 평강에 사는 자이다. 전날의 부탁이 있었기 때문에, 매를 가지고 오는 길에 따로 1마리를 더 가져와서 판다고 한다. 처음에는 비가 그치지 않아서 떠나려고 하지 않다가, 느지막해진 뒤에 비가 비로소 그쳤기에 돌아갔다.

임참봉의 계집종 복금이 난리를 피하여 그 어미와 조카 덕수와 함께 이 군내에서 살다가 기관(記官) 임무(林茂)의 화처(花妻)*가 되었다. 임무가 군수에게 죄를 지어 그의 온 집안이 도망갔기 때문에, 복금이 돌아갈 곳이 없어 여기에 온 지 이제 이미 4, 5일이 되었다.

어제 이 일로 군에 들어가 군수를 보고 임무의 죄를 용서해 달라고 간청했다. 군수가 하는 말이, 임무의 죄가 몹시 무겁기 때문에 용서해 줄 수가 없으니 원근의 일족(一族)을 모조리 잡아 족쳐야만 반드시 나타날 것이라고 한다,

◎ ─ 11월 16일

단아의 증세는 조금 나아졌으나 아직도 쾌차하지 않았다. 음식을 비록 조금 더 먹기는 하지만 역시 달지가 않다고 한다. 그러나 먹고 싶어 하는 음식은 제 어미가 백방으로 구해다 먹이면서 다만 음식 하나

....
* 화처(花妻): 천인(賤人) 출신의 첩이다.

라도 먹고 싶어 하기를 바라면서 밤낮으로 옷을 벗지 않는다. 앉으나 누우나 부축하고 안아 주면서 조금도 게으른 빛이 없이 오로지 딸의 뜻에 맞지 않을까 두려워하니, 자애로운 어미의 끝없는 은혜라고 할 만하다. 자식 된 자가 부모의 마음처럼만 마음을 쓴다면 효자 아닌 사람이 없다는 말은 이를 두고 한 것이다.

덕노가 날이 밝기 전에 남포로 떠나갔는데, 소금을 사기 위해서이다. 가는 길에 함열 안의 농촌에 들러 자고 간다기에, 날꿩 1마리, 말린 꿩 2마리, 생은어 30마리, 방어 조금을 보냈다. 함열에 사는 딸도 한집에 있다면 함께 먹을 텐데 그럴 수 없으니, 매양 반찬을 먹을 때마다 갑자기 이 생각을 하면 문득 목이 메어 오랫동안 수저를 내려놓지 못한다. 탄식한들 어찌하겠는가.

◎ — 11월 17일

단아는 여전히 차도가 없다. 들으니, 이별좌가 병이 무거워 기절했다가 다시 소생하기를 여러 번 하면서 지난날 먹어 본 포도정과를 맛보았으면 했다는데, 마침 평강에서 보내지 않았기에 이른 아침에 눌은비를 시켜 보내오지 않았다는 말을 통지하라고 하면서 난고지 1접시를 보냈다. 그러나 눌은비가 그 집에 다다르기는 했지만 이별좌가 또 기절했다가 한참 뒤에 깨어났기 때문에 말을 전하지 못했다고 한다. 계집종은 오는 길에 날이 저물어서 그 집안사람의 집에 들어가 잤다고 한다.

느지막이 이진사가 사람을 보내 편지를 전하기에 펴 보니, 이별좌의 병세가 몹시 중한데 청심환을 얻을 수가 없으니 다행히 남은 것이 있으면 보내 주었으면 좋겠다고 했다. 즉시 남아 있던 반 알을 보내 주었다.

또 소지가 사람을 시켜 편지를 보냈기에 펴 보니, "그저께 도사 조백익이 집에 왔다가 즉시 공주로 돌아가면서 이르기를, '명나라 사신이 강화에 성공하지 못하고 그냥 돌아갔으니 흉적이 오래지 않아 군사를 움직일 것이라고 했다'고 하니, 그런 까닭에 그 마을 사람들은 모두 피난 갈 계획을 세운다."고 한다. 진위(眞僞)는 확실히 모르겠지만, 만일 그렇다면 우리 일가가 단지 말 1필에 종 하나로 피난을 간다면 장차 어디로 간단 말인가. 차마 말을 할 수가 없다.

◎ ─ 11월 18일

눌은비가 들어와서 말하기를, 오는 길에 들으니 이별좌가 새벽에 별세했다고 한다. 이 말을 듣자 비통함을 이길 수 없다. 평일에 나를 대하기를 몹시 후하게 해서, 만일 구하는 것이 있으면 어려워하는 빛이 없이 응해 주었다. 비단 나뿐만이 아니라 남에게 은혜 베풀기를 몹시 후하게 했기에 사람들이 모두 감사하게 여겼는데, 이제 그 부음(訃音)을 들으니 비통하기 이를 데 없다. 지난달에 내 집을 찾은 뒤로부터 일이 생겨 서로 다시 만나지 못하고 영원히 헤어졌으니, 사람의 일이 어찌 그럴 수가 있단 말인가. 더욱 비통한 일이다.

며칠 전부터 날이 몹시 차니, 오늘이 소한이기 때문이다. 느지막해진 뒤에 지팡이를 짚고 조대림을 찾았더니, 마침 군에 들어가고 없었다. 오는 길에 성민복의 집에 들어가서 보고 한참 동안 이야기를 했는데, 그가 내게 좋은 술을 큰 잔으로 두 잔 대접했다.

◎ ─ 11월 19일

아침 식사 전에 남포에 사는 딸이 지나가는 사람 편에 편지를 보내왔다. 펼쳐 보니, 잘 있다고 한다. 진아(振兒)는 이제 비로소 일어서기도 하고 밥도 찾고 젖도 찾는다고 한다. 기쁘고 위로됨을 어찌 다 말로 하겠는가. 다만 서로 사는 곳의 거리가 하루 길밖에 안 되는데, 집안에 사내종과 말이 없어 오래도록 가서 만나 보지 못하고 있다. 뒷날 멀리 떠나간다면 소식 또한 접하기 어려우리라, 탄식한들 어찌하겠는가. 제 어미는 편지를 보고 울기를 그치지 않는다.

성민복이 시사를 지냈다며 사람을 보내 나와 허찬을 청했다. 즉시 가서 술을 마시다가 크게 취해 돌아왔다.

저녁에 주부 민우경이 한양에서 내려와 말하기를, 자방(신응구)과 함께 왔는데 자방(신응구)은 대흥에 이르러 남포로 향했고 자기는 여기에서 자고 함열로 간다고 한다.

그에게 들으니, 적의 소문이 몹시 급하기에 주상께서도 이미 떠날 채비를 차려 가까운 시일에 내전(內殿, 중궁전)을 먼저 해주로 옮길 예정이라서 사대부의 처자들도 피난 계획을 바라게 만들었으니 도성 안의 분위기가 흉흉하다고 한다. 몹시 걱정스럽다.

또 들으니, 안사눌은 거주지의 주소를 쓰지 않았기에 방을 붙이는 날에 간원(諫院)의 건의에 의해 급제자 명단에서 삭제되었다고 한다. 아주 상서롭지 못한 일이다.

◎ ─ 11월 20일

이른 아침에 진사 한용이 한양에서 내려올 때 율전에 사는 생원(오윤해)의 집에 들렀다고 한다. 생원(오윤해)이 편지를 올리기를, "학질은 덜한 것 같으나 변방의 소문이 이와 같으니, 임천에 머물러 있을 수 없습니다. 가까운 시일 안에 평강에서 반드시 사람과 말을 보내리라고 여겨지니, 모름지기 속히 올라오십시오."라고 한다. 단아가 아직 완쾌하지 않았는데 설령 사람과 말이 내려온다고 해도 형세상 버리고 갈 수 없는 일이니, 더욱 걱정스럽다.

또 들으니, 언명의 계집종 개금이 도망쳤다고 한다. 생각건대, 필시 복비(福婢)에게 구박을 받아 달아난 것이리라. 단지 계집종 하나만 있을 뿐인데 지금 또 도망갔으니, 아침저녁 식사는 어떻게 한단 말인가. 걱정이 그치지 않는다.

느지막이 말을 빌려 타고 소지의 집에 가서 만나 보았다. 잠시 이야기하는데, 나에게 술 석 잔을 대접했다. 소지와 함께 김포 조백공을 찾아보고 오랫동안 이야기했다. 피난 계획을 물었더니, 그들은 혹 배를 타고 대산(大山)이나 이산(梨山) 두 곳의 물가로 피난해 들어가겠다고 한다. 이에 대장장이를 불러 바야흐로 말편자와 화살촉[箭鏃]을 만드는 중이란다. 나에게 술을 큰 잔으로 두 잔 대접했는데, 안주는 어린 소의 갈비를 구운 것이었다. 해가 기울어서야 돌아왔다.

◎ ─ 11월 21일

단아의 증세는 이제 조금 덜하고 음식도 조금 더 먹는다. 그러나 조금만 찬 기운을 쐬면 금세 도로 아파하니, 이루 다 말할 수 없다. 요사이 날이 몹시 추워서 남쪽 강은 반쯤 얼어 사람들이 통행하지 못한단다. 전날 인아의 처가 함열로 계집종을 보냈는데, 지금까지 돌아오지 않는 것은 분명 이 때문이다.

아침 식사 뒤에 류선민이 찾아왔다가 그길로 이별좌의 성복하는 곳에 간다고 한다. 오늘은 이문중의 성복날이다. 처음에는 가서 조상 (弔喪)하려고 했으나, 덕노가 오지 않았다. 사내종과 말을 얻을 길이 없으니, 뜻은 있어도 실행할 수가 없다. 평일에 서로 잘 지내던 정의(情義)가 어디에 있단 말인가, 한탄한들 어찌하겠는가.

또 들으니, 그 집에 전염병이 크게 번져 그 손자도 바야흐로 앓아누워 아파하고 온 집안에 자리보전하는 자들 역시 많다는데 문중이 죽은 것도 이 때문이라고 한다. 그런 까닭에 류선민도 그 집에는 들어가지 않고 밖에서만 조상하고 돌아온다고 한다.

뒤꼍에 사는 진남 어미의 집에 닭이 8마리 있었는데, 그저께 밤에 도둑이 몰래 들어와 모두 훔쳐 가고 1마리도 남기지 않아 진남 어미가 울기를 그치지 않는다고 한다. 애석한 일이다. 닭 1마리 값이 쌀 2말이 넘으니, 8마리 값은 쌀 16말이다. 울어 마땅하다.

◎ ― 11월 22일

단아가 아침에 만두를 먹자마자 갑자기 전날에 아프던 두통이 다시 일어나 몹시 아파하고 괴롭게 신음을 하며 먹었던 것을 다 토해 냈다. 말도 분명하게 하지 못하니, 몹시 걱정스럽다.

허찬은 일이 있어 한산에 갔다. 느지막이 서천 군수 한공술(韓公述)이 사람을 보내 안부를 묻고 그편에 꿩 1마리를 보냈으니, 후의에 깊이 감사하다. 그리고 또 이별좌의 집으로 보낸 매를 찾으니, 이는 내가 값을 받고 내준 사실을 모르는 까닭이다. 이제 별좌가 죽었다고 들었으니, 반드시 내가 도로 찾아왔다고 여기는 것이다. 하지만 이 고을 군수가 이미 빌려 갔다고 하니, 형세가 난처하게 되었다. 즉시 이런 내용으로 답장을 써서 보냈다.

어제저녁에 덕노가 소금을 사 가지고 돌아왔다. 딸의 편지를 보니, 잘 있다고 한다. 또 게장 5마리와 생전복 10마리를 보냈다. 유자정과도 조금 보냈는데, 병중인 단아가 먹도록 하기 위해서이다.

식전에 이복령이 벼 1섬을 사서 보냈으니, 이는 내 어려운 형편을 도와주기 위해서이다.

◎ ― 11월 23일

덕노에게 최인복의 밭에서 자란 콩을 타작해서 각각 13말 5되씩을 나누도록 했다. 이는 지난해에 비해 절반도 되지 않는다. 한탄스럽다.

느지막이 무료해서 혼자 말을 타고 조대림과 권경명을 찾았으나 모두 집에 없었다. 또 택정의 집에 들어갔더니 마침 진사 이중영이 와 있었다. 함께 이야기하고 있는데, 여의 복지가 술 2병을 가져와서 각각 큰 잔으로 네댓 잔씩 마시다가 저녁때에 돌아왔다. 이진사에게 들으니, 이문중의 증세는 전염병이 아니라 상한(傷寒)*과 범색(犯色)*이었다고 한다. 높은 열이 거듭 났지만 치료하지 못했으니, 정실(正室)에게서 범색했다고 한다.

인아 처의 계집종 막비(莫非)가 함열에서 막 돌아왔다. 강물이 반밖

....
* 상한(傷寒): 밖으로부터 오는 한(寒), 열(熱), 습(濕), 조(燥) 따위의 사기(邪氣)로 인하여 생기는 병을 말한다.
* 범색(犯色): 함부로 성행위를 하는 것을 말한다.

에 얼지 않아 사람들이 통행할 수 없어 나루터에서 자고 난 뒤에 겨우 건널 수 있었다고 한다. 김백온이 편지를 보내 문안했다. 한양에 갔다가 무사히 돌아왔다고 한다.

◎ ─ 11월 24일

꼭두새벽부터 눈이 내리다가 느지막이 비로소 그쳤다. 해가 오늘부터 길어지기 시작한다. 단아의 증세는 아프고 덜한 것이 일정치 않아 끝내 완쾌할 기약이 없다. 몹시 답답하다. 계집종을 이진사의 처소로 보내 오이지와 절인 무[沈菁]를 구해 오도록 했다. 앓는 딸아이가 이를 맛보고 싶어 하기 때문이다.

◎ ─ 11월 25일

단아의 증세는 여전하다. 머리카락을 여러 달 빗지 않은데다가 묶은 채 풀지 않았기 때문에 이가 득실거려 자신의 손으로 이를 잡아 그릇에 던지는데, 그 마릿수를 헤아리지 못하겠다. 이 때문에 머리카락 주변이 헐어 그 괴로움을 이기지 못한다. 가련하다.

아침에 계집종을 홍생원의 처소로 보내 절인 무 한 사발을 얻어 오게 했다. 병든 딸아이가 이것으로 물만밥을 조금 먹었다. 요새 집사람은 10여 일 동안 침을 맞지 않아서 손에 난 종기에 도로 부기가 생겼다. 이에 복지를 불러 침을 놓게 한 뒤 큰 잔으로 술 두 잔을 먹여 보냈다.

환자 가운데 모곡을 아직 바치지 못해 아전이 날마다 와서 독촉한다. 그래서 어제 군수에게 편지를 했더니 회답하기를, 줄여서 없애도록 하겠다고 한다. 그래서 아침에 덕노를 세금을 담당하는 곳으로 보내 이 뜻을 알리고 재촉하지 말라고 전하도록 했다.

◎ ― 11월 26일

덕노에게 막비를 데리고 남당진에 가서 강을 건네주고 돌아오도록 했다. 내일 인아의 처가 함열에 간다기에, 먼저 김봉사에게 통지해서 내일 아침에 사내종과 말을 나룻가에 보내 기다리도록 하기 위해서이다. 또한 이곳에서는 남의 말을 빌려 나룻가까지 전송할 작정이다.

식사한 뒤에 군으로 들어가 군수를 보고서, 내일 신부가 돌아가는데 무사히 건널 수 있도록 남당진의 뱃사공에게 아전을 보내서 부탁해 달라고 청했다.

이진사가 편지를 보내 나를 청하기에 갔더니, 별감 신몽겸이 먼저 와 있었다. 홍생원과 조판관도 뒤따라 이르렀다. 이에 술자리를 마련했는데, 홍생원도 술과 떡과 안주를 장만해 왔으니 몹시 풍성한 차림이었다. 오늘이 바로 이진사의 생일인데, 홍생원의 딸이 그 집 며느리가 되었기 때문에 마련해서 바친 것이다.

서로 술잔을 주고받노라니 몹시 취하고 배가 불렀다. 어두워질 무렵에 내가 먼저 작별하고 돌아오려는데, 소고기 구이 3곳을 싸 주며 앓고 있는 딸아이에게 먹이라고 했다.

◎ ― 11월 27일

이른 아침에 남의 말을 빌려 인아와 그의 처를 함열로 떠나보냈다. 덕노는 소금을 사는 일로 한산에 갔다. 향비가 남당진까지 가서 그들이 강을 건너는 것을 전송하고 돌아왔다. 단아는 어제부터 도로 아프니 걱정스럽다.

어두워진 뒤에 자방(신응구)이 남포에서 들어왔는데, 익산에 가서 근친하려고 한다. 그에게 한양 소식을 자세히 들었다. 그는 밤이 깊어서야 자러 갔다. 그가 소금 4바리를 실어다가 여기에 쌓아 두었는데, 그것을 익산으로 실어 가서 피난 갈 때 필요한 물건을 살 작정이라고 한다.

◎ ― 11월 28일

이른 아침에 자방(신응구)이 출발해서 남당진으로 향했다. 무수포가 반쯤 얼어 배가 없어서 건널 수 없기 때문이다. 천린이 한산에서 와서 묵었는데, 내일 수원으로 향한다. 밤에 편지를 써서 평강(오윤겸)과 생원(오윤해)에게 보내고, 또 어머니께도 올렸다. 날이 몹시 차다. 자방(신응구)이 무사히 강을 건너 익산에 도착했는지 모르겠다.

◎ ― 11월 29일

이른 아침에 천린이 떠났다. 한복은 전날 생긴 다리 위의 종기 때문에 걷지 못하므로, 허찬이 그저께 혼자 왔다. 그러나 한복을 그냥 내버려 둘 수가 없어서, 간신히 이복령의 처소에서 말을 얻어다가 또 허찬으로 하여금 말을 가지고 가서 데려오도록 시켰다.

◎ ― 11월 30일

복지가 와서 집사람의 손에 난 종기에 침을 놓았으므로, 큰 잔으로 술 석 잔을 먹여 보냈다. 저녁에 어떤 사람이 곶감 1접을 가져와서 병아리를 구하기에, 즉시 바꾸어서 앓고 있는 딸아이에게 주었다. 먹고 싶어 했기 때문이다.

12월 작은달-4일 대한, 8일 납일(臘日), 19일 입춘(立春) -

◎ — 12월 1일

어떤 사람이 원통한 일 때문에 와서 청하기를, 나에게 군수에게 들어가 만나 보고 뜻을 전해 달라고 했다. 저녁에 관청으로 들어가 군수를 보고 그 일을 자세하게 말했더니, 원하는 대로 해 주겠다고 대답했다. 그리고 내게 술 석 잔을 대접하고 돌려보냈다.

◎ — 12월 2일

상판관이 와서 보았다. 집에 막걸리가 있기에 큰 잔으로 석 잔을 대접했다. 눈이 내리는 탓에 내게 삿갓과 우비를 빌려서 돌아갔다. 최인우도 와서 보았다.

◎ — 12월 3일

눈이 내렸다. 올해의 추위는 혹독하니, 근년에 없던 일이다. 하루도 눈이 내리지 않는 날이 없다. 집에 땔나무가 없고 방구들은 찬데다가 이불은 얇으니, 밤에 잘 때마다 그 괴로움을 이루 말할 수 없다.

단아의 증세는 비록 조금 덜한 것 같으나, 머리 가득 종기가 나서 터져 고름이 흐르며 이가 머리에 그득해서 괴로움을 견디지 못한다. 이에 종기 난 자리의 머리털을 자르니 머리털이 거의 없는 형편이다. 끓인 물로 머리를 감기고 더러운 때를 씻기다가 말았다. 원기가 몹시 약한 터에 이제 큰 병을 만나고 보니 파리함이 더욱 심해졌다. 비록 지금부터 아주 낫는다고 하더라도 몇 달 안에는 제 모습을 찾지 못하겠다. 슬프고 불쌍함을 이겨 낼 수 없다.

◎ ─ 12월 4일

이른 아침에 영암에 사는 임경흠의 조카 임현(林晛)*이 한양에서 내려오다가 어제는 홍사고의 집에서 자고 아침에 찾아왔다. 뜻밖이지만 만나 보니 기쁘고 위로가 된다. 그러나 갈 길이 바쁘다고 해서 잠시 이야기하며 술 석 잔을 대접해 보냈다. 집사람에게 편지를 써서 누이가 사는 곳에 보내도록 했으니, 나는 손님을 대접하느라고 겨를이 없었기 때문이다.

조백남(曺百男)도 함께 왔는데, 그는 임경흠의 사촌 매부 도사 조기서(曺麒瑞)*의 아들이다. 임현에게 한양 소식을 들었는데, 명나라 사신은 아직 바다를 건너가지 않았다고 한다. 지난번에 변란 소식을 처음

....
* 　임현(林晛): 1569~1601. 오희문의 매부인 임극신의 조카이다.
* 　조기서(曺麒瑞): 1556~1591. 오윤겸 등과 함께 파산(파주)에서 성혼(成渾)을 사사했다. 의금부 도사에 제수되었으나 나아가지 않았다.

들었을 때 사대부의 처자들이 미리 세워 놓은 피난 계획에 따라 강원도를 향해 간다고 했는데, 중도에서 토적(土賊)*을 만나 해를 입은 자가 많았다고 한다. 이들은 모두 조정에서 기른 포수와 살수(殺手)*들로, 도둑이 된 자들이라고 한다. 만일 변란이 생기면 반드시 토적에게 약탈을 당할 것이라고 하니, 말문이 막힌다.

들으니, 한양에 있는 포수와 살수들은 모두 무뢰배로 먹을 것을 얻기 위해 붙어 있는 자들인데 그 숫자가 거의 3천여 명에 이른다고 한다. 이들은 적을 막으려는 것이 아니라 도리어 우리 백성을 죽일 염려가 있다고 한다. 만일 주상께서 도성을 버리고 서쪽으로 거둥하는 날이면 한양은 토적의 소굴이 될 것이며, 피난하는 선비들이 만일 미리 깊숙이 들어가지 않는다면 반드시 이 무리들에게 화를 당할 것이라고 한다. 탄식한들 어찌하겠는가. 저녁에 자방(신응구)이 익산에서 돌아왔는데, 어제는 은진에서 자고 오늘은 이곳에 도착해서 잤다.

◎ ─ 12월 5일

자방(신응구)이 이른 아침에 남포 농장으로 떠났다. 날이 몹시 차서 걱정이다. 자방(신응구)에게 들으니, 윤겸이 지난달 보름께 와서 우계를 만나 뵙고 돌아갔다는 말을 은진 현감의 자제들에게 들었다고 한다. 조군빙의 큰아들 조박이 와서 보았다. 한산 군수에게 청할 일이 있다면서 내 편지를 받아 가지고 돌아갔다.

....
* 　토적(土賊): 특정 지방을 중심으로 일어나는 도둑 떼이다. 토구(土寇)라고도 한다.
* 　살수(殺手): 창검(槍劍) 등을 사용하는 보병(步兵)이다.

저녁에 윤함이 황해도에서 들어왔다. 오랫동안 소식이 끊겼다가 갑자기 만났으니, 온 집안 식구들이 모두 기뻐했다. 아들이 말하기를, 그의 처자식도 모두 무사하고 올 때 한양에 들러 어머니를 뵈었으며 율전의 생원(오윤해)도 모두 잘 있다고 한다. 방 안에 둘러앉아 서로 마주보며 이야기하느라 밤이 이미 깊었다.

◎ — 12월 6일

어제 두부를 만들 콩 2말을 보광사로 보내 두부를 만들어 왔다. 다만 그 양이 몹시 적어 괘씸하다. 종일 무료해서 아이들과 함께 방 안에 둘러앉아 이야기했다.

◎ — 12월 7일

갯지가 평강에서 사람과 말을 데리고 왔다. 윤겸의 편지를 펴 보니, 잘 있다고 한다. 들으니, 강화가 이루어지지 않아 풍진(風塵)이 조만간 다시 일어날 터인데 만일 변란이 생긴다면 길이 막혀 소통하지 못할 터이니 이 때문에 사람과 말을 보냈다는 것이다. 그러나 날이 이렇게 차고 단아의 병도 아직 완쾌되지 않았으니, 이것이 걱정이다.

하지만 지금 올라가지 않으면 사람과 말을 다시 얻어 보내기 어려울 터이니, 대엿새만 서서히 살펴보다가 보름께 떠날 작정이다. 백미 3말, 기장쌀 2말, 날꿩 13마리, 약과, 중배끼, 잣떡을 싸서 각각 조금씩 상자 하나에 담고 소주 4병과 메밀가루 등의 물건을 구해 보냈다.

◎ ― 12월 8일

군에 들어가 군수를 만났다. 마침 한겸, 홍사고, 조대림도 와서 함께 아헌에서 이야기했다. 군수가 우리들에게 술을 대접했는데, 이 기회에 윤함이 산 계집종의 문서를 달라고 해서 돌아왔다. 또 아침에 평강에서 보내온 사람을 함열에 사는 인아의 처소로 보내, 내일 와서 형을 보고 한양에 올라갈 일을 의논하라고 했다.

◎ ― 12월 9일

이복령, 성민복, 신몽겸이 와서 보았다. 구운 꿩고기를 대접하고 또 소주를 냈다. 관비 복지도 술을 가져와 우리들을 대접했다. 이복령에게는 물만밥을 대접했으니, 그가 술을 마시지 않았기 때문이다. 바둑을 두다가 저녁 무렵에 헤어졌다.

저녁에 인아가 왔고, 덕노도 한산군에서 소금을 팔아 가지고 들어왔다. 올 때 진잠 현감(이창복)에게 들러서 편지를 바쳤더니, 벼 1섬, 백미 3말, 찹쌀 1말, 메밀가루 2말, 메주 2말, 곶감 1접, 조기 2뭇, 대추 3되, 백지 1뭇, 법유(法油)* 1되를 구해 보냈다. 자방(신응구)이 준 소금 13말을 팔았더니, 쌀이 12말 6되이다.

◎ ― 12월 10일

이른 아침에 두 아들과 함께 출발했다. 두 아들은 곧장 남포로 가고, 나는 한산 군수를 만나려고 한산으로 향했다. 중도에 들으니, 한산

....
* 　법유(法油): 들기름이다. 임유(荏油)라고도 한다.

군수가 아침에 홍산에 갔단다. 이에 이별좌의 집에 들어가 조상하려고 마음먹었는데, 또 들으니 그 집에 전염병이 바야흐로 한창 번져 그의 아우 덕수가 지금 괴롭게 앓는다고 한다. 그래서 하는 수 없이 윤응상을 만나 잠시 이야기했는데, 나에게 술을 대접해 주었다. 그리고 며느리에게 나와서 뵙게 하니, 그녀는 바로 처사촌 평양수의 딸이다.

나와서 홍산으로 향해 꾸불꾸불한 험한 길을 거쳐 겨우 홍산에 도착했더니, 한산 군수는 아직 오지 않았다. 몹시 민망스럽다. 마침 지난날 내가 이곳에서 남포로 왕래할 적에 한산 군수가 준, 위아래의 식사를 대접하라는 첩지(帖紙)가 주머니 속에 있어서 장무에게 보였더니 위아래의 식사를 대접해 주었다.

저녁에 한산 군수가 뒤미처 와서 함께 아방(衙房)에서 자는데, 마침 김계(金戒)도 와서 함께 잤다. 김계는 바로 언명의 처족으로, 조영연의 동서이다.

◎ ― 12월 11일

먼저 허찬을 한산으로 보내 비자(婢子, 계집종)의 신공을 받는 일로 패자를 받아 오게 했다. 한산에서 첩으로 써서 준 물건은 미역 2동, 새우젓 5되, 뱅어젓 5되, 준치 3마리, 조기 2뭇이었다. 허찬에게 받아 오게 했다. 또 홍산에서 첩지를 쓰고 내준 물건은 백미 3말, 콩 2말, 참기름 1되, 감장 2말, 간장 2되, 밤 5되, 홍시 10개, 숯 1섬이었다. 사내종에게 인아 처가의 계집종 처소에 맡겨 두도록 했다.

느지막이 남포로 출발해 큰 고개를 넘고 큰 내를 네댓 군데 건너서 날이 어두워질 무렵에야 겨우 함열의 자방(신응구) 집에 도착했다. 들어가서 딸을 만나 보고 자방(신응구)과 두 아이와 함께 방 안에 둘러앉아 밤늦도록 이야기하다가 잠자리에 들었다. 중진을 보니 단정하고 예쁜데다가 비로소 말을 배우기 시작하고 일어선다. 몹시 귀엽다. 신응구가 진업이라고 부르다가 이제 처음 이름으로 다시 고쳤다.

◎ ― 12월 12일

늦게 아침을 먹은 뒤에 두 아들과 함께 딸과 작별하고 길을 떠났다. 딸을 보지 못한 지 이제 대여섯 달이 되었건만 어제 어두워서 들어왔다가 오늘 아침에 도로 작별했다. 우리 일가가 한양으로 올라간 뒤에 이 집도 설을 쇠고 상경했다가 황해도로 간다고 한다. 그렇다면 후일 서로 만나기를 기약할 수 없으니, 어찌 슬프지 않겠는가. 오늘 와서 보았지만 또한 갈 길이 바빠 하루도 머물지 못하고 떠나니, 다시 볼 수 없을 듯하기에 마음이 울컥해서 눈물을 훔치며 돌아왔다.

어제 왔던 길을 되짚어 저녁 무렵에 홍산에 도착하니 한산 군수는 이미 이 고을에 돌아와 있었다. 저녁밥은 단지 나 한 사람분만 관청에서 준비해 대접해 주었다. 두 아이는 부득이 전날 받아 둔 쌀로 인아의 처갓집 계집종의 처소로 가져가 밥을 짓게 했으니, 밤 이경이었다. 관아의 방에서 따뜻하게 자니 다행이다.

◎ ― 12월 13일

우리가 가져온 쌀로 아침을 지어서 먹었다. 지난날 대장장이에 맡겨 둔 말편자 73개를 겨우 되찾았는데, 절반은 훔쳐 쓰고 돌려주지 않았다. 밉살스럽다. 또 깨진 솥을 고치는 일은 전임 공방 김한어의 차지

(次知)[*] 호주(戶主) 김백은이(金白隱伊)가 맡았는데, 아직도 고치지 않았다고 한다. 그래서 버려두고 그냥 돌아왔다.

한낮에 임천 집에 당도했다. 들으니, 단아가 어제부터 도로 두통을 얻어 밤새 괴롭게 신음하다가 지금은 잠시 덜한데 아직 완쾌하지 못하고 음식도 전혀 먹지 않는다고 한다. 길 떠날 날은 이미 임박했는데 병세가 또 이러하니 몹시 걱정스럽다. 며칠 전부터 날이 조금 화창해서 기쁘다.

◎ ─ 12월 14일

한산 군수가 군에 도착하여 사람을 시켜 나를 청했다. 즉시 윤함과 함께 군으로 들어가니, 한산 군수가 이 고을 군수와 함께 동헌에 앉아 있기에 이야기를 하고 다담(茶啖)[*]을 마주했다. 또 점심을 마주한 뒤 한산 군수가 먼저 떠나고 나도 윤함과 함께 돌아왔다.

소지가 마침 왔기에, 큰 잔으로 소주 넉 잔을 대접해서 보냈다. 덕노에게 소금을 팔도록 해서 쌀 12말 5되를 받아 왔으니, 길을 가는 데 양식으로 쓰기 위해서이다.

◎ ─ 12월 15일

날이 밝기 전에 급히 조백익의 집을 찾았더니, 소지가 먼저 와 있었다. 어제 약속했기 때문이다. 올라갈 때 여러 고을에서 잘 수 있도록 개인적인 편지를 써 주기를 청했더니, 조백익이 대흥과 신창(新昌) 두

....

*   차지(次知): 각 궁방의 일을 맡아 보는 사람, 또는 벼슬아치의 집일을 맡아보는 사람을 말한다.
*   다담(茶啖): 지방 관아에서 사신을 접대하기 위하여 차려 내는 다과(茶果)이다.

고을 현감 앞으로 편지를 써 주었다.

　돌아올 때 류선민을 찾아보고 한참 동안 이야기했는데, 나에게 술 석 잔을 대접했다. 조백익도 나에게 술을 주고 아침밥도 대접했다.

　저녁에 허찬이 한산에서 계집종을 잡아와서는 날더러 그 계집종을 때리라고 했다. 이에 즉시 결박해서 거꾸로 매달고 발바닥을 50, 60대 때린 다음 입고 있던 장옷과 속치마를 벗기게 했다. 지난날 허찬이 몸소 찾아갔을 때도 전혀 만나 주지 않고 또한 신공도 바치지 않고 피해 다니면서 나타나지 않다가, 몹시 미워서 한산 군수에게 청을 해서 그 주인과 접촉한 뒤에야 비로소 나타난 것이다.

　황사숙이 일본에서 이미 부산에 도착했는데, 지금 그 장계(狀啓)를 보니 명나라 사신이 빨리 올지 더디게 올지 알기 어려워서 일부러 머물러 있으면서 그가 돌아오기를 기다렸다고 한다. 또 말하기를, "일본에 있을 때 들으니 청정은 올겨울에나 나온다고 했다"고 한다. 또 먼젓번에는 평행장이 박대근(朴大根)에게 이르기를, "청정이 비록 급히 가고자 하나 모름지기 병기(兵器)도 수선하고 양곡도 마련해 가야 하므로 이를 수습해서 출발하려면 시일이 필시 많이 걸릴 것이니 마땅히 1월이나 2월 사이에 나가리라고 했다"고 한다. 그러면서 적들이 다시 오고 안 오는 것은 지금 비록 확실히 알 수 없으나 그 형세 또한 일제히 내년 봄을 넘지지 못할 것이므로, 짐짓 행장이 오는 것을 탐지한 뒤에 다시 장계를 올리겠다고 했다는 것이다.

◎ ─ 12월 16일

단아의 병세에는 조금도 차도가 없어 종일 괴로워한다. 떠날 날이 이미 임박했는데 아무런 계책도 없으니, 몹시 걱정이다. 덕노와 갯지에게 쌀 15말을 싣고 한산의 장에 가서 패랭이 35개를 사 오게 했다. 또 황랍 8냥을 쌀 7말로 바꾸어 모두 패랭이를 사 오도록 했다.

◎ — 12월 17일

인아가 먼저 함열에 갔다. 만일 온 가족이 한양으로 올라가려면 사내종과 말 없이는 필경 떠날 수 없기에 먼저 보낸 것이다. 우리 일가가 올라간 뒤에 즉시 사람과 말을 모두 내려보낼 계획이다. 또 소지를 불러 단아가 쓸 토끼털 목도리와 귀마개를 만들도록 했다. 단아가 오늘은 조금 덜하니 기쁘다. 다만 아프고 덜한 것이 일정하지 않고 또 음식을 들지 못하니 몹시 걱정이다.

오후에 관아에 들어가서 군수를 만나 보고 올라갈 뜻을 말하면서 첫날 일정에 쓸 사람과 말을 빌려 달라고 청했더니, 마땅히 관청 말을 빌려 주겠다고 허락했다. 기쁘다. 군수가 이내 조촐한 술자리를 열어 전별의 뜻을 표하겠다고 했다. 돌아올 때 생원 홍사고에게 들러 이야기를 하다가 돌아왔다. 들으니, 이별좌의 아우 덕수가 지난 12일에 전염병으로 죽었다고 한다. 몹시 슬픈 일이다. 두어 달 안에 형제가 모두 죽었으니, 참혹한 일이다.

또 들으니, 진사 이중영의 첩은 바로 평강 출신 기생으로 지난가을에 진사와 다투었는데 진사가 홧김에 공주에 사는 그의 동생 집에 버렸다고 한다. 그런데 이진사가 첩이 보고 싶어 혹시 오지 않을까 해서 그녀에게 사내종을 보내 자신이 병들어 죽었다고 거짓말을 하도록 했다. 이에 첩이 슬퍼하며 소복 차림으로 머리를 풀고서 통곡하면서 이곳에 왔다고 한다. 그런데 마침 그녀가 오던 날이 우리 군의 장날이었으니, 그녀가 곡을 하며 장터 안을 지나가자 사람들이 모두 괴이하게 여겼다고 한다. 그러다가 길에서 아는 사람을 만나 비로소 그 말이 거짓임을 알았다고 한다. 매우 우스운 일이다.

신경유가 와서 보았다.

◎ ― 12월 18일

아침 식사 뒤에 조군빙에게 가서 작별하니, 그가 내게 소주를 대접했다. 올 때 조백공의 집에 들렀으나, 마침 집에 없어서 그냥 돌아왔다. 소지의 아내가 떡을 만들어 가지고 와서 집사람을 보았다. 모레 올라가기로 했기 때문이다. 소지가 패랭이 14개를 보내 노자에 보태라고 했다.

저녁에 이중영의 집에 갔더니, 그는 술에 취해 누워 일어나지 못한다며 그 아들인 이장(李檣)이 나와서 접대했다. 성민복과 조응개가 와서 보았다. 집사람이 경사(經師)*를 불러다가 경(經)을 읊어 잡귀를 쫓게 했으니, 딸의 병 때문이다. 비록 헛일인 줄 알지만 급박한 가운데 형세상 말릴 수가 없으니, 탄식한들 어찌하겠는가.

◎ ― 12월 19일

내일은 떠나야 한다. 두 사내종과 허찬에게 행장을 꾸리게 했다. 성민복이 말먹이 콩 2말을 보냈으니, 몹시 감사하다. 소지가 와서 보았

....
* 　경사(經師): 경(經)을 읽어서 악귀를 쫓는 무당이다.

다. 류선민의 아내가 떡을 만들어 보내서 전별했다.

오후에 군에 들어가 군수를 보고 사내종 만억을 데리고 갈 것을 청하여 승낙을 얻었다. 군수가 내게 술과 떡을 대접했다. 오늘이 바로 입춘이라서 관청에서 술과 반찬을 만들어 대접하는 것이다. 그리고 군수가 첩으로 써서 쌀 4말, 조기 1뭇, 새우젓 5되, 감장 2되, 간장 2되를 주었으니, 후의에 몹시 감사하다. 또 조희윤이 말먹이 콩 2말과 감장 반병을 보냈다. 저녁에 성의숙이 술과 과일을 가져와서 마시는데, 마침 홍사고가 와서 함께 먹어치웠다. 어두워진 뒤에 자방(신응구)이 사내종을 보내 문안했다. 딸의 편지를 보니, 무사하다고 한다. 기쁘다. 떡을 만들어 보내와서 집사람이 위아래 이웃사람에게 나누어 주었다. 또한 들으니, 임소열(任小說)*이 김제 군수로 부임한 지 열흘도 못 되어 파직을 당해 온 가족이 도로 남포현으로 돌아갔는데 임천 군수의 일가족과 임면부의 처자식 역시 따라갔다고 한다. 이같이 심한 추위에 오래지 않아 북쪽으로 가야 하니, 탄식한들 어찌하겠는가.

◎ ─ 12월 20일

이른 아침에 이중영과 복지가 술과 과일을 가져와서 전별했는데, 소지도 왔다. 위아래 이웃사람들도 모두 와서 보았다. 단아는 조그만 교자(轎子)에 휘장을 치고 담요를 깔고 탔다. 느지막이 온 집안 식구들이 떠났는데, 나는 군수가 빌려 준 공마(公馬)를 탔다. 중도에 이르러 집

....

* 　임소열(任小說): 임태(任兌, 1542~?). 자는 소열이다. 오희문의 처사촌 여동생의 남편이다.
　　영유 현감, 연기 현감 등을 지냈다.

사람이 탄 말의 짐짝이 기울어져 사람들이 미처 부축하기도 전에 떨어졌으나 다치지는 않았다.

부여 땅의 도천사에 이르니, 아직 해가 기울지 않았다. 따뜻한 방에 들어가 잤다. 단아는 점점 차도가 있다. 절에 도착해서 교자에서 내려 방으로 들어가는데, 부축을 받지 않고 혼자 걸어서 들어간다. 그 기쁨을 어찌 이루 다 말하겠는가.

떠돌다가 임천에 와서 산 지가 벌써 4년이나 되어 이제 비로소 북쪽으로 돌아간다. 출발에 임해 모두 슬픈 생각에 젖었으니, 인정이 어찌 그러하지 않겠는가. 옛사람이 이르기를, "뽕나무 아래에서 3일 동안 자고 난 뒤 어찌 연연함이 없을까?"*라고 했으니, 하물며 내가 오랫동안 여기에서 살았음에랴.

집에서 먹인 개가 3마리인데, 제일 큰 놈은 암캐로 이름이 흑순(黑脣)이다. 그다음은 수캐로 이름이 미백(尾白)이다. 작은놈의 이름은 족백(足白)이다. 그런데 흑순이가 도로 돌아가서 쫓아오지 않기에, 10리쯤 가다가 덕노를 예전에 살던 집으로 보내 끌어 오도록 했다. 그런데 덕노기 돌아와서 말하기를, 그 개가 오려고 하지 않기에 목줄을 채워 끌어 보았지만 끝내 따라오지 않아 부득이 소지의 집에 도로 주고 왔다고 한다. 그 개는 성질이 용맹스러워서 쥐도 잡을 줄 알고 때로는 참새도 잡기에 꿩 잡는 데 쓰려고 아침저녁으로 밥을 덜어 주며 길렀다.

....

* 뽕나무……없을까: 원문의 상하기무삼숙념(桑下豈無三宿念)은 《후한서(後漢書)》 권30하 〈양해열전(襄楷列傳)〉에 "중[僧]은 같은 뽕나무 아래에서 사흘을 묵지 않으니, 오래 머물다가 은정이 생기는 것을 원치 않기 때문이다[浮屠不三宿桑下 不欲久生恩愛]."라고 한 데서 나왔다. 수행하는 중은 본래 뽕나무 아래에서 쉬되 한 나무 아래에서는 3일 이상을 쉬지 않고 자리를 옮기는데, 이는 한 곳에 머물면 연연해 하는 마음이 생기기 때문이라고 한다.

이제 버리게 되었으니, 몹시 아깝다.

집안에서 쓰던 그릇 같은 물건은 모두 소지에게 주었다. 밥하는 솥은 2개인데 하나는 크지만 깨졌고 하나는 작지만 깨지지 않았기에, 역시 소지에게 맡겨 두었다. 훗날 도로 찾을 작정이다. 나머지 소용없는 물건은 모두 이웃사람들에게 주었다.

◎ ― 12월 21일

중에게 콩 2말을 주고 두부를 만들어 위아래가 함께 먹었다. 그러나 중들이 절반이나 도둑질해 먹어서 다들 실컷 먹지 못했다. 떠날 때 중의 방에 들어갔다가 우연히 보니, 두부 덩어리가 채반에 가득 쌓여 있었다. 몹시 밉살스럽다. 그러나 보고도 못 본 척하고 도로 나왔다.

느지막해진 뒤에 출발해서 꾸불꾸불한 얼음길을 따라 험한 곳을 지나고 물을 건너 겨우겨우 무사히 청양현 두응토리의 옛 주인 집에 도착했다. 들으니, 해운판관 조존성이 오늘 출발해서 남쪽으로 내려갔다고 한다. 여기에 와서 자는 것은 오로지 조존성을 믿고 그러한 것인데, 이제 떠나갔다고 들으니 서운함을 이길 수 없다.

땔나무를 구하기가 몹시 어려워서 미역 3동을 주고 사다가 쓰도록 했다. 향비의 남편 만억이 임천에서 오늘 뒤따라왔다. 그에게 들으니, 봉사 이복령이 어제 죽었다고 한다. 슬픔을 참지 못하겠다. 복령은 지난 10일에 내가 북쪽으로 돌아간다는 말을 듣고 찾아와 종일 이야기하고 바둑도 두며 놀았는데, 집으로 돌아간 다음날 풍질(風疾)을 얻어 끝내 일어나지 못했다고 한다. 더욱 슬프다.

또 들으니, 이문중의 얼자도 병으로 죽었다고 한다. 두어 달 만에 한집의 형제와 자식까지 모두 죽었으니, 사람의 일을 탄식한들 어찌하겠는가. 주인집에 미역 2동을 주고 떠나왔다.

◎ ― 12월 22일

단아는 나날이 차도가 있으니, 이 기쁨을 어찌 다 말로 하겠는가. 지난밤에 종들이 모두 노숙했는데, 추위가 갑절이나 더 심했다. 가련하다.

윤함은 아침 식사 뒤에 먼저 대흥에 가서 잠잘 집을 미리 마련해 달라는 도사 조희보의 사신(私信, 사사로운 편지)을 그곳 현감에게 바쳤다. 느지막해진 뒤에 출발해서 대흥에 도착하니, 해가 이미 기울었다. 다만 바람이 몹시 차서 위아래가 모두 얼었고, 단아는 건강이 도리어 악화되었다. 걱정스럽다.

이 고을 현감이 사람을 시켜 문안하고 첩지를 써서 쌀 1말, 중미 1말, 콩 1말, 감장 1말, 간장 1되를 주고 땔나무와 마초도 많이 주었다. 사가에서 잤는데 따뜻하고 집이 커서 여럿이 들어갈 수 있었으니, 깊이 감사하다. 현감의 이름은 이질수(李質粹)이다. 전에는 비록 알지 못했으나, 그의 집이 신관상동(新館上洞)에 있어서 이름을 들은 지 오래였다. 또 도사의 편지가 있어서 가능했다.

윤함이 먼저 들어가서 만나 보고 또 예산 군수에게 보낼 편지를 받아 왔다. 내일은 예산에 가서 잘 계획이기 때문이다. 윤함의 처갓집 종 ―원문빠짐― 운(雲)이 콩죽 1동이를 쑤어 보냈다.

전임 남평 군수(南平郡守) 강종윤이 막걸리 1동이를 보내왔기에, 즉시 추위에 언 사내종들에게 먹였다. 저녁 무렵에 그가 또 와서 보았으니, 그 후의에 몹시 감사하다. 마침 현감이 술과 안주를 보내서 다 함께 마시고 밤이 깊어 돌아갔다. 윤함도 남평을 따라갔으니, 처리할 일이 있었기 때문이다. 강남평(姜南平)은 곧 윤함의 처삼촌이다. 들으니, 통신사 황신이 이미 돌아와서 한양으로 올라갔으며 명나라 사신도 지난 17일에 바다를 건넜다고 한다.

◎ ― 12월 23일

강남평의 종과 말을 빌려 내가 먼저 길을 떠났다. 중도에 이르러 우연히 좌랑(佐郞) 안창 경용(安昶景容)*을 만나 말을 세우고 잠깐 이야기하다가 남북으로 헤어졌다. 예산 땅 유제촌(柳堤村)에 사는 김내한(金內翰) 자정(김지남)의 집에 도착했는데, 자정은 지난달 초순에 이미 한양으로 올라가 집에 없었다. 그의 큰형 김업남(金業男)*은 한창 전염병을 앓느라 나와 보지 않았다. 그 밖에 명남(命男), 계남(季男), 종남(終男) 삼형제도 일이 있어 현에 들어갔다고 해서 만나 볼 수 없었다. 다만 자정의 딸 성원(聖媛)과 그녀의 유모 진기(辰己) 어미가 비통함을 이기지 못해 서로 마주보고 울면서 눈물을 그치지 못했다. 이에 가지고 간 술과 과일로 누이의 신주 앞에 제사를 올리고 한참 동안 곡을 하고 나왔다.

또 참봉 이은신(李殷臣)을 불러 이야기했다. 이은신은 아들 이행(李行)에게 쌀과 반찬 등을 가져오게 해서 진기 어미에게 점심을 지어 대접하게 했다. 성아(聖兒, 성원)에게 줄 물건이 없어서 겨우 마른 대추 2

....
* 　안창 경용(安昶景容): 1552~?. 자는 경용이다. 상의원 정, 종부시 정, 연안 부사를 지냈다.
* 　김업남(金業男): 1552~?. 김지남의 형. 1590년 증광시에 입격했다.

되와 대계 10여 개를 즉석에서 내주었다. 그 아이는 강보에 있을 때부터 총명하기가 남달랐고 얼굴빛이 조카 무적과 똑같았다. 그녀의 손을 잡으니, 슬픔을 참을 길이 없다.

강남평의 말을 바로 돌려보내고 또 이은신의 사내종과 말을 빌려 타고 달려오다가 중도에서 김명남 삼형제를 만나 말 위에서 한참 이야기하다가 예산현에 다다랐다. 온 식구가 벌써 사가에 도착해 있었다. 이에 대흥 현감의 편지를 올렸더니, 현감이 즉시 땔나무와 말먹이 콩을 주고 또 첩으로 써서 상청(上廳)에서 우리에게 네 사람분의 식사를 주게 했다. 김명남 삼형제가 현에 왔을 적에 우리 일가가 여기에 도착했다는 말을 듣고 즉시 윤함을 방문해서 말먹이 콩 2말을 구해 주었다고 한다.

중도에 말이 자빠져 둘째 딸이 두 번이나 말에서 떨어졌다.

◎ — 12월 24일

이른 아침에 현감이 사람을 시켜 문안하면서 말먹이 콩 2말을 주었고 또 종 13명의 아침 식사를 대접했다. 전에 알지 못하던 사이인데 예상 밖으로 후하게 대접해 주니, 몹시 감사하다. 또 그의 아우 노사심(盧士謀)을 보내 위문했다.

느지막해진 뒤에 출발했다. 중도에 윤함을 먼저 신창현(新昌縣)에 보내 도사의 편지를 바치게 했더니, 신창 군수(新昌郡守) 김(金) —원문 빠짐 —은 즉시 하인을 시켜 잘 곳을 마련하게 하고 또 위아래의 식사를 대접해 주었다. 마초와 땔나무도 많이 주었다. 관청에서는 첩으로 써서 올려 우리 6명에게 각 7홉, 하인 8명에게 각 5홉씩의 쌀을 주었다. 말먹이 콩 4되도 주었다.

그러나 머물러 잘 방은 비록 따뜻하지만 웃풍이 세서 단아가 매우 추워하니, 걱정스럽다. 나는 윤함과 함께 다른 집으로 나가서 잤다. 방이 좁았기 때문이다.

◎ — 12월 25일

이른 아침에 현감이 와서 보기에, 석 잔의 술을 대접했다. 등유(燈油) 5홉을 청해 얻어 식사한 뒤에 출발했다. 중도에 단아가 도로 불편해했다. 말을 달려 난항(難項) 고개 아래 이르렀을 때는 두통이 몹시 심해져 아프다는 소리가 밖에까지 들렸다. 간신히 이시열의 집에 이르러 교자에서 내려 방으로 들어가자 거의 인사불성이 되었다. 이에 청심환을 조금 먹였지만 고통이 또 전날보다 갑절이나 더하다고 한다. 몹시 걱정스럽다. 마침 이시열이 이곳으로 와서 땔나무와 마초를 구해 주었다.

그러나 날이 몹시 찬데 종들이 들어갈 방이 없기에, 겨우 빈집을 얻어 묵었다. 만일 병세에 오래도록 차도가 없다면 설날 전에는 돌아갈 수 없을 것이니, 더욱 걱정스럽다. 이시열의 모친이 우리들의 저녁밥과 계집종 4명의 밥을 대접했다. 나머지 사내종들은 가져온 양식으로 밥을 지어먹었다. 집사람은 이시열의 집 앞에 이르러 말에서 떨어졌으나 다치지는 않았다. 아산에 머물렀다.

◎ — 12월 26일

처음에는 내가 먼저 떠나려고 했으나 단아의 병세가 위급해서 떠나려다가 말았다. 단지 윤함의 사내종 옥지만 보내고 단아가 좀 낫기를 기다려 내일 율전으로 갈 계획이다. 그러나 양식과 반찬이 모두 떨어져서 몹시 걱정스럽다. 지금은 주인집에서 먹여 주지만, 만일 오래 머무르게 된다면 형세상 그럴 수 없다. 내일부터는 가는 동안 먹을 양식으로 밥을 지어 먹을 작정이다.

단아는 저녁에 증세가 좀 덜했지만 죽조차 전혀 먹지 못하고 목의 통증도 여전하다. 또 오철(吳轍)과 윤우(尹宇)가 와서 보았다. 이들은 이시열의 사촌으로, 나에게는 팔촌이 된다. 그대로 아산에 머물고 있다.

◎ ─ 12월 27일

나는 먼저 떠나려고 했는데, 아침밥을 마치자마자 단아의 증세가 위중해져서 떠나가려다가 말았다. 허찬도 이 때문에 떠나기를 그만두었다. 모든 일이 어그러져 행량(行糧, 여행 중에 먹을 양식)이 모두 떨어졌다. 부득이 갯지에게 평강(오윤겸)의 계집종 업성개(業成介)가 사는 천안 땅에 가서 신공을 거두어 오도록 패자를 써 주었다. 또 향비의 남편 만억이 임천으로 돌아간다기에 감사의 편지를 써서 임천 군수에게 보냈다.

느지막해진 뒤에 단아를 데리고 이시열의 집으로 거처를 옮겼다. 아무래도 설날 전에는 떠날 수 없을 것 같고, 아랫집 주인 형수가 세찬과 제수를 장만하느라 몹시 바쁘고 시끄러울 텐데 병자에게 편치 않겠기에, 부득이 옮겨 온 것이다.

들으니, 어제 평택 김자흠(金自欽)의 처가에 불이 나서 다 타고 옷만 겨우 밖으로 꺼냈다고 한다. 나머지 곡식들은 절반이나 탔고 혹 밖으로 꺼낸 것도 도둑맞았다고 하니, 가엾다. 그대로 아산에 머물고 있다.

◎ ― 12월 28일

이시열의 집은 새로 지은데다 아직 마감을 하지 않아서 방구들은 비록 따뜻하다지만 사방 벽에 구멍이 많아 찬 기운이 뼈를 엄습해서 자리에 누워도 잘 수가 없다. 안타깝다. 다만 병든 딸은 윗목에 누웠기 때문에 아주 춥지만은 않다.

이른 아침에 윤함이 이곳 사동(蛇洞)에 있는 처가 집안에 가서 급히 필요한 곡식을 얻어 오기로 했다. 들어오던 날의 아침밥과 저녁밥은 주인 형수가 우리 집안의 윗사람과 계집종들에게 제공해 주었고, 이튿날 아침밥과 저녁밥은 정종경(鄭宗慶)의 아내가 제공해 주었으며, 어제 저녁과 오늘 아침밥은 이시열이 제공해 주었다. 또 정종경의 아내가 백미 1말을 주었고, 이시열의 아내가 쌀 5되, 적태(赤太) 1말, 흑태(黑太) 5되를 주었다.

저녁에 윤함이 돌아왔다. 백미 1말, 말먹이 콩 3말, 무 2묶음을 얻어 왔다. 단아의 증세는 변함이 없다. 비단 두통이 몹시 심할 뿐만 아니라 온몸이 아프지 않은 곳이 없는데, 눈동자가 더욱 아파서 빠질 것만 같다고 한다. 저녁때가 되면 슬피 울기를 그만두지 않다가 한참 뒤에야 그친다. 아주 슬프고 불쌍하다. 호흡도 때때로 가빠져서 가슴이 답답해 참을 수 없다고 한다.

중도에 병세가 이와 같은데, 오도 가도 못하고 양식과 반찬이 모두 떨어졌다. 만일 오래도록 차도가 없으면 비단 우리 집안이 민망하고 절박할 뿐만 아니라 평강에서 온 사람과 말이 오래도록 중도에 지체하고 말 것이다. 그 민망함이 더욱 지극하다. 그저께 쌀 2말과 콩 3말을 분배해서 며칠 동안 나누어 먹도록 했다. 그대로 아산에 머물고 있다.

◎ — 12월 29일

오습독댁(吳習讀宅)이 무김치 1그릇과 간장 1사발을 보냈다. 깊이 감사하다. 윤우도 삶은 말먹이 콩 5, 6되와 마초 10여 뭇을 보냈다. 류수(柳璲)가 와서 보았는데, 그는 이시열의 사촌이다. 또 윤종(尹宗)이 술과 안주를 가지고 찾아와서 사촌 윤우, 윤주(尹宙) 형제와 함께 이시열의 방에 모여 이야기했다. 윤종은 나의 총각시절 동문 친구인데, 시골로 와서 살았기 때문에 못 만난 지 이제 40년이 되었다. 그런데 어제 윤함을 통해 내가 여기에 왔다는 말을 듣고 일부러 찾아와서 만났다. 각각 소년시절의 일을 이야기하니, 정답기가 옛날과 같다. 기쁘고 위로됨을 어찌 다 말로 하겠는가.

윤우와 윤주 또한 윤종의 동성(同姓) 사촌이다. 윤종이 아들을 데리고 왔는데, 나이가 겨우 15세이다. 예쁘고 준수하며 사랑스럽다. 사는 곳은 여기에서 10여 리 떨어져 있는데, 지명은 항동(項洞)이라고 한다.

내가 객지에서 설을 쇠는 바람에 거느리고 온 하인들 모두에게 한탄하는 마음이 있는 것 같아서, 집사람에게 술 5되를 빚게 하고 또 콩떡 2말을 만들어 노비와 평강에서 온 사람들에게 나누어 주고 위로하도록 했다.

단아의 증세는 비록 조금 덜한 것 같지만 두통은 여전하고 신음 소리가 끊이지 않는다. 매양 찬 음식만 찾으므로 늘 쌀을 넣고 콩죽을 쑤어 냉수에 섞어 조금씩 먹이건만 전혀 먹을 생각이 없으니, 걱정이 그치지 않는다. 처음에는 율전에 있는 생원(오윤해)의 집으로 가서 설을 쇠려고 했는데, 병 때문에 여기에 와서 해가 바뀌게 되었다. 탄식한들 어찌하겠는가.

저녁에 갯지가 돌아왔는데, 쌀 6말과 말먹이 콩 5말을 얻어 왔다. 이것을 4, 5일의 식량으로 삼을 수 있으리라. 업성개도 세찬을 보내 왔다.

―안사눌은 거주(居住)를 쓰지 않아서 빠졌다―

―

안종록(安宗祿), 김류(金瑬), 이성경(李晟慶), 이덕동(李德洞), 송응순(宋應洵), 최충원(崔忠元), 이유홍(李惟弘), 정홍좌(鄭弘佐), 심집(沈諿), 심락(沈詻), 박건(朴楗), 이성(李惺) 김상헌(金尙憲), 성몽길(成夢吉), 윤현(尹絢), 구의강(具義剛), 안사눌, 이신원(李信元), 이충양(李忠養), 임학령(任鶴齡)

글 제목은 "당나라 이필(李泌)이 한고(韓皐)에게 그의 아버지를 돌볼 수 있도록 하라는 왕명(王命)을 청했는데 -원문 빠짐-"이다. 유생으로 정시에 들어온 자가 2천여 명이었다고 한다.

일본 국왕으로 평수길을 봉하는 글

―

봉천승운황제(奉天承運皇帝)*는 제(制)하노라. 성스런 신명(神明)을 널리 운행하여 무릇 하늘을 덮고 땅을 -원문 빠짐- 친한 이를 존경하고, 천제(天帝)의 명령을 널리 받들어 이미 바닷가 멀리 -원문 빠짐- 비천한 것들을 거느렸도다. 옛날 우리 황조(皇祖)께서 다방면으로 낳고 기르심에 천자(天子)의 금으로 된 인장(印章)과 글이 멀리 -원문 빠짐- 하사되어, 빗돌에 전서(篆書)를 새겨 영광스럽게 -원문 빠짐- 베풀어졌도다. 바다 물결이 이어져 날리고 바람을 살펴야 하는 먼 땅에서도 한껏 성대한

....

* 봉천승운황제(奉天承運皇帝): 조서(詔書)에 쓰는 황제의 자칭(自稱). 천명(天命)에 따라 제운(帝運)을 계승했다는 뜻으로, 당시 명나라 황제는 신종(神宗), 만력제(萬曆帝)였다.

때를 만났기에, 도리에 맞는 글을 지어야 마땅하여라. 오호라, 너 풍신수길은 섬나라에서 우뚝 일어나 명나라를 존모(尊慕)할 줄 알아서 서쪽으로 사신 하나를 달리게 해서 마치 스스로 찾아뵈는 듯하면서 북쪽으로 만 리나 떨어진 관문을 두드리며 우리 쪽으로 붙기를 간절하게 구하누나. 정성은 이미 -원문 빠짐- 공순(恭順)하고, 은덕(恩德)은 -원문 빠짐- 돌봐 줄 수 있누나. 이에 특별히 너를 봉해 일본 국왕으로 삼고 고명(誥命)*을 내리노라. 오호라! 은총을 내려 줌에 -원문 빠짐- 바닷가에서도 의관을 본받고, 바람이 붊에 풀이 -원문 빠짐- 참으로 우리 명나라의 울타리로다. 너는 신하의 직분을 마땅히 닦을 것을 생각하여 공경히 -원문 빠짐- 천자의 말씀에 복종하면서, 황제의 은혜를 이미 입었으니 -원문 빠짐- 변함이 없도록 하여, 영원히 성교(聲敎)를 따르도록 하라.

민충단(愍忠壇)* 제문
-명나라 측에서 짓다-

미친 오랑캐들이 -원문 빠짐- 무너뜨려 우리 육사(六師)*를 펼쳤으니 속

....

* 　고명(誥命): 명나라의 황제가 제후나 5품 이상의 벼슬아치에게 주던 임명장이다.
* 　민충단(愍忠壇): 임진왜란 당시 전장 근처에 제단을 쌓고 나무를 심어 그 땅에서 죽은 명나라 군사들의 혼을 제사 지내던 곳이다.
* 　육사(六師): 천자의 군대를 말한다. 주(周)나라의 군대 편제에서 비롯되었으며, 육군(六軍)이라고도 한다. '사(師)'와 '군(軍)'은 모두 군사의 단위로, 다섯 사람이 '오(伍)'가 되고, 다섯 오가 '양(兩)'이 되며, 네 양이 '졸(卒)'이 되고, 다섯 졸이 '여(旅)'가 되며, 다섯 여가 '사(師)'가 되고, 다섯 사가 '군(軍)'이 되므로, 1군은 1만 2500명이고 6군은 7만 5천 명이다. 또한 천자는 6군을 거느리고, 큰 나라는 3군을 거느리며, 작은 나라는 2군을 거느리고, 아주 작은 나

방(屬邦)이 -원문 빠짐- 구벌(九伐)*을 썼도다. 너희 여러 관리들은 -원문 빠짐- 군대가 누런 먼지 속에 풀이 시든 어려운 -원문 빠짐- 고생스런 비에 추운 바람에 정녕 날다람쥐 -원문 빠짐- 있었으니, 유사(有司)의 글을 통해 알고서 짐은 매우 슬퍼하고 불쌍하게 여기었도다. 이에 민충(愍忠)이라는 이름을 내걸고 특별히 유제(諭祭)*의 은전(恩典)을 하사하노라. 언제나 물고기 -원문 빠짐- 경관을 지어 위엄을 빛내고, 마른 뼈다귀 -원문 빠짐- 전사자들을 매장하여 군대를 진무(振武)하노니, 모든 영령들이여, 임금의 사랑을 아름답게 여기시라.

....

라는 1군을 거느린다.《주례주소(周禮注疏)》권28 하관(下官)〈사서(司書)〉.

* 구벌(九伐): 제후가 아홉 가지 죄 가운데 하나라도 저지르면 천자가 명을 내려 토벌하는 것을 말한다.《주례》〈대사마(大司馬)〉에 보인다. "구벌의 법으로 제후국을 바로잡는다[以九伐之法 正邦國]. 제후 가운데 강함을 믿고 약한 자를 능멸하거나 큼을 믿고 작은 나라를 침범할 경우 그의 토지를 삭감하고[馮弱犯寡則眚之], 함부로 어진 자를 죽이거나 백성을 해칠 경우 정벌하며[賊賢害民則伐之], 나라 안에서 폭정을 행하거나 이웃 나라를 능멸할 경우 그 나라의 국군을 폐하고 어진 자를 세우고[暴內陵外則壇之], 전야(田野)가 황폐해지거나 백성이 흩어져 떠돌면 그의 토지를 깎으며[野荒民散則削之], 험준한 지세를 믿고서 복종하지 않을 경우 군사를 보내어 그 나라의 국경을 침범하고[負固不服則侵之], 아무런 이유 없이 친족을 살해할 경우 잡아다가 그의 죄를 다스리며[賊殺其親則正之], 신하로서 임금을 내쫓거나 시해했을 경우 그를 잡아 죽이고[放弒其君則殘之], 명령을 어기거나 국가의 법을 능멸할 경우 이웃 나라와의 교통을 두절시키며[犯令陵政則杜之], 안과 밖에서 인륜을 어지럽히거나 금수와 같은 행실을 할 경우 그를 주살한다[外內亂鳥獸行則滅之]."라고 했다.

* 유제(諭祭): 임금이 사신을 보내어 신하에게 제사 지내는 것을 말한다. 이때 내리는 제문을 유제문(諭祭文)이라고 한다.

을미년(1595, 선조 35) 12월 28일 전시 방

—

일등: 성이민(成以敏)

이등: 류경종(柳慶宗)

삼등: 강주(姜籒), 윤민일(尹民逸), 박효생(朴孝生), 윤양(尹暘), 이경운 (李卿雲), 윤철(尹暾), 이현영(李顯英), 송일(宋馹), 신율(申慄), 김계도(金繼燾), 윤구(尹昫), 정협(鄭浹)

황대 밑에 오이 심었더니	種瓜黃臺下
오이 익어 주렁주렁하누나	瓜熟子離離
하나만 따 낼 땐 오이에게 좋았는데	一摘使瓜好
두 개 따 내자 오이 드물어지고	再摘令瓜稀
세 개 딸 땐 아직 희망 있었는데	三摘猶尙可
네 개 따 내자 넝쿨만 안고 돌아오네	四摘抱蔓歸

—이상은 〈황대의 오이*[右黃臺瓜 -원문 빠짐-]〉이다—

| 어제는 관불촌에서 탁발하던 스님이 | 昨日化粮觀佛村 |

....

* 황대의 오이: 이 시의 원래 제목은 '황대과사(黃臺瓜辭)'인데, 황대라는 언덕 아래에 심은 오 이를 소재로 지은 가사이다. 당(唐)나라 장회태자(章懷太子) 이현(李賢)이 지었다. 고종(高宗)에게는 여덟 아들이 있었다. 장자(長子)인 이홍(李弘)이 태자가 되어 인명(仁明)하고 효우(孝友)했으나 측천무후(則天武后)가 정권을 잡기 위해 태자 이홍을 살해하고 차자(次子)인 이현을 세우니, 이현이 날마다 걱정하면서 고종을 모실 때마다 감히 말을 하지 못하다가 악 장(樂章)을 지어 악공(樂工)으로 하여금 노래하게 하여 고종과 측천무후를 깨우치려고 했다. 내용은 오이 1개를 따는 것은 좋지만 자꾸 따면 안 된다는 것으로, 측천무후를 은근히 비난 하고 경계하는 뜻이 담겨 있다. 《당회요(唐會要)》권2.

겨우 -원문 빠짐- 황혼이라 　　　　　　　　纔■■■■黃昏

아침에 서남 -원문 빠짐- 방향으로 가려 했는데 　朝來欲向西南■

-원문 빠짐- 하늘 가득해서 길이 분간 안 되네 　■■漫天路不分

―정 -원문 빠짐- 들어가니 낭패 -원문 빠짐-

성곽이 두루두루 험한데 저녁 해 기우나니 　城郭周阻夕日斜

황량한 터에 -원문 빠짐- 누구 집인가 　　　荒墟■■是誰家

새로 만든 다리 옆에서 동풍에 말 세우니 　東風立馬新橋伴

눈에 가득 주인 없는 꽃만 보여 서글퍼라 　滿目傷心無主花

〈을미일록〉, 〈병신일록〉 인명록

강덕서(姜德瑞) ?~?. 본관은 진주(晉州), 자는 득길(得吉)이다. 1573년 진사시에 입격하고 참봉을 지낸 뒤 1586년 별시 문과에 급제했다. 예문관 검열을 거쳐 홍문관 응교, 평창 군수 등을 지냈다. 한산 군수로 재직 시에 한산에서 이몽학(李夢鶴)의 난을 토벌했다.

강면(姜愐) 1567~?. 본관은 진주(晉州), 자는 이진(而進)이다. 강종윤(姜宗胤)의 아들이며, 강칙(姜恜)의 동생이다. 1605년 증광 사마시에 입격했고 1610년 별시 문과에 급제했다.

강종윤(姜宗胤) 1543~?. 본관은 진주(晉州), 자는 백승(伯承)이다. 오윤함(吳允誠)의 처삼촌이다. 이이(李珥)의 문인이다. 1567년 식년 사마시에 입격했다. 임진왜란 때 선무원종공신에 녹훈(錄勳)되었다. 1595년 6월 5일에 남평 현감에 부임했다가 이듬해인 1596년 9월에 재상(災傷, 자연재해로 농작물이 입은 피해)으로 파직되었다.《율곡전서(栗谷全書)》권17 〈종부시정노공묘갈명(宗簿寺正盧公墓碣銘)〉.

강칙(姜怷) 1578~?. 본관은 진주(晉州), 자는 이헌(而憲)이다. 강종윤의 아들이며, 강면(姜恒)의 형이다. 1612년 증광 사마시에 입격했고 1621년 별시 문과에 급제했다.

권황(權愰) 1543~1641. 본관은 안동(安東), 자는 사영(思瑩), 호는 치암(恥庵)이다. 1576년 진사시에 입격하고 음보(蔭補)로 의금부 도사가 되었다. 형조좌랑, 한산 군수, 마전 군수 등을 지냈다.

김경(金璥) 1550~?. 본관은 연안(延安), 자는 백온(伯蘊)이다. 1579년 생원시에 입격했다.

김덕령(金德齡) 1567~1596. 본관은 광산(光山), 자는 경수(景樹), 시호는 충장(忠壯)이다. 1594년에 선전관으로 임명되고 충용장(忠勇將)에 봉해져 군대를 통솔했다. 《국역 선조실록(宣祖實錄)》 27년 1월 5일. 임진왜란 때 의병장으로 공로가 많았는데, 이몽학의 난 때 이몽학과 내통했다는 이유로 체포되어 옥사했다.

김덕장(金德章) 1556~?. 본관은 광산(光山), 자는 사회(士晦)이다. 1588년 식년 사마시에 입격했다.

김명원(金命元) 1534~1602. 본관은 경주(慶州), 자는 응순(應順), 호는 주은(酒隱)이다. 이황(李滉)의 문인이다. 임진왜란이 일어나자 순검사에 이어 팔도 도원수가 되어 한강 및 임진강을 방어했으나 중과부적으로 적을 막지 못했다. 평양이 함락된 뒤 순안에 주둔해 행재소 경비에 힘썼다. 1593년에 명나라 원병이 오자 명나라 장수들의 자문에 응했다. 1597년 정유재란 때 병조판서와 유도대장을 겸임했다.

김시헌(金時獻) 1560~1613. 본관은 안동(安東), 자는 자징(子徵), 호는 애헌(艾軒)이다. 1588년 문과에 급제했다. 복수사(復讐使)의 종사관을 지냈고, 동지부사로 명나라에 다녀왔다. 선조가 죽은 뒤 동지춘추관사로 《선조실록(宣祖實錄)》

의 편찬에 참여했으며, 1611년 예조참판을 거쳐 도승지에 올랐다.

김업남(金業男) 1552~?. 본관은 광산(光山), 자는 자술(子述)이다. 김지남(金止男)의
형이다. 1590년 증광시에 입격했다.

김장생(金長生) 1548~1631. 본관은 광산(光山), 자는 희원(希元), 호는 사계(沙溪)
이다. 1591년에 정산 현감에 제수되었다. 《국역 송자대전(宋子大全)》 제208권
〈사계김선생행장(沙溪金先生行狀)〉.

김지남(金止男) 1559~1631. 본관은 광산(光山), 자는 자정(子定), 호는 용계(龍溪)이
다. 오희문의 매부이다. 1591년 사마시에 입격하고, 같은 해 별시 문과에 급
제했다. 1593년에 정자(正字)가 되었다. 임진왜란이 일어나 선조가 서쪽으로
피난했을 때 노모의 병이 위독하여 호종하지 못하고 호남에 머물며 의병을
소집하여 적을 막을 계책을 세웠다. 이후 여러 벼슬을 거쳐 경상도 관찰사에
이르렀다. 저서로 《용계유고(龍溪遺稿)》가 있다.

남경례(南景禮) ; 1539~1592. 본관은 의령(宜寧), 자는 문중(文仲)이다. 1583년 별
시 무과에 급제했다. 첨사를 지냈다.

남경효(南景孝) 1527~1594. 본관은 고성(固城), 자는 백원(百源)이다. 오희문의 외
사촌 형이다. 오희문이 어렸을 때 영동의 외갓집에서 살았는데, 이때 같이 어
울려 자랐기에 정분이 두터웠다.

남궁개(南宮愷) 1517~1594. 본관은 함열(咸悅), 자는 강중(康仲)이다. 1540년 식년
사마시에 입격했다. 지평 현감을 지내서 지평공(砥平公)으로 불렸다.

남궁견(南宮涀) 1538~?. 본관은 함열(咸悅), 자는 혼원(混源)이다. 1567년 식년시
무과에 급제했다. 1591년 9월 3일 영광 군수로 부임하여 1593년 파직되었다.

남궁해(南宮楷) 1566~?. 본관은 함열(咸悅), 자는 자정(子正)이다. 1606년 증광시 문과에 급제했다.

남상문(南尙文) 1520~1602. 본관은 의령(宜寧), 자는 중소(仲素), 호는 쌍호(雙湖)이다. 오희문의 매부이다. 성리학과 경사를 두루 익혔고, 명나라 경리 양호와 경학을 논하였는데, 양호가 그의 학식에 감동하였다. 고성 군수를 지냈다. 《월사집(月沙集)》권48 〈첨지남공묘지명(僉知南公墓誌銘)〉.

남이신(南以信) 1562~1608. 본관은 의령(宜寧), 자는 자유(自有), 호는 직곡(直谷)이다. 1590년 증광시 문과에 급제했다.

남일원(南一元) 1557~?. 본관은 의령(宜寧), 자는 선숙(善叔)이다. 1588년 생원시에 입격했다.

남호(南琥) 1536~?. 본관은 의령(宜寧), 자는 중헌(仲獻)이다. 1568년 증광 사마시에 입격했다.

류근(柳根) 1549~1627. 본관은 진주(晉州), 자는 회부(晦夫), 호는 서경(西坰)이다. 1572년 별시 문과에 장원으로 급제했다. 임진왜란이 일어나자 의주로 선조를 호종했으며, 예조참의와 좌승지를 거쳐 예조참판에 특진되었다. 1601년 예조판서가 되어 동지사로 다시 명나라에 다녀왔고, 대제학에 이어 좌찬성이 되었다.

류도(柳塗) 1563~?. 본관은 문화(文化), 자는 유정(由正), 호는 귀반(歸盤)이다. 1591년 별시 문과에 급제했다.

류형(柳珩) 1566~1615. 본관은 진주(晉州), 자는 사온(士溫), 호는 석담(石潭)이다. 임진왜란이 일어나자 창의사 김천일(金千鎰)을 따라 강화에서 활동하다가 의주 행재소에 가서 선전관에 임명되었다. 이순신(李舜臣)의 신망이 두터웠으며 삼도수군통제사 등을 지냈다.

류희서(柳熙緒) 1559~1603. 본관은 문화(文化), 자는 경승(敬承), 호는 남록(南麓)
이다. 1586년 알성 문과에 급제했고, 홍문관 정자를 지냈다. 1596년 도승지를
지내면서 내의원 부제조를 겸임하고 개성부 유수를 지낸 뒤 경기도 관찰사를
역임했다. 1603년 유성군(儒城君)으로 습봉(襲封)되었는데, 이해에 포천에서
화적(火賊)에게 살해되었다.

민기문(閔起文) 1511~1574. 본관은 여흥(驪興), 자는 숙도(叔道), 호는 역암(櫟菴)
이다. 1540년 식년 문과에 급제하여 훈련원 도사, 홍문관 전한, 직제학, 대사
성 등을 지냈다.

민우경(閔宇慶) 1573~?. 본관은 여흥(驪興), 자는 시약(時若)이다. 1616년 증광시에
입격했다.

민준(閔濬) 1532~1614. 본관은 여흥(驪興), 자는 중원(中源), 중심(仲深), 호는 국은
(菊隱)이다. 1561년 사마시에 입격하여 진사가 되었고, 1576년 식년 문과에
급제했다. 임진왜란이 일어나 조정이 북으로 파천(播遷)하자 선조를 의주까
지 호종했다. 그해 좌부승지가 되어 어려운 행궁(行宮)의 국사 처리에 종사했
고, 조정이 도성으로 돌아온 뒤인 1593년 호조참의가 되었다.

박동도(朴東燾) 1550~1614. 본관은 반남(潘南), 자는 문기(文起)이다. 온양 군수,
고성 군수, 마전 군수 등을 지냈고, 좌승지에 증직되었다. 1592년에 부여 현
감을 임시로 맡은 일이 있다.

박동선(朴東善) 1562~1640. 본관은 반남(潘南), 자는 자수(子粹), 호는 서포(西浦)이
다. 1589년 증광 사마시에 입격했고 1590년 증광시 문과에 급제했다. 병조좌
랑, 남포 현감, 경기도 도사 등을 지냈다.

박여룡(朴汝龍) 1541~1611. 본관은 면천(沔川), 자는 순경(舜卿), 호는 송애(松厓)이다. 오윤함(吳允誠)의 부인 진주 강씨(晉州姜氏)의 숙부이다. 임진왜란이 일어나 선조가 의주로 파천했다는 소식을 듣고 해주에서 의병 5백 명을 모아 어가를 호위해서 사옹원 직장으로 특진되었다. 저서로《송애집(松厓集)》이 있다.

박진국(朴振國) 1548~?. 본관은 밀양(密陽)이고, 자는 충길(忠吉)이다. 1585년 식년시에 입격했고, 1589년 증광시 문과에 급제했다. 1596년에 임천 군수로 재임하던 중에 충청도 홍산에서 이몽학의 난이 일어나 고을이 함락되자 홍산 현감 윤영현(尹英賢)과 함께 항복했다. 이로 말미암아 의금부로 잡혀가 추고(推考)를 당한 뒤에 치죄(治罪)되었다.

박천기(朴天祺) 1572~?. 본관은 밀양(密陽), 자는 대휴(大休)이다. 1612년 식년시에 입격했고, 1620년 문과에 급제했다. 별좌, 형조좌랑을 지냈다.

박홍로(朴弘老) 1552~1624. 본관은 죽산(竹山), 자는 응소(應邵), 호는 이호(梨湖)이다. 나중에 이름을 박홍구(朴弘耉)로 바꾸었다. 1582년 식년 문과에 급제했다. 1594년에 각 도의 군사 훈련을 권장하고 수령의 폐단을 막기 위해 암행어사로 하삼도(下三道)에 파견되었으며, 군량미 조달을 하는 전라 조도어사를 지냈다. 충청·전라도 관찰사를 지내고 이조판서·좌의정에 올랐다.

박홍장(朴弘長) 1558~1598. 본관은 무안(務安), 자는 사임(士壬)이다. 장악원 정을 거쳐 1596년 대구 부사로서 통신부사가 되어 일본에 다녀와서 순천 부사에 올랐다.

박효제(朴孝悌) 1545~?. 본관은 밀양(密陽), 자는 희인(希仁)이다. 1573년 식년 사마시에 입격했다.

방수간(方秀幹) 1551~?. 본관은 태안(泰安)이다. 1588년 생원시에 입격했다.《사마방목(司馬榜目)》만력(萬曆) 16년 무자 2월 24일에는 '방수간(房秀幹)'으로 되어 있는데, 효자 정려의 현판과《국역 여지도서(輿地圖書)》에 의거해 볼 때 '방수간(方秀幹)'이 옳을 듯하다.

변응규(邊應奎) 1560~1596. 본관은 원주(原州), 자는 서숙(瑞叔)이다. 1583년 별시 무과에 급제했다. 만포첨사, 조방장, 평안도 병마절도사 등을 지냈다.

상시손(尙蓍孫) 1537~1599. 본관은 목천(木川)이다. 군자감 판관을 지냈고 사복시 정에 추증되었다.

서주(徐澍) 1544~1597. 본관은 연산(連山), 자는 경림(景霖)이다. 임진왜란 때 이리 저리 떠돌아다니는 백성을 구제하고 남은 곡식을 군대에 실어다 바쳐서 조정에서 사헌부 감찰을 제수했다. 통정대부 장례원 판결사, 가선대부 병조참판 겸 동지의금부사로 추증되었다.《국역 약천집(藥泉集)》제26권 〈외증조증병조참판서공묘갈명(外曾祖贈兵曹參判徐公墓碣銘)〉.

성노(成輅) 1550~1615. 본관은 창녕(昌寧), 자는 중임(重任), 호는 석전(石田), 삼일당(三一堂), 잠암(潛巖)이다. 1570년에 진사시에 입격한 뒤 사옹원과 제릉(齊陵)의 참봉으로 제수되었으나 모두 부임하지 않았다.

성혼(成渾) 1535~1598. 본관은 창녕(昌寧), 자는 호원(浩原), 호는 묵암(默庵), 우계(牛溪), 시호는 문간(文簡)이다. 경기도 파주 우계에 거주했다. 1551년에 생원 진사의 초시에 모두 입격했으나 복시에 응하지 않고 학문에만 전념했다. 저서로《우계집(愚溪集)》이 있다.

송영구(宋英耈) 1556~1620. 본관은 진천(鎭川), 자는 인수(仁叟), 호는 표옹(瓢翁), 모귀(暮歸), 일표(一瓢), 백련거사(白蓮居士)이다. 1584년 문과에 급제하여 승문원에 배속되었다가 이듬해 승정원 주서에 임명되었다. 임진왜란이 일어나자 도체찰사 정철(鄭澈)의 종사관으로 발탁되었고, 1593년에 군사 1천여 명을 모집하여 행재소로 향했으며, 3월 27일에 사헌부 지평에 임명되었다. 경상도 관찰사, 병조참판 등을 지냈다. 정유재란 때에는 충청도 관찰사의 종사관이 되었다. 《국역 선조실록》 26년 3월 27일.

송유순(宋惟醇) 1551~?. 본관은 여산(礪山), 자는 사회(士誨)이다. 1579년 식년 사마시에 입격했다. 《사마방목(司馬榜目)》에는 이름이 송유순(宋惟諄)으로 나온다.

신경행(辛景行) 1547~?. 본관은 영산(靈山), 자는 백도(伯道), 호는 조은(釣隱)이다. 1573년 진사시에 입격했고, 1577년 별시 문과에 급제했다. 한산 군수, 충청도 병마절도사 등을 지냈다.

신괄(申栝) 1529~1606. 본관은 고령(高靈)이다. 함열 현감 신응구(申應榘)의 막내 숙부이다. 대흥 현감을 지냈다.

신광한(申光漢) 1484~1555. 본관은 고령(高靈), 자는 시회(時晦), 호는 기재(企齋)이다. 1510년에 식년 문과에 급제하고 대제학을 거쳐 판돈녕부사를 지냈다. 학문과 시에 두루 능하여 당시 문단에서 정사룡(鄭士龍)과 함께 한시로 쌍벽을 이루었다.

신벌(申橃) 1523~1616. 본관은 고령(高靈), 자는 제백(濟伯)이다. 함열 현감 신응구(申應榘)의 아버지이다. 안산 군수, 세자익위사 사어 등을 지냈다.

신순일(申純一) 1550~1626. 본관은 평산(平山), 자는 순보(純甫)이다. 오희문의 장인 이정수(李廷秀)의 동생 이정현(李廷顯)의 사위이다.

신용개(申用漑) 1463~1519. 본관은 고령(高靈), 자는 개지(漑之), 호는 이요정(二樂亭), 송계(松溪), 수옹(睡翁)이다. 함열 현감 신응구의 4대조이다. 대제학과 우찬성을 지냈다. 저서로 《이요정집(二樂亭集)》이 있다.

신율(申慄) 1572~1613. 본관은 평산(平山), 자는 구이(懼而)이다. 1595년 별시 문

과에 급제하여 승정원 주서가 되었다. 임진왜란으로 불타 버린 실록의 중간(重刊) 작업에 참여했다. 광해군이 즉위한 뒤《선조실록》편찬에 참여했다. 봉산 군수를 지냈다.

신응구(申應榘) 1553~1623. 본관은 고령(高靈), 자는 자방(子方), 호는 만퇴헌(晚退軒)이다. 오희문의 큰사위이다. 1594년에 재취 안동 권씨(安東權氏)가 죽고 난 뒤 오희문의 딸을 다시 부인으로 맞았다. 함열 현감, 충주 목사, 공조참의 등을 지냈다.

신충일(申忠一) 1554~1622. 강진·고산 현감, 김해 부사, 경상도 수군절도사와 부총관 등을 지냈다. 1595년 남부주부(南部主簿)로 있을 때 압록강을 건너가 누루하치를 만나고 건주여진(建州女眞)의 동정과 산천, 풍습 등을 살펴보았다.

신호의(愼好義) 1550~?. 본관은 거창(居昌), 자는 의경(宜卿)이다. 1576년 식년시 무과에 입격했다. 이성 현감을 지냈다.

신홍점(申鴻漸) 1551~?. 본관은 고령(高靈), 자는 충거(沖擧), 호는 우봉(牛峯)이다. 1588년 식년시에 입격했다. 마전 현감을 지냈다.

심대(沈岱) 1546~1592. 본관은 청송(靑松), 자는 공망(公望), 호는 서돈(西墩)이다. 1572년 춘당대문과에 급제했다. 임진왜란이 일어나자 보덕(輔德)으로서 근왕병 모집에 힘썼다. 그 공로로 왕의 신임을 받아 우부승지와 좌부승지를 지내며 승정원에서 왕을 가까이에서 호종했다. 왜군의 기세가 심해지자 평양에서 다시 의주로 선조를 수행했다. 같은 해 9월 권징(權徵)의 후임으로 경기도 관찰사가 되어 한양 수복작전을 계획했다. 도성민과 내응하며 삭녕에서 때를 기다리던 중 왜군의 야습을 받아 전사했다.

심우승(沈友勝) 1551~1602. 본관은 청송(靑松), 자는 사진(士進), 호는 만사(晚沙)이다. 임진왜란이 일어나 선조를 호종하던 중에 정언과 지평 등을 지냈고, 이듬해 진주사(陳奏使)의 서장관으로 명나라에 구원을 청하고 돌아와 승지와 춘천 부사 등을 지냈다. 그 뒤 한성부 우윤으로 비변사 유사당상을 겸했다.

심유경(沈惟敬) ?~1600?. 절강(浙江) 가흥(嘉興) 사람으로, 명나라에서 상인 등으로 활동했다. 병부상서 석성(石星)의 천거로 임시 유격장군(游擊將軍)의 칭호를 가지고 임진년(1592) 6월 조선에 나와 왜적의 실상을 정탐하였다. 조승훈이 제1차 평양성 전투에서 패전한 뒤 같은 해 9월 평양성에서 고니시 유키나가(小西行長)와 만나 협상하여 50일 동안 휴전하기로 하였다. 이를 계기로, 유격장군 서도지휘첨사(署都指揮僉事)에 임명되어 경략의 휘하에서 일본과의 강화 협상을 전담하게 되었다. 명군의 벽제관 전투 패전 이후 협상을 통해 경성(한양)에 주둔하고 있던 일본군의 철수와 일본군에게 사로잡혔던 임해군·순화군 등 조선의 두 왕자의 석방을 이끌어내는 성과를 거두기도 하였다. 하지만 도요토미 히데요시(豊臣秀吉)를 일본 왕으로 책봉하고 조공무역을 허용하는 등 봉공(封貢)을 전제로 진행되었던 명과 일본의 강화협상이 결렬되고 1597년 정유재란이 발발하자 심유경은 명나라 장수 양원(楊元)에게 체포되어 중국으로 보내졌다. 이후 금의위(錦衣衛) 옥(獄)에 갇혔다가 3년 만에 죄를 논하여 기시(棄市, 죄인의 목을 베어 그 시체를 길거리에 내다버리는 형벌)되었다.

심율(沈慄) 1552~?. 본관은 청송(靑松), 자는 희부(喜夫)이다. 1590년 증광 사마시에 입격했다.

심은(沈言) 1535~?. 본관은 청송(靑松), 자는 사화(士和)이다. 오희문의 인척이다. 1567년 식년 사마시에 입격했다. 연산 현감, 영월 군수 등을 지냈다. 1591년에 창평 현령이 되었다.

안창(安昶) 1549~?. 본관은 죽산(竹山), 자는 경용(景容), 호는 석천(石泉)이다. 음관(蔭官)으로 벼슬길에 올라 결성 현감, 통천 군수, 회양 부사 등을 지냈다. 1606년 상의원 정과 종부시 정을 거쳐 1607년 공주 목사에 임명되었으나, 사헌부의 탄핵을 받아 파직되었다.

양방형(楊方亨) ?~?. 산서(山西) 사람으로 호는 태우(泰宇)이며 무진사(武進士)로 벼슬길에 나섰다. 을미년(1595) 4월에 흠차 책봉 일본부사(欽差冊封日本副使) 좌도독부 서도독첨사(左都督府署都督僉事)로 나와 같은 해 10월 부산 일본군의 진영에 들어갔다. 정사(正使) 이종성이 도망간 뒤 정사가 되어 병신년(1596) 6월에 일본에 갔으나 도요토미 히데요시가 매우 거만하게 대했으며 그를 왕으로 봉하는 일도 이뤄지지 않았다. 같은 해 12월에 일본에서 돌아왔다가 정유년(1597) 정월에 중국으로 돌아갔다. 양방형이 처음 돌아와서는 도요토미가 조칙의 뜻을 잘 따르더라고 말해 병부상서 석성(石星)이 기뻐했다. 그러나 과도관(科道官)이 강력히 화의(和議)를 공격하자 양방형은 곧바로 또 주본을 올려 화의를 배척했다. 이에 석성이 크게 노하여 양방형의 반복무상함을 탄핵하여 같은 해 8월에 면직되었다.

양응락(梁應洛) 1572~1620. 본관은 남원(南原), 자는 심원(深源), 호는 만수(漫叟)이다. 1590년에 진사가 되었고 1606년 증광 문과에 장원급제했다. 병조정랑, 회천 군수, 평산 현감 등을 지냈다.

오억령(吳億齡) 1552~1618. 본관은 동복(同福), 자는 대년(大年), 호는 만취(晚翠)다. 1582년 식년 문과에 급제했다. 예문관 검열과 호조좌랑, 이조좌랑 등을 지냈다. 그 뒤 이조정랑을 거쳐 경상도 안무사로 있다가 내직으로 들어와 병조참판, 부판윤, 대사헌, 형조판서, 우참찬, 개성유수 등을 지냈다.

오윤겸(吳允謙) 1559~1636. 본관은 해주(海州), 자는 여익(汝益), 호는 추탄(楸灘), 토당(土塘), 시호는 충정(忠貞)이다. 오희문의 큰아들이며, 성혼의 제자이다. 1582년 사마시에 입격했고 영릉(英陵), 광릉(光陵) 봉선전(奉先殿) 참봉을 지냈다. 임진왜란 때는 충청도·전라도 체찰사 정철의 종사관이 된 뒤 평강 현감으로 부임하여 선정을 펼쳤다. 1597년 대과에 급제하며 동래 부사, 충청도 관찰사, 이조판서 등을 거쳐 1626년에 우의정, 이듬해 정묘호란 때에 왕세자를 배종하고 돌아와 좌의정을 거쳐 영의정에 이르렀다. 저서로 《추탄집(楸灘集)》, 《동사상일록(東槎上日錄)》, 《해사조천일록(海槎朝天日錄)》 등이 있다.

오윤성(吳允誠) 1576~1652. 본관은 해주(海州), 자는 여일(汝一), 호는 서하(西河)이다. 오희문의 넷째 아들이다. 음직으로 벼슬하여 진천 현감을 지냈다.

오윤함(吳允諴) 1570~1635. 본관은 해주(海州), 자는 여침(汝忱), 호는 월곡(月谷)이다. 오희문의 셋째 아들이며, 성혼의 제자이다. 1613년에 사마 양시(兩試)에 입격했고, 산음 현감을 지냈다.

오윤해(吳允諧) 1562~1629. 본관은 해주(海州), 자는 여화(汝和), 호는 만운(晩雲)이다. 오희문의 둘째 아들이다. 숙부 오희인(吳希仁, 1541~1568)의 양아들로 들어갔다. 양어머니는 남원 양씨(南原梁氏, 1545~1622)이고, 아내는 수원 최씨(水原崔氏, 1568~1610)로 세마(洗馬)를 지낸 최형록(崔亨祿)의 딸이다. 1588년 식년시에 생원으로 입격했고, 1610년 별시에 급제했다.

오희철(吳希哲) 1556~1642. 본관은 해주(海州), 자는 언명(彦明)이다. 오희문의 남동생이다. 아내는 언양 김씨(彦陽金氏)로 김철(金轍)의 딸이다.

원사용(元士容) ?~?. 본관은 원주(原州), 자는 언위(彦偉)이다. 1569년 알성 문과에 급제했다. 영천 군수를 지내던 중인 1591년에 행정과 군사적인 목적으로 영천읍성을 신축했다.

원섭(元涉) 1569~?. 본관은 원주(原州), 자는 중즙(仲楫)이다. 1600년 별시 문과에 급제했다.

유경룡(劉景龍) 1557~?. 본관은 거창(居昌), 자는 택원(澤遠)이다. 1588년 식년 사마시에 입격했다.

유대정(兪大禎) 1552~1616. 본관은 기계(杞溪), 자는 경휴(景休)이다. 1588년 식년시 문과에 급제했다. 이천 현감, 충청도 관찰사, 동지중추부사 등을 지냈다.

유탁(兪濯) 1544~?. 본관은 창원(昌原), 자는 여신(汝信), 호는 신곡(新谷)이다. 1582년 식년시 문과에 급제했다. 1593년 12월 15일에 경기 도사에 임명되었다.

윤구(尹昫) 1558~?. 본관은 남원(南原), 자는 여욱(汝旭)이다. 1595년 별시 문과에 급제했다.

윤근수(尹根壽) 1537~1616. 본관은 해평(海平), 자는 자고(子固), 호는 월정(月汀)이다. 윤두수(尹斗壽)의 동생이다. 임진왜란이 일어나자 문안사(問安使), 원접사(遠接使), 주청사(奏請使) 등으로 여러 차례 명나라에 파견되었고 국난 극복에 노력했다. 판중추부사, 좌찬성, 판의금부사 등을 지냈다.

윤두수(尹斗壽) 1533~1601. 본관은 해평(海平), 자는 자앙(子仰), 호는 오음(梧陰)이다. 임진왜란 때 선조를 호종하여 좌의정에 올랐다. 평양에 있을 때 명나라의 원병 요청을 반대하고 평양성 사수를 주장했으며, 의주에서는 상소를 올려 선조의 요동(遼東) 피난을 막았다. 저서로《오음유고(梧陰遺稿)》등이 있다.

윤엄(尹儼) 1536~1581. 본관은 파평(坡平), 자는 사숙(思叔), 호는 송암(松巖)이다. 1572년 별시 문과에 급제했다. 호조좌랑, 장수 현감 등을 지냈다.

윤영현(尹英賢) 1557~?. 본관은 파평(坡平), 자는 언성(彦聖)이다. 1588년 생원시에 1등으로 입격한 뒤 1591년 왕자사부, 1596년 홍산 현감이 되었다. 이몽학의 난이 홍산에서 일어났을 때 홍산 현감이어서 이몽학 일당에게 사로잡혔다. 이로 인하여 역적에게 굴종했다는 죄로 의금부에 투옥되고 파직되었다.

윤우(尹祐) 1543~?. 본관은 파평(坡平), 자는 계수(季綏)이다. 1576년 식년 사마시에 입격했다.

윤철(尹瞰) 1567~?. 본관은 남원(南原), 자는 여휘(汝輝)이다. 1595년 별시 문과에 급제했다.

의엄(義嚴) ?~?. 승려이며, 속명은 곽수언(郭秀彦)이다. 휴정(休靜)의 제자이다. 임진왜란이 일어났을 때 스승 휴정을 도와 황해도에서 5백 명의 승병을 모집하여 왜군과 싸웠다. 1596년에 첨지에 제수되었고 여주에 파사성을 쌓았다.

이경(李儆) ?~?. 본관은 전주(全州)이다. 왕실의 종친이다. 성종(成宗)의 왕자인 익양군(益陽君) 이회(李懷)의 손자이며, 용천군(龍川君) 수한(壽鷴)의 다섯 번째 아들이다.

이귀(李貴) 1557~1633. 본관은 연안(延安), 자는 옥여(玉汝), 호는 묵재(默齋)이다. 오희문의 처사촌이다. 1592년 강릉 참봉으로 있던 중 왜적이 침입하자 의병을 모집하였다. 이후 삼도소모관에 임명되어 이천으로 가서 세자를 도와 흩어진 민심을 수습했다. 이듬해 다시 삼도선유관에 임명되어 군사 모집과 명나라 군중으로의 군량 수송을 담당했다. 체찰사 류성룡을 도와 군졸을 모집하고 양곡을 운반하여 한양 수복을 도왔다. 그 뒤 장성 현감, 군기시 판관, 김제 군수를 역임하면서 전란 후 수습에 힘썼다. 인조반정의 주역으로 정사공신(靖社功臣) 1등에 책록되었다.

이덕형(李德馨) 1561~1613. 본관은 광주(廣州), 자는 명보(明甫), 호는 한음(漢陰), 쌍송(雙松), 포옹산인(抱雍散人)이다. 1580년 별시 문과에 급제했다. 임진왜란 때 정주까지 왕을 호종했고, 청원사(請援使)로 명나라에 파견되어 파병을 성사시켰다. 한성부 판윤으로서 명나라 장수 이여송(李如松)의 접반관이 되어 전란 중 줄곧 같이 행동했다. 형조판서, 영의정 등을 지냈다.

이뢰(李賚) 1549~1602. 본관은 연안(延安), 자는 양필(良弼)이다. 오희문의 처사촌이다. 오희문의 장인 이정수의 동생 이정호(李廷虎)의 큰아들이다. 한성부 참군을 지냈다.

이륜(李倫) ?~?. 본관은 전주(全州)이다. 성종(成宗)의 왕자인 익양군(益陽君) 이회(李懷)의 손자이며, 장천군(長川君) 이수효(李壽矯)의 아들이다. 오희문의 부인은 이회의 외손녀이니, 이륜과 외사촌 간이다.《선원강요(璿源綱要)》〈제왕자사세일람(帝王子四世一覽)〉.

이몽학(李夢鶴) ?~1596. 본관은 전주(全州)이다. 왕족의 서얼 출신이다. 임진왜란 때 장교가 되었다가 국사가 어지러운 것을 보고 모속관(募粟官) 한현(韓絢) 등과 함께 홍산 무량사(無量寺)에서 반란을 모의하고 의병을 가장하여 조련을 했다. 동갑회(同甲會)라는 비밀결사를 조직하여 친목회를 가장하여 반란군 규합에 열중했다. 1596년 7월에 일당이 야음을 틈타 홍산현을 습격하여 함락시키고 이어 인근의 고을을 함락한 뒤 그 여세를 몰아 홍주성에 돌입했다. 그러나 목사 홍가신(洪可臣), 무장 박명현(朴名賢), 임득의(林得義) 등이 선방했다. 반란군 가운데 이탈하여 관군과 내응하는 자가 속출해서 반란군의 전세가 불리해지자, 그의 부하 김경창(金慶昌), 임억명(林億命), 태근(太斤) 3인에게 피살되었다.

이복남(李福男) 1555~1597. 본관은 우계(羽溪), 자는 수보(綏甫)이다. 1588년 식년시 무과에 급제했다. 1594년 남원 부사를 지냈고, 1597년 정유재란 때 전라도 병마절도사로 남원성에서 전사했다.

이복령(李福齡) ?~?. 본관은 전주(全州), 자는 인숙(仁叔)이다. 1567년 음양과에 입격했다.

이뿡(李賁) 1557~1624. 본관은 연안(延安), 자는 여실(汝實)이다. 오희문의 처사촌이다. 아버지는 오희문의 장인인 이정수의 셋째 동생 이정현이고, 어머니는 은진 송씨(恩津宋氏)이다. 1592년 임진왜란이 일어나자 형 이번(李蕃)과 함께 의병을 일으켜 곽재우(郭再祐)의 휘하에 들어가 많은 공을 세우고 화왕산성 수호에 최선을 다했다.

이빈(李贇) 1537~1592. 본관은 연안(延安), 자는 자미(子美)이다. 오희문의 처남이다. 아버지는 이정수(李廷秀)이다. 임진왜란 당시 장수 현감을 지내고 있었다.

오희문은 1556년에 연안 이씨와 결혼한 뒤 한양의 처가에서 30여 년 동안 처가살이를 하면서 이빈과 함께 생활했다.

이상길(李尙吉) 1556~1637. 본관은 벽진(碧珍), 자는 사우(士祐), 호는 동천(東川)이다. 1585년 식년 문과에 급제했다. 정언, 병조참의, 공조판서 등을 지냈다.

이수준(李壽俊) 1559~1607. 본관은 전의(全義), 자는 태징(台徵), 호는 용계(龍溪)이다. 1589년 사마시를 거쳐 이듬해 증광 문과에 급제했다. 주부, 감찰, 호조좌랑, 통진 현감을 지냈다. 임진왜란이 일어나자 부녀자와 선비 및 양식을 통진에서 강화도로 보냈다.

이시윤(李時尹) 1561~?. 본관은 연안(延安), 자는 중임(仲任)이다. 오희문의 처조카이다. 오희문의 처남인 이빈의 아들이다. 1606년에 사마시에 입격했고, 동몽교관을 지냈다.

이시증(李時曾) 1572~1666. 본관은 연안(延安), 자는 중로(仲魯)이다. 오희문의 처조카이다. 오희문의 처남인 이빈의 둘째 아들이다.

이시호(李時豪) 1562~?. 자는 언부(彦夫)이다. 1603년 정시 무과에 급제했다.

이신(李賮) 1564~1597. 본관은 연안(延安), 자는 여헌(汝獻)이다. 오희문의 처사촌이다. 아버지는 오희문의 장인인 이정수의 셋째 동생 이정현이고, 어머니는 은진 송씨이다.

이신성(李愼誠) 1552~1596. 본관은 전주(全州), 자는 흠중(欽仲)이다. 천거를 받아 정릉 참봉을 거쳐 사옹원 봉사를 지냈다. 임진왜란이 일어나자 선조를 개성까지 호종했다. 어머니가 별세한 뒤 함열의 강성촌에 은거했다.

이영윤(李英胤) 1561~1611. 본관은 전주(全州), 자는 가길(嘉吉)이다. 또 다른 이

름은 희윤(喜胤)이다. 종친으로, 죽림수(竹林守)에 봉해졌다. 청성군(青城君) 이걸(李傑)의 아들이다. 그림을 잘 그렸는데, 특히 영모(翎毛), 화조(花鳥), 말 그림에 뛰어났다.

이유록(李綏祿) 1564~1620. 본관은 전주(全州), 자는 유지(綏之), 호는 동고(東皐) 이다. 1585년 식년 사마시에 입격했고 1586년 별시 문과에 급제했다. 광주 목사, 봉산 군수, 상주 목사 등을 지냈다.

이의(李儀) ?~?. 본관은 전주(全州)이다. 성종의 왕자인 익양군 이회의 손자이고, 장천군 이수효의 아들이며, 양성정(陽城正) 이륜(李倫)의 동생이다. 오희문의 부인은 이회의 외손녀이니, 이의와 외사촌 간이다.《선원강요》〈제왕자사세 일람〉.

이익빈(李翼賓) 1556~1637. 본관은 전주(全州), 자는 응수(應壽)이다. 1582년 생원 시에 입격했으며, 1596년에 역적 이몽학(李夢鶴)과 결탁한 김팽종(金彭從)을 사살하는 공을 세웠다.

이정(李霆) 1554~1626. 본관은 전주(全州), 자는 중섭(仲燮), 호는 탄은(灘隱)이다. 세종의 현손(玄孫)이며 익주군(益州君) 이지(李枝)의 아들이다. 석양정(石陽正) 에 봉해졌다가 뒤에 석양군(石陽君)으로 승격되었다. 묵죽화에 뛰어나 류덕장 (柳德章), 신위(申緯)와 함께 조선시대 3대 화가로 손꼽힌다.

이정시(李挺時) 1556~1609. 본관은 한산(韓山), 자는 유위(有爲)이다. 1603년 50의 나이에 비로소 사마시에 입격했다. 시를 좋아하여 일찍이 손곡(蓀谷) 이달(李達)에게 배웠으며, 만당(晩唐)의 풍격이 있었다. 목천(木川)에서 벼슬살이 하면서 어진 정치를 폈는데 돌연 중풍을 얻어 54세에 죽었다. 그가 죽었을 때 고을 사람들 수백 명이 울면서 송별하였다.

이정암(李廷馣) 1541~1600. 본관은 경주(慶州), 자는 중훈(仲薰), 호는 사류재(四留

齋), 퇴우당(退憂堂), 월당(月塘)이다. 1558년 사마시에 입격했고, 1561년 식년 문과에 급제했다. 전라도 관찰사, 동래 부사, 병조참판 등을 지냈다. 1592년 연안성을 방어한 공로로 선무공신 2등에 책록되었다.

이종성(李宗誠) 1560~1623. 임회후(臨淮侯) 언공(言恭)의 아들이다. 훈위 서도독첨 사(勳衛署都督僉事) 흠차 책봉 일본정사(欽差冊封日本正使)로 을미년(1595) 4월 에 나왔다. 같은 해 10월에 부산의 일본군 진영으로 들어갔다. 그러나 이곳에 서 일본 관백(關白, 도요토미 히데요시)이 책봉사가 오면 가둘 계획을 세우고 있으며 강화가 실패로 돌아갈 것이란 등의 말을 듣고 겁을 내다 병신년(1596 년) 4월 4일 한밤중에 가정(家丁) 3명을 데리고 도망쳐 나왔다. 간신히 경주 까지 와서 경성(한양)을 거쳐 얼마 뒤에 본국으로 돌아갔는데, 중국 조정에서 명나라를 욕되게 하였다 하여 이종성을 금의옥(錦衣獄)에 가두었다.

이중영(李重榮) 1553~?. 본관은 영천(永川), 자는 희인(希仁)이다. 1589년 진사시에 입격했다.

이지(李贄) ?~1594. 본관은 연안(延安), 자는 경여(敬輿)이다. 오희문의 처남이며, 이빈의 동생이다.

이철(李鐵) 1540~1604. 본관은 전주(全州), 자는 강중(剛中)이다. 1582년 식년 문 과에 급제하여 승문원 부정자가 되었다. 무장 현감, 평안·충청·경상 3도의 도 사와 용천 군수, 파주 목사를 지냈다. 임진왜란 때 선조를 의주까지 호종했다.

이충원(李忠元) 1537~1605. 본관은 전주(全州), 자는 원보(元甫), 원포(圓圃), 호는 송암(松菴), 여수(驪叟)이다. 1566년 문과에 급제했다. 임진왜란 때 선조를 의 주까지 호종한 공으로 형조참판에 올랐다. 홍문관 수찬, 첨지중추부사, 한성부 판윤 등을 지냈다.

이홍제(李弘濟) ?~?. 본관은 한산(韓山)이다. 용양위 부장을 지냈고, 의정부 좌참찬에 추증되었다.

이희윤(李禧胤) ?~?. 본관은 전주(全州)이다. 왕실의 종친이다. 익양군 이회의 증손자이며, 인성정(仁城正) 이경(李儆)의 아들이다.

임극신(林克愼) 1550~?. 본관은 선산(善山), 자는 경흠(景欽)이다. 오희문의 매부이다. 1579년 진사시에 입격했다. 임극신 부부는 임진왜란 당시 영암군의 구림촌에 거주하고 있었다.

임면(任免) 1554~1594. 본관은 풍천(豊川), 자는 면부(免夫)이다. 오희문의 동서이다. 1582년 생원시에 입격했다.

임태(任兌) 1542~?. 본관은 풍천(豐川), 자는 소열(小說)이다. 오희문의 처사촌 여동생의 남편이다. 1567년 생원시에 입격했다. 영유 현감, 연기 현감 등을 지냈다.

임현(林晛) 1569~1601. 본관은 선산(善山), 자는 자승(子昇)이다. 오희문의 매부인 임극신의 조카이다. 1591년 사마시에 입격했고, 1597년 알성시에 급제했다. 권지 승문원 부정자가 되어 이후 승정원, 세자시강원, 예문관 등에서 벼슬했다. 예조좌랑 등을 지냈다.《국역 성소부부고(惺所覆瓿藁)》제17권 문부14〈예조좌랑임군묘지명(禮曹佐郞林君墓誌銘)〉.

전흡(田洽) 1553~?. 본관은 담양(潭陽), 자는 경열(景悅)이다. 1588년 식년시에 입격했다.

정사신(鄭思愼) 1551~1594. 본관은 동래(東萊), 자는 덕기(德基)이다. 1584년 별시 문과에 급제했다.

정엽(鄭曄) 1563~1625. 본관은 초계(草溪), 자는 시회(時晦), 호는 수몽(守夢)이다.

1583년 별시 문과에 급제했다. 임진왜란 때 공을 세워 중화부사가 되었다. 도승지, 대사헌, 우참찬 등을 지냈다. 저서로《근사록석의(近思錄釋疑)》와《수몽집(守夢集)》이 있다.

조겸(趙㻩) 1569~1652. 본관은 임천(林川), 자는 영연(瑩然), 호는 봉강(鳳岡)이다. 목천 현감을 지냈다. 저서로《봉강집(鳳岡集)》이 있다.

조기서(曺麒瑞) 1556~1591. 본관은 창녕(昌寧). 자는 인길(仁吉)이다. 오윤겸 등과 함께 파산(파주)에서 성혼을 사사했다. 1582년 생원시에 입격했다. 의금부 도사에 제수되었으나 나아가지 않고 영암의 서호(西湖)로 돌아갔다.

조대림(曺大臨) 1556~?. 본관은 창녕(昌寧), 자는 사신(士愼)이다. 1599년 정시 무과에 급제했다.

조몽정(曺夢禎) 1535~1595. 본관은 창녕(昌寧), 자는 응길(應吉), 호는 경헌(敬軒)이다. 11세에 부친상을 당하자 어른처럼 묘 아래에 여막을 짓고 정성을 다해 효자로 불렸다. 사후에 아들 조탁(曺倬)의 원훈(元勳)으로 영의정에 추증되었다.

조박(趙璞) 1577~1650. 본관은 풍양(豊壤). 자는 숙온(叔薀), 호는 석곡(石谷)이다. 1606년 식년 문과에 급제했다. 무장 현감, 평안도 도사, 봉상시정 등을 지냈다.

조원규(趙元規) 1571~?. 본관은 한양(漢陽), 자는 중식(仲式)이다. 1606년 식년 사마시에 입격했다.

조원방(趙元方) 1574~?. 본관은 한양(漢陽), 자는 계식(季式)이다. 1606년 식년 사마시에 입격했다.

조원범(趙元範) 1565~?. 본관은 한양(漢陽), 자는 백식(伯式)이다. 1616년 증광시 문과에 급제했다.

조응록(趙應祿) 1538~1623. 본관은 풍양(豊壤), 자는 경유(景綏), 호는 죽계(竹溪)이다. 1579년 식년 문과에 급제했다. 사관을 거쳐 전적(典籍)이 되었다. 임진왜란 때 함경도로 피난 가는 세자를 호종했고, 난이 끝난 뒤 통정대부에 올랐다. 저서로 《죽계유고(竹溪遺稿)》가 있다.

조인득(趙仁得) ?~1598. 본관은 평양(平壤). 자는 덕보(德輔), 호는 창주(滄洲)다. 1577년 알성시 문과에 급제하고 정언을 거쳐 형조좌랑, 장령 등을 지냈다. 1592년 임진왜란 때 황해도 관찰사로서 해주 앞바다의 섬으로 피신했다가 황해도 병마절도사로 전직되었다. 그 뒤 판결사, 도승지 등을 지냈다.

조정(趙挺) 1551~1629. 본관은 양주(楊州), 자는 여호(汝豪), 호는 한수(漢叟), 죽천(竹川)이다. 1583년 정시 문과에 급제했다. 임진왜란이 일어나자 보덕(輔德)으로 세자를 호종했고, 1601년과 1609년에 성절사(聖節使)로 명나라에 다녀왔다. 이어 우참찬, 형조판서, 우의정 등을 지냈다.

조정호(趙廷虎) 1572~1647. 본관은 배천(白川), 자는 인보(仁甫), 호는 남계(南溪)이다. 1612년 문과에 을과로 급제했다. 병자호란 당시 군사를 이끌고 분전했으며, 1642년 관직을 버리고 은거했다.

조존성(趙存性) 1554~1628. 본관은 양주(楊州), 자는 수초(守初), 호는 용호(龍湖), 정곡(鼎谷)이다. 성혼과 박지화(朴枝華)의 문인이다. 1590년 증광 문과에 급제하여 사관(史館)에 들어가서 검열이 되었다. 이듬해 대교로 승진했으나 모함을 당해 파면되었다. 임진왜란이 일어나자 고향에 있다가 이듬해 의주의 행재소에 가서 대교로 복직되었고, 이어 전적으로 승진했다. 충주 목사, 호조참판, 강원도 관찰사, 호조판서 등을 지냈다.

조탁(曺倬) 1552~1621. 본관은 창녕(昌寧). 자는 대이(大而), 호는 이양당(二養堂), 치재(恥齋)이다. 1599년 별시 문과에 급제했다. 공조참판, 한성부 좌·우윤 등을 지냈다.

조희보(趙希輔) 1553~1622. 본관은 풍양(豊壤), 자는 백익(伯益)이다. 1582년 진사가 되었고, 1588년 식년 문과에 급제해 예문관 검열이 되었다가 대교와 봉교를 거쳤다. 1595년 이후 예조, 형조, 호조의 낭관 등에 임명되었으나 나아가지 않다가, 1597년 충청도 도사가 되어서는 관찰사 류근(柳根)을 도와 임진왜란의 뒷바라지에 힘썼다.《국역 동명집(東溟集)》제18권 〈분승지증이조판서 조공묘지(分承旨贈吏曹判書趙公墓誌)〉.

조희식(趙希軾) 본관은 풍양(豊壤), 자는 백공(伯恭)이다. 조희철(趙希轍)의 동생이자 조희보의 둘째 형이다. 김포 현령을 지냈다.

조희철(趙希轍) ?~?. 본관은 풍양(豊壤), 자는 백순(伯循)이다. 조희보의 큰형이다. 선조 때 상주 판관으로 재임했으나, 1588년 4월 문경에서 발생한 불미스러운 사고로 인하여 파직을 당했다. 이후 다시 서용되어 고산 현감을 지냈다.

지달해(池達海) 1541~?. 본관은 충주(忠州), 자는 득원(得源)이다. 1573년 식년 사마시에 입격했다.

진운홍(陳雲鴻) ?~?. 명나라의 장수이다. 흠차 선유 유격장군(欽差宣諭游擊將軍)으로 갑오년(1594년) 10월 조선에 왔으며 을미년(1595) 책봉사를 따라 일본군 진영에 들어갔다. 책봉 정사 양방형을 따라 중국으로 돌아갔다.

최동망(崔東望) 1557~?. 본관은 통천(通川), 자는 노첨(魯瞻), 호는 재간(在澗)이다. 1589년 증광시 문과에 급제했다. 호조정랑, 합천 군수 등을 지냈다.

최정해(崔挺海) 1577~?. 본관은 해주(海州), 자는 여망(汝望)이다. 1606년 식년 사마시에 입격했다.

최집(崔潗) 1556~?. 본관은 해주(海州), 자는 심원(深遠)이다. 1579년 생원시에 입격했다.

최형록(崔亨祿) ?~?. 본관은 수원(水原), 자는 경유(景綏)이다. 오윤해의 장인이다. 세마(洗馬)를 지냈으며, 승지에 증직되었다.

최흡(崔洽) 1544~?. 본관은 전주(全州), 자는 태화(太和)이다. 1583년 별시 문과에 급제했다. 고산 현감 등을 지냈다.

한겸(韓謙) 1554~?. 본관은 청주(淸州), 자는 희익(希益)이다. 1585년 식년 사마시에 입격했고, 1606년 증광시 문과에 급제했다.

한용(韓戲) 1564~?. 본관은 청주(淸州), 자는 엄숙(嚴叔)이다. 1591년 식년 사마시에 입격했다.

한욱(韓頊) ?~1624. 1620년에 진사시에 입격했다. 예조의 추천으로 시학교관이 되었다.

한준겸(韓俊謙) 1557~1627. 본관은 청주(淸州), 자는 익지(益之), 호는 유천(柳川)이다. 1580년 별시 문과에 급제했다. 원주 목사로서 거처 없이 돌아다니는 백성을 구제하는 데 힘썼다. 1595년 도체찰사 류성룡의 종사관이 되었다. 호조 판서, 한성부 판윤 등을 지냈으며, 인조의 장인이다.

한효중(韓孝仲) 1559~1628. 본관은 청주(淸州), 자는 경장(景張), 호는 석탄(石灘)이다. 1590년 증광시에 생원으로 입격했고, 1605년 증광시 문과에 급제했다.

홍명원(洪命元) 1573~1623. 본관은 남양(南陽), 자는 낙부(樂夫), 호는 해봉(海峯)이다. 1597년 증광시 문과에 급제했다. 의주 부윤 등을 지냈다. 아버지인 홍영필(洪永弼)은 오희문과 한동네에 살았고, 임천에서 임시로 거처할 때에도 교유가 있었다.

홍민신(洪敏臣) 1556~1607. 본관은 남양(南陽), 자는 노직(魯直), 호는 팔봉(八峰)

이다. 1579년 식년 사마시에 입격했다.

홍사고(洪思古) 1560~?. 본관은 남양(南陽), 자는 택정(擇精)이다. 1579년 사마시에 입격했다. 원문에는 홍사고(洪師古)로 되어 있으나 바로잡았다.

홍요좌(洪堯佐) 1556~?. 본관은 남양(南陽), 자는 여원(汝元)이다. 1579년 생원시에 입격했다. 옥과 현감, 함흥부 판관 등을 지냈다.

홍인서(洪仁恕) 1535~1593. 본관은 남양(南陽), 자는 응추(應推)이다. 1573년 알성 문과에 급제했다. 임진왜란이 일어나 선조가 개성으로 피난해 오자, 당시 개성부 유수로서 백성을 효유하여 안정시켰다.

홍준(洪遵) 1557~1616. 본관은 남양(南陽), 자는 사고(師古), 호는 괴음(槐陰)이다. 1590년 증광 문과에 급제했다. 교리, 사간, 동부승지, 공조참의 등을 지냈다.

황신(黃愼) 1560~1617. 본관은 창원(昌原), 자는 사숙(思叔), 호는 추포(秋浦)이다. 1588년 알성 문과에 장원으로 급제했다. 임진왜란 때 명나라의 요구에 의해 무군사(撫軍司)가 설치되고 명나라 사신의 재촉을 받아 세자가 불편한 몸을 이끌고 남하했는데, 이때 황신도 동행했다. 1596년 통신사로 명나라 사신 양방형(楊邦亨)과 심유경(沈惟敬)을 따라 일본에 다녀왔다. 한성부 우윤, 대사간, 대사헌 등을 지냈다. 저서로《추포집(秋浦集)》등이 있다.

황치성(黃致誠) 1543~1623. 본관은 창원(昌原), 자는 이실(而實)이다. 1579년 식년 사마시에 입격했고, 1580년 알성시 문과에 급제했다.

찾아보기

김무적(金無赤) 66, 76, 90, 215, 515

김백은이(金白隱伊) 506

김복흥(金復興) 467

김봉선(金奉先) 350

김사포(金司圃) 345, 350

김상(金鏛) 260, 277, 313, 412

김서(金緒) 233

김승룡(金勝龍) 464

김시헌(金時獻) 259, 282, 527

김식(金埴) 350, 472

김업남(金業男) 514, 528

김익형(金益炯) 207, 210, 470, 471, 475

김자흠(金自欽) 517

김장생(金長生) 277, 328, 329, 528

김정(金井) 82

김정개(金正凱) 411

김제(金堤) 405

김종남(金終男) 514

김종립(金宗立) 281

김준(金俊) 263~267, 355, 426

김준(金準) 376

김지남(金止男); 김자정(金子定);
　　　김한림(金翰林); 김내한(金內翰) 9, 10,
　　　19, 59, 66, 71, 76, 89, 90, 215, 222,
　　　227~229, 282, 409, 428, 514, 528

김집(金壈) 350

김천일(金千鎰) 259

김철(金轍) 313

김취백(金就伯); 김랑(金郞) 233~235, 288

김한어(金漢語) 469, 505

김해(金海) 147, 337

김화(金化) 407

김흥국(金興國) 403

끗남[㖯男] 291

끗복[㖯卜] 29